铸剑

武和平 著

人民文学出版社

图书在版编目（CIP）数据

铸剑/武和平著. —北京：人民文学出版社，2022
ISBN 978-7-02-016955-9

Ⅰ.①铸… Ⅱ.①武… Ⅲ.①长篇小说—中国—当代 Ⅳ.①I247.5

中国版本图书馆CIP数据核字(2021)第241292号

责任编辑	石一枫　曾雪梅
装帧设计	刘　远
责任印制	苏文强

出版发行	人民文学出版社
社　　址	北京市朝内大街166号
邮政编码	100705

印　　刷	河北新华第一印刷有限责任公司
经　　销	全国新华书店等

字　　数	382千字
开　　本	680毫米×960毫米　1/16
印　　张	27.5　插页3
印　　数	1—5000
版　　次	2022年3月北京第1版
印　　次	2022年3月第1次印刷

书　　号	978-7-02-016955-9
定　　价	68.00元

如有印装质量问题，请与本社图书销售中心调换。电话:010-65233595

谨以此篇献给守护家国平安的警察们！

一

　　漆黑如墨的暗夜,沂蒙和父亲已会合在大南门城垛上方的一座碉堡内,从碉堡方形的枪孔,可以俯瞰全市:风从西来,大河奔涌,梁州城如怪兽般蹲伏,闪着鬼火似的灯光。幽黑的城廓像木桶紧箍着市区,黄河如腰带似的在此绕了个弧形便一泻向东。市内最高的建筑当属宋代的龙亭和东北隅的铁塔。塔铃悠悠,仿佛诉说着朝代更迭的千秋岁月。两人身处的碉堡,显得阴森可怖:这是一座日伪时期的工事,它的顶部呈拱形,下半部浑圆,像巨大的头盔扣在高厚的城垛上,与不远的大南门城垛构成夹角。随着岁月的流逝,近处的城墙已近坍塌,裸露着夯土,唯独这座堡垒却完好无损,不可一世地矗立着。

　　以此为界,向南就是开阔的郊野,大片的芦苇茫茫苍苍,一簇簇的灌木铺满田野,年复一年的积沙形成的斜坡上长着各种树木,开着各色的小花。以前到了周末,父亲会带沂蒙和小喜到这里来捉知了和蚂蚱,太阳当头,泥土的草香味扑鼻而来,鸟儿鸣叫却看不到它们,只能听到翅膀触在树枝上的声音。随着奔跑,会有张着粉红翅膀的绿色"老扁"(河南方言,指蚂蚱)飞起,脚边有着三根白筋的青蛙会扑通扑通地跃入水中⋯⋯偶尔,还可以捡到生了锈的弹壳,可以用来做口哨。

　　梦幻中的沂蒙被父亲猛然推醒,只见铝盒中的油饼正散发着香气,三块城砖支成的小灶中,闪动着几近熄灭的火苗,随着儿子的狼吞虎咽,鲁如柏已一脚踩灭了明火,随即扯着沂蒙的一只胳膊,旋风般地冲进黑夜,沿城墙豁口顺势滑下,涉过齐腰深的护城河,跨过了一段土路,直到钻入了一片青纱帐,他紧握儿子的手才松缓下来。沿着一条地垄不知走了多远,终于看到一处黑黝黝的草房子,父亲猫腰探路,招沂蒙过去。

　　这是一处打麦场,堆满麦秸的草屋迎来了两个不速之客,顾不上浑身的刺痒,爷俩闻着扑鼻的草香大睡了一场,刚要翻身做梦的沂蒙,又被父亲捇了起来,因为村里的公鸡已开始打鸣。

　　在这段行走匆匆的途中,沂蒙和父亲之间倒有了更多时间交流,但过去那个高大威严的父亲不见了,全然变成了一个脾气怪异的小老头:他时而清醒,时而糊涂;时而惶恐,时而烦躁;一会儿把儿子当成上级领导,一会儿又像面对阴险毒辣的敌人。沂蒙断定他是被打糊涂了,满脑子处在无序混乱状态,他不仅胆大妄为,而且又胡言乱语,过了一会儿他又仰天发出一阵大笑:革了一辈子的命,成了反革命,他们想整死我,我不能死在这派别斗争里,更不能死在那些背后捅刀子的人手里。嘿嘿!他转而冷笑两声道,老子是谁?是从战场尸堆里爬出来的,比起攻打梁州牺牲的战友,我已经多活了二十年,只要打不死,决不会叛党自杀。不过要死也要死个明明白白,让党知道我到底是什么人,是为了什么死的!

　　沂蒙此时发现,父亲精神有些错乱,可并不糊涂,批斗中他贴身穿了一副百叶薄甲,没有造成严重外伤。当他意识到有人要置他于死地时,他迅速选择了逃亡,但他绝不是怕死,而是在服从一个目的,这个目的,足以支持他不去做无谓的牺牲,而这个目的是一件鲜为人知的秘密,他只怕自身难保,会与秘密同归于尽。于是一路之上,他是在有意识地向沂蒙交代一些事情,从他支离破碎的话语中,沂蒙渐渐得出了一个父亲大致经历的拼图。

　　那是在1940年的冬季,一支响马队伍被日伪包围,鲁如柏带领游击队挺身解救,为此还负了枪伤,获救的绿林头子郭子玉谢过救命之恩,便去投奔亲戚所在的国民党军队,俩人分手时还交换了各自的手枪以示纪念。

　　到了1942年日寇铁壁合围沂蒙山区,父亲所率的县大队睡在山洼的民房里,那天的雪有半尺厚,想着日军不会来,不料有叛徒告密,两个岗哨被摸掉,鬼子顺着坡面压过来,突围的队伍一出门就遭到猛烈的扫射,几十个人被压在雪地里不断还击。父亲命令副队长带一路人马冲出去,不料他竟然钻进了旁边的麦秸垛,他当即被执行了战场纪律。父亲亲自率人冲出了院子,突围后只剩下五匹马和十几个民兵。父亲命令骑马者各驮一名伤员,五匹战马屁股对屁股,一阵排枪对外猛扫后,人马呈扇形向四下突围。

一场血战后父亲逃入青纱帐,钻入本村的排水沟。日军在汉奸指认下抓了他的爷爷,当场用刺刀挑死,十几只狼犬眼看就要发现父亲的藏身之所。千钧一发之际,枪声大作,是郭子玉率正规军一个团打过来,一场反包围救了父亲。

两人战场重逢,甚为庆幸和激动。

以后日本投降,内战爆发,父亲所部编入华东野战军第八纵队,随陈(毅)粟(裕)大军挥师西南,配合淮海战役,首战攻打中原重镇梁州。

国民党三万守军自恃梁州城墙高厚,负隅顽抗,攻城部队在占领护城大堤歼灭敌警戒部队后受阻,头顶有敌机狂轰滥炸,蒋介石还飞临古城上空督战。负责进攻大南门的八纵遭遇严重伤亡,特别是城南构筑的子母连环堡,以敌城墙主碉堡为核心,与周遭连绵数公里的暗堡构成交织火网,堑壕密布陷阱地雷,城堡配有重机枪,号称中州马其诺城防体系,至少可以固守半年以上。

父亲奉命与地下城工部取得联系,意外得知城南守军的旅长竟是郭子玉,于是他乔装潜入城内,以王开照相馆为据点,设法见到郭子玉,当面陈述利害,晓以大义,劝其倒戈。郭子玉说,一别多年,你奔的是光明,我走的是死路一条,悔之已晚,况且上峰待我不薄,特别是惧怕家属还在国统区,担心遭遇不测。八纵指挥部请示陈士榘首长,可与郭谈判,密签《和平协议》,并承诺,所部按战场起义,与当时起义的高树勋部同等待遇。郭闻讯大为感怀,并且一不做二不休,利用与军长副官的特殊关系,密拍了城防工事图和军力配置图,将城墙上的明碉暗堡及城中制高点的铁塔、龙亭的火力点和巷战工事部署悉数掌握,密拍胶片夹在一幅先祖的遗像中,由郭子玉的小妹密送出城。

华野指挥部拿到此图,粟裕当即制定了南北穿插、拦腰斩断、先吃肉后啃骨头的战法。先施以铺天盖地的炮击,呼啸的炮弹就像长了眼睛,专打敌方的火力阵地,不炸民房,不伤百姓。城南碉堡群在第一轮炮火后便陷入沉寂,继而听到威严的高音大喇叭传出的喊话:南城旅的官兵将士们,我代表华野司令部命令你们打开城门,掉转枪口,举行战场起义。

在隆隆的炮火中,高大的梁州南门豁然洞开,排山倒海的战士冲杀进去。

"那天我骑的是匹缴获的白马,那真是百里挑一的战马,一听机关枪响,两耳令箭一样竖起,两腿一夹,飞一样往前冲,我纵身入城,不想门洞处的横梁尚未拆除,齐胸把我从战马上扫了下来,颈部受了重伤。"父亲陷入回忆时,表情显得激越真诚。沂蒙听得出来,就是在疗伤期间父亲与郭子玉的妹妹产生了感情,于是与老家的妻子一纸休书离了婚,一年后就有了鲁沂蒙。

"梁州解放,我拿着唐亮主任写的条子来到警察局,一名副警督长向我立正,我向他宣布:梁州市军事管制委员会代表奉命派驻。所属人员原岗待命,即刻办理移交手续,违者依法论处。"

于是梁州特别市公安局成立了,上千名旧警人员,摘去旧日的帽徽、领章,佩上新警胸章。共设立了六个科室五个公安分局,并发出了户口登记令,设立敌伪军政人员登记处,成为战争转和平的分界线。大批遣散的蒋军武装人员缴械投诚,有专门技术的考核录用,愿还乡的发给路证资费,可堪造就者介绍至军政学校,愿留本市者安居从业,郭子玉选择解甲归田,回老家安顿。

父亲被任命为区长兼公安第四分局长,以后任市公安局副局长,他身材魁梧,浓密的络腮胡子,开会讲话,双手叉腰,威风凛凛,声震屋瓦,一讲就是三个小时。他酒量极大,睡后鼾声如雷,轰然如马达。他工作雷厉风行脾气大,发起火来拍桌子打板凳,谁也不敢答话。

时至镇反之前的一个晚上,一位不速之客突然闯进家中,原来是失魂落魄的郭子玉,由于当地政府不了解他的起义身份,只知他先当土匪后是国民党军官,要将他公审后枪毙,他闻讯逃至梁州,求救于鲁如柏。

因《和平协议》确有相应承诺，鲁如柏当即联系当时城工部的彭明轩，可老彭有任务已随军南下，只得先开了路条，而后再补办手续。可很快"三反"运动开始，有人举报鲁如柏私放国民党军官，属严重丧失阶级立场问题，加上官僚主义、军阀作风，马上成了本部门的"老虎"。

原来，在对郭子玉投诚问题的处理上，地下党城工部负责人彭明轩一直持不同意见：一是大军围城，已成瓮中捉鳖之势，完全没有必要将郭子玉抬到对等谈判的地位，应迫其缴械投降，不附带任何条件，和其签订的《和平协议》是丧失气节之举，特别是在措辞上一再妥协退让，将"伪"改为"前"，将"投降"改为"投诚"，徒增敌方嚣张气焰；二是攻城之役牺牲惨重，郭部匪徒难辞其咎，应视为普通俘虏，首恶应予公审惩办。彭明轩认为鲁如柏不该签这个协议，更不该发还给郭子玉枪支，鲁如柏的行为完全丧失了原则，有徇私放纵的立场问题。

此事虽然经上级部门甄别，但留下了一条尾巴，铸成了鲁如柏的撤职处分，且一撸到底，降为普通侦察员。后郭子玉归案在西北服刑，刑满后在新疆就业。此后，鲁如柏是靠着屡破大案，一举抓获"全能潜伏特务"楚伯涛，控制了敌特总台的播放器、破译密码，立了大功才重新升任分局长的。

"当时军政首长批准，立功重奖——我是拿着老领导的亲笔信去会面，正式签署的协议书，怎么能说话不算数？"鲁如柏对着满天的星斗，喃喃地咕噜着，草垛堆上的儿子接话道："你这就是资产阶级的人性论，江湖义气！"

"沂蒙，你太天真，既不懂生活，更不懂革命，现实世界跟读小说是两码事，当初根据地打拉锯战，地工人员好多是双重身份，明里是日伪汉奸，暗中为我们收集情报，掩护革命同志，他们同魔鬼打交道，就得装成魔鬼，这其中不少人是我们派进去的内线，还有像郭子玉这样被拉过来的投诚者，这些人更需要我们的团结和信任。你知道那座碉堡下死了多少战士吗？你知道每块城墙砖上有多少弹孔、多少鲜血、多少条命吗？打下梁州，首长专门设宴招待了有功人员，充分肯定了郭子玉的作用，当时还合了影，总结评价是部队、地下工作和统一战线共同的胜利。

不可否认,投诚起义的人当时有个人利害关系的考虑,可主要是对正义事业的响应,对国家前途命运的选择……"

"那你为啥选择抽大烟?!"沂蒙见父亲打开了话匣子,索性一追到底。

"抽大烟是假的,喝血酒是真的——为了争取郭子玉部队抗日,我带一个班直插他的驻地,他一身戎装,列两百人的手枪队示威,按帮会的规矩见过礼仪。他问我敢不敢抽大烟,我说你抽我也抽。吃饭时喝酒,还猜了拳。他问还喝不喝,我说没喝够,无酒量还能叫有胆量?于是又让手下弄来三四斤土酒,为表示诚意我连干了三杯,他已经不省人事,他要我在山上夜宿,我马上应承,并派一人下山,告知接应部队,立即撤离,即使我遇害牺牲,也不许恋战。郭子玉酒醒后大为感动,与我歃血为盟,生死与共……"

见父亲说得越发得意,沂蒙干脆将憋在心头的疑问一股脑儿倒出来。

"那你为啥学陈世美,选择和我前妈离婚?"沂蒙直盯着父亲,似在审问,"听说她至今还在家中替你照顾老人,你对得起人家吗?"

"你现在还没有问这个问题的权利。"不想鲁如柏竟然恼怒起来,不再搭理儿子,沉默了许久才从胸口呼出一口气来,"你前妈是一个了不起的情报员,外号叫陈大脚,有一次她把重要情报藏在发髻里,遇到伪军盘查,她躲进高粱地拉了泡大便,出来时被汉奸牵着狗搜查一遍,唯有那泡屎没动,等敌人走后,才又从大粪下面把情报取出来……那些年,家里的事情全靠她了,好在咱们也快见面了,有些事情你会慢慢明白的。"听了父亲的一番解释后,沂蒙才明白父亲带自己逃出梁州的目的,就是要先找到守在老家的前妈,取出一件重要的证物,而后找到在青岛当书记的老上级,因为他才是那次劝降行动的内幕见证人,先洗刷了自己,才能再去救援远在西北的郭子玉——他判断对方的命运一定比自己更惨,不得已才三十六计走为上的。

进入山东境内,父亲就很少睡觉了,他烧红薯时怕起烟,就在地下挖一条烟道,让烟顺着泥土草皮散开去。临睡之前又解开腰带,把藏在内裤里的钱抽出大半交给沂蒙,并且反复交代:离老家越近越不能一路走,防止一网打尽;行走,一定拉开距离,每到入村前观察地形,看好进出口,找好撤退路线。到了家门口也不能大意,一旦失散,就在村后的鸡鸣崮见面。事后,沂蒙真佩服父亲的神机妙算。

到了县城,理去蓬头乱发,在河边穿上晾干的衣裳,两人就向老家走去。

沂蒙山的老家,还是沂蒙四五岁时的印象:那就是山多,层层叠叠,光光秃秃,一座连着一座。父亲说那叫崮,什么孟良崮,双峰崮,共有72个。从火车上下来坐卡车,崎岖不平的山路把梁州带来的橘子全都颠滚到了车板缝里。下了卡车坐马车,一头高头大马脖子上挂着红布响铃,赶车的老人抖着响鞭,好不威风。陡然间,依偎在父亲身边的沂蒙突然喊叫起来:牛,小牛!老人的鞭子在头顶转了个大圈,比炮仗还响的鞭声把两只牛似的动物吓跑了。车把式笑呵呵地回头说,傻孩子,那是狼啊。沂蒙那时才知道世界上还有像牛犊一样会吃人的东西。

当他随父亲踏上进村道路时,被吩咐先在村边一片小树林等候,有人会来接头,并交代了联络暗号。一直到天色昏暗,等来的却是七八个戴着红袖箍的人,他们开头在村子边张望,而后朝这片树林围拢过来,并用手电筒向丛林中乱照,嘴里咋呼着:出来吧,小子,看见你了,你跑不了啦,老老实实走出来,争取宽大。沂蒙屏住呼吸,伏在草丛中一动不动,有几次他们的脚几乎要踩在他的身上,幸亏越来越黑的夜幕遮挡了一切。这群人折腾喊叫了半个多小时,才骂骂咧咧地回去了。

不知过了多长时间,听见树丛中有沙沙的响动声,继而有个红点在闪动,那是有人叼着烟头,担着什么东西走进林中,接着就听那黑影用浓重乡音轻唤着:牛犊子,牛犊子。沂蒙急忙接上去:是狼,是狼——这是父亲临入村时给他定的接头暗号。

沂蒙迎到近前,见有扛柴的汉子立在面前,对方身材粗壮,方头大脸,憨声憨气喊了一声弟弟,他才知道这是自己同父异母的哥哥。对方很快拉沂蒙走入树丛深处,告诉了他最不愿意听到的坏消息。

原来,那帮比特务还狡猾的造反派,早已通过县里的造反派布下网哨,在村中守株待兔,待父亲和前妈一会面,马上包围房院,全家除了哥哥砍柴出来,全都被控制审查。造反派们就等着抓住沂蒙,一道押回梁州呢。

沂蒙蹿身要进村,被哥哥一手拦住,边劝说边从身上脱下粗布褂子,从袖口处扯开一个口子,取出了一件绸布包裹的东西。沂蒙摸了摸像是信封,便猜到了父亲的用意,他是需要儿子完成剩下的关键任务,而不是自投罗网。

哥哥从柴捆里掏出件粗布衫,穿在他身上,沂蒙接过了他塞过来的几块热红薯,就奔向了去青岛的路。好在口袋里有钱,好钢用在刀刃上,沂蒙乘车赶往青岛,为的是面见父亲的老上级,将这命悬一线的求救信送给他。

次日一早,他从青岛车站下车,很快从铺天盖地的大字报上得知,这位老上级也突遭意外,猝然离世了。

怎么办?父亲身陷险境,唯一的寄托也断了希望,自己下一步究竟该怎么做?难怪父亲说,生活远不是书本描述的那么简单,就说眼下,身上已无分文,老家不能去,距离梁州又是如此遥远。不知不觉沂蒙徘徊到了栈桥。生平第一次见到大海,一望无际,天海相连,远处混沌一片;近处,排空的巨浪撞击着礁石,发出可怖的声响。海鸥低回,孤寂悲怆地鸣叫,天空灰得像巨大的铅板,太阳隐在厚厚的云中,浑然看不清一丝光亮。一阵锥痛般的绝望袭来,他失控似的号啕大哭,这哭声迅速被淹没在喧嚣的海潮之中,变得无声无息,渺小得几乎不复存在。

不知过了多长时间,沂蒙哭累了,手指触动了胸口处那件信函,这东西仿佛带着温度,使遍体的冰冷有了些暖意,家里还有母亲。看来最要紧的是把这件信函带回家,交给母亲。

想到了便做,他编造了一个令人同情的理由:残疾人的弟弟几天前走失,自己和父母一同去找,中途走散,青岛的车票便是证明。好心的女乘务员手下留情,可一脸凶恶的男乘务员却将他当成骗子,只差没有一脚把他踹下车去。沂蒙被抛在一个荒僻的货车编组站上,转搭上了一列运煤的货车。他选了一节只装了半车煤的车厢,随着火车的加速,车轮发出哐哐当当的撞击声,浅表的煤粉飘飞,呛入了口鼻。他紧靠在煤车厢板上,任猛烈的西风吹刮着脸庞,却用另一只手紧紧护在胸膛,这封信函中一定隐藏着未来的希望。

火车长鸣一声,风驰电掣般驶入一段长长的隧道,由于车速极快,煤炭在黑暗中发出磷火般的光,有几节车厢燃起了一簇簇的明火,整个列车像一条恶龙在炼狱中奔突。仿佛马上要发生可怕的爆炸。突然间,隧道尽头闪出一丝亮光,那亮光越来越大,变得豁然开朗,就像从地狱升华到天空。

沂蒙永远忘不了这个时刻,连同那件信函的内容,全像刀刻斧砍般镌入脑海:

> 闻汝深谙大义,同心御敌。今是非皆明,当作智择,时不分先后,择可殊途同归。现风云在前,且身居要冲,功过毁誉,决于一念。望能鉴往知今,以免生民涂炭。如柏前去秉我善意,全权决断,若能顺乎大义,当以礼待之。一诺既出,决不食言,殷盼功成,他日晤面。

信函照片已经发黄,但毛笔字刚劲清晰,落款盖有军区印章,并署有开国将领的名字。

至此沂蒙方知:有心的父亲将这件信函及与首长的合影,均到照相馆翻拍,一份交组织归档,一份交前妻妥存。

二

母亲正在做晚饭的时候,沂蒙赶回了家中。她先听儿子讲了此番经历,仔细端详了信封中的照片,而后三下五除二把饭菜端在桌子上。当一家老小围拢吃饭的时候,她已经擦干了手,从箱柜中挑了件质地最好的衣服,在镜前飞快梳了几下头,扯上沂蒙就出了院子。

梁州警备司令部就在市中心的中山大道上,门口戒备森严,有持枪的战士站岗,旁边有处接待室。母亲面带戚色,上前与坐在那里的矮胖子交涉,说有急事向军管会领导反映,那人说领导不在,况且首长也不是谁想见就可以见的,还把递过去的工作证扔了出来。

这下子母亲急了,也不去捡拾证件,顺手抄起桌边一根棍子把窗户顶开,过去一把揪住对方的衣领,厉声喝道:我可是孤儿院出身苦大仇深的革命干部,你什么出身,对革命人民什么态度?你是人民的老爷还是勤务员?今天不把人民群众的工作证捡起来,我就跟你这个当官做老爷的拼了!

闻讯而来的哨兵正要干预,母亲道:人民子弟兵同志,我们都是来自五湖四海,为了一个共同的革命目标走到一起来了。我是一个革命群众,反映一件紧急情况,必须面见你们的主要领导,情况万分危急,晚了就要出人命,一个为梁州解放立了大功的人,眼看就要死去,他也曾是解放军,现在是区委书记,万一死了责任谁来负。可他摔了我的工作证,还骂我说死了活该,他该不该这样不顾人民死活?!

看到哨兵近前,矮胖子冲出了房门,嘴里骂骂咧咧说,现在市委书记都跑了,你区委书记算哪盘菜,说不定就是走资派。不料母亲的嗓门一下子高了八度,说话变成了呼口号:"好,你竟敢对人民功臣这么仇恨,你究竟是什么出身?什么情感?告诉你我从小在救济院长大,是共产党把我从火坑里救出来,今天为了捍卫毛主席革命路线,我一不怕苦,二不怕死,誓与魔鬼争高下,不向霸王让寸分。

"我今天谁也不找,就跟你要人,你既然扔我的证件,我就要向你讨公平,你解决不了,就找你的领导。毛主席说,各级干部是人民的勤务员,人民军队永远和人民心连心,你却说人死了活该,你有没有一点阶级感情。天大地大不如毛主席恩情大,河深海深不如党的恩情深……"

母亲背警句的功夫锐不可当,连那个小战士也给唬住了。母亲就势抓定门卫的手腕,有意拖向院里。沂蒙护着母亲,被对方狠狠甩了出去。母亲疯了一样地呼喊起来:"你们还敢打人,今天干脆把俺娘俩打死,打不死你不算英雄,我们是为人民利益而死的,死也死得其所……"

不知什么时候,有一个中年干部模样的人分开人群,站到了母亲面前。沂蒙认出来,这人正是彭副区长,只听他开了口:"大姐,我是明轩呀。有什么事跟我说,这正当门口的多不好看呐。"

"哟,原来是彭区长,不,是革命领导干部彭明轩,听说你高就当市领导了,那我就谁也不用找了,——就一个要求:鲁如柏活着我抬走,死了我要尸,烧了我要灰,今儿必须给我一个准信儿!"

"大姐,你说到哪去了!"彭区长像是受了冤枉,脸涨得通红,"我和老鲁是革命战友,他的安危也是我的安危,咱们坐下来把事情说清楚,你可别被一些流言蜚语所蒙蔽呀!"

"蒙蔽?假的就是假的,伪装应当剥去!我哪儿也不去,就在这里打开天窗说亮话,你究竟把老鲁藏到了哪里?"

看来,母亲是执意要把事情搞大,彭区长知道说不过她,一时不知所措。

就在这时,一辆吉普车从里院驶出,母亲听见汽车声,嗓音更高了。受阻的车辆停下来,走下来一个穿军装的领导,他步履沉稳,面色严峻,背着手走进自动左右让开的人群。

"什么事情，让她说话。"

"首长，我爱人是南城区委书记，被批斗会的人押走，失踪了七天，活不见人，死不见尸，他是解放梁州的英雄，没有死在敌人的刺刀下，可今天却不知是死是活啊！"

"你爱人叫什么？"背手的领导紧跟着问。

"鲁如柏，原来是华野八纵的。"母亲将血衣递到沂蒙手中，不失时机从书包里掏出两张发黄的照片，一张是功臣们与粟裕将军的合影，一张是那件翻拍的信函。

领导看完，递给身边的随员，转身对母亲说："你回去吧，这个问题我来落实。"

"那我怎么和你联系？"母亲急切地问。

"我是周俊德，说话是负责任的，有什么情况，我的秘书会通知你的。至于我们的同志有没有毛病，我会调查清楚作处理的。"

原来他是市军管主任，周围有人鼓掌。母亲扯住沂蒙的袖子向他鞠躬。

当天晚上，彭明轩赶到家中，告知父亲已被送至尉氏县的五七干校，集中参加培训班，允许家属去送衣物，但属隔离检查，交代问题。他还再三表白自己已向上级力陈，鲁如柏的问题早有结论，不能再揪住不放。母亲对他的态度也缓和下来。就在此时，有人匆匆从门外进来，在他耳边说了几句话，彭明轩竟大惊失色，火急火燎地起身而去。

父亲鲁如柏头顶的乌云暂时消散，但另一块乌云接着来了，这朵乌云就是沂蒙的母亲。

母亲以她的精明强干成为家中的主宰。下了班她风风火火不到30分钟，就能给全家端上一桌好菜，5分钟之内可以把房间打扫得一尘不染，在父亲抽烟的当口就可以把弟弟妹妹的衣服泡在大盆里呼哧呼哧地揉搓，一会儿就在院子里晾成一排。可如今这个家风雨飘摇，使她焦头烂额，脾气变得火急火燎：她的脸就像夏日的雷雨天，时不时就会来一阵霹雳闪电。

沂蒙有一批贵重的宝贝，就是他心爱的小人书——整套的《三国演义》《水浒传》《岳飞传》。那是他节省零花钱、卖废品换来的。破"四旧"烧书时，他存了个私心，把书藏入一个破木箱，塞到床下角落里。每天回家，都要用棍子捣一捣，才能放心睡觉，可今天箱子里变得空空如也，他哪里知道这是母亲做了手脚——为在单位显示自己的革命态度，不惜将儿子的"私货"拿去一火焚烧。

一向疼爱外孙子的姥姥见沂蒙急得翻箱倒柜，就向他悄悄告密，不料被刚进门的母亲撞见，于是，引发了一场大爆炸。

她开始摔盘打碗，继而大声责骂。姥姥耳聋，以为她在训斥沂蒙，就颤巍巍地去护外孙，嘴里嘟哝着："看哟，又要耍疯魔喽……"

岂不知，母亲的疯魔就是冲着黑暗的旧社会，冲着旧职员的家，冲着这个当初力主把自己送进孤儿院的封建老太太。如果不是这些，她早就应该加入组织，成为单位的依靠对象了，可如今不管怎样表现，这可恶的出身就像魔咒一样悬在头上，她要挣脱，要宣泄，要爆发，于是满腔怨愤像呼啸的冰雹砸在姥姥身上。

沂蒙最见不得母亲这样对待老人，他一下子挺身立在她的面前大声叫喊起来："你还讲不讲良心，就会在家里逞威风、耍厉害……"

母亲终于把炮口对准了沂蒙，大声斥骂："你个书呆子，养你这么大顶什么用？一个白吃，我像你这么大早就养家糊口了，你还敢烦，马上给我滚出去！"

"滚就滚，我早就不想待在这个家里！"

"你一辈子不回来，我可算除了心头大患！"

怒火中烧的沂蒙扶好了姥姥，二话不说，冲进了屋外的大黑暗中。

毕竟，沂蒙还有在这个世界上唯一的避风港，那就是小喜家。

沂蒙觉得从来到世上的那一天起，自己注定就是一个十足的倒霉蛋。那是一个滴水成冰的冬天，冻雨和积雪将本来狭窄的马路碾轧成光滑的冰道，一个怀孕的女警察摇摇晃晃骑着自行车，身后驮着一个硕大的鸽笼，笼里是即将发送到各个公安分局的信鸽。当时的梁州城刚解放,郊县不通电话,市局各种重要指令,就靠信鸽班传递。她是班长,在这样的恶劣天气,自然首当其冲,另有一个原因,就是她当副局长的丈夫一夜未归,忐忑不安的她急切要赶到市局问个究竟。

就在女警给一只鸽子腿上固定密件时,她听到了背后的窃窃私语,隐隐听到有人说出了丈夫的名字,还连着让人心惊肉跳的字眼:大老虎。

心慌意乱的她本来就扶不稳车把,腹内的小生命偏又淘气似的踹了她一脚,路前方突然闪过一个人,她慌了神,一捏手刹,车轮一个打滑,天旋地转,她就重重地摔在了冰面上,奋力支撑要爬起来,笨拙的身子却不听使唤,一股湿热的液体伴着剧痛从下体喷涌而出。很快浑身仿佛都被血水浸泡了,一个可怕的意念占据了大脑:孩子完了。而那群鸽子却乘机从震开的笼门处飞了出来,它们奋力扇着雪白的翅膀,盘旋着,发出响亮的鸽哨,一下子全部飞上了高天。

她不知道自己是怎么被人送到的医院,只觉得整个下半身像是被吸水泵抽空了,产道宫缩的剧痛压住了医生缝合手术的痛苦。在几近晕厥中,她看到了那个不该早早出来的孩子。

那是自己的孩子吗?分明是一只像剥皮猫一样的小东西,浑身布满了紫斑,喉头里还发出嘶嘶的声音,一张好似橘子皮一样的老人脸,紧闭的双眼,下凹的鼻子,歪撇的嘴巴,头发像稀疏的汗毛清晰可数,细长的脖子拼命扭动,在到处寻觅食物……这是自己的儿子吗,被称作警花的信鸽班长,怎么能生出这样一个丑陋的孩子,她一下又眩晕起来,真希望这一切是个噩梦。

一切都是冰冷的,冰冷的墙壁和床铺,冰冷的面孔带来了冰冷的消息:丈夫果真因严重问题被划定为老虎,上级希望她划清界限。生了孩子第二天,她就扶着墙上班了,口中还唱着歌给自己鼓劲。看到丈夫站在高高的台上——那是桌子摞桌子,桌子上还放着椅子。四周口号蜂起,丈夫的秘书爬上桌子,扇了他一个耳光,桌椅全部塌了下来,她顿时有了幻灭的感觉,突然想起早产的儿子,还在暖箱中等待她的乳汁,而她本来丰盈的乳房却早已干瘪了下去。

这个20岁的女子便是沂蒙的母亲,叫何玉华,沂蒙就是那个像丑猫一样的早产儿。所幸孩子的生命极为顽强,嗷嗷待哺的哭声响彻屋宇。毕竟苍天有眼,正巧姥爷的同事——邻居郭先生家生了个儿子,晚小沂蒙三天,起名小喜,并且妈妈的奶水吃不完。真是天大的喜事。

两个丰满硕大的乳房,轮流被两个光屁股娃娃占有,并且贪得无厌地吮吸,这是多么美的场景。饥饿的小沂蒙变得蛮横无理,和兄弟争抢那花蕊似的奶头,并且必须握着胀鼓鼓的山包才能睡着,离开了乳母的怀抱就会大哭大闹。由于总是让沂蒙吃头口奶,他又大小喜三天,乳娘就给两个孩子起了乳名,叫大宝、二宝。就这样,一棵即将枯萎的幼苗,开始了茁壮成长。到了断奶时,大宝已赶上了同乳母兄弟的体重。

再大一点,沂蒙又爱上了乳娘的丈夫郭老爹炸的油条。老爹是个罗锅,但炸出的油条黄焦酥脆,享誉"油馍郭"的称号,不到天亮就有人到家门口排起了长队。大宝怎么也闹不明白,一个背上驮着蜗牛壳似的弓腰老人,怎么会做出这么好吃的东西;一个面孔黝黑,手掌粗糙的男人,怎么会有一对雪白乳房的妻子。只记得幼年最大的快乐,是店面关了张,乳母闭了门,把大宝、二宝用被子裹放在灶台角上,看着老爹在井口大的油锅中嗞嗞作响地烹炸,黄灿灿的油条回了锅,香味引得口水直喷,像蟹状的鸡蛋鳌更是孩子们的所爱,吃得满嘴油花花的,几天都不饿。

冬天的夜晚门关得严,就像待在山洞里,挡住了外面的狗叫、马车的蹄声、瞎子敲击铜板的卜卦声。只有灶火里的红光扑闪扑闪的,还有满屋子四散的香味,尽管墙壁上被烟熏火燎得黑咕隆咚,可身上暖洋洋的舒服极了,真希望这样下去,永远也长不大。

到再大一点,俩人开始有了区分:一个变得虎头虎脑,一个成了文静书生。乳母会向来买油条的客人炫耀说,这是我的两个小子,一黑一白,一文一武。可背地里却拿大宝奚落二宝:你怎么不跟人家学学,书本上有针扎你的眼啊,还是板凳上有针扎你的屁股啊。可乳母哪里知道,大宝最缺的是二宝身上的那股狠劲,跟人打架最敢拼命,并且总是二宝护着大宝。

放暑假的一天,俩人到龙亭杨家湖去玩,光屁股游了泳,上了岸又捉蜻蜓。小喜先捉一只"老母",用细细的柳条系住,一边摇曳着嘴里还念念有词:老蜻里喂,老母在这里喂——一只只硕大的公蜓就给引诱过来,被手疾眼快的他一把捂住。一会儿,小喜的指缝里就夹起了几只大翅膀的"老绿",沂蒙用背心扎了口装这些小东西,准备回家喂一只叫"大尾巴狼"的公鸡。这只鸡在胡同里勇猛善斗,从无敌手。

看看天色不早,俩人正要打道回府,不料被几个高个子男孩儿截住了去路,为首的长个鹰鼻子,一把揪着沂蒙的头发道:路是我家开,留下买路钱!一双眼却贪婪地盯在他的背心小包上,里面正有几十只大蜻蜓在蠕动。

他们是五个人,又高出沂蒙他俩半个头,好汉不吃眼前亏,沂蒙正盘算着怎样少给他们几只"老绿"过关,却不料被鹰鼻子劈手抓住了背心,沂蒙忙喊小喜救命,立刻招来了一拥而上的暴打,自己的身子顿时悬了空,蜻蜓袋子也被抢走,就在天旋地转的一刹那,他看见小喜却像一只灵猫钻入对方的胯下,只听一声歇斯底里的叫喊,鹰鼻子早已跪倒在尘埃里,脸上的肌肉扭曲得像死人一样难看,只剩下喉咙里发出嘶哑的告饶声。原来小喜直捣黄龙,从裆后直接抓住了对方的命门,被打得鼻青脸肿也不松手,鹰鼻子疼得几乎昏死,哭着大骂手下:放了他们,妈的,我快要死了。

小喜反倒抓得更凶,问道:你骂谁?俺今儿非搦死你个孬孙!对方说:好汉爷爷,俺不敢骂你,俺再也不敢了。几个大孩子吓白了脸,全跪在地上,捧着蜻蜓袋子一个劲儿地告饶。小喜这才松了手,接过袋子,嘴里还在骂:今儿叫你们见见世面,知道马王爷长几只眼,我要点点老蜻,要少几只,俺就扇你们几次脸,搦你们几次蛋!

回家的路上,俩人成了泥猴子,小喜的额角还淌着血,沂蒙说回家我向娘认错,因为救我你才挨打的。小喜一下子变脸了,说,我没有护住你,叫你挨打了,我认罚,你不要说,听我说,我说话向来算数。沂蒙还要争,他腾的红了脸,胸脯一鼓一鼓道:"我最恨不听我话的人,我说话算数还是你算数?"他的两只大眼冒火似的直射沂蒙,"大宝,我告诉你,说话不算数还是人吗?"他看沂蒙还要说话,就用攥紧的拳头捣过来,"好哇,你敢怀疑我说话不算数?"

就因为这个说话算数,他被母亲按住屁股毒打一顿。事后沂蒙问他,你打架时怕不怕,他说刚开始害怕,一看你被打我啥也不害怕了,他接着让沂蒙摸他的后脑勺子。沂蒙这才发现,对方脑后不止一个旋,他昂昂头说:一旋横、二旋愣、三旋打架不要命,我三个旋,就是生下来保护你的!

小喜家有乳母最温暖的怀抱。他摸黑跑了去。发现后门已经钉死了。刚要翻院墙,被人从身后边拍肩使绊摔了个仰面朝天,还没等反应过来,脖子就给扼得几乎窒息过去,月光下他看清了对方的脸,原来正是小喜。

"咋这么晚来了,又出了啥事?"他喷出的话语中含着酒气。

"没啥事,俺妈让来恁家看看,乳娘身体咋样了。"

"咱妈这几天身体不舒服,已早早睡了,你还没吃饭吧?"他大概听到了沂蒙肚子的咕噜声,到厨房的馍筐里抓了几个菜角,倒了碗水,看对方三两下吃掉。

小喜起身在悬吊的铁砂袋上练拳击。沂蒙上前试了几下,痛得急忙缩回了手。小喜笑了,"这么打还不伤了手,每次得抹上师爷配的药酒,先练掌,再练拳,你来摸摸俺的手。"沂蒙去摸,竟吃了一惊,自己的手像棉花,对方的拳头却硬如铁砧,骨头节上布满厚茧。他越发佩服,突然冒出了一个念头。

"你教我打拳,我不上学了。"

"你真想学,不怕吃苦?"

"骗你是个狗。"

"要是这样,咱得拜师爷,俺给你引见。"

"真的吗?"

"那还有假,你不知道俺打小就没说过瞎话。"

"那你不去造反啦?"

"他哪里也不能去!"俩人被背后一个苍老的声音惊住了,原来是

17

乳母,拄杖披衣,已经立了多时,小喜和沂蒙急忙上去扶住了她。

"正好你兄弟来了,咱娘仨就把话说清:你小喜要真是我儿,就和你这兄弟寸步不离,老老实实待在家里,要再敢出去扛枪弄炮,我就死在你的面前,早早找你的爹去!"罗锅爹几年前去世了,不知乳母怎么说出这样的狠话。

"如今社会上这么乱,躲都躲不及,还敢去抢枪,知道是啥罪吗?是炮打头的死罪呦,我可跟你说,儿子,乖,过去老话说得明白:瞎子放驴,早晚出不了这块地,甭看今日闹得欢,到头来总得拉清单。我打小叫你跟大宝学,你不读书,不知礼法,这样混世界,早晚要惹出杀身之祸……"

"妈,这不听你的话回来了嘛!"

"你是哄你老娘,以为我听不出来吗,今儿我早就准备把你拴在这床腿上,链子都预备好了。"随着哗啷一声响,乳母把一副铁链扔在地上,这是治小喜过去逃学时常用的"家法",不想老人家却转身朝着沂蒙道,"你跟他不一样,大了比他有前程,你要替我看住你这个兄弟,叫他平安活条命,就算给他郭家烧了高香啦。"她说这句话的时候突然哽住,黑暗中不清楚乳母的表情,但声音里满含着悲怆,"他从根底上就和你不一样,经不起折腾,注定只有你来帮他,才能全须全尾活下来。到了那一天,我在九泉之下也能闭眼了。"见沂蒙直点头,她一把将两人拉到脸前,"你俩要真有孝心,就发个毒誓,不再出门参加武斗,就在家练武术,从此与社会上一刀两断!"

"妈,你咋能勉强人家沂蒙?"

"给我跪下,学着说一遍!"

沂蒙拉着小喜双膝跪倒,郑重其事朝着屋中的毛主席像立了誓,乳母这才由小喜扶着转回房间睡觉。

次日晚间,小喜便带沂蒙到习武的学屋拜师。一路之上,对自己这位号称"铁臂肘"的孙师爷赞不绝口。原来,孙师爷早年当过冯玉祥大刀队队长,以后做国术馆教官,在人民会场立过擂台,在大相国寺踢过场子,再后来靠推独轮水车送水生活。有一年马道街修路铺柏油,路中间竖着"重车不可通过"的牌子。他问警察:人过行吗？说完双膀较力,架着木水车,四轮悬空跨过了马路。

前方拐过四营房的巷口,就听里边喊声冲天,狠脚震地,一股香火味道四处弥漫。只见场地中上百个赤背青年列成方阵,正练马式蹲裆步,个个红板带束腰,黑布灯笼裤下设有香炉,一旦偷懒就会烧了腚沟。一个二十多岁的方脸壮汉手持白蜡棍穿插其间,不时对身形歪扭者手起棍落,厉声叱责。沂蒙心里一阵发紧,也学小喜收腹挺胸,趑进了一侧简陋的院门。

院落被半截土墙围就,一棵粗壮的古槐上吊着沙袋,旁边放着石锁、石礅。沂蒙随小喜走进低矮的屋檐,只见房内围坐着十六七个少年,正中的太师椅上,坐着一个蓄山羊胡须的老者,屋顶的汽马灯斜照着他的侧影,显得松形鹤骨,短刺刺的头发下,眉脊有棱有角,一双利目,像是岩下电火,说话底气很足,声震屋顶。他的背后除了领袖的挂像,还在下边悬着一张关公关云长的年画像。虽然纸张陈旧,但威风凛凛。见有人进来,师爷停下来打问:"是喜子吗？"

"是,快来拜师爷。"沂蒙就这样立在了堂屋中间,按小喜的提前交代,上前鞠了一躬,道了声师爷好,而后肃立大声说:"小徒鲁沂蒙愿拜师爷学武。"

师爷嘿嘿一笑:"孩子,学武为了啥,学武可要吃苦。"

沂蒙说:"吃苦我不怕,只要能学武。"

师爷道:"我跟你爹认识,那年市里比武大会,他还推荐了我参加,走遍天下都是山东老乡,要懂得能文不能武,铁定会受苦。你既来了学屋,就要替老子争气,比别人都要吃苦,因为你和他们不一样,你要胸有大志,除暴安良,替父报仇。"没想到师爷说话有板有眼,沂蒙心里一阵热乎。

"我还得问你,学了武,受了别人欺负咋办？"

沂蒙一时语塞,只得说:"练了武,就没人敢欺负。"

"错,教师身,贵如金,抓根汗毛四两金,欺一人就是欺我学屋,习武就要讲一个义字,榔头！"随着师爷一声喊喝,大师兄榔头应声而到,

"义字走遍天下,无义寸步难行,你给师弟说说这个'义'字!"

榔头双手后叉,高声大嗓:"富贵不能淫,威武不能屈,贫贱不能移,此乃丈夫也。"沂蒙听出来,这是古人评价英雄大丈夫的标准。只听师爷又道:"记住,谁出去给我惹事不行,可自家兄弟受了欺负,就得同生共死,有难共当。"沂蒙记起小喜说因徒弟被打,师爷在澡堂里找到凶手,一个靠山肘将那人从池子里打到了池外。

"喜子,先让你家兄弟练踢腿,一趟一趟教,不出功夫我可不轻饶!"

沂蒙点头谢过,跟小喜出了院门,开始跟在方阵里,比葫芦画瓢练起来。听小喜说,因为破四旧,师爷将一套拜师的老规矩都省了,包括别人交的学屋费,师爷也不打算让沂蒙交。沂蒙听了感动不已,但表示,家里父亲工资扣发,自己可以干活挣钱,这学屋费不交不行。小喜挠挠三旋脑袋说,你不比俺,从来没干过出力活儿,我想领你打小工,拎泥兜一天能挣一块钱,可俺妈又不许出门,这样吧,你先去南大门帮车,绳子上拴个钩子,上坡时帮人挂上架子车就走,一天也能挣上几毛钱,吃饭就到家里,晚上就到学屋练武。

第二天一大早,沂蒙来到大南门,这里是从运货场到市区的必经之路,横跨护城河的拱桥形成一个大斜坡,过往的人力车十分费力,早有一伙帮车孩子在此等候,待有重车上坡,马上像群啄食的麻雀一样围拢过来,眼明手快地搭上绳钩就走,剩下的孩子只好一哄而散,再去寻觅后来的车,车子走到下坡时,还要帮着驾辕稳车,一直向下冲出去二三百米。

沂蒙开始争不过他们,等车辆渐渐多起来,他也瞅准一辆车,将绳钩一搭,人力车工握着把就说,新上手的吧,我看你就不会拉。沂蒙摇摇头,撑紧了绳子,使出了吃奶的力气。对方故意歇了歇劲儿,眼看着车子几乎朝后边滑动,这才弓身向前。沂蒙不敢怠慢,狠劲蹬腿发力,绊绳勒进了肩膀,锥心似的痛。他咬紧牙关,步步加力,汗水很快从头顶涌出,顺着额角下巴掉落在柏油路面上,一下子真的摔成了几瓣。

终于登上了桥拱高处,向下时就像乘风破浪,从心底冲出轻松的快感,不料被车工用粗话大骂了一声,因为到了刹车处,他已经把车把架得翘起来,而沂蒙还在卖力地朝前冲。只听他呼哧哧喘着粗气,埋怨自己倒了八辈子的血霉,雇了一个帮倒忙的小瘪三,到头只给了三分钱的帮车费。

三分钱也是自己挣的,沂蒙为自己有生以来第一次挣钱涌上一丝成就感,很快长了经验,一个上午,竟然拉了六次上坡,又挣了三角钱,他简直要心花怒放了。五分钱可买一个馒头,八分钱一碗胡辣汤,终于可以自己养活自己了!随着来回上下坡,他还发现,有种宽斗重车挣钱最多,帮一回可挣一毛,但这样的好活被一个黑大汉垄断了。听说他叫小榜,近两米高的个头,胳膊比得上自己的腰粗。黑塔似的桥口这么一站,只等重车一来,他来个老鹰扑食,把一群小帮车的一哄而散,拽上就走,半天就能拉上三四元钱,而后就去小铺子喝酒。

这小榜饭量极大,一次碰上卖胡辣汤的老头儿,他拦着挑担儿,老头儿有意逗他,说担桶里还有十来碗汤,你要能喝完,我分文不要,喝不完有几碗都算你买的。小榜脱了小褂搭在肩上,往路边一蹲,一碗一碗倒扣般的下肚,呼呼噜噜连喝了 14 碗,只听得老者边刮桶底边抱怨,这是哪辈子托生的饿死鬼要债来了。小榜一抹嘴嘎嘎大笑,拉着旁边一直看热闹的沂蒙作证,拍着鼓起的肚子道:"你家爷们儿这里是无底洞,再有十几碗也有空地方。"吓得胡辣汤担儿好长时间不敢过桥来卖。

和小榜熟了,他就问沂蒙,说你这个细麻秆是个念书的料,一准儿是偷了爹妈的钱给赶出家门不是?沂蒙反唇相讥说你人高马大为啥偏跟小孩子抢生意,没脸没臊的。他仰起下巴大笑道:你还真不知道马王爷几只眼,过几天就有好活儿干了,小子,想去?你榜叔愿意帮你一把咋样,有蛋子儿没有?沂蒙听了一个劲儿地央求,小榜揉着大腹便便的肚皮,说出了一个一天能挣几块钱的地方。

那个地方原来是黄河,这条大河从西蜿蜒而来,到梁州城拐了道弯,被称为"铜头铁尾豆腐腰",因泥沙淤积,自古以来多次在腰部决口改道,梁州城也只好水来土掩,提堤筑坝,年深日久,在漫流冲击下,渐成一段地上悬河,据传这黄河的底部都要高出市内的铁塔顶,因此每到汛期,市里防洪防汛的物资都从小火车道上运送,河工量很大,需要装卸的临时工。沂蒙听了,求之不得,当夜就跟小榜上了河畔杏花营工段。

这日天还未亮,沂蒙就起了身。只见辽远空旷的云雾之中,大河自天际奔来,它雄浑壮阔泽润着北方大地,铺天盖地又弯弯曲曲,它混混沌沌,时而咆哮奔腾,像一个血脉偾张的莽汉,气势汹汹,声如巨雷;时而平缓如絮,像个慵懒的农夫,漂移不定,游荡多变,在日光下渐成一片黄色的溶液,只是到了近处,却变得激浪飞溅,暗流涌动,布满大大小小的旋涡与深渊,使人心惊胆寒。一股清凉湿润的气息扑面而来,几只水鸟被风撕扯得七零八落,一柱阳光从云层的缺口处透射下来,斜照在沂蒙和民工们住的帐篷上。只听粗犷的歌声从河工那边断续飘过来:

我有老汉你有妻,
我的老汉不如你,
今个和你来相遇,
做不成夫妻咱搭伙计
……

离开城市的喧嚣和烦恼,沂蒙心底里陡然生起一种自由自在的快意,但很快被小榜一掌拍回了现实。他告诉沂蒙,这河工的活不比帮车,得慢慢上劲,惜点力气不要干伤了。将来在社会闯江湖,得有个好身板。在家靠父母,在外靠朋友,江湖靠兄弟,兄弟靠义气。骨肉不亲命亲,干活紧跟着俺,不会叫你吃亏。

原来这河工是挖淤泥运土加宽堤坝,雇来的工人十人编成一小队,十小队编成一个中队,中队上面有大队,大队中心插了个红旗,用白灰画上地界。密密麻麻的有一二千人在河段上干活。小榜领着沂蒙进了其中一个小队,共五辆独轮车,每车配两人,一人装一人推。每辆车按土层软硬,推车远近计定额,最后以土方算报酬。

小榜拉沂蒙商议,说他们这些懒鬼不愿跟你搭伙计,怕吃亏,咱俩干,叫他们知道一个胖子加一个瘦子干活抵得上他们一帮懒小子。他又问沂蒙,你是装土呢,还是推车,任你挑,推车轻些,可你刚来,架不稳把,翻了就倒霉了。

"俺装车,你推车。"沂蒙马上说。

"好,俺先帮你把土刨刨松,你再装。"小榜个大力不怯,随着镐起镐落,一块块硬土滚落,他嘴里还不停数落,"小麻爪儿要记住,举镐要高,下得狠,镐尖要刨准,三镐就刨一块土,你装车可不能小手小脚的,每锹铲二十斤土,才像个干活的样子!"他看沂蒙不得要领,丢掉镐头,示范装车。几下子把一辆小车装成小山一般,且不慌不忙,稳稳当当迈着蒲扇似的大脚把小车推到七八十米外的河湾,那里正有上百辆的手推车来往穿梭。

没干几车土,沂蒙已是气喘吁吁,他又过来帮着刨土装车,沂蒙过意不去。小榜粗嗓大吼:"去去,你个小麻爪儿,才干几天活儿,好好跟俺学。趁我能帮你,你以后知道孝敬你榜叔就好。"就这样,一天下来,沂蒙的骨头就像散了架子,最后的一锹土,无论如何也端不到车上去,手像筛糠似的抖,土洒落了一半。小榜接过铁锹装土推车,沂蒙一屁股坐在地上,眼看着小榜把最后一车土推走,心里难过得恨不能灭了自己。

这天正值河段完工,收工时一个人还奖了一个白面馍夹猪头肉,沂蒙把自己那份给小榜,不料他咯咯笑着骂道:"你个小麻爪儿懂个球,这点东西只够塞牙缝,俺可挨过饿,看我这里都有什么宝贝。"

沂蒙早就注意到,小榜从上工就背着一个脏乎乎的大布袋,打开来看,竟全是吃的东西:半个大锅盔有六七斤,成块儿的风干猪肉有三四斤,还有装在玻璃瓶罐里的咸豆酱、炒花生、炒黄豆,还有一条破毛毡、一团不脏不净的衣裳,总共有四五十斤,看着沂蒙满脸惊讶的样子他得意起来。

"咋样,你老叔的宝贝布袋,叫拎着馍、靠着河,饿不着。"说完,扎紧布袋,枕着一块土坷垃,摊开肚皮摩挲着说,"只要是不饿了,俺就浑身是力气,往后上工,你就给俺拎着布袋,等着看好吧。"

又干了一天活,沂蒙才明白,这河工活干上一晌人就饿了,可还不到饭点,而小榜此时趁撒尿的工夫就掏出口袋里的东西大嚼,最初还有人想方设法巴结他,想从他牙缝里匀出点儿什么来,可这小榜是出了名的抠门儿,他吃锅巴和咸肉时,能把掉在地上的碎屑都捡起来塞进嘴里,他说这都是灾荒年饿出来的毛病。

　　现在,他把大布袋张开来,一个劲儿劝沂蒙:"拿呀,下手抓呀,吃到肚里才是自家的,还有这腊肉、花生,尽管都拿走,俺对那些懒坯子一毛不拔,可打心眼里喜欢你这个小白脸儿,咱多挣些钱,等有了相好的女孩儿,赶快生几个娃子,这辈子过好了,甭忘了你榜叔呀!"

　　一番话勾起了沂蒙对家的思念,离家出走近十天,姥奶和弟弟妹妹不知如何,父亲的事情到底有没有着落。虽说这次赌气出走是因为母亲那番辱骂,但时间一长,竟然多想的是她的好处和不易,全家靠她一人支撑,父亲工资不发,家里连菜都买不起,想到这里,鼻头不禁发酸。下意识用手搓了搓掖在内裤用别针别住的两元钱,暗憋了一股劲,等挣够了十元钱再回家,把钱扔在桌子上告诉母亲,我绝不是白吃,我能够挣钱养家了。

　　小榜像猜透了沂蒙的心事,叫他附耳过来道:想不想多挣钱,要是能撑住,跟俺当脚夫去,敢吗?沂蒙被他"杠"了一下,脱口而出:有啥不敢的。他马上推了沂蒙一把,再仔细端详了一番说:这活儿可不比帮车、推车,你靠不得别人,得靠自个儿一个人两只腿,万一把你干伤了,俺可管不了。沂蒙说:我练过功夫,下盘能立得住。小榜犹豫了一下说:"这样吧,你先跟我去试一下,能吃这口饭就吃,吃不了咱俩还推车。"见沂蒙一心想去,第二天,小榜领着他走过了一大段河湾,登上了大堤,只见远远一座驳船正靠着码头,一批脚夫正在往船上扛水泥。

　　此时的太阳悬在遥远的天际,映得黄河闪着棕红色的波光,毛茸茸的浪头像无数个海狮的小脑袋奔涌而来,宽阔的河面上,有小艇驶过发出高亢的鸣笛,一批水鸟被笛声惊起。沙滩上装船的脚夫短裤短衣,"嘿哟嘿哟"地喊着号子,一个跟着一个鱼贯似的扛包前行。

　　走到近处的沂蒙注意到,这一个个古铜色的脊背上,扛的是足有百斤的水泥袋子,重量全压在两只脚上,裸露着小腿上的青筋,像是吹涨了气的蚯蚓。看来,只要两只脚能挺住,两腿能迈开,就能一步步走上那块搭在船边的踏板,关键就在于这块三十度斜面的踏板,就像通向高崖处的斜桥,从下边爬上去,至少要走二三百步,再下七个台阶才能把水泥扛上船,卸到底舱后再原路返回,排到队伍后边,等待扛起下一包。

沂蒙瞪大眼睛看着这段斜板,心内一阵打鼓:走在上面的十几个人,个个肩拱背驮,缓缓挪动,每个人都涨红了脸,绷起了脖筋,一步一移,格外小心,因为那块板不仅狭窄,而且随脚步移动悠悠荡荡,一旦脚下有个闪失,就会跌入板下二三米的水中。沂蒙的心随着那吱吱呀呀的响声悬了起来,听旁边的人说,水泥垛子是从防汛小火车卸下的,两天之内要分运到各处防汛点上,必须在雨季前运完,装卸工人手不够,才跟拉土方的民工队要人。小榜拍了沂蒙的肩,差点儿把他拍得坐倒在地,沂蒙硬着头皮点点头。随小榜站在了踏板边缘。

小榜往前一步,送包的两个人向上抬起,他把身子一斜,肩膀一挺,顺势将水泥袋接在肩上,两只脚随之踏在斜板上,随着脚下的晃动起伏,水泥的重量由肩头转到脊梁,再传至两条腿上。看来,只要这重心从上到下不偏不倚,水泥袋就不会左摇右晃。沂蒙心里盘算着,腰一拧走上前去,背上马上被搭肩的民工狠狠压上了铅石般的袋子,尽管早有准备,但那袋子的棱角还是刺疼了肩头,身体虽尽力前倾,屁股上撅,两手紧托着下坠的袋角,可两条腿无论如何也不听使唤,双脚簌簌打颤,浑身发疟疾似的哆嗦。周围的人拍手叫倒好,还有人吹口哨起哄。

"加把劲噢!"随着一声喊喝,背上轻了许多,原来是小榜从顶上拽着袋角,拖住沂蒙向前走,再一咬牙,他的脚已经进了船舱,只是胸口不住大喘气。

"那小家伙甭上了,耽误进度。"一个管事的在斜板处叫道。

"俺行,再扛一包就行了。"沂蒙强给自己鼓劲,心想如果有半袋包装的水泥就好了。

轮到送肩,沂蒙就见小榜朝自己点点头,扭身对两个搭肩的说:"来,给俺左右肩各搭一袋,中间撂一袋,就算我替小兄弟的!"两人的脑袋晃得像拨浪鼓,因为他们压根儿未听说哪个脚夫能扛三袋水泥走斜板的。

"你别逞强,这可不是闹着玩的,你敢拿着命赌,俺还不敢干呢!"最终只放了两袋,剩下的一袋还是放在了沂蒙的肩上。

小榜的确在逞英雄,两袋水泥小山似的摞在肩上,被他稳稳当当托住,一溜小跑奔上斜板,百十号人全看傻了,有人骂他真是傻蛋二百五,更多的人拍响了巴掌。沂蒙紧随其后,学着他的样子向上跑,哪知道袋子靠前,过了头顶,重量不再下坠,可双脚就是站立不稳,刚走上五六步,就觉得那踏板左晃右斜,随着剧烈的摇摆,右脚一发软,整个身子随即天旋地转,一瞬间连人带水泥从斜板上重重跌入水中。

三

  千秋红曾是彻底的造反派，并因观点不同与父亲断然决裂，她甚至将父母睡前私下的不满言论偷偷记录下来，准备随时跟他们算总账，不料这一天竟不期而至——正当她高唱着《抬头望见北斗星》，投身到如火如荼的批判、砸烂的斗争时刻，家中被抄，她记载父母的床边夜话成了老爹的铁证。经过一番"油炸""炮轰"式的批斗，曾风光一时的彭明轩被押至五七干校的牛棚接受审查，在那里与老搭档鲁如柏见了面，两人先是互做鬼脸，继而号啕大哭，最后竟破涕而笑。

  荒诞而残酷的现实，使千秋红冷静下来，在经过一番游移和彷徨之后，最终选择了逃避，她游离了社会的喧嚣，成了家中的乖乖女，每日洗衣做饭，照顾弟妹，给牛棚中的父母送衣物。这天途经南关百货大楼，看见众多的人正围拢观看着什么，她本能地想避开。但突然看见了核心中的杜明和鲁沂蒙，两人正在表演剑术。你来我往中寒光闪闪，赢得一片喝彩。特别是鲁沂蒙，她几乎一下子认不出他来，完全不是那副羸弱书生的模样。看上去骨骼坚硬，古铜色的肌肉隆起，随剑锋所到之处的一双眼睛，显得阴冷而凶狠，孤独而忧郁。她从心底处涌上了一种同病相怜的感觉，既往的优越感刹那间烟消云散。

  千秋红看得不错，像旧时街头卖艺的两个人，果然是鲁沂蒙和杜明。

  那天，从装卸水泥的踏板跌入河中的鲁沂蒙，被小榜等人救上岸后，早已惊动了施工管理人员，一番查问，幸亏水泥袋滑落在先，人未受伤，但着实受了一场惊吓，沂蒙当晚浑身发烫，在工棚躺了两日。家里终于瞒不住了，小喜借了车把母亲也拉到了工棚，回家的路上，沂蒙把浸透了汗水和河水的钱递到母亲的手中,她背过脸竟然大声抽泣起来。

在接下去的几天里,沂蒙享受了家中的最高待遇,姥姥给他熬上姜糖水,母亲接连几天炒他爱吃的香椿鸡蛋,她的眉头也少见的舒展开来,一边忙乎一边告诉沂蒙,父亲与市里一批干部搞斗批改,不搞大批判了,并且还补发了拖欠的工资。沂蒙问起郭子玉的事,母亲告诉他交给周俊德主任的照片起了作用,郭子玉先是被当地公安逮捕,现在放出来等待审查结果。并说几天前一个大脑门儿的同学送来通知,说学校复课闹革命,你快去看看怎么回事。

大脑门儿?不是杜明吗,他因为被自己在黑板上被列为"灰五类"恨得咬牙切齿,怎么能登门造访?再看那张打印的通知,果然有杜明的留言。一下子,像听到另一个世界的信息,那个被遗忘了的学校便从记忆深处打捞出来。自从那天被轰出学校,他便成了流落社会的弃儿。如今听到了学校的召唤,感到既陌生和疏远,又深深地怀念。

杜明和沂蒙小学一个学校,到了初中,两人成了一个班,彼此惺惺相惜又暗自较劲儿:杜明乒乓球打得无人可敌,沂蒙参加了校体操队;杜明绘画首屈一指,沂蒙围棋拿过少年冠军;杜明的笛子吹得够专业水平,沂蒙的作文名列前茅。两人相互钦佩又互不服气。有一次,他的一篇作文被老师评为范文宣读,沂蒙颇不以为然,随即作诗讥讽:"乌云岂能遮傲阳,抄袭杜篇不真功。"不料遭同桌出卖,导致两人反目为仇,还被老师批评为骄傲自大,班长的职务被罢黜,沂蒙一度一蹶不振,直到"文革"因出身红五类又东山再起。

来而不往非礼也,沂蒙觉得应该到杜明家去一趟,打听一下学校的消息。于是,他很快来到那处曾经十分熟悉的院落。只见那家高企的上房屋门紧闭,门庭的枣树上次破"四旧"烧书时被烤焦了半边,满地的黄叶无人打扫,随风乍起,沙沙作响。

随着沂蒙的喊声,杜明从屋里出来,做了一个欢迎的手势。几个月不见,他老成了许多,大脑门儿上一绺头发耷着,眉间处有了浅浅的皱纹。

屋内的陈设完全改变了,原来日式的木地板、推拉门不见了。杜明的姥姥是日本人,姥爷当年与郭沫若同到日本留学,从八幡娶了姥姥,归国后为地方法院院长兼教授。妈妈有一半日本血统,长得漂亮而娇小,唱歌十分悦耳。记得屋门右侧榻榻米旁边,有一扇精致的圆镜,她外出经常化浅浅的淡妆。沂蒙进门便见到挂杜明父亲临摹的俄罗斯巡回展览画派大师的风景画的地方,现在都换上了伟人的画像。榻榻米的卧室也改换成了简易的铁床。据传杜明还有一个舅舅更神秘可怖,怀疑是海外的特务,有这些包袱背着,哥们儿的精神压力可想而知。

杜明说:"我找你是奉旨招安,学校让通知每个同学复课闹革命,为胜利完成斗批改任务,亲人解放军已进驻学校搞军训,对……"他煞有介事掏出小本子,开始宣读。

沂蒙听了不知为什么有点好笑,便打断说,我找你是道歉来的,你不计前嫌到我家,我很感动。

杜明有些夸张地咧开大嘴:"这么说,你承认是欠我的吧,咱做个交易咋样?"

沂蒙愕然,自己已经赤贫到流氓无产者了,哪有什么资本来交易。对方猜透了他的心思,一下子抓起他的手,露出手心中打铁砂掌磨出的厚茧,杜明一脸坏笑,"脸红什么——精神焕发;怎么又黄了——防冷涂的蜡,我早就知道你在练武,教教我怎样?"

不等沂蒙答话,杜明早把嘴贴到了他的耳边,"我不会让你白教——现在有件天大的好事,我不能被窝里放屁独吞……"他神秘兮兮的一番白话,把沂蒙说得心里突突直跳,既兴奋又紧张。

原来,他是让沂蒙跟他合伙去盗学校图书馆的图书!而且再三强调,下周军训一开始就再没这个机会了。

图书馆位于学校的西南角,是一栋大坡顶的欧式建筑,阔瓦青砖,屋脊高耸,显得典雅气派。里面雕花的玻璃门窗和平整洁白的天花板更具殿堂的气势。图书馆中间是宽大的阅览室,顶部是藏书室,这里曾留下沂蒙太多的身影。每当完成作业听别人议论起一本好书时,每当心里感到寂寞无助时,他都会把自己关在这里,在知识的海洋里遨游,用书本弥补食堂的营养不足,稀释生活中的不快,它就像漫漫长夜的烛光,给自己慰藉、温暖和力量。

　　校园的黎明静悄悄,两人翻墙入校,只见东方的天际横着长长的鱼肚白,晨风凉意阵阵,但心中的火焰正旺。杜明轻车熟路,领着沂蒙从后墙的破窗中跳入阅览室内,光线很暗,依稀可以看到天花板处的出入口,还有出入口下边高高摞起的桌椅,原来,这里早就是梁上君子们的通道哇,也不知是谁开辟的!

　　杜明身子利索,凭着臂力很轻巧地爬上去。沂蒙紧随其后,在黑暗中跌跌撞撞摸到藏书室的上方,扒着高高的书架子往下出溜,一个不小心摔到一堆书上,耳边顿时传来一阵长长的像车胎被压扁的撒气声,"弗——"沂蒙顿感浑身冰凉,毛发尽竖,因为他分明感受到自己身下有个软绵绵的东西,莫非是见了鬼不成?

　　待慢慢转过身子,伸手摸去,竟然是一个影影绰绰的人影席地而坐,旁边是一摞码好的书,看来是自己砸到了他身上。

　　"谁?干啥的!"沂蒙给自己壮胆。

　　"你管我是谁?干啥的,你是干啥的,我就是干啥的!"对方还挺硬气。

　　杜明拽了沂蒙一把,摸索着到另一排书架边上坐下。看来这人是外边的,不像是学生。

　　天色放亮,室内的光线足以看清书本封面上的字了。那个人开始站起来忙乎,原来那堆书都是他摸黑挑出来的。沂蒙暗自纳闷:这么多书,他怎么往外搬呢?

　　那人开始脱去身上的长裤,还是两条!他把裤腿两头一系,再把书成摞顺到裤筒里,然后腰带一收,便成了连体的书布袋。往脖子上一挎,来回走了几趟试试分量,又开始拾掇第二个书布袋。沂蒙看得目瞪口呆,真是贼人有贼办法。

　　眼看那人满载而归,沂蒙和杜明开始翻拣需要的书,看来这里经过多次洗劫,书架上的书很少,地上杂乱堆积着一米多高的书,连插脚的地方都没有,要想找到心仪的书还真是得深扒细刨。

　　还是翻到了几本:《钢铁是怎样炼成的》《复活》《我的前半生》《福

尔摩斯探案》《海底两万里》《大战火星人》等等。肚子开始饥肠辘辘，不想再动了，看看杜明还在翻腾，他手里攥了本《红楼梦》，一个劲向沂蒙招呼。这时又有人空降下来，差一点砸到沂蒙身上。几个人互相惊恐，乱作一团，好像无头的苍蝇，然后就开始了相互的争夺。一个粗嗓门的大喊："这是我先看见的！""是我先拿到，刚放在这里的！"一个尖嗓门儿叫起来："给我！""不给！""你到底给不给？！"大嗓门的人高马大气势压人，尖嗓门儿知道挺不过但心有不甘，"要不，把这本书撕开，你一半我一半。""这人真他妈的扯淡，这是书啊，又不是分红薯。"另一个怒道："你放屁，拿过来！"随着一阵激烈的撕扯，得胜者手捂着撕破的书摇头痛惜，失利者从书堆中爬起来，气哼哼地从进口处离去。

突然，不知怎么回事，楼顶这批人全部不说话了，隐隐听到从阅览室的门口处，有人在一阵一阵地吆喝，还有木棍捣门的声音，原来，抓贼的人终于来了。大家全部站起来，满脸的惊慌失措。

楼下正在哗啦啦地开门，喝令楼上的人下来，沂蒙和杜明把书塞进书包里，实在装不下的，插进了裤裆中。他们从出口的桌椅上刚下来，大门哐当一声被打开了，一片阳光倾泻而下，照在每个人的脸上，就像电影上的一群俘虏，个个原形毕露，而且人赃俱获，只等着发落。

外边的人进来了，都是护校队的老师，一听声音还都熟悉，其中一个就是班主任兼数学老师周时刻，平日里讲课腰板笔直，很少笑容，老是绷着一张数学公式的脸。此时沂蒙他们谁都不敢抬头，心脏突突得像拖拉机，毕竟这个"偷"字太难听了！

周老师看了看屋内散落的书籍，又一一地看了偷书的人和鼓鼓的书包，把脸一沉，大声喝道："看看你们干的好事！"又把脸一甩，用更加义愤的声音吼道："还不快滚！"

滚？几个人的脑子顿时短路了，你看我，我看你，不知怎么回事，只听另一个声音吼道："咋啦，还不想走，等着叫管饭呐！"哎呀，这话真乃悦耳动听，几个人如蒙大赦，争先恐后地往外跑，个个如漏网之鱼，竟然连书都带了出来，真是大大的意外！

到了杜明家里，两人把战利品摊在床上，琳琅满目的足有三十几本,高兴之下,沂蒙承诺,当晚带杜明见了小喜,很快拜了师门。从此,武场中多了另一个少年的身影。自此三人变得形影不离。不想天有不测风云,小喜惹出一事,引起了一场轩然大波。

市里人民会场演电影《卖花姑娘》,买票排队中一膀大腰圆者插队,学屋中一个叫"橡皮"的出来制止,不想遭到一伙人的拳打脚踢。途经此地的小喜挺身阻拦,壮汉骂他多管闲事,拎起棍子朝他打来,小喜用肘磕飞棍,劈手揪住那人衣领,一下子扭至售票窗台,大吼一声,从腰间抽出一把锯刀,朝对方晃了一晃,反倒冲着自己的大腿扎了下去,顷刻鲜血迸流,吓得壮汉一伙作鸟兽散。

事后闻听这伙人是"东霸天"鲍文的徒弟,师爷动了怒,派大徒弟到鲍文处下帖子,约定对方拉场子,按照梁州江湖规则,遇有武场之间的纠葛,双方争执不下,由第三方仲裁,并以比武断胜负、定惩罚。次日,对方回了信,双方约定在西南城坡包公湖一片空地处拉场,由德高望重的武术界前辈黄佛公为评判人。

那天晚上,月亮半晦半明,包公湖波澜涌动,侧畔的芦苇沙沙作响,呈现一阵肃杀气氛。武场坐北朝南摆了三张桌子。正中端坐蓄着半尺白须的黄佛公,颇有些仙风道骨的模样。左右两端,师爷与鲍文分坐,早听小喜说,两人向来不合,武功上互不服气。鲍文的摔跤拿过全省的冠军,号称"一把抓",只要被他抓住褡裢必败无疑。师爷与他从未有过对手,两人曾有约,一旦相搏,败者必须认对方为师。所以,今天这场对垒,与其说是为徒弟讨公道,倒不如说是两个武术大师间的一决雌雄。

黄佛公朗声宣讲过规则,说明今日逢私不逢官,胜负天定,老不欺少不瞒,不向灯不向火,只做武艺评判。

双方对阵,先上的是各方腿法,由于两边徒弟们都憋着一口气,腿踢得呼呼风响,脚跺得地动山摇。接下来是拳法,两方不相上下。再比器械,对方刀进枪、枪进棍,一片刀光剑影。师爷派出五人"地趟刀"(由各种刀法与地趟动作配合形成的组合与套路——编者注),八人的八方棍,压轴是沂蒙的绨袍剑(通背拳代表性剑术套路——编者注)。

一直端坐在台上的黄佛公是太极高手,竟然站了起来,拍掌指着师爷说,我家的绨袍剑怎么给你偷来了?师爷得意地捋着山羊胡子,起身拱了拱手。那边鲍文大徒弟一声哨音,台下齐刷刷十名大汉皆披跤衣裆裤,两两捉对摔跤,直摔得武场上尘土飞扬,连黄佛公也连声喊好。

比赛过半,双方势均力敌,师爷显得有些急躁,与榔头耳语了几句,榔头立即发令——硬气功准备。顿时有人抬一大青石入场。有人一阵喊:油锤贯顶!这油锤贯顶是将一大块青石顶在天灵盖上,用十二磅大锤击石,力贯头顶而头不伤,也是师爷的拿手好戏。

小喜抖擞精神,上场之时,月亮从云中复出,他打赤膊,腰裹红板带,大腿伤处箍着绷带,更显出浑身棱角分明的肌肉,那腿肉上涂有凡士林,月光下一片银甲似的闪光,他卖弄似的举肩晃头,青石被四人稳置头顶,大师兄取过十二磅榔头,阔步走来,立定凝神运气,全场顿时屏住呼吸,只听力拔山兮的一声叫喊,手起锤落,青石顿时碎成四块,从小喜的肩头滑落在地。于是爆发了一阵爆场的喝彩。

鲍文未动声色,命徒弟们端过两个洗脸盆子,面向黄佛公、师爷,请他们验看。黄佛公大声说,一盆开水,一盆火,盆内有五分硬币,盆底平整,钱币又薄,这叫险中取钱,看气功避水火之法。

两个瘦骨嶙峋的少年上来,各蓄手力,猛插入盆底,均用指尖叼出了硬币,抛在旁边的瓦罐中,一阵叮当作响。鲍文起身道:黄师爷,鄙门派攻轻气功,不玩花拳绣腿,刚才一趟功走下来,看看二位少了什么东西?黄佛公和师爷几乎同时"嗨"了一声,原来双方口袋里的怀表和膏药瓶都不翼而飞。

"鸡鸣狗盗,武界不为!"师爷发怒道,"怎么能将扒手这套放在武场,岂不有辱武门?还亏得你鲍文拿这下三路的东西当宝贝。"

"孙明兄太过目光短浅了吧,连如今轻功走到哪一步都不知道,还拿老掉牙的油锤贯顶说戏,岂不误人子弟?"

师爷这边拍响了桌子:"中华武功贵在传统,玩雕虫小技不算英雄!"

黄佛公以手按下师爷道:"口说一万,不如手头上功夫见面,千锤打锣,该你们两位出场,也让师徒们开开眼界。"

师爷与鲍文分头比手较力。先是器械,师爷也不相让,挥手让人扛过大枪来。师爷这枪长约八尺,白蜡杆磨得油光滑亮,大红缨子簇拥着枪锋,在月光下闪着寒光。师爷起身至台前,只见他上穿对襟黑褂,束着袖口,下系绑腿,显得利落硬巴,两道剑眉下,两眼活像头顶霜夜的星星。他持枪迈步,朝四周拱了一下手,拎过大枪舞了一个大开大合的上势,唰啦一声单手翻腕抖了个金龙摆尾,弓马步如钢打铁铸立在那里。人称月棍、年刀、一辈子的枪,七旬老人尚且有如此枪法,现场在沉寂了数秒钟之后,就是满堂喝彩。

鲍文不慌不忙,身穿跤衣褡裢,让五个徒弟搂头抱腰,他一个发力,五个徒弟像爆豆似炸裂开来。又让五人从五米开外取来青砖,向自己抛来,鲍文左右开弓,用食指和中指叼住青砖,轻放一边,五分钟内百十块青砖码放成一个砖跺,这种指尖之功又赢来一片掌声。

随后,场上出现了静寂,两个顶级高手开始放大招了。两人从台端向中间靠拢,一场龙争虎斗即将开始,沂蒙为师爷紧紧捏了一把汗,从身体重量等级上看,鲍文虎背熊腰,师爷显得瘦高,加上鲍文精通跤法,又深通拳术,人称"拳里加跤,越练越高"——况且两人相差十岁,真是胜负难料。

几乎是在刹那间,师爷一个窜步,已抵逼鲍文面前,没等对方伸手来抓,师爷一个进腿闪腰,使出了他千锤百炼的靠山肘,拦腰向对方腹部发力,那是一声山崩地裂的喊喝,一股力道从丹田发起,贯通全身,直冲脑后,再回鼻根,而后喷薄而出,鲍文沉重的身躯已经弹射出去,远远跌在了尘土中间。

师爷停顿了一下,而后礼貌地过去搀扶,对方推了他一下,向后撤了有十步之遥,单腿跪下喊了一声"师父",师爷迎上去扶起对方,黄佛公走过来,扯住二人膀臂,三人竟哈哈大笑起来。

一场对垒之后,一对老冤家成了师徒关系,鲍文一方撤摊,对伤人之事赔礼道歉。

得胜而归的师爷命榔头抬来一罐酒,每人一个小黑碗倒满,师徒们一饮而尽。老人家连饮了三杯,话自然就多了起来,识趣的徒弟们知道,这是师爷最高兴的时候,也是面授绝活儿之时。

果然,师爷问小喜:"我今天为啥会赢?"

"鲍文怕你,甘拜下风。"

"错!论功夫他在我之上,我就赢在这一口气上。"师爷捋起袖口,露出满是伤疤的右臂,"鲍文充其量是个跤师,师傅我却是个横竖要活出个人样的人,人靠脸,树靠皮,这辈子比人命更金贵的东西就是名声,名声靠啥,就是一口气——人就是一个壳,这气就是羞耻二字。当亡国奴被抓了劳工,那就是一群猪,成群结队被人往屠宰场里赶,还争先恐后你争我夺,让人一杀一大片。当年我领了十几号人打了监工逃出来,胳膊被铁丝网拉得肉皮翻卷,骨头茬子都露了出来,碰上了兽医给我缝合,也不上麻药,用大针在这皮上进进出出,像纳鞋底一样,我一声咳嗽,挣断了缝补的线,鲜血四冒,我连哼都没哼一声。"

师傅扬起的胳膊疙里疙瘩,布满毛虫似的疤痕,众人听得屏住了呼吸。

"就是靠这只胳膊,成千上万次地扛桩子、拔力气,才练成这冷冰冰、硬硬邦邦的铁棍子,他鲍文摔跤讲上手搭把,我讲'教师身、贵如金'不能被抓,你看我的一个截手劈开他的手,反手就是这一招式,用的是什么?""靠山肘!"众人异口同声回答。

"记住,拳是一招鲜,走遍天。我天天叫你们打靠山肘,真正对阵就是一手制敌,对手就死定了,谁能说这叫什么?"

沂蒙常背师爷的口诀,立时回答:"刁、巧、皮、滑、快。"

"唉,还是大宝灵通,你能解释这几个字吗?"

沂蒙竭力搜索回忆,一一对答。师爷点头:"这都不错,今儿我要给你们再加一个'坏'字!"见众人不解,他便唤小喜走上前来。

"这个'坏'字我今天要传给你们。"师爷说着,让小喜用手锁他的脖颈,小喜起初不敢,被师爷瞪一眼,伸手去抓,就见师爷低头一张嘴,几个齿痕就印在了他手背上,顿时冒出血滴来。师爷掏出口袋里的膏药,一把敷在小喜的伤口处。

"要记住这个'坏'字,不是让你学坏,而是防人使坏——这人世间千人千面,坏人随处可见,要做顶天立地的好汉,屈膝弯腰不能干,更需防住那些乌龟王八蛋,对付坏人恶人你要比他还快还狠,先下手为强,后下手遭殃,来不得半点菩萨心肠,都记住了没有?"

"记住了——"人丛中,数小喜喊得最响。

这一夜,因喝酒太多,沂蒙做了一夜的梦:梦见自己的拳脚练得又恶又猛,性情变得粗鲁而蛮横,嘴里长出了尖利的牙齿,并且茹毛饮血,凶悍异常,终于遇到了那帮欲置父亲于死地的仇人。于是,一番快意恩仇,杀得血肉横飞,尸体狼藉,片甲不留。从此,那个被侮辱、被欺凌、无助的鲁沂蒙已经死了。自己不再卑微和屈辱,不再压抑和忍受,而是从内心深处发出一种叫嚣:绝不宽恕,绝不轻饶!人是壳子胆是魂,今生要练出铁打的功夫,以迎接战斗、厮杀和征服,甚至直面流血,拥抱死亡。一种酣畅淋漓的信念灌注了整个身心,在这个弱肉强食的世界上,只有强者才能生存。就此,鲁沂蒙开始在呼啸而来、呼啸而去中感受到一种野性释放的快感。

四

重返校园读书,鲁沂蒙顿觉教室是那么狭小,桌椅是那么低矮,教师讲课是那么乏味,再也提不起半点兴味。

这天下午,是令人昏昏欲睡的几何课,沂蒙叫上杜明,俩人溜出来,跑到职工医院去看金虎。这金虎是典型的肌肉男,拿过全校的长跑冠军,仗着腿快,在古楼广场为保守组织撒传单,不料被造反派抓去,九死一生中被一个叫周昆的人救下,可就在骑自行车逃跑时,迎面撞上了一辆十轮大卡,造成右腿粉碎性骨折。如今腿骨上穿着钢钉,表皮留有黑毛虫般的大疤,此时正在病房满头大汗地做俯卧撑,见二人给他带来了《钢铁是怎样炼成的》和《牛虻》,竟一下子从床上跳下来,病房此时无人,三人便高谈阔论起来。

话题是杜明引起来的,他听说军训之后,工宣队进驻学校,很快就要动员报名下乡了。现在正在摸底调查,一部分出身好的当工人,其他人都要走。金虎说,我是学校铁杆老保,他们能放过我吗?肯定把我排进去,伸头缩头都是一刀,还不如利索点儿,自己报名下去算了。杜明说,天生我材必有用,我原来就是等着考大学,看来是要暴殄天物了。沂蒙却道,你不要以为只有学校才能学习知识,毛主席上过啥大学,他上的是中专,身无分文,心忧天下,读的是社会大学,我现在正从社会大学读起,想跟父母商量,回老家务农,从农村干起,当一个农民作家。自打从学校礼堂在众目睽睽下逃之夭夭,沂蒙做梦都想东山再起,一雪前耻。

这时医生来查房,把俩人撵了出去,待沂蒙他们再进去时,只见金虎满脸煞白,原来明天右腿还要做大手术,得搞上三四个小时,而且是可怕的局部麻醉,由实习医生来做手术。上次已受过屠宰之刑的金虎至今还心有余悸,不想杜明突然扑哧一声笑了。金虎说你幸灾乐祸不是?要不是你给我借自行车怂恿我逃出来,俺还落不到这般田地。杜明说,你还得因为这感谢我,塞翁失马的典故知道吗?你小子下乡去不了了,我们得祝贺你。金虎说,你甭瞎放屁,咱们仨要报名头一个定是我,早下决心早利索,等手术一下床我就到学校找你们。杜明说你不是傻瓜就是精神病,这大钢针还在肉里呢,死活都不一定,你逗啥能蛋,我告诉你金虎,敢和我打赌吗?全校的人全都下乡,剩下你一个注定是留城的。金虎说,打赌你百分之二百输。杜明急了说,沂蒙你今天得做个证人,他要能下乡,我杜明二字倒着写!一阵喧哗声引来了医生护士,再次把俩人轰到了院外。

　　回去的路上,沂蒙问,凭什么说金虎不下乡,杜明一阵白话:听说上面有考虑,学生们共有三个去向,一是升学,二是支工,三是支农。升学这条路基本堵死了,进工厂要出身好的,咱俩是一丘之貉了,可金虎他家是军人,又是在武斗中搞残了腿,有这两条,学校会抓个典型,他注定要被选成支工的样板,不信走着瞧!

　　沂蒙再去学校时,上山下乡的氛围已经如火如荼了,只见红红绿绿的大字报、决心书铺天盖地。"知识青年到农村去,接受贫下中农再教育。""滚一身泥巴,炼一颗红心!""农村是一个广阔的天地,在那里是可以大有作为的。"工宣队也开足了马力,集中学生开大会,做动员,学习最高指示、分班讨论、表决心,甚至请报名者家长做报告,工作力度史无前例,面积越铺越大,网眼越织越细。终于,第一批下乡名单在树人楼公布,杜明名列前茅;第二批,鲁沂蒙榜上有名。不出杜明所料,金虎果然确定进工厂。而出乎大家意料的事也不少,比如那个事事不甘寂寞的千秋红却不见了,曾叱咤风云的她又改回了名字叫千秋兰,并且名列在最后一批名单中,还是随外校学生下到了一个最偏远的乡镇。

　　校门口再次锣鼓喧天,但在沂蒙的眼里,早已是物是人非,过往的炽热已被凛冽的寒风替代。此时第二批下乡的同学已按班级列队,个个胸前戴着红花,听工宣队领导语调激昂地讲话,尽管一阵阵冷风把麦克风的声音吹得断断续续,但每个人脸上无不充满了庄严感。接下去,欢送的对象们开始宣誓,誓词从每个人的胸膛里迸发出来,直冲云霄。可未来的这条道路是什么样的,明天的生活又怎么安排,每个人内心又不免惆怅和彷徨。

此时,站在队伍中的鲁沂蒙胸前佩戴红花,一身装束却显得有些不伦不类,他生来怕冷,昨日专门到废旧物资门市部买了一套行头:一顶志愿军库存清仓的栽绒皮帽,一双踢死狗的深鞔皮鞋,配上母亲连夜赶制的对襟黑棉袄,再束上宽布腰带,镜子前面一站,就是一副农民模样。

突然间,沂蒙看到家长行列里站着一个熟悉的人,那是母亲。

原说她不来的,大概此时也是刚在队伍里找见了沂蒙,不知是被沙尘迷了眼,还是伤心难过,她在揉着眼睛。再细看去,母亲的双眼红肿,眼角噙着泪水,和儿子目光相遇的那一刻,人丛中她扭头又不见了。沂蒙一时猜不出她的用意。等动员会刚一结束,她又出现在儿子面前,从怀里掏出一条崭新的灰色厚围巾,往沂蒙脖子上一围,说了声"到地方别忘了写信",大概是怕儿子见她落泪,回身就走了。等到沂蒙登车时,她又踅到了车门处,从口袋里掏出什么塞进儿子的上衣口袋,原来是五元钱,沂蒙急掏出还给母亲,她摆摆手马上走掉了。

大公交车驶出校门,沂蒙又看见了母亲,就立在校门处,呆呆地望着汽车渐行渐远,尽管沂蒙已变得内心坚如铁石,但泪水还是迷蒙了他的眼睛。

汽车驶出市区,初冬郊野一片肃杀,风卷着黄沙愈刮愈大,可难挡车上知青们的万丈豪情,前后车辆开始响起了歌声,男生们唱:"下定决心,不怕牺牲","大刀向鬼子们的头上砍去","说打就打,嘿!说干就干,练一练手中枪、刺刀、手榴弹,瞄得准来投呀投得远,上起刺刀叫他心胆寒。"而最能体现雄性杀气的当属《上战场》:

上战场

枪一响

老子今天就死在战场上了……

女生们也不甘示弱,唱起了《我们共产党人好比种子》《社员都是向阳花》和《洪湖赤卫队》中韩英唱的《没有眼泪,没有悲伤》:

月儿高高挂在天上
秋风阵阵湖水浩荡……
没有眼泪没有悲伤
只有只有仇恨满胸膛……

不知谁领的头,竟唱起了《松花江上》,男女生合唱道:我的家在东北松花江上……一起头,大家全进入了状态,只唱得激越雄壮,天萧水寒,血脉偾张。

窗外的风沙更大了,天地间一片混浊,这沙尘从遥远的天际扯着喉咙怪叫着刮过来,将卷起的沙霾摔打向车窗,大概是触景生情,高年级粗嗓门儿的老鲍来了一段俄罗斯的《伏尔加船夫曲》,见有人鼓掌,又唱了一曲《三套车》。

松花江引出了汹涌的伏尔加河,伏尔加河又引出了冰河上可怜的三套车,歌声悲怆低回,许多人虽未听过,但显然被歌声打动了,于是,车上沉寂了好半天,开始有了轻轻的啜泣声。

夜幕降临,只听车轮咯噔一声响,汽车开始驶入坎坷不平的县级公路,车体开始像醉汉一样摇晃起来,越过一个大坑洼的时候,车被颠起一尺多高,有两个女生晕车,开始呕吐。司机明显减缓了速度。坐在车后部的几个"坏家伙"开始苦中作乐,一遇颠簸,便齐声尖叫起来,一并跺脚,歇斯底里的干吼中,不知谁学了一声梁州城有名小吃的叫卖声:"热烙馍,焦麻叶儿……"于是,各种小吃的吆喝声在车中此起彼伏,交相呼应:

兔肉咸烂……
五香热豆沫……
刚出锅嘞黄焖鱼……
灌汤小笼包子热哩……
五香花生仁了嗨……

小个子欧阳林竟然可以将"又一新"跑堂伙计的招客词背得滚瓜烂熟：

豆包发面的馒头,鸡子鸭仔面包窝头

烤白薯煮土豆,烧饼麻花糖耳朵

腊八面腊八饭,腊八洋葱腊八蒜

苏肉丸子蛋炒饭,羊肉锅盔葫芦头

你要吃,啥都有,就怕你的钱不够

里面请喽……

黑暗中不知有谁恶搞了一声:我的尿谁喝……有人捏着鼻子喊:打锡壶嘞……喝。

一场叫卖声勾得全车人饥肠辘辘,可再没有了几个小时前的欢声笑语。

鲁沂蒙没有加入这场狂欢,他坐在窗前一直眺望着远方,距离目的地太康县芝麻洼乡越来越近了,那是个什么样的地方,地平线上血红的晚霞变成了绛紫色,渐渐融入了靛蓝色,最后陷入了深不可测的墨黑色,除了远处若明若暗的几点星光,黑幽幽的没有任何光亮,汽车就像失去罗盘的舢板在大海上漂浮。他深知此时每个人的心思,闹得最热闹的人,恰恰是在用亢奋掩盖着极度的迷惘和惶恐。

自己不能像他们那样随波逐流,而要做一个有目标的勇敢泅渡者,家庭的小船被海浪打得残破不堪,可我还坚强地活着,命运虽遭不幸,但生命还在自己手中,即便是贱命一条,也由自己掌控。我不能就此屈从命定甘于平庸。在过往的生命里,致命的软肋就是柔弱和顺从,缺乏小喜那种天不怕地不怕的冒险精神,如今一个新天地出现在眼前,不管它是荆棘还是火坑,再苦再难不过是黄河斜板上的搬运脚夫,况且自己已经有了三年"功力门"的刀马功！自己要充分利用好这个机会,以超乎常人的毅力、出乎意料的表现,杀出一条生路来,实现最好的自己……一直以来,就有一个宏伟的计划在心中蠢蠢欲动:像高尔基一样读《我的大学》,写出一本经过生活磨炼的《在人间》。如今,该是实现它的时候了。除此之外,无路可走,也一无所有。

出乎意料的是农村并不是想象的那样糟糕,而是一派安宁和祥和,较之城市的无休止的纷乱与争斗,这里简直成了世外桃源。迎接知青到来的队长叫赵新广,戴着一顶旧毡帽,整个脸陷在沧桑的皱纹里,说话慢吞吞的还夹着女腔,即使发脾气,也没人怕他,社员们都不喊他队长而直呼"老毡帽"。老保管八字胡须,腰粗如水桶,布腰带上别着一串叮当作响的各类钥匙,掌管着全队的命脉。你可不要认为他是多吃多占发成这个模样,而是灾年浮肿后的结果,老人可是出了名的好管家,给沂蒙他们早早砌好了锅灶,备好了铺草,安顿在一家后生准备结婚用的新房子里。会计张洪胜算是村中最有文化的高中生,长得魁梧英俊,不仅打得一手好算盘,还会打篮球,和知青们最谈得来。最有意思的是知青们一来,就跑前跑后的农民赵存粮——绰号叫赵半车的,整天笑容可掬,一肚子笑话,还爱说顺口溜,问他为啥叫"半车",干活时才打听出来,他家的架子车比一般的车棚子短了半截,可理直气壮对老毡帽宣布说:俺这是不是一辆整车?是,就得挣全工分!

自幼在城里长大的少男少女,第一次真正领略了什么叫广阔天地。冬日的太阳从地平线升起,天空如水洗般的湛蓝,倒扣在这棕红色的大地上,地里收完了庄稼,显得像棋盘一样平整,可以极目天涯。当年抗战到危急关头,民国政府决定炸开黄河,阻断日军南下,这一带就成了水乡泽国,据说有四万日军成了鱼鳖,可上千万老百姓流离失所,饿殍遍地。待大水退去,这里夷为平地,由于全是黄河上游冲击而下的淤土,方圆几百公里土地肥沃,岁岁五谷丰登。

这座村庄原名就叫"撷花",被人顺叫成接花,意思是采摘白棉之喜,因而这一带流传着"金杞县,银太康,不如接花一后晌"的民谣。于是,知青们随钟声敲响,跟社员们日出而作,日落而息,一番战天斗地中学会了扬场放磙,耩地扶耧,打坯垛墙,筑渠凿井。到了麦黄夏收,沂蒙他们几个男生光着膀子,随车把式到大仓交公粮,扛着百余斤的麦桩子,踏上晃晃悠悠的斜板,走到几层楼高的仓房顶端,让饱满如珠的麦粒顺着光滑的脊背飞瀑般滑落,溶入这金黄色的麦山粮海,男生们的胸膛顿时腾起一种幸福豪迈之感。

从小长到大,他们终于知道了赖以生存的粮食,是如何从土中长出幼苗,再由汗水和心血滋润出这些金色的收获。劳动创造了世界,也使人内心强大,更使人感恩于这世间的一切。

沂蒙和这个村庄有了感情,谁家的房子是"里生外熟",住在房子里的人辈分如何,大姓小姓,脾气性格全都了如指掌。他还交了一批农民朋友,于是从知青组里搬出来,住在队里牲口房里。喂牲口的饲养员是从安徽逃荒到这里的两兄弟,俩人见多识广,又善于表达,被村里人称作大政委、二政委。每到夜间,这里就成了说书骂人的乡间俱乐部,沂蒙和他们前三皇后五帝地喷空(河南方言中指聊大天),用小孩们的作业本撕成单页,卷上烟丝,做成纸卷的"一头拧",和他们嘴碰嘴对火,瞧着他们满是皱褶的脸,闻着他们脖颈处散发的汗水气息,听着他们粗鄙不堪的玩笑,讲着不离裤裆转的歇后语,拌着麦秸草料味道的大笑,能把草屋掀上天去。沂蒙就钻在这香香的麦秸堆里,用小本子记下各种趣闻,为宏伟的写作计划做着准备。

当然,日复一日的简单劳动也会袭来苦闷和无望,平静如水的生活,使大脑有了更多的思考时间,纠缠不休积攒起来的问题,有时又像春水暴涨的河流溢过了河床,迫切想寻找倾诉的对象,于是想起了头批下乡的杜明,先发书信约好,一口气走了十八里地,来到了常营公社的知青组。

杜明早早就立在了村口,两人记不清谁说了第一句话,便开始了争先恐后地吐雾喷云,彼此就像阔别多年的亲人,随便在知青组啃了半块锅饼,就又沿着村边的高大杨树夹成的小道交谈。秋风荡过千里平原,吹得枝叶簌簌作响,落叶飘飞,犹如聊天内容一样漫无边际又情趣横生,沂蒙讲老毡帽治妇女有绝招儿,下地回村时挨个儿摸裤裆,往往能搜出成堆的红薯、萝卜和棉花桃。杜明讲村里的女人一辈子只洗两次澡,老太用脏兮兮的毛巾擦着满是灰尘的黑瓷大碗,倒一碗井水非让你喝下去。两人各炫自己的聪明,笑人的蠢笨,乐得相互击掌,前仰后合。

"亲爱的文学家先生,我还帮你搜集了一大批的素材,想听吗?想听就得交换……好吧,我先给你讲个借种的故事,俺这村东头刘家老大无后,就让弟弟替自己把嫂子的肚子搞大……"一番绘声绘色的讲述被沂蒙打断道:"你这太庸俗,我到你这儿来不是研究裤带以下的问题的,咱们得谈谈未来。"

"什么未来?洒家实在不懂。"杜明故作糊涂。

"我正有一个计划告诉你。消极等待就会失去宝贵机会,虚度时光就等于慢性自杀,我们要振作起来,投身到农村革命中去。"

"革命?"杜明嘴角上绽出讥讽,夸张地睁圆了双眼。

"我被逼成了保爹派,成了逍遥派,在新一轮战天斗地的农村革命中,我准备用三年时间深入底层生活,了解和发现农村中最积极最先进的因素,在斗争实践中自我改造,积累创作素材,当一个李準、柳青那样的农村作家。"

杜明大不以为然:"我倒没有发现你所说的农村积极因素,倒是觉得农民并不是先进阶级的代表,日复一日的简单劳动,是在浪费我们的青春年华,要我们接受农民的教育,学他们自私保守,说《裤裆传》、骂大会,还是学习刀耕火种,大兵团作战,沉重地修理地球,打深翻土地的人民战争?我可不想虚度和等待,可上工干活回来,累得倒头便睡。哪还有剩余时间创作?绘画不同于文学创作,要的是技法训练,这边队长敲钟干活,你能支起画板临摹《蒙娜丽莎的微笑》?顷刻就会抓你当全公社的典型。"

"你这是在为自己的惰性开脱,你能说没有一点留给自己的时间?我看你是爱好广泛,啥都想干,就是缺乏钻木取火的精神,啥都不专。"沂蒙直抒己见,毫不留情。

"好,好,你到这里来就是当教师爷的吧,小的洗耳恭听,悉听教诲不行吗?"他故作生气,沂蒙上去当胸一拳,两人相视哈哈大笑。

俩人彼此间太了解了,了解到能看透对方的内心,了解到胜过了解自己,因此能惺惺相惜,喜欢到骨髓里。就像导电的两极,互为吸引又互相排斥,表面顶撞冒犯,可又互为表里:一个魁伟粗壮,一个白皙细腻;一个激情如炽,一个理性似冰,正因为这种差异,所以才会吸引,都觉得对方是自己的补充,都认定对方是另一个自己,两人一交汇,精神就会碰出火花,彼此一拥抱,就会使对方变得更加强大有力。有时俩人会像雄狮决斗一样激烈争辩,有时盲目的狂热会被冰凉的嘲讽浇灭,变得冷静下来。两人由此谁也离不开谁,甚至互相崇拜,他学他的衣着举止,包括笔迹、语调;而他又学他的奇思妙想、艺术气质和雄辩的口才。两人相互感染,见面犹如洋溢着春水般的温情、夏野般的欢趣,其中最大的吸引力在于他们都有一个极为相似的一点,从不怀疑自己的能力,自信天生我材,个个目标远大。

于是,争论到最后的目标便统一起来:刻苦自学,完善自我,以待来年。

接下来为庆贺这次会晤的重要成果,两人到村东头的小卖部,买了一瓶红薯片烧制的老白干,从知青组装了两兜炒料豆,坐在小桥边上交替对着瓶口畅饮。杜明对着冉冉升起的月亮说,以天地作证,祝你的伟大计划早日成功。沂蒙咕咚了一大口,阿门,以我们的友谊祈祷,愿一代画师梦想成真。于是相视哈哈大笑,猜拳行令,不一会喝得热血奔涌。此时月色皎洁,村野如洗,沂蒙乘着酒兴打了一趟功力拳,杜明清清喉咙,用他略带磁性的男中音唱了首《友谊地久天长》,沂蒙拿出近日写的几首诗来朗读,杜明抽出腰间的短笛横吹,余音穿透澄明如水的月光,引得村狗狂吠,有一只还冲到了小桥附近,两人递了个眼神,各寻几块土坷垃,奋力向黑影砸去,狗负痛而逃,两人飞身去追,吓得狗屁滚尿流般哀鸣而去。

两人继续追逐着奔跑着,一会杜明变成狗在前面跑,一会变成沂蒙当狗在后面狂吠,两人穿过麦田,跨过地垄,只听有人在暗中咒骂,好像是踩了地里的瓜苗子。又是一阵狂奔,直跑到一处打麦场上,月光白花花洒满大地,两人索性在地上打滚、翻筋斗,而后爬上了高高的秸秆垛,仰面群星点点的夜空,两人又谈起了哲学。从绝对真理谈到相对真理,从宇宙说到恒星爆炸,一直扯到传来了第一声鸡叫,星汉也开始偏移,俩人才并肩走回了村庄,又回到了原地,竟然发现小桥墩上还立着那个空酒瓶子,沂蒙抓起它奋力掷向空中,在不远处听到爆裂的脆响。杜明此时在旁边的树干处刮了一块树皮,写上了当天的日期,他说要等彼此的理想实现,一定再重回故地,来到这大地的原点。

不知怎的,沂蒙说起了金虎。杜明道:"这次回城见到过他,已是今非昔比,当了工人阶级了,那叫土地爷放屁——神气着哩。"

金虎果然是神气十足,他现在成了市内搪瓷厂锻工车间的工人。靠着自己的勤学苦练,他已经成为全车间有名的跟锤手。常上身赤裸,腰束黑裙,将18磅的大锤抡圆,将锻台上的法兰盘工件砸得火星四溅,叮当作响,在冷与热、灵与肉的撞击中,他变得肌肉发达,手指被锤柄磨成四方体,手掌满是坚硬如铁的厚茧。在女工们一声声的夸赞声中,他越发感到气势如虹,连走道都挺胸凸肚,做梦都能笑醒。但乐极生悲,接下去撞出的两起祸端,一下子使他从火焰山跌进了北冰洋:一次是他逞强捅了厂区的大马蜂窝,造成了几个车间的停产;二次是撬了搪烧车间的门窗,私自拿走了主席像章,于是被带至市警备司令部交代问题,并与公安上的老李干事相识,从此结下了不解之缘。

此时的知青鲁沂蒙,看上去和农村青年毫无二致:从细皮嫩肉变得黑脸糙皮,脸上布满了痤疮,浓密的黑发毡子似的散乱贴在额头上,上唇的胡须针一样扎出来,粗涩的脖颈,满是厚茧的双手,硬邦邦的肌肉已练成劳动者的身形。头顶破旧的栽绒军帽,腰束粗布腰带,穿一件灰渍斑斑的对襟小袄,浑身上下散发着秸草的味道,而且张嘴就是粗话,吐痰像子弹出膛,拉完屎拿土疙瘩一擦了事,特别是每晚在牛屋里的打渣子、骂大会,光裤裆里的歇后语,一口气能说上几十个,令村里的后生个个甘拜下风。

那日收工,他独自一人漫步在旷野上,猛然见身后黑云翻滚,太阳刹那间被遮蔽得昏暗无光,漫天的沙尘裹着黑腾腾的雾霾席卷而来。远处的树木倒伏,麦垛被掀到空中,随着远近的人喊马嘶,几十层楼高的蘑菇云拔地而起,像滔天洪水卷地而来,近处的田鼠野兔四处乱窜,蛤蟆伏在地面上不敢动弹。他的第一反应是:原子弹爆炸,大战爆发!立即学着防核训练时的姿势卧在田埂里,双手紧捂双眼不敢睁开。

令人窒息的狂风,摧枯拉朽,横扫过脊背,大黑暗覆盖了整个苍穹。不知道过了多长时间,风声停了,沂蒙从厚厚的灰土中爬出,只见西边血红的晚天,几块斑斓的乌云像怪兽般狰狞,沙暴后的旷野寂静无声,难道这就是劫后余生?原来生存和死亡如此接近,生命又是如此的脆弱和不堪一击。对,生命是我自己的,绝不能在这里坐以待毙,与其空耗,不如绝处逢生,拼死杀出一条血路来。

　　他下意识地摸了一下脸,意识到口鼻全是土,于是急忙拎着木桶到村西头的机井里提水,桶悬半空,猛地听到有人尖厉的呼救声,就见村中一家屋顶起了大股黑色的烟雾。"失火了!"他的内心咯噔一声,反射似的拎起水桶朝村内飞奔而去。此时浓烟已从瓦顶滚滚而出,火苗舔着紧闭的门窗呼呼叫嚣。几个面色恐惧的妇女只是在哭喊,赶来救火的人一片纷乱,拥堵在院门西边狭窄的过道里,张会计声嘶力竭地喊,快把西头的山墙推倒!沂蒙见状一下子攀上院墙,挥动双臂大声疾呼,千万不能推西墙,西北风会把火吹得更大,快跟我从东墙救火!

　　众人随沂蒙冲到东山墙,推倒墙垛,一阵狂泼压倒火势,沂蒙奋力一脚将房门踹开,冲进去就抱床上的东西,一个老太顿着脚在门外哭喊:"我的老天爷啊,家当全在柜子里,这下子全完了!"

　　等沂蒙抱出几条被子,再冲入屋内,火焰已吞噬了大半个屋顶。他抓过一个人递过来的湿毛巾勒在鼻子上,一弓腰又冲了进去。刚才抱被子时,他从浓烟中看见床边有个小壁柜,想必是老人说的宝贝家当,冒着灼热的烟呛火燎,他两手一摸,奋力抱在胸前,三步并作两步地冲出门外。此时老毡帽已率几十个青壮劳力赶来接应,就听身后屋内一声巨响,大梁整个砸落下来,房子顿时变成了一片火海。

　　幸亏西墙未拆,挡住了凛冽的强风,使众人得以扒沟垛墙,截住了火势向村东的蔓延,火灾终被控制。直到这时,沂蒙才感到后背上火辣辣的痛,只见破毡帽冲自己大喊,快!沂蒙的棉袄着火了!原来炭火落在脊背上,引燃了棉絮,连脑后的头发都烤焦了。

　　众人围拢沂蒙用湿衣物一阵抽打,又急忙送至村卫生所,让赤脚医生给包扎上药。镜子里的沂蒙发现自己的半边头发已烧成倒卷,布满灰土的脸上已分不出鼻眼,两手已烫出了燎泡。这下子可惊动了接花的百姓们,来牲口屋看望问候的,送鸡蛋香油的,络绎不绝,乐得大政委、二政委美滋滋的,好长时间都不用买菜做饭。老毡帽逢人就说,这回多亏了沂蒙有勇有谋,要是扒了西墙,东边半个村子就完了,那才叫搂着脖子哭哩。公社来了个报道员,把沂蒙此番的救火事迹写了篇报道,直到此时他才知道,失火这家人姓张,是援助三线建设的一名民工,家中老太太在厨房做饭,不小心引着了柴堆,那日正刮西北风,加上是草屋顶,就酿成了这场火灾。

不想这一场忙乎,自己竟成了救火英雄,而且被作为勇士之举广泛传颂,但从沂蒙内心来说,自己并没有那么无私和高尚:一个父亲有问题的子女,天生贱命一条,微不足道,早就不在乎冒险和拼命了。

转眼到了严冬,村中乘着农闲兴修水利,打凿机井急需用水沙,队里组织到上百公里外的许昌褚河铺拉沙。沂蒙自告奋勇领了十个农民出征。一人一车,每车至少拉回一千斤沙子。那天,十辆架子车插上小红旗,众人饱餐一顿,随沂蒙上路,为节省去时体力,沂蒙领大家先到太康县小火车站,拿出知青证一番恳求,感动了货车押运人员,恩准每人交三元钱,连车带人运往褚河铺。

下了火车已是满天星斗,找了一处大车店住下,这是半个篮球场大小的席棚,四处跑风漏气,地上是厚厚的铺草,用砖垛隔成床位,众人打开行李,摸黑睡觉。

夜半沂蒙以为漏雨,摸摸脸上湿漉漉的,原来店主为了赚钱,竟然允许男女混住,铺边挤进一个带小孩的妇女,小孩儿夜尿,立在砖垛上来个天女散花。整个大车店人满为患,充满着呛鼻的混合气息,人们放屁打呼噜,加上跳蚤的袭扰,沂蒙再也难以入眠。

次日一早,到沙河排队装车,返程的路上晓行夜宿,十分顺畅。走到第四天,就听路边小喇叭天气预报说,傍晚将有大雪降临,沂蒙向大家一番鼓励,余下的90里路定要赶在冰雪封路之前回到家中。此时天色阴沉,凛冽的西北风把大地的枯枝败叶卷得干干净净,树木发出犀利的尖叫和呜咽,借着顺风大家在沙车上插上了土布帆,一时间车轮滚滚,欢声笑语。

这天的天气预报贼准,刚一擦黑,天上就飘起了雪花,且越下越大,不足一顿饭的工夫,公路原野已浑然一片,天空成了铅灰色的幔帐,漫天的雪花像棉絮一样在头顶飞舞盘旋,地平线消失在苍茫之间。若从远处看,一行车队就像一排小黑点蠕动。厚厚的积雪开始加重了车轮的阻力,奋力牵引,身上冒出的汗在脖颈、口唇上结了冰,时间一长,连棉衣外面都结了一层冰甲。冷风一吹,雪粒子钻进脖领,和汗水交融,化成冰冷的水滴顺着脊背,淌得人透心般的凉。

此时肚子抗议了,中饭在腹中早已耗尽,人人饥肠辘辘,速度明显慢了下来。沂蒙是头车,望着远方道路,两侧漆黑成一片,打开手电看看路碑,离家还有25里地,他用点棍支住车把,喊大家聚齐做了番动员:就地吃干粮,而后一鼓作气连夜赶回接花。他最后说,老婆孩子热炕头等着你们,干不干?抓钩接口道,俺都没啥,就怕你光棍一条。不料他像突然被人掐住了脖子,声音顿时变了腔调,乖乖这可坏了,馍不能吃了,这下摸不了老婆的咪咪了!

这声叫喊后轮到大家全傻了,原来由于天寒地冻,路上带的干粮全冻成了冰疙瘩,不要说啃,硬得敲都敲不动,扔出去足以砸倒一只活羊。怎么办?沂蒙立在路碑处,再次向四处眺望,发现南侧远处有些亮光,在大雪中若明若暗,他怕自己饿花了眼,产生了幻觉,就让眼力最好的二政委来看。二政委泄气地说,灯光又不能当饭吃。沂蒙说有灯光就有人,有人咱就求人搞点热汤热水喂肚皮,人是铁饭是钢,吃饱了才能回家乡,大家再鼓把劲,冲着灯光朝前走。

被风斜吹的雪花,像飞瀑一样向公路倾倒下来,一时间天地皆白,迎着大自然的如此壮景,沂蒙心中涌出一种前所未有的豪迈,他摘去帽子,任大雪飘落头顶,一路高声诵读着《沁园春》:

  北国风光

  千里冰封

  万里雪飘

  望长城内外

惟余莽莽

……

前面的积雪更厚了,必须得有人铲雪开路,这样铲一段,拉一段,眼前的灯光离得越发近了,奇怪的是它好像悬浮在雪野之上,但那的确是灯光,尽管状如萤火,可在这漆黑的雪夜中,就像在茫茫大海中的航标,给饥寒交迫者带来了温暖和希望,召唤你一步一步向前走去。

灯光变得更加明晰,眼前是一处高地,风雪弥漫中显出一处院落,临着院墙的房间内闪着灯。沂蒙奔上去敲门,开门的是位中年人,看着这群满身是雪的不速之客,他显得十分惊诧。待听沂蒙说了来龙去脉,他才大敞了院门,让一行人互相拍打身上的积雪,然后引进屋内,自己到隔壁厨房去烧开水。

沂蒙打量了一下房间,三间屋两头厢房都挂着门帘,前厅破旧的八仙桌上方悬着一盏汽马灯,桌正中摆放着一本厚厚的精装书籍。墙壁正中挂着主席像,两侧是一副对联:自信人生二百年,会当击水三千里。再看那本书,虽被磨损了封面,但书名清晰可见,是一本《李大钊选集》。此时,门被推开,中年人和颜悦色地招呼大家到厨棚去。原来,他烧了一大锅开水,在灶台的一圈放了十个粗瓷大碗,配有筷子,一旁放有酱油、盐罐,还切了些葱丝。众人顾不上客气,掏出冰冻的馒头煻了一下后掰入碗中,吃了顿奇香无比的"泡馍"。

肚子饱了,洗碗筷时,沂蒙想起桌上那本书,他三步并作两步跨进屋内,伸手就把《李大钊选集》捧在灯下,打开扉页,但见封题上的字遒劲有力:铁肩担道义,妙手著文章。他急切打开目录,信手翻到《牺牲》一篇去读:

绝美的风景,多在奇险的山川;绝壮的音乐,多是悲凉的韵调;高尚的生活,常在壮丽的牺牲之中……

他立时像被点燃了,再翻到一篇《青年与农村》:

我们青年应该到农村去,拿出当年俄罗斯青年在苏联农村宣传运动的精神,来做些开发农村的事,是刻不容缓的,我们中国是一个农业大国,大多数劳工阶级就是那些农民,他们若是不解放,就是我们国民全体不解放……"

中年人用毛巾擦着手,立在沂蒙的身后,见他目不转睛地看着那本书,便轻声问道:"你也喜欢读书?"

"哦……"沂蒙从书中回到现实,连着点头,"这本书太好了!能不能……能不能让我借回去看看。"他终于做出了一个大胆的请求。

"……"不知是沂蒙的唐突还是别的原因,对方有些犹豫。

"这是我的知青证,先放在这里,还有这些钱,当押金。"沂蒙唯恐他会拒绝。

"什么都不要放,我相信你,不过我是正在看,你可以先拿去读。"他显然是被这个爱读书的青年感动了。

"我保证在三天之内还给你。"沂蒙如获至宝,一面向中年人做着承诺,一面用包馒头的袋子把那本书裹了又裹,并且行了一个礼。那人送众人出了院门,又指了回接花的大致路径。

由于一餐饱食,车轮转动如飞,更由于要一读为快的那本书,沂蒙他们很快就返回了接花庄,等一切安排妥当,已是拂晓时分,书拿到眼前刚一打开,眼皮早已重若铅石。

倒头睡了半天,沂蒙匆匆起身,便一手啃着杂面锅饼,一手就开始看书,幸好拉沙回来歇了一天工,沂蒙连看带抄,不觉天就黑了,竟然忘记了吃午饭,饿得实在不行,就到大政委的料槽里抓了把牛吃的料豆,一边大嚼,一边挑灯夜读。窗外的北风呼啸,冷得直搓手指头,出门撒尿竟落地成冰,到了半夜,油灯竟然忽闪了几下熄灭了。沂蒙十分奇怪,刚添了满瓶的灯油怎能干呢?原来是柴油质量差,灯油竟然给冻住了。无奈之中他将床上的麦秸抽了出来,在房间之中点着火,将油灯放在火堆边上烤化,重新点亮,又穿上所有的衣服,再披上一床大被,终于不冷了,于是直看到曙色满窗,灯尽油干。

这是一个晴朗清新的早晨,冬天的原野全然被厚绒绒的白雪所掩盖。但雪下的麦苗偶尔探出头来,露出盎然的生机。沂蒙借了辆自行车,满怀感恩之情去还书。

沿着一马平川的公路,很快找到了那处高丘,高丘上原来是座小学,那天夜晚,中年人所住的房子,就在校园隔壁临公路的小院落里。那位中年人刚好走出院门,看见了沂蒙,脸上绽出会心的微笑。他比那天夜里见时显得高挑、颀长,穿一身洗得发白的蓝大褂,白皙的面孔上,鼻头很大,眼神透着善意的光亮。

交谈中沂蒙才知道,此地叫扶乐城,他是这所学校的校长,姓陈。学生们放寒假,他来留守,每天住在这里以书为伴。接下来他问沂蒙读书的感想,发现对方不仅有些见解,还能将其中的哲言警句背下来。于是问道,这本书读完了,还想看吗?沂蒙说,村里没书,知青之间的书也传看完了。校长立起身,掀开室内一侧的房间布帘说道,想看什么书,你就进去挑吧。

走进斗室的沂蒙被眼前的一切惊呆了:这完全是一座书山书城!几张大床上摞满了书籍直抵房顶,房间四壁的书架上琳琅满目,整齐排列。细看还有图书的分类。他此时似乎才懂得什么叫汗牛充栋,学富五车,而且是在这样的穷乡僻壤之中,竟然有如此爱书藏书之人。他顿感到自己的贫乏和矮小,犹如乞丐身处宝山之中,有些目不暇接了。于是沂蒙先后拿了《马克思青年时代》《斯巴达克斯》夹在左右,再看到《古代散文》上中下三册,一下子就有些抱不住了。

陈校长见沂蒙贪得无厌的样子,便告诉他,这些书是破四旧时他连夜让人冒着风险藏起来的,也正是为了这些劫后余生的图书才住在这里。他是觉得如今还有这么酷爱读书的年轻人,便发自内心地喜爱,这才展示出所藏的秘密来。他见沂蒙手中拿着《古代散文》,便从床边拿出一本磨去半个封皮的《古文观止》,轻轻拂却了灰尘,递给沂蒙,十分郑重地说:"小鲁,什么叫读书,光喜欢读书是不行的,还要讲读书的效用。"

他把沂蒙挑出的一摞书看了看,点点头,放在椅子上。

"一本书如果仅是看了一遍,可以用一时;如果背一遍可以用一生。特别是你还年轻,古希腊谚语说:少年读书,犹如石上之刻。你切记不可贪多,就从这本《古文观止》开始,从开篇到终篇全背下来,要知其要义,随时用其警句,就算是真正读了书。"

陈校长的话触动了沂蒙,自己的确是凭兴趣看书,往往浮光掠影,生吞活剥。"你既有决心,咱们就学精读之法,你每半个月来我这儿一次,每次将这古文背诵两篇,并且逐篇讲解,可能做到?"

看来,这位博览群书的长者愿意接纳自己这个弟子。沂蒙内心充满了兴奋与感激,他如获至宝地将几本书装入书包,向老师表明了态度,只差没有起誓赌咒。

告辞了老师,沂蒙骑车上路,车轮飞转,宽阔的公路通向无尽的远方。雪野已开始融化,大地吐出泥土的芳香,有飞鸣的鸟儿在路两旁歌唱,他一手握把,一边翻开《郑伯克段于鄢》开始大声诵读。

至此,沂蒙终于找到了治愈空虚寂寞的良方。他开始大量地读书,从陈校长处阅读了众多中外名著,他开始背书精读,从《幼学琼林》启蒙,涉猎到"四书""五经"各类典籍。在昏黄如豆的灯光下,他像沙漠中突然见到了绿洲,遇到一本好书,就会像饥饿的猛兽抓到肥美的猎物,直到敲骨吸髓才肯善罢甘休……

书籍啊,您就像精神的甘霖,希望的闸门,想象的双翼,可以给人以另一世界的宁静,暂离这世间的磨难;可以赐我们乘上思想的烈马,纵情驰骋在广袤的空间和历史的深处;读书可以使我们的内心日益强大,能够超凡脱俗,抵御挫败;读书还可以使你知道人生有涯,而知识浩瀚无穷,给你带来攀登绝顶的勇气与快感,更会激励你投身社会、挑战命运、改变现状的雄心。尤其是读了那些伟人的传略,更是令人热血沸腾,荡气回肠:仿佛眼前就是喋血的沙场、兵临城下的壕堑工事,自己俨然成了运筹帷幄的统帅、登高而呼应者云集的英雄。

他在自己日记的扉页中这样写道:

刚毅孤独地前进

只要不死,便是永生!

五

　　全县此时组织了一个优秀知青报告团,沂蒙被列入其中,作为贫宣队员表现出色的典型。他被抽出来到几个公社巡回演讲。这天,他们来到县东南隅一个叫狼城岗的公社,在一个破旧的礼堂里,台下几百名知青在听他讲体会。这天,他穿着母亲给做的对襟中式袄,下穿粗布靛蓝裤,剃着农村青年的瓦盖头,说一口当地土话,活脱脱就是个农村干部,因此,一上台就引起一阵嗡嗡议论声,沂蒙心中有数,来了一段顺口溜镇住了台。开始绘声绘色讲起了在贫宣队的所见所闻。

　　正说到进村批判袁传兴的高潮,他陡然卡了壳,喉咙像被人扼住似的戛然而止,因为他蓦然间发现了一双眼睛,尽管对方坐在一个毫不起眼的地方。

　　这就是已经改回原名的千秋兰。那双依然秀丽的眼睛正打量着自己。两年未见,她变得如此安宁,冷冷安坐,显出淡淡的孤寂和忧伤,一扫过去那种拒人千里、戏谑轻蔑的神态。于是,一阵涟漪在沂蒙心中荡起。

　　父辈之间的龃龉,运动中的翻云覆雨,使他和千秋兰之间有着一条看不见的鸿沟,在学校远远看见,避之唯恐不远,可看到她此时的状态倒产生了一种强烈要接近她的冲动,这种内心的倒海翻江只持续了几秒钟,沂蒙便飞速回到刚才的语境之中。待他结束了演讲,下台寻找时,千秋兰早已人去座空。

　　千秋兰在台下一直看着台上的鲁沂蒙,她觉得人生真像唱戏:从他争做红卫兵代表发言到被轰下台去,如今又登上了台。而自己呢,原来在台上,现在又蜷缩在角落里,全然不被人知。人生的角色就是在不断反转,到头来一切都是虚妄,尤其看到沂蒙那身装束,加上不切实际的豪言壮语,她起身离去,再也没有回到座位上。

千秋兰从改回名字那一天起,就决计不再相信任何人,她厌恶透了毫无意义的空头政治,发誓做回一个普通人。因为自己当年曾汇报过父母私下的"反动"言论,由此被断送前程的父亲始终不肯原谅她,下乡临走那天,陪斗关押的母亲破例被恩准回家,一大早给她煮了爱吃的元宵。千秋兰被送到汽车站时,想想全家的遭遇,抹去了满眼泪水,挥手和母亲道别。

那天夜间,各公社派汽车马车接知青,按组分配,摇曳的车上她晕了车,呕吐不止。天空飘起大雪,终于来到了村西一间破草房,门缝里全是积雪,几个女同学胡乱挤在地铺上,一大早被子上覆盖了一层雪,厨房里冷锅冷灶,忙活到中午才吃了饭。

从激情燃烧到平淡低落,千秋兰感到,周围的一切都黯淡无光,她觉得就像陷身苦涩汹涌的深海,失去了任何理想和目标。更不能忍受的是,自己过去学习生活上的优势顿失,农村拼的是体力活,几个女生仅是男知青一半的工分,加上她瘦弱矮小,干活力不从心,磨面时面对高大的骡马心存恐惧,送粪时不会拉人力车被人耻笑,拔棉花豆子两臂和双手扎得血迹斑斑,臭水中捞麻,皮肤晒成黑红色,背上的痱子脱了皮,脚后跟裂成无数小口,疼得钻心。一台被老牛架着的四轮车是村中最大的农具,不仅吱吱作响,还要不断拿油瓶给轮轴上注油,她不相信这样就可以成为新式农民了。

特别是一群无聊的村姑,常脸对脸地看女知青,看怎么吃饭穿衣,怎么洗漱,用什么牌子的面霜,平常说什么,争吵什么,并将此作为笑料飞短流长。

当地的女人们不怕露出上半身,夏天小褂,整个膀子裸露,当众奶孩子,衣襟撩得老高,说起脏话来毫无顾忌,可她们从来不露下半身,永远是盖脚面的长裤子。知青的裙子刚过膝盖,一阵风吹过,露出光洁的小腿,就会引来男人们贪婪的目光。千秋兰夏天爱穿西式短裤,显出白皙修长的腿,一下子成了围猎的目标,有几次她被人追着看,你走他也走,你停他也停,而且目不转睛,有一种饥渴难耐的神色。一个好心的大嫂告诉她,你不要用热水洗头发,村里人说就像杀鸡煺毛一样难看;你也不要再穿短裤,常有后生爱说,去吧,去看知识青年的大白腿吧。

千秋兰封闭了自己,过得极苦、极冷、极累,犹如苦雨中大地一片泥泞,丝毫看不到出路在哪里。就在这时,阴霾密布中透出了一丝亮光。

麦收季节,知青组按地垄分配了任务。她跟在他后面割麦子,她渐渐发现,这单调乏味的苦活儿竟被他玩出了美感:一双紧绷的腿交替迈出,左手随之前推,右手持镰探前,然后唰的一声,回臂一搂,一尺多宽的麦稞便轻挽手中,手、腿、眼融会贯通,一气呵成,宛如轻歌曼舞,完全是一种享受。

只顾欣赏,相隔的麦垄渐远,慢慢发现,他将自己的麦垄割去了一半,两人同到地头,他也不说话,只低头顺着麦垄继续做表演。有不少次,收工已到傍黑,她发现,他总是远远地在后面跟着,但从不作声,永远沉默寡言。一次,她想到县城买东西,他自告奋勇帮她带路,约好午饭后在村头大柳树下会合,可她吃过饭把这事给忘了,一直睡到了太阳偏西,他终于找到了女生宿舍,说整整在柳树下等了两三个小时。

天底下还有这么诚实的人!这就是和她同院一起长大,并且一直暗恋她的男生。有一天,公社来了一个乘军用吉普车的官员,公社书记全程陪同,这台车还先后转了几个知青点,一时间引得不少大队纷纷改善知青们的生活条件。千秋兰知道这是他的父亲,并且很快,他就当兵走了。

他临走留给千秋兰一封信,最后一句话令她很感动:"这世界上应该有爱情,他在那边永远等着你。"她简短向那边回了封信,可不知为什么,像断了线的风筝失去了联系。

沂蒙又回到大地的原点,依旧在邓禹台过着度日如年的生活,大地上的四季周而复始,春播、夏管、秋收、冬藏,眼看着麦苗泛青长高,荞麦正在开花,白粉粉的,像大片轻柔的云彩落在田野上,农田外墨绿的沙蒿、鹅黄的沙柳正在蓬勃生长,开小红花的兔纽子草,肥头大耳的羊耳根子、抓地草、马前草、苍耳、蒲公英、水灰条,点缀在灌木丛中,千里长风吹拂,像婴儿的手掌在人脸上轻轻地抚摸。躺在大地上,仰望蓝天的沂蒙突然站起来,决定立即出发到常营,去看一下久违了的密友杜明,以便探寻一下路在何方。

见面是生扑式的拥抱,彼此能感受到心膛跳荡的频率,近半年不见,憋在肚里的话不吐不快。杜明还是那般刻毒,头句话就是:伟大的拿破仑陛下,祝你征服欧亚,凯歌而归,来垂顾小民一下。沂蒙学着汉尼拔的神态说,是的,我来了,我看到了,我战胜了!两人相互击掌,开怀大笑,这笑声是自己半年来绝无仅有的,尽管到后来化作了苦笑。沂蒙将邓禹台势若水火的遭遇述说了一遍。对方默默地听着,突然朗诵了一段话:"我宁愿被埋葬在坟墓的百丈深处,也不愿庸碌地生活一天。"这分明是《马克思青年时代》的名句。"我热烈地祝贺你,那是因为你迷途知返,天知道你怎么可能会胜利,我当时想我那位仁兄一定是鬼迷心窍,是唐·吉诃德在对着时代的风车作战。"两人见面就开战,沂蒙也毫不示弱,待吃过晚饭,两人急步村外,继续唇枪舌剑。

"我部分同意,多半反对你的看法,只有置身事中,才能体会到农村世界的真谛,我终于明白了马克思经典著作所说的真理:离开利益二字,革命也会出丑,出丑的革命使我们聪明起来,我在邓禹台的冲锋陷阵也正是想探索怎样才能调动农民的积极性,怎样才能尽快改变农村面貌。"

杜明说:"除了运动,有没有更好的办法我不知道,但我知道的是吃集体食堂、合大伙的事不能再搞,靠灵魂深处爆发革命也是扯淡。"

"事实证明,你说的那一套老百姓根本不感兴趣,他们最关心的是吃饱肚子,过好日子,国泰民安,风调雨顺。你的经历只能说明:运动没有改变原有的生产关系,也没有提升人的素质,更没有焕发农民的种田积极性,变化的仅仅是一时的表面现象,大气候一过,马上恢复原状。"

沂蒙一时无语,觉得这是一个无解的方程式,不一会儿,他发现俩人又走进了上次辩论时经过的杨树走廊,那时还是深秋时节,而此时的田野闷热至极,青蛙在四处奋力吼叫,沂蒙注意到,一大片乌云正从身后悄然而至。

沂蒙说道:"这一段,我一直在反思清算自己,我毫不否认因个人的幼稚,看问题简单片面,但我真诚地走入了生活,从教训中获得了真知,减少了狂热,就此会脚踏实地,不尚空谈。"杜明伸手摸了摸沂蒙的前额,煞有介事道:"唔,退烧了——那时你曾经描绘了一幅多么美好的图画啊,你将斗争作为生活,把生活当成斗争。而农民伯伯却不这样看,于是,一个在天上,一个地下,按马克思说的,上层建筑和经济基础发生矛盾,你就被夹在中间,难怪像沦入炼狱中在受苦。"

沂蒙:"所以,头破血流之后,我要换个思路。"

杜明:"你打算怎么办?"

沂蒙:"我决心从运动中拔出腿来,仍然回到在农村当作家的目标上。"

杜明:"祝贺你迷途知返,有需要我帮忙的吗?"

沂蒙:"孤独,缺乏同行者,最大的恐惧是孤独,看不到前方的路。"

杜明:"我也一样,恐怕不仅是咱俩。"他举头看着长空中划过一道闪电,整个天色更加黑下来。夜空如同浓墨,风挟乌云,略带腥味的雨气猛刮过来,滚滚的雷声在头顶叫嚣,蚕豆般的雨点砸在脸上生疼,两人眼睁睁被密集的弹雨所包围,一时慌不择路,飞快冲向附近的小学校避雨。可是已经迟了,雨像无羁的江河飞湍而下,暴风雨顷刻间搅得天地混沌一片。

不知花了多长时间,他们终于跑进那所学校,撞开了一间教室的门,立足未稳,就见一道电光劈开无尽的黑暗,把一切照得白昼一样,沂蒙抓起杜明湿淋淋的胳膊,冲着滚滚而来的雷霆大声喊道:"暴风雨,我们再也不需要你,让我们做一个普通人吧!"

滂沱的雨夜之后,沂蒙冷静了许多。但是不久,一个重磅的信息强烈地吸引了他。

原来,市里有两次到县里招工,沂蒙都没有争取,可没过多久,传来了梁州市公安局从男女知青中招收警察的消息。

就像干柴烈火,立即点燃起他极大的热望。父亲的经历和武斗中的逃亡,使沂蒙对这个半军事化的职业十分向往,和平时期当一名警察仍不失为男子汉报效国家的理想所在,特别是父亲近日落实政策,重新担任了南城区委书记,更会增加愿望实现的把握,于是,就向公社知青办递交了报名申请。万没想到的是:就在警方与当地交涉时,公社竟不同意放人,理由是沂蒙作为知青中的典型,又是本届党代表,工作由公社安排。

沂蒙急忙去找侯善堂书记,运动时见面很是热情的他,如今面露风霜,说:"公社决定你仍在邓禹台工作,这次招警就不去了。"沂蒙还想软磨,侯书记一甩大衣道:"具体问题你和知青办说去。"扭身走了。

知青办孔主任一副官腔:"党委既然作了决定,你作为优秀知青就应该听从,按文件规定,知青中百分之十的比例要充实农村基层,你是大家的榜样,理所当然要带头。"

沂蒙后来才知道,市公安局招警的杨主任是带着名单找知青办的,作为表现突出的知青,公社把他作为第一轮的推荐对象,不料县知青办提出,要从知青中树立一个像邢燕子、侯隽那样扎根农村一辈子的典型,于是一改初衷,收回成命,围绕自己的去留就发生了矛盾,双方闹成了僵局。

沂蒙不知是怎样离开公社大门的,从这里到邓禹台的15里地,他整整走了三个小时,一想到又要回到矛盾重重的邓禹台,他的头皮就阵阵发紧,本以为通过招警就能离开这个是非之地,不料就像作茧自缚的蛾子把自己缠绕在这里,一想到注定要在这片红土地上终老一生,他顿时感到一种窒息般的绝望。

有意栽花花不活,无心插柳柳成荫。

千秋兰抱着试试运气的心理也报了名当警察,好在知青组的小伙子们对此不感兴趣,只有她一人到公社交了申请表,知青办主任不禁笑了起来,说你个瘦弱的女孩子,是你怕坏人还是坏人怕你呀?千秋兰笑笑说:"公安局不都是派出所、刑警队,也有办公室和女同志干的工作。"不想武斗时跟公安局打交道所积累的知识现在成了资本。对方仍是一脸的嘲笑,但最终还是收下申请,递交县里去了。

一个寒冷的下午,千秋兰独自跑到县知青办,直闯到招警的杨主任办公室,杨主任正埋头在杂乱无章的表格中,没好气地让她坐等。千秋兰没有坐,夯着胆子问,你们收到了我的报名表了吗？老杨从厚厚的材料后面斜睨了她一眼,又翻了一下手边上红皮笔记本,突然睁大了眼睛,一下子坐正了,开始详细地问情况。千秋兰觉得有戏,就势用眼扫了一下桌面道:"我们知青点到这里很方便,如果你有什么忙不过来,我可以帮你搞文字工作。"杨主任脸色变得灿烂起来,问:"你会填报表写材料吗？"千秋兰自信地点点头,对方便把一堆报表推到了她面前。

运动中练就的文字功底,干这些活简直就像做一盘小菜,千秋兰立刻接过一撂撂散乱的材料,在另一张桌子上归类整理,填表统计,不到一个小时,就将零乱纷繁的材料整理得井然有序,而后如风扫残云般清理了桌面,将两沓夹好的资料交了过去。

杨主任有些错愕,狐疑般看着表格,像欣赏艺术品似的摇晃着脑袋,突然拍了一下大腿说:好漂亮的一手字！你回去就等通知吧！！千秋兰的字的确是一绝,秀丽刚劲,不像一般女孩子那么纤细文弱,不想此时派上了用场。

接下来一路顺风,接连通过了政审体检。天遂人愿,父亲的问题已划为内部矛盾,母亲开始上班。脱下鞋子量身高,正好在一米六零的最低标准线上。于是,当一张皱皱巴巴的录取通知,不知转了多少人递到自己手中的时候,她的心中涌出了久违的轻松和快乐,当年为当女兵混进入伍行列被撵回来的经历,使她不敢轻信这一切,于是一遍一遍小心翼翼把通知看了又看,果真是一扇明亮的大门向自己轰然洞开！

同样的好运也抛向了杜明,与招警接踵而至的是黄河大学美术系招收一名工农兵学员。因为杜明常在队里写写画画,还当过会计,又有参加运动的经历,于是很快通过了生产队、大队乃至公社的推荐,一路斩将夺关,到县里只剩下四个竞争对象,其中三个是本地的干部子弟,杜明在面试中又名列第一。他凭着自幼绘画的功底,当场画了一幅毛主席接见红卫兵的画像,把招生办的人员全给镇住了,从对方的神情看,自己被录取已是板上钉钉,十拿九稳。

就在知青准备开欢送会的当天,县知青办来了电话,让他尽快赶去。原来,招生的政审环节出了问题,父亲的历史问题又一次像潜水炸弹浮出了水面:1938年,兰州大学刚毕业的父亲到女师附中教授美术专业课,当时的抗战之声响彻全国,国共合作共御日寇的号角激荡着进步师生的心,父亲投入抗战宣传,演出《放下你的鞭子》《松花江上》,后由学校组织集体加入国民党,并被委任了职务。

杜明赶到招生办,一个姓黄的中年人做了自我介绍,说他曾是父亲教过的学生,深为父亲治学育人的品格所折服。这次来招生,看到杜明脱颖而出,他由衷高兴。临来前夕,父亲还破例给他写了一封言辞恳切的拜托信,可规定铁面无情,工农兵大学生录取的关键就在于根正苗红、政治上没有任何污点,于是他们最想要的学生只好放弃,而从另外三个学生中选一个。

杜明没有再说一句话,出了县城未回知青组,而是径奔邓禹台,去找鲁沂蒙。

这对难兄难弟在一条林间小道互为依傍,从暮色苍茫,走至月明星稀,直到东方渐白,村落中的雄鸡发出此起彼伏的鸣叫声。两个遍体鳞伤的年轻人握别时,彼此都用了很大的力量。

送至公路边界,沂蒙转身返程,走了很远,只听身后有叫声,杜明又飞奔回来,气喘吁吁地说:招警的事,你可千万不要放弃。沂蒙问为什么?杜明说:"你是你,我是我,你不同于我,你有你的优势,务必要抓紧时机!"

一句话点醒梦中人。

六

梁州的秋季秀丽而静谧,道路两边的国槐如碧伞般排列,浓密的枝叶下透射着斑驳的阳光,街面上的盆菊竞相开放、鲜艳灿烂,洒水车响着悦耳的铃声将路面喷洒得一尘不染,空气中飘动着汽车驶过的汽油味,不远处耸立的人民会场彩旗飘荡,毗邻的千年古刹大相国寺在绿树掩映中显得陌生而神秘。鲁沂蒙此时正在一座楼上凭窗眺望着这一切。

确切地讲,他现在已成为市中心鼓楼区公安分局新华派出所的一名警察。

不出杜明所料,让沂蒙从警之梦如愿以偿的是他的父母。鲁如柏此时已调离南城区委书记,他将儿子招警受阻之事,托付给市公安局军管会。军代表在带回千秋兰等第一批知青后,又二次返回太康,与县招办洽谈,终将鲁沂蒙带回。与父亲同台被批斗的彭明轩,接替了鲁如柏离任后的南城区委书记。两家为孩子返城入警的事还吃了顿饭,只是那天千秋兰在局里值班,没有参加。

"知道吗?"彭书记盯着鲁沂蒙故作神秘地说道,"你小的时我抱你,你哇哇大哭,还尿了我一身呢,不想现在成了优秀青年了,还在农村入了党,就凭这一点,就比秋兰强。现在市局哪个部门上班呐?"未等沂蒙答话,鲁如柏说道:"就到派出所,先杀杀浮躁骄娇二气,知道公安工作到底是怎么回事。"

"你爹可是深谋远虑呀。"彭明轩点头,"这派出所可是公安的最基层,又称公安的翻砂车间和百货商店,虽然工作辛苦,可各种货色齐全,摔打锻炼几年,业务全面熟了,所长能干,分局长也能干。"于是与鲁如柏推杯换盏,将母亲做的饭菜一阵风卷残云。接下去两人就谈工作,好像这些年两人都是手脚被捆绑的囚犯,憋着劲要大干一场。

父亲夜以继日在开会,批改文件,家中也成了接待站,不少干部群众常到家里反映问题,一谈能到下半夜。沂蒙一次加班凌晨回家,只见他和秘书在大床上一头一个和衣而睡,原来秘书打熬不住先睡着了,他没有叫醒对方,凑合了一个晚上。这段时日父亲就像饿瘪了肚子的乞丐猛地碰上了豪华盛宴,近乎疯狂而忘我,超负荷的工作和被殴斗的内伤内外夹击,使他一下子倒在主席台上,口歪眼斜,心脏几近停跳。所幸抢救及时,半个月后方脱离危险,但留下了半肢瘫痪的后遗症,无法恢复工作,母亲只好请了长假照顾他。

沂蒙所在的新华所,就坐落在大南门碉堡下城墙内侧,又被称为瓮城,这里向南向西分出裤裆衩似的两条路。两街一穷一富,向南的新华街多为青砖门楼,院内皆旧时的柱础,菱花的雕窗,墙头上的砖饰,门当和石狮,尽显昔日的辉煌;向西是勤农街,地势坑洼不平,并且越走越高,砖坯矮墙斑驳,瓦顶上长着塔松子草,世代居住着刮盐土、熬硝碱、淘大粪和拉人力车的城市贫民。1949年前此处就叫穷人街,由于地处偏僻,又属城郊接合部,这里治安情况复杂,盗窃和流氓抢劫斗殴时有发生,发案占去全所三分之一。所长杨善谋就是那位到太康招警的军代表。看来是有意摔打沂蒙,就把他分到了这个令人头疼的辖区。

此时的鲁沂蒙十分低调,能从农村回来已属万幸,且一身尘土变成了上绿下蓝的警服,草舍地垄变成了明窗净几的办公室,三层小楼的窗外,白日车水马龙,夜间霓虹灯闪烁,不远处人民会场的悠扬乐曲随风飘来。他不敢有丝毫懈怠。农村几年的风风雨雨,特别是后期的磨难使他深沉了许多,决心夹着尾巴做人,在新的环境中尽快熟悉工作。

鲁沂蒙开始腋下夹着厚厚的户籍簿走街串巷,按所长要求对每个住户达到知人知面知职业状况,最终要将警区500户家庭、2800人装入脑海,并烂熟于心。于是,他把街区绘成平面图,对有案底的重点人口和五类人员逐人谈话。为达到对情况了如指掌,他整天泡在辖区,上管天文地理,下管鸡毛蒜皮,中间管民事纠纷处理。下场大雨,他领人在齐腰深的巷口疏通水道,下大雪给五保户烈军属送米送面,很快赢得了居民的信任,特别是那些"小脚侦缉队"的老太太们,常向他反映重要情报,使他终于了解到这一带治安混乱的根源所在。

原来,这勤农街是条弯曲狭窄的胡同,走至中间有一处喇叭口似的开阔地,再向前走,受两边民房的挤压又狭窄起来,很像一个头大尾细的黄豆芽。几年前这里出现了一件毛骨悚然的事情,自此以后被人称为"鬼街",闹得夜间路断人稀,家家关门闭户。

据说,那天夜间十点多钟,两个在附近中学上完晚自习的学生路过此地,只见街中开阔地处路灯下,十几个人正打牌下棋,都穿着黑衣黑裤,吆五喝六的玩兴正浓。两人急步前行,看到远处的巷口有两个女人坐着,好像是在梳头,走近时在路灯照耀下,只见两人均穿着白衣白褂,连鞋和袜子都是白的,学生们顿觉怪异,再细看,其中年长的女人因头发粘扯在一起,一时梳不动,就生了气,把自己的头咔嚓一声扳下来,夹在两膝之间狠劲梳理,口中还嘟囔着,俺叫你梳不成,俺叫你梳不成,话语声很像是豫剧的道白,两个同学惊出一身冷汗,不敢再向西去,反身又回到了打牌下棋那堆人处。众人看两个人面色苍白,跑得上气不接下气,一个白胡茬的老年人收牌在手,问孩子是何故?两人将街口所见说了一遍,浑身还抖个不停。不料旁边一个黑胡茬的中年人哈哈大笑了两声,起身道,这样的把戏谁不会变。说罢,也把头扳下来,捧在手中。周围人见状,一时间忽忽噜噜都把头扳下来托着捧着,且个个颈处无血,只露出筋腱骨茬,但见这些无头之躯或立或坐,手中头颅的鼻口眼眉还在动弹,两个学生早吓得魂飞魄散,一个当场晕倒,一个跑掉的吓成了精神病,整整休学了一年。

这个可怖的故事被人们传得越来越邪乎,老辈人还做了解释:当年李自成率军攻打梁州城,久攻不下,就在城外挖掘地道,城中官兵佯装不知,待地道挖通冲入瓮城,被官兵放下铁闸截断归路,一阵乱箭穿身,可怜500名敢死队全被砍了脑袋,在城墙枭首示众。故而一到天阴雨湿,就能听到断头鬼魂的号哭;另一种说法是,李自成见攻城屡屡受挫,一怒之下,决黄河之水淹城,全城堆尸如山,破城之日,起义军又砍了

500名官军的脑袋庆功祭旗,因此一到夜间鬼魂聚伍,天明即散,数百年延绵不断。

沂蒙从市图书馆借到崇祯年间记录战事的《守城日志》,还确实记有1642年决水淹城之事,但他绝不信有鬼神之说,可居民胆小,夜间不敢出户,外边人到此绕道而行,于是给流氓盗贼造成可乘之机,各类稀奇古怪的案件由此不断发生。于是,有人放言:这鬼街来了个"老闸皮"知青警察,根本镇不住邪气。

沂蒙心里憋了一口气,不露声色暗中调查,还大着胆子夜间藏身在附近一家楼房向这一带观察,发现到了下夜时分,竟有人在此处出没往返。有一次他跟踪一个骑车人,这人在巷口一闪身就不见了,沂蒙追到近前,发现是区里办的电瓶厂,以为是上夜班的工人,就没有惊动。却不料一起和电瓶厂有关的普通民事案件,却给了他一个天赐良机。

勤农街4号院就在"鬼街"与新华街的交叉口,是座有着旧式门楼的四合院,门楼年深日久,道士帽似的瓦顶长着半尺深的蒿草,黑色门板漆色脱尽,门轴磨得像老人的拐棍儿,随时可能断掉,院内的房舍倒是整洁,并有板砖铺地。上房正首住着年近八旬的街道干部叫岳栗氏。别看她一对民国时的小脚,只要一听夜间巡逻,便第一个立在门外,戴上红袖箍,把一根拐杖敲得嗵嗵响,用她锣鼓似的嗓音大声喊叫:"我不信邪,也不怕死,哪天非抓个鬼看看,到底是单眼皮还是双眼皮。"

院内其他各家,沂蒙闭上眼也能"一口清":东屋是老罗夫妇,女人被称二嫂,平日刀子嘴豆腐心,说话如机枪扫射,得理不让人;西厢房是老姚家,老姚媳妇和二嫂脾气正相反,平日寡言少语,可有点小毛病——手长。平日里瞅空挖一瓢张家的面、灌一两李家的油,夜里偷着抽院里人家搭在铁丝上忘收的衣裳片子,但从不占大便宜,有时还能站出来为全院谋些福利,比如街上换大米的,经她拦截过来,一番软硬兼施地讨价还价,加上秤头上卡得紧,一斤米少说能多算出一两面来,诸如此类,院里人对她评价是:大德掩小癖。对她的毛病睁只眼闭只眼,不去计较。

这天,沂蒙到岳栗氏家说事情,就听院内有人骂街,骂声如同唱曲子,还合辙押韵,大概是骂自己家里遭了贼,偷东西的人还干了什么见不得人的事。再仔细听,正是快嘴二嫂,就向岳栗氏打听,岳组长就说出一桩怪事来。

原来,这二嫂夫妇结婚五六年竟然不孕,可今年一过年,二嫂的肚子日渐放圆,喜得她翘起眉梢,腆着肚子在院里来回走动,可有件事情又叫两口子为了难,由于是双职工,自己身子越加笨拙,就想让郊区的妹妹来照顾。和老罗一商量,下午妹子菊花就来了,这菊花是农村妇女,长得水灵灵的,勤快老实,见了院里的人,明亮的大眼一忽闪,脸颊一红算是打了招呼。老罗家多了个帮手,果然给二嫂卸了包袱,那衣裳下的肚子日益凸显,这麻烦也来了。

"这有什么麻烦的?"沂蒙有些不解。

"嗨,这水浅鱼相聚,窝儿小是非多,听我慢慢往下说呗。"

原来,老罗家三间屋两头住,中间屋放着八仙桌,人来了是客厅,菊花来了,老罗夫妇在南屋睡,让菊花睡北屋,还吊上了门帘。这日,二嫂腹内开始倒海翻江,老罗急吼吼向厂里告了假,稀里哐当把二嫂送到妇产医院,又跑到街上买了鸡蛋、点心、挂面什么的,在岳栗氏帮助下,一股脑送进了预产房,等一切安排停当回到家,菊花把饭也做好了,他低头一阵猛吃,吃完了抹嘴时心里就犯上了嘀咕。

"为什么?"沂蒙更加不解地问岳栗氏。

"你这个小鲁怎么连这个都想不到呢?要说这老罗是出了名的老实人,就在这街西头电瓶车厂上班,人们都叫他罗老蔫,不贪财,不近女色,和女同事、女街坊从不开玩笑,这倒不是二嫂管得严,他是个天生的厚道人,他这时候作难的是睡觉,三间屋里,他和小姨子一个南,一个北,不是怕人捣脊梁骨吗?"

见沂蒙又皱了眉头,岳栗氏急了,说:"你没听见这院子里骂翻天了吗?"

大概是看到沂蒙进了院子,二嫂的骂声高了八度,就像豫剧唱穆桂英挂帅的选段。

"小鲁,你二嫂疑心病大,就冲那天晚上屋里发生的事,她现在就像着了魔似的击鼓骂曹。大前天是骂丈夫,昨天开骂妹子菊花,今天骂的知名不说。"

沂蒙问谁是知名不说的那个人?她说:你先别着急,听我说完。

那天,老罗在菊花收拾碗筷时说:"厂里加班,这几天我到厂里去住,明天一早儿你做好饭给你姐送去。"说完,胳肢窝下边夹了一条红底绿花的被子就走了。

"谁能想到,这老罗半夜又回来了,敲开了门,又睡在了房子里,害得菊花这丫头跑到我家里跟着俺睡了一宿,可这一宿就睡出了毛病,她家里就闹开鬼了。"

"怎么回事呢?"听到这里,沂蒙来了极大的兴趣,不失时机拿出了小本子来记。

"二嫂生完孩子后三天就从医院抱着胖小子回家了,四邻八舍过来贺喜的一个接着一个,等人一走,细心的二嫂发现靠床的白墙上有五个红指头印,又看见床单上隐隐约约也有红印子,她一激灵,就叫来菊花审问,菊花脸红耳赤,就把那天老罗夜里突然叫门进屋的事说了一遍。二嫂见她吞吞吐吐,瞪眼就问,他到底对你那个没有,你要跟我说实话,咱妈走得早,咱姊妹俩之间不能说假话。

"这一追逼,菊花才说了实情,原来老罗那天果然半夜敲门,菊花一开门就被他拦腰抱住,菊花一时心慌意乱,急中生智说:'哥,容我解个小溲就回来。'对方松了手,她就跑到俺这屋里来,只说她一个人睡在空房里害怕。当时是一点多钟,这样就将就着和俺睡到天明。

"二嫂对菊花的说法将信将疑,一番追问之后,又闹到了厂里,把个老罗骂得狗血喷头,她坚信老罗那天晚上,趁她不在家搞了她妹妹。这老罗直喊冤枉,厂里也给他打包票。她一肚子怨气撒不出来,回来就昏天黑地地骂街,弄得奶水都憋了回去。"

听了原委,沂蒙与岳栗氏一起到二嫂家认真看了那面墙上的指印和床单上的印痕,答应对方当成案子查,但前提是不能再骂街,这样闹非但不能查清事实,连孩子也会受亏。

按下这一头,沂蒙就来到电瓶车厂,厂内主管厂长和保卫科长都来了,加上车间主任等众口一词都为老罗打包票,说罗师傅那天来厂里就没有再回家,二嫂肯定是生孩子得了产后抑郁症。车间主任姓马,说整个过程他都在场,他敢以共产党员的身份证明老罗的清白,并介绍了当时的具体情况。

"那天,二嫂气势汹汹骂进车间,揪着老罗就打,还说他干了伤天害理的下流勾当,老罗头上被打得金星直冒,还赔笑脸说:都是我错了,啥事咱回家说中不中,咱甭影响上班行不行?二嫂说:'你还想让上班,这事不弄个黑籽红瓤,咱俩非得离婚不可。'说完像疯牛一般撞过来,要不是俺和几个工人手疾眼快,非出人命不可。

"我当时就发了火,说国有国法,厂有厂规,你二嫂要再闹,保卫科、公安局可不是吃素的,天大的事保卫科长调查,再不行找公安局报案。这下子才把二嫂压住。她知道,轮到你们公安上来查这事儿,事情就由不得她做主了,这才骂骂咧咧地回去了。"

沂蒙马上让马主任找来那个可怜的老罗,因为查户口时有一面之交,所以不用介绍就直奔主题。

老罗叹了口长气,说自己可以对天起誓,因为头上有三尺神灵看着呢,那天抱着被子到了厂里,车间正等料,马主任他们正领着七八个青工在宿舍打扑克,输了两盘的黄三儿头上顶着自己的鞋,一眼看见老罗就嚷起来:"罗老鸹,你来干啥,今儿又没有你的班。"大家都朝他看,见他夹了个花被子,哄的一声全笑了,马主任一边"调主",一边揶揄道:"老鸹,俺这儿都是光棍汉,不收你,回家给老婆说个软话,搂她睡去吧。"

老罗把被子放在门边儿的一个床铺上,冲着近处半躺在床上听收音机的老李说,俺老婆生孩子,小姨子在家,一个屋里不方便。老李说,来吧,咱俩好商量,打个通铺吧。老罗把被子压上去,两人就合铺躺下睡觉,打扑克的人又继续鏖战起来。

"老罗到宿舍的时间是几点钟?"沂蒙搜索着过去看福尔摩斯探案中的方法询问道。

"那天是十二点半钟来的料,对,当时我以为是来料了,一看是老罗,我还看了一下表,是十点半。"

沂蒙记下了这个时间,又叫来了和老罗打通铺睡觉的大老李,他也一口咬定,从十点半睡觉两人动也没动,一觉睡到了天明。这么说,老罗没有分身术,十点半之后他不可能回家。只可能是十点半之前回的家,那时才有可能对小姨子动手动脚,而岳老太提供菊花到她房里投宿是在十一点之后,这个人不可能是老罗。沂蒙突然想到了墙上遗留的那枚紫红色的指纹,就在保卫科长送他出门的时候,叮嘱对方把老罗领工资的登记表找来。另外排一排那天晚上打牌的那帮青工的时间。

回来后沂蒙又找岳栗氏,问清那天菊花来投宿的时间是在晚上11点之后。那么,对菊花动手动脚的男人到底是谁?最大可能是掌握着老罗离家、屋里只有菊花一个人的知情者,或是院子里的其他人听见了他和小姨子说话而后乘虚而入。这个念头一闪,沂蒙突然心头一颤。又叫来菊花,问她那天晚上所有细节:老罗叫门时说的什么,进来以后做了什么动作,你是不是看清楚了他的脸?菊花说老罗当时没有说话,只是一阵咳嗽,含含糊糊叫了她的名字。沂蒙问,你是怎么知道他就是你的姐夫呢?菊花说他吸烟厉害,是气管炎,爱一个劲咳嗽,他进来后就从后面搂住我的腰,我才知道是姐夫使坏,就挣脱了他。

"你那天手上沾了什么红色的东西吗?"

"啥东西也没有,对,第二天俺发现床上有几个红手印,像血一样,我怕我姐骂我,就把床单洗了,可咋也洗不净,就因为这个,我姐才骂姐夫……"

沂蒙让她也按了指纹,把墙上那块指掌纹小心铲下来,放在一个火柴盒里,正在这时,厂保卫科来电话,说老罗在工资表上按的指纹找到了。沂蒙把两个人的指纹连同墙上的那枚一并送到分局技术科,技术员经过比对告诉沂蒙,两人的指纹与墙上的指纹对不上,但是有一个意外的发现,墙上的指掌纹不是血,而是豆瓣酱!

沂蒙不动声色重新到二嫂家里去看屋内陈设,只见八仙桌下放着一口小缸,打开缸盖,不免失望,只见里面是半缸白光溜溜的咸鸭蛋。沂蒙回身问向紧跟身后的二嫂,你原来放在这里的是什么东西,她说是一坛子豆酱。

"那豆酱呢？"

"在屋里放着。"

他再问："你什么时候把豆酱放在桌子底下的？"

"临生孩子走的时候。"

"为啥要换位置？"

二嫂诡谲一笑，附在沂蒙耳边说了两个字："防贼。"

原来二嫂为自己坐月子准备了一坛腌鸭蛋，临去医院多了个心眼儿，把不值钱的豆酱换在了桌下，把鸭蛋存放在菊花睡的床下，为的是防止贪小便宜的姚家媳妇来偷蛋。

一根断了的线能否接上，沂蒙没有把握，但菊花的清白是完全可以肯定的，当沂蒙把这个结论告知正在给孩子喂奶的二嫂时，她恨不能一蹦老高，立时眉开眼笑道："只要妹子还是玉女身，我就踏实了，至于那个遭天杀的腌臜菜给谁搞，我才不管，反正早晚要跟他离婚！"

沂蒙知道她说的是气话，但老罗背的恶名也得弄个水落石出。接下去沂蒙就堂而皇之敲开了姚家的房门，姚大姐给他让了座，倒上一杯茶，一张嘴面部表情就有些发僵，咬了咬又干又涩的嘴唇，泪珠子差一点滚落下来。

"小鲁同志，你是个好民警，得给我做个承诺，我要告诉你的事千万不要对外说，说出来会破坏人家家庭的，我这就是自作大孽，害人害己呀。"

"姚大姐，相信我会做好工作，请你把知道的事一五一十告诉我。"

她的一番话，把整个当天晚上的画面勾出了一个大模样。

那天晚上，姚大姐蒸馒头，睡得迟了，躺在床上又被对门的响动扰醒，向窗外一看，暗夜如漆，想必是猫儿夜行，蹬翻了瓦罐，闭目欲睡，突然又来了精神：想起东屋老罗家二嫂生孩子，又听见老罗上班走了，小姨子一个人在家，几天前串门时瞥见一瓦罐咸鸭蛋在八仙桌下放着，这真是天赐良机，于是她一咕噜起了身，无声无息向东屋摸去。

真是有福不用忙，无福跑断肠，罗家屋门半开，活该这丫头粗心大意,叫人不费吹灰之力。

她蹑手蹑脚进了屋内,直奔八仙桌处,渐渐习惯了黑暗的眼睛,此时看到桌腿的轮廓,她伸长了左手,触到了冰凉的坛子,按捺不住心花怒放,用右手轻轻掀开盖子时,能听见自己的心跳,想必这村姑早已放头大睡,合该今日马到成功。紧接着她换将左手拿着盖子,右手如同老鹰捉小鸡一样,五个指头早已戳入坛内。此刻,视觉的阻碍反而使感觉愈加灵敏,手指没有碰触到圆乎乎的东西,倒是觉得如同插进稀泥糊糊中,她心中一凉,急抽了手,将指尖放在鼻尖上一闻,糟了,原来是一坛子咸乎乎臭腥腥的豆瓣酱!真没想到这婆娘还玩了个调包术,事不宜迟,马上走人!

就在姚大姐刚要扭身离去时,猛觉背后似有响动,她刚要回头,已经晚了,说时迟、那时快,一双巨蟒般的膀臂已经牢牢把她箍住,力气之大,使她两脚顿时脱离地面,如腾云驾雾一般。

她体会到什么叫魂飞魄散,就是灵魂从喉头蹿将出去,身体像行尸走肉一样瘫软,只有内心还算清楚,知道今晚人是丢大了,偷鸡不成连人带米全都蚀了进去。可渐渐地,她感觉事情的发展并非如此,那人搂定了她向屋内拖,并且一下子扔在了床上,粗莽地解开她的腰带。此刻,就像溺水的人拼命挣扎,她的手在床单上抓挠,在墙壁上支撑,甚至在那个人的脊背上拉扯,一切反抗在无济于事之后变成了顺从,两个人谁都不说话,唯有粗重的呼吸……

她想不到老罗竟然如此卑鄙,玩了手儿堵笼抓鸡,自己只能自认倒霉。对方离去后,她也溜回了自己家,望着自己指头缝里留存的豆酱,她像蒙受了奇耻大辱般昏睡过去,一串噩梦做到天亮。

没有片刻的停顿,沂蒙骑上自行车赶往电瓶车厂,到门口计算了一下时间,是七分半钟。保卫科长正在等着他,电话里两人已经商定,以突击检查火灾隐患的名义,对三个车间进行开箱查验,实际上已经锁定了重点,就是当晚打牌的黄三儿,那天的时间排队,他有一个小时的空当。

黄三儿叫黄根成,平时上班吊儿郎当,手脚也不干净,从他的工具箱里,发现了一件衬衣,尽管已经浆洗过,但脊背处还是有一个模糊的巴掌印纹,经技术鉴定,确定是豆酱成分,在证据面前,他交代了这次罪行。

原来,老罗夹被子到工厂投宿时的一番话,使他顿生歹意,在车床上加了一会儿班,就借故溜出了厂,骑车直奔罗家,轻车熟路的他轻而易举揣开了院门,蹑手蹑脚摸到东屋,细听屋内的菊花已经睡熟,他便用指节轻轻叩门。

"谁呀?"菊花带着蒙眬的睡意问道。

"咳咳,咳……我是姐夫。"

"俺哥么?"对方起了床,又叮问了一句。

"咳咳,咳……"

"你不是不回来了吗?"

"唔,咳咳……"

门开处,黄三儿蹿进屋,拦腰就抱住菊花,菊花又惊又怕,也不敢喊叫,只得以解溲相告。黄三儿知她人生地不熟,不敢跑远,就坐在菊花的床上等她回来。过了一会,随着轻微的门声响动,果然有女人轻手轻脚进屋,黑夜中的两人做梦也没有想到会有如此的阴差阳错。贪小便宜的姚大姐就这样被欲火难耐的黄三儿逮了个正着。于是,这场暗夜中的三岔口,冤枉了老罗,惊吓了菊花,吃了大亏的却是姚大姐。

被押至派出所的黄三儿方知自己犯了罪,吓得磕头如捣蒜,沂蒙见他头上直冒冷汗,觉得事情并非如此简单,因为这电瓶车厂就在勤农街的西端,即传说是鬼街的地段,当晚他竟两次往返那片开阔地,且独自一人,毫无惧怕与顾忌。沂蒙突然想起自己在夜间蹲坑守候时,曾经跟踪到电瓶车厂门口消失的那个骑车人,于是将桌子一拍,喝令他交代其他问题,否则新账老账一起算。

不想这贼人胆虚,被敲到痛处的黄三儿以为自己所做的坏事已经败露,就竹筒倒豆子一般,交代了在勤农街趁夜间路断人稀偷鸡摸狗之事,沂蒙见打开了缺口,乘胜追击令他立功赎罪,一下子取得了意想不到的突破:原来,这黄三儿竟是勤农街制造"鬼街"的参与者,而幕后的

"大鬼"另有其人。

此人叫孟广祥,四十余岁,沂蒙查户口时已发现他的嫌疑,其有聚众赌博的前科,爷爷是轿杠铺出身,专司红白喜事,他从小跟着父亲做社火纸扎生意,专为出殡人家加工纸人纸马,兼做大头娃娃戏剧面具头盔。这孟广祥手艺精湛,收入甚丰,渐渐染上赌博恶习。破四旧时,木泥纸扎工具给一火焚烧,断了进钱的门道,可断不了的赌瘾却发作起来,于是在家中开设了秘密赌场,他除了坐庄抽头,还兼做高利贷和毒品生意,由此招来一批赌客,常夜聚晨散,有一次遭举报差一点被派出所端了老窝。孟广祥见风险太大,于是想出这番装神弄鬼的招数,借用旧时义军攻城被砍杀的传说,他收买了十几个赌徒,预先穿上高长领子的大褂,将头部箍住,只露出两只眼睛,头顶戴上扎好的面具。待人路过,摘去面具头盔吓人,如此二三次,果然闹得这一带人心惶惶,夜间无人涉足,成了他们违法犯罪的乐土。

沂蒙将掌握的情况报告给杨所长,经过周密的准备,出动全所民警加上40名工厂民兵。通过黄三儿做内应,一举抓获三十余名聚众赌博和吸毒者,同时召开公开拘留逮捕会,宣布"无头案"的胜利侦破,并将缴获的大量赌具、赌资和吸毒赃物作为战果展览,特别是二十多个假人面具,引来了成群结队老百姓的观看,老人和孩子将沂蒙编的顺口溜到处传唱:

> 有个坏人不寻常
> 是个披着羊皮的狼
> 赌博吸毒坏事干
> 他的名字叫孟广祥
> 这个坏人不简单
> 满肚子的鬼算盘
> 专门腐蚀小青年
> 装鬼弄神把人骗
> ……

派出所真像是顾客盈门的杂货店,每日大门一开,人们一拥而进,来办户口的、报案的、扭送小偷流氓的、打架斗殴的,一片大呼小叫,喧闹非凡,加之这新华所又处在商业繁华之地,大门外就是自由市场,天刚黎明,卖青菜萝卜的、河鲜水货的,一街两行,熙熙攘攘,叫卖声、讨价还价声的争吵与院内的嘈杂交相呼应,简直能把人的耳膜震破,民警们就是在这样的环境中没日没夜地工作。遇到集中打击行动,更是车辚辚马萧萧,行人弓箭各在腰,熬得人们眼珠子血红,个个熊猫眼圈;轮到上级工作检查,下发数字报表多如牛毛,直是上有千条线,下面一根针,把人忙到四脚朝天。

沂蒙已由户籍警转为档案内勤,负责全所的上情下达,下情上报。由于常年在基层,对于市局科室下来的人,往往带有偏见,认为他们高高在上,就会发号施令。

这天内勤室来了两个机关女干部,见沂蒙正在忙碌,就坐在一边翻阅报纸,口鼻处被口罩遮住,沂蒙有意晾了她们一段,然后接过介绍信,看了名字后,才猛然注意起来人:对方缓缓摘去口罩,秀丽的眼睛,笔挺的鼻梁,微翘而含有几分讥诮的嘴角,仍然是那副冷冰冰、拒人千里的神情。

她正是彭明轩的女儿千秋兰。

听她用公事公办的口吻一番介绍,沂蒙方知这是一起市局侦办的间谍案件,机密代号为916。对象马上要来办理转迁手续,市局为保密起见,仅允许内勤与所长知情,跟她一道来的是专案侦查员叫宋子英。

沂蒙说,这个人的情况我了解,他1925年生人,1944年上海光华大学就学,1948年在国民党石牌训练班受训。他自学俄语,精通英语,研究马列,擅长密码破译,被称为"全能谍报员",24岁任总裁办公厅革命行动委员会少校副组长,1950年潜回我中原地区搜集军事情报被捕,判处无期徒刑。

"你怎么知道得这么清楚?"轮到千秋兰把下颏低下来,露出几分惊异。

"派出所档案内勤负责保管掌握所有重点人员的档案,这是我的职责所在。"其实他早从阅卷中知道父亲当年曾办过此案,因此对其中内容格外上心。

"那从现在起我们约法三章,不该问的不问,不该说的不说,现有知道的,不能向任何人扩散,这是专案侦查的纪律。"

沂蒙不失尊严地点点头,心里却想,你以为你在跟谁说话呢,我可不是你的下属,听你在这儿发号施令。他起身到门口,向外挂了一块"请勿打扰,正在办公"的牌子,然后昂然坐回自己的位置。

千秋兰开始交代任务,大致是要求按常规为对象办理落户手续,将其工作安排到电瓶车厂后,需要厂方布置可靠人员掌握他的一举一动,但绝不能暴露我方的意图。

沂蒙又将电瓶车厂内部的情况介绍了一遍,并且迅速在纸上拉出一组可以接近工作对象的人员名单。这样一来真使千秋兰刮目相看了,因为刚处理完"豆酱"事件,沂蒙比这个单位的厂长都熟悉员工的具体情况,但她还是不肯轻易表现出她的钦佩之情,反而保持警觉地问道:

"你为什么要了解这个人,而且知道得这么详细?"

"职责和兴趣。"沂蒙故意卖了个关子,"第一,我对研究人感兴趣,特别是我感兴趣的对象,一来熟悉业务,二来积累知识素材;第二,派出所档案内勤应对辖区敌伪军政警宪特、地富反坏右等十八类人员做到了如指掌,随时提供业务部门需要的内容,也不仅仅是为服务你们这一起专案。"这一点沂蒙留了一手,他想试探出千秋兰对此人的真正意图。

"这么说你已经接触过这个人?"

"所有建档的对象,只要活着,我都要见面,这也是根据市局档案馆的文件规定,难道这也需要向你们政保科报告吗?"

"你……"千秋兰欲言又止,咬了一下嘴唇,咽部微微动了一下。

这时门外户籍内勤小郭敲门,说办户口的在外面排成了长队。沂蒙起身示意千秋兰两人到隔壁档案室继续谈,插空又给小郭耳语了两句,小郭甩着辫子走了。等沂蒙走进档案室时,只见千秋兰一脸的冰霜。

"你刚才跟她说了什么了?"她出口就像是审讯。

"怎么,我跟户籍内勤交代一下保密事项,这不都是服务专案工作嘛。"

"不是早已告诉你再也没有传达任务了吗?鲁沂蒙,你的嘴怎么一点门儿都把不住?!"

"那你教我该怎么办?又要正常办理落户手续,又要注意发现可疑情况,连自己的同志都信不过,这是不是叫孤立主义、神秘主义?"沂蒙说完这话,看对方腾的红了脸,便知自己的话重了。

"那我正式告诉你,从现在开始你不能再多说一句,包括对象到后,你也不能擅自接触和他说话!"

"那么我也要问你,这些,你都跟分局打招呼了吗?"沂蒙决计再顶一步,因为这不仅是对这位高傲的上级女警,也是当年在校的两个班长的再度较量。

千秋兰飞快拨通了桌上的电话,把听筒杵给沂蒙:"让你接!"

那边是分局政保股高个子蒋股长,大家都喊他"老蒋"或"搞老蒋的",他在电话中说,专案组要讲专案纪律,一切服从政保科的要求。

她的嘴角一撇,似笑非笑,一双大眼闪着得意,分明在说,瞧,最终还是我战胜了你。

她开始向他部署工作,特别强调一切以合法为掩护,万不可暴露真实意图,对象是中美建交后特赦的军统特务。出狱后是否继续与敌特勾连,上级要求绝对不能打草惊蛇,今后你的任何动作,必须经市局专案组批准,包括接触的名义、所谈的内容和方式都要严格审核,并让沂蒙填写一个表格,内容包括个人简历和家庭情况。趁此机会,她已经把档案柜隔出一侧的小斗室逡巡了一遍,发现桌边整齐排放着各类书籍,墙壁上抄录着一段古诗:

历览前贤家与国,成由勤俭败由奢。

"唉,有个问题问你,什么叫冯唐易老?"她突然问沂蒙。

"这个嘛,来源于初唐诗人王勃《滕王阁序》中的掌故。原赋为:冯唐易老,李广难封,屈贾谊于长沙,非无圣主;窜梁鸿于海曲,岂乏明时,所赖君子安贫……"沂蒙脱口而出,又将冯唐老有所为与当前领导干部复出联系起来,解出一番新意。见她认真在听,沂蒙自觉扳回了面子,颇有几分得意。

"这些是你从哪本书上看到的?"她开始谦和起来,语气不再咄咄逼人,反而像一个向老师讨教的高中女生。

沂蒙抽出《古文观止》。她接过来一翻,见上面密密麻麻全是批注,又放下了。沂蒙说还有一本《古代散文集》是文言与译文对照的。她说我先借一下行不行?是我爸问我,一下把我问蒙了,不想今天在你这儿找到了答案,感谢了。沂蒙说,岂敢,愿为效劳。说得她掩口而笑。千秋兰笑的时候特别好看,白皙的面庞闪着光泽,匀称丰满的前胸抖动着,充满了活力。

这是自认识她的第一次正式交往,也是自幼和女生接触从未有过的感觉。沂蒙甚至有些后悔当时的拘谨,这都要归咎于自己孤僻的个性,使他不善于在异性面前表现自己,特别是对于像千秋兰这样具有优越感的女孩,他有一种深藏内心的自卑,对方的父亲正年富力强,尚有很大的上升空间,而自己家中作为顶梁柱的父亲颓然倒下,没有任何资格再去想入非非。

越是压抑自我,她的一举一动反倒愈加清晰倩丽,一个个过往的细节掠过眼前,他越发觉得对方很在意自己,并且在细微地观察自己。相处不过几十分钟时间,他清楚感受到彼此间那种异样的吸引力,就像多年失散的挚友偶然相遇,有一种唯恐再失去对方的冲动。于是辗转反侧,沂蒙再也无法入睡,他在问:圣洁的爱情,那种带有精神芳华的爱,就这样悄然降临了吗?

一个星期后,千秋兰打电话说来还书,见面后,她还给沂蒙带来一本包着皮的书,翻开来,竟是自己正在找的《鲁迅传》。两人的话题便从鲁迅说起,沂蒙大量引用鲁迅的格言,说明他是小康家庭走入困顿,才被迫走上弃医从文的道路,他早年信奉尼采的学说,是不断解剖自我才转向为劳动大众的。他也是人,不是神,他也有痛苦与孤独,包括用抄古碑来排遣郁闷,躲避彷徨。

千秋兰接过话说,鲁迅是她最为崇拜的人物,最佩服他的是快意恩仇,寸铁杀人,敢爱敢恨,从不掩饰自己的爱憎,勇于挑战世俗,对于国民的劣根性揭露得一针见血,他不当圣人,包括对许广平的情感,自称为"义子",尊对方为先生,对朱安的态度毫不隐晦,坦坦荡荡。

尽管是第一次交谈,两人之间却像是互遇知音,丝毫不感到陌生,目光一交汇,便被彼此的话题吸引,对方一张嘴就知道要表达的心意,未等一方把话说完,另一方就会将另一半话语补充完善,轻松惬意,无拘无束,心扉敞开,不但一下子拉近了相互的距离,而且总有一种新奇的东西从心灵深处汩汩外溢。于是不约而同说到了运动,说到了两个家庭的遭遇,颇有同病相怜之感。

沂蒙说:"你看上去为什么总是一副唯我独尊的样子?"她说:"你恰恰看到的是表象,我不爱说话,是因周围缺乏有共同语言的人,我不是那种弱不禁风的娇小姐,家里的家务活从小就由我来干,可我也挺任性的,做事从不考虑别人的感受,说出话来有时能噎得人翻个跟头,比如那天说你不该扩大知情面的事,实际上我还是挺佩服你的,佩服你学习的毅力,直到今天还保持着向上的心态,可不知怎么回事,话一出口就不会转弯抹角,我爸说这叫独立意识太强,将来注定是会吃苦头的——这苦头早就让我吃尽了。运动开始跟爹妈辩论,以后造反到鼓楼上辩论,占领广播站时还让警察给抓起来,是父亲派人救的我,把我关在家里,第一次用擀面杖打我。"

"你还挨过打?"沂蒙惊讶起来。

"就是因为看伏尼契的《牛虻》,读到因亚瑟无意间出卖了波拉,被琼玛扇了一个耳光时,我忘记了做饭关火。父亲下班回来看到满屋子狼烟,就拎起擀面杖满院子追着我打……"

就像过惯了寒冬,突然有一缕阳光从云端透射下来,温馨地照在他们彼此的身上。人在厄运中,能够获取别人的同情和友爱,该是多么难能可贵。就像童话中抱团取暖的两个孩子,他们陶醉在相互的给予中,找到了久违的欣喜和感动。

不约而同,两人又说到了家长们的命运,她的神情立刻暗淡下来,她告诉沂蒙父亲运动初担任市革委会的职务,现在成了一大罪状,被这次运动列为重点对象。沂蒙安慰对方的同时又自我解嘲说,我家老爹这一瘫痪倒成了塞翁失马的好事,没人再到病床上找他的麻烦了。

分手的时候,两人已像老朋友那样心照不宣,她披上围巾,戴上大口罩,只露出那双明丽的眼睛。沂蒙向她招手,目送她走出派出所的大门,风吹衣袂,衬出她亭亭玉立的背影,渐渐融入灰色的车水马龙之中,他从心里充盈着激越,是啊,大地不再寒冷,我们也不再孤单。

但是,这是一个不能随意打诳语的时代,有时会一语成谶,批斗的噩运没有降临到千秋兰的家,却首先光顾到沂蒙父亲的头顶。

谁都不会想到,东城区运动大会的批斗对象竟会是鲁如柏——一个卧床不起的病人。家属的愤慨当然无济于事,运动的大潮再次把风烛残年的老人作为靶子推向了风口浪尖。不同的是,当年眼睁睁看着父亲遭受毒打的少年,如今已是穿上制服的人民警察,连自己亲人的人身安全都无法保障,何谈护卫人民。鲁沂蒙闯入区委,找了革委会主任,只提出一个附带条件:允许自己给台上的父亲侍奉服药,这不仅是遵从医嘱,也是革命人道主义和公民权利。否则,出了人命由你们负责。母亲那天也去了,但家庭的顶梁柱已换成了儿子,一番交涉,革委会终于同意,可以在会中服一次药,但只能是一个家属入场。

既然同意,方式和细节就容不得你们了。

这次批斗会在东城区区委礼堂进行。和几年前的批斗会相比,似乎文明平和了许多。主持会议者变得衣冠楚楚,端坐台上,下边的人们按座位排列,显得井然有序。唯有批判的火药味不减当年,并且还有人在台角上扛机器录像。

主持人历数鲁如柏在东城区的罪行后,宣布将全区最大的右倾翻案分子押上台,拖着病躯、拄着拐杖、被人架着胳膊的前区委书记走上台来,颤巍巍坐在台口的座椅上,光柱下歪斜的嘴巴,呆滞的眼神,望着台下的一张张表情木然的面孔。

"站起来,不要装可怜!"

"让他坐下来,主要是触及灵魂!"有人在会场中间用更大的声音喊着。

沂蒙的眼前,恍然出现了八年前那场批斗会,他不知道今天父亲能否挺得下来,看着火候已到,他把早已煎好的中药倒入药罐子里,拎着罐子来到会场。由于穿了一身警服,没人拦挡,他一下子登上了主席台,主持人才发现这个警察原来是批斗对象的儿子。

批斗会像是公审,语调高亢铿锵。

"他曾腐化堕落、私放战犯,又在南城区顽固执行反动路线,疯狂镇压革命造反派,犯下滔天罪行,被赶出南城区,来到我区后,更加顽固不化,开始他血淋淋的罪恶勾当……"

沂蒙把药罐子放在桌边,倒药的声音随扩音器传遍了会场。

发言人哽咽着控诉,鲁如柏在大口喝药。

"是他,列出专案名单……是他,污蔑革委会从建立就没有干过一件好事……"

"是他……"

台上那根拐杖突然倒了,发出很大的声响,连发言者都以为自己讲错了什么,突然停顿下来,会场上一度僵死,空气也像突然凝固。

原来是鲁如柏摔了拐杖,双肘撑起桌子想要站起来,胸膛发出粗重的声响,那模样就像一只半蹲的猛虎,尽管他已衰老多病,但丝毫不损其威严,那双冷峻的眼睛毫无畏惧地扫视着全场,又凛凛地射向那个揭发人。麦克风的声音出现了颤抖,慷慨激昂的调门一下子降成了照本宣科,最后几乎念不下去了。

"鲁如柏就是真老虎,我们也要拍几下老虎的屁股,拔他几根胡须,不管他多么顽固不化,都叫他一朝灭亡,鲁如柏必须低头认罪,这样的代表,必须从区委滚出去……"

"主持人,他支持不住,要解大便!"鲁沂蒙不失时机地大声喊了起来,有人在台下哄然大笑,有人在嗡嗡地议论,显然是对这种非人道的做法不满。台上的人开始交头接耳,完全没有想到会有如此一幕,接下来鲁如柏几乎是在怒吼般的咳嗽,会场秩序已经压不住了,主持人只得宣布,把鲁如柏押下去,会议休会30分钟,会场的人们便如泄洪的潮水一哄而散。

沂蒙扶着父亲从机关院里走过时,不少人驻足,虽不说话,眼神里却透着同情和无奈。

沂蒙突然发现人群中的千秋兰,她正和母亲站在一起,两眼红红的,上来帮助搀扶父亲,父亲用混浊的目光打量她,沂蒙大声介绍说,这是彭叔的女儿、我的同事。父亲迟缓地点点头,想笑,但面部却扭曲了,比哭都难看。

"你真了不起。"沂蒙送千秋兰到门口时,她倒冷不丁地夸了他一句,"你比我厉害,我看到了那一刻你的眼神,谁要惹了你,就是天你也敢戳个大窟窿。"

"你的话我不明白,是夸我还是批评我?"

她停住步:"我哪里还敢得罪你,巴结你都嫌不够——今天是受人之托,忠人之事,看能不能劳你的大驾,帮个忙。"

沂蒙站定,也认真起来。

原来,三天之后,市里要在人民会场批判彭明轩,并且首先阅审交代材料,务必上纲上线,深挖根源,才能过关。

"我告诉爸爸谁都帮不上你,能救你的只有一个人,他问我是谁,我说是你。"

"他同意了吗?"

"那还用说,这几天他愁得已经白发三千丈了。"

"什么时间去?"

"现在。"

"那我得换件衣服。"

"你还讲究什么呀,这又不是……"千秋兰话一出口,没想把自己弄了个大红脸。

沂蒙有意不看她,一前一后骑车来到千秋兰家,她母亲迎在门口,笑容可掬。彭书记从沙发上起身让座,说:"沂蒙今天穿了警服,真像

81

你爹一样威武英俊呐。"

接下去书归正传,沂蒙先听了当权者对他交代材料的要求,又帮他分析了市里反击翻案风的形势,而后就检讨书的谋篇布局提出建议,并按照路线觉悟、个人认识、造成的危害联系思想实际触及灵魂,重要的是敢于揭丑亮丑,刺刀见红,比那些把关人的认识还要高,还要深刻。按照这个逻辑线索层层递进,剥皮抽筋,上纲上线,比如检查自己在运动中四个阶段的表现,第一阶段残酷镇压;第二阶段积极翻案;第三阶段反攻倒算;第四阶段妖风刮遍。要表现出诚恳认罪,最后表示绝不翻案。

千秋兰母亲说,太好了,就按这个写,连我都被感动了,肯定能过关!!

彭书记站了起来,端着茶杯在客厅里走了两圈,长叹一声道,将门虎子啊,沂蒙将来会有大出息的,当年你父亲当副局长时,听各分局几十号人的汇报,边记边写总结,会议开完,一篇工作部署立即打印下发,那真叫倚马可待呀,只可惜时运不济,到头来李广难封、冯唐易老哇。

原来,千秋兰所问有关冯唐典故的缘由在此。

告辞彭书记一家,已是万家灯火,他知道这场戏的导演是千秋兰,心情格外喜悦。于是乐得在人丛中推车而行,边吹起《乔治参军》的轻快口哨,正在甜蜜的回想中,猛听见有人在背后咯咯地笑,一回头,发现正是这个鬼丫头一直跟着自己玩外线跟踪呢,沂蒙佯装抱怨,又推车送她回去,如此来回相送,俩人自己都笑起来。

一篇沉痛深刻且声泪俱下的检查剖析,竟使彭明轩意外过关,市里还将讲稿加了按语广为印发,以示本次运动的成功战果。

沂蒙和千秋兰的情感也在升温,并且遇到了一个天赐良机。

市公安局组织侦办反革命案件会战,抽调各分局精干人员参加专案,刚到政保股帮忙的鲁沂蒙和千秋兰分到了一个组,并成为搭档。整日骑自行车全城查线索,两人比翼双飞,早出晚归,意气风发,工作不知疲累,每日天不亮约好到龙亭湖畔跑步,晚上汇报完案件就

交流读书心得,沂蒙饱蘸诗情,在灯光下给对方写了篇《答先驱者的询问》:

> 春夜,万物寂静
> 灯下,赤血飞涌
> 我慢慢掩上《鲁迅传》的最后一页
> 先生的音容笑貌那样分明
> 您用深沉慈爱的目光
> 似乎在打量着又一名弟子新兵
> 继而,仿佛亲切地询问
> 答复我,你将准备如何度过一生?
> ……

她用秀丽的钢笔字工整地将全诗抄录给沂蒙:

> 失望的潮水曾冲击我思想的堤岸
> 我自问是否磨损了牛犊的棱角
> 我的一生该在何处抛锚?
> 谁是我志同道合的良朋?
> 我们不企图去做一个伟大人物
> 但确需要一个充实的人生
> 我们的学习,绝非哗众取宠
> 我们的奋斗,并不为金钱、官帽和功名
> ……

他研究她隽秀而略带男子气的笔触,捧在脸前,试图闻到那笔尖遗留的余香,这难道不正是上帝给自己事业安排的助手吗。善解人意的她又很快给他借来了《斯巴达克斯》《林肯传》和《古拉格群岛》,两人如饥似渴地阅读,又迫不及待地分享,他们骑行郊野,漫步畅谈,他谈起话来是那样的雄辩滔滔,恨不能将多年积压的话全部喷射而出。她只听不说,只是用俏皮的神情望着他,偶尔挑出一句毛病来。他已经完全处在了陶醉状态。因为他是那样真诚而狂热地爱着她,世间的一切在眼前变得那样明媚可爱,他的性格也一改郁郁寡欢,变得心平气和。他看书时,字里行间尽是那双秀丽聪慧的眼睛,他开始喜欢起她那常挂着嘲讽神情的嘴角、手脚麻利又不失文雅的举止,他感谢上苍,使他在芸芸众生中找到了早就等待着他的红颜知己,还有什么比得上相互间心灵的契合更可贵呢?幸福来得竟是这么猝不及防,而且轻而易举,一切如同发生在梦幻之中。

但这一切并非梦幻,两人的情感不断升温。临近国庆节,市局要求各科室、分局组织联欢,专案组推举沂蒙和千秋兰演节目,由沂蒙独唱《我爱这蓝色的海洋》,千秋兰手风琴伴奏。下了班,沂蒙就到她的宿舍做排练准备,他变得饶舌,不停和同屋的宋子英开着玩笑,显示自己的机敏和幽默。唱歌的时候,他觉得发挥极佳,随着手风琴优美深情的旋律,歌声宛如浩荡的春风掠过松林原野,浑厚的共鸣让自己胸襟开张,飞向辽阔的天穹大海,带着极大的穿透力。

临近登场的傍晚,需要带妆彩排,沂蒙匆匆赶往市局那间宿舍,由于门是虚掩的,他推门进去的时候吓了一跳,她刚刚洗过澡,披着一头乌发,穿着一袭油绿色的裙子,裸露出浑圆白皙的臂膀和结实的小腿,就像刚洗过的雪白藕节。沂蒙从来没有这么近距离地看着对方;他慌忙背过脸去,千秋兰也急忙套上了警服,直到拉响了手风琴,两人才镇静了下来。于是,他开始歌唱,就在翻歌谱时无意又碰到了她的手臂,两人像触到了炭火那样都吃了一惊,沂蒙后退了一步,她也把手缩了回去,彼此的脸都红了起来。

以后谁也不说话,相互望也不敢望,只有弹琴和歌唱。他注意到,她弹奏时胸部一起一伏,像承受着压迫一样连吸了几口气,而且连续出现了几处错音,自己比她更紧张,太阳穴在突突跳,后来简直不知自己在唱什么。

终于,两人停下来,感到了疲惫不堪。接着,她开始给沂蒙化妆,她的手是那样柔嫩,触在脸上就像婴儿皮肤般的润滑。离自己很近的时候,能听见她的呼吸,闻到她淡淡的发香,隐隐感受到她身体的起伏和鼓荡。她很是专业和认真,似乎没有注意到他的种种非分之想。渐渐地他感到了她的指端在轻轻颤抖,这种微小波动像一股暖流遍布全身,他感到头晕脑涨,从心底腾起一团炽热的冲动,但同时又被一种更为强大的力量所攫住。庆幸的是,这时宋子英催促二人登台的敲门声,一下子中断了所有的一切。

七

苍天有眼,上帝似乎是公平的,它不仅让有情人终成眷属,而且让每个饱受挫折者各得其所,如愿以偿。金虎如今成了坦克兵,开始做起了将军梦,就连最为落魄的杜明也运交华盖,在新一轮的招工中进入梁州机床厂当了技工,成为工人阶级的一员。但燕雀安知鸿鹄之志,当工人绝不是杜明的人生目标,他决计暂时栖身工厂,等待时机,再次报考大学。此时正值湖北艺术学院到梁州招收声乐系学生,杜明倚仗天生的歌喉前去应考,成绩名列全省第二。两个头发花白的教授十分欣赏他的男中音,但十分惋惜的是他超过了招生年龄无法录取,继而推荐他报考本校的研究生。仅将声乐当作改变境遇的杜明断然放弃,因为他看到大学理工科开考,便决心背水一战,以"考试机器"自诩的他此时踌躇满志,决定报考制图设计专业。于是,找到担任高工的伯父专门辅导,经过潜心复习,一举考取第三名,前两名均为高中生,杜明春风得意,认为自己这次已十拿九稳,没料到晴天一声霹雳,厂里拒绝政审推荐。

原来,参加高考只经过副厂长兼技术室主任的同意,他素与书记交恶,书记就抓住杜明报考大学的事大做文章。大会上批判白专道路,不点名批评有人上班不务正业,违反工厂纪律,对学校前来政审的人员将杜明说得一塌糊涂,并以未经厂领导集体研究、擅自报考为撒手锏,杜明的大学梦被碾了个粉碎。

他此时只有认命,因为除了用宿命来解释这一切,任何高超的理论都显得虚伪和苍白。这天晚上,他喝了不少酒,晃晃荡荡骑着一辆破自行车去找好友吐苦水,一路吟唱:

我欲上山山隔霄，
我欲汲水井泉遥，
我欲上山山路险，
我欲渡水水无桥……

他来到沂蒙所在的鼓楼分局，传达室的人认识他，点头放入。他按惯常敲响那间单人宿舍，竟然寂无人声，他以为对方睡了，刚要叫喊，不想门慢慢开了。黑暗中立着一个人，在院内昏黄的灯光投射下，只见朋友形销骨立，面色凄惨，目光呆滞，仿佛刚从地狱回到人间。

杜明的酒被吓醒了，急忙帮着打开了室内的灯光，只见房间内一片狼藉，铺盖掀开，像是刚从被窝里爬出，枕头边上，有一把乌亮的手枪。他知道那是对方像心肝宝贝一样向他炫耀过的德国二把盒子，如今却像毒蛇一样蜷缩那里，仿佛会随时张开毒牙，夺人性命。因为朋友脸上的神色太可怖了，一定是遇到了塌天的大事。

鲁沂蒙头顶的天真的塌了，确切地讲，对他而言，内心比塌天都绝望，绝望到要告别这个世界！

就在三天前，那个寒气袭人的周末，从外地出差回来的他，急切地要和千秋兰见面。他骑车如飞，爱心如箭，夹着厚厚的《斯巴达克斯》，兴冲冲赶到市局，拐向那幢红砖房的宿舍。院子里只有千秋兰的房间窗户还亮着灯，她一定是在等着自己。他用手指叩门，轻敲三下——这是彼此约定的方式，里面竟没有应声，莫非她不在？定是宋子英在里面了，可分明有说话的声音，而且就是秋兰无疑，他继续敲，才听到那熟悉的声音发问：

"谁？"

"我。"

听见她在里面"噢"了一声，接着就开了门。

沂蒙推门进去，一下子愣住了，只见单人沙发上坐着一个身材魁梧的男青年，穿着一身军装，脊背侧向着门口。千秋兰表情有些古怪，看着沂蒙，又看看对方，腾的一下红了脸，结结巴巴把那个陌生人指给沂蒙说："我给你介绍一下，这是我下乡知青组的同学，从部队即将复员，我们好多年没见面了。"

对方没有站起来，敷衍地点点头，只是把手举在脑袋一侧扬了扬。

"你就是鲁沂蒙吧，我叫建国。"

大概当时他俩正讨论着自己，所以，沂蒙马上明白眼前的不速之客是谁，他点点头，想过去坐在那张单人床上，可床上正随便摊放着对方的军大衣，一种极度的不快在他心头蔓延开来。

他的腿极快僵住，欲转身退出："你们说话，我得走了。"并随手把已放在桌边的那本书重又夹在了腋下。

"你……"她显得十分尴尬，白皙的脸上更显苍白。

他很快离开了房间，推起自行车就要走，她随后赶了上来。

"你不是来送书吗，等一会再走行吗？"

"你有事，先忙你的。"他像没听见，甩了一下车尾，书掉在了地下。

她低头捡起书，轻轻夹在车后架上："沂蒙，你听我解释一下好不好？"

"这不就是你说的那位同学吗？我祝福你们。"他挣脱了她抓车架的手。

"你能不能让我把话说完！"她也火了，"他是突然决定退伍回来的，说要给我一个惊喜，那么长时间不联系，是因为执行一项保密的国防任务，不让写信和打电话。"

"这不就联系上了吗？很简单，快刀斩乱麻，重修旧好。"

沂蒙头也不抬，飞身上车，再也没有回头。

此时街上已白茫茫一片，冷飕飕的北风夹着细小的雪粒迎面打来，像无数小针尖儿刺在脸上，四周空无一人，只有路灯分立两侧，在远远的道路尽头交汇。他的头脑里乱哄哄的，握车把的手一直在颤抖。

陷入感情旋涡的人往往是粗心大意的，自己为什么忽略了她曾经有一个前男友的事实了，她告诉过自己，他们在一个知青组数年，就在她寂寞苦闷的岁月里，两人确立了恋爱关系。他的父亲是省军区的高干，母亲是市里知名医院的院长。参军后两人书信渐少，很可能在部队已谈了女朋友，以致后来就中断了联系。

一夜未眠,天明时她来喊他跑步,他犹豫了一下,还是去了。为的是一针见血,弄个明明白白。他注意到她的双眼红肿着,显得有气无力。他们半跑半停,她一再表示歉意,说一切都怪她,没有提前给他说清楚,也没有想到对方会有这样的变化,能不能给她一些时间,让彼此有一个做选择的考虑。

选择——沂蒙开始大笑,那是多此一举,在选择的天平上,我还能有什么资格?理想主义失败,现实主义胜利。沂蒙决心不再奉陪着跑下去,扭身奔向另一条路,把她扔在了十字路口。他这样做不是没有道理的:比家庭,父亲瘫痪在床,家道中落;比个人,对方优越感十足,自己自惭形秽,诗情才华算什么?从社会现实看恰是一种潜在的风险,文字不仅不能当饭吃,而且还可能酿成不虞之灾。当过日子比树叶还稠(老话,指愁)的时候,一个小民警能为所爱的人遮风挡雨吗,自己没有力量解除别人的痛苦,只会给心爱的人带来负担,到那时,自己的灵魂也无法安宁。一种油然生出的豪侠之气,使他决定从情感上退却,从道德上成全自己,觉得人活着还是应当高尚一些。

于是,回到分局,他伏案疾书,给千秋兰写了一封信:

> 正当我奋臂遨游在知识的海洋,偶尔露出水面换气的时候,我的眼前突然出现了一块美丽的陆地。岸上完全是一派田园牧歌,共同的理想和遭遇,使我们有了更多的话语,就像在寒冷中互相给予对方温暖和力量。
>
> 现在,我们都面临一个情感的选择问题,就像不能同时登上两列对开的列车一样。而一次选择就会决定人生的命运。按照当今社会的择偶标准,诸如郎才女貌、夫贵妻荣原本也无可厚非,动荡岁月里见惯了翻云覆雨的险恶,谁不愿意追求平静,找寻一处温暖的港湾呢?而罗曼蒂克的幻想终将被现实击碎,人不能靠想象去生活,谁也不能拔着头发离开地球,况且你最需要的东西恰恰是我所不具备的。所以,我支持你的选择,并衷心祝你们幸福。
>
> 我将仍然埋头我的学习和读书,因为它是我的灵魂和生命,相信一个经历了一场风涛后的姑娘更能够坚强地面向未来,若干年

后回顾这一段小小的波折,或许是一道小小的涟漪,说不定会是我们之间的笑谈。

十分理智的友谊是人生的无价之宝。

这些文字看后,请让火去阅读它们吧。

沂蒙故作宽宏大量,绅士般的就此止步,尊重对方的选择,珍惜并封存这段美好的记忆,可内心比任何时间都痛苦,他恨那个突然出现的权贵子弟,恨他的自负与不可一世,恨世俗观念对人的左右,恨自己怀揣珠玉反被贱卖,有一种被人拿在手中掂来掂去,最终扔在一边的那种羞辱。

就像突然重创的伤口,起初由于应激反应,并不感到痛楚,而过后则愈加疼入骨髓。

他感到自己的灵魂被抽空,自尊心受到严重的伤害,一种刻骨铭心的挤压感使肠胃绞痛,每天只吃一顿饭,一顿只吃几口米,米面嚼在口中就像沙砾。有时把手指咬在两齿之间,是怕家人听到自己的哭泣,心中像是塞进一把乱草,喉头像哽着一粒枣核,吐不出,咽不下,胸闷气塞。他开始抱怨自己一开始就看错了人,直到这时才看到了假面后的真相,原来完全是出于利用,我才成了你家中的座上客;我把你当成挚友,爱你超过了生命,而最终却成了你情感空虚时的填补者。很快,他又深深地谴责自己:是否误解错怪了对方,为什么不能听完她的解释,在对方犹豫不决时就轻易败退下来,连再争取一下的余地都不留给自己。但过了不久,他又开始用贬低对方的方法减轻痛苦:难道她就这么完美和理想吗?从这件事看来,她是那么易受世俗的影响,即使是结合了,会有真正的幸福吗?幸而此事暴露得早,否则木若成舟,岂不后悔莫及?但恨到极处仍是爱,是爱而不能得到时的自我救赎。一想到一生情感上的知己难求,他便又一阵阵地痛惜,这种万劫不复的绝望又转为愤怒。他恨世俗的冷酷,恨命运的不公给自己带来无法容忍的耻辱。

于是,他把那心爱的佩枪擦了又擦,面对着镜子,他看到了那张因忧伤而憔悴的面庞,想到自己多舛的经历、不幸的家境,愈感到一种深深的自卑。于是,慢慢举枪,将枪口对准太阳穴。既然如此,一了百了,决不乞求和苟活。第二天早晨，人们看到的将是一具有尊严的尸体。

刹那间，他又为自己的念头吓了一跳，就这样中断了你年轻的生命？那不是在证明你就是个失败的懦夫吗？你拿死来遮盖你的软弱，用死来自欺欺人、惩罚别人，实际是最无能、最可耻的表现——人生本来就是一场永不停息的搏战，既残酷又无情，只有强者才能挺过去，怎么一开始，你就成了孬包软蛋了？你不是说过，倘若不死，便是永生吗？比比那些先贤和哲人，你的勇气哪里去了？难道你忘记自己对生命做出的承诺？难道你真的身处绝境无路可走了吗？你是在拿别人的谬误惩罚自己，他们包围你，戏弄你，不就是让你自甘轻贱，自我堕落，推你向毁灭的深渊，你岂不就此正中人家下怀了吗？

沂蒙刚学会了开摩托，他加大了油门轰鸣而去，在黄河大堤上飞驰狂奔，掀起了大团的沙雾，他的耳边风声在呼呼作响，他在用速度洗刷失败与耻辱，想让大河的雄风吹去昨日的灰尘。黄河大坝此时变成了一条飘动的带子，大河如巨兽从天际奔涌而来，大块的烟云各呈其状，洪荒巨流之上的落日显得雄浑而悲壮，又红又大的太阳宛如充满鲜血的心脏，它在痛苦中跳荡，它在悲伤中昂扬，它虽遍体鳞伤，但决不止步和退让；它虽支离破碎，步履踉跄，但决不能屈膝投降。他开始搜寻这熟悉的岸边，俯身在当年扛包落入水中的那堆石头上，止不住放声大哭起来，一直到暮色苍茫。

这些，就是杜明所听到的，朋友从心底发出的呜咽，他自己的不幸比起沂蒙来就显得微不足道了。他决意去找千秋兰，并且要主持公道，仗义执言，拯救这位可怜的朋友，可被沂蒙坚决制止了。

此时的千秋兰，痛苦一点不亚于鲁沂蒙。她实在没想到在情感之路上竟然出现如此的意外，她几乎是在一遍遍谴责那个音讯俱无者，她真的不知道自己该把爱交给他们当中的哪一位，但她知道始作俑者是自己，一种内疚和自责像毒蛇一样咬噬着她的内心，因而收到沂蒙的信后就马上造访。可不管她说些什么，对方都沉默不语。看到他乱蓬蓬钢刺般的头发，满面的憔悴，想到几天前还一起驱车工作，海阔天空，怀着甜美的激情引吭高歌。她用双手捂住了泪流滚动的双眼，双肩痉挛似的耸动,不知过了多长时间,她问沂蒙,如果你实在难受,我就申请调到别的单位吧。她的声音里含着颤抖和乞求。沂蒙说,专案组一结束,我还回派出所,就不劳你操心了。

过了几天,市公安局在礼堂开大会,两人习惯在人群中找寻对方,这次两人对视时,他发现了她的变化:苍白的面颊两边,原来的两束粗黑的辫子不见了,变成了绾上头顶的高高发髻——她已经告别了少女时代,终结了情爱的纷扰,而自己呢,也在此时埋葬了昨日的一切。

鲁沂蒙又开始了刚毅和孤独的行进,除了忘我的工作,就是埋头读书,他不敢让自己有一点点空隙的时间,那样会使痛苦重新冒出来。他黎明即起,背诵楚辞汉赋、唐诗宋词,包括最佶屈聱牙的骈体古文,因为只有这样,不仅可以转移痛苦、淡化伤痛,还可以进入古代先贤们的博大境界。他知道自己并不是孤独的,他和杜明共同补习功课,一起上夜大学,为的是积蓄力量,求知深造。他加大了肌肉训练,让杠铃石锁消耗自己的体力,便于倒床就睡。为了提升武功,他开始与小喜联系,求教过招。可未想到的是,他几次来到那座熟悉的小院落,总见铁锁把门,只好失望而归。

早在邓禹台搞运动时,乳母患了急病,沂蒙接信返回,乳母已气绝入殓,他和小喜按梁州习俗,痛哭守灵,共同将乳母葬在公墓。可不知为什么自从沂蒙回城当了警察,小喜和他便断了联系,到习武的学屋去找,当年的师兄随着师爷的过世已经散伙,唯有那堵矮墙后的练功桩还孤零零地立在那儿。蓦然之间,过往发生的一切全都浮现在眼前。

那还是临近下乡那年秋天,小喜约他到师爷家见面,到了以后,才知道老人家有病了。

低矮阴暗的旧屋中,师爷半倚在床上,面容消瘦,右臂还打着石膏。原来不久前,他给徒弟们比试靠山肘,嫌徒弟力气不足,便灌上全力猛击木桩,不想老人家骨骼已钙化,当即小臂就骨折了。他以药酒调理,又感了风寒,卧床已有多日。见两个爱徒来了,师爷顿时来了精神,灰白的眉毛飞扬,胡须抖动,问着话就要下床,小喜和沂蒙忙去搀扶,将他移坐在惯常讲武的太师椅上。

由于肺部感染,他气喘吁吁地讲起了一个掌故,大意是在民国初年,刑场上绑来一个杀富济贫的囚犯,虽说戴枷拖镣,可威风不倒,审问官问他何方人氏,答是山东好汉,又问为何杀人,答因路遇不平,再问习武属哪家门派,答是功力拳,又问了师门。审问官当即命人将囚犯收监以备秋后问斩。可出乎意料的是,办完公案,审问官于当日向上奏请辞官,竟与那好汉连夜逃走,不知去向。

沂蒙觉得师爷讲的案由经不起推敲,但知其用意,那便是:同为师门,同生共死,江湖中的义气是可以高于王法的。待师爷讲完,沂蒙接口问道,为什么问斩要待秋后,师爷捋了一下胡须道,秋季属金,主刑向西,杀死的人可以直奔西方托生,十八年后又是一条好汉。

师爷讲完,唤来徒弟从器械架上取来一块方木,木板中间有一脑袋大小的圆洞,拿在手中拆成两半,原来是一副囚犯的木枷。

"今日我要教你们俩一套武松脱铐拳,拳法来自武松飞云浦与俩公差的格斗。这套拳法用枷铐为武器,化肘为拳,脚法凶狠,动作有戴枷、脱铐、击枷,很少人能得真传。"师爷把一对木枷分给两人,边说边教两人拳法,又怕两人走样,还让小喜拿来一双筷子,比画着拆解每个拳脚与木枷间的动作,由于连说带比试,师爷咳嗽连声,两人急忙将他安顿在床,服侍吃了药,兄弟俩便在院子里对练起来。小喜说:"武松戴枷行——马步上铐。"沂蒙接:"公差恶胆生——飞身举铐。"起式后拳脚相搏,二人念着以下口诀:

"枷铐皆我用——提膝护铐。"

"力劈华山崩——震脚开铐。"

……

待练得熟记于心,二人方才告辞而去。不想这场脱铐拳的传授,竟成了师徒最后的永诀,半个月后师爷便去世了。

两块枷至今还一人一半,可两人始终没有再合练过对打,因为自乳母去世后,两人再未见面,沂蒙隐隐觉着对方有意在躲避自己,不禁心生抱怨。

夜风从派出所窗棂袭过,练过俯卧撑和哑铃操的沂蒙,正待安睡,猛然听到楼顶上有响动,起初还以为是秋风吹折树枝,或是猫在夜行。屏息听是重物的移动,确切地讲,是人脚的踩踏和什么硬物的撞击。间或有瓦片被压碎的声响,一小块瓦片还咯棱棱地顺着檐角滚下来,在三层楼下的地面上摔碎了。倏忽之中,似乎有一个黑影在窗口一闪,他怕是眼前的错觉,推窗一看,院内空无一人,唯有值班室还亮着灯。

今天所内三人值班,除沂蒙之外,还有魏展望与王来民,这老魏是副所长,白净面皮上有几根黄胡须,因是高中文化的转业军人,说话不紧不慢,爱咬文嚼字,并且老爱捻自己短胡须。他原名叫魏财旺,参军后改成展望。王来民可不是个省油的灯,所里与同院办事处的人都叫他"王赖皮",尤其爱与女同志开玩笑,荤素不论脏话连篇,常惹恼了人被人臭骂,扮个鬼脸耍个尿泥。(方言,耍赖的意思。——编者注)可流氓地赖子见了他则屁滚尿流,称他"贼见愁"。若栽在他手里,必被打得鬼哭狼嚎,魂灵出窍。贼们赌咒时常说,谁要是说瞎话,出门让他碰见"贼见愁"。

王来民常开导沂蒙:"你心太善,知道这帮杂鱼有多坏吗?当年他们造反赶走了警察,在所里私设法庭,把人脱光了打,烧阴毛、电生殖器、裤裆绑猫。不打得他筋断骨裂,这帮流氓能老实交代?上个月,被我一脚就踹出一条枪来。沂蒙呀,对付流氓要用更厉害的法子才行。"

看来两人还在办案,大概是照顾自己摊上了倒霉事,晚上没叫他参与。

披衣而起来到值班室的沂蒙,看到王来民正在审一个绾着一头乱发的女孩,由于背对着门口,一时看不清面目。门口蹲了个老汉,像是刚结束了询问,正用衣袖擦着指肚儿上按手印的印泥。打火发动摩托车的老魏看见沂蒙立即道,来得正好,这个女的得两人问,这个报案人我先把他送走,你跟赖皮问女的。

沂蒙突然想起,今天下午院内一片喧嚷,一个老工人打扮的人抓了个偷车女贼,给她肩上扛了个自行车,将她押进了派出所,引来了上百人围观。女孩被牢牢铐住,仍心有不甘地拼命扭动,看着挣脱无望,竟破口大骂起来,各种污秽不堪的脏话连珠炮地从她嘴里喷射出来,和一副长相清秀的面容极不相称:"老不死的,别装正经了。"骂声不绝的她连踢带打,像一只发狂的母狮,双眼的眼影被泪水冲得乱七八糟,染色的头发凌乱披散,而扭送她的老人反倒一言不发,任她辱骂。

直到沂蒙看了老魏留下的讯问笔录才知道,这个扭送女孩者不是别人,正是她的亲爹。被抓的是他女儿叫陈艳丽,因恋情和父亲闹翻,多日有家不归,与一流氓同居,当爹的管束不住,才用了一个抓贼的招数将她扭进了派出所。

此时,面对王来民汹汹拍桌子打板凳的她,正一脸的不屑。

"俺爹不懂法,你们难道也是法盲?本公民要解溲撒尿,你听清楚了没有?"

"你还嘴强牙硬,流氓鬼混,非法同居是不是犯法?"

"那是老东西的诬告,他怕俺登记故意藏了户口本,俺是恋人关系,万没想到你们派出所不仅干预婚姻自由,还限制人身自由。管天管地,管不住拉屎放屁,再不让我出去,我就撞死在你面前!"

在她扭动被捆绑的手臂时,沂蒙发现她体态丰满,皮肤光洁细腻,嘴角和眼神却透着叛逆,大概是发现了一旁站立的沂蒙,她马上又大嚷起来:"这不又来了个警察叔叔吗,你们俩监视我,还能让俺跑了?俺可真憋不住了,求求你们了行不行。"

来民早被她缠得无计可施,只好招呼沂蒙说:"走,咱俩跟着她,还能让她插翅飞了不成?"

"跑了和尚跑不了庙,吃饭的地方都找不到,俺往哪里跑哇,再说,你们这厕所后墙比监狱都高三尺。"看来,她真是这里的常客。所里东北角的厕所是两楼之间的一处狭长空间,高墙之上还装了铁丝网。到了厕所门口,陈艳丽被松了绑,一头扎了进去,当沂蒙推门,只见她忽地一下将裤子脱落在脚踝处,露出一身雪白的躯体,在灰黄的灯光下闪着白花花的光泽,就在两人抽身后退时,里面哐当一声掩了门,就听见里面哗哗的声响。

沂蒙低声问王来民,这女的是钳工(盗窃代称)吗?对方笑笑,是敲盆的(流氓男女),你还看不出来吗,搞不好就能把你拉下水哟。沂蒙反唇相讥道,你不是她赖皮叔叔吗?恐怕早就下水了吧?来民叼根烟打着火,猛吸了一大口道,你以为我闲得蛋疼跟这女流氓在这闲磨牙啊,是魏头儿交代要钓大鱼,知道跟这破鞋鬼混的是谁吗?能抓住那个家伙就够咱全所弟兄们喝一壶了。

沂蒙知道分局规定有抓人指标,原来是醉翁之意不在酒,在于利用陈艳丽这个香饵,擒获背后恶名在外、为害一方的大贼。想到这里,他急忙叩响厕门,里面竟无应声。急忙撞开门,但见暗淡的灯光下,厕所里早已空空如也,仔细查看上下,仅有几处蹭蹭的痕迹留在地面上。

他突然想起刚才楼顶部的敲击声和一晃而过的黑影,来民听他说了这些,猛一下拍响了大腿:"娘的,肯定是'铁拐李'这家伙!"说起这铁拐李,可谓恶名远扬。近日在新华辖区连续发生几次大的流氓火并事件,受伤的双方均不报警,且自行疗伤,为首的正是铁拐李,据说他臂力过人,攀楼蹬墙如履平地,更为可怖的是,他受伤的一条小腿截肢,安装了半截棍状的假腿,打起架来触者即伤,这次双方械斗,缘于拐子同伙的女人被奸污,铁拐李竟将那根假腿捅进了对方的肛门以示惩戒。为擒获两方团伙骨干,所内两次布控缉拿,皆因对方户口不在本辖区、情况不明而扑空。

杨善谋所长听了魏展望等人的报告,当即一声令下,要求各辖区民警立即返所,连夜集中行动,并且务求成功。鲁沂蒙领受任务,连夜在勤农街居委会开街干(街道干部——编者注)会,由于刚捕判了装神弄鬼掩盖聚众赌博的孟广祥,"小脚侦缉队"情绪高涨,那位苍颜白发的岳栗氏拐棍捣地,两眼放光,附耳告知沂蒙一件重要的嫌疑线索。

原来,孟广祥获罪判刑后,其家人将院内几间房子出租。近来新进了租户,白天没人,夜晚亮灯,一天到晚锁着门,肯定里边藏着不可告人的秘密。沂蒙随岳栗氏来到黑黝黝的院落,先敲开门首处一家居民组长的房门,从后窗观察,屋内黑灯瞎火,可组长说,上半夜听见街边一阵狗叫,肯定有人进出过。沂蒙蹑手蹑脚走至后院屋门,借着街灯的微光,发现地面除了脚印,还留有几处圆环状的痕迹,比马蹄铁小,比酒杯底大。与派出所厕所处的印痕相近。他心里有了把握,让街干守在四周,沂蒙飞快赶到附近电瓶车厂给所长打了电话。

十多分钟后,所内八九个民警全到了,善谋所长一番部署,所有矮墙、巷口均有民兵街干协助。沂蒙领岳栗氏他们走到门前,她那根拐杖早已敲在了门上,大嗓门喊得山摇地动,半条街都听得到:"开门,查户口——"几乎同时,从房门开处蹿出一个黑影,沂蒙在闪避身子的一刹那,顺势来了个扫堂腿,顿觉撞上硬物似的一阵剧痛,那人也一个趔趄险些摔倒,但顷刻一个点地支撑稳住了身子,而后像猴子一样翻上院墙,手脚并用噌的一声越过了墙头,不见了踪影。

还未等沂蒙追往后墙,那边预伏的来民便得了手,他和老魏人手一根长号警棍,见黑影冲来,贴地抡圆了向那厮小腿一个横扫,只听当的一声响,夺路奔逃者的全身腾空,重重跌落在地面上,一根棍状物被磕飞出几米远,几个蹲伏在那里的警察早已跃起,将猎物压倒在身下,七手八脚捆成粽子一样。

"腿,他妈的俺的木腿掉了!"那人声嘶力竭地叫喊。沂蒙将墙角那根棍子似的东西拎过来,扣合在他的下肢上,怪不得自己的腿骨一阵阵胀痛,原来是被这段假肢扫了一把。

王来民他们用摩托车押着铁拐李回所,沂蒙和岳栗氏、居民组长进屋搜查。室内陈设简单,大件家具仅一床一箱一柜。另放少量杂物。打开柜门,里面是空的,但能闻到一股浓烈的化妆品味道,仔细观察,他一眼看见立柜旁一只红木箱上的盖子在微微颤动,沂蒙心里有数,故意对岳栗氏道:"这箱子不赖,趁天亮集市上人多,把它拉去卖了,也好给咱街干们发个补贴吧。"岳栗氏会意,用拐杖嘣嘣地敲着箱盖说,这箱子虽说是破烂货,卖个七八块钱还是有人抢着要的,来人,把它装车!这句话还未落音,就见箱子呼啦一下大开,里面变戏法似的蹦出一个大活人来。随着咯咯一阵浪笑,一个裸身女人一丝不挂出现在眼前,灯光下活像一只大白蚕,正是那个从厕所里逃跑的陈艳丽!

幸亏有两个街干和岳栗氏在场,三下五除二给对方裹上衣服遮盖,而后塞入摩托车斗内,一并押回审讯。

车进所内,就听见审讯室传出号叫声,沂蒙急忙将陈艳丽交给女警小郭,便拔步来到审讯室。只见那只凶猛的猎物两手反剪,戴着背铐。

来民说,沂蒙来了,咱换换手,你接着问,我看快是"审熟了"。

这"审熟了"是当年警察的暗语,就是修理得服帖了。看完桌子上的讯问笔录,难怪"贼见愁"动粗。就在刚押进派出所院内时,这小子困兽犹斗,竟然不知用何种缩骨术褪掉了警绳,抽出木腿中夹带的匕首,险些伤了几个警察,还是老魏用收缴的渔网将他制服。谁知这家伙仍骂不绝口,不得已给他塞上了嘴巴,套上了头套。

捆缚着的铁拐李一言不发,反绑在脊背处的拇指由于承受着全身的重量,已经变得青紫,下垂的血液都集中在脖颈部,变成了猪肝色。警绳被固定在左右两个墙角里,越是挣扎,越会加剧痛楚,涔涔的冷汗已将头套浸湿了一半,听得见对方牙关紧咬的咯吱声,这些均是非常危险的信号,必须马上采取措施。没有片刻的犹豫,沂蒙立即解开拉扯对方肢体的绳索,将人安放在审讯椅上,把绳扣从腕部以下松开,迅速拍打着他的胸部,很长时间后,那人终于从身体的深处呼出一口气来。

他很快摘去对方脸上蒙的头套,伸手在他脸前晃动了几下,发现他的神色有些恍惚,急忙用一块湿毛巾帮他擦去额头的泥污,不料被他倔强地晃动了一下脑袋,面部偏向了一边。就在这时,沂蒙发现对方后脑勺处有明显的三个发旋,他急忙把那张脸端正了,两个人打了个照面,这一看却非同小可,他一下子像被电击似的呆在那里:这个凶悍的铁拐李,不是别人,竟是自己寻之不见的兄弟小喜。

沂蒙陷入迷惘,他宁愿相信这是一个梦境,可活脱脱的人就在面前,那前额上幼年的疤痕,熟悉的嘴角流露出轻蔑的笑,眼神中透出顽强的敌意,继而从口中吐出一团血痰,正喷在沂蒙的脸颊上。

"你睁开眼看看我是谁?!"沂蒙一把用毛巾擦去他眼前的污血,把脸贴近了小喜。

对方咧开嘴巴,喉头咕噜了两下,不知是哭还是笑:"我早就知道有这一天,死在你的手上,总比死在那帮雷子手上强,你凭什么要救我？……"

沂蒙见他口角溢出白沫，倒了开水送到近前，不料被他一把推开，茶杯也滚落在地："你们警察也就这点本事，打死我也不会服气，打我的人一个也跑不了，你总有脱警服的时候，成了鬼我也会跟你算血账……"说罢，头一低，晕了过去。

沂蒙急忙喊来杨善谋，把小喜的前情简说了一遍。杨所长摸摸对方的额头，也倒吸了一口冷气，急忙安排人将小喜送往医院急救。原来，分局刚开完会，传达了上级关于坚决废除法西斯审查方式的指示，倘若人死在派出所，马上非成为反面典型不可。他蹙紧眉头，命沂蒙24小时守护，防止发生任何意外。

接下来一切安排停当，医生忙碌着救治包扎、吊瓶输液，等小喜醒来，已是次日下午时分，浑身被纱布包裹的他，仍在抱怨不休。

"我的事用不着你操心，我是个货真价实的流氓，你是个警察，咱俩压根儿就不是一路人，小心坏了你的名声，救不了我，又毁了你。"

"你还知道啥叫名声？"沂蒙帮他披了下被角，"你总想以恶制恶，可你比恶更恶，老百姓提起你，小孩就吓得不敢啼哭。老百姓把你当成了一方的祸害，这样下去，咱娘在上，师爷有灵，你有什么脸面去见他们？"

"我哪能和你相比，生就贱命一条，早就盼着早死早托生，爹妈死绝了，赤条条来去无牵挂，拦我的人就是害我，要真想走这条路，等不到今天，你一回城我早就找你了。"

此时的小喜，在沂蒙的心中已经分裂成两个模样：一个是当年那个一块儿追逐戏闹的同乳兄弟；一个是可憎的流氓头子。调取来的材料说明，他残疾的左腿，是为昔日那帮师兄弟拔份儿出气，一场殴斗中被对方的车轮轧成粉碎性骨折，以后自己给小腿配上了假肢。昔日一起玩官兵捉强盗的两兄弟，今日假戏成真，彼此站在了水火不相容的两端：一方面，鲁沂蒙不可能像师爷当年所嘱，带了犯罪的兄弟逃亡；另一方面，小喜也很难改恶从善，他的意识已融入血液，很难放弃和改变。对此沂蒙既无可奈何又深深自责，想起过去小喜对自己一家的挺身相助,而今遭遇这些不幸却无能为力,在情义和法律面前,他的心被撕成了两半,最大的痛苦在于,一时还拿不出两全的方法来拯救陷入法网的兄弟。

一夜未眠,沂蒙次日找到所长杨善谋,提出一个教育挽救小喜的方案,杨所长拿着小喜的案卷沉吟了半天,仍做出了上报劳动教养的决定,但同时开了个口子,允许沂蒙相机做转化工作。

临送劳教场那天,被行政拘留放回来的陈艳丽不知怎么知道了信息,在必经之路的岔口上专程为小喜送行。沂蒙看到小喜眼眶里的泪水在打转,咬牙攥拳才没有流出来。驾车的王来民斥骂道:"你想得倒美——弯刀对着瓢切菜,瞎妞对着瘸小儿来,你还要不要脸。"陈艳丽被女民警小郭下车拉住,在路边号啕大哭,车行很远还能隐隐听见。

看到这个场面,倒使沂蒙萌生了一个念头。想想自己的情感挫折,若让小喜重新燃起生活的希望,陈艳丽倒不失为一枚火种,一剂良方。

于是,在小喜投入劳教三个月后,沂蒙带着陈艳丽到劳教场探视小喜,两人单独会面。沂蒙在监控室里发现,陈艳丽伶牙俐齿,说得头头是道,最后对小喜既是期盼,又是承诺:"你要是一个男子汉,就要活出个人样来,你要真是个好汉,我陈艳丽等你一辈子!"

接下去,奇迹出现了,小喜在场内表现突出,当了炊事员,杀猪宰羊是绝活,炸油条炒凉粉,受到交口称赞。一次场内失火,他从楼顶冒死救出三人,立了大功,成了救火英雄,提前半年释放。

转眼到了这年仲秋,岳栗氏拄着拐杖亲自做媒,把小喜领到了陈艳丽家,老太太对仍不表态的陈老汉发了雷霆之怒:"你个老倔筋,甭放着面子不要找丢人,如今是婚姻自由,你不同意也挡不住天要下雨,娘要嫁人。这可是毛老人家说的,知道这真媒人是谁吗?是派出所大名鼎鼎的杨所长,你不愿意就让民政局办你个破坏婚姻法,嗨!你不愿意,我岳老太还不费这个劲了,拉屎拉到井里,不给狗挟气。"骂毕拄杖要走,被陈老汉拦住,扶起了拎着点心、趴在地上叩头的小喜,算是允了这门婚事。

婚后的小喜在沂蒙的相助下，开了一家门店，架起了油条锅，继承了当年驼子老爹的手艺，每日顾客盈门，陈艳丽做帮手打理经营，小日子过得红红火火，这一带的治安从此风平浪静，殴斗事件绝迹。

八

严冬过去,柳枝抽出鹅黄色的嫩芽,杨树开始冒出骨朵,冬日的残雪从瓦片隙处融化滴落,鸽群开始散发出响亮的鸽哨,在古城上空飞舞着,飞得更高的鸟儿在春日如洗的碧空中,就像一个个小黑点点。

爱情尽管并非生活的全部,但春水涌动中的闸门一经打开,就绝不会止息。失恋的痛苦随着时光的流淌渐渐平复,代之以繁忙的工作与终日的苦读。作为家中的长子,母亲开始将沂蒙的婚事排入家中议程。他像走马灯似的扮演着相亲的角色,可曾经沧海难为水,一时很难再有替代者。一日他猛然顿悟:大丈夫事业未立,何以家为。若是能有一个重新学习的机会、施展才华的平台,何愁寻找不到志同道合者。于是,上大学的念头点燃了他奋进的雄心,他期待着在青春年华有一个安静的时间读书,为漫长的职业生涯打下基础。

决心既定,苦无机会。文科院校已明令停办,连续三年来只有文教、卫生、体育和音乐院校有少量招生,能考中者寥若晨星。正是在这种翘首等待中,幸运的阳光终于照进了梁州市公安局的大门,市里破天荒给了一个黄河大学政教系的名额。按照教委文件规定,采取个人报名、群众推荐、组织审核、优中选优的程序,作为工农兵学员,不再进行文化考试,按入选人员2∶1录取。

千秋兰给沂蒙打来电话,商议报名之事。沂蒙深知,上大学也是她的夙愿。作为身处政治旋涡中的两个家庭的子女,谁不想改换一个环境呢?沂蒙表示理解并鼓励她报名,千秋兰说如果是和你竞争,我就不去了,你比我更需要学习,况且机会难得。沂蒙说,听政工部门说,全局已有21人报名了,鹿死谁手不一定,况且有人瞄上了我们,家庭有右倾翻案背景者,只能是碰个运气,所以你不要顾虑,只管报名争取,不留遗憾。

于是两人分别报名,参与推荐考察。当时正值张铁生交白卷、黄帅罢考事件发生,读书无用论甚嚣尘上,局里一些热衷仕途的弄潮儿志不在此,报名之后便退缩了。因此两个人一路斩将夺关,从近三十个人的报考队伍中脱颖而出。分局系统推荐了鲁沂蒙,市局机关推荐了千秋兰。

曾经相互勉励支持的报名者,现在陡然成了竞争对手,昨日的恋人,现在又面临命运的抉择路口。

她告诉沂蒙,你是排名在前的,只要体检过关就没有问题,我退出。沂蒙说,你还是应该参与到底,无论谁去,都是在证明我们争取学习机会的态度。千秋兰坦诚道,虽是这样说,我还是你的陪衬,你酷爱学习,终于赢得了这次机会,我衷心祝贺你,再说你的身体也不可能有什么问题的,提前预祝你的成功。

于是志在必得、稳操胜券的鲁沂蒙开始准备上大学的一切物品,包括运动鞋和游泳裤头,以备到校锻炼,并且暗自庆幸,命运是公允的,给自己关上了情感之窗,又打开了一扇金色的学习之门,一切将如愿以偿。

可命运注定又要和他开一个天大的玩笑。

夏日的教育局体检站,在熙熙攘攘的考生群中,他和千秋兰又见了面,两人会心一笑,便按男女通道分别进了体检室。沂蒙最担心的是眼睛近视,因为提前扎了针灸,竟然意外提高到0.9,其他各项检查更是一路绿灯,只剩下常规的心脏血压项目,当然更不在话下,他一时难掩兴奋激动之情,毫不在乎地伸出了胳膊,让桌子对面的女医生绑缚。"哦,你就是鲁沂蒙吧,检查血压可是不能心情激动哟,血压一高可就去不成了呀。"

随着对方开口,沂蒙注意到,这是一个四五十岁上下的女人,脸上赘肉很多,眼神中绝少善意。缘于父亲的被斗,家庭长期处在敌意的包围中,沂蒙一下子警觉起来:对方究竟是什么意思,是不是由于与父亲的夙怨借机捣乱，自己不能不防。

"听说你父亲瘫痪了，这心血管病可容易家族遗传呐。"未等沂蒙答话，对方在手中晃着听诊器，不冷不热又来了一句。

"你认识我吗？我可不记得我们在哪里打过交道。"沂蒙竭力平复心情，试探性地问道。

"你不认识我，我可认识你呀，你不是在鼓楼分局新华所的吗？听说这次高招你表现得还是挺积极的，检查血压预先吃苹果、吃西瓜了吧。"

此时，正在对面桌体检的男大夫插过话来："你这么说人家，人家的心情不更紧张了吗？"

不想她一下子提高了声调："我这是在关心他，越怕越出毛病，我这叫精神转移法，就是让他放松下来，你说是不是啊，民警同志？"说这些话的时候，她已经将听诊器猛然插入血压器的捆绑带中，嘴角分明含有几分讥讽，眼神中透着幸灾乐祸的神情。

看来对方是有意为之，需认真对待。可自己的血压从来就没有出过问题，心里没鬼，我还能怕你的挑衅不成。沂蒙这样想着，一边竭力使自己的情绪稳定下来，可心不由己，血压计的水银柱一路飙升，在高压140处闪跳了一下，而后徐徐下落。

"高血压！"她叫了一声，像在陷阱中捕捉到猎物那样兴奋。

"不对呀，我的血压根本没有这么高过！"沂蒙一下子诧异起来，绝不相信这样的结果。

"高血压会遗传的，青年高血压自我是没有感觉的。"她眯着眼，不冷不热的又来了一句。

旁边的男大夫说："你坐在这里，我来给你量一下。"于是，将血压带重新绑定，测量结果，竟比刚才还要高，如此连量三次，沂蒙血管里的压差竟然像野马一样不稳定，竟连续突破了160。

女大夫像证明自己胜利似的抽过体检表，在血压一栏填上了不合格三字。并嗵的一声盖上了一个血红的印戳。

"能不能让我再复查一次。"沂蒙深知血压不合格意味着什么，声音里满是恳求。

"已经破格反复测量了,我们是讲科学的,再说标准也不是我们定的,合不合格我们说了也不算。快!下一个。"她已经不再理睬沂蒙,开始给下一个人绑胳膊。

退出体检室的沂蒙有些站立不稳,是在做梦吧?分明不是,头顶热辣辣的太阳,腹内辘辘的饥肠,他深知这残忍的一票否决,足可以扼杀自己的大学梦和随之而来的所有人生构想。情急之中,他要寻觅一线生机。忙找到了院内的体检工作处,提出复检申请。对方允许次日复检,因为血压的波动是常见的,他稍稍放松了心情,剩下的就是分秒必争的准备。沂蒙给母亲打了电话,在她的陪同下,马不停蹄地到了几个大医院,检查下来一路正常,血压变得俯首帖耳。沂蒙对自己开始不自信起来,因为这不是血压和测量仪器的问题,毛病就出在自己情绪波动上。由于热切的期盼带来的兴奋难以抑制,造成血压的应激反应。还是太操之过急,想不到竟冒出这样一个拦路魔鬼来。

为确保明日的万无一失,沂蒙决定找一位长者讨教。

杜明的家就在教委附近,他的父亲杜步云很喜欢沂蒙,十分乐意他与儿子的交往,现正临时借调教委工作,且过去又主管过招生。找到他也好帮自己出出主意。于是,没顾上吃晚饭,沂蒙就骑车来到了那个熟悉的院落。

正在作画的杜老师看到沂蒙面色不对,忙倒了一杯茶。沂蒙谢了杜老师,就将面临的难题说了一遍。杜老伯立起身来,在屋中踱了两圈,而后坐下来,拍着沂蒙的肩头问:"你是愿意送个人情让别人走呢,还是一定要上这个大学呢。"沂蒙毫不犹豫地回答是后者,他表示理解,并伸出了两个手指,指尖上还沾着油画颜料,"一个是生理问题,需要吃乙丙嗪的药物稳定情绪,解决生理上的抑制;另一个是心理问题,心病还要心药治,问题考虑得不要那么简单。"

接下去杜老伯的分析可谓入木三分:这次推荐上大学,也是千秋兰摆脱困境谋求发展的良机,既然有这种可能,就会奋力一搏。论条件她处于劣势,因为比拼的不是知识和能力,而是体检能否过关,此事关系前途,说不定这个女大夫就是专设的一局。

沂蒙听后摇了一下头,表示千秋兰本人决不会出此下策。

"她本人不会,可她亲戚朋友呢?即便他们一方不会,你的父母在梁州多年,他们的对立面呢?世事难料、人心难测啊孩子。你和杜明都太理想化了,现实可一点都不浪漫,他为上大学不也碰得头破血流了吗?所以孩子……"杜伯把话锋一转道,"还有一种可能:以上的可能都没有,就是这个女大夫是个长舌妇、低素质、爱胡说八道,你偏又是个既敏感又爱激动的人,属于蠢妇干坏事,让你的血压居高不下,因为这种情况在过去的招生体检中也遇到过。所以必须要从心理上彻底放松,做好去不成的准备,横下一条心,条条大路通罗马嘛,大不了再等别的机会,因此我劝你,真是血压过不了关,就自行放弃,也不失为一种君子之风。"

杜伯一番话鞭辟入里,但他不了解沂蒙内心的秘密:他刚刚在情感问题上作为男子汉忍痛做出了巨大牺牲,如今面对这个可遇不可求的上学机会,他不可能再宽宏大量地退让了。他起身与杜伯辞行,发现侧室书房的画案中,有一幅刚临摹好的油画,沂蒙知道那是法国画家籍里柯的《梅杜萨之筏》,画的是一群漂泊在海上的逃生者,他们曾在灭顶之灾中相互残杀。这天突然发现远方有航船的桅杆显现,于是相互搀扶支撑,拼命地呼喊求救,画面惊心动魄,富有感染力。

是啊,如果千秋兰成了自己的恋人,两人会合舟共济,谁上大学都是佳讯。可偏偏是在学业和感情两条道路上都将自己逼上了绝境。这种双重的剥夺,已经严重挑战了他内心的底线。

通宵未眠,上午还要值班。时近中午,沂蒙又遵杜伯之嘱服了安定片,药力上来,晕晕沉沉,赶赴体检站那一刻,真像上战场的血拼肉搏。血压啊,关键的时候,你可不能再捉弄我了,好不好,我求求你!求求上苍!

复检室在另一处房间,大夫也全换了,沂蒙义无反顾伸出了胳膊,尽管屏息静气,可当捆扎带一箍上,一种野鹿撞头的感觉马上由心头奔向四肢,随着大夫攥紧皮囊的响声,他的心脏就像爆炸一样狂跳不止,血液在管壁中喷射,血压轻而易举突破了禁区,几位医生不约而同做了个摊手的动作。沂蒙知道这个结果意味着什么,就如同一声枪响,死刑犯被击毙倒地。

打击无疑是致命的:如果说失恋还有可能重新寻找爱,而失去这次学业在沂蒙心中等于失去了一切,而阻止自己进入大学之门的,又正是险些将自己逼入情感绝境的同一个人——就像刚从陷阱中挣扎出来,又被重新踢入陷阱一样,这左右开弓的耳光使沂蒙彻底愤怒了。

千秋兰竟然来了,仍到二人初见的档案室,她急切地向他解释,说她真的不知道这个搅局女人的事,她的家人也绝不会出此下策。她越是这样剖白,沂蒙倒越觉得她虚伪。他没有给她让座,因为他觉得她是在得了便宜反卖乖。于是,暴怒地挥着手,大声喊叫:"你来干什么?你快走!我再也不想看到你!"

"你能不能冷静下来,听我解释……"

"那你就告诉我,那个女人是谁?她为什么这样干?她现在躲到哪里去了?"

"我是来告诉你,大学我决定不去了,这本来也是应该你去的。"

"谢谢你的好意,我可没有这种福分。"对于气愤到极点的沂蒙来说,她越是这种态度,他越是感到对方在耍心计、愚弄自己,他几乎要吼叫起来。

单位的院内空无一人,但可以肯定有不少人隔着窗户向外看。千秋兰十分委屈地在门槛处站立着,一句话也说不出来,脸憋得通红,突然一扭身掀开帘子走了出去。很快,窗外响起了自行车支架的撞击声。

他知道,她哭了。但他的怒火还在燃烧,已经难以分辨是非、控制理智了。

她怎么出的大门,结尾又说了什么,他全然一片空白。事实却是:她被录取了,自己被淘汰。风光无限的工农兵大学生的名单就登在《梁州日报》的头版上。沂蒙全然明白了:她对此事做得有理有节,滴水不漏,既表现了宽宏大量,着意谦让,又不失分寸,得胜而去,且无可指责。他终于忍无可忍,愤怒、咆哮、悲哭,夫复何用?但绝不能沉默。

鲁沂蒙的内心此时已被自己引爆,裂变的火焰腾空而起,他不能容忍这场失败,更不能接受强加给自己"身体不合格"的评判。为避免自己疯掉,他要把内心积蓄的痛苦全都推卸出去,将这股无名的烈焰燃向一切可以发泄转嫁之地。他竭力把自己描述成被阴谋中伤的受害者,他要向整个世界证明自己的无辜和不幸,以博得人们的同情和心灵的些许自慰。

他乘上一台卡车赶到省教委。教委高招办一位中年人接待了穿警服的鲁沂蒙,并立即向梁州高招办打电话询问情况。梁州方面回复说,他们已对那个女大夫进行了批评教育,女大夫表示很委屈,说谁也没有把谁的小孩掐死扔井里,她和两家双方素不相识,无冤无仇,出了这事实在冤枉。中年人说,据单位反映,这个人就是个大炮。平日里有口无心,嘴无遮拦,现在无法确定她对你就是蓄意设局,因为最后复查的结果是由四个大夫共同做的鉴定,说明他们还是认真负责的。最后,他深表理解和同情,并告诉沂蒙,每年体检都会现一批血压异常者,大多数是因为情绪激动而不是病变,但国家有此规定又不好突破,你还年轻,来年还有机会嘛。

暮色苍茫中,沂蒙身不由己来到了那所梦寐以求的大学门口,看着一簇簇男女学生从大门口拥出,他们热烈地交谈着,相互嬉闹着,手臂相攀着,向着灯火通明的街道走去。从校门往里望,教学大楼鳞次栉比,玻璃窗外闪着柔和的光亮,学生们三三两两在校园的花坛边溜达,喷水池的水花闪着银色的光。突然,他听到一阵手风琴的弹奏声,随风断续传来,声调欢快激昂,细听正是那首熟悉的《我爱这蓝色的海洋》。

同样是这曲旋律,几个月前两人还一唱一和、配合默契。几个月后竟反目成仇,视若水火;几个月前还在一起并肩驱车、情投意合地高谈阔论,几个月后便形单影只,咫尺天涯。几个月中的悲欢情仇梦一般的浮现,电闪一般的使人来不及思考和判断。

手风琴声没有中断,而且随着夜的凝重,变得愈加凄冷和孤独,一种深深的忧伤使沂蒙鼻头发酸,无声啜泣起来。

上苍啊,我究竟做了什么对不起你的事,让你这样残酷地惩罚我:

我那么需要爱,需要一个精神上的挚友,你却把她毫不留情地从我身边夺走;我是那么渴望读书,在一个精神食粮匮乏的年代,也是眼看就要到手的知识宝藏,你又在我只有一步之遥时扼杀了最后一线希望,使我顷刻变得两手空空,一无所有——你不可能洞悉上大学对我有多么重要,这里不仅会使我素质提升、心灵高尚,而且还可能是爱情的伊甸园……

夜风习习,他打了个冷战,又深为自己的怨天尤人感到低俗和耻辱:虽战败,可你战死了吗?既未战死,你就没用了吗?你只是战累了,你绝不是块行尸走肉,你还有青春年华和旺盛的精力,你也不是一个人,有千千万万个年轻人也同样没有进大学的机会,难道他们都命该沉沦吗?你并不孤立,因为你已经不属于你自己,你忘了在农村夜读时发下的誓言吗?像青年马克思那样——刚毅孤独地前进!

仿佛在暗中看到一丝亮光,他开始绕着这所大学的围墙行走,整整绕行了一大圈,走得累了,他就坐在一块硕大的石头上,看着校墙外波光粼粼的一条小河,任凭风吹着脸颊上残存的泪痕,他突然站起来,奋力向水中扔出了一块石头,在很远的地方,他听到了回声。

大学,我心目中的殿堂,今生可能和你永远无缘,但我要向你发誓:你虽然罔顾我,我绝不会藐视你,更不会嫉妒这些学生们,因为学校和知识永远是美好的,嫉妒美的东西绝非高尚的品格。但我也勿须向你顶礼膜拜,更不会向你乞讨,我会坚强地站起来,将羡慕变为挑战。因为天下的知识并非只在大学,无数先贤和志士,并不一定非要戴上科班的桂冠。别了,大学,命运注定要自己读《我的大学》,在另一所草莽丛生的大学里,我要和你们正规的学子们竞争,一决高下雌雄。你们这里面每天8小时上课,我要超过你们上10小时,利用一切业余时间苦读,我要制定一个更加宏大的学习计划,付出超常的意志和精力。天降大任,苦其心志,增益其所不能。我发誓有一天终会超越你们,有朝一日,我注定会在中国一流大学的讲坛上给博士生、研究生上课,不信?走着瞧吧!

人生的潜能多是逼出来的,就像出膛的炮弹能产生强大的后坐力。因为从本性上说,人是趋乐避苦的,总爱原谅自己的惰性。所以,生活中的挫折和压力,会催生出人的内在动力,甚至会改变人生的轨迹。人有时需要感谢苦难和厄运,因为生命本身有一种顽强的修复和代偿能力。从这个意义上讲,欢乐和痛苦都是储蓄,而痛苦对于感悟人生具有更高的价值,因为坎坷使你深刻,挫折使你转折,丢掉使你获得,磨难使你执着,大起大落使你大彻大悟,此处的失败可使你有彼处的选择。

在沂蒙的学习计划里,他给自己开列出两大类书目:一是文史哲——即中外文学、中外通史和哲学史;二是业务类——即职业所需的刑事侦查学、犯罪对策学、法医及痕检学。前者用于建立精神世界,后者用于投身的职业。

为此他求知若渴,拜辖区中一位饱学之士钻研儒学,继续阅读经典,博览群书。并报考了黄河大学的夜大学和广播电视英语专科班。常在不见天日的晚间夜行上课,常将书本知识抄成卡片,在案件奔波的间隙中复习,又多在考试铃声响起,以百米冲刺的速度冲进考场……

这一期间,鲁沂蒙开始崭露头角,他调任分局侦查员不久,因几次大会的发言准备充分,不仅思路清晰,而且文采出众,很快被选调到市公安局政治处宣传科。此时他带血的伤口渐被舔干,重新从精神的废墟中站了起来。

那是一个乍暖还寒的春日夜晚,母亲像往常一样,让沂蒙跟她到一个介绍人那里去见一位姑娘,那感觉就如同到一家百货商店挑东西。作为家庭的长子的婚姻,已经成了母亲心中的头等大事,而经过情感冰河的鲁沂蒙对此早已变得麻木不仁。

介绍人沂蒙早就认识,她是父亲在市委工作的同事,姓蓝。由于和母亲是同乡,相互来往多一些。她的丈夫是市纪委的吴书记,是位一向清廉正直的老干部,被介绍的对象是蓝阿姨的叔伯妹妹,叫蓝晓荣,是个在外地孟州市工作的姑娘。抱着见一见便罢的态度,沂蒙被母亲拉进了吴书记的家门。蓝阿姨显得格外热情,跟母亲寒暄后,开始盛赞对沂蒙小时候的印象,诸如是怎样的一个白净文气爱读书的小男孩。那位姑娘就坐在台灯旁边,还戴着围巾,他看不清她,她却能全方位把他打量个遍。

姑娘微微起身和沂蒙母亲说话,当她走到灯光下,摘去头巾的一刹那,沂蒙完全像触了电的感觉:这是一个端庄大方的姑娘,她个子不高,但显得苗条匀称,一对粗黑的发辫直垂腰际,一双秀丽的眼睛,像两汪湖水清澈见底,显得朴实无华。

剩下的就是客套和寒暄,沂蒙和母亲起身离去,待走到楼下时,母亲率先表态:女孩子不错,因与继母关系不好相处,一心脱离孟州到梁州来,就想找一个可以依靠的家庭,你要主动一点。母亲看人相亲历来准确,特别知道儿子的苦楚,她特意记下了女方的联系方式,于是沂蒙按蓝阿姨给的地址,写了一封四平八稳的信,除了问候外,表示欢迎有机会再到梁州做客云云。

沉寂了一周左右,沂蒙突然接到了她的来信。

信中一身正气地宣称了恋爱观:择友标准首先是对党的事业忠诚,强调思想意识、道德品质的重要性,说明友谊只有建立在志同道合的基础上,因此彼此了解要有过程,个人问题必须慎重,因为自己深知生活道路的艰难。信写得不冷不热,透着小心翼翼的戒备。但在末尾释放了一个小信号:春节若放假,可能到中州去,顺便去梁州玩玩。

春节在忐忑不安中度过,人和信都未到。于是吻合了最初的判断,看来对方是犹豫不决。关键时刻,应取决于自己的主动。沂蒙马上修书一封,从个人成长史说到恋爱观,强调只有共同的追求、相互的信任才是建立温暖家庭的基础。

没想到,对方即刻回了一封长信。

信中表达了强烈的共鸣,说明自己原以为为人民服务的本领尚未掌握,过早谈婚论嫁无疑是羞耻和庸俗的。加上父母离异给自己带来的痛苦,就将对方是否诚实善良作为首选,否则终身不嫁。直到这时沂蒙方知其父与父亲的再婚如出一辙,于是同呼吸共命运的理解迅速拉近了彼此的距离。

信刚收到,不料蓝晓荣也随后赶到了梁州。

你能想象到,当爱情从天而降,对一个感情上刚刚受过重创的青年人意味着什么,那是一种造山填海般的激情澎湃,他们并肩走遍了全城,他变得口若悬河而毫无倦意。她在认真倾听,并不时插入自己的见解。看得出来,她被他身上从里到外透着的青春气息打动,被他的知识才华吸引,更被他奋发进取的生活态度所折服。

两天后送她到车站,他把一袋洗好的红苹果和一把水果刀递过去。当汽车缓缓开动时,她已泪流满面了。

两人之间的关系随着鸿雁传书迅速升温,她来信说父亲很想见沂蒙。于是,五一的前一天,沂蒙让交警队的朋友联系了一台到孟州拉货的卡车,一路狂奔,四个小时来到了晓荣生活的那座中原煤城,毫不费力地找到了挂着防疫站牌子的单位。人们已经放假,只有她穿了一袭白大褂站在院子里,估计已经望眼欲穿了。传达室的胖老头儿不断跟她开着玩笑,见沂蒙进来,才识趣地离开了。洗脸时她帮他掸去身上的灰尘,然后上上下下审视了一遍说,可以了。然后领他回家。

沂蒙那天穿了件合体的蓝警服,乌黑的短平头,衬着文雅的面庞,显得精力充沛,从里到外透着朝气。晓荣的父亲个子高大,面庞上留存着青年时代的帅气,只是眼皮因面部神经麻痹老是不规则地颤动。寒暄几句后,就进入了唠叨和抱怨的程序,从天气说到造反派,从煤产量说到国民经济,他是经委主任,也是这座城市的开拓者,说到忧愤处免不了骂娘,老人无疑是满意于这个上门的未来女婿,因此口无遮拦。

沂蒙对这类与父亲经历相同的老干部太熟悉了,没搭几句话就找到了共同语言。母亲也并不是晓荣描述的那么难以相处,而且很善于聊家长里短的话题。老爷子显得越发兴高采烈,他用态度在告诉沂蒙,倒不是他非要急着把女儿嫁出去,而是深知女儿的心愿,出于对眼前这个可托付的年轻人的信任,相信他完全会补偿自己对女儿的内疚。他打电话唤大儿子回家,让二儿子找出陈年老酒,母亲亲自下厨掌勺,话里话外也透着对沂蒙的认可。一家人其乐融融,就像欢迎久别重逢的家人那样共进了晚餐。

一番热闹完毕,终于到了属于两人世界的时分,晓荣引着沂蒙随她到单位的单人宿舍,她打来洗脚水,默默帮他洗了袜子,把衣服用衣架撑起挂在铁丝上,告诉他今天的任务是睡眠休息。明天她要陪他到市里走一走。孟州比不得梁州,没什么好看的,但郊外有一个大水库,是一个值得去的地方。

早饭后,她领沂蒙到了她幼时保姆的王娘家,又去了她生母的几个老战友家。他知道这等于是公示。看来几个老人都还满意。很快,两人骑上自行车,来到了远离城市的郊野,她所说的大水库,还真是烟波浩渺,岸边石沙的浅水处,水泛着淡黄色的水波,再远一点是青绿色,直至水光接天。几只白色的大鹅正拍打着翅膀,在近处长满野草的地方觅食,五月的原野上长满着紫色、红色的小花,一阵阵草皮与水面的气息扑鼻而来,空气中有蜻蜓和小虫子鼓翼的嗡嗡声,水面的远处,有一条鱼跃出水面,仿佛将涟漪都推到了眼前,青釉色光滑如镜的水面,沁人心脾的芳草馨香,美丽纯朴的姑娘就依偎在身边,如此静谧而温柔的世界,是沂蒙从未领略过的梦境,他真想不到今生今世还会有这样的境遇和幸福,他愿时光凝固,生命定格,祈求永远活在这一刻。

两人不约而同都不再说话,任风儿在耳鬓吹拂,鸟儿在四周啁啾或扑棱棱地从肩头飞过,他蓦然看到她为自己洗衣时粗糙的手指,于是,轻轻地把它们握住,她没有拒绝,顺从地回握着他的手,他把对方的手举到眼前,怜惜地抚摸着,她战栗了一下,把肩膀紧紧靠了过来,他忘情地把她瘦弱的肩头揽在了胸前,一阵短暂的相拥之后,俩人都迅速脱离了对方,慌乱得只敢看着自己的脚尖……

后来的一天多,两人始终保持着距离,就像冬日里想烤火又担心被烧伤一样,生怕因为自己的不检点,在对方心目中损害了形象,怕被说成是居心不良而亵渎了神圣的爱。

临别的那个晚上,因预报次日有雨,先到她的宿舍去取雨伞,宿舍停电,她随手点了一根红烛,照得室内温馨而恍惚。桌上放着一簇两人共同采摘的野花。她让沂蒙把唱的那首朝鲜歌曲《何时再相逢》的词抄下来,然后给他打点明天上路吃的东西。

他轻轻哼唱着把歌词写完,发现她正站在椅子上取柜顶上的雨伞,由于踮着脚尖,刚洗过的头发束成了马尾在晃动,柔韧的腰身发出微微的颤抖,几乎要跌下来。沂蒙情不自禁,一下子从身后紧紧拥住了她,忘情地闻着她周身散发出的肥皂的清新味道。她没有动,整个身体发出了一阵战栗,两人都被这突如其来的冲动攫住了,过了好长时间,她才慢慢被他扶下了椅子,无力地倒在他的怀抱中,并且微微闭上了眼睛。烛光婆娑中他小心翼翼地把嘴唇触碰到她端正的前额,秀美的鼻翼,长长的睫毛,当滑动向那含苞欲放的嘴唇时,一种电击般的感觉迅速传遍了全身。

　　直到这个时候,沂蒙知道了爱是什么:爱不再神秘而朦胧,爱,实实在在就在两个青春生命之间,像圣洁的甘露,从里到外通体洋溢着清纯勃发的气息,像浓烈的香醇,使人目醉神迷,它是地火中的岩浆,有着造山填海的威力,使你匍匐在它脚下,感受生命的礼赞,让整个世界都变得黯淡无光。

　　他们都盼着这幸福时光慢下来,可它最终将两人无情地隔开,短暂的欢乐变成了离别的惆怅。而离别的思念,只有靠书信的来往。信纸越写越厚,因怕超重剪去了信纸的抬头;因怕信件丢失,平信又改成了挂号信投入了邮筒,还要把手指伸入筒口,生怕卡在哪里。几天收不到回信,就会六神无主,乱加猜测,变得脆弱和敏感,直到那封信在传达室的信堆里出现,才像因徒蒙大赦般的狂喜……两人商定,为解决这离别之苦,要抓紧联系,让晓荣先到卫生学校学医,待毕业后再设法调回梁州。

　　就在这时,沂蒙接到了千秋兰从大学发来的一封信,信写得足有七八页,详尽介绍了入校学习的见闻与感受,字里行间还流露有几分怀旧和伤感。他一时猜不透她是什么意思:是因愧疚在寻求谅解,还是对自己表示怜悯和同情,对此沂蒙均不再需要,因为爱河已滚滚而来,将不堪回首的往事统统埋葬和淹没,他此刻倒认为,该在朋友间公布自己和晓荣的关系了。

梁州的龙亭是闻名遐迩的古殿，它就坐落在碧波如镜的杨家湖畔，与东边巍峨的宋代铁塔遥遥相望，西边有座假山，当年树人中学的学生还参加过修建假山的义务劳动。假山临水有座五孔拱桥，桥头延伸水中，被人称为断桥，平日绿树掩映，游客稀少，是个曲径通幽的好去处。这天薄暮时分，沂蒙邀杜明、金虎到此一游，意在把晓荣介绍给好友，同时也在牵挂着金虎的近况。金虎为当兵当年曾挤破头，入伍后又一路豪歌，以后一年多音信俱无，如今又突然退伍回乡，不知到底是什么缘故。

不想四个人一见面，金虎就满嘴跑火车，大批一通沂蒙不仗义，质问为何大麦不熟，小麦先收割了。原来几个好友中沂蒙年龄月份最小。晓荣一时被搞得坐立不安，幸亏天黑掩盖了她的面红耳赤。沂蒙低声告诉她，你不要理他们，大家都是光屁股一块长大的，嘴不饶人。

"你们让我说实话，还是说假话，要是说实话，可有点阴暗，快看看桥头有没有密探，我可不愿意再尝试铁拳。"沂蒙见金虎火气不打一处来，不知受了什么委屈，便接口道，"想当初你小子在部队写信给我吹牛要在风浪中学会游泳，决不会像冷血动物那样虚度一生，不管让自己干什么，哪怕打扫厕所，也要干成星级标准。怎么今天变得像个牢骚满腹的怨妇。"

此时的杜明正在桥栏上，给晓荣聊如何上大学的事，他想逗乐子，抓起石头向湖中掷去，扑通一声，惊得金虎转身做了个应激反应的动作。杜明走过来，拍拍金虎的肩头问道，这些年你兵也当了多年，枪瘾也过了，怎么火药味还这么浓啊。

"我当然比不上你们俩，一个是受了招安的宋江，一个御用画家，我只是个四处碰壁的朝圣者，到头来却被老佛爷打得头破血流。"

"金虎，你到底遇到了什么事？"沂蒙有些迫不及待了。

"被你们人民警察关进了拘留所，你没想到吧！"

沂蒙惊诧了，如果说小喜和公安打交道在所料之中，而金虎作奸犯科，是绝对不可信的。

"唉，说起来窝火憋气，部队根本不像参军前的想象，不谦虚地说，我是当兵的好料子,新兵连下部队,我干劲十足,很快被团部选去当宣传干事,办板报兼作电影放映员,因领导对我很欣赏,就招惹了团小组长的嫉恨。这小子油头滑脑,仗着是高干子弟,在新兵连就干下三烂的事。"他顿了一下,看大家听得仔细,更来了劲头。

"新兵连夜间站岗放哨,一小时换一次岗,提前十分钟做换岗准备,他和我的铺紧挨着,他上岗时我知道,可一转眼他就拐了回来,拍着我说,快起来,换岗了!我大恼说:'你出楼没有,就交岗?'这家伙说:'你睡迷糊了吧,都凌晨4点了。'我一愣,真睡迷糊了吗?因为桌上马蹄表的时间正是4点出头!我背枪往哨位上走去,半路上碰到当班的游动哨,问我,金虎你咋来了?我说是姓霍的家伙把我叫起来的。游动哨说肯定不对,这才多大一会儿啊?

"两人走到宿舍门口,正好碰见排长查铺,看了一下手表,才三点半,再去看马蹄表四点半,我全明白了,要找姓霍的算账,被排长一把拉住说,不要影响大家休息,这班岗你到点了,剩下的时间我自有安排,最后是排长给顶的岗。就是这样一个家伙,非但没受处分,反而仗着爹妈的背景,也调到了政治处,一天到晚说长道短,还调戏女文工团员,我向指导员汇报,这小子就整我,到营部去告状,当官的觉得我团结不了同志,又爱提意见,调我到农场给老兵帮厨。司务长一顿吃了13个鸡蛋,我批评他,又向上级做了反映。他骂了我一通,抓起领子抽我一个耳光。我也没饶他,一个猛扑,用胳膊卡住了他的脖子,直打得他口鼻出血。你们想,他哪里知道我这抡大锤的厉害呢,吓得再也不敢找事。就此,我又向连长、指导员提工作建议,这样,领导对我看法改变了,认为是个好提意见的刺头,就又调回连队。不久我就被宣布退役复员。"

"唉,哪个庙没有屈死鬼呀。"杜明在一边不无同情又夹着揶揄道。沂蒙没有这样想,因为金虎是个眼里不揉沙子的人,为了追求自己所认为的正义和原则,从不惧个人利害得失。

"你这叫咎由自取。"杜明又插进来,"你早就该睁一只眼,闭一只眼了,或者干脆蒙上眼装睡着了,你就不用吃这哑巴亏了。"

"金虎,回来就回来,铁打的营盘,流水的兵,谁也不能在部队一辈子,不过通过这些教训,自己今后处理问题尽可能要全面些,如果用学生时代的眼光看社会,我们是一天都活不下去的。"沂蒙说。

"难道你的意思是让我向歪风邪气妥协,学得圆滑世故吗?哼!我总算明白了你常说的里方外圆是个什么东西!"

"金虎,主席还说自己身上有虎气和猴气呢,虎气就是原则性,猴气就是灵活性,用纯而又纯的眼睛去看社会,不但行不通,还会害了自己,因为生活不是诗。"

"生活不但不是诗,还是逼人堕落的陷阱。退伍刚下火车,我的军帽就被人抢了,我心里一火,拎起大提包一阵猛追,心想老子就是跑十万米也要抓住你,谁知那小子钻进胡同里一个住家的帘子后头,我一掀帘子,他拔出刀来向我一晃,叫我一脚踢了个狗吃屎,卡着脖子押到派出所,后来才知道原来是个下乡知青,知道后还真有几分不忍,可过了不久,我自己反被拘留了。"

"究竟是怎么回事?"

沂蒙的高声问话引来了晓荣的嗔怪,金虎也不避讳,一口气说了个痛快。

"听老妈之命,我改邪归正,不再热衷什么政治了,一心钻研技术,退伍后到孟州矿区运输部当了一名轧钢车间的工人,因为老工人工资的事打抱不平,得罪了工段长,他就使阴招报复我,我一怒之下扭着他到领导那里评理,不料被他们以运输线停运八分钟的罪名把我拘留了十天。没想到吧,警察老兄,就是你们的高墙电网,竟然关押着一个追求真理正义的人。晓荣,你能想得到吗?就在离你上班不到五公里的强劳所,他们把我和小偷流氓关押在一起,还要高声大喝:干,干,干,我们要大干,为人民出大力,为革命流大汗……"

沂蒙想插话,被金虎用断然的手势制止了,"知道让我提前退伍的真正原因吗?我还有一个罪名,就是传抄了小道消息,在连队反复追查下,我全部承担了,而且要求到此为止,解脱了大多数。"

不知是打趣还是关切,晓荣此时突然问了金虎一个人性化的问题:"金虎大哥你对爱情问题怎么看?"

"我这几天正看《红楼梦》,宝黛悲剧是对旧制度的反抗,我们正处在一个动荡的时代,就需要找一个能同甘共苦共患难、志同道合的伴侣,不然的话,我宁愿当一辈子的和尚。"

杜明在一边阴阴地接了一句:"革命家先生,你敢对天发誓吗?"

"怎么不敢?"金虎被问得火起,一下子打开了杜明的手,十分认真地朝着晓荣说,"如果一个姑娘爱我,我就问她,如果我进监狱,你会继续爱我吗?如果她说爱,我还会问她,你会参加我们的斗争吗?如果我倒下了,你会拿起武器为我报仇吗?"

见无人回答,金虎更为庄重地说:"我已经想透了,意志有一个最大的敌人,那就是爱情,只有一无牵挂的人,才能无私无畏彻底战斗。"

万没想到,金虎一下子转到了这一个沉重的话题,沂蒙和杜明一时没有答话。

是啊,伴随着国家近十年的风雨,我们已经成长起来,我们已经不再有旧日的狂热,而代之以理性的思考。时间和记忆使我们逐渐将幻想和理想剥离开来。曲折使我们迅速成熟,忧心国事的干臣、朴实善良的民众,包括我们这些不愿枉费年华、不甘平庸的青年一代才代表着民族的未来。

金虎见大家陷入沉思,反倒激越起来,他说,在这个互道珍重的时刻,我要给你们背一首工人写的诗,题目为《大海之歌》:

像雪山那样洁白
像岩浆那样炽热
美丽的姑娘啊
你像大海的碧波
胸襟丰满而辽阔
张开深情的臂膀
把一颗矢志的心膛拥抱在怀窝
我虽渺小,但热血已如奔涌的江河

请接受一个激进者的热血喷薄

为了美好的未来
你掀起的巨浪不可阻遏
狂怒、呼啸吧——
你会操起中世纪的刀戈
永不停息,昼夜轰响
这才是真正的生活
排山倒海,哪怕面对钢铁的风车
与风暴和海啸做个决斗
把一切污垢荡涤,再将地心刺破
也许你会令我失望
也许在第一波巨浪中会将我宰割
我绝不因此遗憾
因为我没有母亲,你就是母亲
我不再是婴儿,而是勇敢的水手
具备了紧贴你胸膛的资格
在冲锋的呐喊中纵情高歌
……

九

　　1976年10月以后,公安局像被砸烂的机器开始重新组装和修复。一大批被扫地出门的老公安归队,退伍军人和下乡知青作为新鲜血液充实其间。此刻的鲁沂蒙被调入市局的宣传科,科长为刘明亮,是"文革"前的大学生,瘦高个子,略有些驼背,常年穿件拖沓的灰衣衫,眼镜腿儿上粘着发黑的胶布。沂蒙到过他家,两间旧房能看见天,他苦笑道:"除了下雨不漏,'斯是陋室,唯吾德馨。'"使沂蒙肃然起敬的还有一层,就是他自称曾任过父亲的秘书,属于爷们儿的辈分。

　　瘫痪数年的父亲听沂蒙回家说起这位科长的名字,脸上没有显出任何表情。老爷子此时生活基本可以自理,有时还能做些家务,拄着拐杖,用自制的铁圈将砂锅吊在炉子上熬药煮饭,偶尔还能到院门外活动。那日刘明亮和沂蒙下班同路,远远看见父亲,俯身下车与老人打招呼,不料父亲竟然做了一个甩头不理的动作,刘科长的脸红到了脖颈,急忙自我解嘲道,时间长了,书记不认得我了。他见父亲的头偏着再也没有回转,就讪讪地骑车走了。

　　沂蒙的疑问未解,就被一起突发的血案打断了。

　　案件发生在古城最繁华的钟楼街,一家叫周大昌的糕点店有三人被杀,巨额营业款被劫。马路对面就是梁州市委所在地。时间为9月30日晚。既是国庆前夕又临近中秋,顿时惊动全市。市委邵书记一干人等亲自坐镇督战,要求调集全市警察迅速破案。市公安局专案指挥部就设在距现场不远的百货商店。市局各科室抽调警力参战,刘明亮让人通知沂蒙上案,等他赶到指挥部,领导正在开会动员。

　　只见一大库房里,一张长桌摆满了电话机、传真机,打字员正在哗哗啪啪打字,侦查员们步履匆匆地穿梭进出,几位领导面色严峻地坐在市委书记两侧,局长程斌正在讲话。

程局长原是党政干部,他身体微胖,但声音洪亮,除了说话"啊"的长音多一些,思路相当清楚,随他一同入主市公安局的二位副局长,是省里政法界老业务干部,具体指挥案件的是老副局长虎桐生,他是回族,由于长得圆脸大目,嗓门粗重,兼眉间纹路深刻,颇有虎相,加之又姓虎,因此大家称他为虎头儿。因几位新局长人头不熟,各路人马由他调遣。各分局长、科队长们,正在后排做笔记,侦查员个个像走马灯来去不停。院内的摩托声、吉普车开动轰鸣声不绝于耳,整个城市仿佛高速马达在旋转。

沂蒙紧挨着鼓楼分局刑侦副局长崔庆云身边做记录。老崔是山西人,因照顾夫妻两地从外地调来,他附在耳边说:"沂蒙,你运气不错,一上手就赶上惊天大案。公安厅长正往这儿赶,大戏就要开演,侦查员要是能上大案,一案就练成仙。我给你创造机会,先见见世面。"这位副局长生得短笃健壮,脚蹬长筒马靴,大冷天也不戴帽子,头发稀少,常自称头顶上是东拉西扯的铁丝网,中间是飞机场,这盖儿底下可是万宝囊,谁也别想骗了它,因而被人称为崔尔摩斯,不仅破案有两把刷子,且酷爱玩枪打猎,和沂蒙很谈得来。

就在这时,风风火火过来一大个子警察,一屁股挤在沂蒙身旁,对方人高马大,差点把老崔挤下条椅。那人也不道歉,顺手把警帽扣在桌上,掏出裤袋中的本和笔甩在沂蒙眼前。沂蒙斜了那人一眼,发现竟是个短发女警,对方唰地伸出手道:"在下秦凌霄,也是个痴读者,相见恨晚。"若不是练过功力拳,沂蒙的手多半要被握成骨折。他连忙欠了一下子身子说:"久慕大名,你就是女高中当年下乡的大名鼎鼎的铁姑娘,幸会幸会。"他一边客套,一边暗想:警队里应多一些像她这样的悍将,早就听说她办案和男警察摸爬滚打住在一间房内。问强奸案,细到连犯罪嫌疑人都脸红。一次为抓女贼,她冲入女厕,把便池蹲着的女同胞吓得全都拎起了裤子。

这时,台边有人向她招手,她拍了一下沂蒙的肩道,哥们儿,头儿叫我,改日再聊。说毕闪身而去。他注意到,招手的是刑警大队长孔法中,大前额的列宁头,短刺刺的头发在脑门儿前探出,活像跳水台,此刻正在向旁边穿白大褂的法医刘大树交代着什么,小秦过去,恭敬地半腿跪坐,听孔法中附耳吩咐任务。

程斌局长讲完,请市委邵书记做指示。邵书记说道:粉碎"四人帮"不到一年的国庆前夕,犯罪分子胆敢在市中心繁华地带、我市委大门口作案,这是向党委政府和全市人民挑战,也是给新任局领导班子送的大礼,得礼尚往来吧?程局长!市委将全力支持你们破案,保障不到位是我的责任。破不了案,我们无法给梁州人民和被害人家属交代。

程斌表态道:案件重大,我们的决心更大,根据现场勘察分析已经确定了侦查方向,全市连夜排查,掘地三尺,也要把作案分子挖出来。邵书记说:破案不破案,群众路线是关键。发动群众提供线索是对的,但不能大呼隆,还要发挥科技作用,对现场情况过细研究。程斌说:省厅厅长带技术专家马上就到,听说这位专家身怀绝技,他看过的现场抓罪犯如探囊取物。邵书记点点头,表情仍很凝重地说:"好哇,但也要防止神秘主义,中国的公安工作,可不是靠单枪匹马的福尔摩斯吧。"看起来这位书记还真上路,肯定过去搞过政法。

崔局长悄声对沂蒙说:铁定是搞步法追踪的神探马玉林来了,我当过他的徒弟,我马上去找法中,争取你当现场记录。

凌晨二时许,厅长与专家从一辆面包车上下来,径直走向周大昌糕点店现场。在崔局长的推动下,沂蒙被批准进入杀人抢劫的现场。出乎意料的是,出现在眼前的专家却令人大失所望:来人瘦高个子,背微驼,面色黝黑,皮肤粗糙,满脸沧桑的纹路纵横交织,加之一身褪了色的工装服,握手时,露出骨节突出的大手,活像个刚进城的老农民。

随着简单的询问,他让助手递过来一根尺把长的棍子,棍子稍有弯曲,表面十分光滑,像打了一层蜡,仔细看,上面隐约还有细微的刻度。直到进入现场,沂蒙发现,老爷子仍显得木讷和笨拙。他不仅拖着浓重的北方乡音,说话还结结巴巴,全靠助手翻译才能听懂,并且看现场时还有个怪癖,就是要求所有人员保持五米开外的距离,任何人不得越雷池一步。他勘验现场的动作更为奇特:双膝跪地,两手握拳,像俯卧撑一样支起上半截身子,脑袋不断地伸长或收缩,鼻子在不停闻嗅,高高突出的眉脊几乎贴着地面,一双眼睛细眯着,搜寻着毫厘之间、看着似有似无的微小尘痕,不时搐动一下腮帮,像在咀嚼着什么,时而自言自语,像在和谁商讨。远远看去,活像一只随时蹲伏捕食的大蛤蟆,但更多的时候又纹丝不动,就像一只千年老龟。

随着老头儿缓缓在移动,沂蒙也逐步看清了现场惨状:由于作案人逃离时纵火,偌大的营业室内,弥漫着木器和食品烧焦的气息。残缺的柜台内,月饼点心和瓶装罐头一片狼藉。进门口处,是一具仰面倒卧的老人尸体,死者蓄着尺余长的胡须,一袭黑衣,眉下的眼睛半睁半闭,表情似笑非笑。刘大树法医介绍说,老人姓黄,是店内传达。

沂蒙心头猛的一颤,忙问,是那个会武功的黄佛公吗?见对方点点头,沂蒙说自己早年认识他,连他都变成了受害人,可见凶手绝非等闲之辈。

整个现场从营业大厅向后延伸是两进院子,过了厅门走廊,再向里走便是周大昌糕点店的后院。就在天井处还有一具交款员的尸体,周围遗留着纷乱杂沓的脚印。马玉林在这里停留了近一个小时,像突然找到了什么,急忙用那根光不溜秋的小棍子在地下丈量着,而后突然跃起身,以和他的年龄极不相称的速度冲进了右侧的会计室,让助手田春青打开架在室门口的勘验灯,又是一副惨相赫然入目。

窗口办公桌前的藤椅处,斜躺着一个浑身是血的姑娘,灰白的脸上,圆睁着一双惊恐万状的眼睛,她头发蓬乱,浅灰色上衣的纽扣几乎全被扯去,内衣被扒开,半裸着前胸。死者的办公桌上,散乱堆放着账单,一把檀木算盘的算珠正拨在"7645"的档位上,这是今日盘点的金额数。

老爷子用那根小黄棍儿指点着助手,将可疑足迹撒白灰圈起,然后搓了搓满手的泥土,把指关节揉动得噼啪作响,长长吁出了一口气。崔局长端上一大杯已温好的茶,老人不客气地咕嘟嘟一饮而尽。他摆摆手,引导大家回到前厅去,他要给众人讲述一遍他所分析的作案过程:

"两个蠡贼,一个高一个矮,高的在1.74米上下,30岁左右,是瘦个子;矮的1.68米左右,粗壮、会武术。高个子凶手穿的是上海第八橡胶厂前年生产的39码女式胶靴,可绝不是个女人,是大脚穿小鞋,龟儿子有些驼背,左小腿受过伤;矮个子下盘很有力量,是个常年做木工活的人……"老爷子不再结巴,表述得相当流畅,活像在展示一组全息照片,仿佛他当时就跟在作案分子身后。

"小崔——"他指着崔副局长,"你是搞步法的,记一下参数,将来好比对——"

老崔急忙拿出小本子,毕恭毕敬拿出笔来。

"这个人步长过短,步宽狭窄,在这里步角变大,重心后移,足迹边缘不完整,虚边多,前尖虚边更大,挑痕加重,擦痕明显,是典型的大脚穿小鞋,你们可要重点查。注意,除了这两个人,还有一个人进入现场更早,在天井走过一趟,显得犹豫不决,这人和案件有没有关系,我拿不准,但他迈步慌张,怀里还抱件什么东西,和被害女会计一先一后出入会计室,这些必须进一步调查后才能判断……"

这番话把大家听得如坠云里雾中,若不是听崔副局长预先介绍,谁也不会相信这番神乎其神的说法。

"两个龟儿子,其中的矮个子和门卫认识,赚开了门先用钝器从脑后袭击了老人,而后迎面遇到最后一个交款员出来,两个作案人一前一后,两面夹击,一人持钝器,一人拿砍刀,杀死被害人后,将尸体拖向门后……"他用小黄棍子指点着两个歹徒站立的位置,并模仿两个人的前后动作。

"最后,他们闯进会计室,杀人抢劫,其中的高个子还要猥亵女会计,被矮个子制止,两人这才一个人拎着装有作案工具的提包,一个人提着现金逃跑——整个作案时间在五分钟之内。"

马老爷子显得十分自信,真像是身临其境的目击人,沂蒙终于按捺不住,脱口问道:"马老师,地下这么多杂乱脚印,你是怎么分辨出这两个人的?"

"这个容易,"马玉林大概乐于别人发问,用小棍子指向隐约能看出胶靴花纹的一处足迹道,"俗话说贼人胆虚,龟儿子作案跨急步,点脚尖,蹲墙角,和常人能一样?高个的这小子最好查,是个跛子,左踝骨有伤,我怀疑还是枪伤,范围不是太大。"

此时,指挥部程斌、虎桐生一干领导陪厅长赶了过来,听马老儿一阵批讲,虎头儿搔搔灰白头发,皱起眉毛问道:"马老哇,这嫌疑人如果是摸排出来,咋去找你鉴定真假呢?"

马玉林嘿嘿笑了:"局长,这作案时间、动机跟凶器归你落实,这俩小子的双腿归我了,你只要把他们行走的步态照片给我发过来,我就帮你定三弦。"又见刘大树身着法医服,马上又道,"尸体可以解剖了,可脚印不能破坏,这现场在破案之前继续保留、封闭,结合外围调查,还要印证我这些分析,直到还原现场的原始状态,才能算是真正破案。"

老爷子接过助手递过来的毛巾随便抹了一把脸,口气更加坚定不移:"林州那边的案子,我还要赶过去,这都是你们厅长交的作业,我得奉命完成,记住,一定要先查这个瘸子,再找那个木匠。"他把毛巾一下子抛在桌子上,好像作案人就在眼前,"哼!抓不住你,我还真不干这一行了——除非你把两只脚丫子给剁了!"

看了那么多侦查书籍,真不知道还有这么神乎其神的破案之法。看来,他是通过现场的蛛丝马迹在恢复原始现场,通过脚印刻画出作案人的体态和脸谱。这和警察平时搞案子,先从作案人是仇杀、情杀的因果关系入手排查恰恰相反,那么,真能这样轻而易举锁定罪犯吗?持这种怀疑的,不仅众人犯嘀咕,就连指挥部成员们也将信将疑。为此还产生了严重分歧:有领导认为,这就是运动中批判的孤立主义、神秘主义。老头子刚刚从牛棚子里放出来的,到底有没有这么大的神通?案情重大,决不能孤注一掷,还是稳扎稳打,从犯罪人员的作案动机入手排查作案时间、可疑表现。

于是指挥部采取了折中方案:整个社会面打响轰轰烈烈的人民战争,普遍排查,提出"淘干河水找活鱼",要求对各类嫌疑网过无鱼,另有少部分警力调查马玉林分析的跛脚人。

结果是激战三昼夜,无一斩获,只捞出一些臭鱼烂虾。涉案线索悉

数否定,无奈只有大抓大放。急得刑警大队长孔法中头上冒火,对着空手而归的各路警员集体训话,大嗓门儿扯得嘶哑:

"啥叫深挖细查,就是做到'六勤'加'四宝':眼勤、嘴勤、耳勤、手勤、腿勤加脑勤;这四宝就是:笔、纸、本儿、印泥儿。不能光带耳朵,我发现有人取指纹竟让嫌疑人用墨水代替印泥,我正在查这家伙,查出来定罚不饶……"

急归急,案归案,直到第四天案子还一筹莫展。专案指挥部在程局长的主持下,召开案情分析会,与会者全是各分局的精英。全场座位按回字形摆放,分局长们和局长们面对面,其余按座次大小在后排坐着。沂蒙拣了后面不起眼的位置刚坐下,发现有人拍他的肩膀,原来是老相识马克新。当初新招警员中分两拨:一拨是鲁沂蒙这样的下乡知青,一拨是像马克新这样的退伍兵。两人分到邻近的派出所后一见如故。

这马克新年长沂蒙几岁,阅历丰富,小学没毕业就在社会上闯荡,当过泥工、木工和理发匠,却酷爱读书,还过目不忘。他长得个子颀长,宽脑门儿,有一双鹰隼一样的眼睛,最讨人嫌的是那张刻薄的嘴巴,嘴角傲慢地翘起,随时准备挖苦别人。特别是对平庸的上级更是不屑,由于他说话下嘴又快又狠,就像出膛扫射的重机枪,人送绰号"马克辛"。

沂蒙听说最近他调进了刑警队,就想和他多聊几句。于是和别人换了位置,两人趁着点名开起了小灶。沂蒙问他到刑警队有什么体会,马克新说,我现在最喜欢阴影,小胡同的早上,夏天的树下,大楼的背面,还有人内心的隐秘,对,望而知之谓之神,就是说这案子能不能破,关键是发现阴影中的东西,能不能发现,就得看用什么方法,是谁在发现。

沂蒙知道他有所指,便道,破案就是在探索未知,很希望进入你的阴影区。

"听说老弟爱写东西,就当我帮你搜集人物素材。"他的目光开始扫了一下会场。

"先说这虎头儿,破案是个老把式,特爱喝酒,为人豪爽重感情,不管老少爷们儿都称兄道弟,所以三教九流、五行八作的破案线索谁也没他多,家中四时不断酒肉好茶,外地来了局长同行,先住宾馆后请家中,小聚联络感情,因此梁州需要外地协查的案子,他一个电话就一路绿灯,这次能把马老儿请来,离不了他的神通,看来这革命小酒离了还不灵,咱俩打赌,不出一个钟头,他就会搔耳抓腮,想着这顿酒了。可这老爷子上了案却有一绝,打盹时睁一只眼闭一只眼,汇报案件的人谁也不敢蒙他,因为他能随时保持清醒,抓住要害能问得你浑身出虚汗。"

会议由虎桐生主持,孔法中大队长唱垫底戏,程斌局长正用熬红了的目光扫视着场上每一个人。

"再给你介绍前排号称的五虎上将,五位分局刑侦局长:靠在左边的叫盛世雄,贼首们称作盛扒皮;靠右手的是顺河分局的高副局长,本是个精干的小个子,却被人称为'高头大马',原来是最爱一马当先立头功……"

正说得起劲儿,沂蒙发现不少人向自己这里扭头观看,原来是虎头儿拍响了桌子,令马克新站起来。

"羊群里跑出个兔子——就你小,就你能咧?这么大的案子,程局长正在部署,你在下面开小会儿,我问你,局长刚才讲的几条要求是什么?!"

"我们都认为程局长讲到了要害处,说到了点子上,特别是首长强调的'破案三件宝',机智、勇敢加思考,对我们年轻侦查员尤其重要……"

马克新站起来时,沂蒙替他捏了一把汗,不料这家伙竟有一听二记眼观三的本领,一边和沂蒙嘀咕,一边耳朵还能把会议内容听个滴水不漏,沂蒙不由得暗自叹服。

"对喽,"程局长满意地点点头,"我经常讲,中国的公安工作不能仅靠一两个福尔摩斯打天下,要的是群众路线和集体智慧,你个重机枪,马克什么辛,听虎局长说,你的鬼点子多,就来说说你的高见,大胆说,异想天开也不要紧,多谋才能善断嘛,不然一条路走到黑,碰了壁再回头,那就迟了。"

"高见不敢说,有点浅见:破案不破案,现场占一半,现场听谁的,听技术人员和法医的。部里的专家画了像,确定了侦查方向,方向明,才能决心大。可决心大还怕瞎胡查,萝卜快了不洗泥,人人过关,漫野地里捡芝麻,漏了西瓜。"

"好一个马克辛!"程斌对此十分赞赏,"作案人既然确定是本地人,现在还未露面,很大可能是纳入了侦查视线,但工作粗放又从我们眼皮底下漏掉了,老虎啊,得下死命令,一查到底,特别是老马头儿分析的跛足人。"

虎桐生接口道:"小马的意见采纳,马上组织重点线索查证组,抽调会干细活的,对第一拨排出的嫌疑人,过了粗箩过细箩,炸一锅回锅油条怎么样,法中队长,考验刑警队是英雄不是狗熊的时候到了,你再组织专案组开个诸葛亮会,商议研究一下侦查方法,给大家上上课。"

指挥员们走了,会场留下了指战员。孔法中说:"重机枪今天打得很准,再不会有人说你歪嘴骡子卖个驴价钱——就吃嘴上的亏了。刑事侦查不能老是玩儿猛虎三扑,也得像政保侦查会绣花绘画。我看这个重点排查组就由你马克新负责,人员归你挑兵选将。领导上再定一个分局长,你还有什么要求,尽管提。"

"我看还得首先解决认识问题,现在不少人看不起搞技术的,对马老儿这一套还当成神秘主义,把步法追踪当成左道旁门,根本不相信科学的东西,因此就没有花大力气去查……"

"打住。"孔法中脸上开始挂不住了,"你还给我摽上了不是,那我问你,什么叫步法追踪,它有哪些科学依据?你给大家批讲批讲。"

不料马克新也是得理不让人的,马上接口道:"要知海洋,得问渔夫,这会场就有老师,你请他讲一讲嘛。"

"谁?"孔法中注意到马克新正指着一言不发的崔尔摩斯,便点点头。于是,崔副局长用他那浓重的山西口音开始了叙述。

"我参加过公安部在公安大学开办的首届步法追踪培训班。老师就是马玉林。起初,我们对这个其貌不扬的乡巴佬也不服气,开班前夜凑巧下了一场大雪,次日他给大家现场演示了绝活:两个和大家从未谋面的男女学员在另一个房间伪造了抢劫现场,只见屋内一片狼藉,地面上留着杂乱的脚印,马玉林把足迹一个个圈起来,很快找到了作案人的进出口,在被撬的窗口处,他告诉大家,'贼'是一男一女,男的低矮,女的高胖,男的从屋内拎走了皮箱,女的抱走了电视机……见大家满腹狐疑,马玉林又将众人引到窗外的雪地上,指着两对足尖相对的脚印说,两个人在这里做了交换,女的改提皮箱,男的抱起了电视机。

"你们看,改提皮箱的人脚右侧压力变大,改抱电视机的足迹重心前倾,脚尖儿就踩得深……他指着脚印继续讲解,一直追踪到学校的操场上,这里男女学员正在上警体课,马老师指着一个身材高大的女同学喊道:就是她!培训班的人一拥而上,前去核对,只见对方惊诧地问大家:'他真的把我认出来了?!'另一个男同学未能找到,临吃中午饭的时候,马玉林蹲在食堂门口,愣是从鱼贯而入的学员中找出了那个瘦小的'作案人',如此这般,大家才对马老师心悦诚服,开始认真听他传授这套绝活儿。"

原来,马玉林是运用了人行走的动力定型规律识别犯罪嫌疑人,通过足迹他不仅能分辨出人的男女性别、胖瘦高矮和体态特征,还能分析出职业、地域和心理反应。如常年赶马车的常欠着一条腿驾驭牲口,两脚走路会轻重不一;草原上的牧民,因骑马会形成罗圈腿;北方农民割麦、南方农民收稻,会有不同的步态;军人因操典的训练会显露出与众不同的起步特征……人的行走受大脑的支配,上下肢配合运行,四个脚印一个周期,像车轮一样规律。由于各人身材比例不同,就会形成各具特色的步法特征,而且从蹒跚学步开始逐步定型,完全可以与人的指纹、血型、气味结合起来作同一认定……

大家全听呆了,室内鸦雀无声。

"马老师从无数个现场足迹中归纳出人类行走的十七个特征:磕、踏、推、跄、坐、拍、压、拧、抬、横、抠、挖、挑、豁、划、归、擦。为便于侦查员掌握,他总结出'一步一跳,四十不少''一步一挑,鞋大脚小''前掌压个洼,年龄不会大'等等。他创立的马氏步法追踪法,在世界侦查史上是绝无仅有的,被简称为'马踪'。他破案无数,口头禅是:抓不住你,我就不干这行了——除非你把两个脚丫子给剁下来!"

孔法中见大家听得入神,插问道:"马老专家是怎么学会这独门绝技的?"

"说起来是个悲喜剧,"崔尔摩斯道,"马玉林1949年前是内蒙古赤峰地区的农奴,12岁开始给农牧主放牛羊,牲畜一旦失窃就会遭到毒打,有时还要冒着风雪饿着肚子去找寻,饿了吃乌黑干硬的糠菜饼,渴了就喝坑洼地里的积水,贴着地面找寻失盗的牲畜蹄印。年复一年,这种艰难困苦的生活逼迫他练就了一种从牲畜蹄印寻找失盗牛羊的特异能力。后来,他不仅可以分辨出牛羊走失的路径,还能跟踪盗窃者和牲口贩子的足迹,在市场上准确无误地将牲畜指认出来。

"有一年他因为帮人认出一家豪绅盗窃别人的名贵马匹,对方买通了宪兵队,给他上老虎凳,灌辣椒水,差一点就没命了。土匪们也恨他,扬言早晚剜掉他的双眼。一次匪帮们闯入了他的小土屋,他和儿子分头逃命,妻子被打瞎了眼睛,儿子冻坏了双脚成了残疾。到了1949年后,赤峰地区公安发动群众协助破案,全区几年无积案,几乎全是马玉林的功劳,于是公安厅破格招录他入警,以后成了部里的特聘专家。他这套独门绝技经专家们鉴定:是符合人体动力学、痕迹学和犯罪心理学的一门刑事科学技术,被公安部列入了业务培训计划,马玉林率领他的徒弟们转战大江南北,破了一大批疑难案件,像内蒙古发生粮库被盗大案,时隔三年,罪犯被他在火车站的人群中一举抓获;绰号'涧上飞'的盗马贼,被他识破伪装、挑灯纵马、百里追踪后将其缉拿归案;安阳铁矿厂银行发生5万巨款抢劫案,被他从蛛丝马迹中辨出真凶。由于马玉林屡建奇功,受到中央领导同志的接见,据说他曾在人民大会堂给周总理汇报演练,从光洁的大理石地面上分析出一个女服务员的足迹,并且准确判断出她怀孕的月份……"

众人听呆了,会议室内外无人说话和走动。

"只是可惜,这种由生存技能转化为职业技能的绝活儿,'文化大革命'中被打入冷宫,直到今天才刚刚恢复……"

孔法中大为感怀,检讨自己是孤陋寡闻,表示一定要让崔尔摩斯给大家培训这项技术,他再三强调:每个侦查员都要具有马老师这样的吃苦钻研精神,并把重点线索作了重新分工,由崔副局长主抓全市排出左踝有伤并具有作案时间的人员,定要查个水落石出、板上钉钉。

"你们查完,我来查你们,敢做粗活莫怪我翻脸无情!"他脸一黑,狠拍了一下桌子。

原来,全市共摸排出了47个左腿跛脚者,但很快从作案动机和时间上被排除掉了。按照指挥部杀回马枪、过了粗箩过细箩的要求,由重点线索查证组重新复核已否定的对象,鲁沂蒙也被抽调其中,与马克新将深挖细排的嫌疑人情况进行汇总,可一连三天没有像样的线索。这天回家,不想小喜前来找他。

匆匆聊了几句近况,小喜说起自家的油条凉粉店如何红火,转而打听案子的情况。沂蒙暗想,哪个虫吃哪个木,兴许小喜这儿会有些新想法,于是把嫌疑人左踝有伤的特征告诉他,小喜眼睛骨碌碌转了一番说,有一个人很像,可我拿不准。沂蒙让他快说,他谈起"文革"武斗时,有次在义和团总部将一批伤员送医院疗治,其中一个姓寇的伤员竟然调戏护士,被院方告状,是小喜去处理的。

"这小子挂了个单拐,据说是攻打化肥厂时腿上中了枪。"

"是哪条腿?"沂蒙急不可耐。

小喜努力回忆昔日与对方照面的情况,摇摇头,但他很快道:"这也简单,找来一看不就明白了吗?"

"他叫什么名字?"

"寇什么祥,中间的字我记不太清,他家好像就在周大昌糕点店不远。"

沂蒙立即来了精神,要小喜顺便摸一下姓寇的社会交往,还有哪些朋友,而后很快把情况报告了崔尔摩斯。崔局长抓起电话向相国寺派出所要姓寇的情况,所长说早已把过三遍了,这小子体态特征、作案动机都不能排除,可就没有作案时间。

"当晚他在干什么,有谁做证明?"

"打扑克牌,有三个人证明。"

崔局长二话没说,带沂蒙去了所里,然后喊来了居委会陈主任,这位主任是个满头银发穿戴整洁的老太太。她介绍说,此人叫寇玉祥,因为耍流氓被劳教。他爱人是被他玩弄后结的婚,因为腿残,办事处安排他到加工厂干活。案件发生后,第一个怀疑对象就是他,可那天晚上他压根儿就没出过门,和院里的年轻人打扑克牌。

"打扑克的都问过了吗?"

"全问了,有个姓吕的小青年儿,原在居委会帮过忙,很可靠的,我找他来,你再问问他。"

崔局长点头,不多时小吕来了,很快回答了所有的疑问,看来又要泡汤。原来当晚四人打牌,从七点到九点,一直无人外出。

崔尔摩斯做了最后的努力:"打牌中间有没有人中途离摊儿,比如出去拿东西、喝水什么的?"

"这个有,"小吕说,"小四回家了一趟,寇玉祥去解过溲。"

"那人少了,凑不够手,牌还怎么打?"

"那就一顶二呗。"

"寇玉祥出去,你们打了几盘呢?"

"打了三盘吧,小寇和我一班,我手气不错,连赢。"小吕想了想又补充道,"我当时还埋怨寇玉祥,这家伙拉线屎啊,也不怕蹲酸了八仙腿!"

"厕所在哪里?"

"公厕出门不远就到。"小吕继续回忆当时情况,"他进屋用毛巾还擦擦头,不干不净骂道,他娘的这阵雨还下大了。我看了一下表,已到九点钟,俺们又打了两盘就散了伙。"

沂蒙听着边在脑子里作盘算,打扑克9点多结束,打四人一桌扑克,每盘七八分钟,按八分钟计算,他重新入座时间应当是8点44分,再向前推,他解溲又用了两盘扑克的时间,那么他出门时就是8点28分左右,而现场作案时间不正是8点30分到8点40分之间吗?他并不能排除作案时间呐。

崔局长送走了小吕,转回头,一脸的晴朗:"走吧沂蒙,跟我走一圈,咱也搞个哥德巴赫猜想。"

沂蒙知道,崔局已经有了主意,便紧随其后,很快来到三十米开外的那个公厕。崔局仰头看看,厕所是不是露天的。然后,他让沂蒙快步从这里走向钟楼街周大昌店门口,他则慢吞吞跟在后面,等他走到现场门口,掏出表一看,用了 14 分钟,沂蒙则用了 10 分钟,看来,光来回走路每趟也得 12 分钟,哪还有作案时间?他看老崔眉头重又皱起,闷声不语。

告别了居委主任,俩人骑车返回。再次路过刚才走过的那条路,崔局长猛地拍了一下自己的宽脑门,大骂一声糊涂,马上命沂蒙骑上自行车再沿这条路径往返一次,才用了 4 分钟! 这 16 分钟内小半时间骑车,大半时间用来作案,时间完全够用。寇玉祥的现场时间绝对不能排除。

接下去,老崔像被打了鸡血似的兴奋,立即命人到寇玉祥所在单位,秘拍下他的行走照片,十万火急发给马玉林老师。马老儿的助手当日传真回讯:可以认定! 程斌见大家跃跃欲试,就要拍板,虎头儿提了个建议,既然马老师推断出两个人作案,是否还有更多同伙,还是秘密控制,顺线侦查,扩大战果后再动手不迟。

这样,小喜就被定为协助侦查的线人,由他贴靠寇玉祥,很快了解对方生活圈子中有一个习武者叫刘卫民。小喜告诉沂蒙,在师爷的徒弟中,他记起确有一个叫卫民的,会木工,当初那副武松脱铐拳的木枷就是他给做的,几年前见过他曾在龙亭公园晨练。于是自告奋勇连续在公园转悠找寻,三日后,果然发现了刘卫民,正与一个干部模样的人切磋武功。隐身其后的沂蒙即从侧面秘拍,回来向指挥部报告,决定当夜行动。马克新、秦凌霄等刑警如饿虎扑食,差一点把两个嫌疑人压得休克。连夜突审,二犯供认不讳。

于是大案告破,人赃俱获。党政军前来祝贺,媒体连篇累牍报道,把鲁沂蒙他们忙得不亦乐乎。就在这时,那个神秘的马老爷子却突然出现在市专案指挥部,而且满脸秋霜地和虎头儿拍了桌子,声称案件才搞了一半,你们就沉不住气了,人家给你们玩蝎虎断尾——大头儿还在后面呢! 说毕,拎着那根黄色小棍子就到了周大昌糕点店现场。不想现场被贴了封条，原来糕点店的上级食品公司闻听案件告破，急着将后院改建为办公楼，两日内就要动工。马玉林大发脾气道，案子未结之前，谁也不能动这现场的一丝一毫！虎头儿立即拨通了食品公司关杰书记的电话，要求未经许可，任何人不能进入糕点店现场。

　　这天晚上，这位显得十分固执的马老爷子带了徒弟田助理又到了糕点店，出于强烈的好奇，鲁沂蒙请求马老师允许他一同前往，也好随时配合。马玉林道，也好，有市局写字的人跟着，免得我嘴上抹石灰——白说。

　　现场状况与十日前相比，泥泞已变得板结，残留的血迹已呈暗褐色，圈定凶犯足迹的白灰已不太明显。沂蒙注意到，老爷子对原有两个案犯的脚印视而不见，却盯住了墙边一趟边缘十分模糊的足迹，这对足迹有些怪异，像是有意踩在一个后跟明显的女鞋花纹上走。马玉林开始用棍子"圈踪"，一边让田助理拍照。

　　"这小子不仅包了鞋套，还把鞋底颠倒了前后，看上去像是倒着进来，退着出去，是个高手！"老爷子显然兴奋起来，就像猎犬嗅到了一个奇特的猎物。他弓腰前趴，故伎重演，不停在地上撒白灰，寻踪觅迹，很快来到后院一间破旧的仓库门前，一前一后的脚印到此不见了。打开门锁，库房内一股陈腐的气味扑鼻而来，沂蒙协助田助理打开勘查灯，看到有一条逐渐向下转弯的狭窄通道，原来，下面还有层地下室，通道两侧全是由青灰色的砖砌就，由于阴冷和潮湿，墙上布满渗出的水珠。一层层石阶表面，因长年不见天日，覆盖着暗灰色的泥土和深绿色的苔藓。

　　"脚印——小子的蹄爪儿又露出来了！"随着老爷子的叫声，灯光处又出现了那个边缘模糊的足迹，旁边紧挨着娇小女子的鞋印。马玉林俯身下来，让田助理录像："两个人在这里说话，女会计十分害怕，点着蜡烛在这里滴下了烛油。"此时，三人已站在了地下室的中央，在灯光映照下，可见整个地窟的格局，从穹顶到四壁，全由特大号的青砖掺着白色灰浆砌就。马老儿又在用那根光溜溜的棍子在墙边上画圈，并不断在地上丈量着什么。

"马老师,这又没脚印,你还圈什么呢?"

"我是没看见脚印,可我画了圈的地方,就是这小子该留脚印的地方,不画,哪能找到第二个地方呢?我画他十个看不到的脚印,就能在十一个地方发现他,这样才能找得准,乱不了套。"

果然,在距离一堆杂物十几丈远的靠墙处,发现了几颗移动的石子,"那颗石子泛白了,是他踩的,女的在一边照明。"

"怎么能判断是他踩的呢?"

"石子儿朝上半干,朝下很滑——这是他在这块墙壁上用力抠东西造成的。"

墙壁中心露出一处方方正正的洞窟,其大小很像是放灯的壁龛,壁龛上还嵌有隔潮的壁板,可能是用来贮藏什么贵重物品用的。贴着墙壁下方摆放着五六块青砖,看来是不久前被人抽取下来的。

"所有的缺环都补齐了,好戏也该收场了。"马玉林拍拍他的大手,"只可惜这位引狼入室的女会计,一直到死也未能明白,等她这位信任的人前脚离去,后脚就发生了她和另外两个人遇害的血案!"

次日凌晨,湛蓝的天空万里无云,公安局宽敞的大院充满了阳光,这里正像过节般的热闹,锣鼓齐鸣,鞭炮阵阵。原来是市里食品公司领导接到局里通知,前来领取周大昌糕点店被劫去的巨款,人们在公司党委书记关杰的带领下,擎着锦旗前来致谢。

程局长和孔法中队长等人在大门口欢迎,并将客人们让至大会议室就座,关杰代表公司宣读完热情洋溢的感谢信。程局长起身讲话,他简要回顾了案件侦破过程,脸色突然变得严肃起来。

"今天,我还被授权宣布:糕点店特大抢劫杀人案中的最后一名凶手,也于现在逮捕归案!"

孔法中队长随即掏出一张逮捕证,朗声宣读:"根据侦查证明,市食品公司党委书记关杰,因犯杀人抢劫罪,立即逮捕,听候审讯!"

人们的目光刹那间集中在刚才还在宣读感谢信的人身上,只见他的脸色不断变白、变黄,矮胖的身子像被人用力拍打的皮球一样,陡然从座位上跳起来,举拳挥舞着嚷道:

"我抗议！这纯粹是诬陷,你们有什么依据陷害一个党员干部,有什么证据没有?!"

"俺们这里有!"随着低沉的一句外地口音,马玉林出现了,他身后的马克新和鲁沂蒙还搬来一件珠光宝气的盒子。整个会议室的人们立即骚动起来,不少人拥到前面,睁大眼睛看长桌上这件光彩斑斓的方匣子:匣子的正面,是一对金龙玉凤围着一轮红日起舞,红日中心镌刻着一个金灿灿的"喜"字,那龙凤的眼睛竟是四颗熠熠发亮的珍珠,光耀夺目,酷似龙凤的瞳孔……

众人把质疑的目光投向关杰,又不约而同转向这个陌生而神秘的便装老头儿。

"想不到吧关书记,半个月前我就认识了你。"这边不等程局长介绍完自己,马玉林便执起手中的小黄棍指点着关杰,"这就叫不见其人,先见其脚——那时我就见证了你指使两名案犯杀人抢劫的全过程,让人们想不到的是,两个案犯仅是你的牺牲品,他们以地面上的犯罪掩护着你地下的罪恶……"

"这完完全全是一派胡言,你既然是上级派来的专家,就应该拿出科学的依据,绝不能信口开河。"关杰不知是气恼还是紧张,他的话音里夹着颤抖。

"好,那咱就从这件稀世珍宝龙凤首饰盒说起,这是清王朝御赐有功之臣的宝石镶嵌器,价值连城,属于周大昌糕点店楚瑞媛女会计祖上的传世之宝,一直密藏在后院旧库房的地下室内,近日她从父亲的遗嘱内得知藏宝的位置,想通过组织将它捐给国家,你在骗取楚会计的信任后,佯称帮助鉴定文物办理手续,在地下文物得手的同时,指使两名凶手洗劫糕点店杀人灭口,你却暗度陈仓,将首饰盒化为己有……"

"哈哈,哈哈哈!"关杰干笑着,"这完全是天方夜谭,今古奇观,是'文革'中整人那一套的翻版,叫欲加之罪,何患无辞啊。"

"打住,你没有资格提'文革'!"马玉林用力敲响那根有刻度的棍子,"没有'文革',也不会有你关杰的今天,更不会出这宗血案,正是你利用了这位天真无邪的姑娘,在案发前的5点40分,先打电话让她支走了店内人员,你便随她进入地下室取走文物,随后就发生了血案——实为一场你导演的杀人灭口、毁灭证据的惨剧,但那也应了那句古话叫作'螳螂捕蝉,黄雀在后,而弹丸在下也'——现在,这件龙凤首饰盒就是从你家取出的,本案还有一个证人,那就是涉嫌窝赃罪和包庇罪的你的夫人!"

关杰的妻子也被押了上来,记者的闪光灯反射在她腕部的手铐上。关杰的汗开始从两颊上淌落下来。

"你一定不知道是谁出卖了你,那就是你自己的双脚!"马玉林站起身,再次用小黄棍儿指向对方抖动的双腿。关杰莫名其妙低头看着自己的双脚,露出满脸的狐疑。

"人过留影,雁过留声,任何人作案都不可避免留下痕迹,你以为穿了前后掌颠倒的鞋,再套上鞋套我就认不出你的蹄爪儿吗?我告诉你,我看的可不是你穿的什么鞋,而是看上面穿鞋的这个人。你是明显的外八字,步长和步态全印在我的脑子里,再伪装也掩盖不了,知道么,你的脚还有一个别人很少见的特征,你能脱了鞋在这沙土上走一遍吗?"

田助理和沂蒙早将准备好的鉴定席拉过来,均匀地摊开了薄薄一层沙土,关杰在众目睽睽下,极不情愿地在上边走了一遭。

"你是右脚右侧有一根义指,造成脚印边沿的外翻,你以为换了鞋我就不认识你了——除非你把双脚都锯掉,但那时更方便把你抓到!"

关杰被命令脱去右脚的袜子,果然是六根脚趾。

关杰在铁证面前交代了案件的来龙去脉。原来,他与刘卫民、寇玉祥当年同属一个帮派组织,拜过把兄弟,关杰担任领导干部后,为培植效忠自己的党羽,在两人身上花费了不少金钱和心血。"四人帮"粉碎后,刘卫民提议干一票大案,而后拿这笔钱转做生意。不料这正中了关杰的下怀,于是精心策划了这起地上杀人劫财、地下乘机窃宝的连环案,而刘、寇二犯对龙凤盒却毫不知情。按关杰的算计,只要楚会计被灭口,自己神不知鬼不觉就将这稀世之宝化为己有,即使破获了地上案件,法律也奈何不了这地下的无证之罪。岂料被公安机关顺藤摸瓜十日内两案并破,可谓机关算尽,反误性命。由于大案人赃俱获,案件从重从快判决三人死刑。

一时间,梁州"9·30"案的侦破声震全国,新闻记者趋之若鹜,而后又来了一批搞文学创作的作家,其中有一家著名电影制片厂的编剧谭克,带了上级开的介绍信,雄心勃勃地要拍一个侦查破案的电影大片。

刘明亮把陪同提供素材的任务交给了沂蒙,一番熟悉生活后,谭老师意外打了退堂鼓,称要艺术地表现警察破案,必须熟悉公安生活,对此他感到有些力不从心,加之又有新的任务,临走时他希望沂蒙能把这个任务接下来。为此,两人说了许多。

回到宣传科,沂蒙便成了案件侦破之谜的解答者。他便由马玉林大师神奇的推断开始,讲到39码女式胶靴和瘸子寇玉祥的出现;从刘卫民背后的关杰操纵,讲到如何明修栈道,暗度陈仓,设下连环案。由于身临其境,又讲得一波三折,沂蒙一时成了介绍这起传奇案子的核心,为此,引起了一场不大不小的风波。

这天,大案侦破表彰会的材料整完,科里一帮人又缠着沂蒙说案子,正在他眉飞色舞渐入佳境时,猛然发现有人用手指放在嘴唇上,他向门口处一瞭,这才发现人缝中出现的刘明亮科长,他戛然中止,周围的人也都纷纷回到了各自的座位,就听刘科长远远道:"沂蒙同志,你过来一下。"

对刘科长,沂蒙始终待以长者的尊重,加上他和父亲的关系,一贯表现为尊敬和服从。此时,对方的脸涨得通红,声音都有些颤抖:"你不知道这是上班吗?这里可不是说书场,你是拿共产党的工资吃饭的人,可不能不务正业。"

话语如此尖刻,如同刀刃刺来,沂蒙没有任何思想准备,只是不理解,一个见了上级能把满脸皱纹堆成菊花瓣的人,对下属却如此刻薄。只听他继续道:"听说你写小说,我不反对,但要告诉你两条:第一,侦查破案要靠群众,不是靠技术,把看脚印破案说得神乎其神,这是唯心主义的东西,这个问题不允许你再讲!我还要向上级做检查;第二,人要有自知之明,你连初中都没有读完,就敢写小说。文学创作是要基本功的,不是吹糖葫芦,我放句话撂在这儿,你要真能写成一部长篇小说,太阳会打西边出来!"

他的口角已有了白色的唾沫,仍余怒未消道:"再说,如果你真要写,就不能利用上班时间,现在任务这么紧张,哪有时间搞这些东西。拿国家工资就不能干私活儿,当务之急是发简报,表彰好人好事,起草领导讲话,这才是正事,你明白不?"

原来,他已经得知自己要写小说的消息。他记不得什么时候透出过这个秘密。既然你知道,我也要坦荡以告,决不遮掩。因为搞文学创作,特别是歌颂警察破案,绝不是偷鸡摸狗之事。沂蒙表示接受批评,并郑重说明,自己从来没有占用办公时间写作,如查出一分一秒,自己甘愿接受处分。

"你……"他一时语塞,脸顿时憋得通红:"鲁沂蒙,我告诉你,你要真能写成小说,发表那天,我刘明亮三字倒过来写!"

十

刘明亮的一番话像重锤敲击着心脏,鲁沂蒙独自一人站立在走廊尽头。生活中的一次次磨砺,使他内心渐渐长出一种抗御打击的平衡力量,具有了一种迅速自我调整和平复心态的能力。

是啊,你凭什么能写成小说,刘明亮言语虽刻薄,甚至带有明显的奚落,但可能代表着不少人的看法,在他们眼里,你还缺乏小说作家所具备的起码条件。能够证明你的,仅仅是公文材料、内容单一的简报和民警优秀事迹的报道,而小说创作则是文学殿堂上的瑰宝。所以,身为堂堂四年文学本科专业的刘科长尚且写不出小说来,何况你个毛头小子呢?所以对方那眼神中透出的言语分明是——你压根儿就不是这块料!

究竟是不是这块料,沂蒙也在心里掂量着自己的分量:做出这个决定之前,他已经有了近20年的写作积累和准备,有了十年警察的生活经历和素材,更为重要的是,他的内心已被本案的出奇制胜所点燃,更为警界有这样的传奇英雄所震撼:马玉林是平凡的,因为他来自苦难生活的磨砺;他又是神奇和伟大的,他值得每个警察顶礼膜拜,向他脱帽致敬。有这样的智勇双全的神探,我们不去书写讴歌他们,是我们的失职,有幸目睹奇迹发生,而不能为之树碑立传,那才将是我们的耻辱和遗憾。

就是抱着这样一种内心的冲动,沂蒙从走廊走回办公桌,迎着每个同志的面孔,淡然一笑,作为对大家关切的回应。

这个决定得到了未婚妻晓荣的全力支持,此时她已经成了梁州医专的一名带薪学习的学生,两人商定为了共同目标,生活上一切从简,包括结婚。那天她背了个军绿书包,骑自行车到了沂蒙家,在父亲落实政策分到的干休所房子里,同事和几个好友盘灶开火,做了几个菜。待母亲推着父亲的轮椅过来,两人向毛主席像及家长三鞠躬,就算举行了仪式。结婚的目的变得简单,就是便于共同生活。于是,向局里申请了家属院中的一间房子,这间房子的面积不足十平米,放了一张破棕床,剩下的就是一副桌椅、一个铁炉子和仅能让人转身的空间,这已是组织上的开恩照顾了。

房子是筒子房,顶棚上彼此相通,由于年月已久,屋顶上的老鼠成群结队,到了晚间就像老鼠娶亲般热闹,它们来往奔跑,还互相撕咬,房土此时会从棚隙处洒落下来。一次狂欢,一只老鼠还跌落到床上。就是在这个小斗室里,沂蒙开始了小说的创作。

为了时刻激励自己,他剪下一张拳王阿里的影照,画面上的阿里瞪着挑战似的眼神,仿佛在发出警告:伙计,小心,你可能随时被击倒!

很快,他写出8万字的第一稿,题目是《带血的阿拉伯数字》,寄往省人民出版社。不久,原稿退回,并附一页短信,信称:素材较好,但属案例的延伸,缺乏文学的想象。信尾署名为"单纯"。既然原材料好,就再作文学加工。于是,增加了被害女会计的恋情纠葛,并故布疑阵,使案件增强了悬疑色彩,特别是突出了神探祁凡的"马踪"技术。于是有了10万字的第二稿,寄出后很快接到一个电话,约他到出版社谈作品。周末下班,风尘仆仆赶到省会,见到一位高个子有着和蔼面容的编辑,他就是"单纯",本名为单为东。他称书稿是块石头是块玉还看不出来,因为距离切割开来还有待时日,很可能属于结构上的问题,你要有思想准备,我可不是让平庸之作蒙混过关的人,像这个阶段的书稿,我还不敢送到刘编审那里去,你回去就一个字——改。

看来,这位编辑并不像他"单纯"的名字,话里带刀,但也饱含着期待。沂蒙乘机向他求教长篇小说的创作之法。他从堆积如山的办公桌上抽出一个笔记本来,封皮磨得很厉害,打开折角的一页,开始介绍创作经验。原来,这位单老师留了一手,就看作者是否虚心。

"鲁迅说从没有小说作法,这是对大家而言的。初学小说创作,必须首先掌握一般规律,在规律中去创造。"他讲这些的时候,沂蒙认真做了记录。

关于创作结构的四字诀:主线清楚,层次分明,如泉如江,如麻如绳。

沂蒙边记边点头,单纯看他记得认真,又拿出了另一本《编修笔记》面授机宜:人物好坏,作者勿定;性格倾向,行动自明;千人千言,各带个性;一石数鸟,高度集中……

听君一席话,胜读十年书,没想到小说创作还有这么多的学问,等告辞单老师时,已是满天星斗的夜晚九时。返梁州的汽车已无,只有乘火车返回。听着脚下哐当哐当的铁轨声,顿感沉重而有压力,但方向十分明确。

沂蒙开始大量阅读所能借到的中外悬疑推理作品,剖析借鉴他们的创作方法,恶补刑事技术,包括步法追踪、法医学、毒物学和弹道学,逐步将原有案件的素材生发开来,由单线事件变成了纵横交错的网状故事,增加了案情的扑朔迷离,凸现了步法追踪专家祈凡独具慧眼的神奇。就在他踌躇满志,欲下笔书写时,一件十分严重的事件不期而至。

一天晚上,怀孕的晓荣大出血,送至医院,确诊为早产先兆。两人惊慌失措,沂蒙急忙起身,用自行车把妻子推到了附近的区属医院,值班医生略加诊断,立即认定为羊水早破,马上安排住院。

当医生查房时,夫妻俩如同盼来救星,医生用听诊器听过胎心音道,这孩子生命力还真强!沂蒙也贴上耳朵听,还真听到了另一个小生命的心跳。他在心里默念着,孩子呀,你千万要撑住,尽管我们还未见过你,可你是我们生命的一部分。我们祈祷你平安降生,来到这个世界上!

孩子终于诞生了,大夫和护士将婴儿很快抱给他们两个看,那一刹那,沂蒙又惊又喜:可怜的小生命,头发细毛茸茸,由于不足月,浑身没有肌肉和脂肪,粉嫩而透明的皮肤包着骨节突出的关节。但宽宽的脑门,悬胆似的鼻翼,特别是两腿之间夹了个黑黑的小蛋蛋——是个男孩!

接下去是紧张的催奶和繁琐的养育,但此时的创作却不能停步,为兼顾孩子的照看,一家三口就挤在那间小斗室里,时值隆冬,夜间怕煤气中毒,将铁炉子移出门外,室内冷窖一般,真不愿意从温暖的被窝里起身,可一想到刘明亮科长的那句话,就像炸雷般在耳边轰响,沂蒙一骨碌爬起,披衣坐在桌前,开始伏案写作。手冻得发僵,就搓搓手,或用被窝暖热;孩子醒了,将牛奶用开水温热来喂孩子。大哭起来的孩子很难再哄着入睡,为让妻子白天有精力,他将小摇车放在桌边,用绳子把脚拴在车上,一边写作,一边用脚晃动摇车。不想这种方式孩子仍不能入眠,反而是抗争似的大声啼哭,而自己正写到兴奋处,停不下笔来,于是,剧烈地摇晃小车,这一次奏效了,孩子不哭了,打开小篷布一看,正张着嘴笑呢。

冬夜寂静无声,在昏黄的灯光下,只听见笔下窸窸窣窣的响,那是一种绝壁的攀爬,在没有路的地方,用指尖儿抠出来的小径,你不知道深渊一样的洞口通向哪里,要掏挖多远才能看到光明。一次次被编辑退稿,几乎筋疲力尽。有时孤独和绝望堵在胸口,开始真正怀疑自己压根儿不具备创作的能力,或许刘明亮看的是准的。当山穷水尽,实在写不下去的时候,就读经典名著和推理小说,借鉴创作的元素,再度投入艰难枯燥的劳作。到了最后,简直就是炼狱般的打熬,只剩下意志力在支撑,是在向自己的极限挑战。

人就天性而言是趋乐避苦的,只有身陷绝境,才能倒逼自我。沂蒙白天紧张地工作,晚上写上一两个小时,倒头便睡,第二天凌晨四时半准时醒来,昨天遇到的创作难题会迎刃而解。原来,大脑巨大潜能即令在睡眠中也没有完全关闭,它的一部分还在值守工作,另一部分则腾空成一张白纸,给想象以飞翔的空间⋯⋯迷茫中的兴奋,灵光乍现的顿悟,磨难与幸福的交织,才是创作本身的快乐。就这样深一脚,浅一脚地踉跄前行,冬去春来,故事在笔下蜿蜒,纸页在渐渐加厚,中指磨出了茧子,骨节也开始变弯,还是要继续写下去,写下去⋯⋯

一直默默支持自己的妻子,担起相夫教子的重任,而无任何抱怨。

一家三口水浅鱼相聚,每当沂蒙拖着疲惫的身躯回家,一看到小屋内那橘黄色的灯光,一股暖流便溢满了胸间。那灯光里有爱人、孩子,还有自己的书稿;锅里有热腾腾的馒头,桌上有自己爱吃的鸡爪、花生米……筷子不小心掉在地上,爱人抓过来,在自己嘴巴里消了一遍毒再递过来,那筷子传递着内心的温暖……奋斗世界中的自己并不孤独。看着妻子憔悴发黄的面庞,沂蒙眼睛里充盈着泪水,装着擦脸,把身子背了过去。

与此同时,书稿的分量也在与日俱增。沂蒙一次次双手捧着稿件,心里默默地祈祷,希望成功就在这一次,可屡屡被打回。编辑单纯就像一个无情的法官,每次提的意见是那样的严苛,像锋利的小刀刮在身上。当第四遍修改时,深觉已穷尽了最后的力量,但老单仍冷冰冰地说,大架子有了,但重要人物的行为、语言不具特色,形浅神散,要再下功夫。于是又是一场摸爬滚打、搜索枯肠,为逼真描写被盗文物的细节,还专门拜访了梁州博物馆的刘副馆长,求教了关于明清宫廷玉器、瓷器和镶嵌器的专业知识。待第五次赴出版社送稿时,不禁信心满满,志在必得。不想又是一盆冷水兜头浇下,老单认为还是不行,而且指出:悬念不足,主线不清,前半部尚可,后半部拖沓,书稿再判缓刑。

望着车窗外漆黑如墨的暗夜,沂蒙内心凉透了。老单到底是什么意思?一次次地吹毛求疵,百般挑剔,只因为我们是平头民警,名不见经传,还是缺少打点,上面没人打招呼?可你明说嘛,也不该如此戏弄我,这岂不是在空耗别人的生命吗——眼看三年了,儿子都两岁半了,牛奶喝了一瓶又一瓶,尿布换了一沓又一沓,稿纸堆积如山,白发和皱纹平添……难道写小说真比登天还难吗?郁闷、绝望,甚至精疲力竭,无力再战。可是当次日的凌晨四点半,生物钟自动拨响,沂蒙又条件反射似的翻身而起,披衣而战。因为既上战场,就绝无回头之路,想想别人脸上那冥落和不屑的表情,特别是心中许下的诺言,只是为证明自己,也要拼搏到底!

当带着沉甸甸的第六稿再到出版社时,接待者变成了两个人,除老单外,还有编审刘汉俊老师,一个瘦小个子却极富个性面庞的人。他才是躲在后面的那尊真神。他说话节奏迟缓,语词简短,但思想深刻,看问题一针见血。他说你们不要怪老单,是我要求他把住关口。我们的目的,不是出一部作品,而是培养摔打出一个作家,而作家的处女作不死几个轮回是成不了精品的,所以我要敲骨吸髓逼你把最后一两油都要榨个一干二净——这一稿还是不行,问题就在结尾:小说是从结尾往前写成的,你们的结尾是狗尾续貂,硬贴上去的。不是虎头龙尾的最高潮,成败在此一举。我希望你们再捋一遍——要懂得什么叫艺术,丹纳说过,艺术的目的是表现事物的主要特征,要删减那些遮盖特征的东西,挑出那些表明特征的东西……对,你们可以恨我、骂我,但你们今后会想起我们的苦心!

瘦小的编审大人又从谋篇布局说到人物的社会意义,说到激动处他站起来,挥舞着手臂,忽而脱了鞋子,蹲在木凳上,唾沫星四射,尽情阐发着思想。末了,又破天荒地留沂蒙在食堂吃了饭。临走时突然说,搞不好,这部小说至少可以印刷到十万册以上,我替出版社谢谢你们。说这句话的时候,他的眼睛里闪着光亮。

就在小说创作进入最后冲刺关头时,沂蒙的背后又猛然刺来一刀。

这天,刘明亮找他谈话,沂蒙心里顿感不安,莫非去省城送书稿被他听到了风声,还是工作上出现了瑕疵?不想科长大人笑容可掬,一句话消除了他所有的戒备。原来,局里奉上级要求,凡50万人口的城市要组建警察学校,以满足维护治安的需要。目前筹备组正选调人员,问沂蒙是否考虑,并附带说,警校是有寒暑假的,更有利于你的创作哟。

原来如此。沂蒙感谢领导的关心,但从刘明亮的笑中,又揣测出几分别意。

刘明亮平时在科里从无笑容,常摆出一副居高临下的架子,他的笑脸是送给上级或对他有用的人的,他家境困窘,老婆农村户口,给他生了一堆孩子,属全局的救济户,可不影响他口袋里整日都装着好烟。每日上班,一踏进大楼走廊,就能听见他的朗朗笑声。遇到熟人便一把攥住口袋,从中搜出香烟后,再慷慨散发给别人,余下盒内的一分两半,下次再抓别人。美其名曰:杀富济贫。由此虽囊空如洗,但口中叼的、耳后夹的不乏好烟。据老同志讲这个大个子心极细微,平时爱将同志们之间私下闲谈记录下来,当作思想动态向上级汇报。"文革"中他贴靠领导又揭发了领导,落了个"风派"的头衔。凭了他是局里唯一的文科大学生,会写四六句的官样文章,局长们还一时离不了他,讲话报告都由他起草,每次接下任务他总是大包大揽,但却迟迟交不了卷,等逼急了,就开夜车,让下属翻箱倒柜,把过去的材料找出来,东拼西凑报将上去。有一次沂蒙亲眼见他从纸篓里找出不久前写的稿子,拿来剪刀和胶水,三下五除二,就成了领导的大会动员讲话。

天有不测风云,这期间局领导更换,局长是市里老政法冯烈,政委是精通业务的吕华泰,对他都有所知,因此日子不大好过。近日有篇重要的讲话稿交给他,连报三次均被打回,无奈中他将烫手的山芋交给了沂蒙,不想写后上报,竟意外没退还。过了几天,冯局长打电话找他,问其中引用的一句古语"苟非吾之所有,虽一毫而莫取"的下一句是什么,出自何处?他当时不在科里,偏巧又是沂蒙接的电话,便随即答道,这是苏轼的《前赤壁赋》中的语句,后文为:唯江之上清风,与山间之明月,耳得之而为声,目遇之而成色,取之无禁,用之不竭,是造物者之无尽藏也。

电话刚放下,这边刘明亮回来,他闻听此情,一阵风似的赶去冯局长办公室。等再见他时面如霜打,骤然间又换了一副表情,告诉大家局党委要求宣传干部深入基层,不要老泡在机关,说毕对沂蒙等人下达了到县郊分局调研的指令,而他后天则要陪局长到省里开会,还要连夜加班,准备材料。

这天下班,沂蒙在楼道恰遇冯局长的秘书小陈,对他冷不丁地问道,去省里开会的材料你准备得怎么样了?沂蒙一时丈二和尚摸不着头脑。原来,冯局长最初确定是让沂蒙随他去开会,而不知什么原因又更改了成命,换成了刘科长。就因为这次冒尖,沂蒙被约法三章:不准随意接听领导同志电话;不准给领导直接报送材料;不准代表本单位发言,陪领导的出差任务由他一人包揽。日常他甚至不能容忍科里人员与外单位的同志谈笑。

局里召开侦破"9·30"案件表彰大会,沂蒙和马克新坐在一起,对方说最近看了一本书,主人公和自己的经历差不多,也是小学上了二年级,做过苦工,当过兵,修过铁路,吃了不少的苦,一度想过自杀,后来写了一本让每个人明白活法的书,这种人在今天看来,是多么的不合时宜。沂蒙说,朱赫来对他不错,是他的引路人,还是兄长,就像你们的孔法中队长,你才是有福气的啊。马克新向身后扫了一眼,压低声音道:"所以你要注意,不要和领导唱对台戏,领导记性好,坏事忘不了,得花功夫琢磨,要知道某些人并不是朱赫来,很可能还是庸俗之辈……"他无意识地向后边跷了一下拇指。

这天会后,刘明亮找沂蒙进行严肃谈话,阴鸷的脸能拧出四两水来,正告对方不该会上交头接耳,要求年轻人不管到哪儿都要守好本分。看来,正如寓言里所讲,一只抓了鼠的猫头鹰生怕飞来的凤鸟抢了自己的食物,不仅千方百计护住自己的猎物,还要将可恶的凤鸟驱出领地,殊不知大鸟是飞向东海去的呢。

事后证明,沂蒙真的要感谢他的驱鸟决定。不久,沂蒙奉调参加梁州市人民警察学校的筹建工作,开始做业务教员,因政治理论教师不到位,刘教务长便让他讲授中共党史和政治经济学。沂蒙称自己从未学过这些内容,老刘说我听过你在培训班里讲的课,你是个杂家,什么都能讲,我就不信非要科班出身的才有资格上讲台。末尾这句话刺痛了沂蒙,于是花去半个月的时间恶补式备课,将平日所学汇入教案。首课开讲中共党史。他将十一届六中全会决议作总纲,把伟人诗词、党史故事、英烈生平作为穿线之珠娓娓道来,讲到激情处,则神采飞扬,讲到历史事件,则如评书一波三折,跌宕起伏,引得学生击桌鼓掌。沂蒙乘胜进取,再讲马克思政治经济学,他继续采用"换句话说故事"的方式,用一分钱币说大千世界,从巴尔扎克《人间喜剧》中的欧也尼·葛朗台、贝姨等人物揭示资本剩余价值的血腥,再获好评,引得不少外班学生来旁听蹭课。

不久,校方专门总结了这种"杂交"式教学法,并很快得到了省公安厅首肯,不少外校教官前来观摩教学。此后,沂蒙被任命为政治理论教研室的副主任。这年秋季,他又随法律教研室主任贺立德同去省高招办参加首届招生。

省高招办设在全省著名的风景区百泉,这里位处苏门山,因多股泉水汇聚而得名,汇泉之处,但见势若奔马,声如大潮。坐落在山坳中的招生办,此时正人声鼎沸,来自天南地北的家长们拥挤在大门口,有背着干粮的农民、夹着雨伞的军人、抱着孩子的母亲、苦着脸向人们诉说的父亲,还有一些打听是否落榜的考生。当他们看到有戴胸牌的招生人员,便会一拥而上,或祈求带入,或小心翼翼地打问。听周围的人说,这里的旅店营业额猛增,连鸡毛小店都住满了人。村民们也趁机办起停车场收买路钱,小吃店、油条担子、羊肉汤锅一个挨一个。一个卖烧饼的光头者,腰围油腻的水裙,一边像玩杂技一样将烧饼坯贴入炭炉中,一边咧开缺齿的黑牙床高声喊喝:"好吃不贵,不用排队——"

就在炉旁,一个农村后生打扮的人,正在地上温热的余炭中扒拉着什么东西,大概看到又一批戴牌子的人走进大门,便拔步起身,疯了一样地向门内闯,不料被粗壮的门卫一把揪住,动作娴熟地将他一把推了出去。青年人脚上沾满了黄泥,衣领被扯破,一脸的伤感和无奈。

不知怎的,沂蒙蓦然想起自己的高招经历,恍然有隔世之感。

招生办在一座外表破旧的礼堂,进去是另一番景象:周围整齐排列的壁灯,大白天照得通亮,18个城市招生办像蜂房一样被分割成区块。各校工作人员熙攘穿梭,宛如热闹的大型集市。好不容易沂蒙与贺立德才找到了梁州市高招办的总协调,此人叫军衡,他身材微胖,一双眼睛极亮,开口便介绍说,到了这里可不叫一回生二回熟,而是上午不熟下午熟,晚上领人来见的人更熟。沂蒙追问何故。军衡答,你就记住,条子一概不丢,人头一概不忘,分数线过了,收谁不收谁,归咱们裁量。说毕匆忙欲走,说省招办要开碰头会。

沂蒙和贺老师就此陷入喧闹的蜂房中。在这里,省招办是大掌柜,向各分号掌柜批发存货,店伙计跑堂、退货、取货、交谈、磋商、查找、磨蹭,讨价还价:有的低语咬耳,有的拍桌子争辩,从早上开工到晚上深夜打烊,忙得不亦乐乎。关于军衡所说的条子问题,沂蒙很快就有透彻的理解。原来,这高招办连着四面八方大社会的神经,各类信息的纸条,通过千山万水传递到这里,有着各类加盖公章、挂着显赫公文台头的字条;有各式证明包括医院诊断、火葬场通知单;有着不同纸质写着五花八门的字迹,无论龙飞凤舞,还是歪七扭八,开首必是尊称,恨不能将招生人员恭维成祖宗拜。纸条后面便是名单、考号、报名号、生员简介……一张条子后面,你会看到数不清的手、嘴、腿,还有一张张乞求的面庞。最多一个考生能送来七八个条子。有时一位领导能为十多人写条子,看来真的需有专人负责整理这些条子,并根据等级尊卑、关系远近,与校方是否利益攸关来分类遴选,而后综合考生条件做出抉择。每日的工作,有一半精力都陷在条子里,沂蒙这才真正理解军衡对条子"两个一概"的名言。

焦头烂额中的沂蒙,这天出了大门,想漫步对面的苏门山,突然觉得后面有人跟着自己,急回头,原来正是那天冲闯大门被阻拦的青年人,便停住了解步。

"老师,你是警校来招生的吧?"他战战兢兢,一口外地口音。

"你听谁说的?"沂蒙一下子警觉起来。

"俺可找到你们了——"扑通一声,年轻人屈膝跪下,霎时间呜咽起来,肩头在剧烈地耸动。

沂蒙把他扶到一块青石上坐下,见他面色苍白,牙齿咯咯打战,知道是饿的,急忙掏钱要给他买东西吃,却被对方一把拦住,打开斜挎的破书包,里面装有两块烧得黑乎乎的红芋。

"老师,俺是信阳的落榜生,你能听俺说几句话再走吗?"

那目光中满含着期待,还有几分恓惶。

沂蒙依着山石坐下,听年轻人开始叙说。

原来,他叫翟大任,是大别山区翟家坳的考生。从小家境贫寒,曾因随父母要饭被狗咬伤,是当地一个公安特派员给他疗的伤,因此立志要当一名警察。今年的报考志愿就是梁州警校,考试完毕,他觉得自己的成绩还可以,可录取通知书却发到了邻村小翟家坳,考上的竟是同校的翟小光。

"俺俩初中一个班,他平时成绩俺知道,怎么他就这么幸运呢?"

大小翟家坳相邻,小翟家坳立即沸腾了,村支书在小广播里一遍又一遍地宣布着喜讯,人们奔走相告,翟家门口还响起了鞭炮,村里几十年没有一个孩子能走出大山,翟小光不但能跳出农门,成为吃商品粮的城里人,还能成为一名受人尊敬的警察,这简直像古时候中了状元一样的荣光。而翟大任则躲在两村之间的破庙里,这里是两村共用的代销点,除了卖日用品,还接收邮递员送来的邮件。翟大任抱着一线侥幸,等着那张迟来的录取通知书能从天而降,但他彻底失望了,三天之后,邻村的翟小光已经到县里面试体检去了。于是,他擦干泪水,背着十几斤的红芋上路,先到县招生办询问,县招生办让他找市里,市里又推到省里,他风餐露宿一路打听,终于摸到了百泉,目的只有一个,如果真是没被警校录取,他也死心了,明年再来考。遭到门卫阻拦后,他开始观察进出的招生人员,发现沂蒙穿着蓝色的警裤,还系着带警徽的皮带,于是就尾随而来。

对方边说边从褴褛的衣袋里掏出一个小塑料包,里面是他的一张准考证,沂蒙仔细分辨后,郑重其事地告诉对方,不管什么结果,我都要帮你查个水落石出,可你一定要配合我。得知他近日来全凭自带的红芋度日,沂蒙有些心酸,说着掏出几块钱塞在他手里。

"先理理发,吃顿饱饭,我再带你进去,听话啊。"

翟大任噙泪接了钱,扭身飞奔而去。

接下来,核查的结果令人震惊:校方发的录取名单上就是翟大任,而录取的却不是本人,而是翟小光。沂蒙拿着档案的手在颤抖,这录取材料白纸黑字,层层签字,还盖着鲜红的公章,面试、体检、政审手续一应俱全,可就在面试官的眼皮子底下,竟让一个假翟大任瞒天过海,冒名顶替。沂蒙恨造假的人,也更恨那些帮助造假一路绿灯的放行者,历经这么多关口,为什么没有一个人能发现这个弥天大谎呢?

沂蒙马上找到贺主任,说明事情原委,贺主任也大吃一惊,因为如果此事属实,不仅涉及警校的名誉,还会因招生舞弊追究把关不严者的责任。于是,没有片刻的停顿,两人照会军衡,军衡立即拨通了省招办的电话,请示调出两个考生档案的卷子,不想竟惹出了一个大麻烦。

次日,来了一位姓章的女科长,一脸秋霜地问,你们有什么依据随随便便搞复查,并强调,已经过了你们自己的政审、体检和面试,出了事也是你们的责任,到头来闹得自己声名狼藉,你们可得掂量掂量。沂蒙怕贺老师妥协,抢先表态说,有错必究,将错就错,到时候名声扫地的可不单是我们警校。

"空口无凭,绝不能随随便便调卷,明白吗?"

"《考生登记表》《考生体检表》和《高中毕业生登记表》都是翟大任的,可照片上却和自称翟大任的不是一个人,这难道不是重大疑点?"

"那也是你们的疏忽造成的,早干什么去了,今天全省要汇总上报,不能因为你们一家影响整个招生进度,上级追查谁能负得了这个责任?!"

"我来负这个责。"一直未说话的老贺突然插了进来,"检查真假,才能保障招生的公开公正原则,这完全符合省招办的规定,我们强烈要求复查考生档案,如果你不同意,我们将越级反映问题。"平素唯唯诺诺的老贺此时一反常态。花白的头发抖动着,脸色涨得紫红,活像一只暴怒的雄狮。

章科长用手帕擦了一下嘴唇,一字一顿道:"我也正告你们,我也是从爱护一个考生出发,要知道一个山区学生考学如何不容易,万一搞错了,毁了孩子一生的前途,这个责任你们担得起吗?"

"这个责任该谁承担必须承担,但肯定不是我们,而是弄虚作假的人!"沂蒙提高了声调,他看出了对方目光中的游移,又不轻不重地来了一句,"弄清这种猫腻对警察来说,那还不是小菜一碟,到时候还真不知道谁该承担这造假之责。"

章科长不再接话,扭身转向了军衡:"我的事情很多,没有时间纠缠,你们梁州招生办提出意见,务必在今天拿出确凿证据,再考虑和其他问题统筹解决。"军衡打圆场道:"那是当然,这里还有几个遗留的难题正需要您协调支持呢。"军衡有意把你说成了"您",不料对方一点都不买账,把军衡拿出的几份档案推在一边,径直走了几步,将桌边另外几沓材料翻了翻,她目光如炬,一下子抽出了其中一个女生的材料,像抓住赃证一样喊道:"这个女生身高1.63,你们为什么不录?反而录取1.59的,这也是你们坚持的录取原则吗?"军衡刚要回话,章科长遂瞪圆了眼睛:"我告诉你军衡,退档多少都好商量,唯独这个必须招了,否则咱请省医院的专家三堂会审,查个水落石出!"说毕,扭身便走。

军衡朝二人摊了摊手道:"二位坚持原则是对的,可灵活性也得有啊,你们应该明白,她这番是拿了两个核桃来讨价还价的,你们不收这个女生,她也绝不会让翟大任复查,这不耽误咱的大事嘛。"沂蒙说:"原来这就是她的'其他问题',我告诉你军主任,她所说的女生属心脏杂音,已列入退档;另一个女生分数高,身体无任何疾病,要说缺项,就缺一个有权力的父母,这个坚决不能退换,官司打到教育部也不怕!"军衡转向老贺,老贺长叹一口气道:"咱们再难都罢了,也得为平头老百姓想一想,也该讲讲良知,只有靠军主任你来均衡了。"

军衡还真有偷天换日之术,他看说不通双方,就与省警校招生办"勾兑",竟使章科长力挺的女生上了省警察学院,省警校也就此加了个塞儿,将一名特殊生给了梁州警校。这名考生叫赵家龙,考分超过了黄河大学本科线,可死活不去,非要降格以求到梁州警校,而且得到了在建行当科长的父亲的支持。见是干部子弟,沂蒙心生几分反感,可看了学生档案的特长爱好一栏,填有考古、兵器字样,便转了念头。与贺立德商定,为平衡关系,解决矛盾,同意接收。于是各方皆大欢喜,特别是避免了跟章科长的顶牛,她同意提供翟大任和翟小光的两份资料,交梁州警校调查。

于是,梁州警校电传当地公安机关政治处,迅速查明照片上的翟大任和来访的翟大任孰真孰假。同时对考卷上的笔迹进行鉴定,很快辨出真伪,果然是翟小光假冒翟大任的名字骗取了录取通知书。

原来,此事的始作俑者是翟小光的父亲翟俊才,他是翟家坳大村代销店的代销员。乡里邮电所的邮递员按惯例将警校录取通知书像平信一样送至代销店。从《三国演义》里学会瞒天过海的老翟就动了心思,毫不犹豫地找人伪造了一张翟大任的准考证,又托是本家侄子的村会计,帮助填写了户口迁移证,由于当地派出所将农村户籍交村会计代管,于是一套造假手续顺利完成,翟小光就准备拿着翟大任的录取通知书堂而皇之地去报到了,却不料东窗事发,老翟做梦也没有想到,在这个离县城50公里离乡政府25公里的穷乡僻壤,就这么轻而易举地被识破骗局,待事情败露,他竟又手眼通天,将背后的工作又做到了省招办章科长那里。

老翟咎由自取被追究了刑责。翟大任被正式录取。沂蒙和贺主任开着警用三轮摩托车,驱车250公里,拉着警笛,冲进大山深处的翟大任家中,给这个贫困户带来了春天的希望。

冬去春来,全身心投入教学的鲁沂蒙又接受了一项新的任务:负责刑侦教学的郭老师外出进修,由沂蒙代讲。由于上午的前两节是贺老师的法律课,他的嗓门功率很大,加上火力全开,犹如热力迸发的光辐射,加上法理推定、解释概率内容抽象,使得不少学生开了小差,待到沂蒙上课时,见不少人还心不在焉,有拿着课外书"伏案用心"的,有写纸条"传情接爱"的,有对着小镜子"描眉画眼"的,沂蒙对此视而不见,立在黑板前用粉笔在中间写了一个很大的"喷"字,又在一边画了一座木刻楞屋,里面床上躺着一个头部中弹流血而死的人。

看着瞪大眼睛的学生们,沂蒙说,今天先给大家"喷"个案子,所谓"喷"就是聊和侃,也是借机考量各位,看谁最具有侦查员的潜质,你们看明白了就抢答。见大家面面相觑,他指着粉笔画做补充说明。

画中的木刻楞屋里陈设简单,只有一桌一床和墙壁上斜挂的一杆猎枪,但睡在床上的猎人却被这支猎枪射中头部而死。沂蒙接下去给出了具体条件:当时室外阳光明亮,时近中午,阳光照耀下枪口正对着他的头部。桌子上面,留着昨晚猎人吃剩下的面包和一玻璃杯水,猎人是在睡梦中被打死的,室内无第二者的足迹和指纹,门窗紧闭不像有人来过。

脑子反应最快的便是赵家龙,他高高举起了手,认为肯定是有人提前潜藏在室内,戴上手套作案后逃离。一个小个子男同学则分析是有人在玻璃杯中下了毒,乘猎人睡后开枪,倒退着清扫了室内的痕迹,更多同学附和着他们的意见,只有翟大任沉默不语,最后一个举了手,提出了自杀的可能性。

"他有可能用手攥住枪口,用脚趾扣动扳机,把自己打死。"

"那样的话,他的脚趾岂不是比手指还要长?!"赵家龙的插话,使大家哄堂大笑。

"大家不要笑,大任的逆向思维接近了问题的答案,全部的侦查工作,就是要围绕现场做文章,大家的思路要打开,看看究竟有没有另一种可能?"

没有人能回答,教室里一片静寂。

"刑事科学是综合的边缘科学,它不仅要证实,还要证伪。为什么不能用另一思路去考虑呢?注意我给的条件,此时将近正午,在某种常见物质的作用下,这支仍残留火药的猎枪突然爆响……"

翟大任再次举手,沂蒙让他走到黑板前,大任拿起粉笔,从那杆枪筒到玻璃杯之间画出一条辅助线。沂蒙拍响了巴掌,让他给仍在诧异中的同学做出解释。

"本案没有凶手,要说凶手,就是窗外的阳光,正午的光线照在盛水的玻璃杯上,玻璃杯的折光反射到枪筒上——强烈的阳光形成了炽热的聚光点,这样,在反复加温的情形下,造成枪膛发热,猎人睡觉前由于疏忽犯了两个错误:一是枪膛里残留的火药没有退净;二是挂枪时将枪口正对着自己的脑袋,所以,惨剧就发生了。"

"好,今天的刑事课正式开始,这个案子是个楔子,说明刑事技术离不开对现场的研究,从某种角度讲,任何刑事案件都是可以侦破的,因为作案者都不是天外来客,必然会在特定的空间里留下他们的蛛丝马迹,侦查员就是通过认真细致的勘查,还原现场的真相,使自己的认识接近客观真实,二者一旦吻合,案件就会真相大白。"

"鲁老师,我有异议。"反驳者不是别人,正是赵家龙,或许是因为刚才翟大任赢了满堂彩,他有些不服气,"按老师所言,只要现场有了痕迹物证,案子就一定能破吗?"

"是的,物证和痕迹的现场提取率越高,破案的可能性就越大。"沂蒙胸有成竹地回答道。不料对方紧追不舍,又来了一个为什么。

"为什么有的案件就是破不了,破案率总是达不到百分之百?"

"那是因为现场痕迹、物证和各种信息,没能被全部地采集利用,使侦查认识受到局限,带有了片面性。"

"为什么呢——"这一次,是大家跟着赵家龙一起发出提问,家龙也颇为自得。

"你的问题很有价值,作为未来的刑事侦查战场上,你们遇到的对手将十分狡猾,他们可能比你们智高一筹,这就需要你们道高一丈。"

沂蒙扫视着全班,最后把目光落在赵家龙的身上,他注意到,对方身后有个漂亮的女生,正在递一张条子给他。

"案件拿不下有多方面的原因:一是人为的破坏,犯罪分子为掩盖罪行故布疑阵,作案戴手套、包脚套,用水冲、火烧的手段,伪造和毁灭现场;二是自然的原因,像野外的雷雨大风,街上的行人、车辆都会使现场发生位移、蒸发、逸散;再就是我们当下的人认知能力和科技水平有限等等。"

"这么说,如果低水平的警察遇上了高水平的作案人就不一定能破得了案了,是吗?"

"可以这么说,事实上,我们梁州就有不少案件失去了侦破条件,石沉大海成了陈年积案,其中重要的原因就在于侦查员的素质。"

可就在周末的晚上,警校就发生了一起考验教官破案水平的案件。学校刑侦技术室价格不菲的长焦高清晰镜头不翼而飞,刘大树教务长请来了刑警队一帮子高手勘察了现场,确定为内盗。于是全校排队,翻箱倒柜,没等到掘地三尺,那个高级镜头竟然在第三天回归了原位。

最终,是窗口的一枚阿迪达斯鞋印的花纹出卖了作案人。原来就是本班学员赵家龙。那天,他约女友媛媛郊外拍风景照,为显示自己的才能,预先松动了技术室窗外的插销,乘夜攀爬拿到了镜头,使用后想神不知鬼不觉地放回原处,不想被守候在暗处的鲁沂蒙他们逮个正着。

一场恶作剧导致赵家龙大错铸成,尽管沂蒙为自己的弟子做了诸多解释,说明是一场教学的试验。但校领导对此事十分光火,坚持从严治校实行零容忍,给予赵家龙开除学籍的处分。

赵家龙当初也是因为追求媛媛,才一门心思改报梁州警校,如今自毁前途,黯然返回中州市,沂蒙深深为之惋惜。

十一

又是一年春草绿,那是一个暖风微醺的上午,沂蒙带着三岁的儿子鲁小蒙到警校新址值班,这里原是紧挨着古城的一片荒芜沙地,教学楼房的地基已出地表,脚手架已经架起。刚进大门,传达师傅就送给他一封信,接过一看,原来是省出版社的信笺,打开看时,是件印制的公函,上面的白纸黑字赫然入目:

  所著长篇小说《奇案疑踪》业经编审会同意,批准出版印刷,请办理相关手续。顺致祝贺。

一种从未有过的快感袭遍全身,热血从心脏冲向四肢,幸福来得太突然了,他有些不敢确信,但也毋庸置疑,因为它不是从天上掉下来的,而是从崖下谷底用血汗和精力做梯绳,一步步脚蹬手攀登顶的,它是自己的精血,它就是自己的孩子,它曾浑身血污,体弱多病,踉踉跄跄。如今,它终于健康地诞生,呱呱坠地!

沂蒙紧紧抱起了车座上的儿子,亲着他细嫩的脸颊,喜极而泣,因为孩子就是作品,作品就是孩子,他们同时着床,同时生长,同时因袭着自己的基因,浑然一体而密不可分。沂蒙猛然将儿子抛向空中,在咯咯笑声的回荡中,他连续抛了三次,用以纪念这三年所付出的艰辛,宣泄有生以来从未有过的欢乐。

回家的路上,沂蒙忽发奇想,到商店给妻子买了条红围巾,进门就给她披在了脖子上。晓荣一脸的惊诧,问:"今天是啥日子?"沂蒙说:"成功了。"她似乎还不明白,沂蒙又重复了一遍,她的目光越过他的肩膀,扫视着两人这间只有九平方米的小窝,抽了一下鼻孔,绷紧了嘴唇,一下子扭过脸去。

这天,两人破天荒去饭店吃了一顿饭,还带着与小说几乎同岁的孩子。

不久,又有件喜讯传来,市公安局决定推荐沂蒙到公安大学参加培训进修,为期半年,妻子兴奋地为他打点行装,因为她知道,三十而立的丈夫,第一次能步入有围墙的正式大学,该是何等的珍贵。

父亲得知此信息打来电话,说要送行。沂蒙和弟弟沂水商量,时下春光明媚,正好拉着父亲郊外踏青,中午在外面吃饭,也让母亲放松清闲。于是趁着周末,沂蒙、晓荣与沂水,推着坐在轮椅上的父亲,来到西南城坡的一家鱼塘,这里曾经是儿时父亲周末领着他们兄弟姐妹玩耍的地方,现在被人承租了水面,供人垂钓。

父亲由人交替推着,看到郊野花红柳绿,心情大好,尤其望着眼前的一汪碧水,非要下了轮椅,像别人一样钓鱼,沂蒙拗不过他,扶他坐在一处草坡上,煞有介事给他租了根鱼竿,不料老人用那只左臂一甩,那鱼漂就稳稳直落在水中央。晓荣在一旁直夸爸爸内行,乐得老人嘴角翘起,一副自鸣得意的样子。一边的沂蒙从未钓过鱼,看水中无鱼上钩,一时沉不住气,一会儿换一个地方,就听父亲大喊:有——了,慌得沂蒙扔竿急忙奔来,去接父亲手中的鱼竿,不料被老爷子杠了一把,伸出不太灵便的右手画了一个弧线,嘴里口齿不清地喊:跑,跑跑——沂蒙一时丈二和尚摸不着头脑,还是沂水领会了老人的意思,让沂蒙顺着咬钩鱼的游动不停在水塘边来回走动。

确实有条鱼儿咬钩,而且不断在挣扎,企图脱钩而去,以致将那根钓竿都坠成了一张大弓,水面上不时泛起层层涟漪,看来是条大家伙,直挺挺地拽它还真不灵,只有按父亲的盼咐,随着鱼摇摆的方向引导。不想父亲又在指挥:放,放放——这次沂蒙明白了,是把鱼竿顶端的渔线再放长些。沂蒙照此办理,在池塘边上来回徘徊,直到筋疲力尽,那条鱼也只剩下漂浮之力了。正当他走到父亲面前,老爹身子突然前倾,伸手抓住了鱼竿,不知哪来的一股力量,把鱼竿直扯成了桥拱形,说时迟,那时快,哗啦一声响,一条大白条跃出了水面,在塘边溅起了大片的水花,随着鱼竿咔嚓的断裂声,老人也一屁股从草坡上滚下来,和那条鱼压在了一起,顿时弄得一身泥水。

沂蒙兄弟俩急忙去扶父亲,一把没扯住,反把老人摔了个屁股蹲儿,一时四仰八叉的父亲手中死死攥着半截鱼竿,看着钩下那条活蹦乱跳的大鱼,竟手舞足蹈,像个孩子似的咯咯大笑,待沂蒙把他拦腰抱起,沂水帮着擦屁股上的黄泥巴,他越发激动,不知是哭还是笑,闹得涕泪双流。

这天下午,老人的心情和这天气一样晴朗,非要沂蒙他们陪自己到市内转悠,轮椅后面有助骑轮子,在老人指挥下,沂蒙在后蹬车,七拐八拐就来到了行宫角上的公安局大门,他让儿子将车靠在路边的槐荫处,半闭双目,看似打盹,实则神游象外,过往那些流淌的画面全在老人脑海中浮现开来。

就在这所院子里的高台上,他穿着黄军装,打着绑腿,胸戴着军队的番号,给刚刚接收来的旧警察们训话。他叉着腰问,你们知道,老百姓管你们叫什么吗?对,叫黑狗子,今天,你们改了姓,叫人民警察。经过审查我发现,你们当中不少也是苦出身,也是人民的孩子,从今以后,你们就姓人民,要为人民做牛马、拉犁耙,如果发现谁给老百姓耍横,欺压了自己的衣食父母,莫怪我鲁如柏,不仅会砸了你们的饭碗,还要敲碎你们的脑壳……

老人虽然病了这么久,可一旦打开记忆的闸门,过往的一切,全像电影一样在眼前重放出来——就在进门那座旧警局长办公楼上,坐不惯沙发椅的他腰酸背疼,一阵内急,见了马桶又不知何物,叫了一名旧警察演习一番才解决问题;看到盥洗室中的牙膏,以为是罐头,挤了半管子吞在肚子里,差点连饭都给呕出来。那时节治安不好,一夕数惊,接无数次电话。

黎明刚躺下,又接电话,报告运往市里的粮食在朱仙镇被抢劫,他对着听筒大声吼叫,你知道吗?这是平原省调来的救命粮,是战士们用生命换来的,你再让特务一把火给烧了,我毙了你——

其间没隔十分钟,又接报警,龙亭附近刚接管的军火库起火,他赶往现场组织扑灭,惊魂未定,又接紧急报告,华野一台运送接管干部的车在惠济河翻车,数人遇难,怀疑是敌特毁桥。直忙到天亮,鼓楼街的省银行发现保险柜的藏匿处,原以为里面会价值连城,打开却空空如也。

国民党留下的是座空城,可藏在城里的军政宪兵特务却不下一两万人,而且不断兴风作浪。在全局镇压反革命斗争动员大会上,鲁如柏一只脚踩在椅子上,把桌子拍得山响。

"这样下去几十年的浴血奋战就算白打,人民政权就会在摇篮中死去。我的右手曾经沾过血,我发誓:我的左手也要沾血——但它不再会是我的同志和人民的!"

就是那一天,下边听众席上刚入警校的女警何玉华听他讲话,手都拍红了,趁着给这位年轻局长倒水的机会,她在茶杯下压了一张纸条:"你真了不起。"于是了不起的鲁如柏很快打听出这位漂亮的女警姓名,于是由更了不起的公安局长武昂做媒,警花嫁给了英雄。

轮椅转到了市人民会场,这里毗邻着大相国寺。前面是一处开阔的路面,老人让沂蒙骑行一周,十分清晰地说出一个字:狗。看着满脸诧异的儿子,他连比画夹带说明,讲述了二十余年前这里曾发生的惊心动魄的一幕。

那是1954年,省会还未迁至中州,为庆祝梁州解放五周年,这里搭起了高高的主席台,届时省委政府领导都要出席欢庆活动。就在集会前夕,鲁如柏所率的反间组抓获了军情局特务楚伯涛,据其交代,他们预谋在庆典时要搞"三箭齐发"的行动破坏:一是在黄河闸口引爆决水;二是在鼓楼制高点纵火;三是实施谋杀领导的"盾"行动。前两项阴谋很快被打掉,可对"盾"行动却一筹莫展,不知敌特究竟玩什么鬼花样。时近国庆,鲁如柏心如火焚,干脆穿上破烂衣衫,混迹在街头巷尾摸情况。一个小乞丐讲出一件事使他眼前骤然一亮。

原来,这人民会场附近是大片夜市摊点,常有成群结队的流浪猫狗在此觅食,可近几日野狗却不声不响绝了迹。小乞丐告诉他,是个叫"狗剩"的贼把狗一个个"钓"走了。鲁如柏不信,让小乞丐帮他找到此人。那天下午,就在寺后街胡同口,鲁如柏见到了一幕"钓狗"的绝技。

一个流浪汉打扮的人,蹲在墙角边上,假装晒太阳,见狗过来,掏出怀中包好的肉扔出去,狗就上了当——原来他用的是特制的专门捕狗器:一根细钢丝的前端是锋利的钩子,后面挂着圆形的口套,狗若吞了这钩上的肉,口套便正套在这狗嘴上,这钢丝就拽在他手中,狗被钩住咽喉,想退时又被套住嘴,一声呜咽便给拉入准备好的麻袋中,背上就走,一套活儿做得干净利落。鲁如柏布置人尾随其后,前后包抄,一举秘捕。

据本人交代,他只是个狗贩子,有人订货,让他抓够15只野狗,届时银货两讫,当下还缺两只,约定晚间交齐。为查实收购野狗的用途,鲁如柏决定放了他,并在交货地点预伏,不料狗贩一去不返,次日早晨他的尸体却漂浮在惠济河下游。鲁如柏求援警犬队支持,仍无所获,随警犬员返回基地时,正看到驯犬员用稻草人当靶子让警犬扑咬,他脑子一个激灵,霎时间被冒出的念头吓出了一身冷汗。"盾"行动,盾是谁,不就是《东周列国志》中晋国的赵盾吗,当年屠岸贾为谋杀他,令武将用稻草人塞入肉饵,外罩赵盾官袍训练恶犬,乘赵盾上朝的途中纵犬伤人——十多只野犬若在大型集会时放出,不仅首长性命堪忧,而且会引起会场的骚乱乃至踩踏,这个天大的阴谋必须及时阻断。

国庆前夜,全市实行大搜查,所有单位、空置院落、偏僻场所由民警带领群众梳篦式搜捕,抓获了其中一个行动组,当场捕杀了已注射狂犬病毒的九只恶犬。

次日的庆祝仪式如期进行,当主持人刚宣布活动开始,就见台下四只恶犬从送水的木桶车中飞奔而出,像离弦之箭冲向主席台,目标直向穿西服体态微胖的人扑去。就在这千钧一发之际,台口处四张大渔网铺天盖地般撒开,疯犬在狂吠中被一网打尽,包括藏在运水车后边的潜伏杀手也束手就擒。此时整个会场锣鼓喧天,鞭炮齐鸣,公安保卫工作在其中立了头功,鲁如柏由股级侦查员提任侦查科长……

整个下午,父亲累并高兴着,一笑就歪了嘴,并且全身抖动,身上的泥渍在夕阳的照耀下,显得五彩斑斓。回家的路上,老人乘兴挥舞起那折断了的半截鱼竿,哼唱起他最喜欢的豫剧《包龙图》的一段唱:"将状纸压在了爷的大堂上,咬定了牙关你为哪桩……"

　　有生以来,沂蒙终于成为一所有围墙的大学的正式学生,他领取了学生证,戴上了中国公安学院的校徽,一俟放下行李,马上走遍了校园的各个角落,两侧的游泳池掩映在一片绚丽的桃花林中,中轴线上坐落着高高台阶的礼堂,威严而肃穆,东侧的图书馆显得深沉而幽静,红砖青瓦的学生宿舍,绿荫如伞的国槐,这所有的草木砖石都显得那么谦和和真诚。沂蒙在由伟人题写校名的大门口徘徊许久,来验证自己是否做梦,因为在十年前曾被撞碎的那场求学经历,使他把上大学当成了遥不可及的奢望。

　　于是,沂蒙发狂地学习读书,就像一个饿瘪的乞丐,开始横扫这满桌的美味佳肴。他如饥似渴地听课,急雨般地记下笔记,唯恐漏掉半句,连课间都在啃教材。除了睡眠排泄时间,他成了图书馆的常客,像只贪婪的饿狮,将各类图书捕捉爪下,剥皮抽筋,敲骨吸髓,直到剩下白骨残渣才甘休。他大胆怀疑,小心求证,是班上最爱提问、最敢挑战权威的学生,就有关唯物论"物质性"的概念问题,他丝毫不顾及科班出身师兄的脸面,辩得面红耳赤,一地鸡毛。最终以他发表在校刊上的一篇论文《唯物论在刑事科学中的应用》结束论战。他膜拜学识渊博的学者、专家,常像漆胶一般贴随其后,真诚拜师求知。他的内心深处始终有一种缺憾感和被追逐感。自己先天不足,后天亏损,全要在这五个月的学期内补回来。

　　于是,超负荷的用脑使他患上了失眠症。每晚熄灯后要跑上两千米才能勉强入睡。这天晚上,他又违规偷偷在操场上跑步,月光下被人拦住了去路。原来是班主任林老师,他意识到难免一通批评,谁知对方邀他一起跑步,边跑边对他说,早就想找你谈话,又怕干扰你学习。沂蒙的心顿时一沉,还未等自己解释,林老师便开口打断他,你是地方警校的教师,这次培训结业后,你们学员都要回原单位,我想问你,如果公安学院有工作机会,你愿意来吗?

他一时没准备,有些语塞,林老师道,你再考虑一下,明天告诉我,这不仅是我个人的意见,你明白吗?

次日,沂蒙是这样答复林老师的:"公安的实战教学是短板,我想还是立足基层摔打一个阶段,增加更多的阅历和实践知识,再到全国公安最高学府来,对校方的信任我充满感谢之情。我内心想的是,目前'严打'的动员令已经传达,三年为期,三个战役,要使社会治安恢复到50年代,很快有一场举国的大仗要打响,这远比书斋里更有一番广阔天地。"

林老师表示理解,结业时他亲自送沂蒙到火车站。

火车启动鸣笛时,一阵大风掠过,真有一种山雨欲来风满楼之感。他归心如箭,渴望早日投入战役之中。

回到家中,刚放下行李,妻子就告诉沂蒙,一个叫马克新的急着来找,让回后速与他联系。

沂蒙找附近的电话打了过去,马克新那边却又吞吞吐吐,只说是郭喜成的事情,要他火速到刑警支队找他。骑车前往的路上,沂蒙的脑子里开始翻江倒海,小喜到底出了什么事,一向快人快语的马克新为何如此一反常态,看来是凶多吉少。果然马克新一开口,就让他当头一个霹雳——沂蒙此时宁愿被推下万丈深渊,也不愿接受眼前的现实。

小喜涉嫌一起杀人案,本人已供认不讳,检察机关已经批准逮捕,同案人是一个女性,叫杨秋霞,是电瓶车厂的女工。原来不是陈艳丽,沂蒙稍微松了一口气。

"死者是本厂的劳资科长,郭喜成和他没有直接的仇杀关系,可他和这个女工都承认是自己杀了人,女工先到局里自首,郭喜成接着投案,现场就在女方家里。"

"克新,案子实际上就剩下取证核查了,你让我来……"

"郭喜成协助咱们侦破了'9·30'案件,属立功线人,我已经向孔法中队长做了汇报,同意你介入审讯和调查,让他尽快交代真相,争取从宽处理。"沂蒙心里感谢马克新的一片苦心,他做得十分得体,兼顾了法理人情。为便于有针对性的询问,他随马克新去了一趟现场。

现场位于秀水街的厂区家属院,一套两间住宅内,摆放着新买的家具,地面上足迹杂沓,画着圈定足迹的白粉。尸身蜷缩的位置也被标出,就在一张方桌前,桌上画着匕首的图样,地上砖阶处还留着暗紫色的血迹。桌子上方的电灯泡被打碎,像根枯藤般的悬挂着。

死者的致命伤在肝部,此前他的头部还受到钝器打击,有两处挫裂伤,双膝还有拖擦的创痕。回来的路上,马克新又告诉了沂蒙尸体解剖的结果。

投案人杨秋霞被带进审讯室,她长得十分瘦弱,看上去二十五六岁,穿一件浅底素花的衣衫,梳着马尾辫子,清秀的面庞显得苍白和憔悴,是那种一见便令人顿生怜惜的女人。

她开始复述笔录上的那些话,说爱人日前到外地出差,本厂劳资科长张星斗借故到她家,强行发生男女关系,她拼命反抗,最后用棍子击打对方的头部,又用藏在枕下的匕首扎死了对方。

她说的张星斗沂蒙见过,还是在辖区当户籍警的时候,调查豆酱一事,他曾帮助提供过职工花名册。对方身材魁伟,远非面前的弱女子能将其轻易制服的。特别是有关杀人过程的细节不能自圆其说。就像一个诚实的人去说谎那样显得漏洞百出。

在继续追问下,她方才说出和张星斗的真实关系。原来,杨秋霞被招进工厂,是张星斗一力帮忙,利用这层关系,张星斗奸污了她。杨秋霞忍气吞声,一直到有了对象,张星斗还纠缠不休,为早日了断关系,她与男友确定国庆节结婚,不料这张星斗贼心不死,有意安排男友参加外地培训,又乘机到家中求欢。她忍无可忍,就想教训对方一下,因此准备了凶器,还为其做了酒菜,在对方动手动脚时,她用匕首扎向对方,本来是想扎肩胛骨,不料对方反抗,还砸碎了灯泡,慌乱中她手中的刀扎在了对方的腹部,人就死了。

"这些事情你男友知道吗?"

"我就怕俺们的关系被蒙上阴影,压根儿就没敢告诉他。"

"别人呢?为什么匕首上还有另外一个男人的指纹?"

在长久的沉默之后,她坚称自己说的是事实,自己是自卫抗暴,失手杀了对方,不管如何晓之以理,喻之以情,她都坚持是一人所为。看来,她是在拼命保护那个同谋。

小喜被带上来的时候,先听到地下有铁镣和木腿在水泥地面上拖拉和撞击的声音,沂蒙的心一下子被抽紧。紧接着是他的喊声:你们甭跟一个女人过不去,一人做事一人当。口供物证都在,何必磨磨蹭蹭,再费口舌呢。

灯光投射在他的囚服上,他面色平静,双眼却充着血,一时没有看清楚坐在审讯席上的沂蒙,直到马克新做了开场介绍。

"噢——是鲁警官,他们还是把你请来了。也好,最了解俺的光肚儿长大的朋友来了,你问我答,干净利索。"接下去他几乎不假思索地将作案过程和盘托出。

"我的油条馓子炸得出名,厂里每天要俺送80盒烧饼馓子,杨秋霞是电瓶车厂的食堂保管,一来二去俺们就认识了。半个月前,我到她厂里送料,就见她一个人躲在库房的角落里,正要用根电缆绳挂在吊钩上准备自杀,我冲上去救了她。追问再三,她摇头不说,只是哭泣。我是最不能看见别人难过的人,就一定要问个究竟,并表示我不会告诉她的未婚夫,这样她才给我说了实情。"

杨秋霞父母年迈,姊妹年幼,下乡五年才遇上了招工的机会,心怀叵测的张星斗使她如愿以偿,但接下去,还要占有她,她半推半就答应了。可对方欲壑难填,得寸进尺。面对自己的男友,她几次欲说又止,因为她既怕丢了工作,又怕身败名裂,更怕未婚夫离她而去。左思右想只有一死了之,准备留下遗书揭发这个衣冠禽兽。

"俺压住内心的怒火,安慰她说,我来帮你处理这件事,你放心好了。杨秋霞说你不要管,这不关你的事,我啥也没说过。我知道她担心连累我,便说,我是专爱管不平事的人,也是会摆平事的人,你不用怕张星斗,我只是教训教训他,让他知道怎么做人,说完就走了。

"就在那天晚上,被我盯了很久的张星斗喝得醉醺醺的到杨秋霞家敲门,门一开张星斗就把灯拉灭了,搂抱着杨秋霞说,你很快就要结婚了,我祝福你们,咱们最后再亲热一次,不由分说就把她压在床上。

我推门进去,随手把门反锁,一把将那人给拎了个悬空,一拳打趴在了地上。那小子以为是杨秋霞的男友回来了,当看到是我,一下子朝我扑来,再一次被我击倒,两只胳膊像被卸掉一样趴在地上。

"'跪这儿,给她跪好了!'我把他扶正了,让他朝着靠墙的一张桌子跪着。

"'你他妈的是谁?'那小子翻着白眼,血从鼻孔处流出,散发着很大酒气。'我是你祖爷爷,今儿要给我妹妹讨回个公道。'我端着他下巴,又说,'就看爷爷我心情好不好,跪正了,认个错,写个保证,马上就从这儿滚出去。'

"送到他眼前的是一张纸和一支笔,旁边是一把匕首。他说,我要不写呢?我说,明年这个日子就是你的周年。他说,好哇,那你就捅死我吧,看你个死瘸子,有没有这个胆儿!

"他已经慢慢意识到曾在哪里见过我,突然抓起桌边的匕首向我当胸刺来。我一闪身,来个金丝缠腕,把刀打落在地,顺势压得他再次跪倒,并喝令,你要是今后再动她一根毫毛,我把你鼻子、耳朵都割了,快磕头认错!

"不料我的手一松开,他就抓起地上的匕首,飞快击碎了头顶上的灯泡,转身就向我再次扎来,我完全没有预料到他会这样拼命反抗,黑暗中我攥住了对方握刀的手,反方向朝他的肩胛刺去,不想这小子纵身向上一蹿,刀口就扎进了他的腰腹部,对方哎哟了一声就软绵绵地倒下了。

"一直躲在床边的杨秋霞打开了灯,看见地下的血,瑟瑟发抖说不出话来。我用脚踢踢对方,没想到这个色胆包天的家伙竟这样不堪一击。

"我对杨秋霞说,你不要怕,他这是罪有应得,你去报案,就说是我干的,我把家里安顿好,也到公安局去自首。杨秋霞说你是为了我,我绝不能出卖你,你快走吧。"

小喜一吐为快,说完后出了一口长气,好像打完功力拳收了势。

"我找你不在家,我是第二天找马股长投的案。"从他口中还听出,这件事情陈艳丽压根儿不知道,因为她已经有了六个月的身孕。

"小喜,我和老马是来帮助你的,你得如实回答我们,这样才能甄别案情,提供从轻从宽的理由……"

"我说的就是事实!"他勃然发怒,第一次用蛮横的神情盯住沂蒙,"大宝,我不需要你的怜悯,也没想让你替我开罪,因为你也没有这个能耐,我就想让你和马股长干个出彩儿,把我赶快判了,你兄弟一条烂命,早就不想活了!"

"你混蛋透顶!"看着他一副任人宰割的模样,沂蒙脱口骂了起来,如果不是隔着审讯椅,他会冲上去捆他一个结结实实的耳光,"你口口声声不想活了,实际你是怕了,成了懦夫,不敢面对事实,你连男子汉的勇气都没有了,你想一想,这样做,你对得起艳丽吗?对得起你和她的孩子吗?对得起咱老妈吗?"

此时,马克新已借故离开,有意留给两人一个单独沟通的机会。

"小喜,"沂蒙语气缓和下来,"你犯了大法,法律是无情的,但法律讲事实,重证据,你不能让最想帮你的人失望,我现在跟你核实几个问题,你要如实告诉我。"

他脚下的脚镣响动了一下,做出了一个松弛下来的姿势。

"你进杨秋霞家的门是谁打开的?"

"是插着的,我一推就开了。"

"那只匕首是谁的?"

"我带去的。"

"杨秋霞的事情是谁告诉你的?"

"听她厂里人告诉我的。"

"这个人是谁?"

"……"

他全部在说谎,目的是在为杨秋霞开脱,沂蒙为他的执迷不悟又忿恨起来。

"你装什么英雄好汉,还以为靠拳头就能包打天下,你为什么不能选择法律的方式帮助她呢?"

"哼,法律?你说是告张星斗?!能告得响吗?他早把上上下下都买通了,到时候大事化小,小事化了。这小子早就威胁说,他是被杨秋霞拉下水的,法律能治得了他吗?公道只在民间,只能私了,才能摆平,才会伸张正义。"

"你不顾法律,法律可要管你,你已经有了家庭和孩子,要为他们着想,从眼下情况看,你有自首情节,过去又为破案立过功,要争取从轻处理才是啊。"

"沂蒙,你的一番苦心我都领情了,你是一心想帮我,可你帮不了俺的心,这世道俺算看透了,还是师爷说得对,王法没有,只剩江湖义气了。干这事我不后悔,人活一辈子早晚一死,死得明明白白,干得堂堂正正,俺值了。"

看来,日积月累的成见,不仅使他心如坚冰,而且再难融入这个社会。沂蒙企图用法理和案例说服他,早已无济于事。

"你不要白费力气了!沂蒙,俺生下来就是一条贱命,不能再拖累上你,咱师爷临终前说的刑场放人的事,你能做得到吗?你不是八府巡按,你没有这个权力,就是有,兄弟也不能让你这么干,这叫端谁的饭碗当谁的差。俺不能坏了你的前程,若这样做就是到了阴曹地府俺也安生不了,更何况现在的大形势我早就听说了,叫从重从快,对我这一号,早就属于炮打头的料了。我敢说兄弟,你的一切努力都没用,人家早给我掐算好了。"

"谁?"

"就是你们说的牢头狱霸,实际是位世外高人,说我是替天行道,但犯了太岁,杀人杀得不是时候,肯定撞上的是天大霉运,必死无疑,天王老子也救不了。"沂蒙猜测到,定是同号关押的未决犯,他们往往会在监房里组成地下法庭,审那些"二进宫""三进宫"之辈,对号里每个人的定罪量刑,推算之准确,往往与以后的法庭宣判毫无二致。

"法律是人定的,谁能称出来法律值多少钱一斤?全凭当官的说,政策跟的是形势,俺早就听了广播,像我这一号,叫罪大恶极,不杀不足以平民愤,该瞎看不着,该死不能活。沂蒙你就别白费力气了,甭为了俺,再给你招惹事端。"最后他又再三叮嘱,千万不要把事情告知鲁老伯,惹得老人再添心事。

沂蒙说道,父亲临来时反复交代,要为你请梁州最好的律师,要你准备好与律师见面,要相信依靠法律,千万不可讲哥们义气那一套。小喜听到这里,竟然大声抽泣起来,继而咧嘴大哭,一时无法自抑,直哭得泪流满面,浑身颤抖,腕上的铐环哗哗作响,惊得看守员推门闯入,生怕出什么意外。

过了许久,待小喜平复下来,沂蒙又再三嘱咐他遵守号规,不要出意外,等到了开庭宣判争取从宽处理,万勿相信那些流言蜚语。押他回监号时,小喜挥挥重铐向沂蒙招招手,想竭力做出风轻云淡的样子,用下盘的功夫把一副脚镣蹚起来,与那根木腿相撞发出剧烈的叩击声。临行到门口,又回了头,肩头猛然耸动,眼眶中又一番泪如泉涌。

案件审理的速度出乎意料的快,迅速进入了一审程序。这天法院开庭,庭内座无虚席。沂蒙从警校请了假,与母亲坐在了旁听席上,旁边便是身怀六甲的陈艳丽。审判席上,正端坐着资深的市法院钟院长,他的背后是庄严的国徽。院长的前额被头顶上方的灯光映亮,勾勒出冷峻的神色,左右的助审法官多达四人。法警们荷枪实弹,如临大敌。被告席上站着瘦弱苍白的杨秋霞。

矮个子的公诉人是个赤红脸,头发乌黑,公诉书念得很快,节奏中带着义愤的情绪。审判长不失时机开始让被告陈述。他的目光威严地投向那个可憎的女人,声音有意拉低透着震慑的力量。杨秋霞将业已烂熟的作案过程交代了一遍,但对起诉书中的指控却突然冒出了一句:他念的有些是事实,有些不是。到最后说,故意杀人,俺认为不是。

庭下舆论声起,后排有个女人说,她一定不是个好东西。

审判长喊了声肃静,让杨秋霞做出说明,被告叙述了死者利用招工如何强迫自己发生男女关系,她不敢告诉未婚夫,只是将此事告诉了经常到厂里送油条馓子的郭喜成。

"你为什么告诉他,他和你是什么关系?"

"我听说他爱打抱不平,又因为我寻短见的时候是他救了我。"

话音未落,陡然庭下一阵蜂房式的议论声,有人小声说,男的别有用心,玩英雄救美;还有的说,肯定是他俩早有了一腿。

"说当晚作案的经过。"审判长又一次弹压了旁听席。

"张星斗找到我说,听说你快结婚了,咱俩有些事得说说,并且要求晚上到我家。那天正好郭喜成来订下月的食品。我把情况告诉了他。他说正好,他来了我出面在一块说说,从此一刀两断。为了预防万一,我准备了一把刀放在枕下。晚间张星斗一来后就把我压在了床上,郭喜成进门打了他,让他跪在床前向我道歉,并发誓永远不再纠缠我。"

"他什么反应?"

"他看见我放在床边的刀子说,我凭什么跪,除非你用刀杀了我,你敢吗?给你十个胆儿你也没这个种。"

"说着,他把刀拿过来,啪的一声,拍在桌边上说,你也不问问我是谁,还敢来威胁我,要滚的是你。说罢拿了刀朝郭喜成扑过去,两人撕打中,张星斗不知怎么就软了,血流了一地……"

听众席上有人叫骂,招风吃醋,拈花惹草,丢人贼。

法警此时带上了郭喜成,摘去了他的镣铐,庭内一片寂静。

公诉人宣读公诉词,审判长询问是否属实。

"不是故意杀人,是正当防卫,是我失手把他扎死的。"

"凶器匕首是谁的?杨秋霞是否和你预谋?"

"匕首是我带去用作防身的,这扎人和杨秋霞没有丝毫关系,我就是要教训一下张星斗,今后与人家良家女子断了来往。不料他抢刀扎人,我是无意间把他扎死的,是误伤,不是故意,我请求法庭公正判决。"

以后便是法庭质证,证明匕首为杨秋霞所备,杀人经过了密谋,杨秋霞是在张星斗进门后又故意留了门儿,庭上舆论蜂起,态势对小喜极为不利。

看来只有寄希望于律师辩护环节。不想庭上气氛突变,律师上来就问,你今天说的是事实,还是昨天说的是事实?!你今天的说法能否拿出证据？

原来,小喜是一门心思帮着杨秋霞洗清罪责,一人担当,不想他犯了致命错误。

律师说,审判长,被告全盘翻供,根据律师条例,我无法为被告辩护,说着便欲离席。

审判长伸手阻止,转而对小喜说,如果你坚持这样做,我们也只有同意律师的请求。

小喜怔了一会儿,突然道,他真的拒绝我,我也没办法。转而又面向律师,律师先生,你真的不敢为我辩护了？律师答,就你目前的态度,我的确无法为你辩护。好哇,俺理解你的苦衷,我会替自己辩护的,不再用你这个废物！小喜的声音猛然高亢起来。

"审判长,庭上的老少爷们儿,我是个杀人犯不假,可我杀的是坏人,是替天行道、伸张正义。在座的谁无父母、妻女和姊妹,当她们受了欺负,受了凌辱咋办？靠上级、靠告状、靠律师、靠法律能靠得住吗？俺反正没看见。在这个世间我啥也不信了,就信自己的良心,只可惜自己生下来就是一条贱命,贱得不如一条狗。狗命多少钱一斤？可这条贱命能赚一个恶人的命,俺也够本了啦,谁愿意拿就拿走吧,俺行得端、站得直,不打算乞求任何人的宽恕。"

小喜完全把自己置于孤身绝地之中,宁愿坐以待毙。接下来,那位像运动员一样健壮的公诉人,开始铿锵有力地宣读公诉词：

"综上所述,法定证据证明:被告郭喜成、杨秋霞已构成故意杀人罪,且二犯态度恶劣,推翻原供,特别是郭喜成,平时不注意世界观的改造,对国家法律充耳不闻,为规避惩罚,拒不认罪,世上绝没有无缘无故的爱憎,究其根源……"公诉人有意停顿,环视法庭。

"其父郭子玉,曾为国民党上校旅长,解放初畏罪潜逃至西北,被捕归案。由于对抗改造死于狱中。他本人在运动中多次参加武斗,曾受枪伤。粉碎'四人帮'后,他坚持反动立场,多次聚集流氓群殴,这次再犯严重罪行,已构成累犯,实属罪大恶极,不杀不足以平民愤……"

如同一道霹雳闪电,直击沂蒙的心脏。他到此时才如梦方醒。原来小喜不是驼背郭登科的儿子,乳母也不是郭登科的原配。郭登科本是郭子玉的副官。为了避难郭子玉才将妻子连同腹中的孩子托付郭登科。小喜身上流淌的正是城防旅长郭子玉的血脉,沂蒙从小吸吮的也是国民党军官太太的乳汁。怪不得父亲患病时曾把自己的手与小喜的手拉在一起,他是放心不下,也是要儿子做出承诺,以对得起双方生死相助的旧恩。

几十年来,沂蒙都生活在这个编织的谎言中,而谎言的制造者却出于人性的自我庇护,最终又被揭露在这庄严的法庭之下。

至此他也终于明白了,自己回城当警察后小喜与他疏远的真正原因,包括乳母临终弥留之际也未能相见的原委。

沂蒙此时看到身旁母亲脸色变得苍白,她在用手拼命捂着嘴巴,竭力让自己不至于大声抽泣起来。

二审的判决急如星火,原以为死刑的复核至少半个月,不想法定程序早已打破,本以为小喜有投案自首情节,且有过立功的表现,很可能判处死缓,保下命来。可没料到,为赶上首次集中严打行动,执行从重从快原则,小喜与杨秋霞双双列入死刑名单。临刑前夜,经层层审批,沂蒙和母亲到看守所见小喜最后一面。所长告知:鉴于他办案立过功,专门给他做了一顿红烧肉。吃过饭后,正在号里唱样板戏《红灯记》选段,声音嘶哑而低沉。小喜见到沂蒙母子的时候已变得十分平静,他拖着重镣趴在地上给母亲磕了几个头。母亲扶他起身时落了泪,从包袱里拿出一套簇新的蓝工装,让他换上,对他说,这是你伯伯托人给你做的衣裳,快穿上吧。看守员手执扳手、钳子卸开了镣铐,他舒展了一下臂膀,脱去囚服,露出了强健的脊背,隆起的肌肉富有生机和弹性。换上工装后的小喜又匍匐在地,向着家的方向叩头,口中说着,侄子不孝,没能照顾好您,反惹您老人家生气,您多包涵吧。

母亲扶起他,一时抑制不住悲伤,说不出话,沂蒙把她扶将出去,陪小喜坐了下来,并告诉他,陈艳丽有孕在身,一应都安排好了,母亲届时会请人帮助护理。小喜撇撇嘴,竭力做出欲笑的样子:"有兄弟在,我还能不放心,只是我不配你这兄弟,孩子生下来,你帮着养。有你活着,等于我活着,每年咱娘的坟头上替我念叨几句,说我生前没有让她少操心,到阴曹地府后再寻她报恩。"沂蒙问他还有什么需要交代,他说:"你还记得小时候咱玩官兵捉强盗吗?每一次总是我当强盗被你抓着,现在想明白了,你是谁,我又是谁,从娘胎里咱俩就不一样,你是公安局长的儿子,我是强盗军阀的儿子。我想做个好人,博取个好名声,可连这点儿念想都四处碰壁,你体会不到,我是脑门子上贴有金印的人,一辈子难以翻身,连孩子注定也跟着倒霉。你父亲打倒了还能站起来,瘫痪了国家给养着,你也吃过苦头,那都是一时的。我呢?残渣余孽、孝子贤孙。最多能混成个可教子女。招工选干、受人尊敬的铁饭碗没份儿。托兄弟你的福,了不起摆个小摊,卖个苦力,混个肚圆,可永远难有出头之日。我为啥练武,就是免在江湖下层受人欺负,安稳度过一生。可没想提前交了面本儿了、销了户口。"

沂蒙一时找不到更合适的语言和他对话,他却兴奋了起来,一吐为快。

"俺想做很多事儿,打从'9·30'案件我帮助过你们之后,就知道自己很擅长这一道。因为我知道很多事情,在这个梁州城有黑白两个世界,你是只知白不知黑,我是黑白两道,哪儿地面不平,哪块儿湖水儿冒泡,哪片林子风吹草动,我基本上知道八八九九,你现在是教官,将来当上局长,我会帮你更大的忙。可惜呀,小喜命该如此,只能陪兄弟到此啊,不过你放心,我前些日子画了张图,还有几个人值得你找一找,都放在艳丽那儿,兴许今后你会有用处。"

时近凌晨,所长和母亲又与小喜说了一阵话,马上就需回监室了,小喜突然说,领导,能不能最后给我兄弟打趟拳啊,所长说胡闹,戴着镣铐打什么拳呐。沂蒙却突然明白了,向所长做了个解释,就在房间狭小的空地上,小喜打了那套师爷传授两人的"武松脱铐拳"。

铁镣响动,小喜口中念念有词:飞云浦、水倒流,武松戴枷行——枷铐皆我用,提膝护铐;力劈华山崩,震脚开铐;神犀犁地耕,仆步穿铐;立肘如闪电,飞身击铐……

收势之后,小喜扭身就走,到门口时突然回头,到了那边,18 年后再见。

那一夜,沂蒙直到天明也似睡非睡,想起了幼时他跟小喜依在乳母的怀里,听着门外的寒风夹着呼啸,嘴里嚼着驼背老爹炸的油糕,猛然间听到街上传来铜板的敲击声,俩人便飞奔出去,见是一个走街串巷的算命瞎子,两人追着他走,一边玩官兵捉强盗的游戏,恰是沂蒙捉住了小喜。小喜问,问问军官饶不饶。瞎子站定,对赶来找孩子的乳母说,你这俩孩子一文一武,可命数各异,要是能避过血光之灾,必是大福大寿。

现在想来,冥冥之中,似乎有一种能左右命运的东西,眼下似乎只有将一切归咎于命运二字才能麻醉负疚的心灵:自己和小喜几乎同时降临在这个世界上,两人是什么时候变得不一样的呢,又为什么会这样不一样的呢?他使劲往最不情愿的深处责问自己:在你备受凌辱陷入绝望时,何尝没有极端复仇的心理呢?是什么东西遏制了这种可怕的罪念,让它仅在一瞬间的潜意识里浮现?对,这是因为对未来生活寄予的期待,是一种更高尚的追求从而意识到生命的可贵,断不能为一时的冲动自我毁灭。这种生命价值的最终选择就会产生强大的自我克制能力并转化成忍受磨难、迎接挑战的巨大代偿力量。而小喜是什么原因导致如此轻贱自己的生命,像飞蛾扑火一样挑战法律的刀锋?

这天,全市召开严打宣判大会,这无疑成了市民们奔走相告的狂欢节日。一大早,潮流般的人群便涌上了街头,高音喇叭在播放着中心会场对严重刑事犯罪分子的宣判词。很快死刑犯、重刑犯和劳教人员的押解车辆从龙亭后的中心会场开出,前有威风八面的摩托车开道,后有先导车高呼着震耳欲聋的口号。

押解死刑犯的囚车上犯人们皆五花大绑,被粗重的麻绳捆扎,押车的武警上着刺刀。示众的行刑车是公众关注的焦点,所有临街的楼房门窗大开,挤满了看热闹的人们,大胆的还爬上了房顶,攀上了树杈,争睹为快。那天沂蒙担任参会警校学员的领队,负责刑场外围的警戒线。

刑场就设在警校附近,距离梁州城墙300米处的沙丘上,多年来,由于风沙肆虐,半月形的沙堆侵埋了半截城墙,上面长满了荆棘刺槐,也是小时候沂蒙和小喜常来戏耍的地方,而今成了一处天然的刑场。众多的围观者早已将警戒线外围得水泄不通,开道的警车响着凄厉警报从人墙似的通道处直开过来,首车前排站立着小喜和杨秋霞,小喜的表情有些漠然,大概是从全城熟悉的街道经过,显得熟视无睹,但一到郊外,蓦然看到高大的城墙,道路边上枯黄的秋叶被一阵风刮过,揉捏成黄纸似的碎片,有几片还飘洒在他的头顶,他竟然笑了,在这秋光中,笑得那么灿然。

  刑场上死刑犯一字排开,跪在半月形的沙丘前,每个死囚犯身后有两名正副射手。远远的标兵就位,持旗手根据刑场指挥的命令挥了一下旗子,现场顿时一片静寂,只听见鸟叫和子弹上膛的声音。沂蒙在这一刹那清楚地看到:小喜从中又回过头来,望向人群,像是在寻找什么,然后不慌不忙调整了一下身子,脖子伸得挺直,随着第二次摇旗,枪弹一声轰响,死囚们应声倒地。人群中爆发了一阵呼喊,看到验尸的法医冲上去查验小喜的尸体,沂蒙很快闭上了眼睛。

  这一生,瞬间定格的这帧镜头,刀刻斧砍般植入沂蒙内心深处,那声枪响,就像击穿他的心脏,往往会在之后深夜的睡梦中炸响,使他突然醒来,判断自己身处何界。因为恍然间觉得小喜还活着,就立在自己的眼前。连沂蒙自己也不知道,自此他患上了刑场紧张症,一到刑场就莫名地心跳加快,血往上涌,头晕目眩。直到日后险些出现一次大的现场闪失。

十二

平波秋水中的生活,有时会陡然将你推向湍急的激流,并且被涌起的洪波掀到风浪的巅峰。

那天沂蒙正在讲课,教务处通知立即到市公安局开会,而且刻不容缓。因为市局政治处干部科的张副科长就在楼下专候,沂蒙忙问有何紧急公务,对方指着三轮摩托道,奉命接你去开会,去了你就知道了。

警校到市局的一段土路坎坷不平,颠起了阵阵黄土,张副科长说,这摩托车你快坐不上了,留一个纪念吧,今天注定是个值得记住的日子。沂蒙诧异着再三询问,他笑而不答。到了市局政治处办公室,推开房门,蓦然发现竟是市委组织部的杨副部长端坐其间,这是市里开会在主席台方能见到的领导。寒暄两句他就直截了当告诉沂蒙,经过民主推荐,组织部门考核和市委研究,你被任命为梁州市公安局副局长。在你的使用上,充分体现了党的干部政策和用人原则:有种观点认为你没有正式大学文凭,领导说,大学生有几个能写长篇小说的?能把理论课讲得这么好的?强调唯才是举;有人认为你是副科级,没有在正科的位置上干过,而中央要求大胆起用青年干部,属于有真才实学的可以破格提拔。在全省你也属于最年轻的领导干部,你要好好干,不孚众望。

沂蒙毫无思想准备,顿觉有种失重感。确切地讲,警校教官一直是自己的定位,当一个城市的公安局副局长却是他心中遥不可及的岗位,而今天却猝然降临在一个刚过而立之年的毛头小伙身上,他定了定神,表明了自己的态度,因为下面的程序必须紧接着进行。走马上任的仪式就在隔壁的党委会议室举行。

和沂蒙一道任命的还有比他长一岁的郑东方,他是来自组织部的年轻人。俩人就坐在一批即将被任命的中层干部前排。环形的会议座席上，还依次坐着老局长和老科长们。看来，这既是新班子成员的任命会，也是一次权力交接的集体亮相会。一个单位犹如一个舞台，生旦净末丑，各展风骚后批次退场，会场上丝毫没有退场的悲切与伤感，依旧烟雾缭绕。佛爷似的虎副局长笑容满面，跷指夸自己家的菊花好；头发灰白的肖主任说你那是半老徐娘陈年老货；旁边的邵副局长一脸坏笑道，散了会咱去虎头儿家搬花，谁不去是孬种！大家一片哗然。但这种旁若无人的说笑，仅限于前排诸位老局长们，似乎觉得今后这样说话的场合不会再有，索性百无禁忌。沂蒙这些新任者个个正襟危坐，静默不语，等待局长政委陪杨副部长入座。

新任局长姜松瑞主持会议，政委吕华泰宣读任命，杨副部长寄语新老同志，而后发言表态。虎头儿说，局长政委都说过了，发言机会给年轻人，今后就看他们玩出彩儿来了。沂蒙即席说了三个字：推、靠、干。所谓推，自己是被组织和同志们推上领导岗位的，能力还有很大差距；所谓靠，就是虚心靠老同志做好当前工作；所谓干，出水才看两脚泥，用实干赢得认可。

沂蒙深知，生活在这个人才济济的职业群体里，要想取得领导资格，靠的是一线拼杀脱颖而出的战绩，要的是出类拔萃的指挥能力，截至目前，自己年纪轻轻，寸功未立。从他们的眼神里，能读出他们的观察、质疑还有妒嫉。是的，自己从未有过分管多个部门业务工作的经历，并且这些侦查科长们多属自己的父辈，他们能服我一个初出茅庐者的指挥吗？这种从未有过的位置变化，使他极不适应。沂蒙第一次坐上华沙轿车到市里开会，简直如坐针毡，只有三分之一的屁股坐在座椅上，看见民警来替自己开车门，并啪的立正敬礼，惶恐得他下车差一点绊了跟斗。局长办公室紧张，他主动要求在业务科的一间办公室办公。每日提前上班打扫卫生，弄得老科长们很不好意思，纷纷不让下属打水扫地，说是向局长看齐。

要感谢一起突发而至的案件，才使沂蒙摆脱了这种窘境。也正是这件棘手案件的挑战，才激发起自身的潜能，找回久违了的自信和心理的平衡。

这天的市区内,发生了一起侦破难度极大的案子。凭借多年在基层的摸爬滚打,沂蒙深知:破案的关键不在案,而在人。在于主帅的决心和手段。

当日下午,他召开了上百人的侦破动员会。首先把自己逼到了绝地。他宣布道:"此案不破,说明是主帅无能,兵熊一个,将熊一窝,我没有资格再当这堂堂的梁州侦查局长,我必定引咎辞职。"说毕将帽子摘在了桌子上,见众人面面相觑,他紧接道,"在证明我的无能之前,我得先从科长、分局长里抓无能之辈,谁在你的责任范围内漏掉嫌疑人和物证,在我辞职前先把你拿下!咱警中无戏言,今天就层层签订军令状,我就不信咱政保口就是破不了案的稀泥软蛋——我的要求是,最迟一周破案!"

这个案子三日内破获,赢得上下交口称赞,沂蒙站稳了阵脚后,立即腾出手来抓队伍。

这天周末,沂蒙骑车去了刘明亮的家。对方就住在西南城坡边一处平房小院中,堪称家徒四壁,屋内竟没有一件像样的家具,几个孩子挤在床上打闹,看见生人,轰的一下子跑开去,最小的还光着屁股。他的妻子是标准的农家妇女,点点头,便去牵门口拴着的母羊,看来是要给娃娃喂奶。刘明亮对沂蒙的到来大为惊诧,一时竟口吃起来。沂蒙就势拉了个小板凳坐下,让他聊聊他主管的部门情况。这次机构改革实行干部交流,他就任沂蒙分管的技术保卫科。

不知道是权力戏剧性地改变了两人的关系,还是不了解沂蒙突然造访的用意,他显得忐忑不安,脸上堆起谦卑的笑意,特意打开水瓶,给这个不速之客倒水,慌乱之中还将水泼了一桌子。沂蒙想,看来对方确实是误解了自己,过往他对自己的种种看法,恰恰是一种难得的成全,若没有他的奚落和敲打,小说创作也可能胎死腹中,没有他的压抑和排挤,让自己到警校教学,自己也不可能这么快就崭露头角。从另一个角度看,这种人实属倒逼人卧薪尝胆的严师诤友。沂蒙和他聊了很多,重点是请他帮助提出如何打开局面的建议。为此他大为感动,临走对沂蒙十分郑重地说了一句话:"过去我没有当好你的领导,今后我一定当好你的下属。"

这一天下办公楼,正好与上楼的千秋兰打了个照面,刹那间有几秒钟的不知所措,但很快转化为双方的点头和寒暄,她比过去瘦了些,眉宇间的青葱、眼神中的激情都化为了一泓静水,但显得更加精神。当年中州大学毕业后,她仍要求回了公安局,就在沂蒙分管的科室工作。世事沧桑,人生如戏,听说她已是两个孩子的母亲,过去的一切不堪回首,而今人淡如菊。俱往矣,仅是擦身而过的情感碎片而已。

时隔不久的一天中午,姜松瑞局长突然来找沂蒙,郑重其事地跟他谈起一件事情,说千秋兰申请要调到警校工作,原因是那段经历,不便于在你的手下工作。沂蒙笑了笑道,她这是怕我给她穿小鞋,请局长转告她,她哪里都不要去,安心工作,因为我了解她在业务上的专业水平,我也正式以党性向您和党委做保证,决不会挟嫌报复,并且永远也不会。你是了解我的,我也绝不是那种小肚鸡肠的人,让她一如既往地工作,如发现我有这种情况,甘愿接受组织的调查处理。

生活就像眼前这条大河,有时平缓开阔,有时激流磅礴,有时又变化莫测。正当沂蒙踌躇满志,欲挑战风浪之时,梁州公安上层发生了人事变动,原局长姜松瑞调任到外地当局长,新局长马振邦到任。他下车伊始,就给整个梁州公安系统带来了翻天覆地的变化。

初见马振邦是在局党委会上。市委张副书记开宗明义宣布马振邦为党组书记,政委吕华泰任副书记。并强调这是"根据当前机构改革和工作需要,为加强公安局领导班子建设"做出的决定。实则大家心知肚明,这是因原局长和政委俩人因工作龃龉,被市委牵牛换将。张副书记最后特别指出,市委对新班子希望很大,相信能很快打开局面。

马振邦在张副书记一行人走后,立即移坐于会议室中央。两手支在两膝,两肘外翻,像俯身山岩般居高临下,他二目犀利,声音洪亮,底气十足。

"目前,严打一战役刚刚结束,二战役即将开始。省公安厅刚贯彻完全国政治工作会议精神,为了迅速统一思想,鼓舞士气,打好下半年战役,我建议立即召开局党组扩大会议,一竿子插到底,将股所长干部集中整训……"

他略有停顿,开始转向政治处主任安如山发问:"五区五县股所队长以上干部多少人?"

"300人。"

"好,这300人用上一周时间,集中教育整训。对,集中食宿、集中精力、排除一切干扰。"他镜片后的目光极具穿透力地向会场扫视,神情不容置疑。

"整训很有必要。"副书记吕华泰终于说话了,"把这么多骨干集中起来,日常工作是不是会受影响?"他也是在证实自己的存在。

"这叫不是问题的问题,老吕,整训期间,留一个副职在家,有了案子正好考验一下战斗力。我相信,天是不会塌下来的。"他几乎没看吕华泰一眼,扬起短刺般发型的脑袋兀自道。

"精神变物质,培训出干劲,公安工作就是要打破常规、创新思路,否则就是一潭死水的按部就班,永远落在全省的后面。如果没有别的意见,那就由华泰同志为会议筹备组长。沂蒙、如山为副组长,报请市委,邀请检察院、法院和组织部门参会。会议指导思想是:正面教育、以我为主,创造性贯彻省厅政工会议精神,实行严格的军事化管理……"

接下来,他排兵布阵般将局班子分为会务、文字、保障、军训、督察五个组,要求连夜赶印材料,务必于两日后将全市骨干集中在大梁宾馆,除生病外若有无故拒绝参训者,一律以自行辞职论处。

一令既出,全警肃然。会议召开那天清晨,古城的市民们突然发现一支警察部队出现于街头,他们个个身着簇新的制服,腰扎皮带,列成方队,高喊口号向着会场进发,远远看去,队伍还算威武雄壮,近看时却让人哑然失笑:原来队伍高低不齐,步调凌乱不堪,特别是不少警察大腹便便,走路一摇三晃。于是,形象最差的队伍迅即被马振邦抓了典型,派出最严厉的教官训练他们的军姿,学正步,纠正军容风纪。七天过去,除去开会就是训练。到了散会那天,各分局各县公安方队警容整齐,进退有序,像换了一批人马。所到之处,响彻《人民警察之歌》和

《便衣警察》主题歌,引得百姓驻足观看。

主帅升帐,一炮打响。马振邦第二把火烧的是整治交通。他利用集中整训的成果,趁势将警察摆上大街疏通交通,每到上下班高峰期,所有警察倾巢出动,三步一岗、五步一哨,如人墙般排列,像隔离墩一样密集。马振邦令副局长们分别督战,新闻单位也长枪短炮,蜂拥助阵,声势铺天盖地。几天下来,拥堵路段得到极大改善。志在必得的马局长再出一策,乃是全警上街巡逻,把机关警察、便衣警察统统赶上大街,分段包街,并且荷枪实弹,披挂整齐,震慑犯罪。于是,一时间盗贼绝迹,全城无案。此举顿时成为全城舆论的谈资,都知道来了位新局长,不仅治警有方,且治贼有道。

这第三把火,马局长烧的是在打击犯罪上的争雄夺冠。他在会议室铺开了严打战役部署图,上面标注着五大战场。十路纵队的分布,明确了各战区抓捕犯罪的数额。战幕拉开后,又派出十个督战队催要战果。他精力充沛,往往通宵达旦;他经常直插基层,善于突袭式检查,凭着多年对职业内幕的了如指掌,会像鹰隼擒兔子一样抓住问题要害,并且毫不留情,采取霹雳手段,连续拿下几个偷懒耍滑的主官。于是全局上下奋勇争先,"斩首行动""掏老窝""回马枪"各式战法层出不穷,打击数字一片飘红,一跃进入了全省的快车道,梁州的市公安工作就此高歌猛进,令人刮目相看。

但接踵而来的是问题和麻烦。因为国庆节后,省公安厅的战法又由抓人数转移到破案率,以侦破案件论英雄。马振邦局长随即调整部署,转向组织破案百日大会战。十大战区一时间破大案、扫小案,捷报频传,梁州的战果再度夺魁领先。个中原因当属马局长的"极限战",梁州一旦发案,他必亲征督战,分局长们自是不敢怠慢,个个将至壕边,兵临一线,并且锲而不舍,日夜鏖战,一时间攻坚克难,几无积案。主帅的雷厉风行,也逐渐将古城警方摔打成一支能打硬仗、破大案的强军劲旅。

事物皆有两面,成绩背后也滋生出问题和隐患,一些中层干部迫于工作压力怕挨批丢官,想方设法在发、破案数字上做文章,拼命挤水分,少算发案数,瞒报漏登,挖空心思增大破案数,将治安案件、外地流窜案滥竽充数,这样一加一减,破案率自然就飙升到90%以上。

有些基层干警学得更加聪明,精通此道者称之为"加减乘除"法。即将破获的一宗案件切割为多起案,化整为零:如团伙案拆成单人作案;偷牛羊者,一只算一案;盗窃工业器材者,一个轮胎算一案。对发案数则有几不算:无现场不算,无报案人不算,旧有积案不算……最后用多算的破案数去除少算了的发案数,破案率当然上升。民警戏称此为"优选法",因为凡按此法者皆受表扬和奖励,凡坚持讲真话者则可能被取消评先进资格。一时间全局上下弥漫着一股虚华之风。

此风断不可长,纠偏刻不容缓,思忖再三,沂蒙下了很大的决心,终于推开了马振邦局长办公室的门,向他直抒己见,谈了几个月来对全局工作的看法,在充分肯定老班长大将雄风的业绩之后,直截了当地指出了当前工作的偏差和问题的苗头,并提出了改进工作的建议。当说完一切推开房门时,沂蒙如释重负,有一种豁出去的感觉,回到自己办公室,刚要坐定,不想沂水打来电话,说父亲想让他下了班回家一趟。

是家中出事了,还是父亲病情变化了?一路上,沂蒙的内心顿时七上八下起来。

自从小喜离去后,父亲变得更加沉默寡言,他的目光混浊而呆滞,脸上增加了不少暗黑色的斑块,嘴巴更加歪斜,像被一只无形的手狠狠扯动着面颊,脖子后面的肉瘤愈加凸起,瘫痪的那条腿肌肉严重萎缩,整个身体蜷缩在沙发里,就像躲进壳里的螺蛳。可脾气倔得像孩子一样,与人说话,非哭即笑,有时笑得遏制不住,能笑得满面是泪,而哭的时候竟然浑身搐动得喘不过气来。他常独自坐在阴暗潮湿的屋中,不停地抽烟,遭母亲禁止后,又改为偷偷在沙发暗角处藏酒,四顾无人时喝上一口,听见门声响动,就会像做贼一样窝藏起来。由于手脚不便,几次酒还洒了满地。母亲叫来医生说明烟酒的危害,遵从医嘱的父亲又想出了新花招,以活血为名泡了一大瓶药酒,需要喝时,就用拐杖把它钩过来,且动作十分熟练。

黄昏下班时分,他会拎出一只小木凳,独坐门口,望着行人来来往往,像是在辨认故旧,又似在回顾以往,遇有招手者,他点头微笑;遇到宿怨,就像上次看见刘明亮,他会扭头背过脸去;遇到昔日故旧,他会磕磕拐杖聊上一会儿。这种看街景忆人生的方式,应当是父亲和现实社会连通的一扇窗口,一条特有的信息渠道。但更多的时间,陪伴他的是寂寞,他能一两个小时端坐不动,且会达到出神入化的地步。偶尔有两片枯叶,飘落在他浓浓的黑发上,竟然毫无察觉,任它滑稽地顶着,直到放了学的孩子们嬉笑着帮他摘去。

可你千万不要被这些假象迷惑,父亲可不是那种轻易向命运屈从的人,他深知自己的病情属于间歇性的,隔一段就会十分清醒,特别是当腹内有了白酒之后,简直可以称得上英风又起,灵光再现。

这天回家,沂蒙特地带回一瓶虎骨酒,这是老虎头儿专门从东北捎回来的,还未开口说话,父亲就笑歪了嘴巴。两杯酒下肚,犹如返老还童,空杯就推过来让儿子再斟,见沂蒙欲收酒瓶,慌得老人冷不丁冒出一句话来:"知道什么叫醉翁之意不在酒吗?你以为我叫你回来就为喝这口酒哇?"

沂蒙明白,老爹今儿可不糊涂。

"再倒上一杯,我再给你批讲一段往事。"

过去的故事就像抽干了的井水,那次逃亡路上都说完了,可今天却换了个题目,老爹开始大讲人性,别看话语断断续续没章法,可意思却非常连贯。

"我手下最得力的两个小队长,都姓孟,一个白孟,一个黑孟。这白孟白净,有文化,办事有板有眼,一声不吭,可心里有数,从不张扬;这黑孟咋咋呼呼,人没到声先到,干起事来地动山摇,打起仗来争强好胜,喝起酒来从不服输,大雪天他因酒误事,被小鬼子摸了哨,机枪钢炮封了我们的院门,我命令二孟分两路夺路突围,不想这白孟被一梭子压住,吓得趴在地上起不来,连滚带爬往屋里钻,嘴里直喊撒吧撒吧,被我一枪执行了战场纪律。黑孟半条胳膊炸断了,他单臂举一面旗子冲了出去,腰里捆了一圈手榴弹,一下子冲入鬼子阵地前,轰开了一个大缺口,我们才冲出来,黑孟早已粉身碎骨了。

"梁州城现在就缺这样有血气有性子的公安局长——有点儿毛病怎么了,骂个娘撤个分局长,处理一批害群之马又怎么了,啊?这叫慈不掌兵,柔不治警。梁州这些年的工作是老和尚的帽子——平不塌塌的,队伍作风松垮,一股子痞气匪气,出了个程咬金,杀出个新局面你们就说三道四了……"

见沂蒙要插话,老爷子瞪了眼。

"军有军魂,警有警魂,公安局长不是民政局长,没有铁的手腕,就带不出铁的队伍,更镇不住社会上的狼虫虎豹!"见儿子仍不以为然,老爷子提高了声调。

"烈马都有性子,你爹年轻时和他一样。这就要看人家的工作主流是什么。一个人养成的工作习惯很难改变,你要适应他,而不是让他适应你。他初来乍到,独闯局面,跟你这个愣头青之间还没有达到'计深不疑,引争不罪'的地步,沂蒙啊,党内的批评一定要讲方式,这是你老子一辈子的经验教训。"

沂蒙顿时回想起那天找马振邦谈话的经过。

当时的马振邦正把花白的脑袋埋在文件堆里批材料,向他汇报完一件分管业务后,沂蒙略作停顿,郑重其事地说,马局长,我想占用你一点时间,谈谈对局里目前工作的看法。一直伏案的马振邦这才抬起头,用打量陌生人的目光审视着沂蒙的眼神,"噢"了一声又开始埋头批文件。

"几个月来,作为班长,你率领班子和全局上下,为梁州公安开创了新局面,对你的能力和魄力我十分钦佩,也学到了不少东西,为了更好支持你的工作,我想给你提些改进意见,作为年轻干部,看问题不一定……"

他抬起了头,那双眯起的眼神中,已由诧异变成了戒备。

"一是工作方法能够更加科学,避免疲劳战,科学用警;二是注重工作质量,不搞形式,不单纯以数字论英雄……"

对方终于将手中的笔抛在了一边,略向后仰,打断了沂蒙:"没有形式,哪能体现内容;没有数量,哪来的质量?你没有经历过镇反肃反运动,建国初期的情况不了解,新政权刚立住脚,土匪旧势力搞暴动,攻县城,杀害干部、奸淫妇女,没有疾风暴雨哪来的路不拾遗、夜不闭户。现在又到了国家非常时期,治安形势如此严峻,打仗要像打仗的样子,就得有声威和氛围,四平八稳,按部就班,能对犯罪形成震慑?没有数字指标、发破案率哪能分出干部的优劣?人无压力不拼命,案子不破死不休。队伍缺的就是这种嗷嗷叫的精——气——神。梁州过去长期存在一种故步自封的惰性,不干工作反而对干工作的说三道四。"

沂蒙说:"请局长不要误解了我的意思,正是要跟随你把工作搞上去,所以要与你共事共心、肝胆相照。最近做了一些调研工作,随着严打的深入,应当将治安防范和综合治理的工作跟上,搞打防结合,我草拟了一个不成熟的建议,供你决策参考。还搞了几起案例解剖,一并请你指正。"

沂蒙将一沓材料放在桌上,轻轻推至他的面前。

马振邦没作声,只是用熏得发黄的手指夹起了烟,问起了沂蒙分管部门几个干部的现状,若有所思地点头。沂蒙知道他一直是揣度自己找他提意见的真实目的,并想一下子猜到幕后的原因。沂蒙见他是这样的态度,知道再谈无益,见到临了他也没有翻动那摞材料,甚至也没有起身。

父亲听着沂蒙和局长的对谈,停下了手中的筷子,嘴巴也歪向了一边,面色变得很不好看。

"我说这些有错吗?"

"都不错,可时机和方式都不对。"

父亲的话语迟缓,但口吻清晰,不容置疑。

"照你这么说,谁来坚持实事求是的原则,谁还敢进行思想上的交锋,岂不都成了委曲求全的伪君子了吗?"

"路遥知马力,日久见人心,证明你的正确,有时不是勇气,而是时间。"

见父亲又将空酒杯递过来,沂蒙气哼哼地拧紧了瓶盖,并把酒瓶子藏在了身后。

"酒不叫喝老子也得敲打你,我可不是叫你去做庸俗的马屁精,也不是让你去当逞口舌之快的莽夫——我是想让你尽快成熟起来,少走些弯路。"

"眼下我该怎么办?"

"重获信任、摆正关系——你是他的助手,他是你的上级,而且比你有办法、有经验,要向他学习。从这个定位说,你要为他当黑盂,替他打冲锋,扛重担,甚至挡枪眼儿。还是你刚从农村回来时我告诉你的,不要坐在机关,要一头扎到基层,到一线去拼杀,你现在缺的就是两个字——积累。"

次日,鲁沂蒙再次登门,向马局长请示,作为班子的年轻干部,应在严打实战中冲锋陷阵,特别需要到一线锤炼。马局长正为县区案件频发而头痛,于是立即应允,由沂蒙带队到基层治乱,并分管县区大要案的侦办,同时采纳了鲁沂蒙加强基层治安防范的建议,实行打防并举,就此鲁沂蒙的眼前蓦然展开了一幅崭新的画卷。

十三

距梁州50公里的杞县是中原古县,历来为兵家必争之地。该县还因一个成语典故天下皆知,那便是"杞人忧天"。如今杞人不再忧天,忧的是一起凶杀案,一个村长因宅基地划分被一名村民杀害,由此引发了一场波及全县的治安危机。

沂蒙的手中,正拿着马振邦转来的治安简报,上有省委主管政法书记和市委书记措辞严厉的批示。

案件发生于上年底沙沃乡沙北村,凶手牟志东因对村里宅基地规划不满,用抓钩将村长杨守德锛死。其亲属伙同他人出具了牟志东有精神病的证明,使案件迟至今日悬而未决,诱发了当地多个村爆发报复基层干部的恶性案件。先后有四名村干部致重伤,七名大队干部遭威胁辞职。家中青苗被锄、猪羊毒死、门上抹屎、树被刮皮等事件高达22起。竟有人贴出"学习牟志东,叫干部上西天""发扬牟志东精神,砸烂众狗头"的标语,直接导致十个大队干部撂挑子,局面陷于瘫痪,23个村三十多名村干部到省赴京告状,国务院信访办急如星火地催要结果。

情况紧迫,沂蒙向马局长提出建议,组织一支精干的工作队入乡办案治乱。人员由市、县公安民警与乡干部组成,由自己带队,即日开赴杞县。次日晚间,一支50人的综合治理工作队兵临沙沃,在乡政府简易办公室驻扎。兵贵神速,连夜开会分工部署,预备天亮入村展开工作。不想出师不利,天蒙蒙亮时,就来了一场铺天盖地的大雨,直下得乌云翻滚、电闪雷鸣,脚下积水没膝。看众人有些犹豫,沂蒙道,大雨天群众足不出户,正好是进门找人的时候,应该是天赐良机。

可进村后发现的情景更陷僵局,首先是引领工作队逐户叫人的村干部下了软蛋,他们满面愁容地表示,自己不便叫人,并解释说:"你们威力大,你们去,俺领路。"或者说:"你们写个条子,我拿着条子去。"找来的村组长个个也像是被一双看不见的手卡住了喉咙。连那天杀人的目击者竟说不清现场的位置。

沂蒙的面前,就坐着位浓眉大眼的村民组长,他住的地方与牟志东仅一墙之隔。问起当天的情况他说:"那天我在屋正拌种子药,啥都没看见,就听见外面有人喊,喊声大得吓人,喊的是啥,也没听清楚,等我出来的时候,就见牟志东跑了……"

"他朝哪个方向跑了?"

"我也是听人说他跑了,至于哪个方向,我也没看清楚,就听哗的一声,人们像退潮一样让出一条路,也没人说话,没人拦,房山这地方就躺着杨村长,围着不少人看……"

"当时谁报的警,人们都说什么了?"

"记不得了,那工夫乱得很,俺的心也乱,就听人说,这下子有好戏看了……"

"谁说的这话,啥好戏?谁在演戏?莫非有人早就知道有这事?"这回轮到吕副乡长发问了,他是个红脸汉子,容不得对方吞吞吐吐。

"我就听这一嘴,实在没看见是谁嚷嚷的,要不你们再找几个人问问,当时人挤满了街筒子,也可能我听得不准,算我没说行不行……"

嘭的一声,吕副乡长拍响了桌子骂起来,你胡闹,你还是不是党员干部?嘴里跑火车,你瞎胡嗖呀,你怕个鬼呀你,连一句实话都没有,我从没见过你这号的党员!

吕副乡长的话并不准确,连叫了几个村民骨干,都像这个大眼珠子的组长,说话吞吞吐吐,云里雾里。或是说啥都没看见,或是说只听见有人喊,喊的什么没听清,或是说自己出来看时,牟志东已经跑了,个个回答得滑溜溜的像泥鳅,黏糊糊的像盆糊涂酱,一听就知道是在说假话。如果一个人说谎,你看不出什么,那么七八人都在说谎,必然有大问题。这些村民看上去老实巴交,对市上来的官员撒谎不免脸红耳赤,可他们为什么这样做?他们竭力在隐瞒、遮盖、躲闪什么?究竟为什么要竖起一堵墙把执法者挡在外面？这些家伙动用自己的全部狡狯和聪明这样做的目的究竟是什么？

从吕副乡长口中,被害人杨守德的形象愈加清晰:他是全市治安主任中的模范代表,兴资办学的模范,县人大代表。年前沙沃盗挖汉代古墓,就是他协助公安机关追回大批哄抢文物的。他办起的沙北村小学,当属全县一流的学校。可天有不测风云,猝发的凶杀案割断了四十岁的生命,留下的四个孩子,大的才16岁,老伴在追悼会上哭得昏死过去。葬礼那天正是阴历腊月二十三祭灶日,为悼念一个村干部,全县五大班子、各部门干部、邻近村的村长百姓,冒着忽喇喇的寒风,一下子来了八千多人,一时哀乐遍野,天地动容。可不料就在追悼会开过的40天,杨守德的坟墓就被人扒开,棺木用利斧劈断,尸骨一半露在外面,身上的呢裤、鞋袜尽被扯去。紧跟着的谣言更为骇人听闻,说是仇家夜间掘墓毁尸,将尸身连胳膊带腿卸了八块,让他死也不得安宁。这无疑是明目张胆的挑战。可又是谁同杨守德村长如此不共戴天？这种残忍的报复加上谣传与扬言,又怎能不让基层干部心存余悸、畏葸不前呢？有人说,追认烈士又咋着,命没了也没人偿命,剩下老婆熬寡儿无爹,好死不如赖活着。沙北村通知开会,村干部有三家被老婆堵在门口不让出门。一起恶性案件,竟能引起人们内心深处如此巨大的惊恐。

可在沂蒙手中,还有一份与此完全相左的材料,有60多人联名具保,称牟志东患有精神病,而杨守德却被描述为笑面虎式的村霸,欺压村民,办事就得请客。想买化肥、划宅基地,送了礼还得花钱招待。曾因克扣粮款、多吃多占的事被牟志东举报,加之这次给牟家划宅子又有意刁难,惹得牟志东犯病杀人,实属事出有因,并非无端起意。材料的末尾,签署着歪七扭八的姓名,还捺印着一排血红的指印。

一边是部分村民的强烈反映,一边是干部们的越级喊冤,针锋相对,水火不容。

晚间风住雨停,各路人马汇报过来的信息参差不齐,且一少一多,少的是有关牟志东杀人与是否有精神病的调查依然受阻,鲜有收获,百姓们闻之色变,避而不谈;多的是各类刑事案件线索纷至沓来,特别是杨守德遇害之后的治安情势陡变。流氓滋扰、强奸盗窃猖狂到明目张胆的程度。本乡逍遥村一夜竟发生7起强奸案。尚庄村一夜5起。不少村庄的妇女夜间睡觉床头放剪刀，门上顶杠头，地下挖陷坑。年轻的侦查员王大卫说:"写了材料让受害人捺手印,她竟然到厨房拎了把菜刀,问我割哪个指头,误以为要叫她歃血为盟,听俺一番解释后,她说叫俺切了指头也干,俺这几个村的女人可叫这些鳖孙子们折腾苦了,这一回你们甭走了,俺们给你们摊钱都中。"王大卫还说:"她还接连提供了其他受害人的线索:一个叫郭玉梅的,被刘三孩强奸未遂,特派员问还告不告他了,她说算了。问为啥?答:怕丢人,传出这种事小孩都受牵连,要是刘三孩出来打俺咋办。她男人则说,再生几个,只要有了儿子,将来再给他算账!谁知刚过几天,两口子一路走,爱人去解溲,她就被躲在青纱帐里的刘三孩背走了,离家才几十米远,当时郭玉梅还来着例假,弄得浑身是血,绒裤都浸透了,一家人哭得像出殡,可就是不报案。"

"由于受害人忍气吞声,流氓们的胆子越来越大。"学院毕业的技术侦查科长古勋接着说,"这里简直成了野兽丛林、原始部落。肥西村的刘效禄,吃得膀大腰圆,杀猪不用刀,夹在胳肢窝摔死,推土不用绊绳,小车一翻就倒,可这赖牛偏吃窝边草,路边妇女摘花,他拦腰按在花地里,把人搞得肛门破裂大出血。还有个叫尚文良的,一夜之间摸了十一家妇女的门,见男人不在家就强行入室。村民刘继在麦场看电影听广播里大喊:家里出事了!等拎着棍子赶回家,老婆已披头散发不省人事。"老科长龚坚增因说话嘶哑,人称"哑巴",此时低沉责问:"案子如此严重为什么不打不抓,不捕不判?"旁边黑脸膛的县副局长于振海说:"这儿乡间兴私了,抬头不见低头见,怕得罪作案方,只要花钱认个错,受害方就撤诉,有时候民警把受害人堵在家门口她都不配合,有人甚至说,这事儿又不是舀面,舀一瓢少一瓢的,求个息事宁人。俺们也是怒其不幸,怨其不争啊。"于副局长大抽了一口烟,吐成长龙状。

"可也有敢于反抗的,车寨治保主任大儿媳妇被刘继盯上,夜里隔窗调戏着喊:好妹妹,叫俺日一下吧。被骂走后凌晨又来,捏着鼻子说猥亵的话,被大胆的媳妇打开窗,一直追到刘家院内,这小子正在设酒摊,当众被劈脸扇了两耳光,后来经民警劝解,乡领导过问,把原定的拘留改成罚款了事,是不是啊吕乡长?"旁边的吕副乡长脸上一时挂不住,马上道:这批流氓地赖子就是欠修理,还是严打威力大,第一仗时我来了,这村里一家伙抓了30个,全乡院儿里抓得装不下人,麻绳子用得供销社都脱销了,那一段真是太平盛世,治得是路不拾遗,夜不闭户。可这好景不长,老的打没了,大的打怕了,小的长大了,一茬又一茬,我看是又该割韭菜了吧。

汇报到凌晨鸡叫,共排出强奸、流氓、盗窃、伤害案件35起,一个乡乱得真个是:夜里睡觉不敢开门,妇女白天不敢下地,干部夜里不敢开会,看电影稳不住神。乱的源头就在于"大患不除,小贼翻天"。乱的实质在于危害基层政权的恶性案件与治安问题相交织,面对歪风邪气,群众有很深的顾虑,担心法律不能真正保护自己。看来,并不单纯是执法问题,而是综合的社会问题,仅靠外科手术式的侦查破案是难以奏效的,必须调整作战方案。

这天吃过晚饭,沂蒙带上翟大任一人,信步出村,只见西天晚霞如血,被一块铅灰色的乌云横亘其间。登上眼前高高的堤坝,长风从脚下吹起,掀起衣襟,任沙粒抽打在脸上。沂蒙有迎风流泪的毛病,迷蒙的昏暗中看见坡坎避风处有簇亮光,走近才发现原来是一群乡民,正围着一盏汽马灯,听一个佝偻身子的老人在讲说着什么,风声中送来的是断续的祥符调鼓词:

> 坏不过杞县路
>
> 多不过杞县坑
>
> 说不尽沙沃的地不平
>
> 沙沃岗,赛京城
>
> 天爷庙,是龙亭
>
> 杞国封的是雍国公
>
> 令狐围的是张巡城
>
> 伊尹坐在空桑里

> 董宣蔡邕围镇中
> 高阳酒徒狂倖名
> 江淹才尽吐墨龙
> 尉迟敬德驻西营
> ……

鼓词诉说着杞国史，且有板有眼。沂蒙示意大任悄然近前，蹲在角落倾听。只见说唱的人瘦骨嶙峋，背倚一棵半枯的槐树，将一条伤残的腿悬吊着，踢打着一面小鼓，还不时用肘击响挂在枯枝上的铜锣。灯光映着他枯皮似的脸，沂蒙蓦然发现，这是个一只眼遮蔽的半盲人。人虽残疾，那喑哑的声音却抑扬顿挫、意韵苍凉。

> 僧格林沁兵败处
> 清军大战李自成
> 鹿台岗，郦生冢
> 千年过去弹指中
> 昨日都随黄沙去
> 今日自有今时名
> 要娱乐，找梅英
> 崔明德的好弹弓
> 要说书找我王德胜
> 论打架还得找老东
> ……

这人表面看在论古说今，可话中有话，含沙射影。大任在一边悄声告诉沂蒙，去年他随打击盗墓专案组来过这里，沙沃乡被列入重点，这一带自古地势较高，形如坎坝，分布着大量的汉墓。这几年被附近村民挖得千疮百孔。鼓词听到半夜，人们陆续撤离，只余独眼老者，收拾鼓钗起身，沂蒙和大任上去搀扶，不想被对方一把推开，一瘸一拐不管不顾地向前走，锣钗在肩上噼叭作响，不一会就奔出去几十步远，沂蒙等只得远远跟随，直到半里地开外，走至路边一个架起的窝棚处。那人便融入黑暗不见了。沂蒙他们走近窝棚,猛然蹿出一只狗来,立刻被棚内的主人喝住,随后传出那个喑哑的声音:你们是谁?为啥一直跟着俺?

沂蒙称是县里文物调查队的,听刚才师傅的鼓词,很有说道,特来求教。

窝棚的蜡烛点亮了,盘着腿的说书人让出一块儿地方,沂蒙和大任钻进去刚好容膝而坐。

"你是工作队长,姓鲁,你是助手翟大任吧?"老人虽独目,但却心知肚明。

沂蒙索性不再隐瞒身份,说道:"公安也离不开历史和文化,刚才听老人家唱的,就是一部杞县史志。鲁迅说,至理名言往往出于村夫野老之口,我等十分佩服你的学识,想继续听听高见。"老人清咳一声:皮毛而已,何足挂齿。汉之国学曾遭六次浩劫却不曾中断,秦皇、项羽、五胡十六国、南北朝、清文字狱,俺当过县上的文管员,造反时折了文庙前一根枸杞树做捣火棍,回家半道上被一个小坑崴坏了左髋骨,再也没有好,这叫遭了天罚。之后就发弘愿收集县里轶事典故、民间传说,当个游方的保护者。五寨八集十三乡,我就看中了沙沃这个地方。

"你刚才唱的论打架还得找老东,说的是不是牟志东?"

"是哩,他镩死了杨守德的前一天,俺就在村东头他房山处唱李逵杀四虎闹东京。他听了不顺耳揪住俺就打,一脚把我踩出墙外,那眼里一股的凶光煞气,俺骂他出不了百日就得炮打头,暴死于世,这就叫宿命和报应。"

"你怎么这么肯定牟志东的结局呢?"

"天干地支,生辰八字,恶贯满盈,劫数难逃。"

"怎叫劫数难逃?"

"牟志东兄弟五个,起了东、西、南、北、中的名字,号称沙沃五虎。以老东拳头最硬,家大户大,就成了远近闻名的一霸。分田到户后,兄弟几个搞长途贩运,转手倒卖,赚了钱还嫌不够,就雇人挖古墓。他在乡里公开说,古墓是先人留下的,又不是共产党的,不拿白不拿,不挖白不挖。村上有跟上他的,有怕他随大流的。这样一哄而上,喊叫着'要想富,跟着老东挖古墓,一夜就成万元户',这一带一下子盗墓成风,惊动香港、澳门的文物贩子,一拨拨子来,像蝇子见血一样围在墓边上讨价还价,说不好就动刀动枪,平安日子没了,还把老祖宗的家当给卖了。"

"村里就没人管了?"

"这就要说到杨守德,他生下来就是牟志东的克星,他先是阻拦训斥,牟家兄弟就送钱收买,杨守德把钱扔到牟家门口,索性白天晚上蹲在坝坡上死看死守,瞅见扛锄头抓钩洛阳铲的,就用高音喇叭斥骂。牟志东就带人和他对阵。杨守德说,只要有我村长在,这事谁也不能干!牟志东指着杨守德的鼻子说,你瞅瞅这个世界上,还有几个你这样的傻尿熊样的,你这叫断人财路要断子绝孙的。杨守德见对方人多势众就报了警。文管会和警察来了,拉警戒线封了现场,而后动手抓人。村长当然得让村民出证言,而后就把牟家老大给判了5年刑。后来不知为啥就给减了刑出来了。一出来牟家就开始找村长算账。"

"怎么算账?"大任急着问,他一直开着秘录机。

"算他请客送礼、克扣化肥款、挪用提留、多吃多占,揭发检举他行贿受贿,收好处费,几十户联名要把杨守德搞臭颠翻,这里面大多是挖墓被拘留罚款的。"

"杨守德有这些事吗?"大任紧追不舍。

"当村长不易,当个好村长更难。有些窝囊村长是傀儡,两面讨好,能把刮宫流产、扒房拆屋这种事勾兑好,睁一只眼闭一只眼,凑乎过去就行。可这杨守德真是百不挑一的村长,一根筋,是村里说一不二的当权派,干啥都要干出一个样子来。遇事卡得严,管得凶,特别对这文物,他还兼着文管员。对哄抢文物的主儿他是挨家收缴,还抓了一批人,罚了不少的钱,结下了私怨。这牟老大一出来还想倒腾文物,杨守德说,只要我杨守德有一口气在,全村谁也不能干这欺先人挖祖坟的事。你们想想看,就像这千里大潮撞上万年堤,黄河偏碰上了中流柱,正邪相交,水火不容,两方能不出大事吗?村里人早就嚷嚷着有好戏看了。人死了也不让你地下安生,屎盆子往好人身上扣,当几十年村长,抓些陈谷子烂芝麻的事还不容易,这就叫欲加之罪,何患无辞呗。"

"那这牟志东到底有没有精神病?"大任再问。

"他是拳头专政的霸王病。给你讲个真实的笑话,有人给牟志东介绍对象,女方开始说,是个庄稼主儿就行,相亲回来娘家爹说,是他呀,说啥也不成,上回赶集俺叫他打了一顿,高低不允这门亲事。这老东仗着有几分蛮力,想靠门事壮当村霸,他天不怕地不怕,就怕杨守德,讲道理讲不过,讲打架守德还有功夫,像个金刚杵在村里头,使他不能胡作非为,因此千方百计要把他搞掉。这次杀了人,他家老三专请了律师,提出要给老东做司法鉴定。老二在全村串了几十号人出假证,只要老东免死,再将杨守德搞臭,村里就成了牟家的天下。百姓现实得很呐,向火不向灯,认势力不认理。牟家有这些愚昧自私的乡亲护着,才敢无法无天。"说书人到了激忿处嗓子竟也不那么哑了。

"杀人那天我正在现场,就听哗啦一声,退潮般的人群当街给凶手让出一条道,让牟志东大摇大摆地出了村。"

"照你所见,全村都知道那天要出事?"沂蒙惊诧了。

"反正那天不少村户窗户都开着,探出了不少脑袋,胆大的后生们都出来看热闹。"

沂蒙不禁想起那几个村组长的躲闪和狡辩,他们明明是在为虎作伥。

"现如今,可怕的是人心,正邪两方都在观望。看你几个月不杀不判,就知道你下了软蛋,就不再信你政府的,都认为牟志东早晚会放出来,他还哪个敢说实话?你们来了,这一举一动人家都看着呢。传言说牟家在检察院、法院、公安都有人,能求下免死牌。若是判了死缓,也就等于在家家户户门口都立了个牟志东——这钱能通神,死刑既能变死缓,这死缓就能变无期、变有期,就能变减刑,还能保外就医,过几天放虎归山还能不到你家里算账?在这山高皇帝远的地方,法大比不上人大,国法比不上家法。他牟家会算这笔账:拼死你一个,不过暂时监狱住几年,可落个财路大开,金钱进来。这叫欲破愁城钱为马,起死回生走天涯呀。"鼓词人说到此处竟用起了贯口。

"只可怜这杨守德孤门独户,要是有兄弟三四个,谅牟志东也不敢如此猖狂,早把他给平推了——"

只见说累了的老人把身子一歪,用手拨滚出棚里一只大瓜来:"俺可不是贿赂你们二位,只是一吐为快,图个公平正义,这西瓜有个绰号,叫桃园三结义:白皮是刘备,红瓤是关公,黑籽是张飞,三人都是杀伐不公、为民取义之人,图个天地正气吧。"说毕手起刀落,西瓜早已剖开。

从瓜棚出来,月已西移。漫天夜色凝重,点缀着稀疏而微弱的星光。沂蒙心中涌出彻骨的寒意,如今的农村与当年下乡插队大不相同了,欲望破土而出,野蛮生长,使原有的田园牧歌离人们渐行渐远,而纯朴和正义开始稀缺。不仅使得杀人凶徒光天化日之下逍遥法外,而且得不到任何道德上的审判和谴责。正是这种集体的无意识,成全了牟志东的恣意妄为,反过头来让这把罪恶的抓钩,残忍地锛向了社会的心灵深处,颠倒了是非纲常。难怪全县会有几十个村长撂挑子。好在追悼会那日,有八千人逆风来为一个村长送行。

沂蒙立即与工作队成员碰了情况,制定了一套新的方案,那就是先易后难、先急后缓,从群众反映强烈的治安问题入手,赢得民心,再查大案,从而根治沙沃之乱。于是便将60人分成10组,均由科局长带队,要求五带入村,即带通告、带行李、带办案手续、带自行车、带警械装备,分组包案。只要作案证据到手,立即抓捕,黑脸的于振海副局长建议,属于乡县干部子弟的,要首先按住,不能跑掉一个。

行动快如疾风,尚强的父亲是民兵营长,正在伙同人偷摘西瓜,见爹领人来,叫了声爸,刚要丢瓜走人,早被王大卫上了背铐。村中涉嫌强奸的一个家伙上树翻墙欲逃,被一声枪响吓得从房顶滚落在地,拉了一裤子稀屎。盗窃嫌疑人刘二指大姑夫是县经委主任,平日扬言,俺犯了案也没事儿,抓他时宣读《刑法》条款,其父一脸不在乎道,不用念,孩他叔局子里有人,小孩子家谁不偷个东西?于振海拎着枪过来道,我就是局子里的局长,今儿看谁敢把后门开到我的头上!

连续72个小时行动,多为子夜入村,鸡鸣收工,一口气抓了四十几个作案嫌疑人和流氓地痞,就势召开群众大会,各村镇百姓扶老携幼,将天王庙挤了个水泄不通。于振海当场宣布被抓捕人员名单,由沂蒙登台做动员,各村架起了高音喇叭,标语口号贴遍了村口田舍。

"工作队来就是为广大群众撑腰壮胆的,你们不用拦轿喊冤,不用越级上访,我们就在你们家门口,给你们看家护院来了,要把这些头上长角、脚底板流脓的祸害抓得一个不剩! 有人说是八府巡按来了,今儿工作队比八府巡按厉害,奉的是国法民意,这叫上靠天下靠地,中间靠法律。靠天是党委政府撑腰,靠地是你们自己——全沙沃的父老兄弟,老少爷们儿,拿起手中的武器,这就是法律和证据。证据就是专砍歪脖树的刀,法律就是点豆腐的卤水。犯罪的只有伏法投案,否则死路一条……"

广播声浪滚滚,将沂蒙的声音播放到了全乡 23 个村。

"当干部的不准包庇、窝藏、通风报信,凡家属亲友协助办案、规劝自首可视为从宽情节,凡打击威胁报复检举人的,立即严惩不贷……"

行动加发动,犹如干柴烈火,迅速燃遍各个角落,有人告诉工作队,你们一来,社员说话的腔调都变了,敢大声说话了。有人说这回可厉害,过去兴包公私访,现在还是这,悄悄入村,犁到头了,耙到边了,房前屋后绕三圈儿,瞅准对象拉名单儿……吕副乡长更是来了劲了,大会小会扯着嗓子喊话:土贼靠土法,把这地赖子挨个捆,撂他一屋,谁孬了就先问谁! 不想派来协助调查的千秋兰也被盯上,就因为她戴了墨镜,穿了高跟鞋,着便服进了舞厅。

乡间坊里又极善于演绎和加工,纷纷议论:解放 40 年没有来过这么多警察,可地头子平推,来的这帮人个个了得,领头的局长讲话有三绝:一不喝水,二不看稿,三不啊啊的拉长调。带了五个科长全是他的五虎上将。龚坚增,原是梁州刑警大队捕快头儿,神枪手,抬手说打左眼不打右眼;同连根是外线跟踪科长,牵一群飞毛腿的德国警犬;古勋是大笔杆子,能立马草拟军书;翟大任是行动队长,会翻墙走壁;于振海是当地出了名的黑脸局长,长着鬼见愁的一双暴眼……还有人传得更邪乎,昨夜来了一个营,穿夜行衣,青纱帐踩倒几十亩,代销点尼龙绳卖光。一根绳就拴了十几个,哭爹喊娘的没了人腔……

现在,终于可以腾出手来,集中精力调查牟志东案件了。负责信息收集的千秋兰,此时提供给沂蒙一份梁州记者写的内参,题目为《一起凶杀案刮起的村长上访风》:

牟志东杀人之后,一股报复威胁村干部的恶风,在杞县不少乡村蔓延。沙北村民崔树林因宅基地找村长谢文章,谢村长说:还有完没有?没有!对方接上去扬扬手中的抓钩,"牟志东对杨守德,今儿我要对着你,还叫俺学牟志东嘛。"谢文章后悔自己太较真,过去村里矛盾从未上交过。如今胆子小了,坏人恶事轻描淡写,矛盾纠纷净往乡里推:"反正守着乡政府,你不管咱也不管,一推六二五,大不了当个村民落个清闲。"嘎屯村村口还出现了大标语:当官不为民做主,不如头上挨一斧;治保主任杜世魁天一黑就躲在家中顶棚上睡觉,怀里还搂着猎枪;四郎庙支书王文学出门见墙上写:再搞叫你儿子一块上西天,他苦笑着告诉记者,俺这一把年纪了,不怕事,死了还能追认烈士,可儿子死了,连个出气申冤的都没有,所以晚上守麦场,与儿子分开一替一天,死一个还得留一个……

这种极大的愤懑与压抑终于有了一种正式的表达。杨守德"百日孝"那天,他的爱人,一个瘦弱的40岁的女人,领着四个孩子到县人代会上哭了一场。他的老母因丧子在家中病卧在床。会场上300多人无不动容落泪,村支书代表拍案而起,纷纷质问法院院长,青天白日行凶杀人,为何不判死刑?

院长说:"人犯带走了,正做精神病鉴定。""啥时能回来,你得说个小虫吃米。"有人喊:"杨村长领导的沙沃村是全县的模范。自古以来杀人偿命,牟志东不枪毙,天南海北咱告状去,杀不了他,谁还敢当干部。"当即就有葛岗、金寨、高阳、苏木、官庄等23个村支书、村主任自发联名到省法院告状,并且成立了领导组,还分了工。谁搞文字,谁安排车辆,还盟誓签字,谁也不能临阵褪了裤子……

沂蒙的面前,现在正坐着这位上访的村长首领,黑膛脸,面皮黝黑,黑眼圈包围中的一双眼,大而有神。

"先去的市法院,叫看门老头儿熊一盘儿,问来干啥?说问杨守德的事儿。答,正处理咧,你们谁是代表?俺应声答应。老头伸出指头,只准进三人。来个女的,自我介绍是审判厅的,她接过状子,看完后说我们按程序已移交省高院了。我问能不能上高院,她答不能这么多人。俺一商量,去俩人也不行,叫人家吓唬住了咋办。去两拨儿,一拨儿六个人。到了省城,第二天一拨儿上高检,一拨儿上法院,还有一拨儿上省委找书记、省长。每一拨儿选一个能讲的,带同样的状纸,上写——省领导:牟志东杀死村长杨守德,23村村长反映问题。

"到法院俺领头,接待人说,你是村支书还领着上访。我说,早就不想干了,你现在给我写个条子把我给撤了,俺就拿了你的圣旨回去,哪个丈人再干这差事。这人一看知道是难缠的主儿,走进去领出两个年轻干部,叫俺正式登记一下,告诉我只能由代表进,里面只有三个座位,进去谈完给了我一个条子,两寸宽,盖着章,叫明天再来。检察院这头顺当,因为有个村长的小孩,他舅是省检察官,答应接状纸,让过明天来。过了一天,俺们拿着条子上法院。年轻人打开抽屉,找出文件说,牟志东案已报省,审结得一个半月,现在就在省高院环节,你们再等。又是这一套。

"俺再商量,得上中央说这个事儿。连夜搭上车,到北京一上午没有摸着门儿,原以为这最高的衙门头儿,牌子肯定比省上市上大,直到下午四点,腿累得发虚,吃了个西瓜花五分钱,肚子疼得拉稀,好不容易打听到国家信访局,排队时一问,涉及法律的要上最高院。这回学能了,花了钱买了人家画的路线图,转天天不明就上了最高法院门口排队。听人说排队是叫号接见,叫号又分东北、华北、中南局。我一想,中南局在后面,三天三夜也挨不上,带的钱也快花完了,一急用了不论理的法子,复印了三份材料,都写着抬头——中共中央最高人民法院。仗着人多,俺架着最年轻村长毛学全的腰,门一开就冲进去。里面人喊:'哪的?'答是沙沃的,'干啥?''送材料!'人叫门卫拦住了,可材料总算递进去了。"

领访人见沂蒙听得仔细，又说，这段时间就在家里卖菜、干活等消息。也没有听成局长的讲话，听说比选民开会来的人还齐。沂蒙说你缺席了就得补一课，要相信法律的公正，就需要你帮我办件事情。对方说上面的事我可一窍不通。沂蒙说不对，你人头地头比我熟，只要变上访为下访，你比我强。他一时挠头说没听明白。沂蒙告诉他，牟志东的案子判不下去，关键有人在威胁利诱下出具伪证，杀人现场缺少直接证据。又有人说他有精神病，是精神失常杀人。而且串联多人反控告杨守德有贪污问题。这就需要村干部做群众的工作，说真话、讲真情，恢复事情真相，提供真实凭据，才能最终让司法机关依法严惩。

对方点头，应允而去。接下来，对上访村长们沂蒙都谈了个遍，并分别交代了任务。另一方面，随着治安治理的推进，不少做伪证的人员开始倒戈；投案自首者纷纷立功检举揭发，使蒙在牟志东杀人案上的雾霾渐渐散去，案件的轮廓逐渐清晰。

案发当日，牟志东的邻居牟大山建房子，距牟志东的宅界错三寸出不了架子车，求牟志东让三寸宽。牟志东说老天爷说也不行，除非叫杨守德来。杨守德闻讯赶来，还让村会计拿着红头文件向两家宣布：新批宅基地人均三分，老人三分四，按规定测线，牟志东应退后三寸。说完就扎灰橛，扯绳丈量。杨守德蹲在东墙指点，会计拉绳子，牟志东佯装扒粪，用抓钩轰着扒食的鸡子儿，见杨守德不防，猛然挥起抓钩从背后袭击，杨守德头上挨了重重一击，条件反射似的站立起来，他以为是牟志东用砖头砸他，想转回头，竟然回不过身来，如果不是蓦然发现有黏稠的东西从头上流下来，他还不会认为这一击和自己有关，头顶顿时像一盆火燃烧起来，继而又冰冷彻骨，他瞪圆了眼睛冲牟志东大喊："你想干啥嘛？志东！"可不知声音像蚊子一样渺小，他本能地抓脑后那件东西，浑身就像踩在泥淖地里撒了力气，眼前的牟志东又抡起了早已准备好的斧子迎面砸来，成为他离开这个世界前的最后一张影像。杨守德像座山一样坍塌倒下，白的红的血浆全流出来，肝脑涂地。

疯了的牟志东拎斧子朝杨守德身上砸了两下，又要去杀他的孩子，会计早已赶到杨家将孩子藏在床下。牟志东又回到尸体边上,挥舞着斧头大喊,我给沙沃除了一大害,死也值了。喊完哈哈大笑。跑到派出所报案的会计吓得尿了一裤子,趴在地下扶不起来。派出所民警赶到现场,看到拎着斧头的牟志东还在喊叫。

接下去,牟家亲属开始为营救牟志东商议了办法,以"钟声"的名义揭发杨守德"村霸"罪行。连夜将材料送往省高院,并注明杀人者有精神病,请求司法鉴定。省院办案人员认为案情重大,案后竟有60多人联名控告村支部书记,不能不慎重。于是牟志东被送往武汉精神病院做鉴定,悬而未判的结果引发了杀人案之后政治地震。正是对司法机关的偏见和怀疑助长了公众的恐惧,对法律程序的误解又加剧了村干部们的愤怒,也更是由于几十份证明凶手精神病的材料,迟滞了法律机器的运转,使简单的刑事犯罪演化成了一场社会危机。

现在,37个伪证者终于说了实话,他们几乎众口一词,那就是:为了一个门宗的邻居,救活不救死,俺们不是想扒老东个活命吗?好心善良又愚昧的乡民们,你们的假证使杀人者成了悲剧式的英雄,让丧失生命的被害人成为恶贯满盈的恶魔,你们的精神是否集体出了毛病?

在以后的法庭上,律师的辩护词还在坚持:牟志东杀人毫无疑问,但事出有因,属激愤杀人。死者处理宅基地问题主观臆断,偏听偏信,且有受贿嫌疑,俨然成了官逼民反的正义行为。直到公诉方将杨守德不存在贪污受贿的证明提供给法庭,牟志东精神病系伪证,案件才算尘埃落定。省高院核准了牟志东的死刑。此时,距杨守德遇害整整过去了100天。

收获季节到了,杞县的大地一派金黄火红。齐刷刷的高粱,像戴着红色盔缨的士兵,玉米宛如披坚执锐的方阵,随着千里沃野荡来的秋风沙沙作响,如同衔枚疾走的军旅。在历时近两个月的治乱中,工作队还为沙沃村修建了一条水泥路。村中百姓说,只要走在这条路上,就会想起你们这些梁州警察。此时沂蒙的心底涌上一股热浪,那是一种给予与收获的双重感动,这种感动会使人泪水盈满眼眶。

是啊,修桥铺路,自古以来为百姓称作积德行善之事,殊不知惩恶去邪是更大的善政。一方土地若是恶罪盛行,社会生态变质,使个人复仇成为常态,丧失了起码的公序良俗将是多么可怕。而如今的沙沃由乱而治,辞职的村长们又挑起了担子,逍遥村的村长说我今年58岁,还得大干几年才能逍遥。各村的百姓像欢迎工作队一样喜欢警察。开群众会比唱大戏来的人都全。瓜棚的老者又在村中唱起了祥符调,再不是凄凉愁苦之音,而代之以欢快祥和的韵味。并且这种平安的谐和之音波及全县。竟有月余再未发生一起治安案件。

为巩固治安成果,市政法委同意了梁州公安局的意见,于8月4日召开全县综合治理动员大会,并与公判牟志东死刑一并进行。为此在向马局长汇报后,沂蒙提前三日赶到县城,与副县长兼公安局长丛向前、交警支队长孙金坦、武警支队长李保卫,还有兼任严打办公室主任的安如山面商,共同确定了会场与刑场的保卫方案,为万无一失,从市局再调30名警力增援。按照刑事诉讼法规定,刑场的选定与指挥应是市法院院长。钟雨院长表示全权委托市局。

沂蒙电话告知对方:一号刑场定于沙沃公路东侧三公里桥涵处的河沟;二号备用刑场在小火车站附近。检法两长拟定使用二号刑场。一切都安排停当,沂蒙才安心就寝,不料天有不测风云,一场危机悄然而至。

当日清晨,天空下起了暴雨,沂蒙陪同马振邦局长向会场出发。他要代表政法委和公安局讲话。一路之上警车像巡洋舰一般在风雨中劈风斩浪。前导车的警笛声、喊话声压过了豪雨强风。将近会场风雨停住,阳光也从厚厚的乌云处直射进车窗内。马振邦局长手中的烟开始点燃,面色也由阴转晴。

成群结队的百姓正朝会场行进,不少人手持淋湿的小旗在挥舞。获知要枪毙牟志东,参加会议的人成倍增加,路边还有不少老幼从岔道拥来。加之道边泥泞,车行速度明显慢下来。一个坏消息通过对讲机传来,安如山主任报告说,大雨冲塌了主席台,正在维修搭建。原定的刑车和市检察院、法院的停车位置一片泥水,正动用力量排水垫地。所有车辆阻隔在公路上,只能沿着小路步入会场。沂蒙蓦然想起市内那场公判会马振邦局长的雷霆之怒,顿生几分隐忧。

公判会在中学的操场上进行,议程进行得倒顺利。高音喇叭将马振邦洪亮的讲话播向场内外。伴随着不断山呼海啸的口号声,台下黑乎乎的人群,看不到边的脑袋,一个挤一个,男的女的,年轻的年老的,全都睁圆了各种各样神色的眼睛。好奇的、焦虑的、讥诮的、愤恨的、畏惧的、满不在乎的、大大咧咧的,一个个伸长了脖子齐刷刷往台上看,不是在看领导的慷慨激昂,而是看台下两列刑车上的罪犯,特别是插着亡命旗的恶魔牟志东。

就在宣布将牟志东押赴刑场的时候,一股海潮般的人流突然拔地而起,喊叫声、斥骂声、呼叫声就像掀天揭地的海啸,挟裹着潮头一浪一浪向审判台前涌来。上百名警察像拦洪坝一样将人群向后推,竭力让汹涌的潮头与刑车保持距离。他们用警棒指向往前冲撞的年轻人,高音喇叭也发出刺耳警告声,但潮流般的冲击却更加强劲,一股无法控制的力量眼看就要冲垮看台,冲走刑车,情况万分危急!

就在这时,副县长兼公安局长的丛向前急中生智,改用吉普车将牟志东从死囚车上押入车内,和安如山等冲出层层人群的围裹,拉响警笛,向刑场方向冲去。趁人群松动,沂蒙也跳上一辆备用警车,从会场的偏门驶出,去追赶丛向前局长。

沿途路上,尽是向刑场奔走的百姓。口中还大喊着:看杀人犯喽,立马要开瓢了,晚了看不上了——人声鼎沸,人流滚动,像巨大的黑龙冲向刑场方向。对讲机中,传出丛向前和安如山的对话。

原来,昨天拟定一远一近两处刑场,远端的小火车站刑场的沟岔里积水,已无法使用,近处公路桥一侧的刑场,由于一台法医车提前到达暴露了目标,将乌压压的人群全部吸引到这里,警戒线被汪洋大海似的人群包围得愈来愈小,任凭警车鸣叫、警棒挥舞都无济于事。

改换刑场已来不及,沂蒙让大任呼叫作为刑场监督的检、法两长跟上,汽车好不容易开到刑场,他不禁暗自叫苦。原来,原定刑场已被逼成半个篮球场大小,武警射手和群众没有安全距离,平射无疑危险万分。四周的群众哪里知道这些,仍没了命地往前冲。警察们臂肘相扣的人墙摇摇欲坠,随时都有被冲垮的可能。沂蒙骤然发现,负责刑场发令的检察长没能跟上来,让大任呼叫,原来被阻隔在200米外的人流中不得动弹。真是要命,监斩官和法院院长不在现场,谁来发布行刑命令？此时一股暴涨的人流豁然冲开一道决口,一下子扑向了武警射手的身后,刑场核心变得只有两间房子大小,马上就会发生可怕的踩踏事件,或群死群伤,或死刑犯死亡,或在混乱之中被人劫走……情形千钧一发,岌岌可危！

县公安局长丛向前已被挤得东倒西歪,他拼命登上吉普车顶,举枪对天连续鸣枪。随之大吼一声:武警就位,装填子弹,听我命令,准备射击！沂蒙还要举手阻止,大喊等待刑场监督就位,可很快被巨大的人潮声浪所吞没。一切事发猝然,又近在咫尺,只见弧光一闪,眼前霎时成了慢动作的无声世界:射手为避免平射伤及群众,自上而下持枪击发,牟志东开裂的天灵盖、迸溅的脑浆、后仰倒地的尸身都成了黑白影片,并且猛然与当年小喜被击毙时的场景叠加起来,就觉得有大股的热血喷射在胸前,轰然扩散,直袭脑际,一簇烈焰自心脏传至四肢,浑身发疟似的寒战起来,他晃了几晃,险些栽倒,幸好被身后的翟大任扶起,等站稳后,只见泥石流般的人群一拥而上,亏得牟志东的尸体早一步被法医塞入车内,才避免了更为可怕的状况发生。

这无疑是一起违反法律程序的责任事故,且又属公安机关未经许可改变刑场,又在法、检两长未到刑场的情形下发布了死刑命令。被阻在半道的检察官、法官闻之震怒,没有再去刑场,而是拨马返回市里,准备向省院报告。

情况十万火急,补救的措施是请回两长,补办监督程序。必要时还要三方验尸,勘明正身,以弥补重大失误。沂蒙连忙将此情况报告了正在赶回市区的马振邦局长,马局长闻听,要求沂蒙抓紧善后,赶回市里汇报,因为沙沃治乱已得到了省里的首肯,公安厅长正在赶往梁州的路上。沂蒙的心情却愈加沉重,连窗外放晴的阳光都是惨淡苍白的。他千百次地反问自己,为什么百密一疏,被胜利冲昏了头脑,是过于自信才酿成了这场难以挽回的失误。再次想起马振邦那场暴风雨之夜加派刑场安保部署的措施,才明白确属于经验之举。

进入市局党委办公室,公安厅李厅长已坐定。马振邦正在汇报,见沂蒙进来,并未停止讲话,脸色立时沉了下来。"沙沃治乱的胜利,关键在于省厅和市委的正确领导和支持,也是夏季严打攻势的重要组成部分。今天的宣判也是成功的,会开得不错,可是结束时出现了些失误。"他略微停顿,开始一字一顿说道。

"刑场监督乱了阵脚,两长因交通堵塞未赶到刑场,未能履行程序,暴露了会议组织方面的粗枝大叶,缺乏充分的预警方案,对此我们要向省厅、市委作深刻检讨。"他的目光开始扫向沂蒙和安如山,"当然,直接负责的县局长、科队长也要追查责任!"

"这个责任主要在我,我现在就准备到法、检两院去。"沂蒙向前一步道,"需要说明的是,看守所提犯人时,两院人员均有拍照,中途押解过程也有法警,枪决时也有法医验明正身,现在的关键是立即纠正和补救,如果再搞共同验尸,社会影响就大了,所以,必须先做工作,作为第一责任人,由我负责前去认错,再做责任追究。"

未等坐在中间的领导表态,沂蒙行了礼转身退出。旋即赶往检察院坦承越权过错,老检察长苏炳德拍拍沂蒙的肩膀道,既然你来了,我们检方不做追究,可以做些补证工作,但需法院钟院长同意,他还为此事发火呢。当钟雨院长看到年轻的副局长登门担责检讨且态度诚恳,也就很快转变了态度。沂蒙表示,此事说明公安机关一定要加强法治培训,特别是增强程序意识,以绝后患。

一场剑拔弩张的危机得以平复和化解。但沂蒙也由此得知:警察职业处在风口浪尖上,时刻会面临巨大的风险和挑战,不仅必须置于法律的严格监督之下,还要具有如履薄冰的谨慎,否则会百密一疏,功败垂成。

十四

这天下午沂蒙突然接到母亲的电话,说父亲又住进了医院,要他马上回来。从县区返回的路上,沂蒙内心忐忑不安,猜到父亲病况变化的各种可能,是否又因贪杯加重了病情。

父亲的酒量年轻时很大,而且一日不可无酒。早上上班常以酒代餐,母亲因喝酒没少跟他生气,可他却有一套歪理,说警察怎能离了酒呢?破不了案借酒浇愁。破了案喝酒庆功。寒冬腊月下河里捞凶器,得喝口酒暖身子,负了伤得拿酒消毒,歌里还唱"朋友来了有好酒"……可他这次却犯了致命的错误,错就错在他暗地里给自己制定了一个快速康复计划,自从喝完了那瓶虎骨酒,他感觉良好,又要人配了一大坛子药酒,想要把自己喝得重新站起来——因为新任区委书记看望他时,邀他做顾问,还为他准备了办公室,等身体再恢复一段,就可以到那里看文件办公了。可这次他失算了,在于他大大低估了脑血栓动脉硬化的凶险,这次久病之躯的他不仅被酒击倒,还诱发了心肌梗死,等母亲回家发现,送往医院,已经失去了最佳抢救时间。

沂蒙赶到梁州,以为又像几年前父亲入院的情形,回家取了被褥准备陪床,并特意带了新刀片,以备帮他刮去浓密的胡楂,等到了医院才明白,一切都为时已晚,母亲的手里攥着一张揉皱了的病危通知书,病床上戴着呼吸机的父亲已接近了人生的尽头。

沂蒙和弟弟沂水进屋时,父亲已神志不清,他的脸色变得灰青,他大口在呼吸,腹部不停地起伏。此时他的意识非常清醒,还在为自己的生命做最后的努力,竭力想留在这个并不眷顾他的世界。当医生用硕大的针管刺入他的心脏时,他突然爆发了一声吼叫,随之是一阵发自体内深处的痛苦挣扎,继而他像一只暴怒的雄狮,奋力冲撞着铁栅,他试图坐起来,但已属徒劳,浑身的橡皮管子像链条束缚着他,他想拼命地抓住生命,可生命却要无情地抛弃他,他的手奋力去抓墙壁,可是抓空了。他又一次拼了命,抓住了头顶的床架,力量顷刻间爆发得惊人,死死抓住铁床的手开始剧烈地摇撼,整个铁床被拉动得呻吟般作响。最后,他竟然挺直了全身,脸上青紫泛红,深陷的太阳穴也鼓胀起来,表情狰狞可怖。仿佛有什么东西在五脏六腑中狠狠地撕扯着他。他又一次拼命嘶叫,可怖的怪声撞向四壁又弹了回来,从四面八方震荡着人的耳膜,陡然一下,他软了下来,伸向空中僵直的双臂低垂下来,全身像被抽空了一样的筋疲力尽,喉头中的嘶嘶声顿然消失……

巨大的悲痛潮水般袭来,母亲率先的哭声,让泪水浸满了沂蒙兄弟的眼眶。此后的时间中,整个天地之间仿佛都充满了痛楚。父亲追悼会的那天整个悼念大厅挤满了佩戴白花的人,一个个热泪盈眶地向鲜花丛中的父亲遗体告别。那是父亲的为人至善至诚赢得的惋惜和同情,那是他的清白和正直才获此哀荣。

那天的窗外,飘着鹅毛般的白雪,沂蒙看着父亲的面庞,想起他曾有的果敢和威严、令人尊敬的品格给家庭带来的家风,可同时,他又是被这些正直无邪的品行所打败,为自己的秉性所击垮的。尽管岁月中的残酷一次次在头顶上炸裂,但他没有丝毫的追悔,或许父亲早已明白,这正是职业坚守付出的代价——就如那驮碑的赑屃,一辈子忍辱负重,就连临终前给儿子的遗训,竟然还是服从和宽容。

如今,父亲你解脱了,你没有了痛苦,可在你离去的这个世界上,你活得很累,整个人生苦多乐少,充满着悲剧色彩,直至人生的尽头。此刻,你那微微张开的嘴巴分明在对孩子说:"儿子,可不要瞧不起我哟。"

是的,儿子不知道你是在什么时候失去了杀伐决断的勇气,以致很难将你血性的青春与屈辱的晚年联系在一起。你用一生在教育我们,竭力将一整套过往的概念灌输给我们,并且用金色的霞云遮盖生活中的暗角,你唯一不告诉我们的是这个社会还有丑恶,人生会时刻遭遇不幸和不公,遇人总有不贤与不肖,所以当我们步入这个并非美好的人生之途时,注定要吃大苦头,甚至虔诚地上当,往往付出沉重的代价才能觉醒。

你并没有骗我们,因为你是在用自己的生命做注脚,启示我们不再盲从,让我们在怀疑探索中寻找正确的方位,用教训的领悟修为出独立的人格,用批判的思考提升辨识真伪的能力,从而成为具有信仰精神的强者,而不是唯唯诺诺的侏儒。你总是在人生的关键时刻扶我们一把,以免误入歧途,落入深渊和陷阱。可是,作为识途的老马,你为什么走得这么匆忙,不能再陪我们一程,多些有益的提醒。

在烈士陵园,为父亲树起的墓碑前,母亲烧了纸钱飞舞空中,她郑重地告诉沂蒙他们,百年后,一定要与父亲合葬,碑上已刻上了沂蒙所撰的诔文:

芳草凄漫,梨花遍野。无哀号,无美肴,唯淡酒一杯,奉于尊前。追昔日,投笔从戎,浴血沂蒙,英姿勃发,坐镇古城,文锋犀利,鬼神皆惊……

爱父在上,竭诚再拜!

十五

一件事情的发生,使沂蒙与马振邦局长之间结成了生死攸关、必须一致对敌的关系。

这就是有人正在密谋策划暗杀他和马局长。预谋者是新近放出的刑满释放人员,这桩重要信息是政保科老侦查员祁展获取的。

"这个情报我拿不准,但绝不可掉以轻心。从这伙人的心态看有极大可能,为了你和老局长的安全,不可不防。"他压得极低的声调中有几分颤抖,并不断掏出手帕去揩额头上的冷汗。老祁是位资深干探,年轻时破过不少大案,并且相貌堂堂,是政保线上的"全武行",早年没有侦查器材,全凭他潜入侦查对象家中上演"卷席筒""柜中缘"窃听取证,练就一整天不撒尿、不咳嗽的绝活。此时,沂蒙深知他所提供情况的分量。

这伙人曾是"文革"中叱咤一时的风云人物,其中既有老谋深算者,亦不乏好勇斗狠之徒,皆因涉罪于重大武斗事件获刑。现陆续从铁窗里出来,栖身于街道小厂就业,与当年的风光天差地别,对现实的不满与仇视可想而知。

老祁从笔记本的夹层中小心翼翼取出一张照片,这是位于市内西南城坡的一个小茶馆,照片中隐约有人进出的背影,照片后面写着那伙阴谋者的姓名,钢笔字歪歪扭扭,形似蟹爪。

"这是他们的秘密接头点,知情人江梁文,和我的线人是发小,再三让线人发毒誓保密。要求面见局长反映情况,说这帮人决定在近期行动,情形万分危急。"

这天晚间,沂蒙与祁展在一处偏僻地点见到了这位神秘的举报人。

来人个子高大,摘去了一顶遮住半截脸的工作帽,灯光下的这张脸十分方正,细眯小眼,眉宇很宽,厚嘴唇,显得敦厚诚实,与沂蒙刚一握手便扑通一声跪倒在地。

"你就是沂蒙局长,我可找到你了!"说毕便哽咽起来,而后大口唏嘘,用一只大手抹去泪水。沂蒙推给对方一杯茶,老祁递过来一沓纸巾。

"俺是冒死来送信的,他们要杀你跟马振邦局长,要跟你们拼个鱼死网破,今儿要是你们再不信我,我这个双料叛徒就只有死路一条了。"

"你能说得具体一些,好吗?"沂蒙盯上他的眼睛,想在瞬间辨识他的真伪。但这张脸回答的全是焦虑、紧张和恐惧,仿佛身后正有一群恶兽在磨牙吮血。

"他们的联系暗语是主席的诗:'高天滚滚寒流急,大地微微暖气吹。'他们的计划是'靶心行动'……"

"这些事你是怎么知道的!"沂蒙打断他并加快节奏,目的是不给他思考的余地。

"我就是他们敢死队的第一杀手,他们知道我玩枪,又有准头,是铁杆老造反。已经让我踩了几次点,还选好了狙击位置。"

"具体位置在哪儿?"沂蒙紧追不舍。

"两套方案:第一处在第五中学通向土街的交叉口处;第二处就在你河道街38号院门口。这两处制高点已经选好,射击后趁人混乱,从左侧胡同撤退,因为你家右侧是死胡同,利用附近的几处学校正在放学,可以制造更大的政治影响。他们就是要搞成惊天动地的大事,让全国都知道。"

"他们为什么选择马局长和我?"

"他们最恨的是警察,尤其是你。局里你的父亲当年抓过他们。马局长新到,他对造反派更狠,听说他有个内部讲话,要把造反派赶尽杀绝。"

"他们的枪从哪里来?"

"'文革'抢的枪,根本没有收完,他们还准备到境外买枪,再说具体点吧,他们已经让我和其他杀手训练过多次,只待命令下达就动手。"

"你以为他们能得逞吗?"沂蒙此时转变了最初的看法,提高了声调,严厉地盯住他。

"沂蒙局长,就是我不干,他们也要干,所以你们俩随时就在他们的枪口上,时刻有危险,因为我差一点成了千古罪人。"

"为什么,说说看。"这次倒是沂蒙急切起来。

"我对你的跟踪已经有三次了,你总是骑自行车上下班,五中交叉口是必经之路,一次一个巡警动粗打了小贩,你正好路过,处分了民警,还给小贩行了礼,我当时心头一震,这是个清官呐,完全不像他们所说的那番模样。以后,我在你家门口蹲守,看你每天下班回家都在晚间6:25到6:45之间,下车进门时有个习惯动作,先扭转身向西看一下,再突然转头向东观察一下,确认安全后,推车进院。你住的是大杂院,你是上房,左右厢房共住七家,他们是……"

方位时间、行为细节包括对民警的处分事件都准确无误。沂蒙微感后颈冷飕飕发麻。

自己并非贪生怕死之辈,但当你突然意识到已被人注意,并且他们在暗中,你在明处,对你的行踪如此了如指掌,你对他们却懵然无知,不免也心生不安。

"梁文,你反映的情况非常重要。"沂蒙竭力平复着内心的波澜,"我们会进一步核实,首先要考虑你的安全,为保密起见,你只和老祁联系,回去把事情能记下的再写一遍交过来……"

就见江梁文一下子泪流满面,狠劲摇着他的脑袋,门齿紧咬的下唇猛地张开,将半个拳头咬下一块皮来,顿时鲜血迸流。他用右手食指蘸了血,飞快在老祁笔录纸上写了一个大大的"忠"字。

"你们还是不信我呀,苍天在上,我江梁文如有一句虚言,我就不是俺妈生的!"说毕,抱起双拳,面部扭曲显得痛苦万端,"从小受我老妈教育,不能撒谎,不能偷盗,要讲正义。我当少先队员的时候是救火小英雄。'文革'我成了造反派,我从内心也是忠于党的呀。今天走到这个门口我还犹豫,进不进?肯定得进,我没有退路,因为枪一响就晚了,我就是千古罪人、炮打头的命啊……"

十万火急,不可等闲视之!带着全套录音和文字材料,沂蒙敲开了马振邦局长的办公室。他听后沉吟片刻,抓起电话请副书记兼副局长恭海涛速来。

恭副局长落座后,未等沂蒙把情况说完,立即扬起右手,一脸严肃道:"不管真假,这样重大的情况决不能优柔寡断——我建议立即上报市委省厅,精心防范,采取最严密的措施,以最快的速度,清除这个隐患!"

老恭长期分管内保警卫,此时显出他的老辣,马上拟订出一套应急反应对策,其中包括对沂蒙与马局长的特殊防护,并将局里性能最好的尼桑车调整给沂蒙乘坐。

"沂蒙,这不仅是为了你跟马局个人的安全,梁州最高治安当局一号头子和最年轻的副职出了问题,我这抓警卫的局长就不是革职处分那么简单了,是提头来见的问题。"

老恭在关键时刻表现出的赤诚和担当令人感动,一扫惯常对人的严肃和冷峻,且提出的整体方案还是周密可行的,因而立即被马局采纳。一套内紧外松的保护措施就此展开。除了每日上下班专车接送,沂蒙只要踏出局门,就会有两名精干便衣一前一后暗中保护。对江梁文所举报的对象,更是人盯人地秘密监控,一时间如临大敌。

省公安厅获知此情后,十万火急上报,主管厅长要求在正式立案前务必拿到证据,担负查案任务和自身安全的沂蒙顿感双重压力。有一两个小时他独自坐在灭了灯的办公室,冥思苦想着破局之法:过去的案件侦破,全是在证罪,而今天的案子则是在证伪。如何判断真假,不仅是本案的焦点,并且事关成败、生死攸关。

他推开窗户,发现窗外不知何时飘起了雪花,昏暗中乱如团团破絮,有几片还飞落在他灼热的面颊上。此时,桌上的电话突然响了起来,原来是祁展的科长常松山,"老蔦来电,有重大情况前来报告。"

这位长着菩萨脸的老科长,难怪被称作"老蔫",仿佛从来不知发愁为何物,一进屋就满脸堆笑,喜盈盈道:"这有福不在忙,无福跑断肠,江梁文报告,对象明天有重要活动,祁展在电话那头等候局座指示,咱们动还是不动。"

　　原来,为加强专案力量,老蔫被任命为专案组长,他当即指挥祁展主动进攻,让江梁文前去探听对方行踪。果然锯响有末、网过有鱼,梁文获知对方要利用这几日降雪冰冻,计划到黄河滩试枪打靶,作为行动前的热身训练。不怕他们动,就怕他们不动。动中总能发现动静。于是,专案组连夜安排,次日在黄河堤畔一个简陋的河务站设上了隐蔽的监视哨。

　　这天上午,雪花飘舞,宽阔的大河失去了往日的汹涌,天地间一派苍茫。靠近岸边处有大块浮冰。一行人鬼鬼祟祟,从面包车里下来,肩上果然扛着家伙。他们从车上卸下一块木板,拖至浮冰处,当作踏板上到另一块浮冰,很快消失在茫茫的雪雾中。不久,只见成群的野鸭子从半空中飞来,几经盘旋,散乱地落向浮冰,就听见呼啪一阵枪响,惊起的鸭子拼命冲向空中鼓翼,但很快坠落下来。约一个小时后,这些人陆续返回,有扛板架桥的,还有背麻袋的,扛着长枪的。监视哨中号称神枪手的焦教官附耳告诉沂蒙:可以断定,刚才在冰面上击发的全是猎枪,不是军用枪支。

　　待这伙人离去,沂蒙率人来到现场,只见最远处的浮冰上堆着四个雪人,头顶的草帽已被打得稀烂,野鸭子是被草帽上的诱饵引来送死的。地上除了散乱的羽毛和鸭血,还有大量猎枪弹壳,但未发现一枚军用子弹,原来,这帮家伙纯粹消遣来了,江梁文分明是在耍把戏!

　　这天晚上,在约定的据点,江梁文按时到了,看到沂蒙身边多了常科长,他略微一怔,又看见局长黑着脸,他突然转向老祁道:"怎么?你没给局长报告情况吗?"老祁冷脸道:"局长叫你当面跟他说。""好,好。"江梁文看出众人对他的不信任,反而愈加松弛下来,"今天一共去了五个人,堆了四个雪人,每人试射20发子弹,我打了30发,谭铁兵、张兆广俩人分别多给了我五发。"

"你们打的是什么枪？"

"手枪啊，有五四，还有德国撸子、二把。最后回来背的是猎枪。短家伙全在腰里掖着，鸭子是昨天就打下的，故意遮人耳目。今儿全部是实弹，子弹都落在黄河里，连弹壳也扔到水里，最后谭铁兵放几下猎枪，故意打马虎眼。"

这完全是弥天大谎，但又让你无法查证，就像这漫天飞雪一样茫无头绪。

"枪呢？你用的手枪呢？！"沂蒙干脆单刀直入。

"谭司令全都收走，每次训练都是这样啊。"他一脸的无辜和委屈，随后在身上摸来摸去，霎时又憨憨一笑，很快从贴身衣袋里捏出一枚子弹来。沂蒙接过仔细看，果然是五四子弹，弹痕簇新。

"梁文，为了说明问题，我让你把枪也搞给我看。"沂蒙一针见血，看他反应。

他腾的涨红了脸说："这样可是容易引起老谭的怀疑，你们不是要一网打尽吗，这样做可容易打草惊蛇，那帮货可奸着呢。"

"你会有办法的，枪手没有枪怎么行动呢？"

"好吧，我试试，你什么时候要看？"

"明天上午，不能过十点，不是我看，明白吗？"

他开始咬厚嘴唇，猛吸了一口气，斩钉截铁地说，"好，我完成，就是努掉蛋也得拿来。"

"胡说八道，谁要你那玩意儿！"老祁不能容忍他在局长面前爆粗口。

"好吧，冲局长的抬爱，脑袋拴在腰带上了，我死了，好在有局长科长你们三位做证明。"

出人意料的事情发生了，一把五四手枪次日便送到了沂蒙的办公桌上。祁展和老蔫脸上都闪着光，说话间也恢复了俏皮。因为有了这把枪，就坐实了案子。于是，省公安厅正式批准立案。梁州市委主要领导立即听取汇报，做出了"绝不能响枪"的重要指示。为避免打草惊蛇，这把枪对撞针做了处理后又归还了江梁文。但内紧外松，秘侦撒网,办案升级,就连那个小茶馆也安插了眼线,一时间如临大敌。可半个月过去了,江梁文那边竟没了动静,那帮人也都在正常上班,平静生活,刺杀阴谋偃旗息鼓,仿佛什么事都没有发生过。

老祁来报,江梁文这几日正在跑自己的工作,到工商局注册了一个公司,因资金不够,正在犯愁。他的老婆一直和他闹离婚,领着孩子单过。这小子近段和一个小伙子关系火热,还住在了一起。

案子不可久拖,沂蒙命祁展约见江梁文,不想这家伙绕过了老祁,直接打电话给了老鸢科长,说有最新情况报告。老祁说:"依我看,这家伙又在耍小聪明,一准又有大事发生。"沂蒙惊问:"凭什么这样判断?"老祁说:"直觉。"

祁展真可谓未卜先知,江梁文一张嘴,就说出一桩更大的阴谋来。原来,这伙人得知近期国家有位领导人要到省会出席全国运动会的开幕式。原定的刺杀对象做了调整,由公安局长变为政治要人,企图制造一场惊天动地的事件来。

风云突变,情形非同小可。沂蒙的心顿时紧绷,他彻夜未眠,将江梁文的录音做了逐段分析,觉得无法排除这种可能。案情重大,情势危急,已超过一个地市公安局所能承担的职责。于是马局长迅速将要情上报市委省厅,由省委一位副书记召开紧急会议,听取汇报后,责成公安厅长制定对策方案,不仅要求警卫任务万无一失,还要在开幕式之前限期侦破此案。

信息急如星火,顷刻惊动了公安部,当日夜间,负责政保案件的局级专家倪凤岐便率人赶到了梁州。待省市领导礼节性接待以后,专案组与之对接,进行实质性研究。倪凤岐宽脑门儿,说话慢声细语,颇具磁性,如同大学教授一般,他问清案情来龙去脉以后,便确定了快刀斩乱麻的方案:当夜传唤江梁文,从其口中证实真伪,视情再做决定。他随后看看手表,对一男一女两名随员交代着什么。原来,助手们还带来了一套测谎设备,看来真是大动了干戈。

按照安排,沂蒙担任主审,常科长副审,祁展担任记录。审讯室内主审椅居高临下,给江梁文预备的审讯椅处打亮顶光。倪凤岐和两个助手就在隔壁的双面玻璃后观战。被从家中被窝里揪来的江梁文睡眼惺忪,看到这番架势,茫然不知所措。还想打哈哈,早被沂蒙劈头盖脸一顿敲打,他才意识到警方已彻底翻脸,自己已被当成了嫌犯。

"俺早料到会有这一天,我这叫自投罗网,你们这叫还没到卸磨就杀驴。俺好心落个驴肝肺。明明是你们无能交不了差,反倒把恶水泼到我头上,看来是要把我往这绝路上逼。正好,我也不想活了,除了俺妞的牵挂,这世上一无所有,咱一脚踩蛋上两清,过去的事全当我没说过,你们这是把我往死路上逼——你们知道出了这个门我就没命了,失踪一天他们会全城找我,因为我已经是他们的叛徒了,你们双方都想叫我死,可死前总得让我喊喊冤。在这儿不让我喊,叫不叫上公安部大门口去喊,让事实证明,你们把大大的忠臣当成了奸臣,我不知道我这一死,还有没有人敢和你们公安打交道。"

灯光照射下的这张不断扭曲变形的脸,一时涕泪交加,痛不欲生。

"江梁文,知道诬陷罪刑法的规定吗?如果捏造事实,陷人入罪,是要承担严重法律后果的。"

"我姓江的行得正站得直!"哗啦一声手铐响,他端起桌子边的杯子,咕嘟了一大口,"俺一心想走正道,洗刷过去的污点。你们饱汉不知饿汉饥,知道俺过的啥日子吗——我这一天三喝,四两一口抽,也不吃菜,天天拉稀,俺知道自己得了大病,就这吧,只要妞不受影响,这辈子就算混到头了。只可惜投错了庙门,落个赔命赚吆喝。你不是说诬陷要反坐吗?枪毙我吧,因为他们是要杀人,我却诬陷了杀人犯!哼,谁敢有日天的本事扯这么大的谎,只有无私无畏的人才敢。等他们阴谋得逞,枪声一响,你们就搂着脚脖子哭吧,那时候你们会后悔今天对我的这套搞法,可到那时候我已经被你们或者他们干掉了,不过得满足我一个请求,就是在我的骨灰盒上写明烈士,一定得放在梁州的烈士灵堂里。"

慷慨陈词,义无反顾,估计玻璃幕墙后面的倪专家也难辨真伪。

"梁文,你提供的案情重大,可公安机关讲求不枉不纵,你怎么能拿出有力的证据来说服法律呢?"

"那把枪还不叫证据？我恨不能挖出心来给你们看,可这都是他们的预谋啊,等得了手,有了杀人证据不啥都晚了？下回你们可以叫我戴上窃听器,我想法子套他们的话,你们再相信我一次中不中？不管用什么法,我都替你们干,如有半句虚言,立马毙了俺！"

"我有一位老师是研究测谎的,他有台测谎仪,你敢试试吗？"沂蒙乘势引入正途。

"当然敢。"他脱口而出,眼睛四处张望。

"那好,先填写申请,我们现在就开始。"

于是,医生装束的倪处长登场,两个助手推来了仪器。在他的两臂和胸前的皮肤上接上了脉冲测量线,脑袋上也戴上了头盔。江梁文说："大姑娘上轿头一回,好玩儿。"话音未落,房间内就陷入了半昏暗状态。

倪处长的问话开始,问题太简单,江梁文几乎不假思索:你的父母是谁,身体如何,你爱吃什么,有何病史,你喜欢锻炼吗,最爱的运动是什么,你的孩子叫什么,你爱你的女儿吗……由于渐入佳境,问答的频率正逐步加快。

"你的朋友多吗？"

"不少。"

"你向公安机关反映的一件事情,涉及你的朋友吗？"

"……"

"你觉得对得起他们吗？你有负罪感吗？"

"没,没有。"

完全是在聊天,是在不经意间使对方中招,沂蒙注意到对面屏幕上的脉冲如平波秋水。

江梁文思路镇定,逻辑清晰,对答如流,看来不会有什么进展了。听倪处长继续问:

"你和妻子分居多长时间,有新交的朋友吗？"

"我除了老婆外,不交异性朋友。"

"朋友分挚友、净友、密友;年龄分老朋友、年轻朋友,你们属于什么朋友？"

"是忘年交的朋友……"

"那个年轻人叫什么名字,你们关系密切吗？"

"……"

"他和你联系密切吗？是密友？室友？……"

突然,图表仪传来吱哧的绘图声,荧屏上的皮肤电曲线正大幅飙升。

江梁文又在扯谎,灯光下的眼睛正在迅速眨动。

"所以,他和你住在一起？"

"……不。"

"他和你相依为命？"

"不……我一个人。"

"他和你亲密无间,是同室密友？"

"不！"

他摇头,但瞬间又在点头,皮肤电反应愈加异常。

"你和他在一张床上？"

"不！"他微笑,咧嘴,但瞳孔在急剧扩大。

"为什么你的床铺上会遗留他的东西？"

"没有,绝对没有……"他在拼命抵抗,遮掩。

"回答我的问题！"

"不是,那不是……"他避开了倪处长的视线,左食指在右鼻翼处轻挠,皮肤电反应更为异常。

沂蒙注意到,倪处长仅在几秒之内,已调整了一套新的测谎题。

"他和你究竟是什么关系？你们之间最近又发生了什么？他叫什么？"

"陈一龙——这又有什么关系,正常关系。"

"他去黄河滩了吗？他和你闹别扭了吗？"

"我和他干干净净,光明正大！"他越辩解,越是异常。

"他出了什么事,要干什么？"

"没有——"江梁文向后坐,眼睛闪烁,电波升至高峰。

"你怎么知道没有,他到底上哪里去了?"倪处长声调提高,几乎近于吼叫。

"我没有让他去!"他几乎绷直,身体向前倾。

"你让他上哪去?!"

"上南……南方,这是他自作主张,不是我的主意呀!"他几乎要扑过来,被祁展死死按住。

倪处长贴近他的耳边低声道:"只有说实话,才能避免大祸临头。"

江梁文像是突然明白了一切,变得十分清醒:"我没啥可说的了,你们别信我的胡说八道,我是个大傻×,干了一件大蠢事!"

江梁文被押下去,图谱仪尚未关闭,就在这段间隙,倪处长就测谎结果进行了分析。

"测谎并不神秘,它只是通过仪器观测精神对肉体的控制作用,分析人的肉体如何不自觉、无意识地接受精神刺激的摆布。"倪处长指向屏幕上的波段,"江梁文思维中既有无意识的存在,又有下意识的思考,这两者的不同,一般人很难掩饰,因为潜意识就藏在意识的背后,常处在被压抑的内心深处,经过外力的诱发,才能变为意识,这就是人们表现出口是心非的矛盾所在。因此,分析潜意识的规律,发现它与意识之间的反差,就能揭露出潜意识的本能活动。可江梁文却是个特例,在他的脑海里,两个意识交织,经常混为一谈,使得二者很难区分。"

"这一点怎么解释呢?"

"这就在于他本人有很强的自控意识和再造意识的能力。说白了,就是他撒谎后,潜意识融入了意识,让他自己都认为这就是真相,最后发展到对自己所撒的弥天大谎也信以为真,测谎议也对他无效。历史上优秀的谍报人员曾有过这样的先例。"

"这么说仍然不能证明他在向我们撒谎?"

"尚不能最后排除之前,我们还是宁可信其有,不可信其无。但失之东隅,得之桑榆。我们虽不能证实刺杀阴谋的真伪,但我们发现了另一个重要线索,就是他的密友陈一龙,很可能就是他的助手,或者是帮凶。这个年轻人很可能是受他控制的性伙伴。弗洛伊德讲本我,性生理的诱惑是极其强大的,大到可以被控制、被驱使。我怀疑此人才是真正的刺客杀手,因为从监狱释放的那一些人,已经失去了往日的社会基础,目前并没有反常迹象,并且便于监控,而江梁文最后流露出的一句话,倒真值得我们警惕。"

"说他自己是傻×,干了一件大蠢事?"

"对,按照江梁文的精神类型分析,不到彻底被揭穿,他会不断制造事端来证实自己,而绝不会停步——关键是他的动机,目前还无法破译。"

沂蒙点头,看了一下手表,命老蔫科长抓紧部署,务必找到陈一龙的下落。然后听倪处长继续说下去。

"我记得你给我说过江梁文当红领巾的时候,有一次救火受到表扬,使我想起了'文革'时的一起案例。当时,全国出了个'护桥英雄刘学保'——他1966年入伍,在兰州军区服役。1967年'支左'时,一天尾随林场职工李世白,走到铁桥东南侧80米,他从背后持斧和石块砍击对方头部,而后跑到大桥南侧30米河滩处,用相当于一个纸雷管的爆炸物将手炸残,编造了李世白炸桥被他发现挺身搏斗的谎言。他的事迹当时还上了报纸,被广泛传颂。当地公安机关在现场勘查时就提出质疑,可上级不予采信。认定刘学保是从桥孔抱出炸药包,在抛出瞬间受伤。后来他荣立大功,到处做报告,他的事迹还写进了小学课本,被提任为军区党委委员,九大代表,并与中央领导合影留念。他以此为资本到处做宣讲,后来连他自己都当真了。而李世白一家却遭受迫害。"

"你是说江梁文将自己的谎言通过意识的强化已经自信是真实的,所以测谎无效。"

"还不全是这样,我唯一不能解释的就是他这样做的动机。"沂蒙在笔记本上对陈一龙的名字画了一个大圈,老倪点点头道,"但现在时间已不允许,我们必须就大型活动首长的安全提出对策来。建议警卫等级加强,由你们对几个行动对象做到严密控制,宁暴不脱,准备好法律手续,随时采取强力控制措施。"

在接下去的24小时,梁州警方乃至全省警力上了一级警卫加强,50米一个便衣,100米一个警察,半径三公里去往省体育场的道路上,两侧楼宇的制高点控制,从首长入住宾馆不论饮食、起居和散步均有近身警卫。为显得外松内紧,不让领导觉察,近身的服务人员,乃至活动场所的游人均是警方的亲属。到了全运会开始,首长的位置较之原方案做了大幅度的调整,坐在首席的是主持仪式的常务副省长。包括首长所经走廊、通道,提前12小时扫雷布岗。省警卫处长老雷特地给50名特警队人员上了战前模拟实战演练课,并要求说,你们要有随时牺牲的准备,好钢用在刀刃上。那天尽管场地进入的观众全部经过新设的安检门,但在每50个人的座位区,仍有一个警察像钉子一样控制着责任区。

运动会开幕式精彩热烈,可从始至终,沂蒙和马局长的心情都揪在嗓子眼上,直到首长离开座席,全体人员退场,两人心中才一块石头落地。在返程的车中,他向马振邦说了自己的想法。

"从测谎的结果到今天的平安无事,加上嫌疑对象并无任何反常举动,基本可以确认江梁文是在报假案愚弄我们。案件侦查应果断停止,转向对江梁文的侦办,立即请示省厅,以诈骗罪提请逮捕,并查清其他罪行,数罪并罚。"

马局长紧咬腮帮,沉吟不语。沂蒙知道他是在权衡向省厅汇报的时机,避免再出现立案之初的操之过急。

"马局长,问题的核心是还不清楚他这样做的动机,目前老倪的测谎还有最后一个疑点尚未查清,我们请示再用一天的时间拿出结果,如果有充分的证据证伪,就立即起草撤案报告。"

老马终于同意了沂蒙的意见。不想江梁文那边又风云突变。原来,这小子已开始绝食。24小时拒绝吃任何东西,声称要见局长,要求再相信他最后一次,就是当汉奸,也要做两面间谍,否则就以死明志。

看到那张变化多端的脸孔,一股怒火从沂蒙内心陡然而生。就是这张厚嘴片的一张一合,凭空就让警方白花了多大的投入、多少的精力,到头来又造成如此骑虎难下的局面。

江梁文此时却变得异常平静:"你是写书的,我是个粗人,我死后,你可以把我的事儿写出来教育后人,我不想犯罪,而是被他们引上了犯罪。俺上了贼船,如今想立功赎罪,你们又逼我重新犯罪,拿我顶罪。你们太不了解他们,没有特殊的手段能拿到他们的证据吗?我这一生到此结束也无憾了,因为我拿到了他们的核心铁证……"

沂蒙没有任何态度,等他自演自唱完毕。

"你们跟他们玩儿不行,你是个正人君子,只有我江梁文可以。你一定想知道,他们为什么要这么干?你一定听仔细:他们准备搞枪,一下子要搞上四支军用手枪,并且干一票大的。很快拉到伏牛山打游击,与你们长期抗战。而且不出 24 小时枪弹就会到手。你们就等着枪响出大事、准备血流成河收尸吧。嘿嘿,到那个时候,我们会一起完蛋。只可惜了鲁局你一世的英名,竟然坏在不听我的忠告上……"

"思前想后,我已经 24 小时没有睡觉了,我在等他的消息,一切都在按我的计划进行——想知道吗?"

"哼,你是说被你毒害的陈一龙吧,我这里有你全过程的罪证。"

就像一块巨石挡住了肆溢横流的洪水,他翻了一下白眼,话语陡然转向。

"你知道多少?"

"那就看你赎罪的态度。"

"我和他是朋友关系。"

"你和他是最见不得人的关系。"

"我是为了拿到情报采取的必要手段!"

他突然涨红了脸道:"你们不信我,是不知道我的良苦用心,要达到高尚的目的,可以采用最低级的手段——要抓到核心秘密,只有在对方愿意为你付出一切的时候才会告诉你。为了证实我没有骗你们,我把他当成了试验品,而且只有用我这种方法才能拿到罪证!"他开始自鸣得意起来。

"你这种卑鄙的手段已涉嫌流氓罪——如果他下步出了大麻烦,

你要承担全部的责任。"

"那我现在开始交代,算不算立功?"他又在变脸,想做交易。

"已经算不得自首,顶多是坦白,还要看你彻不彻底。"

"他已经登上了去南昌的火车,准备去搞一批军用手枪。"又是一个比天还大的谎言!

"他的目的地是哪里?"

"南昌陆军学院兵器库。"

沂蒙内心不禁为之一凛——陈一龙,就是那个在小茶馆出现过的年轻人,其实早就被警方控制,但他已经成了江梁文的泄欲工具。

根据老蔫他们掌握,他只是江梁文的性伙伴,并未涉及案件。但听了江梁文的这番说明,使得沂蒙脑海顿起波澜。原来,陈一龙与师专保卫处长的女儿肖一楠恋爱破裂,原因是遭到她父亲的坚决反对。

江梁文乘机把陈一龙控制,吃住在了一起,并了解到陈一龙从小随父在南昌陆军学院生活,便唆使他去盗枪,自己则作为买枪的主顾,最后将其提供给警方以求邀功,这才是整个举报的源头。

"您能最后再相信我一次吗?这小子可真能干出惊天动地的事来。"江梁文的脸上第一次出现了真正的恐惧。

"他现在哪里?"沂蒙忍住满腔怒火追问下去。看来对陈一龙的监控宁脱不暴是最大的失误,此时他已脱离了警方的视线长达十个小时。

"我罪该万死,给你局长惹麻烦了,这小子肯定已到了南昌——枪毙我事小,要是出了血案,咱可都罪责难逃!"

将这可恶的巫婆嘴扔进看守所,接下去便是急如星火的缉拿措施。立即电传南昌市公安局做好防范,核实是否发案,同时查证陈一龙所乘的火车,以便途中截击。为以防万一,沂蒙立即组织政保八名精干探员成立专案行动队,赶来与马局长辞行,接受他的临行指示。

马局长对此的第一反应是纯系谎言。他是在办公室连着转了几圈方才给李厅长拨通电话。沂蒙的心情坏到了极点,听着电话里厅长尖锐的嗓音,深感一种重压下的痛苦和自责。就在刚刚放下电话的同时,又一个令人揪心的消息由指挥中心传来:南昌军校办公楼北端的兵器库发现被撬盗。初步清点,存放的四支"五四"手枪和50发子弹不翼而飞,室内窗口发现新鲜的足迹,南昌警方正在侦办。

又是一个灭顶之灾袭来。一旦枪支到手,绵羊就会变成猛虎。沈阳"二王"千里行凶,滥杀无辜的恶果不能不防。临行前沂蒙办了两件事:一是连夜对肖一楠父亲实施安全防护,同时通知市内各家银行,落实双人送款制,备好灰、沙和铁棍等自卫武器,夜间做到分文不留款项;第二件事,出于辨认需要和应对突发情况,决定让千秋兰带上陈一龙的女友以防不虞。

肖一楠住在大河路,敲门等了五分钟还不见动静,大概正在修饰,门开处,只见一双失神的大眼睛两边,有两片乌云般的蝴蝶斑,满屋子弥漫着浓烈的香味,呛得令人窒息,穿过一片狼藉的地面,但见席梦思床边,贴满唐老鸭、铁臂阿童木的卡通画,奶糖广告是幅《绿野仙踪》图,小茶几上放着陈一龙的照片,千秋兰取过来,交给朱立才迅速翻拍,发到其他出征者手中。老蔫特意交代大家,记住相貌特征:1.72米,左鼻孔上方有颗黑痣,腰里有家伙,小子枪法准,是子弹喂大的。

炊事班已给大家准备好了饭菜,老蔫还不忘跟孙师傅开玩笑:"孙子,做好点儿,爷们儿要上路。"孙师傅用勺子一敲锅盖:"歇歇吧,老蔫,爷这儿送你一个萝卜,两个鸡蛋。"乘着间隙,外线科长同连根让跟踪兼密拍员王大卫将陈一龙的录像重播几遍,定格在面部特写:"这小子爱戴宽檐帽子,常遮着半个脸。"转身向身旁的大个狙击手苏红海说:"俺几个的性命可都在你手里,若一声枪响,必须是你开的。"又拍拍王大卫的肩膀问:"给家里交代了吗?"大卫新婚,腾的红了脸:"你跟嫂子都不说,俺还有啥说的。"

登车后,沂蒙在包厢里唤来老蔫,在茶几上铺开地图,查看列车时刻表,寻找京广线上那个并不熟悉的车站:蒲圻。据江梁文交代,陈一龙曾说蒲圻有他一个幼时的玩伴,很可能在此下车落脚。而南昌到蒲圻,正在到中州的半途。为防止陈一龙在此处溜掉,沂蒙命六人留在这里预伏。利用临时停车,他和大家在台上一一握手。看到周围行走的人们,把帽子捂得严严实实的,连大衣领子也支起来,头像企鹅一样缩进去。战友们耳鼻冻得通红,眼神中透着戒备和紧张。他十分清楚,在这看似平静冷清的环境中,随时可能爆发一场激烈的枪战。谁也无法保证绝对的胜算。同连根附在沂蒙耳边说:"不要看这帮小子平时嘻哈,到关键时刻没有一个孬种。"

一个戴鸭舌帽的人走过来对火,这是外线科的大个子苏红海,同连根低声叮嘱:"这几个你负责,一定看准对象,防止同伙接应,防止'二王'的教训被人从背后点了名。"千秋兰此时匆匆而至,原来她已带着肖一楠上车,协助发现陈一龙,这时对方突然腹痛不能行走,为避免暴露,只得暂留蒲圻等候。

此时,南昌警方通报,陈一龙返程极有可能乘坐 84 次特快,于是,追击变成了拦截,待车刚一停稳,沂蒙等人立即登车,乘警引来了中州铁路公安处的刘副处长。原来,他们也已接到通知,提前掌握了车上的情况:陈一龙就坐在餐车后一节车厢内。

餐车中,刘副处长简要介绍:这陈一龙上车后十分警觉,斜背的挎包始终没有放在行李架上,他身上至少应有两把枪,就是到盥洗室刷牙,另一只手还插在腰间,就连到餐车吃饭也背着背包。为避免误伤群众,已安排两名便衣贴靠在他周围,只待下半夜他困了就动手。

"抓捕不用你们上手,接上级命令,南昌方面要求把他押解到当地审理,省厅又要求我们配合你们,据此处长命我们将他关押到郑州铁路公安看守所,请你们理解。"——人还没抓到,双方已开始争夺办案权了。

这时一个下属进来向他耳语了几句,原来,陈一龙那边兵不血刃,正当他打盹时,坚硬的手铐已经控制了双手,只有束手就擒。

押至餐车的陈一龙被胶条带封了嘴,摘去他压在眉心的长檐棉帽,露出一张十五六岁少年的面庞,满脸的青春痘,腮帮子鼓得像气死鱼。押解者扯去他嘴上的胶条,磕腿让他跪在了地下。

"你们凭啥抓我,你们是黑帮还是流氓?"对方一口南昌话。

"小马嘎子嘴还敢硬,你身上带的什么?"便衣乘警将两把枪搁在了餐桌上。

"哼,带这个也犯法了,你们仔细看看那是啥?"

沂蒙就手拿起其中一支,沉甸甸的,可一碰保险才意识到是一把仿真玩具枪。

"陈一龙,小小年纪不要耍花招。知道你犯了什么罪吗?"

"睁大你们的眼睛看一看,我不叫陈一龙,叫陈一平,朋友约我去梁州玩,我带它有啥问题吗?"

"你的朋友是谁?"

"陈一龙,他约我这两天玩一个快枪牛仔抓强盗的大游戏,我是其中的一个参与者,咋了?这也犯法吗?"仔细观察,这小子的五官与陈一龙相仿,可鼻翼处没有老蔫说的小黑痣。

果然不是他!"你的朋友现在哪里?!"

"你们抓不到他,他是罗宾汉、佐罗,玩躲猫猫谁也玩不过他。"

情势顿时紧张,陈一龙已料定必有拦截,故而声东击西,只有亡羊补牢,控制到中州方向的其他车辆,麻烦立马增大了。

幸而,千秋兰那边发现了情况。

原来,在蒲圻下车的肖一楠是佯装肚痛,实则与陈一龙早已约定在此见面。千秋兰给她买来暖水袋和甜点,在车站勤务室照顾有加,就见她神情不安,每来车辆必紧张张望,就在48次快车进站停车时,她突然在窗前立起了身子,顺着她的视线观察,千秋兰看到一个人匆忙下车,到站台买了一包食品,东张西望一番,又登上了列车。

"这个人你认识?是陈一龙吗?"

肖一楠犹豫了一下,虽未回答,但神情告白了真相。千秋兰急呼苏红海他们,待外线组扑向列车,车门早已关闭,提速前行。她迅速用无线设备连通了鲁沂蒙,沂蒙立即与郑铁刘副处长对接,要求对48次列车施行临时停车,全车搜检。

列车在信阳车站停靠,车头在暗夜喘着粗气,无人觉察到所有的车门都被关闭。大批换上便衣的铁路公安逐车厢过筛子。千秋兰带着肖一楠从车尾部向前走。一路上,千秋兰对她照顾有加,且陈说利害,肖一楠显然被感动,愿意协助警方。

昏暗的灯光下,满车厢的人都在酣睡。车厢连接处的苏红海向千秋兰做了个示警手势,她猛然看到,陈一龙在车中部靠车窗的地方端坐着,而紧挨他的是一名孕妇,再仔细看:他的左手正架在右肘下,分明可见那是一把手枪。好在周围的乘客都一一换成了便衣警察,千秋兰坐在了对面,肖一楠换下了孕妇,并用哆嗦的手握住了冰冷的枪口。看着满脸泪水的女友,陈一龙道:游戏到此结束,我是胜者,因为不费吹灰之力就调动了你们的千军万马,我还要与你们的最高指挥官谈判——请给予胜利者应有的尊重,不要给我戴铐子。

千秋兰说可以,先把枪交给我,咱们到餐车去,不要影响旅客好吗?旁边的肖一楠已成泪人,哽咽道,一龙你可不要干傻事,无论怎样我都等着你。

四周的便衣围拢过来,把行李架上的行囊取下,里面是三把五四手枪,全都上了膛。身上这一把倒是上着保险。陈一龙揉揉眼,眯眼环顾之后,倒把下巴扬了起来。

"你就是陈一龙吗?我看是陈一虫!"老蔫有意杀杀他的嚣张,拍了一下桌子。

"你们就会耍阴招,吓唬祖国花朵青少年,敢放开马练一练吗?你们哪个都未必是对手。"

"这么说是门缝里扁看人,还遇上武林高手了。"老蔫故意激他,"你就说说枪是怎么到手的吧。"

"是审问还是谈判,我可是投诚起义的。"

刘副处长在旁示意,有人端过一杯水,陈一龙咕咚了两口,开始白话起来。

"陆军学院那是我小时候的跤场和靶场,这次回去,轻车熟路,翻墙进院,像走平地一样,乘着哨兵换岗,我就爬上了树,正对着军械库的四楼窗户。白天我已经用一只活苍蝇做了试验,那电网就是个摆设,根本没电。到晚上用胶条贴了玻璃,用包了布的锤子破了窗,这四把枪就到了手,给当年的玩伴下了帖子,人手一枪,到蒲圻集结,进入神农架搞野战生存……"

"知道这事有多严重吗？"

"咋不知道哇，可我有免死牌呀——"

这小子年纪虽小，可谓老黄脚，他十八岁未满，知道法定重刑的年龄。

毕竟人枪俱获，众人松了口气。刘副处长做了一个明智的决定：让蒲圻小组押解陈一龙至中州铁路看守所，途中供梁州警方审讯，等待最终与南昌案件管辖权的确定。沂蒙感谢对方用心良苦，即刻做了相应分工：由老鹩带一路去南昌做工作，与当地磋商，因我方立案在先，又因作案人在梁州，能否由我方主办，老鹩领命，带翟大任转身而去。

从蒲圻上车，陈一龙这小子的嘴就没闲着，于是省去了不少审讯时间。他先炫耀的是自己的作案经历：曾两次进少管所，懂得行窃先踩点，如何使警犬失去嗅源，如何防止现场遗留痕迹物证，如果能在警察看现场时也能混迹其中，那将是最美妙的快感。

"这次盗枪是为了什么？"沂蒙打断了他。

"肖一楠的父亲看不起我，我要证明给他看，我可以调动指挥警察，可以做惊天动地的大事，就像司汤达《红与黑》中的索黑尔·于连，我知道这次是他出卖了我。"他至此并不怀疑江梁文。

"你的聪明骗了你，判断完全错误。"

"那绝不会是一楠，她始终是爱我的，你们利用了她对我的爱，否则你们是无论如何也抓不到我的。"

"为什么？"

"知道吗？你们的女警察长得很像我大姨，长这么大，大姨对我最好，我还以为是家里改了主意，支持我跟一楠在一起。后来才知道是幻觉，才给你们抓了。"

"你们是怎么认识的？"

"我太爱她了，在禹王台初次见面，我简直就要喊出来：'就是她！'那天下雨，我约她晚上十点见面，她没有到，我在雨中整等了两个小时，只见她一身泥水的跑来了，紧跟在身后，她父亲也出现了，他威胁我俩，要她跟我一刀两断，然后把她生生扯走了——一楠就是我的一切，她的父亲毁了我的一切,我心痛得出血,我就要复仇,我要以他的死来威胁他……"

"谁在帮助你实现这一切?"

"我不能出卖我的朋友……"

"可你的朋友出卖了你,他才真正是在利用你。"

沂蒙不失时机打开了江梁文的录音,听得陈一龙张大嘴巴,瞪圆了眼睛。

接下去审讯十分顺利,在车上结束了对陈一龙的初审,送入中铁看守所时,接翟大任来电,老鸢科长那边工作受阻,南昌公安通报了案情,但仍坚持本案由当地侦办。

原来,自接到省厅紧急通知后,南昌公安局立即出动,发现陆军学院兵器库果然被撬,于是,惊动公安厅主管厅长、市局局长和南京军区保卫部长、侦查处长先后赶到现场。见到大门中部的钢筋插锁套在锁鼻上,靠西墙北头的一个柜橱右扇门敞开,锁上插有钥匙,橱内最下一层存放着的四支"五四"手枪不见。靠东墙的枪架上,立放着的"五六"式冲锋枪、轻机枪、自动步枪乃至火箭筒高射机枪、重机枪等重武器却原封未动。尘封的地面有留着新近的足迹,一直延伸到靠南墙西头打开的窗边,其中一扇玻璃陈旧性缺损,窗台上发现有新鲜泥土和擦划痕迹,靠窗的三斗办公桌存放的库房门锁和枪橱锁的三把钥匙不翼而飞。

震怒的军区首长对此讲了三句话:一是全院戒严,配合调查;二是掘地三尺也要找到被盗枪支;三是破案前对外封控一切消息。难怪常科长他们去了就吃了闭门羹,看来只有请示省厅获取支持。下车后沂蒙即找李厅长,没等赶到省厅,常务副厅长庄焰就通知一行人到他办公室。原来,南昌方面已派刑侦处长与省厅总队长星夜赶来,早就在厅长会客厅等候。

双方将情况摆了一遍,沂蒙强调案件线索、涉案人员均在梁州,应由梁州立案侦办。而对方肖处长说明军方首长已下命令,要严查内部管理失职,盗枪人必须在南昌捕判。沂蒙还要力争,不想被庄焰拍响了桌子:"沂蒙你不要再说了,梁州工作已造成重大失误,如果酿成大案,还要追究你们的责任。"

案件到了这个节骨眼上,谁也不肯撒嘴。沂蒙走出会议室小解,发现同连根向自己做手势。原来,老鹚从南昌那边打电话到省厅来,报告了一个重要进展:鬼小子翟大任通过一位警校同学进入技术室,获得了浏览材料15分钟的待遇。大任随身带了微型相机,将全套现场勘查记录内容悉数拍照。诉讼环节需要的证据基本齐全。沂蒙未露声色,入席表态,听从厅长安排,由双方联合审讯,合作办案。

于是,案件又回到了原点,审讯本案始作俑者——江梁文。

"我可把你盼来了,几天几夜睡不着,做梦都是押赴刑场,一枪把我打醒了。"江梁文显得有些憔悴,但那双小眼睛却闪着焦急和试探的光点,"你说我是死是活,是立大功受奖还是炮打头吧。"沂蒙示意让他自己说,看这只狡诈的变色龙又会玩出什么花样来。

"俺听说古希腊的第一个解剖尸体的人被处了绞刑,可以后这个人就成了英雄,英雄在当代往往被冤枉和屈死。我从小恨坏人,想当侦探,痴迷破案,根据我的研究,每个人在心底深处都有过犯罪的念头,每个人都有过不可告人的另一面,没有特殊的手段是很难搞出来的。我看了很多侦探小说,全是瞎编骗人的。经过我的试验,只有一点最可靠,能让人把藏在心里的秘密说出来,那就是生理上的快感,让他欲仙欲死,让他陶醉在毒品一样的幻觉里,如实袒露心机,这就是弗洛伊德的性学说——我可以从一个人生殖器的勃起、射精、姿态、感受进入他的潜意识,通过他性本能的最大满足发现藏在他心底的秘密。"

"陈一龙是少年,他不是你的性伙伴,而是你流氓犯罪的被害人。"

"不管怎么说,我拿到了他要盗枪的动机,人对犯罪、对性关系认为是丢人的事情,我要把它挖出来给你们,而你们做不到,因为你们是正人君子,你们墨守成规,只有我这种身上不干净的人,才能和他们混在一起——我不是为了钱,也不需要你们安排工作。我只想证明我才是你们要找的最厉害的特工。我想说明本人从始至终都在效忠你们警方,在看到你们拿不到证据的时候,我比你们都急。于是,我在探索中快乐,在冒险中尝到情趣,在试验中无比兴奋,在孤独中驱散痛苦。"

审讯室里的录音器在默默旋转,高智商的江梁文与丑恶的淫棍只有一步之遥,欲念若失去理性的控制,便是精神分裂与妄想,也将成为这个社会最危险的敌人,因为他不仅陷入犯罪,还会陷人入罪、怂恿和制造犯罪。

"江梁文,你这样做已经构成了重罪,明白吗?"

"我就等你这句话,这一回权当我做出牺牲,我情愿被你们判罪,不然也会暴露自己,这也等于把我保护在监狱里,打一打我的傲气,长一长我的才气,可坐牢时间千万不要长,也不要把我送精神病院,那样会一无所获,我身体也受不了。俺已经研究了教唆罪、流氓罪、诬陷罪,徒刑顶多不超过判四五年。"

面对这个完全超出了办案常规的无赖,一个醉心于出卖与投机的痴迷者,应该是当代精神病学研究的范畴,沂蒙掩上审讯笔录,交常科长他们继续履行侦查预审程序。同时向马振邦局长提出建议,将陈一龙枪案与江梁文并案办理。并向省厅请示,为加快办案进度,由梁州履行诉讼程序。

案件从快起诉,判决江梁文刑期5年,陈一龙少管3年。江梁文举报的暗杀行动不予采信,永久封存。对盗枪案件尊重南昌公安及军方意见,不予公开审理。

案件虽尘埃落定,鲁沂蒙却轻松不起来。手边的办公桌上有老蔫他们报来的结案报告,还附着一份报功的请示,上面不乏"人枪俱获,兵不血刃"的字样。沂蒙注意到,在一沓送来的报纸中,还夹着一张打印的字条,上写:你觉得赢了吗?他顿觉纸条有些似曾相识,想起上任之初破获的案子,曾有人提醒自己给作案人做精神病鉴定,也是这种不署名的方式。他细忖了一阵,蓦然做出一项决定来。

这天下午,专案组全体开会。会场内一时兴高采烈,谈笑风生,一扫近日的阴霾,大家评说着案件的侦破精彩处,争论着记功的等级,老蔫见沂蒙已经坐定,便满面春风地向众人拍掌道,说一千道一万,还是局长说了算,欢迎鲁局长为大案破获做精彩总结。

掌声过后,足有几分钟的沉寂,沂蒙的声调却从未有过的低沉。

"我们侦破的这起盗枪大案,破得的确精彩！精彩到被一个骗子玩得团团转;精彩到为一场虚构的骗局兴师动众、大动干戈;精彩到惊动省厅公安部,差一点让弥天大谎弄假成真酿成枪杀大案;精彩到我们最终破了天大的假案还自以为荣、沾沾自喜。作为主管局长,我笑不出来,只是感到天地难容,皆因我主帅无能,莫怪三军。"

众人的脸色由晴转阴,犹如霜打。

"有人说政保口就会破假案,我不同意。破假案也是成绩,谁也不是圣人,破案就是一个不断试错的过程,侦破经验就是从教训失败中积累的,本案应成为我们自我批判的经典案例,从我开始,弟兄们要敢于剖析自己,查摆失算、失误的原因。我提议将今天定为'案耻日',知耻而后勇,刻苦练兵,对得起这起案子所交的学费,以实战证明政保口能破疑难大案的能力……"

掌声开始零星,后来响成了一片。

十六

杜明已经很久没有见到鲁沂蒙了。当初在派出所当民警时,还可以推门而入,谈天说地。现在沂蒙当了局长,安保森严,几次都使他望而却步,以至于自己赴日留学时也没能当面话别。如今杜明已在东京近两年了,到了樱花烂漫的季节,独在异国思故友,便提笔写信想告诉沂蒙,自己不仅绘画专业成果大进,而且有了女友青邈小池相伴,红袖添香,他想让朋友分享自己的快乐与幸福。

两年前的樱花季,杜明获准赴日留学,是舅舅陈光华一力资助担保才如愿以偿的。

此前,大学梦一次次地破灭,使杜明心灰意冷。他看到报上招考高中教师,好不容易成绩过关,厂里以技术骨干为由不肯放人。二伯父是市供电局的工程师,借他到供电所,又因未疏通头头脑脑的关系愣给搁浅。遇到一见钟情的女友梅芬,谈婚论嫁时又止步不前,因她的父亲也是国民党,并且死在狱中,她想自我拯救,因此十分在意男友的出身。当杜明选拔飞行员合格时,她高兴得涕泪迸流说:"你是特招,我就可以随军了。"可严酷的政审又将最终的希望变成了绝望,梅芬离他而去,嫁了一个老实巴交的工人。

就在走投无路之际,多年音信俱无的舅舅陈光华,自海外从天而降,给他带来了出国留学的希望。原来,杜明的姥爷早年与郭沫若同船东渡日本攻读法医,娶了东京八幡的姥姥大番喜美子,舅舅生在日本,后辗转到台湾,以经商名义为国民党情报部门效力。以后便断绝了与内地的一切联系。直到改革开放他退休加入了日本国籍,作为回乡为地方投资的外商,他受到了应有的礼遇。于是,杜明的留学通过梁州市统战部的支持,由一位姓何的科长多方协调,这才一路绿灯,犹如神助,他便来到了东京日暮里学院攻读绘画艺术。在这里,杜明如饥似渴地学习,无暇领略奈良、名古屋的异国风情,每日从寄宿地挤电车直奔学校,在小阁楼恶补日语,感到孤独时,就在斗室打开电视驱散难耐的寂寞。

那天他登车时慌乱,不小心和一个女学生碰了个满怀,对方的一本书也被撞落在地,他捡起道歉时,发现竟是一本中文版的《东周列国志》,两人就此攀谈起来,从晋文公说到介子推割股救君,又扯到寒食节,谈得差一点误了下车。女学生就是青邈小池,就读于东京大学攻读硕士学位,正为到中国留学做准备。两人一见如故,感情逐渐升温。半年前,杜明假期回国探望父母,善解人意的小池帮他买了电视机和电冰箱,称是叔叔开办的公司经营的,只要写张借据分期付款就行了。坠入爱河的杜明,未曾细看就在借条下端龙飞凤舞般签了字。

这天晚间,杜明在宿舍画"割股救君"图,并配以古诗,想把它赠给小池:

> 有龙失所,到处奔走
> 数蛇相从,历经辛苦
> 龙饥无食,一蛇割股
> 龙归大海,安其壤土
> 数蛇入穴,各得其所
> 一蛇无穴,有谁怜故?

就在这时,宿舍电话铃响。一听便知是小池,小池邀他到住处相见。女友让自己到家,使杜明心如鹿撞。他匆匆来到一处僻静的街巷,走进一所标准的日式庭院。院内花木扶疏,修剪得十分精致。小池就在阶前迎候,待他端坐在榻榻米上,小池跪坐对面,用白皙的手指将一张纸推送在他面前。她依旧是弯弯的眉,微微翘起的唇角,但下垂的眼睑使面部表情显得有些凝重,声音中含有几分喑哑和低沉。

那张纸的下半截正是自己的签名,而上半截却是台湾军情局招收特工的条款。而当初的这张纸是折叠的,小池告诉他只是张借款单,是叔叔株式会社的落款。

像霹雳闪电直击头顶,他的身体像铅坠一样往深井里掉,最令人恐惧的事情竟发生在自己身上,而且木已成舟。他将质疑与满腔的怨恨投向小池,对方的目光却盯住了他头顶上方的屏风,身体也在微微地发抖。她斑斓的和服变得像一张古怪的网,而她就像网中的一只蜘蛛。

他的脑子在飞快旋转,想让时光倒退,退回到在梁州未出国之前,一直到舅舅出现在家中的那一刻——是这个使全家难逃噩运的人,又将自己推入火坑的吗?可再一想,舅舅原来不就是军情局的身份吗,即便是他没有这个心思,他曾效力的部门呢?看来,从一踏上日本那一天,自己就已经入网,要摆脱这张网也并非易事,还是用缓兵之计,走一步看看对方是什么目的,可这些早被对方揣摩到了。

真正织网的人从背后的屏风处走了出来,对方谢顶宽额,但二目有神,自称叫陆一民,是舅舅的故交。

"你舅舅是军情局负责大阪、神户的上校特工,我是他的接任者,就像你们大陆的说法叫:薪火相传。我们高兴地看到,党国的事业后继有人啦。"

"我到这里是留学的……"刚要说话的杜明,马上遭到拦截。

"我们太了解你了,你的父母'文化大革命'中受迫害,你因为舅舅在海外的背景,多次失去大学深造的机会,在大陆注定你的一生都不可能出人头地的,而这一切,都可以在我们这里得到补偿——你一定明白我的意思吧。"

"谢谢你的意思,可我在大陆有我自己的工作。"

"既然在志愿书上签了自己的名字,就要义无反顾,有了份新工作,你将获得比现在多十倍的工资,还可以取得日本护照,年轻人——"他意味深长地看了小池一眼。

"我不需要这些,只需要学成回家。"

"你一定要明白,当踏上大陆时,你将会被终身监禁,失去自由。因为你已经加入了我们,并且已经领取了工资——当然,除了这些,你还会得到更多。"陆一民拍拍他的手背，"我和你舅舅商量过，要对你负责，这也是关乎你一生的选择。当然，我不会勉强你，只是给你增加一个学习的机会。"

陆一民所说的学习机会，就是设在日暮里山坳的特种业务培训班。

五个月后，杜明完成了有关军事、政治、经济情报的收集系统课程。包括审讯与反审讯，密拍与密写，以及化装术、自卫术、射击术等全套技术。最后一课是陆一民上的，他就讲了一个日本间谍小野田宽郎的例子，给杜明留下了极其深刻的印象。

小野田宽郎二战期间被派往菲律宾卢邦岛，日本投降后，他仍在山地丛林中坚持游击战，直到30年后，一名日本探险者上山遇到他，告知他日本早已投降，小野田不信，说自己只服从上司谷口义美的命令，坚持战斗，不准撤退，没有他的命令不能下山，并多次拒绝当地政府的劝降，认为是诱骗。探险者回日本找到已是书商的谷口义美，谷口到图书馆找到当年本部奉文发布的2003号撤退令和投降令以及归国令。复印后交由探险者带给小野田宽郎，小野方才受命到警局投降。时逢菲律宾大赦，小野回国受到最高礼遇。

"这就是间谍的职业信念。"陆一民在临别时对杜明交代，"你回国不用担心，你就是一枚闲棋冷子，没有具体任务，唯一的就是不被发现，即令万不得已有任务，前提也是绝对安全的。"

其实，舅舅陈光华托的那个给杜明办手续的统战部的何科长就是沂蒙。早在他的舅舅陈光华第一次回梁州时，双方就开始了紧密的接触。

沂蒙是陪同统战部贾部长与这位海外华人晤面的。当时，陈光华西装革履，面色红润，虽已年过花甲，但精神矍铄，而且辞令得体，说话幽默。常用中原老家话的"中""咋""馍"逗得大家发笑。沂蒙道，先生数十年乡音不改，鬓毛也不衰啊。贾部长接着说，我们同龄，可我就不如你。陈光华说，部长你是诸事烦劳，早生华发呀，我呢，是经常干活，奔波生涯哟。沂蒙道，这次陈先生久别回乡就多住些时日吧。陈光华表示还要到西安、北京去。沂蒙说，根据贾部长要求，你的生活起居方面一定要照顾好,包括车票都由我们帮办,梁州人叫不外气。对方道,你们很忙,多有叨扰,和贾部长是第二次见面了,是老朋友了,这次就是带着意向回杞县投资。沂蒙就势表示愿陪他到县里走一下,以便玉成其事,老头子欣然同意。

接下来两天,两人游览古迹,寻访故旧,同车聊天中,沂蒙问及他在日本的饭店规模、海外的同乡还有无联系。聊得深了,陈光华说起自己的创业艰难、丧偶之痛,活脱脱一个性情中人。沂蒙见他谈兴正浓,便背了一首古诗道:"隔壁有人摇串铃,只听声音不见形,得了富贵不还乡,如穿锦衣夜里行。"想引他道出归国动机,不料他却说:"回来看到家乡的变化,甚感欣慰,想为'四化'做些贡献,若能投资如愿,就将常回乡梓,只可惜在外漂泊,已不适应国内的生活。"渐渐的他又扯起了家事,就是自己的外甥杜明,想出国深造,问可否帮忙。沂蒙答应向贾部长汇报,并以统战部的名义做通审批部门的工作。

出国留学的权限就在公安局出入境管理科,科长就是千秋兰。老同学见面,杜明还想调侃,被千秋兰一副公事公办的态度打断,在表示按程序审批的同时,还进行了出国安全教育,交代了防范事项,只可惜被幸运笼罩的杜明未能听得进去。殊不知警方经向公安厅安全部门请示,为摸清这位老谍报的下步动向,同意批准杜明的留学申请。时光如梭,三年过去,杜明学成归国,而陈光华的项目投资却胎死腹中。就在这时,突然发生的另一桩紧急事件吸引了警方的注意力。

粉碎"四人帮"之后,国家司法机关先后释放了一大批当年的潜伏特务,一名叫楚伯涛的特务,经过二十五年的监狱劳改,安置在街道的电瓶车厂,沂蒙当然记得自己在派出所当内勤时翻阅的敌特档案,知晓他作为"全能特务"就擒的全过程,因为这起案件当初的侦办人,就是父亲鲁如柏。

此人近日突然被海外启动,约他到广州秘密接头。而约见他的正是当年共同受训的女特务凌芳菲。两人曾有一段恋情,因而对方来信言辞恳切,叹息时光如梭,韶光不再,回溯往日,思念殊深,而今在香港一家公司就职,仍孑然一身,别无他愿,唯愿会面一叙别情。从迹象看,这是敌特之间的复联线索,对方的目的究竟是恢复联系,入境窃取情报,还是利用老特工发展新人员?

经过研究,省厅安全部门确定由沂蒙率员赴广州与当地国安部门共同侦查布控。局里选定了四名侦查员执行任务,老常科长、李秀峰、卫凌云与千秋兰。千秋兰是经沂蒙斟酌最终确定的,一是对方是女特,千秋兰曾做过多年外线跟踪,便于近身工作。更重要的是她曾办过楚伯涛专案,并在大学期间,潜心研究过军情局历史沿革和大量敌方资料,被称为"活电脑"。

由于双方约定在圣诞夜见面,老鹫率人先行,沂蒙到省厅汇报后,乘飞机飞往广州。

那是沂蒙第一次乘飞机,开始还感到新奇和刺激。随着飞机的升空和平飞,便感一种倦意袭来,他打算方便一下再休息,在舱内往返过程中,沂蒙的神经突然紧缩了一下,他感到昏暗中有一双眼睛一直在注视着他,这种感觉从过安检时便有。登入机舱后,变得愈加明显,这双眼神既熟悉又陌生,是观察还是在窥伺,一时无从捉摸。

飞机开始降落,直到这时,沂蒙才发现窗舷边是巨大的襟翼,脚下便是万家灯火的广州,宛如粼粼波光中耸珠叠翠的七宝楼台。机翼此时像一把巨型的剪刀,揭开了黑暗遮盖下的无穷秘密。掠过了市区鳞次栉比的高楼巨厦,猛然感到有轮子接触地面的声音,飞机弹跳了一下,就像被驯服的猛兽,减速缓行,稳稳停在了机坪上。

接机口处,老常、李秀峰、卫凌云和千秋兰都在,竟然都穿着夏装,千秋兰还穿着一袭墨绿色的裙服,只有沂蒙还裹着大衣,顶着棉绒帽,到了车上就一个劲儿地脱。千秋兰忍俊不禁地笑。老鹫解释道:"千秋兰说远远看你,像是东北抗日联军来了。"千秋兰说:"我可说的是联军司令啊。"到了机场千秋兰跳下车,她还有任务,接机上另一个人。沂蒙这才印证了自己的直感不谬,果然有人同机前来,并且他快速猜到了来人。

很快与广东安全部门接头,据掌握的楚伯涛与凌芳菲来往电报,楚伯涛从梁州乘47次特快于26日到穗,住广州西豪路北京饭店307房间,并约定此后三天上午到白云宾馆友谊商店接头。于是双方当即将侦查人员混编,做了严密跟踪部署。

楚伯涛如期入住饭店,并于后几日逛大街,串商店,看电影。29日上午9时乘车到友谊商店门前后溜达了20分钟,30日上午9时又提前到接头地点,直等到下午两点钟未等到来人。

人群中的他虽然面露焦急,但显得沉稳矜持。他步履因左脚微跛,略显颠簸,可内含节奏,能够准确测出背后有无眼线跟踪。他此时已知前有两人,后有四人,还有第七人等着接力指示,他走到商店橱窗停下,观察搜寻身后那些用帽子、报纸或旅游图遮着脸的人,他急步走进一家饭店,匆匆进了住宿部,找了厕所而后直接从来路出门,使迎面跟踪者猝不及防,不能再跟。他潇洒地换了礼帽和围巾,将外套悬挂肘上,向门口行人打听路,偶然在窗前看到一个和自己步频一致的男人,又淘汰了一名便衣,再走进商场员工入口,佯装打听一个人,抱怨自己记错了电话号码。出店门时已将外套反穿,黑色换成了咖啡色,成功甩掉了大部分跟踪者,只剩下一个千秋兰,他才若无其事地走进了友谊商店。

接头人仍杳如黄鹤,正当他要离去时,一个小乞丐走过来,交给他一个小字条。

他不慌不忙来到外汇购物指南处,就在电梯即将关闭时,猛地奔向电梯。这次,竟然将千秋兰也甩掉了。在电梯间,他按了五楼,却和三楼的人一块出来,并徒步下楼走向街道,在附近的旅店住了一宿,而旅店的窗口,正对着友谊商店接头的地点。

中断了的线索,从小乞丐身上又连接起来。这一次竟是与沂蒙同机而来者操纵的。他在两天前接到密令到广州执行一项任务,给一个重要接头人传递信息。

楚伯涛接的那张纸条写的内容再清楚不过:你违约了,下次再会。

他随即到红云路购票处买了元旦当日144次车票准备返回,临走仍不甘心,又到友谊宾馆附近的北京饭店、红峰旅社服务台查询有无凌女士的住宿,确认无果才怏怏离去。

这一切都是穗、梁两地侦查外线人员碰头时所得线索的完整拼接,直到这时,沂蒙才对这个代号"816"的特工刮目相看。单从其敏捷的身手和一整套反跟踪的技术看,你根本不会相信他已经年过五旬,25年的牢狱生活,丝毫没有减退其当年受训的技能。

让时光倒转,回放到1949年,正当解放军以摧枯拉朽之势席卷全国时,楚伯涛与一批过惯优越生活的贵族子弟在漂泊中被遴选至台湾石牌干部特种训练班,接受严酷的全能训练。包括摩尔斯代码的熟练掌握与破译、各类枪械使用、驾车、捕杀、野战生存中的野兽剥皮、食用野兔和昆虫、消除自己的痕迹、制造声东击西的假象、篡改文件、仿制印章、不露痕迹地更改姓名和日期、人体解剖时研究对身体最柔弱部位的袭击、如何记忆数字与色彩、一场搏杀混战后的细节回忆、川流不息车辆中汽车牌号的熟记等等。一切为今后长期在大陆潜伏所用。

石牌班共五期,楚伯涛参训的是高级班,受全能训练,为特派员和站长提供后备。其他为情报、爆破、研究组。该班规格极高,班主任为唐纵,下设七个班委即郑介民、毛森、陶一珊等。石牌班的位置在淡水与石牌站之间的幽静之处,有茂林修竹的掩映,学员之间以编号称呼。那时候他结识了凌芳菲,双方均有好感,但班上严格限制建立相互间的友谊,加之时局动荡,今后各奔东西,且命运难料,彼此仅有心仪。此后双方分别潜入内地,楚伯涛被委任少校副组长,到中原秘密搜集情报时被捕。

审讯之初,他按照在石牌学过的反审讯要领,来个徐庶进曹营——一言不发,不管你怎样教育启发,就是沉默不语,直到审讯人员亮出同伙凌芳菲指认自己的供词时,他才彻底绝望了。

楚伯涛此时才知道,石牌班潜入大陆的精英们几乎被一网打尽,他开始胡思乱想,想到即将押赴刑场执行枪决,想到在铁窗内终老一生……这令人不寒而栗的结果突然幻化成六个字:不成功、便成仁!于是趁看守不备猛然冲向半闭的窗户,从三楼纵身跃下。

昏迷中的楚伯涛醒来时,已躺在公安医院的病床上,全身裹着绷带,左腿右臂骨折,更可怕的是,地上放着木梁,一颗钉子扎进头颅,触动了神经,造成了左腿的终身残疾。

痊愈出院后,他想侦审人员一定会加倍打击报复自己,不料想专案负责人鲁如柏对他关怀备至,不但不再给自己戴手铐脚镣,还天天和他促膝谈心,并且把自己的姐姐接过来做工作。父母离世后,姐姐成了世上唯一的亲人,姐弟一见就抱头痛哭。姐姐给他讲述了全家在战乱中的艰辛,讲了新中国成立,政府对家人的宽容与照顾。楚伯涛大为感动,将参特过程和所犯罪行全部交代,最后被判处无期徒刑。凌芳菲也在此前被捕判。俩人直到1976年出狱前接受集训时才得以重逢。临别之际,楚伯涛送给凌芳菲一个笔记本,扉页中写:野火烧不尽,春风吹又生。

两人出狱后各奔东西,一人去港,一人回内地。其间鸿雁传书,彼此开始谈婚论嫁,但最终归于分手。原因是楚伯涛无法获得入港身份,因而招致凌母坚决反对,两人之间一度中断了联系,直到两个月前,凌芳菲恢复来信,再叙别情,说自己在一家学校工作,生活也稳定下来。同时也告知在港的旧友对他十分关切,期盼故交重逢,并表示愿同楚伯涛在广州相会。

楚伯涛起初对此并无热望,称自己已过天命之年,年老体病,不拟远行。但凌芳菲却旧情复燃,多次来信催邀并寄来川资,才促成此行。可一腔热望的楚伯涛却换了个空手而归,他觉得自己是被愚弄了一番,一怒之下乘上返程列车,心绪也仿佛被这钢轨一点点碾碎了——他用一生在爱她,她却骗了他。"这压根儿就是个诱饵。"他做了冷静下来的判断:自己的腿有毛病,加之北方的装束特别显眼,对方不可能没有发现,一定是她背后的上级在对他做试探,大概是发现了有人监视和跟踪,才放弃了见面。他立即想起了送信的那个小乞丐,这说明凌芳菲并没有如约而来,只是找了个替身,这分明是在考验他的忠诚度。或许,他们是在借凌芳菲的名义,冒用她的笔迹给自己写信,也未可知。对此,自己没有必要再冒如此大的风险蹚这浑水。于是,满腹怨气的楚伯涛返回梁州。回后即去信责备凌芳菲:

> 接你电后,乘快车来穗。从郑州上车至武汉整整站了七个小时。30日又提前十点半到友谊商店等候到下午2:40,始终不见来

人;31日又去等至12:00,断定你不来了,所说的曾先生也未露面。我极度失望,可谓千里往返,落空而归。记得七八年前我们各执己见,最终是你中断了联系,如今你又爽约不见,我一生最恨的是失约不守信任,不知是何道理。

楚伯涛很快收到了凌芳菲的一封措辞诚恳的致歉信,称自己当日在港有急事,分身乏术,误了约期,只请谅解,并随信寄来300元钱作为劳顿补偿。楚伯涛虚意表示理解,回信请对方寄来近日照片,以慰思念之情,并询问在学校的近况,实则探问虚实。那边当即又寄过钱来,凌芳菲特别注明,这是关心你的朋友所寄,还有什么困难尽可告知,亲友们都会帮助你。于是,这些更加证实了楚伯涛的分析:对方醉翁之意不在酒,而在于复联过去的情报关系。可对此他早已心灰意冷,便回信道,对老朋友们非常惭愧,感谢他们不忘旧情,但自己风烛残年,已力不从心云云。

凌芳菲马上紧追不舍道,老朋友欲前往梁州看你,你意如何?楚伯涛推拒再三,回信称梁州气候不适,不宜出游,等花开春暖再说吧。

沂蒙曾在国家安全机关受过专门训练,系统了解过军情局的来龙去脉和现实采用的勾连手法,可想不到对方会对一个释放的老特务竟下如此大的功夫,足见楚伯涛在其心目中的价值。但他们最终目的何在?经进一步查证,凌芳菲当年潜入广州搜集情报被捕服刑。返香港后重操旧业,被特务机关起用。此次爽约,一是我跟踪中可能暴露惊动,二是对楚的不信任所进行的例行考核。考核人员是敌方使用的一名复线。对此,为避免打草惊蛇,必须停止一切侦查调查。以静待动,麻痹对方。

梁州地处中原腹地,系国民党旧省会,敌特基础雄厚,但历经沧桑,已属爝火余光,难以死灰复燃,极大可能是发展新成员,搞情报收集活动。故而要激活楚伯涛这枚棋子。我方欲挫败敌方,亦要以子之矛攻子之盾,从楚伯涛身上开刀。

要睡觉偏送来了枕头,警方遇到了一个天赐良机:楚伯涛此时正遭遇一场掀天揭地的情感波澜。

楚伯涛所在的电瓶车厂,属集体企业,区区不足百人。职工文化程度有限。身为会计的楚伯涛,虽年过五旬,却相貌堂堂,谈吐文雅,如鹤立鸡群,很快赢得了徒工唐晓曼的青睐。唐晓曼那年不到18岁,接替父亲到厂里当出纳。她长得娇小青涩,卑微谦和,平时寡言少语,连日渐丰满的胸脯都不敢挺起。厂里一个锅炉工喜欢她,可对方整日胡子拉碴,头发像乱七八糟的草场,还老爱抠鼻孔,揉搓小腿上的泥。她像躲瘟神一样避开他的纠缠。唐晓曼从未有过爱情,对男人有一种深深的厌恶和恐惧,源于小时候父亲半夜摸到自己床上,让她摸腹下那硬邦邦的东西,她受了惊吓,总是胆战心惊地压抑着内心的渴望。那天锅炉工将她拦在洗衣房,是楚伯涛的出现才使她躲过一劫。此后便对他有了一种不伦不类的情感:一个豆蔻年华,一个垂垂老矣,比自己父亲年龄还大,一只腿还跛。但他对她却有着极大的吸引力,他有金子一般的嗓音,会吹口琴,会讲故事,并且博古通今,二十余年与世隔绝的岁月中他背会了上千首古诗,更重要的是他还是一个从未尝试过异性之爱的处男。长期的牢狱生活,使他对女性心存敬畏,从不敢正视女人的面孔,更不敢与女人的目光对望,这一点使心存自卑的唐晓曼感到了熨帖和平衡。

一个下雪的早晨,唐晓曼背着一个大包来上班,楚伯涛不知道里面装的什么东西,也不好意思问。下班后他才知道里面装的是面和饺子馅。她说:"今天冬至,我给师傅包点饺子。"楚伯涛说:"谢谢你这么用心!冬至你不回家包饺子啊?"她淡淡一笑:"你一个人,我也一个人。"说完她就利索地和面、擀皮,包起了饺子,不肯再多说一句话。

那晚,唐晓曼陪他度过了一个温馨的冬至,使他吃到了平生最好吃的饺子。

打那以后,晓曼会隔三岔五带点"原料"到厂里,下班后帮他改善一下生活。不久,厂里门卫退休,厂长把晚上看门护院的任务又交给了他,就这样,下班后偌大个厂区,就成了他和晓曼的天地了。

两人约定,她若来时,就在院子后面屋顶上扔一个小石子,随着石子在房瓦上滚动时发出清脆的响声,他就知道晓曼来了……

春节放假，晓曼好几天没来看他，直到节后上班，才知道其父亲发现她经常晚回家，是跟自己在一起，就不由分说对她暴打一顿！并且警告：下班必须马上回家，不许再和他单独接触！可爱情的力量是巨大的，那天一场倾盆大雨，把两人封闭在技术室里，偷情的快感压倒了恐惧，相互的渴求冲破了横在眼前的一切人间戒律。楚伯涛有生以来第一次看到异性凸凹有致的胴体，细长白皙的脖颈，鲜艳欲滴的乳房，圆润诱人的臀围和那从未见过的隐秘……她的身体无拘无束地展示在他的面前，不设任何遮挡和防御，任一个老年迟暮的目光细细品味和欣赏。是啊，在狱中野蛮男性的丛林中，只有翻烂了的医学书籍中的女性解剖图，配以在肮脏被窝里的手淫，才是唯一泄欲方式的他，怎能不发狂地拥抱，忘情地亲吻，而后冲进这神秘的峡谷和丛林的深谷呢？楚伯涛的衣扣剥落，衣服抛去，一只颤抖的手在游动，贪婪地抚摸那最诱人的部分，他的下部在燥热，如春潮涌起……可不知什么原因，楚伯涛觉得自己像被抽了筋的蚂蟥，忽的一下子瘫软下去，继而像洪水决堤一样一泻千里。不想晓曼却不依不饶，抓住他的手指去迎合自己的骚动，激情四射的呼喊声几乎要压过窗外的豪雨狂风。

那一刹那，楚伯涛明白，自己已是夕阳余晖，面对晨光中如初生婴儿似的那张脸，他自惭形秽，慌乱地背过身去，甚至不敢再看对方一眼，急切要用衣被重新将她裹起来。但唐晓曼却把他紧紧抱在怀里，安慰他说，这就够了，我们俩已经合为一体，这就是我最大的幸福，肌肤之亲，更有精神的融合，我已经很满足了。

那一夜缔结的海誓之盟，到了第二天楚伯涛就有了极大的负罪感，他想退却，与晓曼脱离，他觉得自己十恶不赦，他告诉她，是我引诱了你，偷尝了禁果，是我践踏了人伦和传统，欺骗了你的真诚，利用了你情感上的缺陷毁坏了你。可唐晓曼一把捂住了他的嘴巴道，我是心甘情愿的，你让我尝到了一生从没有体会到的幸福，就是今生再有一百次选择，我仍旧要选择你——我已经想过了，这一辈子遇到你是我修来的福分。如果我失去你，我将痛苦万分，只有和你在一起，我才能感到生命的意义。因为你的知识，你的人格，你的温情，完全超越了年龄和辈分，你知道吗？你拯救了我,把我从阴冷的地狱引向了光明,你使我从里到外都融化了,重塑了一个人,一个活在精神世界的人,你明白吗？在我心目中,你就是我的神,你不理我,我会死掉的。

"我已年过半百。"

"爱一个人与年龄无关,和地位和金钱也无关。"

"我身体有残疾。"

"我佩服精神的强大。"

"我一穷二白。"

"穷日子过惯了,挺好!"

"你唤醒了我内心早已死去的神经。"

"我是早上的露水,会让你返老还童的。"

他被她的真诚所击溃,再次揽她入怀。

于是,夕阳黄昏,花前月下,古塔暗角,留下了这对忘年恋人的足迹和倒伏的草丛。终有一天,亲热之中的两人被操着心的锅炉工撞见,唐晓曼央求无效,对方非要将二人抓到厂部去曝光。楚伯涛五内俱焚,不得已拿出仅有的积蓄封锅炉工的口,不想他贪得无厌,楚伯涛只好登门向唐父求婚,当即遭到回绝:我女儿就是拉棍儿要饭,也不能嫁个特务。

万念俱灰,只有一条路,就是私奔逃亡。

经过细心谋划,两人带上了全部积蓄,踏上了远走高飞之路,并且首选了四川峨眉山。

置身于碧山秀水、鸟语花香的人间仙境,晓曼深情地依偎他身旁说:"别下山了,我们就在山上建个小木屋,你看书喝茶,我种菜做饭,我们就这样相守终生……"

楚伯涛大为感动,安慰她,等我们再多挣点钱,就隐居到山里。晓曼噘起嘴说,挣钱不重要,在一起才重要!他点头道,那就继续向上攀登,寻找更美的境地。

由于楚伯涛腿脚有毛病,一会儿就走不动了。她二话没说背起他就往上爬。就这样跟跟跄跄、歇歇走走,硬是把他背上了山顶,沿途的游客无不为之感叹!

从洗象池这里可以依稀看到金顶,只可惜已暮色苍茫。两人夜宿小店,次日清晨凭窗眺望,只见主峰万佛顶就像悬挂在云端中的人间仙境,远远的山峦在浩瀚的云海里若隐若现,时沉时浮。翻滚的云霞由黛色渐成绯红,继而染成血红。日出的雄奇和云山的瑰丽,使两人沉浸在忘情的依偎之中。到了下午时分,远空中突然出现了一个奇异斑斓的光轮,光轮中似有人影晃动,细看竟是自己的形象。两人兴奋得大呼小叫,挥舞着手臂在山上奔跑,楚伯涛不禁迎风吟唱:"在天愿作比翼鸟,在地愿为连理枝——此生虽死无憾……"晓曼急忙捂住了他的嘴:"我不能让你一个人死,要死我们一起从这里化为飞仙……"

俩人在山里住了三天,听游客说,国家正在实施西部大开发,青海那边正需要各类人才,于是他们风尘仆仆来到了西宁。在人才招聘会上,楚伯涛的机械设计和外语特长,吸引了不少企业和公司。然而,正当二人信心满满准备投入新的工作时,梦想却被半夜的敲门声打碎了。

原来,楚伯涛与唐晓曼的私自出走,给了梁州国家安全部门一个绝好的良机。当天晚上,当地警方以诱拐妇女嫌疑将他带至收审站收容审查,而晓曼死死守在审查站门外不肯离去。她大声喊道,他没有骗我!是我自愿的!把我也抓起来吧!……

楚伯涛被关押至西宁收审站,等待审查处理。他无时不在关切唐晓曼的下落。这天,收审室押进来一个年轻人,名叫李奇,自称是西宁人,干部子弟,因不服领导殴打他人被拘审。由于他会日语,两人开始了沟通。对方宽脑门,大眼睛,一股浪漫气质,精通琴棋书画,并且博学强记,能大段背诵普希金、雪莱、高尔基的诗句。他愤世嫉俗,言辞话语流露着对现实的强烈不满。听了楚伯涛的经历,他同情地说:"这是不易被理解的崇高爱情。"

李奇外面有朋友打点照应,楚伯涛能通过李奇抽到好烟,吃到罐头、点心,这些使得他感激涕零。反过来楚伯涛也劝李奇:"你很有才华,但太单纯,政治上应谨慎为上。"李奇不以为然,表示自己是在追求一种有真正价值的生活。

有一天,他压低声音突然问起楚伯涛能否找到一个海外关系,因为他曾从收音机里听到台湾广播的有关内容。楚伯涛立即告诉他,万万不可以,只要联系,马上会葬送自己。又过了一周,他被提前释放,临行前他说:"我出去一定会尽最大努力找到你的小夫人,会把你的一切信息尽快告诉她。"楚伯涛感谢他的行侠仗义,激动地拍着对方胸脯说:我要你这里永远有我,咱就是患难与共的莫逆之交,你不是让我帮你找一个海外朋友吗?我现在可以告诉你,我的一个表妹在香港,地址是尖沙咀大沙湾新邨,叫凌芳菲,请你转告我的近况,让她不要再写信给我。

李奇刚要用笔来记,楚伯涛指了指脑袋,要他心记,以免后患。李奇问有无接头暗语,楚伯涛说没有,就说受我委托。

情况准确无误地转达到鲁沂蒙的手中,为了进一步掌握楚伯涛与港台特务机关的复联内幕,经对其十天的审查后,楚伯涛被押回梁州,安置在梁州宾馆。

按照既定安排,老蔫科长与卫凌云就他带着唐晓曼远逃西部之事予以严厉敲打,点明问题的严重性。武戏唱毕,由沂蒙收官,目的在于利用把柄,攻心为上,使之弃暗投明,忠我背敌,最终为我所用。

于是茶水沏好,热毛巾送上,受宠若惊的楚伯涛擦去脸上的冷汗,打量了一下眼前这位年轻书生模样的公安局长,觉得像在什么地方见过,一时又想不起。他微微提起下颔,准备接受一番训斥,没想到对方开口却和他谈天说地,从青海长云、大漠孤烟说到边塞诗人岑参,还随口背出"君不见,走马川行雪海边,平沙莽莽黄入天……"

楚伯涛松弛下来,暗忖你撞到我的长项上来了,不由得技痒,也随即背了一首岑参的诗:"北风卷地百草折,胡天八月即飞雪,忽如一夜春风来,千树万树梨花开……"见对方微笑,愈觉自己遇到了欣赏者,于是脱口道,真未想到警察中还有喜爱唐诗的领导。

"不仅唐诗,还有楚辞、汉赋、唐宋文章,闻听楚先生当年在石牌班上可大段背诵《史记》《古文观止》的名篇,很想见识一下。"看对方对自己了如指掌,楚伯涛不禁涌上几分自矜:"家传渊源,本人只学皮毛而已。"

"那好,今天遇到知音,请来一篇共赏。"对方向自己倾了一下身子。

楚伯涛不再客套,开始背诵起李华的《吊古战场文》:

  浩浩乎平沙无垠,夐不见人,河水萦带,群山纠纷。黯兮惨悴,风悲日曛。蓬断草枯,凛若霜晨。鸟飞不下,兽铤亡群……

鲁沂蒙接口道:"尸填巨港之岸,血满长城之窟。无贵无贱,同为枯骨。可胜言哉!鼓衰兮力尽,矢尽兮弦绝,白刃交兮宝刀折,两军蹙兮生死决……"他有意留出最后一段,让楚伯涛背完全篇:"苍苍蒸民,谁无父母?提携捧负,畏其不寿。谁无兄弟?如足如手,谁无夫妇?如宾如友,生也何恩,杀之何咎?……"

鲁沂蒙动情评道,这是一首反战和平之诗,以战争的残酷呼唤罢兵休战,但战争又分正义与非正义,战争决胜岂止在战场,在乎民心向背,中国共产党在战场优待俘虏,在监狱施以仁道,改造了溥仪皇帝、日本罪犯和国民党战犯,为化干戈为玉帛,认同"台湾海峡两边的中国人都认为只有一个中国",目的在于和平统一,将消极因素化为积极因素……

楚伯涛当然知道他暗示的是什么,不禁怦然心动。但见对方言犹未尽,仍要背书,点着让楚伯涛背诸葛亮《出师表》上篇,自己则背了下篇,背到"自臣到汉中,中间期年耳,然丧赵云、阳群、马玉、阎芝、丁立、白寿、刘郃、邓铜等及曲长、屯将七十余人,突将、无前……"时,情真意切道:"诸葛亮六出祁山,九伐曹魏,锲而不舍,固有匡扶汉室的雄心,但关键是在天水一战,收服了姜维,有了领军出战的干臣,有了洞悉敌方营垒的猛将……"

"你,你把我当姜维?"楚伯涛忽的一下子站了起来,被旁边的卫凌云一把按住。

"你完全具备了姜维的条件,我只是恨铁不成钢,自你和我们接触,至今你还心存戒备、首鼠两端,怎能让我们信任你,并且委以重任?!"

楚伯涛此时早已老泪纵横,泣不成声。表示愿为政府肝脑涂地,戴罪立功。

鲁沂蒙的话此时倒冷峻起来,要求对方"觉今是而昨非",要拿出弃暗投明的行动,为祖国统一大业做出实际贡献,于是连续三个昼夜,楚伯涛都在伏案疾书,恨不能将一生所知有关军情局的信息和盘托出。根据他的这番交代,警方很快对台特的意图做出分析:一是发展秘密组织伺机进行心战破坏;二是根据梁州所处战略位置刺探我政治军事情报,特别是驻梁州空军的军机机型、续航能力和战备情况;三是关注社会动态,从中物色策反对象。

由此看来,楚伯涛这枚棋子已成双方争夺的焦点。敌特会继续指使凌芳菲与之联系;警方则要长期经营,寻机破案。当务之急是要让其回归原有的生活,防止对方觉察而功亏一篑。就此,眼下横在侦查机关的一个问题便无法回避,即楚伯涛与唐晓曼情感问题的处理——相比之下,凌芳菲显然已失去了对他的吸引力,楚伯涛已完全移情于唐晓曼,这也是他重燃新生的希望所在,因为除了正义的感召,他也需要生计的稳定和情感的慰藉。

据千秋兰近日与唐晓曼的接触,发现双方是真心相爱。唐晓曼上班后多次来电打听楚伯涛的下落,表现出无法割舍之情。鲁沂蒙认为,要使楚伯涛真正背敌忠我、死心塌地与台特一刀两断,就必须调整原定侦查方案,变过去的抓把柄为成全二人的婚姻,使其枯木逢春,安顿好生命的最终归宿。

不料此思路一经提出,专案组内部就产生了严重分歧。老蔫、李秀峰坚决反对说:"要说两人真是夜壶找尿盆,看对眼了。可一个是特务,一个是黄花大闺女,抓他俩就是拐带少女,现在又把他们拉郎配,岂不是我们的失败?"卫凌云和千秋兰却表示赞同:特务也是人,况且已经向我们缴械投诚,就应面对现实,实行人道主义,安顿好他们的生活才能使他更好地与敌周旋。

带着问题沂蒙到省厅向主管厅长汇报,张副厅长乃是父辈,也是老业务。听完了情况,神态便严肃起来道:"这可是一个原则问题,早在特高科时期,内部就规定了两条戒律:一是不搞暗杀,二是不搞美人计。

利用性关系搞情报,终究是靠不住的。况且——"他沉吟良久,"我们以拐骗少女的名义抓了他,在单位社会上已有了影响,如今又出尔反尔,纵容他与年龄差距如此大的少女公然成婚,完全否定了我们的初衷,群众会怎么看,会是什么社会效果。对敌特机关方面,也会因我方的此举引起警觉,反而会失去对他的信任。"

沂蒙尽力争取道:"楚伯涛已转变了立场,已变成了我们的工作关系,同时也是普通公民,唐晓曼对他是真心相爱,况且她现已到了法定结婚的年龄,舆论上换个说法,政策上给其出路,连溥仪特赦之后总理还给他介绍对象呢,我们也是顺乎人之常理,应该不会有大的反响。"

厅长站了起来,在桌前踱了几步停住,态度变得十分坚定:我们不再讨论,就这样定下来,对楚伯涛不要过热,而要降温,特别是与唐晓曼的关系,绝不能藕断丝连。向他说明结婚是绝对不可能的,让他放弃不切实际的幻想,忍痛割爱,这是我们的底线,也是对他的考验。

返回梁州的路上,沂蒙心如铅石,思前想后,为长远工作计,既要按上级决定的原则执行,又要面对实际,眼下可采取缓兵之计,先将楚伯涛回厂复工之事安顿下来,再逐步解决他和唐晓曼的感情纠葛。

可爱的力量是任何清规戒律都拦不住的,就在唐晓曼得知楚伯涛回家之后,就不管不顾地投入了他的怀抱。那个晚上,楚伯涛成了一个真正的男人,他自己也不知道,压抑成灰烬的火种,一旦燃烧起来,会把自己烧成巨人,对方富有弹性的胴体和紧密的配合愈加刺激了他的强悍,他肆无忌惮地大呼猛进,顿觉两个生命变得混为一体,丰腴的丘壑,暴涨的春水,辽阔的草原,他犹如烈马奔突在丛莽的深处,越来越快,越快越强,迟来的欲望像积蓄已久的山崩,摧枯拉朽,山呼海啸,他伏下身子,享受着战栗似的震撼,造物主,你为何如此伟大与强盛,又如此吝啬和迟缓,降临在人生的迟暮?我要拼命地抓住你,让你臣服在我的身下,于是他突然变得雄奇和伟岸,就像暴风雨中的闪电,他的耳畔听到了呻吟般的呼喊,便愈加有恃无恐,所向披靡,就像金蛇一样自如地纠缠与伸展,他听见了她在喊:

"啊,我飞起来了,我晕了,飞到云彩里去了,太美了,快乐得我要死了,我受不了了,咱们一定要一个孩子……"对方近乎癫狂的谵语终于使楚伯涛血液偾张,在海浪猛烈冲击着岩石的上方,他成了自己的主宰,勃发喷薄,一跃而为天地间的征服者。

一番造山填海、席卷大野的狂潮之后,变成了轻微的鼾声与叹息。窗外渐明,有冷雪敲击着窗棂……

那年格外寒冷,接连下了几场大雪,眼看到了春节,雪仍未停,望着窗外惟余莽莽,鲁沂蒙的心绪一阵纷乱:他的手中,正拿着楚伯涛写给他的悔罪书,在坦陈与唐晓曼的关系后,痛悔自己无法摆脱作孽的情感,辜负了局长的重托和期待,并请求处罚。

从表面看,信中充满自责和忏悔,骨子里却是在试探。如何既符合斗争原则,又合乎人性伦常,对此沂蒙着实犯了难。他再次拨通了厅领导的电话,从谋略角度陈述己见,可上级的回答没有任何回旋余地,并明确要求:对楚伯涛非但不宜过热,而且要逐步冷却下来,并且必须与唐晓曼一刀两断。本来约好鲁沂蒙节前再见他一面,也变成由卫凌云他们礼节性地看望。

除夕那夜,古城倾城放起了烟花,五彩缤纷地布满了夜空,家家户户鞭炮声、剁饺子馅声和电视机前的欢呼声响个不停,在一派祥和喜庆中的沂蒙隐隐有一种感觉,在城市某个黑暗角落里,有人正在陷入黑暗与孤独。

次日推开办公室的窗户,街道上满是残落的炮屑,有120急救车穿城而去,刚刚坐定,电话铃急促响起,是老蔫打来的,他在听筒那边说,报告局长一个不好的消息,楚伯涛自杀了。尽管不祥的预感得到了证实,沂蒙还是不愿相信,大家为之付出数年的心血,眼看就可以斩获战果时,到手的胜利却被一场严霜拦腰斩断!

沂蒙去了现场,是在西南城坡避风的沙丘上,一棵弯曲怪状的野槐枝杈处,空挂着一条蓝色的围巾,那是楚伯涛曾给自己讲过,是唐晓曼送给他整日不离脖颈的信物,如今成了阴阳两隔的利器。尸体已送太平间,从贴身衣袋里,发现他的两封遗书:一封是给唐晓曼的:

我的信会随你活得很久,并将永远陪伴着你。因为人的精神比肉体活得更远。保存着它,你会拥有无限的时空,那是我早就准备的另一种存活方式,我会在那里等你。一种跨越生死的爱,一种对等的刻骨铭心的爱。我的人生因你而完美,你我的结合是至高无上的情感,也是唯一可以支撑我生活下去的庄严,我要娶你为妻,从此不再有尘世间的偷欢。

我曾对不起你,也请你原谅,是我引诱了你,偷尝了禁果,是我践踏了古老的传统,利用了你的纯真和亲情的欠缺,像海盗般劫掠了你,但请相信我的真诚,你告诉我你是心甘情愿的,也是一生唯一正确的选择。有你这句话,此生足矣。试想若是从未遇到过你,生命将会多么的黯淡,因为只有和你在一起,我才真正感到生命的意义,你把我冰冷的心融化了,你使我获得了重生!我会带着你的照片火化,让我化为青烟缭绕在你的周围,和你共同生活在阳光下,无拘无束,完全没有了世俗的界限,没有了功利的逼迫,自由自在地飘荡,和你化合成一个完整的灵魂……

另一封信是给沂蒙的:

鲁局长台鉴:有生之年能与你相见,实为三生有幸。你的出现颠覆了我对共产党的固有看法,万没想到在等级森严的警察机关竟然会有你这样的官员。从凌云口中,我得知当初从死亡边缘救我回来的竟是令尊大人!你们父子两代警察都是我的恩人,只是我辜负了你的重托——你成功地收服了姜维,可姜维却出师未捷身先去,不能不说是一件憾事,但我总算办成了一件事情,谨作为知恩图报的微薄之礼——如果我还能向你提出一个要求的话,那就是请允许将唐晓曼的照片放在我内衣口袋,让它随我火化……

尸体贴心的口袋处,那张照片已被老鸢他们搜去,沂蒙命令又找回来,人之已死,其言当办,这也算是一种人道。

台湾方面并未就此中断了和楚伯涛的联系。楚伯涛与凌芳菲的通信正常保持。鲁沂蒙仍在下着半盘未下完的棋,这就是楚伯涛所说的"微薄之礼"。原来,对那个在收容站出现的叫李奇的人,楚伯涛已告知他与凌芳菲联系的密码和暗语,以求结束生命后能移花接木让李奇替代自己。但他做梦也没想到,这个李奇正是受梁州警方的派遣,到他身边做狱侦工作的,他更不会知道,这个李奇就是那个赴日本留学、曾被台特诱骗上当的杜明。

杜明在日暮里受训后,经过一番痛苦的思想挣扎,他决计选择回国自首,他记起当年舅舅告诉他那位帮他办出国手续的统战部何科长。

经约见,在一间密室里,他和何科长面对面。杜明这才如梦初醒,原来,何科长就是自己的老同学鲁沂蒙。

经过甄别,杜明的舅舅陈光华与这次策反无关,杜明虽在威逼利诱下误入歧途,但能在关键时刻辨识大义,毅然决然投案。经请示上级,同意将其作为依靠使用对象,并将计就计,正好用他来侦查敌特对梁州的企图。不久敌方即指挥他以凌芳菲的名义到广州与楚伯涛约见。杜明不负使命,左右逢源,骗过了特务组织,又受命于警方与楚伯涛在西宁收审站打得火热,从而获取了有价值的情报。

杜明领下新的任务后,一方面与凌芳菲取得联系,同时伪造楚伯涛的笔迹接受台特指令,以致敌方很长时间不知楚伯涛的死讯。沂蒙见状,决定主动出击,经请示上级让杜明下海步入商界,办起装修设计有限公司,佯称"嵩山一号"交通站,在更大空间与敌特周旋。并利用敌方急需我驻军调防情报,设计了空军起降架次、军方抗洪力量调集的假信息,谎称已成功策反绝密部门核心人员,获取了大量要害科技资料。诱使敌特派要员到省会商贸大楼接头,被警方当场捕获,这些当然都是后话。

此后的楚伯涛已成为双方棋局中的弃子,永久存放于密闭的铁柜之中,在几百万人口的梁州市,如同流沙中的一粒沙尘悄然消失,他的恋人唐晓曼几年后与别人成婚,远嫁他乡,过着普通人的生活。

十七

　　除侦查破案之外,公安内部的队伍管理也是重头戏,特别是干部的任用选拔,往往令人颇费神思。这天下午,局党委要研究业务科室的干部提任,会前20分钟,年轻的人事科长推开沂蒙的办公室,汇报分管科室拟任干部名单,出乎意料地又增加了两个新对象:一个是省公安厅"空降"下来的女科长任玉珠任外事科长;另一个是提任副科级的张玉岭。外事科原拟人选是千秋兰,而安全科原提任的第一人是李义方。看来,山雨欲来风满楼,今天免不了又是一场唇枪舌剑。

　　老马堪称驾驭会议的老手,首先开宗明义,重申研究干部人事的原则规定,强调必须对事业负责,坚持干部提拔标准,但话锋一转又道,作为公安机关,又必须考虑与上级领导部门的关系,当然,就是领导打的招呼,也要严格按照程序,请大家畅所欲言发表意见。沂蒙清楚,这就是老马预设的伏兵,也迅即做出了应答的准备。

　　没想到会议如平波秋水,前边一批干部大家均无异议,原来干部科采取先易后难的排列方法,渐渐进入深水区,到了沂蒙分管的科室,马振邦着重做了解释,并透出个人的倾向。

　　"下面的几个干部,有省厅政治部直接给我打的电话,也有市委领导同志打的招呼,我向领导说明,我这儿不是没有人选,也不缺干部,同等条件下,当然要用咱们自己产生的干部。"

　　紧接着,干部科长将省厅推荐的人选做了汇报,并说已提前给分管副局长做了通报。首先介绍了任玉珠的情况,说她长期从事技术侦查,富有经验,随援藏的丈夫退休调任梁州,由于任科长视力不佳的原因,能安排到综合业务部门为宜。另一个青年干部张玉岭,是省厅业务处推荐,建议解决副科级职务。

听得出来,马局长之意是将任科长安排在沂蒙分管的外事科,而原拟人选千秋兰是按选任程序产生的。几乎未等人事科长说毕,沂蒙就接了上去,首先说明外事科长的素质要求,需具备出入境的专业知识及外语能力,任科长年事已高,不宜在主要业务部门做照顾性安排。另外,政保口在近期力克大案中,涌现出了一批中青年业务骨干,具备副科级条件的干部很多,但僧多粥少,各科室晋升只能有一个,若安全科另加一人,会引起几个科同志心理不平衡。

马振邦开始抽烟,镜片后面的眼睛被大团的烟雾罩住,他有力摆了一下手,像是在驱走烟气,又似乎难下决断。

此时坐在一侧的副局长恭海涛打破了沉默。

"最近,政保口连续侦破大要案,提振了全局的士气,成绩有目共睹,这也充分说明了政保战线同志们的思想业务水平是过硬的,是好样的。"他欠了下身子,端详了一下马振邦,以征询的口吻道,"我倒建议政治处给组织部做工作,能给政保口增加些副科级的职数。"他顿了顿又道:

"梁州是全国闻名的开放城市,外事科需要启用有文化的青年干部,任科长我是了解的,是踏实工作的老黄牛,就让她到老本行单位拉犁拉耙吧。"

老恭是常务副局长兼副书记,他的话显得很有分量,也会使会议走向出现转折。

马振邦把烟蒂捻灭,声调也高亢起来:"老恭说得很有道理,政保战线历来是公安机关最重要的战场,隐蔽战线的同志们,都是默默无闻的英雄,他们平常不能穿制服,立了功不能上台领奖,不要说接受记者采访,有的同志甚至还要隐名埋姓,一直到退休。我们欠同志们太多,我们关心他们太少,沂蒙他们这几年率领大家干得不错,要奖罚分明嘛,党委对此要研究。工资是涨不上去的,但政治上的关怀我们得到位,能不能打破常规,破格对待,适当给政保口增加些副科级的职数,不能让一些老侦查员告老还家还是副股级,抱恨终身吧。"

马振邦抓过政保,对这条战线的工作了如指掌,今天这番话,发自肺腑,使人感动。

"我们要坚决反对那种工作凭良心、提拔靠跑送的现象,我跟两位副书记商量过了,其他部门也不要攀比,从政保口开始,一个科室增加一至两名副科级侦查员名额,市委组织部那边我去做工作,市局各部门的工作由在座的你们去做,就是要让干工作的同志不吃亏!"

振邦镜片后面的那双如炬的眼神变得柔和起来,他现在十分注重听取各方意见,待每个班子成员讲完后,他最后拍板。最终研究结果,任玉珠任技术保卫科长,原技保科长退二线。千秋兰任外事科长,张玉岭任命副科级,同时一批政保干部也得以顺利提拔。朱立才、同连根、古勋等任命为主要业务科科长,12名侦查员晋升副科级。

这天晚间市局澡堂放水,碰巧只有沂蒙与马局同在大池,池中雾气氤氲。两人半裸着身子相向,对方体态发福,显得血气充盈,说话也回声瓮响。沂蒙问他牙拔了后恢复得如何,他说臼齿去了省事,不再补了。沂蒙说到省城开会,见到对方的儿子了,小伙子很懂事。他说他打电话给我说了。沂蒙又说,感谢局长对政保口的关心,大家不管男女老少精神状态都不错。老马笑了,说我的原则就是不能让干工作的同志寒心,这一段分管工作抓得很有起色,我还准备再给你压担子。沂蒙接口道,没有问题——只要思想不退坡,办法就比困难多嘛。一阵哗哗的洗涮,仿佛冲掉了往日的一切隔膜。

见沂蒙要走,马局划水走近几步,话语少有的温和,你和东方都年轻,这局里今后就靠你们了,有件事情,这两天我要给你聊聊。

马振邦要聊的事情,是市公安局政委职位接替的问题。

老政委吕华泰突发心脏病卧床,再难履职。政委人选一直是全局上下关注的焦点。马振邦的意中人就是恭海涛副局长。

恭海涛曾在省厅工作,他资格老,业务熟,关系广,办事练达,深得老马信任。在接下去与马局长的谈话中,沂蒙将老恭的情况做了客观的评价,表示若无原则问题,又符合干部选任程序,自己不持异议。

于是,马振邦先是到省公安厅为恭海涛说项,又以省厅的意见回市内找市委书记、组织部长,并在常委会上为之力争,不想遭到政法委席书记的反对,提出班子结构要年轻化、梯次结构,不宜一下子把位置填满。市委主要领导见此情况确定两条:一是派组织部长到省厅会商;二是对恭海涛进行考察,根据公意最后定夺。

对于干部提拔,沂蒙一直抱有内心的原则,职位是手段,干事是目的。手中有支配的权力,是干成事业的手段,如果将手段当成目的,那便是本末倒置,至少为个人所不齿。由此不擅长结交关系、活动跑路,也被别人议论为"书生意气""不是干官场的料",甚至有朋友也善意地劝导:如此固执,只能是原地踏步,为了事业,也要抓住时机,激流勇进。

沂蒙深知个人的长短,自尊的天性使然,不愿为五斗米折腰,又没有靠山背景,自己所以能就任眼下之职,得益于起用青年干部的政策,只有在磨炼中积累,在工作中崭露头角,才能让组织和社会认可自己。可面对这喧嚣浮躁的风气,倍感乏味和压抑。深夜走在办公室的走廊上,听得见独自一人的脚步声,看见自己形单影只的身影,拉长又短小下去,一种孤寂和痛苦迎面袭来,这种精神世界的苦闷无人倾诉,显得凄冷和无奈。

窗外不知何时飘起了雪花,整个城市渐成银白。明天,将是老政委吕华泰去世的遗体告别会,愿他在天堂能彻底摆脱这尘世间诸多的烦恼。

人生如百川汇海,平日忙得难见一面,可到了归宿终结那天,战友故交都聚到了火葬场,不用通知召集,这几乎成了局里约定俗成的惯例,何况送走的人又是老政委呢!所以提前两天就开始有人张罗,一大早就备好了大轿子车,大家在车上就挤挤杠杠,说着老掉牙的笑话,仿佛不是参加遗体告别,而是去赴一个热闹的宴会。火葬场内,五六百个穿警服的人呼啦站了一大片,大家领了白花,互相拍肩打诨,大叫大嚷,有的还熊抱撂个子,真像是年轻人的派对。这也难怪,这伙人从过去的一头黑发,一起变得斑白、灰白到如今的雪白,时光抹平了一切,以往所有的矛盾纷争都显得荒唐。在进入天堂之门的时候,众生一律平等,全都赤裸裸地进去,而后化为烟云。

于是,告别大厅内一时众声喧哗,除了遗属,大家似乎没有过多的悲哀,倒像是借治丧的名义搞惺惺相惜的聚会、一种特殊氛围的叙旧、互道珍重的人生合唱。因为谁也不知道上帝哪一天把自己请去,与其恐惧,不如快乐,毕竟是见一次少一次。

公安这个职业群体,虽非铁血军人,但总会同仇敌忾。常年的集体行动和团队作战,宛如一个家族的多个家庭,平日叔嫂斗法,兄弟争功,各不相让,但一遇枪声火光,便会鼎力相助,争为前驱,可谓不能共安乐,但常能共患难。今天的遗体告别仪式,振邦局长未到。他先期到家中对家属吊唁慰问,委托沂蒙和"虎头儿"代表局领导出面。吕华泰的遗孀握着他二人的手道,老吕啥也没赶上,走时心里也不痛快。沂蒙两人一边安慰她,一边和前来吊唁的老警察们打着招呼。

沂蒙渐渐发现,告别仪式一结束,人们便三五成群地在议论着什么,有人窃窃私语,面露诧异。沂蒙很快得知,恭副局长被人举报有经济问题,为防止带病提拔,省纪检厅已派员到梁州与马局长面谈。

情势急转直下,恭海涛副局长提职一事暂时搁置,待问题查清后再做定夺。并且根据沂蒙等人的建议,很快召开了一次党委扩大会,要求干警不要搞非组织的议论,相信组织上会正确处理,当前应心无旁骛,紧急动员,组织好元旦春节后的集中行动。

一场平地生波归于平静,但就此之后,马振邦直接找沂蒙研究工作的频率增多,年轻局长的建议也开始逐步被采纳,首先是政保口从各科室选调精干成立特勤队,以应对突发案件。再就是针对变化了的治安状况要从指挥系统建设入手,带动整个公安体制改革,将运动式的战役转化为一种大治安的防控格局。马振邦对此表示要充分论证,他沉吟一番道,指挥中心的建设可以立即上马,可这战役的指挥棒不在我们的手里,涉及打防关系的整体思路的改变,咱们得听省厅、市委。言外之意,兹事体大,必须与上级决策者对好眼光,不可简单从事。

决定政策的人很快来到梁州,而且是曾经当过马振邦的上级、力主其就任梁州局长的省政法委书记赵正刚。

这日,赵书记率省委秘书长霍然、公安厅副厅长庄焰到梁州来调研社会治安综合治理工作,梁州人大田主任及公安、检察院、法院、司法局领导悉数参加。马振邦通知沂蒙一同来到宾馆。

赵正刚瘦小的身躯陷在沙发中,见大家亦不起身,招手微笑算是打了招呼。作为原来的梁州市委书记,大家相互熟悉,也就少了客套。沂蒙对他也早有耳闻,该领导两大特点,一是酷爱读书,二是发言稿总是自己写。

他鼻梁高、眉毛长,深度镜片后是一双城府很深的眼睛,全身被绿大衣裹住,嘴角的纹线十分鲜明,声音低沉,却有穿透力。

"说话多了就没词儿了,我跟霍大秘书来,只带着耳朵,主要是接地气,充氧加电,你们先说,行吧?老田。"

人大田主任已经老态龙钟,半开玩笑半认真道:"不管昨天今天,我们全听你的。"

不想这句话很快被书记举手打断:"古人说,千士诺诺,不如一士之谔谔,还是大家先说,不然你最后想说也没时间了。"

马振邦做了充分准备,他列举数字,想说明治安形势在明显好转,刚念了一个开头,便被赵正刚举手打断。

"什么叫好于去年,这可不能像物价指数需要有明确的概念。"他拿着材料指点着,"你们的材料我看了一遍,和各地大同小异:都是好于去年,发案数下降,破案率上升,既然每年都好于往年,我们不该就马放南山了吗?"

没等马振邦答话他很快又诘问道:"你们会说,数字统计问题,责任在上面,省长给你们各市市长签订的责任状,发案率每年降5%,破案率上升5%。据我所知每年发案上升5%才正常嘛,这不是在自欺欺人吗?"他尽管在翻看材料,话语却像锤子砸向每一个人,"国家可以用钱买一个经济秩序,却买不来社会治安,因为这是社会多方面因素造成的,不是单靠抓人能解决的。"

"有个地方破案率才20%,报数字的时候却一片飘红。"一直未说话的霍然,用保养很好的手捧着茶杯,随即接道,"群众反映,这数字和咱俺老百姓的感觉咋不一样呢——你们天天集中行动,我照样在丢东西……"

霍然的话还未说完,早被赵正刚的声音拦腰切断,"一说就是治安大局稳定,形势相当严峻,下次、明年还这么说?总书记问我,平稳是啥意思?火车碰头,军枪扫射,强奸劫持,车匪路霸种类齐全,已经严重损害了党和国家的形象,还叫大局稳定?"他倾身喝了口水,仿佛要压压火,"我的司机告诫我说,你是上了年纪的领导,万一咱的车被劫怎么办?我得申请带个硬家伙保护你,我个穷司机死了不要紧,你要有个三长两短,可是大新闻!你们知道吗?现在公路行车司机联车走,每辆车都备了撬杠防身"。

"我来说两句。"曾干过公安的人大刘副主任此时看清了会议的意图,举手发言道,"公安民警不能维护治安是失职,可警察常年浮在面上破案,很少到警辖区,受到侵害的群众来报案,还互相推诿,文化局长自行车丢了,民警说,我没车,找来车我才能去现场。过去丢辆自行车,关了城门去破案。要有责任感,得有责任制,基层工作没人去搞,耳目关系没有了,群众路线也丢了,案子怎么能破得了?治安怎么能搞好?"

会议气氛明显活跃起来,法院院长钟雨细算了近年来的审判数字,其观点是严打战役一上去,形势就好一些,可退烧药一下去,整个案件上升,而且法院受理的民事经济案件明显多于刑事案件。他的结论是社会情况变了,犯罪因素比过去多了,单靠打击是不能遏制犯罪多发的。

司法局桂局长是唯一的女性,她谈的是当前重打轻防更轻教育转化,每年劳教服刑人员不少,可案子还在回升,应当分析反思其中的原因。

看看各领导说完,赵正刚的目光扫到沂蒙身上:"年轻人也发发言,不要看厅长和振邦都在这里,你们就不敢说话。沂蒙啊,我看内参登了你在烟厂组织反内盗,效果不错,工人们说什么'外国有个加拿大,中国有个大家拿,不拿白不拿',内盗成风,通过治理,组织了教育退赔,没有抓人,现在内盗绝迹。快说说你的看法。"

沂蒙看了一眼马振邦,见他点头,便索性一发不可收。

"严打是前提,但防范、管理、建设都要跟上。这几年案子上升是事实,但严打力度一直未减,历年打击近万人。可每年全市发案仍在1.5万起左右。这其中的原因是什么呢,不是严打本身的问题,而是社会诱发犯罪的主体和客体因素增多了,说白一点,就是蚂蚁和糖的关系,苍蝇和肉的关系:现在人财物大流动,侵害的对象增多了,有糖就吸引了更多的蚂蚁,有肉就飞来了更多的苍蝇。苍蝇叮了肉就繁殖了更多的小苍蝇,哪儿有肉就会引来更多的苍蝇,我们现在用的是拍蝇战术,而不是防蝇、治蝇和灭蝇法。"

"怎么个防蝇、治蝇法?"赵正刚顿时关注起来,身体从沙发上坐正,直直盯着沂蒙看。

"实行治安工作社会化,建立打防并举的防控体系,在党委政府领导下,将有限的警力与广大民力结合起来,对犯罪侵袭的重点加强防范,对滋生源头实行针对性治理,叫着'篱笆扎得紧,野狗钻不进',通过对基层社区的管理力争少发案。有效遏制现行犯罪,就可以大大降低社会治安的成本。"

"你具体说说怎么个治安工作社会化?"

"抓住重点防范部位,单位实行谁主管谁负责,社会实行群众的安全大家做,政府和民警去组织:一是工厂企业搞联防、反内盗、防外盗;二是居民楼院,实行公寓化管理;三是场厅饭店实行综合治理,谁运营谁管理,把蝇拍的网眼编细,把有限警力与民力结合——这样才能做到有针对性地打、有目标地防、有措施地管,达到有效的治理……"

说到最后,沂蒙坦然以告,这些内容,是马局长让他准备的第二套汇报提纲。

"好你个马老头儿,没想到你这儿还藏着这么好的灵丹妙药啊,今天的会有含金量。"赵书记仿佛看到了新大陆一样眼睛放光,"霍老秘啊,咱们回去可以向省委交个差——在梁州做一个试点项目,振邦局长挂帅,沂蒙必须参与,政法委担任统领,叫作'楼院场店'治安防范工程,打防结合,以防为主,搞上三年,失败了吸取教训,成功了,全省在这里开现场会,庄副厅长不知意下如何啊?"

见庄焰副厅长表示赞同,赵正刚说:"至于梁州指挥中心建设,那是花钱的事,不归我管,归你省公安厅管,是业务部门的事,我说的是否有道理?"

"不但有理,还有利有节,我们照办。"田副主任总结道。于是,会议在大笑中结束。

马振邦局长的变化是显而易见的,过去局里开会,只要他离席接电话或有访客时,临时主持会议的陈副政委就宣布:咱们自由一会吧。于是,众人如蒙大赦,伸懒腰、打哈欠,出去撒尿抽烟聊大天。等他在走廊里的脚步声响,人们便如放风归号的犯人,乖乖入座,大气也不敢出。现如今他的批评责备明显少于和颜悦色,加班熬夜多让位于与民休息了,而且破天荒允许干警们跳舞。他说,我老了不学了,你们年轻人得学,特别是从事侦察、治安管理的更要学,不学怎么搞业务。于是,舞风在下班后悄然兴起。女警中跳舞的佼佼者除几个警校生外就是千秋兰。她在此时装束素雅,身材挺拔,显得气质非凡。为尽快普及这项业务,就由千秋兰她们当"舞术教练",不知怎的,当这些女警将警服换成花花绿绿的裙子,男警们就紧张得僵直发抖,连沂蒙也不例外,尤其是不敢面对千秋兰。

千秋兰的提任是沂蒙力主的。但除了履职的例行谈话和业务工作上的交代,他对她从来没有多余的话语。她工作娴熟干练,且心细如发,是令人信任且靠得住的助手。可他发现,每次单独汇报或呈送批件之后,她都会有一种游移的神情,但欲言即止,因为她面对的永远是一副公事公办的神态——在沂蒙看来,两人间仅仅是工作关系,对你的任用那是因为你具备的条件和能力,对己而言,是一种不计前嫌的宽宏大量,也是个人一贯的为人之道。

这天下班后,政保口的科长们由千秋兰组织练舞,她专门到办公室把沂蒙邀出来当带头羊。说过要领,分配舞伴的时候,千秋兰欣然走到了他的面前,当两人的手指触碰的瞬间,彼此都颤抖了一下,作为与爱人之外的异性如此近距离的接触,对沂蒙来说还是第一次。他的呼吸顿时急促起来,脚步错乱,动作变形而笨拙,浑身上下全然失去了操控。但千秋兰却显得落落大方,用那只细腻而白皙的手搭在他肩上,另一只手在腰间支撑着他。一时间,他听不到音乐,只觉得头晕脑涨要爆裂开来,浑身痉挛,像海中摇摇欲坠的小船,他暗自咒骂自己时却差一点绊倒,是千秋兰的胳膊迅速揽住了他的后背,失重的前胸猛然撞向她最柔软的部位,两人几乎贴在了一起。登时,一股海潮般的热流喷向肩头和四肢,他急速触电一样躲开,幸亏灯光幽暗,没人注意到沂蒙的尴尬,他挣脱了千秋兰,像逃离战场的败兵,颓然坐在了一边的椅子上。

跳舞大概是人类在两性间设置的最狡黠的游戏,它能使男女之间若即若离,随着优雅的音乐节奏表达内心难以捉摸的情感,使异性的吸引控制在绅士淑女的舞步中。更重要的是它可以让陌生人变得熟悉,使日常的疏离变得近在咫尺,便于情感的交融。

但这恰是自己要保持的界限,变得清醒的他开始和每个女警轮换跳了一曲,以求平衡,可千秋兰早已不见了。

此后,有很长一段时间她在刻意回避着沂蒙。是的,彼此都已建立家庭,现在又是上下级关系,任何旧梦重温都是不理智的,但突然的近距离接触,又将十几年前那段前尘往事激活,使人弃之不去,如影随形。怕去触碰又想一探究竟,应该成为双方埋在心底的强烈愿望。

一桩突然承担的任务,使两人之间有了坦诚沟通的机会。

杞县沙沃乡的刘王庄,近日发生了一起涉外拐卖妇女案。村里的刘老汉家有四个儿子,因贫穷娶不起媳妇。皆为当地娶妻盛行要彩礼,娶一房媳妇除"三转一响"(三转指有齿轮转动的自行车、缝纫机及手表,一响指收音机。——编者注)的摆设外,还要一万元现钞。刘老汉愁得连上吊的心思都有。邻村刘瘸子闻听来找刘老汉,说从南边买个媳妇来才几千元,双眼皮三千块,单眼皮还便宜一千元,你这四房媳妇就包在我身上。刘老汉喜出望外,原来买妻比娶妻还要便宜,天底下还有这样的好事,于是砸锅卖铁凑够八千元加一千元的跑路费交给瘸子。不出半个月,对方就把四个单眼皮的女人领了回来,可全是不会说中国话的越南妇女。刘老汉犯了难,又不敢吱声,偷偷给四个儿子圆了房。

不料这几个异国女子全是过日子的好手,犁田耙地,操持家务,吃苦耐劳,毫无怨言,不到一年还都生了孩子,一大家人其乐融融。不料好景不长,警察破获了以刘瘸子为首的拐卖妇女犯罪集团,顺藤摸瓜包围了刘王庄,要解救四个被拐卖的越南妇女。

谁知一下子捅了马蜂窝,钟声一响,上百号老百姓操家伙围了上来,不是协助警察,而是死死护着四个越南媳妇。对峙之中,被拐妇女们用生硬的当地土话声称,她们不是被骗的,是心甘情愿嫁到这里的,宁死也不能回去。村长竟也站出来说,你们这是棒打鸳鸯,破坏安定团结,好不容易这些女子嫁到这里来才配上对,你们就来拆散,坏不坏良心。周围的婆娘们也一片呐喊,有本事你们来给四个穷命头找上老婆,也算是扶贫积德了。

虽众怒难犯,但法律无情,市局接报后,沂蒙吩咐千秋兰率外事警入村宣讲,告知村民刘瘸子属于拐卖妇女犯罪,四个越南妇女属非法入境,必须遣送回国。村长说,婚姻自由,你问她们愿不愿意走,其中一个长得很精干的越南女人说,就是送我们回去,也要再回来,因为这有俺的家。千秋兰见她中国话说得流利,问她经历,她说跟你们一样,也是拿过枪的,原来是位当年抗美战争中的区小队长。经过一天一夜的劝阻说服,在当地政府的协助下,好不容易才将四名越南妇女"解救"出村,四名抱着婴儿的汉子扑倒在车后的尘埃中,一时悲声大恸。

办好一切遣返手续后,由千秋兰带三名女警押送她们回国,因路途遥远,对象特殊,沂蒙不放心,特地配备了两名武警战士一路执行押解任务。

任务完毕已是一周以后,千秋兰回局复命,由于连日奔波,她显得十分憔悴,向沂蒙汇报了押解过程的不易,特别是这四个人压根儿就不想回去。当地战后贫瘠,生活艰辛,她们在杞县天天大白米饭吃着,简直就是天堂,特别是襁褓中的孩子还牵肠挂肚。等把她们送至国境线,跨过500米处,那个精干的区小队长回过头向千秋兰大喊着招手:千警官,谢谢你们护送,咱们还会见面的……

拐卖妇女的犯罪根源"万恶穷为首",穷困和落后为这类犯罪造成了可乘之机——见沂蒙有感而发,不再埋头眼前桌边的材料,千秋兰突然道,我还有一个题外的话题,不知道你有没有兴趣探讨。

"哪一方面的?"

"你相信人的超常功能吗?"

有关人体超常学功能的科学研究,根据上级有关部门的指令,市局曾协助配合过这项工作,据说是按照一位著名科学家关于"前科学"又称唯象科学理论,对具有超常能力的青少年进行测试和培训,用于仿生学领域的研究和应用。

"对不能解释的物质现象当然不能一切归于封建迷信,咱们的未知领域毕竟还太多。"

千秋兰说:"好,我就来谈谈越南这个区小队长的超常功能:她不仅会耳朵识字,眼睛透视,还能感知我们内心难以置信的事情——押送途中,我们睡觉挨得很近,彼此睡不着,她就演示透过衣服看病,说我得过肺结核,钙化点在左肺靠上一点,我有些吃惊,她又说已看到了我公文包里的文件,其中有你的签字,姓名,还说得一字不差,我当即怀疑她是个特务,可她用什么办法偷看了包里的内容呢?我的包从未离手,连解溲都扣在手腕上,上面还有密码锁。据她说只是用头把包枕了片刻,便像屏幕一样打开了里面的层层东西。我感到无比震惊,倒不是对她觉得已无密可保,而是觉得她能感知我们不能感知的另一个世界。"

"就因为这些吗?"

"不,还有一些她不可能知道的信息——因为她说我说得很准,也包括你。关于你,我拿不准,但对于我,犹如神算。"

"哟,说说看,她姑妄说之,咱姑妄听之嘛。"沂蒙隐约听出话题敏感,故作轻松。

"我是认真的,鲁沂蒙,如果她说的属实,请你不要回避——她说她一见你就知道,我们两人之间有过恋爱关系,而且直到今天,你仍然……"

沂蒙打了一个寒战,仿佛隐藏在内心的秘密一下子被人揭开似的窘迫,对面千秋兰的目光直视着自己,急切期待着印证和回答。没有想到一个异国人无意间的谶语,竟一下子撞开了尘封多年的情感之门。

他微微地点头。

此时,窗外暮色苍茫,办公室的走廊已空无一人,房间只有两个人在说话。

"你知道吗,我等待这一天已经很久了。如果我不能把我们分手后的一切告诉你,我会抱恨终身的,尽管回忆是残酷的,但我还是要说,仅止于告诉和倾诉,并且不需要你的解释和回答。

"那天,我到分局去找你,是急于向你说明,那个冒出来的制造血压麻烦的女医生,我压根儿就不认识,而全家没有任何人和她有一丝一毫的瓜葛。我也绝不会做出这种背信弃义的事情。我还想告诉你,因为直到这时我还没有下定决心在你和他的问题上做最后的抉择。我甚至做出这样的决断:宁可大学指标作废,也不忍看你如此痛苦下去。

"可你在暴怒,怒不可遏。你的脸变得那么陌生和无情。我的自尊心受到了极大的伤害,因为窗外就有不少分局的人竖着耳朵在听,你是那么的不由分说,简直就是在咆哮。我本能地后退了,心里阵阵发冷,我是在泪水迷蒙中离开分局的。我知道我们之间的友谊和情爱全都被你这愤怒的火焰烧成了灰烬。

"父母对我说,过去沂蒙帮助过我们,不要再说什么了。闺蜜女友说,别理他,这种人不值得你爱。直到要去省城报到那天,我仍在犹豫,行李虽然捆好,只是还没有写上收件人的姓名,上了那台去车站的公交车,又在车门即将关闭时跳下车来。后来,我在空荡荡的车站月台上徘徊,无人给送行。

"男友还在远方,正在办理退伍手续,我一个人孤零零地去了学校,孤零零地上课,入校时的集体合影,摄影师喊笑,全班都在笑,唯我笑不起来。换位思考,我们都彼此伤害了对方,那是因为我们的心底都装着对方,虽然我们相识已久,但密切的交往只有半年时光,可就这半年的接触就足以让我刻骨铭心,永生难忘。一幕幕的回忆像潮水一样涌上心头,一次次的思念把自己淹没在泪水之中,越想着忘却,怀想反倒越发强烈。我此时才领悟到:我和你的接触是一种精神上的契合,是一种发自内心深处的共鸣,你未开口,我就能知道你的想法,我一张嘴,你早就猜对了我的心事。相互的交流轻松惬意,毫不费力气。这种感觉,是我和生活多年的丈夫之间从来没有过的,我终于明白,这是异性间的知己至交,是一种精神相通的挚友,是世间最稀缺,也是可遇不可求的东西,我却把它丢掉了。

"我像到了荒无人迹的孤岛,一个人在校园漫无目的地走,直到浑身疲惫才能入睡。我不能上文学课,老师一讲起《孔雀东南飞》《梁祝》一类悲欢离合的故事我就泪流满面,中途就得离开课堂,因为我的心,全然被一个人所占据,越想抹去,越在我的眼前站立。

"有很长一段时间,我曾远远地看着你,就是那次在派出所相遇,和你近距离目光交汇的一刹那,突然萌生了一种久违的感动,发现我们之间是那样的熟悉,熟悉到刚告别就想再见到你,想到你就会心慌意乱,心头的血一下子会涌向全身,我突然意识到:我遇到了真正让我心动的人了。"

此时,窗外的灯光正映照出她的侧影,合体的警服使她更加端庄雅丽。沂蒙从抽屉内拿出常备的小点心,一边倒上了两杯热茶。

"从小严格的家教,自身的追求,使我在择友问题上十分挑剔,一向清高自恃的我,只对一人在意,那就是下乡未离左右的男友,他朴实敦厚,不爱说笑并且爱运动,健壮有力,让人产生一种可以信赖的安全感。不但我母亲喜欢他,他的父亲也像对自己的女儿一样对待我。于是,我过早地关闭了情感的大门,直到和他中断了联系,这才在茫茫人海中遇到了你。

"你在我的心目中瘦削而结实,双眼透着坚毅,浑身散发着蓬勃向上的活力。比较之下,我清楚地知道你比他多出的东西,在他面前,我是吸引者;在你面前,我被吸引了。'文革'中的沉浮和家庭的遭遇,使我对政治心灰意冷,只求在平稳的安宁中度过一生。没想到你的出现,重新点燃了我生命中的憧憬。你的眼界和谈吐,你富有激情的诗句,你的抱负和胸怀,就像干涸的河道注入了活水,重又卷起了心底的波澜。特别是当我更深入走进你的内心,发现那是一个宽广深邃的世界,并且像一个强大的磁场把我牢牢抓住。你还记得吗？我们两人相会，总有说不完的话，几天不见就怅然若失。我从内心深知：自己需要的，不仅是一个男人，而且是一个有内在精神特质的人。尽管你也不完美，但有主见；你也有不切实际的幻想但目标如一，坚韧不拔；你有博大的英雄情怀，但疏于细节的把控，这恰恰是我能帮到你的，你也能帮到我的——因为我就像一棵凌霄花，只能在强有力的依托下才能凌空怒放。

"就在这时，男友恢复了联系，此事在家中引起了不小的波澜。情感的天平究竟向哪边偏移？母亲说沂蒙很懂事理，但家庭状况不能不考虑，特别是家里子女多，母亲脾气不好，对比男友的家庭，你要慎重拿主意，尤其是老人家对你的疼爱，咱可不能干那天下最对不起人的事情。父亲虽没有说话，但我能猜出来，政治上的翻云覆雨，已经把他整怕了，女儿的一生，应当远离政治的旋涡，能有平静的生活才是明智的选择。沂蒙是有抱负的年轻人，但显得书生意气，说不定会在骇浪中行船，担惊受怕就会成你的家常便饭……

"考大学的事就像重磅炸弹，将这些犹豫和彷徨拦腰炸断，我们反目成仇。任何解释都是苍白的，也是无补于事的。而失去的东西方知其珍贵。我不敢在月色明媚的校园内散步，因为碎银般的月光会洒在热恋狂吻者的肩头，树丛中隐约可见近乎疯狂的举动；我企图逃掉，但又听到了《梁祝》的小提琴独奏曲，哀婉凄美，使我驻足而立，痛不欲生。不知怎么回事，有时我会走到离学校很远的公共汽车站下，是在等你，还是要去找你，我不清楚，但我突然会强烈地涌上一个念头：想立即见你一面，哪怕再难堪，也要大声告诉你，我是真真正正地爱着你的！

"可一想起那一幕：你横眉立目、凶神恶煞的样子，我又挪不动自己的脚步，失去了勇气。毕竟我是一名女性，而且在情感的经历上从来没有向人乞求过。如今，明明是你误解了我，你还蛮横到不由分说，即便是我伤害了你，你也该听我解释，即便是我夺去了你的希望，当我把整个心都给了你，你也应该释怀原谅，你不该这样狭窄，这样小肚鸡肠，你应该来车站送我一下，要知道，你当时如果能来车站，我会立即投入你的怀抱，把这一切误会一扫而光，我会大胆地告诉你：我能离开他，但不能离开你,尽管这样,我还在等着你……

"终于有一天,你来了,就在大学门外的人行道上,穿着那件海魂衫的你健步如飞地跑过来,近了,我已经听到了你在呼喊着我的名字,我拼命朝你奔去,但很快,车水马龙冲断了我的视线,等人去车空时,你却渺无踪影,原来是又一次的梦,泪水再次迷蒙了我的眼睛。

"我坐下来,给你写了一封长信,谈自己在学校学习的状况,写得很详细,足足写了五页纸,并且盼着你的回音,心里在暗暗命令自己,只要你一回信,自己就毫不犹豫从学校赶回去和你见面。那段时间,我几乎每天都到学校的邮局去,翻着一堆堆的信件,总是没有发现那封属于我的来信。我一次一次从课堂或宿舍的窗口眺望,希望出现奇迹,期盼你的出现。有一次,同学说梁州有人找你,我的心要跳出来,一阵风似的跑到校门口,原来是下乡时的一个男同学,当初他和同组几个男知青争着帮我打房间的蚊子,为怕我被狗咬,还互相闹起了矛盾。当看到不是你时,我彻底地绝望了……

"我一个人在背诗、抄诗,也写诗,为此受到文学系老师的赞赏。我一个人孤独地在寝室拉手风琴,是那首款款深情的《十送红军》,一遍又一遍低回和高亢,也无法排遣如江如海般的忧伤,你的沉默深深伤害了我。同学们问我为什么不爱说话,还有人说,有人举报你是走后门上的大学,我终于开始愤怒了。我不再期盼,而是将爱变成了恨,想起你种种的不是,想起你是在蓄意报复我,想起你这样的人不足以被爱,心灵倒由此平衡下来。我开始写一封封给自己看的信,往往写好了再烧掉。昨天的一切应当被埋掉,今天应当重新开始。不管前边的路有多么的艰难,自己也要尊严地生活,决不屈服和软弱。于是我不再悲伤,开始认真读书,潜心研究民国史和敌特组织沿革,从图书馆抄了大量资料做成卡片,以备今后工作所用。于是我谅解了久未回信联系的前男友,我们迅速地结了婚……"

屋子里寂静得快要死灭了,沂蒙紧攥在手中的茶杯倾斜了,灯光下有亮闪的东西溢在桌面上,他一时弄不清是杯中的水,还是自己抑制不住的泪水,悔恨与内疚交织,从心里涌上来,他只想悲恸地大哭一场。

身在恋爱中的人为什么那么愚蠢,为什么你不允许别人的说明和解释,为什么你不能敞开心扉让彼此能够沟通,哪怕仅是只言片语。原来横在双方之间的鸿沟,实际上只是一层薄薄的窗纸,只需轻轻一点,两人的命运就会轰然改观。你却错怪伤害了爱你的人。将一封爱意的书信读为假惺惺的安慰和居高临下的怜悯,愤怒的情绪断送了美好的情感,使本该成为知己的伴侣变为路人。

千秋兰起身给沂蒙递来了餐巾纸,让他擦去满脸的泪水。

"当然,我不抱怨你,我们都有责任。为什么当时自己不能直白地告诉你我内心真实的想法呢,为什么只是在你们之间做艰难的选择而缺乏临门一脚的勇气呢?那个时候如果你能再主动一点,再向前迈出一步,天平就会向你倾斜,只怪我们太年轻,也太任性,中间又遇到了那个噩梦般的招生,把我们变成了竞争对手,并且推上拳台,命运像巫师一样让我们由爱成仇,像红了脸的孩子彻底闹翻,铸成了人生大错。

"是的,是观念的束缚,更是青涩的局限,使我们不能剖白心扉而心存戒备,越陷越深的误会使我们自己毁了弥足珍贵的情爱——有幸相会却无缘成为伴侣,擦肩而过,一切成为过去,回首昨日,当一切明了,我们变得成熟时,木已成舟,皆成定局,这就是阴差阳错的命运,上帝给两个幼稚的男女开了一个残酷的玩笑,不幸中的有幸,总算人到中年,前嫌顿释,否则,彼此会抱恨终生的。"

千秋兰告诉沂蒙,她毕业时闻听他在警校,曾要求到警校任教,有几次她骑车徘徊在警校门口,却最终没有进去。沂蒙任职副局长遇到第一起案件时,她为他捏了一把汗,之后江梁文制造假案,那几封提醒信都是她写的。

窗外夜色浓重,邻近的夜市传来收摊的铃声,回到现实中的沂蒙告诉千秋兰,我们珍惜这一段过往,为的是维护十分理智的友谊,我们仍不失为异性的朋友,同行中的战友。沂蒙说这些话的时候,就像背诵空洞台词那样言不由衷,他发现,有两行清泪清晰地挂在了千秋兰的腮边。

"我只想告诉你,每到节假日值班,我都会在办公室点起一根蜡烛,一直坐到天明,我在不断回味那段纯真爱情的日子,这也是我从学校回来为什么选择仍回公安局的原因。我总想远远地看到你,感知生活中有你的存在。"

随着远处市中心四面钟发出声响,两人的情感如同大海收回了潮汐,她关心沂蒙的工作近况,深知他的艰难,对时下出现的凭关系用干部、当官在于运动的现象表达了自己的厌恶,她一针见血地指出:"你不像有的人,手里拿着几支箭,一箭射不中,便可换另一支射,你不具备多支箭的资源,就只有研究一支箭法。这一支箭的射法,就是专业精湛,在你从事的这个领域中非你莫属,叫作不可替代,又可称为稀缺资源,'不争'是争也,这就需要你耐得住寂寞,十年磨一剑,抱一而终,不可讨巧或侥幸,靠着日积月累,组织终会认识你,你也必将脱颖而出。"

这既是旁观者的清醒,也是善意的忠告,更是同行战友的期许,令沂蒙心下十分感动,也觉前方之路豁亮了不少。

十八

大治安的思路得到省委的认可之后,马振邦踌躇满志,组织梁州公安局迅速投入了"顶天立地"的两项建设:一是警务指挥中心的应急体制;二是全市楼店场院的治安防范。沂蒙被派往武汉、南昌、广州考察指挥中心建设,并通过向公安部的汇报,获批了"全国中等城市指挥中心试点"建设项目。不久,指挥中心大楼拔地而起,巍峨的天线塔如出鞘的利剑般高高挺立,集现代通信、计算机信息为一体的指挥系统,大大提升了公安机关的快速反应能力。马局长对沂蒙再委重任,除抓指挥中心外,还分管刑事案件的侦办。

不料刚一接手,梁州市便发生一起棘手大案:市开发区管委会主任张奇玉的妻子在家中惨遭杀害。

案件要从一个叫孙多余的刑满释放人员说起。

随着身后省监狱的铁门咣当一声关闭,孙多余就再没有停下脚步,他的内心全然被仇恨的烈焰烤炙着。这座监狱曾隔断了他与这个世界的一切,也吞噬了他最宝贵的人生年华,可他不恨这所监狱,却切齿痛恨监狱外面那座城市里他曾最亲近的人。

他此时的脸色发青,举止僵硬,目光呆滞,手里攥着一张释放证书。这是一张他和这个世界联系的唯一凭证,可以到派出所兑换一张身份证,便可以在这茫茫人海中重新生活,安稳度过后半生。这曾经是他至高无上的追求,今天却变得无足轻重,一场变故导致他陡然做出抉择——选择毁灭,连同他过去所有的梦想。对他而言,完全舍弃这些不仅需要极大勇气,而且需要超乎常人的能力,但在他心目中,只有想不到,没有不可能。从昨天接到那封信函和那张照片的那一刻,他已经做出定夺。

十二年前,他和莫逆之交张奇玉下海,不想本金被人骗去,二人前去索讨,争执中的打斗扎伤致死了对方,凶器用的是同去藏区朝圣时买的一双雌雄刀,奇玉那把带血的刀扔在路边桥涵处,多余那把被自己攥在手中,警方赶到,他一人担罪,开脱了奇玉,被判处十五年徒刑。

奇玉在法庭道别时,发誓要打拼出一片天地,为朋友赢得后半生,多余说别无牵挂,只有未婚妻韩雨尚无工作,托付帮忙,那一刻,一侧的韩雨已泪如雨下,哭昏过去。

为了承诺与未来,孙多余在狱中服从改造,拼命工作,搞了多项技术发明,获得两年半的减刑,他度日如年,用倒计时的办法算计出狱的时间,就在半年前,韩雨来看他,隔着玻璃窗,他看她神色凄楚,欲言又止,等探视结束,她双膝一软,竟然跪在了地上。狱政干部转告他,韩雨给他带来了一双安踏球鞋,等他出狱那天穿。他翻看鞋里,发现了一张纸条,上写:我买了两双,一双给你,一双给了奇玉。

多余腾的生出不祥的预感,似一股阴云压在心底无法驱散,他昼夜不眠,发出的信也杳如黄鹤,直到昨天办理出狱手续,干事老李转给他一件装有照片的信函,函内是一张奇玉与韩雨的婚纱照片,邀请函写明是开发区管委会主任与韩雨女士喜结连理,时间在两年前。

一切在眼前崩溃、颠倒,呲呲冒烟的导火索终于引爆。他已经是个被剥夺者,剩下唯一的感情也被人劫去,而抢夺者又是自己拯救过的挚友,合谋者竟是与自己海誓山盟过的女人,这个世界怎么了,怎么变得这样寡廉鲜耻,充满残忍的欺骗,卑鄙地恩将仇报,堂而皇之地落井下石,赤裸裸地背信弃义,并且从根本上蔑视了自己的存在。他们选择这样的背叛,并不比选择忠诚容易,但他们竟然这样做了,而且是在自己最艰难的时刻扼杀了生活中仅有的希望。对于她来说,更是双重的背叛,因此,宣判惩罚并以自己的方式制裁他们,成了自己在这个世界上生存的唯一目的——他要制造一个惊天动地的大新闻,来证实自己不是弱者。

走出街口,他看到一个卖墨镜的小摊,随手买了一副戴上,他要隐蔽在墨镜的后面,让所有人都认不出自己,而后让所有的人都大吃一惊。在此之后,他对未来24小时做了精准的谋划,那封邀请函上就有手机电话,找到一个区领导干部的住宅并非难事,他还从那个荒僻的桥涵处寻找到了张奇玉当年藏在这里的那把藏刀,尽管刀把上残存的血渍还在,但刀刃还是那么锋利,竟无锈斑……

时至夜晚,他已登上了位于开发区的过街天桥,从这里可以看到那对男女所住的富贵金尊小区,这里原有的狭窄街巷荡然无存,代之而起的尽是高楼大厦,此刻已是万家灯火,不时有缠绵的音乐随夜风飘来,脚下是急驶的车流,一辆辆载着希望的雪亮车灯向自己身后驶去,一去不返;离他而去的尾灯闪着猩红的光,像炼狱中的冥河,即将割断他在世间的一切。望着头顶的苍穹和繁星,他意识到自己的渺小,不禁怪爹妈给自己取了"多余"的名号,可细想每个人的名字不就是一个符号吗,尤其是自己,可有可无,可怜可悲,就像一粒无足轻重的沙尘。想到这里,他突然摸到了口袋里那张标志着自身存在的释放证,已经变得毫无意义了。于是,他把它掏出来,迎着风扯个粉碎,向着漆黑的夜空撒去,宛如冥界的纸钱,随长风飘散而去。

不知怎的,他的脑海浮现出幼时和张奇玉嬉闹玩耍的情景,忆得创业之初露宿街头遭人白眼的窘境。一阵冷风掠过,窗口蓦然现出那久违而熟悉的身影,还有他每日期盼藏在心中的灯光,只有和她在一起的时候,他才觉得世间是那么甜美、温馨,仿佛她的每寸肌肤、毛发和神情都触手可及。正由于此,他才能在冰冷铁窗的寒夜中不再孤寂,可这一切很快被那张伪善的面孔所遮蔽,他占有了她,而自己心爱的人不仅选择了顺从,竟然投怀送抱,毫不犹豫地抛弃了自己。现在,他恨透了那个女人,更恨女人后面的那个男人,卑鄙无耻,背信弃义,恩将仇报,落井下石,殊不知不义之财不可取,朋友之妻不可欺,如今世间的仁义礼信全部颠倒,反将自己逼入绝境,有仇不报非君子,快意恩仇,天经地义,为自己讨个公道。

面前这座高档小区,有假山亭榭、喷泉雕塑,门外临河,门卫森严,每辆车进出都要通行证,住户皆要刷卡。他绕行一圈,来到西南角,这里的铁围栏尽管高大、尖利,但里面全是高大的梧桐。狱中刻意的锻炼使他未费太大力气就攀上了铁栅,抓住粗树枝,顺树干而下,继而弯腰潜伏,屏息静听,见远远有手电闪烁,原来是两个保安,正从后面未亮灯的房子走来,并将电光来回扫射。待他们走过去,他发现,原来后院几排别墅空空如也,全是尚未装修的毛坯房,正好进去隐身休整。

他把那把刀拔出来,用手试试刀锋,开始在台阶处磨起来,一推一抽,缓慢有力,仿佛见到了张奇玉正在进入女人的身体;一抽一刺,犹如这把刀插入那个男人的体内,那是一种什么感觉:冰凉?炙热?痛苦?畅快?……一切都由它来裁决!

一切就绪,他整理一下行装,耸肩挺胸,抖擞起精神,迎头走向小区中间那幢别墅。此时夜阑人静,大概只有这幢房还亮着灯,橘红色的光焰让他心头一颤,使他钉子一样地止步不前,头脑一片昏乱,不知过了多长时间,他才定住了神,眼睛适应了黑暗,他看见房子西侧有一棵大树,树枝茂密,大概是建房时特意保留下来的,树干紧贴二楼阳台,浓密的树叶遮盖了一切。

他就势攀上了树顶,轻身落在了阳台,那把刀就在手心里攥着,出了很多汗,黏稠得像是血,仿佛一松开,就会滴落下来……

尽管依维柯面包车已开得风驰电掣,可张奇玉还是命令司机加速。省城距梁州70公里,油门加到120公里,望着窗外八车道宽阔的高速路,两侧正在兴建的大型工程急速闪向身后,这位年富力强的开发区主任露出志在必得的笑容。今天上午,孟市长要和美方签署可控硅合作项目,因一些技术细节需用英语直接交涉,翻译对此专业懵然无知,因此急招在省城开会的张奇玉返回梁州,参加10点在开发区举办的签字仪式。省里会议原定两天,上午还有他的发言,因该项目已争取了近10年,为避免功亏一篑,市长十万火急催他,说那边主管省长骂翻天也由他老孟顶着,坐火箭也得在10点钟赶至开发区签字现场。

在合作项目签字过程中,张奇玉用流利的口语与客商交流,且谈笑风生,气氛热烈而不失诙谐幽默,他还借机介绍了古梁都城摞城的奇观和开发区未来的发展远景,赢得外方阵阵掌声和赞许,使得项目签署畅通无阻,乐得孟市长挥着大手直呼其名道:张奇玉,我放你的假,陪老婆吃顿团圆饭,这边由我孟老爷子跟他们搞一番形式主义!

张奇玉如蒙大赦,他平日里最厌烦官场礼仪式的餐宴,于是令司机驱车回家,约着在家休假的韩雨到小宋城餐馆吃饭,那里有他俩最爱吃的"套四宝"。路上他还打了个电话给妻子,没人接听,进了小区到了家门口,偏巧孟市长又打来电话,他叫小刘上楼叫妻子下来,这边电话没接完,小刘一声喊叫,从门口的阶梯处一脚踏空,滚落了下来。

"张主任,出大事了,阿姨她……"被扶起的小刘语无伦次,脸色吓得煞白。

张奇玉三步并作两步冲上楼门,门竟未锁,推门喊妻子不应,但见室内一片狼藉,卧室房门半开,妻子韩雨在床上双手被反捆,半裸着下体,躺在血泊之中,室内的箱柜、抽屉悉数被打开,地上脚印杂沓,杀人抢劫的可怕案件竟然发生在自己的家中。足有半分钟,他僵直地愣在那里,直到惊魂稍定的小刘拨响了110,市公安局指挥中心值班员呼叫着向他问话。

闻讯急赶过来的是公安局副局长鲁沂蒙,之所以如此重视,不单是因为开发区主任家中发生凶案,而且两人还有一段私人交情。三年前俩人在市委党校同窗,当时奇玉还是区纪委的副书记,二人一见如故,相见恨晚。得知张奇玉是发奋自学考上的大学,又在公务员考试中脱颖而出,沂蒙不由得对他惺惺相惜。奇玉结婚时,沂蒙和晓荣不仅参加了婚礼,还当了证婚人,以后奇玉做了主管城建的副区长,由于棚户区改造卓有成效,很快升任为开发区管委会主任,没想到事业正如日中天之际,家中竟遭如此惨烈的横祸。

鲁沂蒙在富贵金尊小区的物业办见到了悲痛欲绝的老同学,用两只手握紧对方的手,感受到他的手心冰冷,并发出微微的颤抖。

发案现场的这幢别墅处在小区围墙西南侧,通道处有株大树,奇玉家是独体两层楼,推门进入,就见客厅一片凌乱,地上的杂沓脚印已被围上了白线,中心现场在卧室,韩雨就仰卧在床上,黑色胸罩和T恤翻卷在乳房上方,下半身一丝不挂,两只手在背后被尼龙绳捆绑,口中竟还填塞着一件短袖衣物,四周有明显的血迹迸溅,浅花的被褥上有隐约的擦拭血痕。

床头上方是两人的结婚照,韩雨长得优雅匀称,皮肤白皙,身材修长,一副小鸟依人的模样,微笑时莞尔露出雪白牙齿,可一夜之间变得尸体横陈,惨不忍睹。是什么样的凶残之人,能下此毒手,又是什么样的作案心理,对一个弱小女子如此丧心病狂?

"这案件奇了怪了。"马克新走上前来,在沂蒙前面引路,绕开了地上的灰圈,"客厅和卧室房间翻遍了,可钱却分文不取,这家伙可能有什么洁癖。"果然,只见大小立柜被打开,抽屉均被抽出,可摆放的现金、美钞却无触动的痕迹。

移步客厅,红木桌案上摆放着钧瓷工艺品,长幅的绣品《清明上河图》占去了半面墙壁,一个小灵通手机斜放桌角,留有血手套的纹路。厨房看来常年不做饭,炊具码放整齐;卫生间把手上亦有血迹,脏了的内衣扔在衣篓中,进门处一个雕花的鞋柜,内中堆放着鞋盒。

"凶手在找东西,翻动得很仔细,但绝不像流窜犯罪有大幅度的掀动。"马克新继续介绍,"共有四万一千多人民币,凶手显然不是图财。"

"图什么?你认为?"

"一般蟊贼哪敢如此胆大妄为,况且在一个区长的家中,强奸杀人的可能性不能排除,但又有些怪异,凶手唯恐女主人不死,竟然连刺21刀,又像是报复杀人,意在泄愤——可这些刀伤又集中在胸背部,女方居然没有丝毫反抗,好像是在任人宰割,她身后的绳子绑得并不紧,特别是手指处已经松开,当时到底是个什么状态,正在让刘法医做尸检,解决这些疑团。"

此时,指挥中心通过对讲机呼叫,孟市长让沂蒙接话,机子里传出对方浓重的山东口音:"你沂蒙能干不能干,关键看破案。区长家里老婆让人给杀了,这叫什么安全感,你头拱地也要把案件拿下来,限期给我破案。"

沂蒙领命并表示:张奇玉作为受害人家属,同时又是案件线索的提供人,为保证他的日常工作,不采取任何限制措施,只接受必要的询问。随后,他转身招呼急步走来的刑侦支队长张太增,一干人围成了圈,个个神情凝重。

"这绝不是一起普通的刑事命案,倒不仅是被害人身份特殊,而是现场复杂,手段残忍,疑点重重,需抓紧求援,速请省内和公安部专家会诊——现场足迹保留得怎么样?"

"拍照固定后,地面已清理了。"一旁的技术员小曹应声作答。

"谁下的命令,啊?!"沂蒙陡然提高了嗓音,平日里他最看不惯一些刑警的粗犷作风和自以为是的自负,"足迹清理了怎么搞现场重建?专家来了听你们两片嘴瞎白话啊,太增请你转告每个侦查员,既然由我分管刑事侦查,重大问题必须请示,重要现场勘查决定必须向我汇报,足迹怎么清理的马上给我复原!"

沂蒙之所以要求得如此精细,是他蓦然想起了当年周大昌糕点店血案中的"神踪"马玉林,因此深知脚印在破案中的作用,所以扭住不放。

"这个……"小曹面露难色,一个劲儿瞟张太增。

"这个可以补救。"正在现场勘验痕迹、提取指纹的老技术队长普杰贵走过来,指着光洁的地面道,"进入现场时有原始录像,足迹照片很清晰,对照大理石上的花纹叠压上去,再覆盖上去一层透明胶不就成了。"

"不管用什么办法,一切恢复原状,等待上级专家到现场重新查勘。要记住天外有天,不要故步自封,老认为自己了不起。正好,方法医你们都来了,咱们定个大盘子,在部省专家来之前,我们必须弄清以下几个问题。"

张太增等人急忙拿出本子来记,几年前还是他们给自己上课,此时变得十分谦恭。

"一是被害人死亡的准确时间,要通过胃内容做出科学鉴定,致命伤的部位,使用的凶器,是在何种状态下被杀,到底有无性侵,捆绑时有无反抗,有无挣扎,是先捆后杀,还是先杀后捆,包括绳索的质地、绳扣的绑法及产地;二是凶手进入现场的过程,出入口和行走路线,是先杀人再翻动物品,还是先翻动物品再杀人,一定要弄清他在寻找什么,是否得手;三是足迹研究,判断作案人的年龄、体态特征,为判明案情性质,要抓紧死者因果关系的排查,特别是和被害人家属接触……"

"报告鲁局长,重大线索露头了!"马克新一声亮嗓将大家的注意力打断,"刚才和张奇玉主任交谈,他情绪波动很大,非要找领导,几次想冲进楼来,要看韩雨的遗体,被我拦住,好一阵劝慰,脱口而出就说出一个嫌疑人来。"

"少兜圈子,快说。"张太增已是急不可耐。

"死者前男友孙多余,近日刚从监狱刑满释放,可一直没露过面,去向不明!"

"各组马上就位!"张太增霎时提高了嗓门,一脸的精气神,"人分两拨,一头儿跟派出所联系,看这小子是否到过派出所;二是给监狱办公室打电话,让他们火速提供本人照片、衣着、体貌特征,连同指纹、血型,很快和现场提取物比对,如果是他,可省了大事啦。"

真是踏破铁鞋无觅处,得来全不费功夫,三下五除二,监狱方面的闭路监控提供了孙多余出狱时的照片,他当时脚上穿了一双安踏鞋,与现场大树下遗留的足迹牌号吻合,通过警犬气味鉴别,与富贵金尊小区后排尚未使用住宅中的脚印相同,说明当晚凶手先在此潜伏。更为有力的依据是:凶手攀树撬窗入室,遗留在窗框处的微量皮屑,完全可与孙多余本人的 DNA 做同一认定。

于是,鲁沂蒙紧急呼叫指挥中心,开始调兵遣将,要求各分县局广发查缉通告,对所有城市路口设卡堵截,在全市展开对孙多余的大搜捕,搅动河水鱼上翻,同时组织民兵和治安员上街,治保会动员街干戴上红袖箍盘查路上可疑人员。一时间大网撒开,孙多余果然无处藏身,迫使他铤而走险,出其不意出现在开发区政府门前。

这天清晨一上班,他劫持了一名女办事员做人质,押上了开发区办公楼顶部的六楼平台。

侦缉调查顿时变成了短兵相接的人质解救,沂蒙率人火速赶至区政府保卫处,贴近大楼架起了录像喊话设备,并调集了防暴突击队和武警前来增援。

六楼顶部,红旗飘飘,旗杆一侧站立着孙多余,他用左手卡住一个穿红毛衣的姑娘,右手持着那把锋利的尖刀。

"你有什么要求,提出来,咱们都好商量,先把姑娘放了。"张太增支队长开始喊话。

"少来这套,你们这路把戏我懂,人放了,就让狙击手开枪,我可没那么傻。"

看到警察来了,女孩子在挣扎。孙多余用右膝压住她的腿,手中的刀卡住姑娘的脖颈,嘶哑着嗓子吼道:"你们谁要上来,上来我就一刀捅了她!"随着女孩一声惨叫,颈部隐隐有血渗出,现场所有人顿时全都紧张起来。沂蒙见对方高度亢奋,要求所有警察停止行动,力求营造宽松的气氛,然后让张太增通过扩音器继续喊话。

"你不要冲动,有啥想不开的事,非要这样做,我看这并不是一条最好的解决办法。"

"少啰嗦,我知道事情有多轻多重,你们必须答应我一个条件,否则一切免谈——"

"说吧,我们尽可能满足你。"见劫持者有松动,张太增语气更加缓和。

"马上叫区长张奇玉上来,再来一个电视台摄影记者带机器过来!"

"好,我们马上商量一下答复你。"

此时的孙多余阴沉而警觉地扫视着四周,手中的利刃一秒钟也未离开过红衣姑娘的颈部,就在此刻刀锋意外闪动了一下光亮,他猛地意识到这是狙击武器在隐蔽处的反射光,便急速把脑袋缩在姑娘颈后,大叫道:"滚开,你们是想要老子的命,那就拼了吧!"

"你可别干蠢事——截至目前,你是谁我们不知道,有啥想不开的事儿还没说,谁知道该怎么答复你?男子汉大丈夫要敢作敢为,行得正,立得直,心里有话就好好说嘛。"

"那你听着,我叫孙多余,是刚从大牢里放出的刑满释放犯,今天想会会你们局长,请他做个公证,让我跟张奇玉做个彻底了断。"

"好,小孙,你听着,我们公安局的鲁沂蒙局长来了,他要和你谈谈,他是我们这里最大的领导了,他说话是绝对算数的。"

就在张太增喊话的时候,鲁沂蒙已快步登上平台,谁知刚在台阶口一露头,就被孙多余发现了。

"站住,不许再上来!"

红衣姑娘也哇的哭起来:"不要上来,求你千万不要过来呀——"

沂蒙僵在了那里,他竭力调整着自己的心跳,目测着和对方的距离,虽说只在十步之遥,但那把刀锋就贴在颈前,而且对方满脸淌汗,呼吸粗重,显得十分狂躁,决不可采取任何冒险之举激怒对方,他下意识狠咬了一下舌根,尽量用缓和的嗓音说话。

"我就是公安局的主管局长,很想听你反映问题,咱们可以好好聊一聊……"

见鲁沂蒙赤手空拳,并且只有一人,孙多余稍显松弛,换了一下姿势。

"把狙击手撤了,叫张奇玉上来,我要跟他当面对质,叫电视台播放,爆出个大新闻,我死了也心甘情愿!"

"好吧。咱们可以商量一下细节,可人家姑娘已经支持不住了,能不能先放了她,我们两个谈,我来换她,好吗?"

"你别哄我,你是公安局当家的,把个张奇玉叫来不费吹灰之力,我限你三分钟答复,否则今天这把刀就当着你的面血溅三尺!"

在这段时间,沂蒙已清楚看到,劫持者背靠半截墙体,一条腿弯曲地卡住姑娘下肢,对方的上半身则被他用右臂揽在胸前,左手的情形一时看不准,但可以肯定,是在另一侧持刀压在她的颈动脉上。

"多余,"沂蒙此时的语调更加平缓下来,"你如果伤害了这姑娘,我们绝不会放过你,但如果你放了她,我保证马上放你走,并且让你和张奇玉见面,你现在还没有铸成大错,一切停止还来得及,如果不听劝阻,那性质可就变了。"

"我趁早告诉你,我早就活腻了,出监狱就为的是和他见一面,当着大庭广众论个是非道理,他来了就是我的活路,他不来今天必须死人,你要是还不把他弄来,我马上就让她先走一步!"

"你把事情想得太严重了。"鲁沂蒙听懂了他的目的,反倒更加松弛下来,因为他懂得,在对峙的关键时刻,谁的内心强大,谁就占领了精神的制高点,才有可能控制局面,与此同时,他还想进一步弄明白对方背后真正的动机。

"多余呀,你还年轻,生活的道路还长着呢,一个人经过监狱的改造,面对新的生活总要有个适应的过程,甚至会遇到些困难,这个完全不用担心,今儿个咱们认识了,就是缘分,你的工作问题我来帮你,尽管每月工资不高,但也能保证日常花用,请你相信,我是具有这个能力的,完了咱们可以专门说这件事儿,而后安身立命,过好后半生……"

"拉倒吧,我的警官大人,别再灌我迷魂汤了,我还哪有后半生?!张奇玉不来,我今天就死定了,我现在的命就攥在他手里,你说他为啥还不来,是不是你们合着伙在骗我,我可最恨不仁不义之人!"

"我们早已通知到他,他也正从会上往这里赶——听说你们还是最好的朋友,他不但会来,还会很好地帮助你。"

"哈哈……哈哈哈……"孙多余笑了起来,但笑得十分阴冷,"我是有一个他这样的朋友——一个往我身上两肋插刀的好朋友,一个借刀杀人的好朋友,你信不信?我说我没杀人,是有人想害我,你信不信?对,你决不会相信!我就知道你们当官儿的会官官相护,我不相信你,我只相信记者,因为他们才代表公正舆论,你让他们赶快来,赶快来呀!"

沂蒙听他话中有话,决计问下去,不想楼下人群中出现了一阵骚动。原来,是红衣姑娘的父母亲闻讯赶到现场,由于看到楼顶的一幕,母亲当即晕倒在地,救护车也闻讯赶来,局面顿时大乱,围墙外有更多的人拥入了大门,警察一时无法管控。孙多余见状更加狂躁,浑身颤抖得难以遏制,那把刀更加贴近女方纤弱的颈部。沂蒙深知,劫持者系前科要犯,对社会抱有仇视和偏见,劝降难度极大,若拖延下去,人质也会精神崩溃,结果凶多吉少;如果让张奇玉出场,失去理智的对方更会使现场失控,后果难以预料。此刻他知道,张太增已在平台下沿架起了钢梯,狙击手也各就各位,于是他当机立断,向平台下端喊话:"马上让记者上来,带好设备,待张奇玉赶到,立刻对话录音,明白吗?听到请回答!"

"听到,明白。"张太增对沂蒙的双关语心领神会,片刻之间上来了记者装束的女警秦凌霄,扛着一台摄像机,她的后援配合者马克新,就伏在半矮墙的后面,此处正在平台夹角的盲区。

秦凌霄一露面,便被孙多余喝令靠墙站着,就地旋转一圈,以示未带任何其他物品,秦凌霄站定后即指向楼下说:"张区长的车已到楼下,正在停车。"孙多余不知是计,分神向楼下看了一眼,说时迟,那时快,早就伏在半截短墙后边的马克新,伸臂扬手把五四枪递到了秦凌霄叉腰于背后的右手中,行云流水一般的动作瞬间完成,随着一声清脆的枪响,三米开外的两个人随枪声顿时分开倒地,十几个民警从四周矮墙处一拥而上,孙多余脑袋开了花,被秦凌霄将刀扭下,红衣姑娘没有死,只是被枪声和迸溅的鲜血吓昏了过去。

真正的电视记者登台录像,直播全市:劫持人质案被成功解救,歹徒被击毙,富贵金尊小区杀人案胜利破获!

人从生死场中转危为安,就像从过山车的顶端一泻而下,会虚脱似的松弛下来,由极度的紧张转为轻快与惬意。沂蒙望着车外的世界,仿佛天更蓝,云更白,微风轻轻拂面,满大街的人们全是笑脸,连空气中都充满甜丝丝的味道。

现在,沂蒙已返回至小区物业办公室,来看望那位可怜的同窗。张奇玉已从电视中看到刚才区政府楼顶惊心动魄的一幕,见沂蒙进来,双腿一软竟跪在地上,继而号啕大哭,那哭声撕心裂肺,如江河破闸,久止不住。经沂蒙好半天劝慰,奇玉才缓过神来,感谢警察的神勇,韩雨冤情得报,九泉之下有知,也当瞑目了。沂蒙告诉他现场还需要结案善后,暂时还不能返回家中,奇玉又是一场悲恸,并说自己别无他求,能再见亡妻一面,也好尽快火化收殓,他准备在家中永设灵堂,为韩雨祈福,同时表示此生将永不再娶,终日守灵以明心志。哀求沂蒙尽快允许自己料理后事,让韩雨灵魂有所归宿。他边哭边诉,悲不自抑,听得连铁石心肠的人都会动容。沂蒙盼咐马克新他们抓紧处理现场,早日结案,接下去又是一番开导,本想再询问些什么,市政府孟市长那边又召他速去。

在宽敞的办公室,市长从桌子后面一步跨了出来,用厚重有力的巴掌拍在沂蒙肩头。

"好小子,我就说自古英雄出少年,少年数咱山东汉!"孟市长红脸膛,一道浓眉上扬,一口胶东口音,"好一场平台大战,比好莱坞大片看得都过瘾。干得好,干得漂亮,干得让我老孟头脸上有光!"他说着拉沂蒙走向一侧墙壁挂着的开发图,"知道吗小伙子,这叫一声枪响,黄金万两,打出的是梁州城新的经济增长点,打出的是企业投资的安全感。案子破了,罪犯死了,开发商背着铺盖卷儿就来了。所以我老孟要重奖你们,给击毙歹徒的民警记功,表彰大会我要亲自参加——你鲁沂蒙不要钱,可政委这一票我是投定了!怎么样,快说说怎么结案,也该让奇玉主任回家安排后事了吧。"

看着孟市长灼灼的目光,鲁沂蒙只得如实相告。

"我正要向您汇报,案件还有几处疑点待查,我们已请了部里技术专家帮助会诊。"

"案子已经大白天下,为什么又请来部里专家大动干戈?"孟市长的眉毛顿时拧成卧蚕状,以斩钉截铁的手势阻止了沂蒙的解释,"你们想蒙骗我这个外行不是——老孟绝不上你们的当,我限你们三天之内清理完现场,死者遗体火化,入土为安。让张奇玉放下包袱,全力投入开发区的工作,你们的业务工作千重要万重要,也必须服从市里制定的战略发展大局,况且我八朝古都还需要个脸面,就要快刀斩乱麻,马上清除负面影响。"

看来,过多的解释已无意义,市长的指示非常明确,迅速结案,一切恢复原状,尽快让张奇玉回家办理后事。沂蒙顿感压力袭来,他连忙向近日在省党校学习的马振邦局长挂电话做了汇报。

沂蒙哪能不知道,这张奇玉是孟市长的爱将,当年公务员考试,他拔了头筹,当过一段孟市长的秘书,看他可堪造就,就让他任了城建规划科长,一次反腐倡廉的发言又博得开发区书记的青睐,很快调任区纪委副书记,在此期间与沂蒙党校相识,之后奇玉再度升任开发区常务副主任,高科技项目建设抓得风生水起,很快就任了开发区主任,正欲雄心勃勃干一番事业,不想家中遭此横祸。

沂蒙匆匆赶至富贵金尊小区时,公安部老专家邬国庆等人已到现场,当年到部里争取项目时,沂蒙曾专程拜访过这位传奇人物。他黝黑的面庞,壮实的身材,有一双穿透力极强的眼睛。老爷子话不多,只是细听情况。从周口赶来的步法追踪专家王清亮紧跟在他身后,普杰贵负责前期勘查情况的介绍,汇报直到晚间,大家吃着盒饭,在客厅开了现场分析会。

法医刘探微是刘大树的儿子,如今子从父业,首先发言,他倾向认定孙多余仇杀与强奸:作案者从树上攀爬至窗口撬窗入室,持刀复仇,发现只有韩雨一人在家,欲实施强奸未遂,就将被害人捆绑杀害。因为是熟人作案,唯恐对方不死,连续多刀杀人——凶器是单刃刀,尸体有21处创口,集中在心肺,致命伤在心脏,一共5处,其中一处是贯通伤,像婴儿嘴,脾脏也有一处刀伤,出血时被人抹去血迹。凶手用尼龙绳绕行死者双臂反绑,右手刚绑了一个拇指,双腿捆成一体。

"从进出口和作案过程分析,"普杰贵补充道,"凶手直入房内卧室,目标十分明确,被害人已开始睡觉被他惊醒,挣扎呼叫时被堵嘴捆绑杀害,接着在室内翻动,离开现场时带走了死者的手机。"

"现场分析,还有不少疑点不能解释,想听听邬老师的高见。"张太增综合大家的意见道,"一是杀人过程是连续使用锐器所形成,被害人像靶子一样任人宰割,却没有丝毫反抗迹象,甚至都没有扭动一下身体,当时她应该是有生命意识的;二是有性侵迹象,但捆绑的肢体无法形成性行为,似乎是在转移视线;三是卧柜处发现有苯巴比妥的安眠药瓶,而死者体内的安眠药却不是这种成分,分析是安眠药作用下意识昏迷时遇害;四是凶手足迹为28.5cm的安踏运动鞋,系温州万蓬鞋业生产,现场的步态分析,步幅时大时小,还有跳跃现象,年龄和体态判若两人,像是先杀人再寻物,后来在屋内徘徊。结合尸僵、尸斑和胃内容判断,死者死亡时间在21点之前,并且肝脏血液中的安眠药成分是一种未进入临床的新药,学名为酒石酸唑吡坦口腔崩解片,这种药无须用水,入口即溶,可迅速进入深度睡眠,这里就有两种可能。"

"什么?"沂蒙急切地问。

"被骗服或误服。"

"骗服者会是谁?"

"显然不是孙多余,他入狱后和韩雨一别十年,突然出现在她面前,惊恐惧怕中不可能接受对方任何东西,只可能是被熟悉和亲近的人劝服。"

"这么说那天晚上进入现场的并非只有孙多余,而是另有其人——究竟是谁?"

"这要请专家清亮来说说。"

王清亮是师从马玉林大师的步法追踪专家,曾在公安大学与沂蒙同期受训,沂蒙一有大案件,必邀他来增援,况且听说他继承"马踪"又有创新,即运用模糊数学和概率将相关参数像CT扫描输入计算机,将智能识别与经验识别结合,能进行更加精准的鉴定。

"从步法追踪角度,我倾向认定有两个人进入现场,并且一前一后,并非同时,尽管穿了同样型号的鞋,但步态有差异,后者的脚印叠加在前者的脚印上,不排除一案两凶,也不排除雇凶杀人的可能。可以判断孙多余是其中一个,这一点源于富贵金尊园后排住宅中相同的足迹,他是精心准备,携带绳索、刀具,事先预伏潜藏,待室内人入睡后入室行凶。"

现在,沂蒙和众人的目光都集中到一直未发言的邬国庆身上,他摘去了花镜,很快站起了身:"两双安踏鞋进入现场就很有些意思:如果是一先一后作案,两人是什么关系?他们是不是同伙:一人作案,另一个善后?如若不是同伙,进入现场的时间不一,一人先入室,一人随后闯入,两人是彼此相遇,还是擦身而过?这场夜晚发生的'三岔口'不能全凭猜测,咱们应从现场重建的角度还原这里发生的一切,包括作案人在现场的每个细小动作,行为的先后顺序,发现他在哪里转动了脚步,移动了手指,挪开了物品,要将每个抽屉划成一百份,每份几毫米地查看,甚至毫米、微米级地观察。而后将这一切与他心理动机、一念之差扣合起来,从中发现他的破绽,抓到他疑点后边的证据,这就需要我们像演员一样模拟犯罪者进入现场,来一场真实再现。"

邬老引众人到窗口处,开始模仿孙多余从外边敲碎玻璃,撬窗入室。

"他站在窗台上,有些摇晃,跳下来又怕出了动静,于是两手就要有个抓手:如果一只手拿着刀,另一只手就扶住墙上的小吊柜了,他的右手搭在吊柜上缘,白手套上沾了一层灰,人下到地面上,弓身蹲下,适应室内光线,开始潜入卧室……"

他让人搬来凳子,站立在吊柜一旁,"从柜上边缘有灰土减层的手套痕两枚,判断这个人应该比我低十公分,手套的小指破洞留下了残缺指纹,可以断定是孙多余的。"老邬开始下了凳子,重新戴上了手套。

"他此时应该拉开了灯,下楼进入了卧室,但很快退出,开始观察房间内的一切。但他不知道,此时他的那双鞋已经沾上了卧室死者的血渍,形成了地上模糊的血潜脚印,喏,就在这里。"老邬指着一处墙拐角的地角线,竖侧的木饰墙板上,有一个擦蹭的痕迹,隐隐可见血迹。

"这说明什么呢?说明孙多余进入现场时,死者已经遇害,他看到室内的状况,几乎没有太多的停留,急忙拿了茶几上的手机,从屋门离开了房间,半掩上了房门。"老邬在室内指点着,仿佛和某人在隔空对话。

"你非常聪明,知道触物必留痕,于是,在这个人走后,你开始清除自己双手接触过的物品:吃过的糖纸、瓜子壳冲入下水道;衣物、毛巾冲洗拧干;虽然戴着手套,还把所有手指接触的部位像电灯开关、抽屉边沿柜角、鼠标键盘全部细抹了一遍,但唯留地面没有清洗,这是听到了什么动静使你匆忙离去,还是有意给我们故布疑阵?"

现场上一阵短暂的静寂,大家似乎都在屏息细想,眼前浮现出那个夜间这里发生的可怖景况。

"你懂得不少反侦查的对策,可惜只知其一,不知其二:从死者胃内容证实,杀人行凶的时间在 9 时到 10 时之间,而小区监控看到黑影潜入是在 11 时之后,并且……"老邬指向双人床铺又说出一个惊人判断。

"现场上没有发现安眠药,也没有装药的器物,那么这药绝不是强灌的,也不是自服的,更不是误服,我赞成大家的意见——很可能是骗服的,而能做到这一点的,从监狱中刚刚释放的那个人是做不到的。"

"这说明什么呢?现场同一种型号的鞋子却穿在两个人的脚上,一前一后,一急一缓,一近一远,现在唯一留下的缺环,就是不知道他在屋子里翻腾什么东西,把这个空白补起来,我们就能找到他了。"

真凶近在咫尺,却不能证实他犯罪,案件愈深入越像棉衣浸满了水愈加沉重。沂蒙拖着疲惫的身体回家,院内早有一群记者堵门。常跑政法口的周利霞大喊小叫着:"鲁局来了,能否回答一个问题,凶犯已经击毙,为啥还不宣布破案?"还有人刺耳地问:"市长让你们限期破案,到底是几天?!"扛摄像机的大个子廖永林将镜头对准沂蒙质询:"凶手为啥劫持人质偏要电视记者去,是不是有重要事情你们还在保密?"

沂蒙深知自己面对的不仅是几个记者,而是他们身后的万千公众,便以非常正式的口吻回答:"一切正按照侦查程序进行,一有结果,当然要在第一时间公布。"

什么结果,沂蒙心里也没底,一个个疑点像电影蒙太奇一样在脑海中闪现:孙多余绑架人质的真实目的是什么,为何又声称自己从未杀过人,又为何非要见到张奇玉,而且偏要让记者参与其间。老邬分析的空白缺口究竟是什么?晓荣端上饭看他还紧皱眉头,便递过筷子来,沂蒙下意识地拿起一根筷子指向室内,有一搭没一搭地问道,如果你要在家里藏件东西,让我都找不到,你能藏在哪儿?晓荣拿起了另一支筷子,环扫屋内一圈,突然指定进门处的鞋柜道,放在鞋盒里最保险。沂蒙问为什么?晓荣答,你想啊,这地方你天天看见,可熟视无睹,每次只顾穿鞋,可从不擦鞋,向来都是我来打理,所以是灯下黑。沂蒙一拍大腿,推了饭碗,拿起对讲机呼叫司机,风驰电掣般赶到现场来。

普杰贵还在现场,见沂蒙进门直奔鞋柜,便递上一双手套,旋即打开了勘查灯,在雪亮的光柱下,一个个鞋盒被移出、打开,终于在最底层的角落里,发现了一个被透明胶带密封的黑色鞋盒,开启后,里面有两本厚厚的日记本,从隽秀的字迹看,正是韩雨所写的。只见扉页上被打了红叉,日记处画了不少横杠,还写有密密麻麻的批注。细看内容,仿佛打开了一个整日以泪洗面少妇的内心,洞见了这个家庭的另一面。

一个人的一生中,得到过的也许可能再次得到,但失去了的,将永远会失去,人的一生,只有你和你所爱的——人才是最重要的。

……

好苦——苦难的我相信只有一点,作为一个自强自立的女人将是我今后的选择。我不为自己哀怜,不为过去的烦恼而流泪,对那些不曾遭遇过我这些苦难的幸运妇人们不心存嫉妒,因为我已将生活的苦酒饮得一滴不剩,我所知道的一些事,她们一辈子也不会懂,我看到过她们不曾领略的事物,我也认识了那个她们不会认识的人——只有眼睛被泪水洗净的女人,才是最清醒、最理性和决定自己命运的人。

她们是谁?为什么会引起韩雨的如此轻蔑,她们未曾领略的事又是什么,而韩雨所知道的事又是什么。一个生活在锦衣玉食中的女人内心为什么会如此痛楚。记得那次奇玉夫妇请自己和晓荣吃饭,韩雨像惯常那样的开朗,不时发出银铃似的笑声,在送客人离席的时候,沂蒙瞥见她眼神中蓦然闪动的一丝忧伤,眼角处似乎还有一抹泪痕,但这一切很快消失在了黑影之中。

……生活的刀剑风雨,使我憔悴而不堪一击,超负荷的压抑与痛苦,使我在生活的旋涡中过早地苍老。对生活我不像过去那样要求了,只希望能有一处遮风挡雨的屋檐,生活的苦难使我对任何事物都不存奢望,太多太多的无情打击使我惧怕面对现实,只能在别人看不到的角落里偷偷流泪。

　　为什么苦尽甘来之际偏要生出裂痕,为什么最终要把我抛弃?有生以来你就自命不凡,争强好胜,不愿被人瞧不起,你努力、你吃苦、你拼搏,该得到的你都得到了,可最宝贵的却被你抛弃!分开吧,骨肉情感割舍不掉,不分吧,自己的感情又接受不了。怎么办?为什么命运要给我开这样残酷的玩笑?!人海茫茫无知己,可怜孤舟无岸靠,谁又能怜香惜玉,解救我不再蒙受煎熬……

一篇篇日记行文凄切,几处有明显泪痕,犹如碎片组成了拼图,拼出了韩雨的不幸。原来,孙多余入狱后,为报恩的张奇玉将韩雨调入区办工厂,除每月发给工资外,还不断接济粮钱,不时嘘寒问暖。一次韩雨夜间发高烧,张奇玉跑前跑后,照顾得无微不至,使孤寂无助的韩雨倍感温馨和体贴。此后,在张奇玉不断的感情攻势下,矛盾心理中的韩雨日久生情,终于投入了对方怀抱。直到婚后,韩雨才逐渐发现,张奇玉并非对她情有独钟,还拥有不止一个情妇,她的心被扯碎了,悔恨不已。日记的后一部分文字断续,甚至语无伦次,有的地方涂改得一时难以分辨:

　　他就要回来了,我应该如何面对?我是否见他,他会对我怎样?他是不会理解我的,更不会原谅我,哪怕说出千万个理由,也是我的过错。在他的心目中,我就是个见利忘义的卑鄙女人,竟然在他落难时选择了背叛。可他哪里知道,十年的生活中我都遇到了什么,如果说人生可以重来,我决然不会结婚,更不能陷入两个男人之间的撕扯。可人生没有彩排,只有直播。我现在就像陷入可怕的陷阱中,地狱似的黑暗……如果你还能像当初那样对我,我会把这一切告诉你,要知道,和一个被欲望浸泡的人生活在一起是多么可怕,今夜他又是通宵未归,我做了一晚上噩梦,在蹚过一条大河时,突然冒出成百上千个无头的尸体,他们向我哭喊,求救,我被吓醒了……

看来,她对孙多余旧情未断,甚至想旧梦重温,那她一定知道对方出狱的时间,并且试图恢复联系。如果是这样,她和张奇玉之间究竟发生了什么?从日记上看,两人近来一直分居,韩雨患上了抑郁症,是否因为张奇玉的外遇而反目,或者两人有了经济矛盾。韩雨的父母在农村,年迈多病,而张奇玉显然不持关心态度,只是每月寄钱,偶尔也会忘记,但这不足以成为水火不容的矛盾,不至于使她产生锥心裂肺的痛楚,除了另有隐情,就是与孙多余的出狱有关。如果是这样,又是什么原因使得孙多余持刀行凶呢?

沂蒙拨响了普队长的电话,问现场还有无勘查的死角,要求将张奇玉所有房间钥匙都索要过来,翻箱倒柜彻查,包括两人之间的财产关系,接触外界人员等,以便了解家中的深层次矛盾。

一通忙碌,沂蒙返家已是灯火阑珊,每当看到室内的灯光,他的内心就会生起一股温情,因为那是他可以脱去警服,变回普通人的时刻,可以吐雾喷云,吃喝拉撒,放松心理,暂不为案子所缠绕。不想刚推开屋门,就见沙发上坐着一位不速之客,原来正是那个他满脑子都塞满的人——张奇玉。

老朋友此时蜷缩在台灯的阴影中,整个身子瘦了一大圈,见沂蒙进来,一动不动的像个泥胎,只是从胸膛里呼出一大口气来。

"我的局长大哥,什么时候能让老弟重见天日,恢复自由啊。"

见妻子正在外面厨房忙活,沂蒙便将茶杯添满水,递到奇玉手中。

"我是犹豫再三,才登门拜访的,这是因为我实在无法正常生活下去,特来向局长大人上访求助的。"他猛地咕咚喝了一大口茶水,力图压住堵在胸口的愤懑,"你一定不知道我过的什么日子,万箭穿心,四面楚歌,十面埋伏——韩雨遇害,最难受最痛苦的就是我,可一些人幸灾乐祸,从社会到单位评头论足,指指戳戳,特别是那些媒体记者,像苍蝇一样骚扰得人不胜其烦,最让人揪心的是韩雨爸妈,无休止地哭号,骂我无能,催我这个害他们女儿孤身受害的女婿,赶快让韩雨入土为安,老人家刚才还要上市局找法医去闹,说女儿已被人砍得血肉模糊,警察还要大卸八块,放在冰冷的铁柜里,这是天大的不人道。"

"奇玉,我十分理解你的心情,可案子的程序是法定的,必须走完,你搞过纪检反贪工作,警方一步走不到,检察院就会发回重审不是?"

"鲁大局长,你甭打官腔糊弄我行吗?!"一直抱着脑袋的张奇玉一下子从沙发上弹了起来,"你把我当成幼儿园的三岁小孩子了吧,凶手孙多余已被你们击毙,侦查早该终结,案件早该公布破案,你们却迟迟久拖不宣,就是把怀疑的矛头对准我,无非想从中发现我别的问题,扩大战果,立大功,受大奖,不惜以我的痛苦换取你们的政绩和荣誉!"

"你胡说什么?!"沂蒙也急了,呼的立起身,"我和刑警队的人五天五夜没合眼了,为什么? 为缉拿真凶,为韩雨报仇,甚至舍了命去救人质——就咱们这层关系说,我更感到责任的重大,任何疏忽马虎都对不起死者在天之灵。这几天一闭眼,我就会看到韩雨那双死不瞑目的眼神,凶手是被击毙了,可现场勘查需要有个过程,举证必须完整。只有保证质量,才能加快办案速度。我现在就想马上让你回到家中,明天就把韩雨火化,可案件审结需要刑事科学的最终结论,绝不能感情用事,草率收场,你明白不?!"沂蒙的高声大嗓引得进屋的晓荣白了他一眼,轻轻把手中的果盘放在了茶几上。

一阵电话铃声打断了一切,沂蒙起身去接,原来是孟市长的秘书打来,询问张区长是否在这里,并要他马上到常委会会议室汇报工作,同时顺便问了一下案件进展。

"你也看到了,孟市长对这起案件十分关心,多次过问——"沂蒙态度有所转圜地说道,"奇玉呀,我心里难道不急吗,我希望老弟你积极配合调查,接受询问——因为你不仅是受害者的亲属,也是案件线索的提供人,更重要的你还是深受组织上信任的青年干部,开发区百业待举,如火如荼,等待你的大显身手。作为了解你的老友老兄,我希望看到的是你在不幸中站起来,而不是倒下去,这不仅是朋友的愿望,也是韩雨对你的期待呀!"

一阵抽泣很快成了呜咽,继而变成了难以遏制的号啕大哭,在沂蒙的劝慰下,张奇玉缓缓从口袋里掏出一串钥匙,慢慢放在茶几上,然后起身离去,再也没有回头。

不能说张奇玉不配合,现在他与韩雨的家中隐私,包括夫妻财产的细目都呈现在沂蒙面前。存折和信用卡显示,韩雨存款194.5万元,银行保险箱内项链、耳环玉镯等首饰若干,美元7.9万元。而张奇玉分别在工行、建行的存款50余万元,手表16块,还有一些古玩、鱼化石等,这些财产堪称殷实之家。但两人的财产却分割得泾渭分明。奇怪的是,韩雨的存款却大于张奇玉,而韩雨的一套钥匙始终未能找到,是使用特殊工具才打开的。

从韩雨的日记分析,她和孙多余没有决裂的迹象,倒是由于张奇玉有了外遇,夫妻关系才出现了危机。那是什么样的原因会使她遭此毒手呢?联想韩雨此前日记中记载的噩梦,称自己知道了不该知道的事情,隐含着要与孙多余重修旧好之意。如此看来,韩雨对孙多余的旧情未了,不大可能使矛盾激化;而孙多余恼恨韩雨,也不至于见面就杀,与他有夺妻之恨的应是张奇玉。案件至此非但未能大白,反而更加扑朔迷离,并且极有可能真凶另有其人!

想到这里,一股彻骨的凉意从脚底直袭头顶。如果是这样,侦查方向从根本上就出了问题,并且一开始就误入了歧途。如果孙多余不是凶手,那么对他的击毙就属于误判和误处——劫持人质固然是犯罪,但罪不当死,而他被击毙的后果却可能使真凶逍遥法外。由此可见,警方正是中了某人借刀杀人的圈套。如果真是这样,专案组不仅功败垂成,形象声誉也将毁于一旦。

沂蒙的内心陷入从未有过的煎熬,若从个人得失,他真想快刀斩乱麻:韩、孙二人已死,向检察院机关提请侦查终结,不仅可向市长交差,为朋友了难,又可以给社会一个说法和交代,使一切归于平静,各方皆大欢喜。当这个念头一冒上来,他从心底打了个冷战,绝对不可这样干,因为这不仅仅受良知的谴责,而且是对职业的不忠和背叛,生杀予夺,是非曲直,关乎公平正义,是横亘在内心不可逾越的底线。宁可担当骂名,承认失误,蒙受耻辱,也不能弄虚作假,欺世盗名,如果是这样的话,他将会时刻面对冤深似海的眼神,终身内心不安。

冲了一通淋浴,荡涤了杂绪,他决定先去拜访一下孟市长,因为三天结案的期限已到,必须有个交代。常委院的领导住所均属寝办合一,按响了门铃已是子夜时分,孟市长有些不耐烦,推说不是火烧眉毛的事明日再说,沂蒙坚持说不会超过五分钟,逼得老孟披衣而起,瞪圆一双大眼问是否又发了大案,听沂蒙仍是在怀疑张奇玉,顿时光火,拍桌子道,鲁沂蒙,我算是看错了你,你这就叫阳奉阴违,死缠烂打。明明是刑满释放犯报复杀人,你却偏偏揪着受害方不放,罪犯已被你们击毙,你又抓住一点不及其余,揪不住鼻子扭耳朵,你究竟想干什么,是想靠着神秘主义那套东西糊弄人,还是自以为是顽固到底?难道我的话如同放屁?我告诉你鲁沂蒙,在张奇玉的问题上我对你是有看法的,是不是只有这样才能证明你是匡扶正义的包青天,我们都是对他包庇的糊涂官员!

沂蒙从未见孟市长发这么大的火气,他一时举止无措,呆立在那里。

"鲁沂蒙,我政府管不了你的提拔,那是组织部门的事,但我可以提请罢免你!知道开发区工作的分量吗?招商引资争取项目那是寸土寸金呐,你偏在这个节骨眼上闹得全城鸡飞狗跳,主将六神无主——这案子一日不破,我梁州城的形象就背着黑锅:堂堂开发区主任的家属命都不保,何谈投资人的安全,天下百姓会戳着脊梁骨骂你们警察是无能之辈!是这样无限期地拖下去,还是马上结案,这也是我老孟对你们的最后通牒,你掂量掂量看着办!"

说到这份上,沂蒙真想退一步,但移动的脚后跟又站定了,他突然镇静下来,语气出奇的缓和。

"我知道市长对我的关心,也明白开发区案子的举足轻重,正因为如此,我才不能让一颗没有拆去引信的炸弹安放在政府机关的办公楼内,如果那样做,才是真正辜负了您对我的期望,才会真正毁掉古城的政绩和对外形象——我请市长再给我 48 小时,如果冤枉了张奇玉,我负荆请罪,认打认罚,包括摘帽免职,但在我撤职之前,我还必须履行我的法定职责。"

"反了你!鲁沂蒙!"孟市长气急败坏,猛然抓起桌边的茶杯摔在地上,碎片炸裂开来。

"你给我出去,马上离开这里,我一秒钟也不想再见到你!"

"孟市长,在拿不到真凭实据之前,我也决不来见你!"

沂蒙刚一退出房间,就听身后的房门砰然一声关闭。

离开常委院的鲁沂蒙刚要驱车到现场去,突然接到了马振邦局长的电话,原来,余怒未消的孟市长给他挂了电话,令他连夜返回梁州解决问题。于是,沂蒙在公路上迎候到马局长,并在车中做了详细的汇报。马振邦局长沉吟片刻,很快提出了一个变通方案,连夜对现场录像固定后,警方撤离,让张奇玉回家,但对其外松内紧,以便发现新的证据。沂蒙认为不妥,如果放其归家,就可能毁掉警方尚未发现的证据,给下步侦审带来大的麻烦。

"我已向孟市长说明,只要48小时。"

"孟市长一个小时都不再等,你怎么这么不清醒。"

马振邦说的不清醒,指的是孟市长很快要接任市委书记一职,在这个关节点上,他不允许治下出现任何纰漏,因此坚持要在近日举行的大型招商会前宣布成功破案。

"马局长,请你允许我再进入一次现场——你已经向我传达了领导的指令,是我在抗命,板子就打在我身上。"

一向杀伐决断的马振邦笼罩在大团的烟雾中,最终,他抬了一下手腕上的表道:"天亮之前,必须撤出!"

夜深人静,沂蒙让司机再度把自己拉回了富贵金尊小区,他要重新研究一下现场。

无论是当年的"神踪"马玉林,还是今天的神探邬国庆,他们都是现场勘查的高手,他俩说的话都如出一辙,就是要求在现场走心——走进犯罪者的内心,你就能判断出发案过程他在现场干了什么,又为什么这样干。欲要走心,就必须身临其境,才能感受到它潜在的本质,洞见平静后面的不平静,看到无形中的气场,你能看见他在走动,听见他的喘息和脚步声,你能看见他在一旁盯着你,看你在干什么,然后跟你玩躲猫猫……同样道理,凡是进入这个现场的人,都留下过他们的气场信息,他们等着你来发现他们,也在挑战着你的意志和智商——他究竟在找什么,而另外一方又藏了什么,你必须换一种思维考量,从别人看不见的角度去发现新的线索,才能一步步逼近真相,破译月球后面的隐秘。

现场室内,循着石灰白线的踪迹,他最后坐在了客厅的沙发上,视线所及,是墙上那幅《清明上河图》长卷,画图为精致的绣品,绘就北宋都市清明时节赶集的繁华市井,但见城郭街道,车水马龙,虹桥飞跨,人群熙攘,一派盛世景象。河中一艘大船正在穿过桥拱,艄公们正降帆呼号,沿河两岸杨柳依依,走向城郊处的人群迤逦而行,多是捧着纸钱祭扫先祖的人们,在图画的右幅尽头,有一骑驴的女人,左右顾盼似乎在找寻什么东西,在驴头下侧的画框边缘,有一处半隐半显的标记,沂蒙揉了揉眼,凑上前看,果然是用碳素笔描画成箭头指向,好像对应在下方红木家具的茶几上。

茶几呈长方形,硕大精美,为保护桌面,上边铺着一层玻璃板,板下有绣花的桌布。沂蒙拉开抽屉,里面空空如也,再敲敲桌板,似有些异样,他突然灵光一闪,让老普他们移去玻璃,再掀开桌布,只见下边铺着均匀的一层材料,不少还是复印件,末尾是一件信函,信封上工整打印着一行字:公安局办案人,烦请将此信交给鲁沂蒙副局长。打开信函,是韩雨本人那熟悉的笔迹。

鲁局长鲁大哥:

请允许我这样称呼你,因为你看到这封信的时候,我或许已经离开了这个世界,这个世界不值得我去眷恋,是因为我真正认识了一个人——那个晚上,我们之间爆发了激烈的争吵,他发疯一样扼着我的脖子说:这辈子还没有任何人敢对我这样说话!他说这句话的时候,我好怕,因为那眼神里分明含有一股杀气……

鲁局长,你一定以为我在向你扯谎,可这一切都是真相——躺在地上的我丝毫动弹不得,刚才他的一掌,使我瘫软在地,造成腰椎骨折。他手里攥着一把刀,慢慢地蹲在我身边,用刀刃贴着我的咽喉滑动,将酒气喷在我的脸上说:"这是我们两人之间的事,我相信你不会说,说了也没人会信。"然后把我扶到椅子上,用毛巾把刀擦了一遍递给我,"别人只会认为是你在杀我,对不对?"我已经没有任何气力,接过刀说:"是啊,刀是我拿的,行了吧。"

这一夜我时昏时睡,他丝毫未睡,和衣躺在那里,我问他为啥不睡,他说,我要是睡了,你杀了我怎么办?早上我挣扎着起来做了两碗鸡蛋面,吃了一碗盛给他,他盯着一直抽烟,"这汤里一定有毒!"我于是又把他那碗吃了,十分钟之后他嘿嘿笑了,"你这套小聪明还是不要对我耍!"说罢又紧紧抱着我,求我宽恕他,说自己很孤独,痛苦得无法自拔。

他的确很孤独,孤独残忍得近乎病态。7岁时他没了父亲,从小患过幽闭症,他害怕黑暗,又喜欢待在暗中制造黑暗;他自虐和被虐,又去虐待别人。"看到你痛苦的样子,我感到很快活!"单位里得罪他的人他必报复,他喜欢控制人,在掌握别人的隐私后他会用各种手段整别人,他最大的乐趣是让一切人都惧怕他、乞求他,匍匐在他的脚下,任他摆布,博得欲望的满足……

我害怕他继续下去毁了自己,劝他收手,他就对我下毒手。他知道我信佛,故意拿我供的菩萨像在自己屁股上蹭,说他是无神论,除了自己的利益他什么都不信,他得意起来就会冷笑,笑起来很瘆人,每次笑,就会有人遭殃。

玻璃板下的复印件,是多个单位的人名和款项,有机关、学校、造纸厂、汽车运输公司包括房地产、金融等经营部门,还有一批私人户头的账号,均标注所收款项,总计达千余万元。同时附有这些单位头头脑脑的经济问题的举报信。

看着这些材料和复印件,一条黑线终于变得明晰起来:张奇玉在任区纪检副书记时主管反贪,接到举报信后,他不是批示下属初查,而是私自发函质询,试探对方有无索贿受贿行为,继而一对一约见谈话,若是获取了对方的求告,他就将这些把柄握在手中,围而不打,存而不查,若上级过问,则上报"证据不足,存款未定"蒙蔽掩护过去,由此控制了不少有"尾巴"的官员和企业主,他则置身于潜网,形成了一个闭合的食物链，或写信提醒，或电话暗示，或择机敲打，心虚者自然俯首帖耳，投桃报李。经他办理的案件，不少对象成了他的朋友，变为他随时的取款机。

而这些被一次打扫整理房间的韩雨所发现，但她不知道，正是自己的日记出卖了自己，不知道可怕的危险已经降临。

审张奇玉这样的嫌疑人，注定是一场恶斗，沂蒙为此做了一番准备，他像下棋一样将全案复了盘，就技术问题向邬老详细讨教，而后把审讯室设在现场，他还特意换上一身便装，如同一场学术研讨会议，一侧放置了一块小屏幕。此外，沂蒙专门拉出了一条视频，请孟市长在另一间房内观看。

询问逐渐变成了审讯，区长成了杀人疑犯，张奇玉的气愤、羞怒溢于言表，怨忿十足，像拉足了弦的硬弓，毫无回旋余地。

沂蒙把椅子拉得离他近了一些，声音低沉道："奇玉主任，请允许我现在还可以这样称呼你，对于你妻子韩雨的遇害，你还有哪些不明白之处，我完全可以奉告解答。但只有一条要求，轮到问你的时候，你也要像我一样直率。"

"……"张奇玉想抬手，可被审讯椅限制着。

"我研究过不少疑难的杀人现场，从未见过这样奇特的：你的夫人双手双脚被捆，她的胸部共有四处刀伤，伤口非常集中，但她遇害时却没有任何反抗。而这些伤痕又是在她还有生命迹象之时形成——这是法医结论，我想问你这是为什么？"

"我怎么会知道这些，那完全是凶手的残忍。"

"不，人活着，但她没有动，而是任人宰割，但她并没有死，仅是在不太清醒的情形下被一刀刀扎死的，除刀伤外，她的身上没有什么针眼痕迹，经过化验，血中和胃里却发现了安眠药，而这种药是一种入口即化的特效新药，可迅速达到深度睡眠，这和她常服的苯巴妥安眠药区别很大，但她临睡前茶几床头上并无任何装药的器皿纸盒——这说明新药不是强灌下去的，只有和她密切接触的人才能让她服入。"

"我不明白你的意思,这不正是孙多余行凶的过程吗?"

"你是学城建规划的,和刑事科学隔行如隔山——我再来告诉你有关凶器的常识。"鲁沂蒙指向卧室的床铺,打亮屏幕,聚焦在床单上一处带血的刀痕印记上。

"这是一把沾血的刀留下的,我们把这种刀印叫作加层血刀印。要注意,这把刀在这个地方先后放过两次——说明凶手曾在这里两次用刀,你明白吗?"

"我,我怎么会明白……"

"第一次,是他听到受害人的喊叫,慌忙放下刀用衣物堵住她的嘴;而第二次则是因为犯罪嫌疑人看到了被害人大睁的双眼,出于恐惧,用受害人的衣服蒙住了她的面部,因为这双眼足以让凶手心惊肉跳,难以闭眼睡觉!"

"啊——"张奇玉失口叫出声来,他面色苍白,放在膝盖上的右手无意识地颤抖了一下。

"我想请问,你给我讲这些是什么意思?"

"做这些丧心病狂事情的人早于孙多余进入屋内,他的脚印就站在韩雨面前,骗她吃了药,又用绳索捆绑,而后行凶。"

"这个凶手是谁?!"

"就是你!"

"哼,哈……哈……"张奇玉干笑几声,喉头变得嘶哑而断续,"我当天根本就不在家,凭什么说是我?"

"城际快车往返不超过一小时,你在半小时内做完了预谋中所有的事,然后嫁祸于人,等孙多余进入房内,被眼前的一切吓蒙了,他很快意识到这是险境,为洗刷自己,他闯到开发区楼顶,劫持人质,想逼你出来对质,可把自己送到了死路,达到了你封口的目的!"

"我终于明白了——"张奇玉定了定神,"怪不得局长大人想象力如此丰富,原本就是写小说出身的嘛。"

"不对,是写侦探推理小说出身的。"

"好,那就给我来个推理——作为丈夫,我为什么要杀害韩雨?"

沂蒙不慌不忙起身,移动了书房的活动墙壁,那里露出一个微型的机器,是一个针孔录像机。

"你发现了韩雨掌握了你的秘密,并要举报你,便借孙多余出狱,精心策划了这起一害两命的案件。"

"法律是讲证据的,更讲无罪推定原则,你们这叫陷人入罪,我要请国内顶级的律师替我辩护,咱们法庭上见!"

"法律尊重证据,科学的证据胜过一切狡辩,物证的链条已经完全闭合,就像你穿的这身外衣,第一个扣子系错了,后边的扣子全会出错——陷人入罪的人恰恰就是你,从监狱里孙多余收到夹着结婚照的那封信开始,一个嫁祸于人的阴谋就启动了,你在激起对方复仇的怒火之后,利用到省城开会不在现场的假象,趁夜返家杀死妻子,把血案现场扔给了找你算账的孙多余。"

"这是完全的杜撰,是彻头彻尾的诬陷!"

"你人很聪明,也曾很会办案,但不会作案——聪明一旦用于邪恶就变得愚蠢,出狱时给孙多余的那封信函是你用左手写的,但伪装骗不了文检员,咱们还是回到现场来吧,因为你直到现在还不明白是谁出卖了你,那就是你在特定时间和空间留下的痕迹,尽管你清扫过现场。"

张奇玉瞪大了眼睛,像是进入了一个未知领域,一副渴求解疑释惑的神情。

"阳台上的玻璃窗打碎了一个缺口,乍一看是为了撬窗由外向里打的,可细看疑点就出来了,如果从外向里打,孙多余是左撇子,这一点在他劫持人质持刀时就得到证实,如果是他就会用右手清理窗框上的玻璃碴,可现在相反,是在用左手向右清理窗框,那这个人不是孙多余,也不是在外面砸的窗子,而是在室内由里向外打破的玻璃,并且是用右手砸,用左手清理碎碴。"

"你想说的意思是……"

"答案很清楚,这个人是从屋门进来的,之后在室内行凶,寻找物品,逃离时制造了一个撬窗而入的假象。"

"不对,你说这个人从房门进来,可门锁没有破坏呀,我中午进来时还是虚掩着的。"

"你说得很对,孙多余攀上阳台,意外发现窗玻璃破了,伸进手打开了窗后的旋钮,不小心划破左手拇指,流出了血。他跳进屋内,很快被室内的血腥场面吓坏了,在惊恐和迷惑中,不敢过多停留,便夺路从房门冲出了现场。"

"这就对了,他没有杀人,为什么手上有血,劫持人质的刀就在手中,这不是直接罪证又是什么?!"

"好,这把凶器正是全案的缺环,也是要求你今天配合的关键——孙多余劫持人质用的那把刀有一个豁口,而杀人这把刀是同型号的藏刀,却没有豁口,这里有尸体刀伤的创面为证。"

现场的屏幕上出现了尸检画面,放大部位创缘齐整,均无豁口痕迹。

"这又能说明什么呢?"

"这就要你交代这把刀的下落,要求你如实交代杀死妻子陷害朋友的罪行!"

"我要控告你们,你们注定是要搞成一起冤假错案,因为直到现在,你们也没有证据证明那天我到过现场!"

"是的,你是这个房间的主人,自己的足迹曾遍布室内,于是你利用这一点,穿了一双和孙多余一样的安踏鞋在现场以假乱真,可你自作聪明,在换鞋时将微量皮屑细胞留在拖鞋上,被我们取下了DNA,你可以扔刀抛鞋,但你扔不掉留在房间行凶时的足迹——要明白,我们不是看你穿过什么鞋,而是你的脚印,这样吧,还是请足迹专家来给你上上课吧。"

"张奇玉,你敢脱下鞋子让大家看一看吗?"随着低沉的喝问,步法追踪专家王清亮从座椅处走来,他的手中,捏着两张有安踏鞋底花纹的照片。

"这张照片上的鞋是孙多余的,另一张是你的,你和他穿一样的鞋子,可体态大不相同,步幅长短不一。他的脚印却压在你的脚印上,这说明什么?证明你先他后;再看进出口,你的脚印从门外进入,他的脚印从窗口进入,你离开了房间他才进来,而后从房门夺路而出。你模仿孙多余伪装了自己惯常脚步,蹑手蹑脚,走成了内八字反倒欲盖弥彰,更加暴露。我要告诉你:我看足迹不是看脚印,而是看脚的生理特征,看的是你大小趾骨、跖骨、跟骨和掌骨在地面上的支撑压痕,你身体偏瘦,掌骨点特点明显,前脚掌加重在几个脚趾上……"

屏幕上出现了成趟脚印的痕迹,脚掌被透视出立体剖面,并定格放大。

"劳驾,请你先脱下鞋子好吗?"

"这有何难,又有什么不敢?!"他迅速脱去鞋子,甩在一边,只剩袜子穿在脚上。

"你的右脚第二指是叠压在拇指和中指上的,俗称叠压指,是它把你供了出来。"

一旁的马克新过来扯去了对方的一只袜子,张奇玉本能地想缩回两只脚,但迅速被拍了照,投射在前面的屏幕上。

屏幕上的脚趾印与现场的足迹叠压、重合、放大,经边角上的数字计算,完全呈吻合状,两个脚趾间果然悬着一处空隙。

张奇玉不再说话,闭上了双眼,良久一声长长的叹息。

沂蒙此刻百感交集,五味杂陈。他很快离开了座位,迫不及待地冲向室外的阳光下,大口呼吸着新鲜空气。没想到肩头上被人重重地拍了一掌,回头一看,正是孟市长。

"好你个沂蒙,敢冒杀头之罪顶撞我,算得上是条汉子,我怎么就看走了眼,让这小乌龟王八犊子给骗了!"

不久,公安局班子进行了调整,恭副局长调任省公安厅国保总队,郑东方副局长出任古城区委书记,鲁沂蒙接替了公安局政委一职。

十九

西州，又称西京，也是座古都，距梁州有上千里。这天下午，西州机场客流如织，候机大厅座无虚席，进出港的旅客经安检后鱼贯而入，人流中的《西部商报》记者尚勇见所乘的3784航班起飞尚早，就到杂志书摊买了本西姆农的《十三个谜》，翻了几页便索然无味，烟瘾就上来了，可附近不见吸烟室，他起身寻找，发现3784航班已开始排队，旅客还不少。有打着小旗的观光旅行团，内中夹着不少老外，有行色匆匆的公务员，还有旅行度蜜月款款深情的伴侣，但没有一个可供借火的抽烟人。蓦然，他觑见大厅接地窗的广告栏处，有个人正在夹角的地方抽烟，他急步走过去，见那人转而背对着自己打电话，他一时不好贸然打断，就立在身后等候。那人穿件连衣帽的休闲服，大半个脸被遮住，脚边放着一个黑色旅行袋，尽管隔着广告牌，对方低沉的声音还是传进了尚勇的耳鼓：

"我和你妈买好了机票，可总觉得这架飞机不安全……你也大了，姥姥姥爷都要靠你照顾，说不定明天就会有重大新闻……不管出了什么事，我们都是爱你的……"

对方回过脸时才发现尚勇，猛地吃了一惊，面色瞬间变得苍白，当意识到他仅是借个火，这才把烟递过来。尚勇发现，对方的指尖略微有些颤抖，口腔处散发着浓重的酒气，他身量不高，面目平平，加上少气无力的样子，很像是个刚从医院出来的病夫。尚勇抽了两口烟，职业习惯使他想跟对方聊上几句，不想那人早已扭身离去。远远的，正有个女人向这里招手，他步履匆匆迎上去，两人很快消失在人流中。

如果不是对方突然离去，尚勇还不会心生疑窦，或许是出自新闻记者的敏感，刚才那人说的话又在脑海中回放出来，并且重现出几处关键词汇。

"这架飞机不安全……总觉得要出大事……明天就会有重大新闻……"

"会有重大新闻"几个字像只大手攥住了尚勇的心脏。他对自己的听觉一向是自信的，如果不是当年政审上有小毛病，他早就被招入军事情报部门了，参军无望才使他萌生出当警察的梦想，特别想成为反谍战线的一名特工。可阴差阳错，他当了一名事业编制的记者，于是始终心有不甘，时时会按一个职业侦探的标准要求自己，刚才那人的种种疑点瞬间再次浮现、放大——苍白的面色、仓皇的举动、沉重的黑色旅行袋……

观察对方的面相，绝非好勇斗狠之辈，更与作恶多端的恐怖分子对不上号，但人心隔肚皮，就凭说话的内容，不是图谋不轨，便是包藏祸心，而且事关飞机的安全！当务之急是报警，让警察找到这个人，兴许可以避免一起一触即发的灾难。

转念一想，又觉不妥。你有什么证据怀疑对方，难道仅凭刚才的只言片语，就能确定对方是个十恶不赦的阴谋策划者吗？万一是自己凭空想象的假信息，那本人就是报假案的谣言惑众者，搞不好就会以危害公共安全罪追究自己法律责任，还是不要冒这个风险，免得自讨苦吃。但愿这小子是个酒鬼，酒后出狂言，未必会有如此胆量，或者他本就是个精神病患者，才会发如此妄言，我这叫庸人自扰瞎操心。

看着先后在登机口排队进入的人们，他猛然发现3784航班的乘客也开始缓缓移动，他马上打了个激灵：如果万一这小子就是劫机者，说不定就混进了自己所乘的航班上，自己又明明知道存在这种危险，为什么还像飞蛾扑灯一样自寻死路呢？想到这里，他的脊背上渗出了一层冷汗，避险求生的本能使他止住了脚步，拨响了110。

110是西部某省公安厅的，问他的所在地，又把西州错以为是邻省，问明无此航班，才又拨转至西州。西州110问询后又让拨民航110，引得尚勇发了火，他看见3784次航班入站口已空空如也，便豁了出去,直接闯进站场派出所报警。

面对这一突发报警,派出所立即层层上报,经领导批准,启动应急预案,对所有在一小时内入港的航班进行手提行李开包检查,并组织专人,对安检通道的视频图像严加过滤式筛查,均未发现易燃易爆物品和引火物。为万全起见,塔台通知所有刚起飞的机组,要严加关注异常情况,做好安全防范。一场虚惊后,一切归于平静,尚勇本人经过一番审查受到了训诫,正是因为上级批示"宁可信其有,不可信其无",才未追究他谎报警情之责,滞留两小时后,才办理了另一架航班飞离西州。

残阳夕照时分,一架飞机几乎是贴着梁州城的上空飞行,连腹部的轮子都清晰可见。

不过它不是飞翔,而是向下俯冲,先是拖着黑烟奋力盘旋,继而机头垂下,擦着城市的一角,急速向地面坠落,在黄河转弯的浅滩处发出闷雷般的巨响,随着一道火光,破裂的气浪将机舱劈为前后两截,后半段机身顷刻四分五裂,大股浓烟腾空而起,遮蔽了半个天际。不久,整个城市仿佛被点燃,大小街区都慌乱起来,几乎所有的救护车、消防车倾城而出,闪着红灯,发出凄厉的长啸。鲁沂蒙从公安指挥中心下来,跳上指挥车,急速冲向烈火浓烟处。

偌大的黄河绕城大堤上,像刚刚发生过一场惨绝人寰的战争:半截机头斜插入滩涂中,后半段裂解的机身和尾翼抛在河道一侧,像残盔败甲般散乱抛落在蜿蜒的河滩处,残缺不全的尸体连同衣物碎片漂浮在河面上。在血红晚霞的映照下,断臂残肢,血浆肉团散落草丛,挂在树枝上,不时可见揭去面皮的头颅、烤炙半黑的胸腔……此时正值黄河枯水期,主河道收窄,纷乱的支流仅余浅表,不少地方裸露着沙洲,为及时营救提供了便利。一批血肉模糊的幸存者正从残破的机舱内被救出,立即送至了市内各医院……

在指挥中心的调集下,梁州周边市县的警车也奉省公安厅之命风驰电掣赶来现场。省厅副厅长庄焰从他惯常乘坐的巡洋舰警车上跳下,直奔大堤,和早已守候此处的鲁沂蒙握手,并在简陋的工棚处设立了指挥部,迅速部署警力,将周围上万平方的现场用警戒线封锁起来,等待公安部、民航部门专家勘查现场,确定空难性质。为便于夜间开展工作,沂蒙还特地通过当地驻军借来大功率探照灯,将河畔照耀得如白昼一般。待到公安部、民航总局有关负责人赶到,已是满天星斗时分。

从庄焰副厅长处进一步获知:飞机是自西州飞往中州的3784次航班,中途突然偏离航线,驾驶员向塔台报告舱内起火,要求紧急迫降。下降高度之后的4分钟,改向黄河柳园滩涂地飞行,并避开梁州人口密集的区域,坠落解体。由于没有发生爆炸,前舱驾驶员及部分旅客生还,但不同程度受伤,机组人员半数蒙难。

空难调查指挥部随即成立,由部、省级领导组成核心。下边分设空难原因、事故调查、飞行试验、空管、交通运输等五个组。公安负责空难原因调查,由公安部高级专家邬国庆指挥。老邬离开古城不到月余,又杀了回马枪,按他的要求,当务之急,是从河滩及水中打捞所有飞机残骸和尸体碎块,以便对空难性质、遇难者身份做出科学鉴定。老邬在开会时强调:对残骸和尸块的搜寻和打捞要力争做到一块不少,目的是回到空难的"原点",从初始状态发现飞机起火、坠落、撞击和裂解的全过程,以便做出准确无误的科学结论。这就是他堪称拿手戏的"现场重建法",又叫"反推法"。

这种方法其实很原始,就遗体而言,是把散落的尸块按标定的区域收集编号,根据尸块大小、位置的远近逐个做尸检记录,标明穿着、血型、状态,写上生理、病理特征,印上死者的指纹,对外国人还要做牙模。残肢还要剪下指甲,注明是几号尸,记录注明尸身有无爆炸或烤炙痕迹,对可以辨明身份的尸体都做一张生前半身像和死后全身像,然后换上衣物装殓,对无法组合的断肢残臂,记下血型与DNA样本,装入袋中,以备与家属做比对鉴定。

那么,如何从这数以千计的飞机裂解碎片中追踪出空难原因,老邬又是怎样利用"反推法"分析呢?老爷子一边指挥法医和技术员们操作,一边相机在指挥部的黑板上给大家画图做临场培训。他从抛物学原理分析:飞机解体时产生的巨大冲击力,会将物体从中心点辐射状向四面八方抛出——体积重量相等的物质,距中心点的远近却不等,距离越近被抛得越远,而与中心点距离相等,重量、体积若不等则抛射距离有很大差异;中等重量的东西抛得最远,而很轻、很重的东西则抛得较近,比如人体的脑袋会抛得很远。根据这一原理,结合飞机上的黑匣子的信息,就可以进行逆向推导,实施"现场重建",找到飞机最初的起火点,就会发现空难的最终原因。

说易行难,空难后的乱象,如何会像影像倒带般的恢复原状,沂蒙他们费尽了心机,先将各区县来的400多名警力分成10个组,每组由局长带队,分片定区域,像蚂蚁搬家似的先将尸块提取装袋,编号绘图,又像小孩子玩跳房子一样画格排序,直忙到第二天日上三竿。细心的刑技科长普杰贵领着技术员已绘就了《空难现场俯视图》《空难现场平面示意图》和《解体前、后恢复现场对比图》。老邬看着点点头,指着黄河湾首尾异处的飞机残骸道:"现在更重要的任务,就是给飞机复位,只有把它拼装起来,才能找到起火点。"继而仰头望天,像是自言自语:"最好是有个带顶棚的场地,给它安个'鸡窝'。"

真是阎王不嫌鬼瘦,鲁沂蒙一时犯了难,眉头一皱突然想起了少年时当河工扛包干活,曾到过的黄河防汛指挥部,里边不仅起重吊装设备一应俱全,还有一处硕大仓库,附近的一条运送石料的轨道车正好可以把机头机壳运载过去。老邬跟沂蒙直奔仓库,看到里面还堆着一大垛木料,一拍大腿眉开眼笑:这叫踏破铁鞋无觅处,得来全不费工夫!

原来,老邬是想在这里把整个飞机的残块拼装起来,依照同类机型的结构顺序复原,正发愁找不到固定碎片的依托,这些木料恰恰派上了用场——让木工迅速加工制作出机舱的模型,作为实体机芯,再把破损的金属机壳组装加固上去,将机头机身和机尾前后组合,还原一架完整的飞机出来!

简直像魔法师一样,坠落河中四分五裂的舱体和机翼碎片,重新抬回仓库复位拼装,机壳残片照原部位圈好焊牢,将残破不全的靠背座椅按顺序摆好,连前后机舱的隔板、卫生间的马桶都嵌入其间,一架飞机就这样活灵活现,呼之欲飞!

正如老邬所言,飞机的复原给人带来了直观的感受,更便于做实物分析。沂蒙他们发现,飞机的前半部受损较轻,近乎完整,而后部机舱却裂解成七八块,与前舱相比较,舱壁和行李架残骸有明显的烟熏痕迹,中后部的航空椅焚烧得更为严重。以飞机断裂处为界,前舱的氧气面罩均已脱落,后舱则没有悬挂……这说明什么呢?起火在后部,为躲避浓烈的烟尘,人们在危难中冲向浓烟较小的前舱,机头重量陡增,飞机失衡,严重倾斜,飞机迫降,驾驶员在最后瞬间绕开了城市,坠向黄河……

简直就像电影里的蒙太奇镜头,侦查的科学逻辑与艺术的形象思维叠加结合,提升了侦破的思维空间。老邬指着已脱胎换骨的飞机对大家道,按逆向过程反推,把空难的终结状态还原到初始状态,找到起火点,这不仅需要对幸存旅客取证,还要把重点放在中后部遇难者身上,他们虽然不会说话,但每个人所坐的位置,生前的姿态动作,会告诉我们当时的状况。按此反推,从烧伤的痕迹推断他们所处的方位,从燃烧的程度找出最初的引燃点,从燃烧物找到起火原因,最终断定空难的性质。

此时,大批的新闻记者从四面八方拥向梁州,像潮水一样围堵了市委宣传部,强烈要求公布空难消息。根据上级指示,由市政府组织新闻发布会,指挥部各组派员参加,主要介绍各级政府的重视,所采取的应急措施,慎说失事原因,公安组确定沂蒙出席。

这天上午,在市政府椭圆形大厅里,黑压压坐满了省内外的记者。横在后排的是长枪短炮兵阵式的摄像机,前排的记者像机枪扫射似的按着快门,高个子的政府薛秘书长由于紧张,一开口就说了句错话。

"今天,我们非常高兴地欢迎大家出席新闻发布会……"

场上扬起了愤怒的手臂,出现了很大的嘘声。

"人死这么多,你哪来的高兴?!"

"到底有多少人遇难?我们要的是数字和真相!"

"到底是什么原因造成的空难?"

"谁该为这场空难负责……"

直到民航方面的发言人开口,场上才稍微静下来,他的声音沉重而略有些颤抖：

"诸位记者朋友，现在我们还处在抢险救援阶段，根据突发事件的处置原则，省市政府已经启动了应急响应机制，56名受伤旅客均得到及时救治，对重伤员只要有百分之一的希望，我们就要尽百分之百的努力……"

"空难的性质是什么，你们不能回避！"

"这要待我们和公安方面共同拿出结论。"鲁沂蒙见民航发言人的目光转向自己，便很快介绍了公安机关现场勘查的实施过程，并表示一旦做出科学分析鉴定，将会在第一时间公布调查结果。

"不要说原则话，我来提几个问题。"一个壮汉模样的人在席间劈手夺过了麦克风，声音像在咆哮。

"第一时间民航就接到了报警，为什么还让飞机起飞？明明发现是有人在蓄意制造空难，为什么你们不采取有效措施？直到现在还在掩盖事实？！……"

就像滚烫的油锅被火星点燃，呼的一声炸响，会场上几近失控。

确切地说，提问者不像个记者，他身材粗壮，穿一身略带油污的工作服，一头浓密卷曲的头发，有一双锐利的眼睛。

"请报一下你的单位。"沂蒙立即打断了对方，"你有什么依据提出这样的问题？"

"本人是《西部商报》记者尚勇，是这场空难的幸存者，也是可疑线索的第一提供人，作为劫后余生的新闻工作者，不仅有资格提出这样的问题，还有权利申请参与事件的调查。"

轰然一声，周围的聚光灯和所有的录像镜头全对准了他，机器的咔嚓声又很快被一片声浪所淹没。

"让他说，让记者说话，天塌不下来……"

"我们要的是真相……"

登时，发布会的中心发生了转移，台上的人变得无足轻重，反倒是自称尚勇的人成了真正的发言人，人们簇拥着他，听他介绍空难之前的报警经过。

最终,薛秘书长的干涉也无济于事,发布会被迫中断,当记者们散场时,穿警服的马克新上前拦住了尚勇。

"怎么,说真相警察也要干涉吗?"对方圆瞪双眼,推开马克新的胳膊。

"你误会了!"马克新的手臂顷刻弯曲,变成了恭请的手势,"我们政委想和你聊聊。"

"警察和记者有什么好聊的,你们不就是想封住我的嘴吗?!"

"这位记者朋友,在真相面前,有时候记者知道的比警察还要多。"沂蒙从后面走了过来。

"噢,那好,我就来请教领导几个问题。"不想对方早有准备,开始伸出一个个指头,连珠炮似的发问,"为什么本人的报警得不到应有的重视?为什么没有采取果断的措施阻止这场空难?究竟谁该为全机的死者埋单?又是哪个缺乏旅客生命意识的责任者应当站在法庭的审判席上……"

"这正是你和我共同关切的问题,需要深入调查,拿出科学的证据,才能得出结论……"

"不能只打官腔话,公众需要的是正面回答,一句话,你们能不能满足公民的知情权和监督权?"

"不仅仅是知情权,还有表达权和参与权,我本人欢迎你的介入,如果你同意,我们还特邀你参加调查。"

"你不是跟我开玩笑吧,当真吗?"

"警中无戏言,现在我们就开始合作。"

接下去,沂蒙礼数周到,十分尊重对方,还专门约他到公安局招待所用了餐,喝了宋城曲酒。

尚勇对立情绪渐消,开始讲起事发前的情况。沂蒙听着不禁暗自吃惊,如此重大的线索竟然刚刚获知。他同时发现此人对细节的追忆有过人之处,不仅能清晰复述出当天在机场目睹可疑人的体貌特征,而且记起对方当时随身携带着一个单背带的黑挎包,上面是白色的阿迪达斯的商标,挎包的长度在40公分左右。

这无疑是一个重要发现,老邬立即吩咐沂蒙等人挑选精干侦查员,配合民航事故组继续采用反推法,将本次航班当日经过 X 光安检通道的行李做重新筛查,以便发现这个挎包。

经对 3784 次航班保留的安检录像进行回放,从乘客开始办理登机手续到最后一名乘客登机,X 光机中共保存了 12131 份安检图像资料,包括当时登机牌的存根、办理值机离港的系统记录等。经过反复筛查,从 10 号安检通道的随身行李过检中发现疑点:此人共有三件行李,编号分别为 148、149、150,第一件行李中有一把长 17 公分的剪刀,第二件行李中装有不明液体,第三件行李中发现打火机和一串钥匙。而第二件行李就是那件黑色单背挎包,商标为阿迪达斯。

民航技术鉴定组专家刘工程师发现,挎包上端长 30 公分,底长 40 公分,宽 8 公分,内中装有盛满了液体的四个塑料瓶,总共 5000 毫升,从瓶体形状看,似是可口可乐的包装,但究竟是什么液体,却不得而知。经用水、果汁、牛奶等不同液体在 X 光机下透视做比对试验,为避免误差,对此还专门建立了各种水基液体和常见油料的 X 光图相灰度值数据库,利用双能量 X 射线系统和计算机系统,对四瓶液体平均灰度反复测量检验,从浓淡度、透明综合分析,确定为汽油,也就是说这名乘客竟然携带了 5000 毫升的易燃物畅通无阻地上了飞机!

另外的两件软包行李中又分别装有剪刀和打火机,具备了切割和引火条件,根据安检图像中这组物品的排列顺序、传递带的速度和放置位置分析,挎包与软包间隙小于 10 公分,是几乎同时放入传送带的,首件行李与第三件行李之间少于 70 公分,传送带此后有 12 秒钟的空白。下一组行李与此距离为 152 公分,可排除此组行李之后的乘客。

携带引火物、易燃易爆物品的人是谁?

尚勇的提供与老邬的"现场重建"法形成交汇点,锁定了这个嫌疑对象在机上的位置。

此时,仓库中那架被复原的飞机舱内,整体格局一览无余:飞机货舱没有烟熏和燃烧痕迹,客舱的前部、中部和驾驶舱仅有不同程度的烟熏痕迹,没有燃烧迹象。但到了客舱后部的 27 排前后却有明显的燃烧烟熏痕迹,从顶部左右两边的长桁,隔框应急灯压条和空调通风管下侧均有燃烧后的迹象,但最为严重的部位就在27排靠过道左舱的D座上,由此向周围扩展延伸,直至前面的25排,这段机舱的外蒙皮被烧得变色,漆皮脱落。座位下方的地毯、地板和座椅支架底部的铝合金地板,均有汽油渗透燃烧的痕迹,可以判断这里是起火点。

再从旅客的定位分析:由于前舱氧气袋及时脱落,使不少人得以获救,罹难者多集中在后舱,死者一部分为烧伤,更多的是一氧化碳中毒,而烧伤和中毒最严重者就集中在起火点周围,他们的身上还检出了汽油和燃油残留的成分,经对47具尸体检验,其中18具属2度烧灼伤,最严重的有5人,除乘务长和两名乘务员之外,有三名乘客是抱在一起遇难的,尸体被烧得纠缠成一体,难解难分,经鉴定这是一男两女,对照登机牌核准,其中的一男一女是从后面27排D座E座移到前面25排D座上来的。男的叫马亚东,女的叫潘小美,两人系夫妇关系。前排D座上的女性叫尤红。

为证实起火的初始状态,老邬又带领法医对多具遗体的不同部位、不同烧伤程度再行检验,他们的衣物、气管、指甲、毛发和皮肤擦拭物的检验结果,只有马亚东、潘小美身上有汽油,气管中吸入汽油,其他人身上未检出,只有汽油燃烧的残留物。

再对马亚东周围进行"现场重建",复原了他纵火时的姿态:他先是将自己和妻子身上泼了汽油,点火后又拉妻子扑向前面的25排,抱住尤红引燃了泼向四周的汽油。浓烟和火光引来了乘务长和空姐,但一切为时已晚。做出这些推断的依据是:马亚东头部为3度烧伤,双侧眉毛全部烧焦脱落,头发仅残留发根,他从头到脚,前胸后背左右两侧大面积烧伤,体表伤达80%,妻子潘小美烧伤创面在70%,两人相比,马亚东的伤处显得十分怪异:两手背、手掌均有明显的大面积表皮脱落,双手拇指、食指、腹部皮肤呈黑色。法医刘探微据此分析——他点火时坐姿,低头弯腰,手臂前伸,用打火机引燃了已泼洒的汽油……

"对纵火者是马亚东的分析,你们究竟能不能做出最终结论?"在下午4点空难调查指挥部碰头会上,来自北京的领导神态严峻,用低沉的口音问邬国庆,他面色清癯,神态严峻。老邬回答说能够。

"你以什么作担保?我们是讲责任制的。"

"于公是科学加党性,于个人是身家性命。"

领导有些愕然,但很快正色道:"个人责任事小,还要有全局意识,这起空难已受到国际上的关注,因为涉及外国人,国外使馆已通过外交途径询问情况。这就要求我们从有利于国家形象、有利于事件妥善处理、有利于大局稳定的高度出发,得出一个经得起历史检验的结论——最起码先要经得起指挥部的考量。"

"请首长明示,我们回答。"

"和马亚东邻座的潘小美距离起火点也很近,为什么不是她呢?"

"潘小美的灼伤面积虽大,但集中在左臂、前胸和后背,而右臂和右腿烧伤轻,说明她身上的火是被泼上的汽油引燃的,不合纵火特征。但她是跟随马亚东的帮手,两人几乎同时离开座位,浑身带火扑向前排……"

"你们对其他人的排除依据呢?"领导仍持疑义。

"根据尸检,死者绝大多数为机械损伤,集中在头部和下肢,并且多为颅骨缺损和下肢残缺。尸体上未发现特定工具伤、凶器伤,包括爆炸和枪弹伤,多具尸体的面容、衣着和随身物品可辨认,死亡的主要原因是一氧化碳中毒。如赶往后舱的乘务长和空姐血液中碳氧血红蛋白浓度高达 52.88%,超过 50% 的致死量,一直在后舱的一名乘务员浓度在 70% 以上,说明坠机前她们已经中毒……"

"这说明什么?"

"死亡的主要原因是一氧化碳中毒,也因后舱氧气面罩没能及时脱落,后舱空气中的有害浓度大大高于前舱,烧伤、中毒较重的遇难者多在起火点周围,说明是舱内突发燃烧形成。经过对 31 名人员提取心血检验,碳氧浓度均在 20% 以上。证实当时大火迅猛,烟浓毒烈,瞬间造成多人烧伤,这一点也在后舱的残骸上得到证实,如地板、地毯、壁板、坐垫中发现汽油燃烧残留物,完全可以排除酒精、航空煤油、油漆稀释剂等易燃性液体。"

"你们对马亚东的尸检情况再详细报告一下。"

专业鉴定由法医刘探微汇报,他讲道,马亚东的颅骨粉碎性骨折,脑组织缺失,经对其气管、毛发、指甲、皮肤、心血、五脏及胃内容,包括衣物的检验,双手拇指、食指皮肤呈黑色,心血中的碳氧血红蛋白高达46%,在他的衣物中未发现汽油,但气管、头发、指甲合并检测出汽油,证明其放火无疑。

领导微微颔首,但表情依然冷峻。

"还有几个关键点不清:一是纵火者为什么与妻子同机;二是为什么他们与前排的死者搂抱在一起,对方究竟和他们是什么关系。回答这些问题不仅要让你们公安一家拿出结论,还要听取民航有关黑匣子的鉴定情况,必要时要征求外国专家的意见,总之大家要记住,对这起事件的调查不仅要经得起历史的检验,还要对社会、对所有空难者的家属负责。"

未等散会,梁州市政府那边告急,几十名空难家属和上百名群众围堵了信访局。由于迟迟未公布调查结果,各种谣言和猜测开始四处传播,悲愤交集的家属们纷纷要求调查组回答问题,指挥部要求警方前去处置。当鲁沂蒙等人赶到时,他们已被请进了政府大会议室。只见不少人臂戴黑纱,有的头扎着白孝布,还有人捧着遗像。为首的是一位退休干部模样的人,他的儿子旅行结婚,不想竟然白发人送黑发人,不由得情绪波动语言偏激,引得座席中的掩泣声此起彼伏。陪同他们来的还有当地民政部门的干部,这些遗属原本分别住在市里的几个宾馆,今天都聚集到这里来了。

那位老干部提出,事故已过三日,为何还不公布原因,航空公司应负何种责任,我们要的不是钱,而是说法;有人则声嘶力竭地呼喊,不是光要说法,抚恤金也要给够,上有老下有小,人不能这样白白死了。

沂蒙立即起身向众人鞠了一躬,表示对遗属的心情十分理解,作为调查组的成员,愿望是与大家一样的,但调查结果需要有个过程,还请家属们耐心等待,同时又按指挥部确定的口径披露:这起空难目前可以排除是恐怖袭击,可以排除是因驾驶员操作不当。

"不能排除的是什么？已经过去了72小时了,还在糊弄我们,肯定还有什么重要原因在隐瞒我们！"

"快让民航的人出来,让他们回答罪责！"

"罹难者的名单什么时候公布？"

沂蒙注意到,在众人群情激昂的质问之中,一个背双肩包的年轻人闪身从人丛中走出来,回头向人群中拍了两张照片后,很快没了踪影。那人尽管戴了墨镜,沂蒙还是一眼认出了对方。在民航负责人向遗属们解释问题时,他抽身走出会议室,和立在黑影中的神秘客握了一下手,对方正是尚勇。

"我有重要发现,并且可以确定是一条惊爆世界的大新闻！"

沂蒙留心观察到,尚勇这几天在网络上,专门搜集有关3784次航班空难的信息,他已经掌握了大部分遇难者的个人资料。由于对当地民情熟悉,加之记者身份的便利,他肯定了解到不少官方尚不知晓的要情。果然,随着遗属们的离去,尚勇便把从西州乘飞机而来的经历讲给沂蒙听。

原来,为了证实对空难原因最初的推断,尚勇模拟拎提袋的嫌疑人登机,他的提袋里装有四瓶易拉罐状的饮料,在安检过程中竟然畅通无阻,并且随身携带着打火机、小剪刀,也无安检员过问。他还发现,机场还有花钱购买的快速通道,有的大款几乎不经安检就登上了飞机。

"他们是空难的协助者,是可怕的帮凶！"尚勇将抓拍的照片让沂蒙看。

"这些都很重要。"沂蒙知道他在卖关子,便打断道,"我特别想知道,你的爆炸性新闻是什么？"

尚勇扮了个鬼脸,神秘兮兮从背包夹层里抽出一封信来,双手捧给沂蒙。

"原来我想搞个特大新闻,也到国际上拿个什么普利策大奖来,可偏偏就遇上了你,使我改变了主意。"

沂蒙打开了那封信,不看则已,刚读了几行字,便惊愕地呆立在了那里。

  就在这时,指挥部派人要沂蒙马上回去,说有重要的事项召开紧急会议,沂蒙再三叮嘱尚勇对此必须守口如瓶,保护好秘密,绝不能走漏一点风声。说着便带了那封信匆忙向指挥部赶来。

  此时,指挥部正在召开核心层会议,窗帘被全部拉上,所有的电话全被屏蔽,连房门都关得无一丝缝隙。正由民航事故调查组播放飞行事故航空记录仪的内容,整个时长32分钟,其中从后排起火到记录停止1分46秒,客舱内燃烧持续在2分钟之内,这段夺命的原始录音播放着以下内容:

16:21:32　机长:压耳朵是吧,好像是煳味。
　　　　　机械师:啊。唉!
16:21:34　前舱男:后舱起火了。
16:21:36　机械师:哪起火了?!
16:21:45　机长:哪着火了?
　　　　　塔台:3784下降500建立盲降。
16:21:49　乘客男:在后面,后面。[惊惶呼喊]
　　　　　[驾驶舱外噪音,乘务长:女士们、先生们——不要起身,不要慌乱……]
16:21:50　乘客男:灭火瓶。
16:21:51　机长:灭火瓶,赶紧!
16:21:52~56　机长:签派3784飞机后舱起火,请求紧急降落了。
16:22:07　机长:先把灯打开——乘务长:请抓紧将氧气袋罩在口鼻处……
　　　　　[可以想见机舱内此时烟气弥漫,千钧一发,惊心动魄]
16:22:13　塔台:你,你现在其他都正常吧?姿态能保持住吗?[背景声:干扰声"嘟"提示音]
16:22:28　机械师:应急下降!
16:22:29　塔台:你现在情况怎样?

16:22:31　机长:现在客舱冒烟,驾舱也冒烟。

16:22:36　塔台:[背景音……你现在能正常落地吗?]

16:22:39　机长:现在,我正争取赶紧下降。
　　　　　机械师:能下赶紧下。

16:22:50　乘务长:Ladies……

16:22:51　机械师:开了,快。

16:22:53　快向驾驶舱跑。[客舱旅客声]

16:22:56　机械师:快,从哪接下去?

16:23:00　机械师:动作快![驾舱外:救火啊!]
　　　　　"咔"——像拽门声,"打开门……咔咔!"

16:23:03　机械师:停车了! 快。

16:23:04　[驾舱外:往后退。]

16:23:05　[后舱传出模糊不清的呼喊声,嘈杂中一个女人的
　　　　　尖叫声格外刺耳:你们一个也跑不了——]

16:23:09　机械师:快起动,哎呀——

16:23:11　机械师:[喘气急促]快。

16:23:13　塔台:3784 中州,你现在飞机上其他部位正常吗?

16:23:18　机械师:中州……

16:23:19　机械师:快……

16:23:20　航音记录器停止记录语音。

16:23:28　一切归于沉寂。

……

　　尽管黑匣子中的声音断续、模糊,甚至不好分辨,但它还是给了室内每个人一个可供拼接的空难画面。首长似乎听出了什么异样,又让将最后一分钟的声音重放一遍,仍有那个女人声嘶力竭的呼喊:你们一个也跑不了——

　　可以想见,濒临坠机的刹那间,拥到前舱机头位置的乘客加剧了飞机的倾斜,飞机艰难地避开城市,在落地一刻发生断裂和解体,后舱的

旅客就这样被齐刷刷地割断了生命。

会议室内数分钟内的静寂。首长站起身来,率众人向着空难现场方向三鞠躬,脱帽致哀。良久,领导才让民航事故调查组继续汇报。

"飞机失火前是适航的,飞行员技术和身体条件良好,货物运载符合规定。空中指挥和地面雷达导航设备均正常,可以完全排除发动机辅助动力装置、飞机厨房、飞行设备、电路油路、客舱货舱设备起火以及雷击、爆炸、枪击和遗留火种阴燃的可能。"

"从黑匣子录音说明,"民航调查组那位灰白头发的专家接着说,"16时21分34秒,客舱乘务员向机长报告客舱后部起火,机长要求乘务员迅速灭火并向中州机场塔台报告情况,请求紧急降落,机长的危机处置避免了地面更大伤亡,使半数旅客得以生还——这应该是个奇迹。"

"上述结果与特邀的外国专家、飞机发动机制造商普惠公司会谈得出的结论是一致的。"民航负责人最后补充道。

"公安调查组上次汇报有关舱内的引燃实验完成了吗?"领导开始转而提问。

"这个由第一刑事科技研究所阎工程师汇报。"邬国庆应声回答。

"为验证人体烧伤特征和燃烧物的类型,我们对工业酒精93号汽油、油漆稀释剂、航空煤油三类引燃物倒洒在飞机座椅上用明火点燃做试验。"阎工是南方人,他身材瘦小,说话一紧张就嘶哑,于是呷了一大口水,又咳起来,"燃烧、烧的现象是有很大区别的:汽油迅、迅猛,黑烟浓重,温度高,座椅垫烧毁严重;酒、酒精低于汽油的温度,次于它的速度,燃烧程度轻;香蕉水近似酒精,可烟浓度大于酒精,是灰白色,座椅垫烧毁介于汽油与酒精之间;航空油剂燃烧缓慢,火焰呈红色,23秒后呈黑烟,速度加快,垫子被烧穿、烧破,垫内层聚氨酯泡沫被烧空成椭圆形……"

阎工是学究式的专家,进入自己的领域,开始絮叨啰嗦起来,不少人被连日的疲惫搞得眼皮直打架,被主持会议的领导用烟灰缸敲响了桌子,大家才顿时精神起来。

"引燃后,分别将坐垫放入河水和航油混合液中24小时浸泡,经比对确认是汽油,起火部位就在后舱的27排到25排之间。"这时有人打亮大屏幕,出现了飞机复原剖面图像,"这与黑匣子中乘务长报警,反映后舱起火严重的情形是一致的。"

大屏幕上开始出现27排与25排之间座位的局部放大。

"起火点位于后通道左舱27排和左舱25排座位处,以27排D座为中心,火势曾向前后、左右上下蔓延。"

"阎工,请直说结论!"领导做了一个截断的手势。

"是,引燃物是汽油,燃烧过程是从上到下,属于人为纵火,完全排除电器故障……"

尽管阎工的解释抽象乏味,但借助机舱重建图,使人感到既直观又形象。

"关于爆炸分析的结果如何?"

"我们的结论是飞机未发生爆炸:一是触地前尚未解体;二是对残骸拼装复原未发现爆炸的痕迹和爆炸的中心点;三是尸体、尸块未发现粉碎伤、冲击波伤等爆炸作用损伤;四是尸体内未发现爆炸残留物。"

"综上所述,我们的认定是:27排D座位上的乘客马亚东与其妻潘小美纵火,引火物为四个盛满汽油的塑料瓶,装瓶子的挎包里还有一串钥匙,经家属辨认,我们还用这串钥匙试开了他的家门。"

"他们作案的动机是什么?"

此时,沂蒙正离位将尚勇提供的信件,交庄焰副厅长审看,马上被领导发现了。

"不要犯小自由,在底下嘀咕——大声说。"

沂蒙见庄焰允诺,便走上前去,把那封信递到领导手中,对方戴上花镜,认真看了片刻,命沂蒙念给大家听。

原来,这是马亚东留下的遗书,开头便是:

"我和我的妻子小美本不该走这条路,只是被逼无奈……"

原本疲惫不堪的会场顿时精神起来,大家全都竖起了耳根。

"我所在的公司出了一件不该出的事,这件事因我岳父而起,他是西州市旺盛公司的临时工,曾签订劳动合同,办过锅炉工操作证,去年因满60岁被辞退,由于单位没有按国家规定缴纳养老金,致使老人退休后失去了生活来源,岳母的退休费也仅几百元,又患有高血压,每月入不敷出。为此岳父曾多次找公司反映均无结果,无奈之下起诉了公司,公司领导在开庭假意协商,实为拖延不办,老人便住进了公司经理办公室,正值那天上级总公司经理来检查工作,公司领导尤红怕被怪罪便将上级引至小会议室,岂知岳父得知了口风,叫来几个女儿就在领导用中餐的酒席上闹了起来,造成多人围观,领导颜面尽失,就让我去劝阻。

"我是公司主管营运生产的处长,知道岳父养老金属于公司本身的问题,本不想介入,但在公司经理尤红的呵斥下,不得不上前做劝解,反被岳父一阵唾骂。尤红见状,大骂我无能,并威胁说若是劝不走亲属就立即下岗。我看劝说无果,就又喊来同在公司工作的妻子和岳父的好友一齐来做工作,不料岳父和他的大女儿已和公司工作人员撕扯起来,并砸坏了桌椅茶杯,一下子惊动了派出所,事情被升级闹大,岳父一家人被传唤到派出所说明情况。这天下午总公司召集职工大会,尤红宣布我和妻子潘小美下岗等候调查处理。

"回到家中,我和妻子通宵未眠,回想自己到公司工作兢兢业业,多次被评为先进,主管业务工作名列前茅,就因为一件并非我能左右的事情立马下岗,实在令人心寒!但尤红的淫威,我早已领教,不得已写了一份检查,表示自己辜负了组织的期望,恳求取得领导的谅解。万没有想到,当天下午我接到财务室的通知,自即日起每月只发给生活费400元,同时还扣除了'四金'。天啊,我的这个日子还怎么能过下去呢,思前想后,只有一个答案,就是尤红出于不可告人的目的想置我们全家于死地,而且,从我身上开刀!

"解铃还须系铃人,抱着一线侥幸,我敲开了尤红的办公室,没想到她对我一番挖苦和奚落,怪我找了潘小美这样的晦气女人,侮辱的语言不堪入耳。我知道她的心思,就跪下求她原谅我和小美,让她高抬贵手放过我们,不料她竟然恼羞成怒,唤来保安把我轰出了办公室。

"当天下午公司开大会,尤红当着全公司职工放言说,马亚东跪下来求我,我也没有放弃原则,姑息养奸。谁砸了公司的饭碗,我一定要砸他的饭碗,并且要砸得粉碎。这天散了会,公司后勤通知我,集资建房也取消了我们家的资格。

"我彻底绝望了,我了解她是那种一不做二不休的女人,现在又借组织的名义公报私仇,并且当众羞辱我,士可杀不可辱,她是想把人置于死地,我也决不能坐以待毙!在那一刹那我做出了一个决定——离开这个世界,和她一起赴死。小美猜出了我的心思,要同我一齐走,被我制止。

"我深爱我的妻子,她也离不开我,但家中老小还需要她照顾,只用我一个人,也足以造成惊天动地的影响,让世界知道真相。"

……

不知是谁打开了会议室的窗户,一股凉风挟着秋雨飒然而至,使人们感到了彻骨的寒意,是领导打破了这冰冷的寂静。

"刚才黑匣子里那声喊叫的是谁?"

"看来只能是马亚东的妻子潘小美。"民航负责人断定说,"她后来追上马亚东一同乘机,起火时与尤红三人紧抱一起,要和全机人同归于尽。"

在庄焰副厅长的建议下,黑匣子再次将最后一段语音播放了一遍。

"……你们一个也跑不了——"

"喊叫人是典型的西北口音,是作案人的妻子无疑!事件性质就是纵火,作案动机是报复本单位的领导,不,是报复社会,剥夺这么多无辜者的生命!"

听得出,民航部门意在尽快将调查结果公布于众,以减轻来自社会的压力。

"大家讲的有道理,无论是科学的鉴定还是动机的分析,纵火嫌疑都指向了马亚东夫妇,他们是在用极端的暴力手段报复社会——将不特定的无辜乘客一并作为报复对象,性质是极其恶劣的,也是不可饶恕的。但是,"首长把话锋一转,站起身来,"尤红既是受害人,也是激化矛盾的加害人,这种毫无天理人性的管理,是把人往死路上逼嘛,她是个典型的虐待狂,是罪魁祸首!以至于殃及这么多的乘客死于非命!"他一巴掌拍响了桌子,震得连烟灰缸都颤抖起来。

"一个置人死地,一个灭绝人性,全都失去了天良,没有半点儿人伦底线呐。"他开始来回踱步,眉宇间透着沉重,把手指向了民航负责人,"如何通过这起空难汲取教训,杜绝今后,是下一个话题。当务之急是给这起事件定性,尽快回应社会关切。"

因为空难属于刑事案件的定性为大势所趋,民航方面如释重负,盼着领导表态以期画上句号。会场一时无人应声,陷入沉默。鲁沂蒙见状生怕领导一言九鼎定下结论,马上举手示意,惹得庄副厅长向他瞪圆了眼睛。

"报告首长,我还有一条补充——也是一个不成熟的建议。"

领导扬手示意,还让人递过了麦克,沂蒙未用。

"黑匣子里女人的喊声需要做进一步的鉴别:只凭听觉上的口音,难以辨别清楚,因为公司经理尤红也是西州人,有没有另外一个可能,或许是她对着马亚东、潘小美喊的——调查工作应当穷尽各种疑点,要有科学依据,不能仅靠分析⋯⋯"

"沂蒙政委,听说你是搞文学创作的,咱可不能仅靠侦探推理。"事故调查组长话中有些揶揄,"夫妇两人扑过来抱住尤红,尤红是被动的报复对象,如果是她在喊叫,那除非只有一种可能——她也是制造空难的共谋、预测到了灾难的发生!"

"对!这一点咱们所见略同,这就需要对尤红的疑点一查到底,排除这种可能,才能达到首长关于'调查工作必须经得起历史检验'的要求!"

"沂蒙同志,这人都死了,还到哪找尤红去?既然属于刑事犯罪,被告没了也就应自行中止调查,当务之急是善后处理,抓紧回应社会关切,平息事态影响,恢复航线运营,而不能节外生枝了。"

见沂蒙还要坚持,在旁的庄焰急得一个劲儿向他递眼色。

"平息事态的前提是查明真相,查明真相就不能放过一个疑点,现在案件还有三个不清:一是尤红是红是黑不清楚;二是尤红如果是共谋,她的动机尚不清楚;三是引火物汽油如何能带上飞机,安保的漏洞也不清楚,决不可轻易放过!"

"沂蒙同志注意,问题要分轻重缓急,现有的证据已完全符合阶段性调查的要求:一是黑匣子证实飞行员的操作并无不当,并且及时避免了更大的伤亡和损失;二是普惠公司的结论已排除了机械故障;三是你们的调查,有马亚东的遗书为证,完全可以定性为以极端暴力手段报复杀人的行为,完全没有必要被一些怀疑和猜测束缚了手脚。一切应以大局为重。"

很显然,事故调查组的这番观点很有说服力,特别是最后一句。领导的目光转向了庄焰副厅长。

"侦查破案是我们的职责,从犯罪过程查找安保管理漏洞也很有必要,最好能够统一口径对外公布,但现在调查进度存在一快一慢:事故结论已出,刑事犯罪尚存在疑点,是否分阶段做出回应,我们服从上级的决定,总之,要彻查真相。"

"说得好,我们就是要彻查真相,任何一个疑点也不能放过,哪怕这个真相十分沉重,我们也要向人民做出交代。"领导环视与会者,见下面都持笔做准备记录状。

"目前,空难调查已取得阶段性的成果,基本事实清楚,基本证据确凿了,可以定性为人为纵火。这就需要我们抓紧回应社会关切,落实抚恤工作,以期安定人心。否则将不利于政府形象,也不利于事件的妥善处理,更不利于国际舆论。所以,要尽快公布调查结果——对公安方面提出的异议,可作为空难公布的后续信息。我今夜就返回北京,如果没有新的内容补充,就按此执行。"说完,他意味深长地盯了鲁沂蒙片刻,不易觉察地点了一下头。

窗外的雨已下得一片迷茫,黄河大堤上灯光明灭,首长车行的灯光照射处,只见公路桥上站着一个人,见领导车到,那人叭的敬了一个敬礼。首长摇下车窗,和那只湿淋淋的手握在了一起。虽未说话,他也明白这倔警察心中的话语。车行远了,他回头望,对方仍屹立在疾雨之中。

次日下午,沂蒙乘飞机抵达西州机场,接机口处的尚勇正翘首以待,之后他亲自驾车,一路上喷云吐雾,披露这一段掌握的信息,声称他这个扒粪者搞破案顶得上一个刑警队,沂蒙听而不语,内心却在感叹:这小子骨头缝里都透着对新闻的敏感,这和侦查员侦查破案的第六感觉有着异曲同工之妙,别看他大大咧咧,口无遮拦,实则是一个心细如发的怀疑者,不达目的誓不休的探秘者。现在,他不仅握有这起空难的社会新闻,更有鲜为人知的内幕新闻甚至是个人隐私。接下去,他向沂蒙扼要介绍了一下马亚东的个人生活经历。

马亚东是单亲家庭,自幼孤僻内向,但学习甚佳,一举考上西州交通大学物理系专业,获硕士学位,曾在政府部门供职,后下海经商,自办电脑公司,结婚成家后,事业风生水起,不想妻子竟然与公司经理红杏出墙,暴怒中的马亚东犹如绵羊变成了狮子,拎了一桶汽油,带着一把尖刀冲到经理家中,兜头将油泼洒在对方全身,正欲点火的千钧一发之际,被赶来的警察制止,拘留了15天。妻子离他而去,房子划归妻子名下,生意又一落千丈,转而贷款搞养殖,买了上千只鸭仔,由于寒流骤降全部冻死。一文不名的马亚东走投无路时,偶遇小学同学潘小美,潘小美家庭殷实,继承了父母一笔遗产,与一个女友闺蜜共同生活,不仅对马亚东解囊相助,还通过女友将他调入了旺盛运输公司。

马亚东枯寂的心被点燃,与潘小美双双坠入爱河,可就在谈婚论嫁时遭遇到最大的障碍,阻止二人结婚的竟是公司经理尤红,因为她和潘小美是同性恋的关系。两人曾海誓山盟,绝不嫁人,终身为伴。如今潘小美背叛了自己的感情,尤红对此无法容忍,不仅表示断然决裂而且发誓报复,并以死相要挟。待二人结婚后,尤红不断进行电话骚扰,甚至闯入家里辱骂,直到这次潘小美的父亲因退休金的问题引起轩然大波,均是尤红从中作梗,百般刁难。看来,双方的矛盾就是这样潜滋暗长,积蓄成一场愤恨的火焰,使得马亚东故伎重演,打听到尤红出差乘坐的航班,与潘小美同去复仇,并且让整机人遭逢大难。

"问题远不是常人想的那么简单,我要带政委去解最后的谜团。"尚勇在西州市中心钟鼓楼附近停了车,引沂蒙步行来到一条旧时的街巷,巷口挂着钟楼巷的牌子,巷内多是青砖灰瓦的老式门楼,只见门墩斑驳,门顶瓦檐上长满乱发似的秋草。为不引人注目,尚勇煞有介事地给沂蒙拍了几张胡同照,边介绍自己将要出的新书《西州前尘旧影》,不知不觉二人来到深巷处的一家四合院中。

秋风将院内的枯叶吹得沙沙作响,西厢房门上插了一枝白绫布的绢花,房门半掩,门开处站着一个身穿围裙的中年妇女,身后八仙桌放置着尤红镶着黑框的遗像,乍看上去,两人的五官还有些相似。

正当沂蒙在尚勇的介绍下与中年女人搭讪时,房内突然冲出一个衣衫不整的老人,嘴里不干不净地骂人,还恶狠狠地扑过来用手抓挠,被穿围裙的中年妇女死死抱住,老太仍声嘶力竭地骂不绝口。

"你们这些个遭天杀的害人精,害了我女儿,还来害俺全家——我拼了你们这群千刀万剐的。"

搂抱她的女人哄骗着、劝导着,好不容易把老太推进屋内,拿出两块削了皮的土豆让她啃,老人这才平静下来,像孩子似的捧着土豆憨笑着说,这鸡蛋真结实,碰也碰不破嘞。

"是阿尔茨海默症?"沂蒙问道。

围裙女人凄楚地点点头。

女人是尤红在乡下的妹妹尤秀,看来是老人的看护者,大概因为尚勇是常客,女人趔身把一张纸递过来,说是姐姐出差前写的东西,沂蒙接过一看,是抄写柳永的一首词,词牌为《安公子》:

  自别后,风亭月榭孤欢聚。刚断肠,惹得离情苦。听杜宇声声,劝人不如归去。

看来,尤红有心灵感应,似有先兆。沂蒙随口问,你姐姐临走时和你说过什么吗?

"当天晚上她房间的灯亮了一夜,我担心她出不了差,出事的那天下午,她倒给我打了一个电话。"

"电话里她说了什么呢？"

"她说她买了四份人身意外安全保险，还让我记下详细的号码，你们都是好心肠的大记者，能不能帮我问一下该怎么个办理法……"

沂蒙的内心突然被抽紧：登机前买了这么多保险，莫非是尤红知道飞机注定要出事吗？如果真是如此，马亚东夫妇纵火的企图她是知道的。如果她预先得知两人的意图还买了保险登机，就是有准备的赴死——那么本案就多出了另一个可能，即尤红是一个最隐蔽的预谋者：她有意激怒马亚东夫妇，利用二人同归于尽的复仇心理，达到自己骗取巨额保险的目的！可是，一条重要的疑点又浮现出来：究竟是什么原因导致尤红做放弃生命的选择呢？仅仅是被夺去了性爱伴侣的仇恨吗？

两人重返车上时，尚勇神秘兮兮地从提袋夹层掏出一张复印件来，那是一份中州医院开具的诊断证明书，上面赫然打印着：

肺癌晚期，已全身扩散转移。

沂蒙的内心在剧烈翻滚着，他不知道车子怎样驶向机场，如何与尚勇握别，如何登机起飞，直到面向着飞机舱窗外的天空，晚霞宛如一条血红的河流横亘天际，连接着延绵千里如兽脊的远山。一时间他感到内心像铅石般的沉重，压抑得喘不过气来。

人生好像河流，时而宽广浩荡，时而狭窄湍急。命运无常，挫折难免，但人心有堤岸，那就是对生命的敬畏。人世间最可怕的不是死亡，而是对生命的漠视，人若一旦失去了这个底线，便会变成毫无罪恶感的恶魔。本案中的最终凶手，是一个缺乏自杀勇气的怯弱者，在精心设计了让别人杀死自己的过程中，又毁灭了更多的生命，这乃是十恶不赦的罪恶！

此后，调查指挥部接受了警方的建议，后续的一切按严格的司法程序运行，尤红的妹妹尤秀代母亲向法院提请尤红航空保险的申诉，但很快被驳回了这一行政诉求。依据是梁州市公安局出具的立案书，证明尤红与马亚东同为纵火作案人，已构成刑事犯罪。尤秀改走民事诉讼，提请民航赔偿。法庭出示了办案委托单位做出的司法鉴定书，法官依法宣布尤秀败诉，但说明原告可依法向省公安厅申请对梁州公安的鉴定结论进行行政复议,或向梁州中级法院起诉梁州市公安局,而梁州中院则依分院判决结果依法不予受理。省公安厅亦据此判决不予受理。

最终,本案不开庭审理,驳回了起诉。

关于空难原因,根据上级要求,做了一次回应。国家新闻媒体简要公布了空难的定性:系一起人为纵火的刑事案件,对遇难者已做出妥善抚恤。

此案后,国家批转民航局关于航班旅客随身行李所带液体不能超过 100 毫升的规定,实施了更为严格的安检措施。

二十

不管文学作品把警察描写得怎么威风凛凛或料事如神,那都是人们对正义的期盼所赋予的艺术加工。事实上,警察与犯罪的交锋多是以最尴尬、最被动的角色出场,就像被致命一击倒地的拳手,爬起来却不见对手,仿佛一下子被推到万丈悬崖,头脑像被抽空,思维一片空白。

这就是鲁沂蒙面对这起世所罕见文物大案的真实心情。

这一天,是1992年的9月18日,距鲁沂蒙就任市公安局长刚刚18天。被盗现场,就在市博物馆内明清宫廷御用文物展厅。近400平米的展馆,69件稀世之宝被席卷一空。

一个个歪七扭八的玻璃展柜,仿佛被凌辱后的少妇,凄然呆立。柜内所剩无几的文物散乱丢弃,地上扔着被撬掉的挂锁和锁叶扣环,头顶上方,环四壁装饰墙的八个报警器均被红布包裹,就像遭到绑架的新娘的盖头,一个个惨惨凄凄,向隅而泣。沂蒙攀上勘查梯,只见装饰墙顶板狭窄,宽度仅3.25厘米,比平衡木还窄一半,不知作案者怎么能踩上去,还能"倒挂金钟"般把沿顶板的报警器全部弄成瞎子聋子。东山墙上方,可见金属窗栏被撬开了40公分口径的盗洞,扁铁像面条般被扭卷弯曲,这里就是盗贼的唯一进出口。

在暗夜中能完成这般偷天换日之举,且在武警戒备森严、狼犬环绕守护并有红外线报警器的情形下如入无人之境,似搬家一样盗走如此众多的文物,这无疑是一个旷世飞贼。不仅是沂蒙从警生涯20多年来遭遇到的超一流的罪犯,也是在共和国案件侦破史上少有的飞天大盗。

大案猝发,没有一丝停顿,沂蒙和先期抵达的安如山副局长、刑警支队张太增支队长再次共勘了现场。

沂蒙向来认为：任何作案者都必然人过留痕，不可能悬浮于三维空间之外。可这一次他惊骇了：光洁的地面上，肉眼观测不到任何可疑的痕迹，用静电吸附器处理亦一无所获，仅在每个红外线报警器的下方，发现有几缕红色绒线纤维。只是在装饰墙上方，发现了几枚残缺的袜痕。莫非这个飞贼离开时清扫了现场？

走向室外，沿展厅走廊登上顶部平台，绕着盗贼的进出口处，窗口被撬的痕迹赫然入目，顺盗洞逆向观察，平台上隐约留有残缺模糊的球鞋印，脚尖由进到出呈向东和向西两个方向，在平台终端，还有一枚残缺的弧形花纹鞋印，这是令人心跳的发现：两种足迹不同，分明是两个盗贼进入！

现在，有必要对梁州博物馆做一概略介绍，该馆是一座仿宋挑檐式米黄色建筑，主体按坐西向东呈山字形，两侧按由南向北展开，顶覆黄色琉璃瓦，壁镶淡黄色瓷砖，造型典雅古朴，而明清展厅就位于主体建筑北侧一楼。展厅又与一条古色古香的碑廊相接，紧连一段斜墙，斜墙外是一排铁栏杆，一直延伸到展馆的北围墙。铁栏杆外毗邻的另一家单位是中司木业有限公司。靠斜墙处有一花坛，花坛紧挨一块葡萄地，两种脚印在此纷乱杂沓，可见这两名窃贼将花坛做踏板，把铁栏杆做攀爬架，登上斜墙，越过平台，撬开窗栅，将所盗文物往来多趟搬运，最终从博物馆围墙翻越而出。博物馆对面，就是位于古城西南的包公湖，著名的包公祠，与之隔水相望，却不能明镜高悬，制止这场暗夜中的罪恶。

盗贼如探囊取物，进出如履平地，博物馆防护形同虚设，仅怒火中烧于事无补，眼下还要依靠展馆上下提供线索，说不定盗贼的眼线与内应就隐匿其中。此时的博物馆刘馆长已成待罪之人，战战兢兢不离沂蒙的左右。这位仁兄曾是他写小说的文物老师，被盗这批文物还真与自己有些不解之缘，当年创作小说《奇案疑踪》时，为丰富周大昌糕点店的案情，增加了一段稀世珍宝龙凤首饰盒被盗的情节，素材就源于这批文物，闭上眼睛就能想起它们的模样。从不相信宿命的沂蒙，这次却相信命运之神与自己开了一个天大的玩笑：你越是怕鬼，偏就有鬼，冥冥中似有神定。

那么,这数百件文物中如今究竟是哪些失窃了呢?"9·18"大案被盗文物共计69件,其中瓷器37件,玉器32件,均为明清皇室御用物品,不仅存世稀少,有的还堪称绝品大器,从其历史价值、艺术价值看,单就这些被盗文物就可独立办成一个国家级的博物馆。

首先说瓷器,明清两代乃中国瓷器烧制史上的鼎盛时期,被盗文物中一件青花缠枝莲纹瓷盘,被称为"开一代罕有之奇",是明代宣德时期烧造,口径为41.1厘米,底径27厘米,高7.3厘米,器里外均有青花纹饰,内壁绘缠枝花十二朵,盘心有缠枝花大小七朵,纹饰绘画清晰,线条圆润流畅,青花色调浓艳,如蓝天与白云相间,且细砂底,通体透亮,有一触即碎之感。

得知此盘被盗,馆内专家无不揪心,因为撬开的钢窗宽度有限,瓷盘须斜放才能盗出,看来凶多吉少,万难保全。其他属一级文物的还有被称为明官窑标准器物的弘治黄釉瓷盘、釉如凝脂的德化窑八卦夔纹三足炉,以及清代雍正青花釉里红折枝果纹扁瓶……这些瓷器因是皇家大内"养在深宫人不识"的御用之物,更是身价百倍。

再看被盗的玉器,明清两代乃是我国玉器工艺的全盛时期,雕刻技法已炉火纯青。被盗的玉器中,不少是天价极品,其中的玉双猴捧桃,用和田羊脂玉雕成,刀法精绝,抛光细润,栩栩如生;再有碧玉双耳活环炉,是根据乾隆皇帝旨意,仿西周青铜簋的造型做成,玉料达3000余克;还有碧玉海晏河清蜡台,更是技艺高超:雕一龟伏于碧波荡漾之中,龟背上立一展翅欲飞的海燕,寓意"盛世升平"景象……

这批价值连城的文物本为故宫博物院的珍品,系调配梁州展出,不料"慢藏诲盗",被盗贼觊觎,竟遭此噩运。

在这里从事文博工作的人们,相当一部分是文艺院团解散调来的演奏人员,由轻歌曼舞的场景转而与出土的文物为伍,失落感与厌烦情绪使他们打不起精神来照看这些宝贝。在相继发生几起一般盗案之后,刘馆长下决心励精图治,除加强保卫力量之外,还加固库房展厅门窗,安装监听器和报警器。因闻知外地发生犯罪分子驾车持枪用炸药盗窃古墓的严重案件,他们还与梁州武警支队签订了《共建馆防安全协议》,每晚8时到次日晨7时均有武警战士巡逻。同时,饲养了几只精壮的德国黑贝,个个威猛凶狠。从外界看,可谓戒备森严,固若金汤。可那日夜间天下雨,狗不叫,报警器失灵,神不知,鬼不觉,惊天大案还是猝然而发。

于是,本馆职工理所当然成为提供嫌疑线索的对象,并且根据上级文物部门的命令,集体吃住在博物馆,以便随时接受警方的询问,每个人被要求说清自己在案发时所处的位置,特别是有条件接触文物、负责过被盗展馆装修布展和红外线报警设备安装的人,更是被怀疑的重点,一股压抑郁闷的气氛笼罩在全馆上空,经过动员才稍有缓解,不少职工说,俺既是动力,也是对象,只有和警察一道查清案件,才能还博物馆一个清白。

对警察来说,则是要雪耻。

往日的经验告诉沂蒙,任何刑事犯罪现场都会给警察留下一线生机,这就是作案者遗留的现场——很像希腊神话中斯芬克斯女神,看你能不能运用智慧猜到这个能绝处逢生的谜底。警察与罪犯博弈的起点在现场,侦破案件的源头也在现场,你对现场的认知和把握,决定着你胜败的概率,真可谓成也现场,败也现场,开启侦查之门的奥秘全在于此。

这究竟是一伙什么样的盗贼,能在暗夜之中将大大小小的文物从展柜中撬出,再一件件完好无损地包好,然后踏上2米多高、才3公分宽窄的木架,从屋顶房脊上飞檐走壁般运走,莫非真有吸星大法和搬运神功?特别令人匪夷所思的是,他们能使红外线报警器一个个成了摆设,让一个个训练有素的武警懵然无知,并且一条条狼犬也像遇到了煞星,所有人防技防物防手段全部失灵,唯有犯罪者如隐形人一样探囊取物,来去无踪。

但任何犯罪,无论再狡猾,也不可能"飞"进现场,必然会在特定的时空中留下各类信息和痕迹,从现场提取的物证越多,也就等于发动了无声的"证人",让它们用"哑证"指认犯罪者的特征,画出他们的脸谱,绘出作案的过程,拼接出一系列作案影像,进而准确地复原作案经过。

沂蒙告诫自己：切勿慌乱，一切从无路的断崖处开始，保留和封闭现场，不放过每一寸地面、每一毫米空间和每一个细如毫发的微量物证地勘查，因为只有这里才离破案最近。

欲知海洋，当问渔夫，欲破愁城，当请高明。

在此后的七十多天里，这里彻夜灯光不熄，俨然成了一个现代刑事技术的科研所，在公安部和省公安厅调遣下，这里集聚着本局和国家级的侦查、痕检高手，其中包括部、省步伐追踪专家王清亮，铁路局痕迹专家张占武，唇纹皮痕专家于文学，身怀物证化验绝技的唐工程师等一批专家，他们将室内现场切割成上、中、下三个立体空间，从下到上，由外及里，由物及痕，由痕及人，进行梳篦式的扫描、勘查和模拟实验，形成了严密的物证之链。

现场的"哑证"们都是什么呢？有破窗时的撬痕，脱了鞋戴手套的袜痕和衣服的纺织痕，包裹报警器的"皇冠"形红丝绒布罩和黑色票夹，在其中一个展柜玻璃上还发现了吸盘痕、衣物商标印痕，在第五、第六展柜之间的地面上提取了一把钢笔大小的玻璃刀，在另一展柜玻璃上还有一个重大发现：提取了一枚顶极证据——唇纹。提起这枚唇纹的鉴别，还真有戏剧性：起初，这块粘在玻璃上像狗皮膏药似的东西谁也分辨不出是什么，一天，始终盯着它研究的痕检工程师张占武，突然如梦方醒地大喊一声，引得众人聚拢过来，他兴奋地指着自己的嘴巴，又指指自己的鼻子，激动得无以言表，玻璃上的嘴唇印痕在灯光照射下，胡楂密密麻麻，唇线沟壑毕现——原来，这是半张脸紧贴在玻璃上留下的印痕，也是作案人移动展柜给警方馈赠的唯一生物检材！因而赢得专家们一片欢呼，恨不能把张工从空椅上抛向空中。

此时，现场共寻觅到的"哑证"增加到12种109块，它们是："皇冠"形红金丝绒平绒布8块，黑色票夹8个，玻璃刀1把，被撬挂锁16个，足印两种15枚，撬压工具痕9枚，纺织品印痕3枚，衣服印痕10枚，手套印痕18枚，嘴唇印痕1枚。这天晚上，由主管现场勘查的技术组组长普杰贵向侦破指挥部汇报进展。

指挥部就设在博物馆地下一层，此时一片云山雾罩，一个个"大烟炮"们,为驱赶连日的疲劳,正在吐雾喷云,偌大的房间里只有两个人无此嗜好,一个是沂蒙,一个就是老普。

普杰贵长着一张永远不老的娃娃脸,面无胡须,有一双智慧的秀目,老同志还都叫他小普,实际当年已五十六岁,若论他的资历堪称元老:解放初他曾师从国民党旧警察中的日本专家学过文字检验,在几十年侦破生涯中靠刻苦钻研又学会了痕检、法医、化验、弹道学等物证技术,成了全省远近闻名的高级工程师。

老马识途,普杰贵等局内外的大内高手终日在室内苦心孤诣地研究,终于有了最新发现,使焦头烂额的指挥员看到了第一线曙光:普杰贵此时打开了幻灯投影,展示从现场提取的玻璃刀、文件夹、平绒布等物证,接着讲述了专家们拼出的"现场重建"。

9月18日凌晨一时,细雨霏霏,两名盗贼由博物馆的北围墙厕所处翻墙跳入,不料走错了路线,误入了西邻中司木业公司院内,无奈再从这里翻越铁栏进入博物馆,攀上花坛边上半截斜墙,登上大楼北侧石刻走廊平顶,折而向东至展厅北窗之下,撬开铁窗护栏。这时其中一名案犯脱鞋进入室内,一名在外接应。入室者待眼睛适应黑暗,沿着极狭窄的装饰板墙,先后将展厅的报警器用事先备好的红平绒布蒙裹,用文具夹固定,此时可能遇到了意外惊动,入室者停止行动,蛰伏五六分钟后才轻声落地,开始用玻璃刀刻开第五、六展柜的玻璃,不想玻璃坚固,急忙改用吸盘吸取未逞,遂改用撬棍撬展柜顶锁,不料锁鼻破坏后,仍打不开展柜,此时有些焦躁和慌乱,动作开始加快,改从柜后下手的方法,两手抠住展柜底部,将展柜从靠墙处移开,撬掉柜壁,方才如愿以偿。此时,在窗口处接应的盗贼亦跳落地面,两人配合,逐件将文物整理包装,而后又将文物从窗口处转运。在窗外,他们穿上鞋子,通过原路返回,最后将文物运出墙外,逃离现场。

"据69件文物的重量分析,所盗物品的体积在一立方米,重量在50千克。我们推断,馆外应当有运输的车辆接应。"普杰贵十分肯定地结束了汇报。

"作案分子是几个人?有什么特征?整个作案的时间有多长?"沂

蒙接下去问道。

"进入现场的共两个人,一主一从。"此时是步法追踪专家王清亮接上来回答,"下手包裹报警器和撬开展柜的人比较粗壮,具有较强的攀爬能力,走路时右步大,左步小,稍有内八字,蹭蹬痕迹较重,下肢健壮有力,很可能会武术,善轻功。身高170公分左右,穿有胸、肩条纹状针织布纹的夹克衫,左胸部有一椭圆形图案。脚上穿41码青岛双星牌回力鞋,年龄在25岁左右;另一个接应者身材稍瘦,年龄在30岁左右,身高172公分,穿福建三明市三福皮革有限公司产伽迪亚牌弧形花纹休闲鞋。步长短,步宽窄,步角大,紧随粗壮者行动。整个作案时间在四个小时左右。"清亮是沂蒙公安大学学习时的同窗好友,曾师从马玉林的"马踪",在张奇玉杀妻案中起了重要作用。

"这些分析的依据是什么?"

"是现场提取的109件物证和我们从室外提取的脚印足迹,另外还做过上百次模拟试验。"普杰贵再次应答。

沂蒙不放心,又和政法委席书记、马振邦两位指挥长及安如山副局长再到现场,沂蒙要求普杰贵为他们做一次现场模拟作案。由侦查员王大卫模仿两个作案者爬高摸低,移动展柜,撬开柜壁。众人注意到,包裹报警器时,即使身段灵巧的王大卫也站立不稳,何况发案当夜阴雨,室内一片昏暗,可见盗贼的身手不凡。模拟搬动展柜的侦查员个头儿在170公分,躬腰时面颊与口唇处贴在玻璃上,就此分析出作案人的身高体态,前胸衣服上的纹饰也印证了盗贼的身材。

整个过程的模拟,以"我是作案人"作命题,以最快和最慢的速度各再试验一次,取中间值;再模拟凌晨时雨夜中路灯射来的微光再试,得出作案时间是:9月18日凌晨一时至四时许。

沉沉的夜空,此时似有了光亮,这场近似全息录像的分析,使全案具有了时空定位的基础和方向,特别是那个身材粗壮略带内八字的脚印,深深嵌入了沂蒙的脑海。如何进一步刻画作案人的脸谱,使其五官和眉眼清晰起来,还要随着调查工作的深入综合分析。

分析得再高妙,距破案却还有万里之遥,盗贼留下扑朔迷离的巨大空白,需要海量调查去填充印证,如果"现场重建"是在"以物找人",确定侦查方向,那么当务之急是要进行"由人到案"的嫌疑人排查。于是,一场掀天揭地的破案动员在古城铺开。227人的警察专案队伍和上千名保卫干部及数千名外围警力,深入各单位和社区,通过召开会议披露案情,发出通报,地毯式地排查可疑线索。这种最传统的群众发动的方式,就是举世无双的"东方经验"。如果说国外靠福尔摩斯式的侦探、靠007式的个人英雄破案,而中国则依靠群众,实行毛泽东的遗训:靠党委领导下的专门机关与群众路线相结合的方针。可谓警力有限,民力无穷。这种大面积依靠群众排查提供的线索,不仅使技术分析得到有力的补充和佐证,更让警方多了千万双眼睛和耳朵,大海捞针难,但海有多宽,网就可以铺多大,针就可能被捞出来。

公安局和派出所变得门庭若市,为了排查可疑物证,老百姓翻箱倒柜,将家里红平绒布做的窗帘、电视机罩和妇女穿的旗袍都拿了来,单位用的幕布、锦旗送得堆积如山;玻璃刀和文具夹成捆成摞,案情达到了家喻户晓、妇孺皆知的地步,很多小学生造句就是——早日侦破"9·18"。佛寺的和尚都在祈祷惩除恶孽,道士送来了推演易经如何擒妖的卜卦。举报与文物犯罪有关的线索打爆了专线电话,案件侦破指挥部就像网络的中枢,通宵达旦汇集各路信息,其中最有价值的线索犹如一个个黑夜中的曳光弹,引起决策者的关注。

首先是博物馆的门卫和展厅讲解员的提供,使一个高个子嫌疑人进入了警方的视野:此人曾先后三次到过博物馆,并与门卫让烟搭讪,他吸的是红塔山,用南方普通话问道:"梁州有多大,都有什么名胜古迹?"继而又说:"我到过很多地方,北京、西安的博物馆,都没有武警站岗。"当被问及是从哪里来的,他自称是武汉大学教授,到这里来参加黄河中下游会议。对方28-29岁的年龄,身高1.80米。此外失盗展厅女讲解员回忆说:"发案前一天,两个中等个子的年轻人,对瓷器看得很仔细,两眼紧盯头顶的红外线报警器……"与博物馆一墙之隔的中司木业公司的临时工段祥提供了一条石破天惊的线索:发案当夜,他和工友王德蒸完馒头,在屋顶阳台睡觉,大约3时30分,王德喊他,睁开眼,发现王德身后有一人正扒在墙头上向这边张望,听到动静很快缩回了脑袋。到了4:00时分,一阵嚓嚓声再次使他睁眼观瞧,只见一黑影从隔墙上下来,滑动到房山边缘,正与自己打了个照面,两人四目相对,又近在咫尺,紧张和惧怕的他急忙蒙上被子,但记得这张脸,二十七八岁,白圆面庞,头发后背,有些像电影演员迟志强。王德补充说,他也听到院内走动脚步声,后来看到了两个人在墙上攀爬,七八分钟后,听到墙外有汽车发动声。

从"武汉大学教授"到临时工发现的攀墙人,而且听到了汽车发动的声音,作案人带有车辆,并且不止两人,这无疑为侦查范围拓展了空间。据此,可以进一步为作案者刻画脸谱了:他们是一伙两人或两人以上的盗窃集团,案发前精心预谋,多次踩点,对现场环境比较了解,有撬盗经验和盗窃文物的犯罪前科;对文物具有一定鉴别能力,并且有盗、运、销渠道;对红外线报警器有所了解,但不意味必须是无线专业技术人员。上述作案人,作案前携带着玻璃刀、剪裁好的红色平绒布、票夹、吸盘、包装文物的箱子等作案工具乘车而来。这些作案工具极可能是作案者在出发地购买。

此时,尚无法判定是本地人还是外地人或是内外勾结作案,因此,排查作案人在本市的落脚点,是另一条破案途径。指挥部要求,在全市宾馆、饭店和出租房排查符合上述画像条件的可疑人员。

由于中司木业公司临时工提供作案人乘车而来,有必要将调查范围再扩大,以博物馆中心现场为圆心延伸3千米半径,开展网过无鱼式的查访询问。

带着上述分析,案件侦破指挥部即派安如山副局长与省厅人员赴公安部汇报,并向省外警方印发协查通报,做好文物销赃查缉布控。与此同时,为尽快以物找人,从作案人使用的犯罪工具发现购物地点,确定侦查范围,由沂蒙点将出征的物证组,在"老物证"王志轩带领下,分成14个组,携带平绒布、双吸盘、玻璃刀和票夹等物证及照片,踏上奔向全国重点地区的漫漫途程,开始"大海捞针"的艰苦排查。

这段日子,博物馆地下会议室就是案件侦破指挥部所在地,一干人马通宵达旦坚守在这里,每日三餐由局里送饭,时常和衣而睡,披衣而战,在电话铃声和烟雾笼罩中度过一个个不眠之夜。往往是一拨拨人马领命而去,一批批等待汇报的侦查员接踵而至。沂蒙看着倚在沙发中打盹的下属们,实在不忍心叫醒他们。有时他会到楼弧梯处窄小的空地上打上一趟拳脚,再到自来水管用冷水冲冲脸,而后一个人伫立在黑暗中,两只眼睛凝望室内那张标满着线索物证小旗的中国地图。

沂蒙在与素昧平生的对手对话:你是谁?咱们是否谋过面?你是哪里人?长的什么模样?有什么经历?今夜在同一星空下正在干着什么?对方似乎在狞笑,显得自负而惬意,手里掐着红塔山香烟,烟头在不停地闪烁明灭:我是贼,但不是一般的盗者,我是一个挑战者,一个给这个世界制造麻烦的人,是一个有强烈欲望的征服者。找到我,算你本事,找不到我,算你倒霉。

白炽灯发出惨然的光,他想透过黑暗洞穿这墙壁看到对手:仁兄,我对你有多大的敌意,就有多大的敬佩。你的确令我刮目相看。我俩既是敌手,又是在枰边"手谈"的棋手,虽然黑白两隔,只见子落灯花处,但我听得见你的呼吸,揣度到你的思考,我丝毫不藐视你,而把你当成真正的对手,我在用你的思维与你博弈。弈棋讲黑先白后,你已占尽了开局的先机,并且布下疑阵,我只能以"侵消"法应手接招,在生死未卜中靠意志和胜算才能一步步脱离险境。但是,你注定是选错了对象,知道我的个性和偏好吗?那就是从不服输,喜欢挑战,厌恶平静如水的生活,渴望风暴,酷爱搏杀,期盼每一天的太阳都是新的。我还知道,只有一流的难案,才会造就一流的破案,大成功必有大动作,大动作必留下大破绽,你究竟有多大的胃口,敢把如此众多的国宝一口吞下,你又有多大的把握,敢担保在运赃销赃中不露出马脚,你还能有几个脑袋与不可抗拒的法律赌胜负?昔人云:骄兵必败,失道寡助。我定会在这茫茫人海、滚滚红尘中找到你,一年不行,十年、二十年总归可以。和平时代不能在战场上横刀立马,可在刑事犯罪的角斗场遇到尔等世纪大盗,也堪称三生有幸!因为大疑难才会有大较量,大较量才会有大成功,而唯有大成功才能激发出大智慧、大豪情!

既然你小子出手,那就放马过来,我等将为与这样的高手过招引为生平快事!

"9·18"案一发生,震动朝野,当即被海内外传媒称为惊天巨案,并从被盗文物的数量价值论证,堪与卢浮宫油画《蒙娜丽莎的微笑》被盗案比肩,这里固然有炒作成分,但有一点可以确定无疑,该案曾被国际刑警组织列为当年十大文物案件之首。公安部亦将其列入部督大案。举国上下都在关注被盗文物的下落,纵横交叉的催办电讯急如星火。案发第三日,省政法委书记赵正刚即率公安厅李厅长、文物局长一行领导,驱车前往梁州督战,先抵现场勘验,而后到侦破指挥部听取汇报。

连日鏖战的指挥部内,烟气刺鼻,人困马乏的警察们虽眼中布满血丝,可个个坐得笔直。因为入室后的赵正刚一直面色阴沉,完全没有了上次在梁州搞调研的谈笑风生,他有十分钟始终一言不发,唯见香烟在指上长了又短,短了又长。会议由市委孟书记主持,由沂蒙来汇报,刚卸任的振邦局长做补充。正刚老爷子此时仍眉头紧锁,一种无形的威压从会议核心向四周扩散。

这也难怪,作案者不择时机,专选公安局长新老交替时下手,四十岁刚过的年轻局长沂蒙显得文质彬彬,恐难压阵,不施非常之策,料难胜算。想必这是当时这位前任梁州市委书记的内心。轮到他说话的时候,室内竟然有片刻的寂静,且静得出奇,只有笔尖在纸面上的沙沙声。

沂蒙在笔记本上一字一句记录着他的原话:

"案发后,我的心情十分沉重,梁州博物馆特大案件的要情想必早已送到政治局常委们的办公桌上了,对此震动全国的文物案件,省委主要领导批示:犯罪分子如此嚣张,梁州市公安局要下功夫破掉此案,抓住罪犯,挽回影响。"

大股的烟雾几乎遮住了他的面孔,他轻咳了两声,空气显得更为凝重。

"如果这个案子不能破,就牵涉梁州市干警的素质和水平问题。"

他略做停顿,从眼镜上方直视着对面的沂蒙,并且加重了语气,"是啊,案发不在我们,可破案在我们,吃这口饭,破不了案,无法向上级交代,更无法向中央交代。"接着他又抽出香烟在手,旁边马上有人递上了火。

"中州上半年有一起凶杀案始终拿不下来,我对市局局长说,案子若再破不了,你就不要再干局长,自动引咎辞职。群众看公安有没有战斗力,就看你大案能不能拿得下。"他喷出了烟,言语顷刻又柔和下来。

"不过,文物案件和凶杀案件不同,沂蒙同志又是刚刚上任,梁州的情况与中州不一样,不可同日而语。"

听得出来,老爷子是在用激将法。意在让局长竭尽全力,全警不敢懈怠,殊不知对于沂蒙来说,深知案件分量,早就下了与案件共命运的决心,若案件破不了,断然不会再当这虚有其表的局长,于是便不假思索做了表态:

"这是一起震惊全国的大案,我深知作为公安局长肩头的责任,案件拿不下来,首先是主帅无能,我一定辞职让贤,决不能尸位素餐。我现在已将职务置之度外,更没有时间考虑个人去留,我和班子与同志们只有一个选择,那就是背水结阵,誓破此案!"

正刚老爷子十分注意听沂蒙的表态,并抽出一支烟慢慢接在半截烟屁股后面,他微微颔首,语气显然明快起来,大讲破案有利条件,又充分肯定梁州公安局这几年工作实绩,最后话锋一转,又回到案子上来。

"现场要注意反复勘查,外围现场是发现线索的重点,中心现场是固定犯罪的关键,同时思路要打开,不要把案子看成一城一地之战,要作为全省的案件来搞,调动全省力量破案。因为销赃肯定不在梁州,公安厅要加强全省工作协调。"末了,他加重了语气,"要不惜一切代价把案子拿下来。"

一向沉稳持重的公安厅李厅长当即表态,省厅由庄副厅长负责组成协调组,动员全省民警参战。李厅长还特别鼓励说:"梁州市公安队伍的战斗力是很强的,几年来勇破难案,我坚信这起大案也一定能攻克。"此后,市委孟书记表态:坚决贯彻上级领导对侦破工作的指示,全力加强案件侦破,在市财政十分困难的情况下,就是砸锅卖铁,也要保障办案所需经费。

这是一场决定"9·18"大案侦破命运的重要会议,其要害在于它将梁州的数千名民警逼到了绝路上。从局长到民警都晓得肩头的责任。特别是作为沂蒙,等于已向省、市委立下军令状,毫无退路,只有绝地拼杀。在此后召开的侦破工作千人动员大会上,沂蒙再撂狠话:对在工作中漏掉案犯或犯罪线索者以失职论处,取消警衔授衔资格,所在单位取消评先资格,干部一律不予提拔。

此时,局内外不少人士得知沂蒙的表态,都为之捏了一把汗,一位老前辈打来电话说,案件有难易,破案谁也不敢保证百分之百,哪能不留一点余地。沂蒙说,感谢老领导关心,我是一市的公安局长,公安局长能干还是笨蛋,老百姓首先看破案。如此大案,若拿不下来,说明自己的能耐和职务不相匹配,非但是个人蒙耻,关键在于履职失责,自然失去了领导资格,即令组织上让我继续干,自己也不会再厚颜无耻待下去。沂蒙此时对自己的认知十分清醒:本为一介书生,并非天纵英雄,之所以拍案而起、掷地有声,一是被领导"将"在那里,不表态则失去权威号令,同时,这也是在为个人的尊严和名义而战,更深一层的想法自己未说出口,那便是:已经做了最坏的准备,案件拿不下来,就辞职写小说去。因这期间创作的《奇案疑踪》刚被搬上银幕。这叫作"达则兼济天下,穷则独善其身",想好了进退,倒变得无所畏惧了。

会议快结束时,赵正刚转头问沂蒙,你们还有什么困难需要解决,他当即回答说,只有两条请求:一是上电视;二是给赏金。老爷子问为何,沂蒙答,此案当务之急是广泛发动群众,提供嫌疑线索,需要打破常规,利用电视公布案情;另外重赏之下有勇夫,参照公安部缉捕"二王"的做法,请上级能批给一笔悬赏奖金。市委孟书记闻言当场拍板,同意沂蒙立即上梁州电视新闻,市财政拨出5万元款项,对提供重要线索、协助破案的干部职工,也包括公安政法干警给予奖励。

随着案件侦破指挥部的一道道指令下达,全市数千民警深入城市大街小巷各个角落普遍排查,所到之处,破案工作一路绿灯,家家户户的电视机和遍布城乡的广播喇叭轮番播出沂蒙动员破案的影像和声音。一时间案件成了全市压倒一切的舆论中心,搅得湖水沸腾,游鱼上浮,成百上千条违法犯罪线索纷至沓来,一次次引起侦查人员的兴奋,但很快又像气泡一样破灭,案子重又陷入泥潭,裹足不前。

为什么大网撒开竟一无所获?不仅没有发现像样子的嫌疑对象,就连作案者遗留在现场的刀、夹、布在梁州也找不到同类产品。这到底是何原因?作案人究竟是外来的盗贼,还是本地或本部门的内鬼,昔人云:差之毫厘,谬以千里,侦破方向是否准确,决定着案件的成败。指挥部在这一阶段研究案件的过程中,能明显感觉到存在着截然不同的两种意见。

一种是"内盗说"。即博物馆内部人员内外勾结作案,主张掘地三尺,立足本市深挖细查,依据有:一是作案人对馆内情况熟知,如馆中守卫犬警觉性甚高,平日夜间放出巡逻,9月17日却因领导在本馆创"三优"会上宣布将犬拴起来,次日凌晨就发生大案。据养犬员提供,当夜警犬有过吠叫,但很快被他呵斥阻止,但关于狼犬拴养这一变化,只可能由内部人掌握,外人难以知晓;二是作案者在室内行窃时的光线极暗,却能腾挪自如,在展厅内撬别锁扣、刻划玻璃,移动展柜,撬开柜壁,轻而易举将展厅内价值最高的一批文物盗走,不仅使报警器失灵,使馆内当日的值班人员毫无觉察,就连巡逻的武警也成了摆设。如果不掌握馆内防范松懈的内情,岂不是在自投罗网?

最后一点有力的佐证是,作案人入室后直取装饰墙上的报警器,在只有3厘米狭窄的框板上,能将所有报警器用红平绒布一一包裹并致其失灵,这套动作不要说在黑暗中的雨夜,就是大白天身材灵巧的人也难以实现,这一点已经被模拟试验所证明:若是盗贼从上朝下动手,身体会失去重心,只能倒栽葱跌下;若是从下向上仰身包裹,则会引起热能感应而报警,结论显而易见——作案人除非能达到对厅内每一个角落闭目能识的程度,否则不可能知道装饰墙的结构和承受力,更不可能在长达数小时的暗夜中翻箱倒柜而无人察觉——除非有内线接应,才能做得如此天衣无缝。

结合本馆过去曾发生过文物被盗、丢失案件,由此可分析,内盗与内贼引外鬼的可能性极大。持这种看法者力主立足博物馆,深入排查挖内鬼,因此将本馆人员全部集中,层层筛选,发现嫌疑。

第二种坚持"外盗说"。观点与内盗说大相径庭。依据也很充分:一是盗贼看似对现场情况熟知,实则并不熟悉。进而再分析,是对现场外围熟悉,中心现场不熟悉;表面熟悉,而细微之处并不熟悉。而前者的熟悉皆可以通过多次的踩点观察就能完成,后者却暴露了他知其然、不知其所以然的破绽:两名窃贼从外墙跳入,却误入了隔壁单位中司木业公司,这种失手是作案者的大忌,因为窃贼多会走捷径,不可能开始就故布疑阵。二是警犬对院内动静最初有反应,但被驯犬员呵斥,不敢再吠,警犬是听人指令的,特别是过去驯犬员也有过类似麻痹大意的情况。三是作案者在中心现场作案时,采用玻璃刀割划、吸盘吸附、撬坏展柜的明锁,都属盲目多余动作,说明他一不知展柜的玻璃厚度和应力,错误地使用了吸盘;二不知展柜上方的明锁,是为防范设计而根本无法开启的"死锁",这个细节对展馆人员是公开的秘密,对外人却是盲点;三是作案者入室前看到两个民工在屋顶睡觉却毫不避讳,得手后又敢于遗留大量物证在现场,是有充分的自信认为警方不可能找到他,因为他并非本地人,案后可以远走高飞,所以才敢孤注一掷,不计后果;四是窃贼驾车作案,用来搬运赃物,具备长途奔袭、流窜作案的特征。

两种意见各有各的道理,谁也说服不了谁。如果这属侦查人员的各抒己见倒还罢了,要命的是这两种截然相反的意见就出在指挥部里,且成员们的观点各占半数,这不能不使沂蒙感到无形的压力。

此时,倍受案件重压的还有一人,那就是老局长马振邦。他虽然已到人大任职,但还兼着局里的党委书记。作为老班长,他最担心的是案子的主攻方向出现偏差,一旦走了弯路,响弓没有回头箭,案件就会因时过境迁变成死案,文物就会万劫不复。到那时,不仅是局长之责,也属自己的失职,也正如赵正刚临走时所说的四个字,叫"难辞其咎"。

对新局长的能力,他没有任何怀疑,近十年的风风雨雨,跟着自己摸爬滚打,鲁沂蒙已成熟起来。他有头脑、善思考、敢担当,这曾是他向市委举荐接班者时的评价,可大敌当前,案情罕见,不靠非常之功,缺少特别之策,案件前景叵测。可这些担忧又嫌几分多余,他已不是那个发号施令的一把手了,权力已经移交,他的职责只是辅佐和保障,而决不可越俎代庖,更不能唱对台戏、泼冷水。可是,一个老警察的责任又告诉自己,决不能袖手旁观作壁上观,他应当和自己的接任者进行一次推心置腹的交谈。

没想到与对方不谋而合,这天晚间,待各路人马领命而去,这一老一少进行了一场闭门交流。没有任何寒暄,老局长开门见山,直奔主题。

"沂蒙啊,即令不是内盗,会不会也是内外勾结,由内鬼提供接应,这个案子决不能脱离博物馆,就是要立足现场,围绕梁州城大面积摸排,我就不信抽干了河水找不到活鱼。"马振邦说话时把握着分寸,但不放弃自己的观点。

"马局长,"沂蒙仍是老称呼,"我从来没有排除内盗分析的合理性,这起案子案前有周密的预谋,案后不露踪迹,在梁州市肯定有落脚点或隐蔽关系,但文物案件又有盗、运、销一条龙的特点,万一网子撒小了,不在更大面积布控,就可能贻误战机。"

"沂蒙呀,国家这么大,老虎吃天,从哪里下嘴呀,围绕发案地确定侦查方向,划出侦查范围,这是成功经验,摊子铺得过大,收起来就难喽,刑事破案不同于国保,强调一鼓作气,抓住时机,如果火候过了,这案子可就……"他没有说石沉大海,他不能给新局长添堵,只是善意地提醒。

"如果把警力投向撒大网查物证,那不仅是大海捞针,还会旷日持久,使犯罪分子和文物流向海外,之后深藏不露,因此要有足够的警力内线作战,找到全案的突破口,所以沂蒙,我建议你换个角度思考问题。"马振邦找烟,换了个姿势坐。沂蒙不失时机给对方打着了火。老爷子当然知道,两人之间的关系已发生了位移,轮到他考虑如何说服对方了,必须把该说的话说完。

两个人就这样你来我往谈了一个多小时,谁也说服不了谁,马振邦由于大口吸烟,开始剧烈地咳嗽起来,沂蒙起身给他拍背,又急忙倒了一杯热水递过来。

"沂蒙啊,本来我不想说这些,怕干扰你的思路,思前想后还是不吐不快,你代表全局立下了军令状,有胆识、有魄力,这也是局党委应有的决心。但越是这样,越要冷静——我和大家一样,绝不想让你下台、辞职,而是经过这场恶战的考验,成为当之无愧的公安局长,就此,我提两条建议供参考——当然,最终的决断还是由你来定。"

言之凿凿,发自肺腑,令沂蒙十分感动。

"这一是要多听不同意见,特别是反对意见,集中大家的智慧来决策,包括我这老头子的意见,可不是盲从,要集思广益。"

"这第二条,大案当前,我希望你硬起来,能够杀伐决断,敢于批评,敢于下狠手,提出最严格的要求。面对这种案子,没有坚定不移无情的手段,没有打破常规的勇气,是很难成功的——你就放心往前冲,我在这里坐镇给你当后盾。"

因为主头儿在议事,门外的翟大任等人一直附耳偷听,两人声调提高时,几个人大气也不敢出,不想突然静下来。门开处,一股烟气喷薄而出,只见新老两个局长哈哈大笑,双手紧攥在一起,大家这才如释重负。

第二天,沂蒙召开诸葛亮会,让大家各抒己见,允许不同意见的交锋,并请了一些老侦查员当智囊,这天的讨论十分热烈,很多人谈出了真知灼见,他们的观点都被沂蒙标注在密密麻麻一张案情分析图上。

争论和分歧使认知不断深化,两种对立的意见经过交锋反而统一起来,被沂蒙概括为:"立足梁州,面向全省,辐射全国,伸向境外。"这一侦查思路,很快成为指挥部的共识,并获得省公安厅和公安部的同意,侦查方略决定战术对策,那就是进一步"以物找人"开阔视野,扩大新线索;但决不放松"以人找物",立足发案地,发现突破口。

按照"立足梁州"的思路,首先仍是将博物馆作为圆心,以此周围3000米为半径,侦查员沿着最先目击盗贼的两个民工的视线,启发他们的回忆,并在他们曾睡觉的位置反复做侦查试验,按发案时他们听到馆外的汽车发动声,分析到底是哪一种车辆,并分别开来了130客货车、小轿车、面包车对两名民工分别测试,二人坚持认为是130客货车。客观分析,让不懂汽车性能的民工用耳朵辨别车型的引擎是勉为其难的。特别是在静寂的夜半时分,而且是目睹案犯行径惊魂未定之时,会因心理因素影响听觉的效应。但馆外围墙处确有车辆发动,这当是毫无疑问的。

发案地古楼分局的局长是同连根,凭名字就可知是平民之子,他曾是资深的技术侦查科长,高大朴实却心细如织,平日喜读金庸的《天龙八部》,爱琢磨侦查技巧,发案后即命当地州桥派出所民警采取"顺线等候式"访问法,在萧瑟的秋风中对每晚零点到5点路经博物馆上下班过往人员和车辆逐一询问,据一个下夜班的男职工回忆说,每天夜间12点30分到博物馆对面十字路口接下班的妻子和妹妹,那天的12点45分离开时,没有发现附近停有车辆。

民警赵云光锲而不舍,问到常走这一路口的环卫工人袁明,对方回忆起,18日凌晨3点37分,他骑车经包公湖南岸距博物馆200米处,看见停着一辆浅色轿车。赵云光问何以记得如此准确,袁明略显不好意思答道:"一次上夜班我明明按时到,领导却批评我迟到,从那天起每日从家出发,先在日历上记准出发时间,以便备查,9月18日出门照例看了表,是3点30分离家,一分钟都不会错。"

按袁明所言,用快慢不同速度试验从其家到此的距离,平均为7分钟,再与目击盗贼的民工段某所说的时间相扣合,是在3点40分左右听到了汽车响。接下去,青年民警潘英又了解到更重要的线索:包公湖渔场护鱼工人吴锁柱等三人反映,18日凌晨1点50分,他们巡逻到博物馆一侧时,发现黑暗处停着一辆车,在好奇心驱使下,以为是热恋男女在车内亲热,便用强光手电照射,见车是白色的,挂"K43"军用牌照,尾数没有记准,好像是有0有8,车身上溅有泥斑,好像跑过长途。车窗为茶色玻璃,车型为桑塔纳,本想盘查,后因是军牌照,怕是部队在执行什么任务,就没再继续过问。吴锁柱称自己当过兵,对汽车颇感兴趣,所以对提供的情况很有把握。另有一名当夜路经此地的市民叫陆群,他提供说,近凌晨1点钟,发现湖边孤零零停了一辆车,头西尾东,是一台浅颜色的桑塔纳。等他喝酒骑车返回,险些撞在这台车上,此时恰有一辆东风三轮开过来,借着车灯看到这台车的尾号是K字头,后边好像是"42"或"43"。

真是踏破铁鞋无觅处,得来全靠下功夫!于是,可以将这台车最早出现的时间定格在凌晨1点,离去的时间定在3点40分左右,为进一步核准该车开走的时间,再访问附近凌晨4点上班的定点清扫工,回答是未发现此地停过汽车。一辆浅色挂空军牌照的桑塔纳轿车凌晨1点到4点之前在馆外停留,与现场作案所需时间正相吻合。至此,文物的线索虽未发现,运载文物的交通工具却像一条大鳄浮上了水面,全案蓦然出现了曙光。

与此同时,各路调查的信息也源源不断汇聚到"9·18"侦破指挥部。围绕博物馆附近乃至全市近300家宾馆、饭店、招待所、旅店经梳篦式的排查,重点是8月31日到发案的18天内,18岁至35岁的外地旅客住宿登记,共计6万多人,涉及14省及32座城市,其中武汉85人,通过原籍公安机关进行身份证核对,发现有三个人查无着落,这三个人曾住在距博物馆只有200米处斜对面的东京大饭店,他们自称叫李军、唐国强和陈纳德,登记单位是武汉铁路分局的,于9月2日入住,9月7日离店。联想博物馆门卫和展厅讲解员提供,一个自称参加黄河中下游会议的武汉大学教授曾来馆参观,老传达还记得对方吸红塔山香烟,说南方普通话,个子在1米80左右。军车、武大人、三名武汉籍客人,发案前又在附近住店,疑点骤然上升。

沿着这条可疑线索,专案组秦凌霄等人重新对博物馆附近的饭店进行复查,除东京大饭店之外,毗邻的迎宾饭店再次发现了李军、唐国强和陈纳德三人住宿的签名,只不过名单在登记簿上被划掉了。找到值班服务员查问,原来是三人登记后,因嫌饭店档次低,未住就走了。富有戏剧性的是,女服务员小周因其中一人叫唐国强,误以为是著名电影演员,扭身打量之下不禁大失所望,随口问了句:"你就是电影明星啊?"对方回答:"我不是,只是同名。"小周心里嘀咕:"你还没人家漂亮哩。"于是将这张脸深深摄入脑海,五官特征提供得最为准确。

秦凌霄接着又查看了三人下榻的东京大饭店,意外发现,他们选择的房间,居高临下正对着博物馆,开窗望去,博物馆院内的状况尽收眼底。细心的小秦还发现,东京大饭店住宿登记的时间为9月2日,再向前倒查店簿登记,7月31日亦有三个人的登记,只不过陈纳德的名字变成了林沙,两次签名经笔迹认定为一个人。也就是说,早在7月底,三人就曾在此住店。看来,这一切绝非偶然。与此同时,在9月2日三人住宿的房间中,还发现日历牌上有人用圆珠笔写了 good night 字样。经过调查,服务员提供这是其中一个矮个子写的,他曾向她打听舞厅并找陪舞女郎。秦凌霄返回到迎宾饭店再找小周,这位细心的服务员经过认真回忆,提供出这个矮个子就是那个自称"唐国强"的人,并且三人登记住宿时,外面还停驶着一台上海桑塔纳轿车。

又是桑塔纳轿车!

海量的信息在汇聚对撞中终于闪出火花。这天,从中州市返回的马克新副支队长带来了一个盗车团伙的线索,这伙人在中州金桥宾馆住宿,涉嫌盗窃一辆桑塔纳,其中一个成员的名字也叫"唐国强",这会不会是同一个人?因为同样都是用假身份证登记,同样都涉及桑塔纳轿车,这无疑是个石破天惊的发现,指挥部当机立断,要求立即查清盗车案与文物案之间的联系。在此时,中州警方早已快刀斩乱麻,一举查明了作案人的盗车过程,其情节就像一幕好莱坞大片。

据失窃单位梁州机电公司车辆销售经理付焕臣提供,7月30日那天,有四个自称是广州宏达电子有限公司的年轻人到金桥停车场洽谈购车事宜,其中一人要求试开,付经理就将自己开的一台白色桑塔纳车交给对方,试车人发动车在宾馆转了一圈后,突然加大油门,快速驶出宾馆。付焕臣见状急切追出大门口,四人中一个据密码箱的人拦住他说:"不要急,车丢不了,我在这儿,包里有的是钱!"付经理这才惊魂稍定,直等到四五十分钟后,车辆方才返回,提密码箱者再上楼,与付焕臣谈价钱,由于价格谈不拢未能成交,购车人表示明日再来。次日,据箱人打电话给付焕臣,称老板走了,走时交代,因南方人不喜欢白色车,想买一辆红色车,他们要到石家庄看货。据称,他们仍住金桥宾馆,再打电话,这伙人已于31日离去。可到了8月5日,在院内的这台白色桑塔纳车竟然不翼而飞。

指挥部闻此情况,立即派出技术组长普杰贵增援,并查到了四个不速之客的住宿登记,竟然填着林沙、李军和唐国强的名字,这与梁州迎宾饭店、东京大饭店所填的三个人姓名完全相同。再细看,三人填报单位却是武汉某部队留守处,居住地分别登记为:

李军,28岁,长春市朝阳区南昌胡同8号;唐国强,32岁,广西博白县旧金山乡;林沙,30岁,湖南长沙市陶然巷32号。据楼层服务员介绍,登记住宿三人,实住四人,奇怪的是,那个自称姓陈的人没有登记。

普杰贵于是将此笔迹与所带来的迎宾、东京两处住宿登记的笔迹进行鉴定,确定三处笔迹都是自称李军的人所写,且李军、唐国强登记的身份证号码与在梁州登记相同,均系伪造。至此可以认定,此四人与东京大饭店住宿的李军、唐国强、林沙与陈纳德应为一个团伙。分析其中的试车人,应在车开出院外的40分钟内配了钥匙,于8月5日夜间行窃盗走车辆。

这是一个令人怦然心动的发现,普杰贵、马克新难掩兴奋之情,即向指挥部电告了情况,而后再进行更加深入的查访,于是又有了新的进展。据金桥宾馆停车场看车工人回忆:这伙人来时开的是台红色夏利车,开车的是个高个子,年龄30岁左右,湖北口音,自称是"军区的"。且当时登记簿上记载的红色夏利牌照竟然是K43-1008!拿到了登记本,马克新与普杰贵二人心里有了谱,分明是这伙人盗得白色桑塔纳车,将红色夏利车上的K43-1008牌照换用到桑塔纳车上,这也正与包公湖工人吴锁柱提供那台车上挂"K43"字头,后面有"0"又有"8"的说法相吻合。

至此,"9·18"大案与中州市金桥宾馆"8·5"盗车案完全并案,两案合并侦查拓展了警方的视野空间:从梁州到中州,先后共有30多个目击者见过这伙人。于是请来画师,根据上述人员口述,做出了4个人的模拟画像,一组作案人的脸谱呼之欲出:自称武大教授的高个子为

"陈纳德"，像是具有号召力的神秘老大；掂密码箱的为李军，装束不土不洋，爱赤脚穿布鞋，像是打前站搞后勤的；个子偏低、体型粗壮的人为唐国强；试车人为林沙，深藏不露，看来是个司机。他们在中州盗车，将红色夏利车的军牌挂在所盗的桑塔纳车辆上，奔袭梁州实施作案。再结合现场足迹分析，唐国强极有可能就是那个入馆行窃的飞贼，而李军则可能是那个配合接应者，陈、林二人则在馆外驾车观风，指挥作案得逞之后驱车远逃。

犯罪离不开时空，警察离不得群众，四名作案人百密一疏露出的蛛丝马迹，在侦查员的脑海中影像叠加，特写放大，平面变成了立体，诡秘的盗影开始显形。

作案人已端倪初现，但面对茫茫人海，滚滚车流，他们是何等人士，家居何方，那批宝贵的文物命运如何，还须进行精准定位，依靠"以物找人"的路标，确定缉捕方向。这就要用最原始、最笨拙的办法，从案件现场遗留的作案工具入手，溯根求源，查出生产厂家、销售范围，而后从浩如烟海的相同物品中寻觅出它和犯罪者之间的必然联系，这个诀窍被叫作"哑证指路"，实际上用的是古典数学的"筛法"，即将所有的路径穷尽，答案自在其中。

警队中从事这项工作的人鲜为人知，堪称是一批耐得住寂寞的苦行僧。此前曾跟随沂蒙破获政保案件的物证专家王志轩、朱立才就是他们中的佼佼者，本案的关键时刻，沂蒙调遣了这支队伍。

王志轩五十岁出头，外号叫"骆驼"，高个子，双眼皮，讲话常面带微笑，和其他多路出发的侦查员一样，带着"9·18"侦破指挥部印制的刀、夹、布各种物证照片，出发到陕、晋一带寻找它们的产地，一路风餐露宿踏破铁鞋，寻至山西稷山县时，有了出乎意料的发现。

位于稷山县城40华里外的小山沟里，王志轩走入一个叫清河镇的地方。在一家名不见经传的鸡毛小店，查到了与作案同类的玻璃刀。这家店主叫刘继忠，夫妻俩开了个7人的个体生产作坊，名曰松鹤金刚石工具厂，这与那把作案刀把上所刻的标记完全吻合。王志轩走进了低矮简陋的车间,使他大喜过望的是:由于厂家小本生意,三年来仅手工生产此类玻璃刀812把,刀柄为注油型,柄管内装有注油毛线,其中300把的注油线为棕色,512把为红色。再询问销往何处,又从积土尘封的库房中查到了一沓发票,发票台头上注明,分别销往内蒙古、黑龙江、河北、湖北等五个省区的几十个单位。王志轩将此信息报回指挥部,立刻引起了一片雀跃欢呼,为什么?因为玻璃刀一是销量有限,二是手工特征明显。如果对812把售出的玻璃刀追根寻底,收刀查人,可以大大缩小用刀人的范围,若能查到近期购刀人或者售刀的地点,也就离发现作案人不远了。

于是,指挥部立即兵发五省区,详查这批玻璃刀的零售流向,对未售出的刀具全部包圆收购,已售出的要细查下落,对正在使用的可予以排除,借出或丢失的要重点查证。如此南北夹击,很快发现湖北武汉市中南商业大楼进货20把,河北石家庄建筑公司进货10把,石家庄进的10把全在一家公司使用。经对武汉中南商业大楼反复查找购买票据,其中售出的10把中,3把没有开发票,售出时间与案发时间十分接近……

人们此时会有疑问,这种开放性的物证查找会有效吗?售货员也不可能记得每一个购买者的面孔,如果对方不开发票,更是有去无回,怎么能"以物找人"呢?请不要忘记,此时除了玻璃刀的查证,更多"小分队"正在全国范围内行动,排查着作案者留在现场的其他物证。

此时,你若站在指挥部的中国地图前,从密布的各色旗标上,你会想象出上百路的工作组正携带玻璃刀、平绒布、文具夹和吸盘的样品或照片,跋山涉水,跨州过府,北至大兴安岭,南至天涯海角,踏破铁鞋,走街串户,不厌其烦地在排查寻觅。

首先看包裹报警器的红色丝绒布,经调查产地为湖州、常州、丹东等地,根据纺织的经纬编织数量特征,查到上百家纺织厂生产这种产品,又从纺织厂的漂染工艺查到批发流通渠道,从上千个印染厂中最终确定为中州色织一厂生产,销往武汉市硚口区贸易中心等十多个单位。可单有平绒布的出品厂家还远远不够,还要研究作案使用时的"倒皇

"冠形"剪裁特征,这项工作于是交给了心细如发的千秋兰,她从裁剪一次电切的技术入手,找到时装缝纫研究所的老专家切磋,进而发现用的是二尺九寸长、二尺七宽的布面,使用51型缝纫机用涤棉线缝制,针码乱而不齐,怀疑是在街边加工剪裁衣服袖子或裙摆布料的小摊,武汉已发现这种丝绒布。

再来看作案时包裹红平绒布使用的文具夹子,调查曾一度陷入周折。起初,走访当地文具店,商店营业员均摇头否定,因为这类长度为7.6厘米的黑铁皮核桃纹漆票夹,本地压根儿未进过货。齐克军是物证队伍中的后起之秀,他皮肤白皙,双眼明澈,性格内秀。领命后出征西部,辗转调查,一天在黄河边的一家小店买东西时,无意间发现用夹子夹着的发票单从头顶滑过,他一手抓住,经查问,正是这种黑漆票夹。细问财会人员得知,是几年前店主出差到上海时顺便买了几把。克军如获至宝,带着宝贝夹子赶往上海,确定此夹为奉贤县星新文具厂出品。原来,此时文具市场隔江而治,长江以北黄河流域的文具批发,多使用天津文具厂的产品;而江南十余省,都从此处进货。接下去再查生产数量,与玻璃刀的状况却有天壤之别,这一期间生产的同类型夹子共1,222,300把,售往长江以南12个省区79个市县,其中仅武汉市中南商业大楼就进货5000把,已售出4500把……

就像孩子们玩"剪刀、石头、布"的游戏,侦查人员把所有现场遗留物证都查到了尽头,有的有结果,有的无功而返,不仅数量各异,而且地点也相互交叉,这对破案有什么意义呢?请看,此时在地图上的小旗子也按刀、布、夹等物证分布而五彩缤纷。其实,"以物找人"的神通就在调查结果的终端,量的积累与叠加,就会出现质的变化。每件物证此刻都像一个个排列巨大的数学公式,它们从不同的空间走来,带着成千上万种可能性汇聚到案件中枢的节点上,看似无限的数据在交叉点上的概率就变得十分有限,若引进数学概率分析:一个地区只有刀、夹、布其中一种物证的,作案人隐匿其间的可能性就较小;有两种的,则疑点上升;有三种物证以上的,则应视为重点。从各色小旗汇聚两种物证以上的只有三个城市,而具有三种物证交汇的,就只有一个——九省通衢的大武汉。

　　指挥部所有人员此时都绷紧了神经，作案分子来自武汉的意识愈加强烈。沂蒙命翟大任把出现在不同地点的几名作案嫌疑人的体貌特征列表比对，竟有17处相似吻合点，再将这些可疑信息和刀、夹、布三种案件物证相叠加，警方有充分理由相信：武汉，可能就是"9·18"大案制造者的出发点，也极有可能是其窝赃、运赃的老巢。这同时也意味着，面对960万平方公里大面积的案件侦查工作，可将范围缩小到中南地区一座城市。这对于苦战月余的梁州警察来说，无疑是破晓的曙光。

二十一

早在案发10天之后,缘于"武大教授"等线索,"9·18"大案侦破指挥部已兵发武汉。根据眼下案情的进展,指挥部决定,再次增兵武汉,并由市局刑警支队支队长张太增出马,依靠武汉市公安局帮助查证。

武汉警方主管刑侦的副局长潘显臣是极有权威的老刑警,人称"潘老爹",他身材微胖,眉眼慈祥,可抓起工作来从不拖泥带水,且雷厉风行。根据梁州警方的案情进展介绍,他立即指令所属部门深排物证,细查可疑人员,首先落实市内繁华区的中南商业大楼售出玻璃刀的情况。

从营业专柜调查,9月6日至11日共售出12把,只有本市一建公司开有发票,其他均无据可查;在大楼内的文具柜台发现的同类黑色票夹,也因多为零售不开发票,调查亦搁浅碰壁。侦查员没有气馁,再查红色平绒布,遇到了更大的难题。偌大的武汉市,服装店鳞次栉比,缝纫个体户多如牛毛,遍布街头巷尾,工作举步维艰。

再按模拟画像调查"武大教授",经对武汉大学53个系部摸底,全校压根儿就没有30岁的年轻教授,更没有人到过梁州参加什么黄河中下游的会议。调查那台被盗的桑塔纳轿车与军牌照,武汉驻军8个单位,发案期间无一辆到外出差。经对商业大楼附近十万余居民和百余家单位职工的调查,有关陈纳德、李军、唐国强和林沙等嫌疑人更无一丝踪影。乌云中的一缕亮光很快被漫天的阴霾遮蔽,侦查工作进入了一个大黑暗的阶段。

面前的大武汉,苍苍烟雨,龟蛇锁江,人口逾千万,其规模远非梁州小城所能比拟。旧时有"紧走慢走,一天出不了汉口"之说。当今九省通衢的武汉市,素以大江、大湖、大河、大院多而闻名遐迩。且随着改革开放,形成了"大街无处不经商,饭店成了小银行,流动人口似水淌,居民楼院成空房,都市里边有村庄,千车万辆通四方,市场摆在路中央,霓虹闪烁夜变长"的城市境况。在充满生机活力的同时,也给犯罪者的藏匿提供了便利的空间。想从茫茫人海中找出纸上谈兵分析的对象,难度可想而知。

国庆节到了,案件速破论已渺茫,梁州警方面临着史无前例的压力。

沂蒙那日到省城开会,返回时已是华灯初上,路过鼓楼夜市,顿感饥肠辘辘,于是让司机远远停了车,径奔一家羊肉汤锅,准备吃碗羊杂碎解解馋,换个口味。这鼓楼夜市乃古城一景,据记载自宋代开坊区为街市,千年沿袭至今,只见一街两行,十分热闹:有守着大铁壶卖油茶的老人,从挑担里盛出一碗碗喷香胡辣汤的老板娘,扯着喉咙招徕吃客卖凉粉的老太,个个笑容可掬,但见金黄色的锅贴在油鏊子上吱吱作响,炭火烤得缸炉烧饼黄焦酥脆,切成飞薄片刃儿似的酱牛肉,悬吊着的童子鸡金灿灿、油光光,散发着扑鼻的香气,还有勾得人馋涎欲滴的灌汤小笼包子……各式的叫卖声带着悠扬的拖腔,混合着各种香味蹿上夜空,使人暂时忘却了案件的压力和烦恼。

就在沂蒙一碗杂碎汤吃得津津有味的时候,就听马道街方向一阵吵闹,原来几家摊贩占道经营,把刷碗水在马路上乱倒,交通警察去干涉,引起了口角。只听人群中有人起哄说:"有本事破'9·18'去,在这儿耍什么横?"还有人说:"这帮人就会朝老百姓身上使劲儿,没啥大能耐,案件要是能破,太阳从西边出来,局长活该认倒霉吧……"

如鲠在喉的鲁沂蒙在黑暗中伫立良久,才迈着沉重的步履返回车内,吩咐司机加大油门,向着指挥部疾驶而去。

自发案后,博物馆内从馆长到职工,均停止了所有工作,全力为案件提供线索。还有不少配合调查的馆员集中在博物馆食宿,以便随叫随到。日子一长,郁闷压抑的情绪可想而知。此时竟有人在暗夜间拉起大提琴,那琴声富有穿透力,从窗内飞出,弥漫在博物馆上空,如泣如诉,不绝如缕。

沂蒙披衣从指挥部走出,踏着馆内的小径踱步。是啊,案件进入了胶着状态,面上的攻势在明显减弱,悲观、厌战、疲惫、怀疑的情绪也在队伍中弥漫,一些中层骨干焦灼、愤懑、烦躁又显得无计可施。指挥部里烟熏火燎的兴奋渐为冷清萧条所代替,各路人马赶到指挥部汇报线索进度的人员日益减少,夜班饭由不够吃变成了炊事员将剩饭菜拉回去。

大提琴仍在倾诉,沂蒙已立在博物馆的门口,举头望着一弯残月孤悬,放眼对面的包公祠,黯然坐落在黑影之中,湖水泠泠拍岸,仿佛这位古代的先贤也在聆听和慨叹。

夜风习习荡过,远处虎踞龙盘的龙亭,千年古刹大相国寺,巍峨高耸的铁塔,都在黑暗中沉默不语,仿佛在向警方发出责问,也在向犯罪者做无声的痛谴。

盗窃文物绝非一般的侵财犯罪,它侵害的是民族的记忆,这记忆是人们赖以生存的根基和血脉,一旦失去,则不可再生和延续。想到这里,沂蒙的内心一阵阵抽紧:根据掌握的大量资料信息,当今国际文物犯罪,根子在欧美,遥控在国外,销赃在港澳。十多天过去了,文物很可能出境,万一落入国外文物贩子之手,进入文物地下市场,再去追索则比登天还难,更有可能是将文物深藏不露,让其万劫不复,永远不见天日。如果还局限于一城一池之战,无疑是作茧自缚。必须在公安部的统领下,变为举国之战,甚至将侦查触角伸向境外,才有胜算的可能。想到这里,他立即拨通了省厅李厅长的电话,请示再赴公安部汇报,以求获取支援。李厅长同意沂蒙的分析,并且指出,案发已多日,只要不是笨贼,文物成批出境的可能性极大,要提前布控港澳,尽管已发出了协查通报,但如今国门洞开,边境大进大出,小舟舢板亦可出海,作为走私文物集散地的边境省份必须加派警力部署。

公安部坐落在天安门附近,门口的卫兵肖然挺立,如同定格,绿树掩映的院落中,分布着十几幢不同时代的建筑:自东向西,是古色古香的淳王府,现在成了部长会议室;与此遥相对应的是当年的英国公使馆和英国军官别墅,红墙绿顶,拱形穿廊,已辟为宿舍;大院中心国旗飘展,矗立着仿苏风格的办公大楼,对面西侧一座爬满常青藤的红砖小楼,便是颇负盛名的部里的刑事侦查局。

这天下午,刑侦局兼国际刑警中国中心局的局长国峰和几名副局长听取"9·18"大案的汇报。老爷子面目不同寻常,宽额高鼻,眼神锐利,嘴巴突出,咬肌强悍,使人联想起捷尔任斯基。他的身后,巨幅的中国地图覆盖了大半个墙壁,宽大的窗台上仙人掌和君子兰生机盎然,壁柜处一簇倒垂的文竹须发飘然,柜内显著位置摆放着国际刑警的会徽和不少外警的标识。

这位身经百战,曾指挥过"二王"案件侦办的刑警首脑,微闭双目,听完鲁沂蒙有关于案件进展和困局的介绍,起身踱步,说话不紧不慢,但句句透着力度。他指出,本案成败的关键取决于侦查工作的粗细,关键在于民警眼里不揉沙子。一个地方当年发生系列杀人案件,连续拉网8年,对象排上来又被数次漏掉,你们要接受教训,严防从手指缝里漏掉罪犯。要向民警郑重宣布一条,漏掉者必须追究责任。要记住,千万不要轻易否定嫌疑人,否定一个就要有充分依据,否则覆水难收,案件会走入死路。他断言,"武大人"是重点,要咬住不放,本案物证条件很多,证明作案人胆大妄为不计后果,流窜犯罪的可能性极大,你们要有到境外侦查的准备,必要时还要动用国际刑警组织。最后,国峰局长强调侦破要打整体战,并要求立即电令各地,务必将"9·18"案子当成自己的案件搞,特别是南方负责边控的省份,一定要提前布网,将工作做细。接下去,他做出一项事后证明是极为重要的决定:派出本局经验丰富的老侦查员李振泉到梁州坐镇,指导办案。

从北京返回梁州的路途上,沂蒙与振泉成了忘年交,这年他已经59岁,满头银发,面色红润,相貌堂堂,且充满人情味。他原是北京市公安局文物犯罪侦查员,40年间不离秦砖汉瓦,是地道的文物破案专家。沂蒙向他讨教本案看法,老爷子沉吟道,案件不能不说,又不能胡说,必须看现场。接下去他转而对沂蒙鼓励道,人生都要最终爬烟囱,可贵在于价值,遇到这样的案子拿下来就是一生最大的幸福。他继续点拨说,从现在看,案子才真正进入了侦查阶段,要有外线作战意识,切不可固守梁州,应南下武汉、广州、深圳、汕头及东南沿海城市,甚至通过香港澳门警方协查。因为现在文物成批过境的可能性极大,走私船不会走口岸,要考虑赃物将会在港澳露头。事后发生的一切,准确证实了他的这些先见之明。

车至梁州,一行人征尘未洗,直奔博物馆现场,振泉老人家看后剑眉紧蹙道,这可真是一个卷包烩啊,10年来中国文物第一案,当务之急是要快关大门,他边说边建议,即刻由部里以国际刑警组织名义向港、澳中心局发通报,因近日在湖北秭归所破的战国铜敦案就得益于此。必须境内外联手,方能尽快破案。

老将上马,出手不凡,资深侦查员李振泉介入案件,使"9·18"案件的侦破纳入了部督大案的快车道,更使案件侦查从局部一省变为了举国机制。这就等于"9·18"大案侦破指挥的旗帜已飘扬在公安部的大楼之上。侦破战车像加装了助推火箭,奔驰轰鸣在长城内外、大江南北。为加强南方的布控,振泉老师主动领衔,率安如山副局长等人共赴广东。

当晚,市政法委席书记和案件指挥部一干人等与老干探豪饮送别,席间气氛慷慨激烈。为提振士气,李振泉即席唱起京剧《智取威虎山》中少剑波的"朔风吹,林涛吼,峡谷震荡"一段,令人荡气回肠。再唱《苏三起解》,竟然婉转悱恻,字正腔圆。老人唱到激动处,以手击节,更显抑扬顿挫、声情并茂,博得满堂喝彩。沂蒙斟了满满一大杯白酒,双手捧上,说:"若不是当年误入警营,如今早就成了名扬海外的马派大师——听这金属嗓音,看这一招一式的做派,再观这玉面美男的牌子,岂不是少妇们的一级杀手!"李振泉假作嗔怒喝道:"放肆,还不快快喝酒认罚?!"沂蒙即近前与之杯盏相交,一饮而尽,于是掌声雷动。振泉此时动情道:"人生贵在知己,沂蒙你饮了这杯满酒,我当着你们市里领导的面有话要说。"于是两大茶杯酒被倾入腹中,李老拊掌大笑,握起席指挥长的手郑重宣布:"我李振泉明年退休,若是破不了案,我李振泉就在梁州不走了!"之后更是群情激昂,大家像众星捧月一般,簇拥着李振泉登车出征。此刻浓烈如酒的豪情化为了晶莹的泪水,人生壮怀,警中豪情,莫过于此!

此后,公安部刑侦局先后四次召开案件侦办协调会,随着一件件协查通报的传真发往各地,就像一道道冲击波激起的狂澜,使得各地侦破线索像雪片一样汇聚中原古城,侦破指挥部的专线电话接连不断,如同一股股暖流在心中荡起,梁州并非孤军作战,一地的追踪已变为多地的合围,并且一个比一个接近案件嫌疑的重要线索纷至沓来,侦查员全像注入了兴奋剂,再疲劳也会像猛虎一般扑向前去。

10月6日,洛阳传来佳音。当地公安机关根据举报抓获重大嫌疑人张汉、张建兄弟,从二人家中搜出玻璃刀、黑色票夹、吸盘和红平绒布。"二张"供称,曾多次到梁州博物馆"踩点",并在家中研究用玻璃刀刻划衣柜玻璃,用红布包裹"报警器"的作案方法。两人的年龄、体态、身高与面部特征与协查通报极为相似。10月9日,沂蒙、马振邦商定派崔副局长星夜赴洛阳参与审讯调查。据"二张"交代,两人1991年曾到梁州博物馆欲盗珍品,并撬开玻璃,但因值班人员巡查而中止,未能得手。

更为重要的一起案件线索源自许昌市王国强局长,通过侦查获悉,一伙文物贩子10月8日将乘郑铁244次列车偷运文物,其中20多件系明清瓷器,窝藏在中州绰号叫"大黑"的家中,为首的文物贩子叫阿才,系英籍华人,曾派出两个马仔到中州验货,该团伙常活动于京广线,"9·18"发案后到广州去了,将于8日送货上车。事不宜迟,十万火急,王国强局长闻讯即率80名民警在许昌站登车检查,发现两男一女神色张皇失措,不断由前至后转移车厢,最后竟钻进了锅炉房隐藏。乘警眼疾手快,抓住一女,从她身上搜出一个陶俑。另一男子将包袱隐藏时被人赃俱获。缴获了大量出土陶器和唐三彩。虽破了一批重要文物案,但与梁州文物案却风马牛不相及。

同样在10月8日,天津警方电告案件指挥部,该市文物市场沈阳道发现重大线索,据一线人提供:河北邯郸一倒卖文物的神秘人物携带一张70件文物的清单,其中十余件与梁州被盗文物极为相似,此人30岁左右,声称这是宫里的东西,已秘藏一个月了,其中有扁瓶、玉雕,迟了就无货了。临走时约定12日再见面。

文物数量吻合,又与案发时间接近,沂蒙决定亲自率张太增支队长前往,连夜赶至天津文物"鬼市"沈阳道,秘见线人并将失盗文物照片让他辨别,对方竟一下子指认了七八件,特别是其中一尊扁瓶他认得更准。沂蒙随即协调了天津河北两地警方布下天罗地网,按照接头和联系暗号,将此团伙一举抓获,其结果却令人大失所望,搜缴到手的全是清末民初的赝品。

就像沙漠中的旅人看到海市蜃楼和绿洲,等到跋涉近前,方见仍是无际的沙海。梁州警方不断在一个个兴奋——出击——扑空的怪圈中循环。

遍布全国的侦破大网撒过,如同"搅动河鱼往上翻",但落网之物多是鱼虾而非大鳄,侦查员们变得不再轻信和易于激动了。他们的经验便是:先查实、再上报。

11月18日,距离发案整两个月时间,晚9时,指挥部桌上那台电话机骤响,日夜值守在这里的情报队长翟大任接听电话,对方称是湖北枝城市公安局,发现"9·18"大案重要线索:11月7日警方在路城镇抓获携带密码箱的四男一女,内装有玉器,经询问为四人,分别叫廖碧江、周祥、余金辉和余飞蓉。抓获四名嫌疑人的经过是:6日下午二时许,路城餐馆来一神色慌张的顾客,手拎高级密码箱,边吃饭边与服务员交谈,称自己在外做生意,有人要绑架他。到五点钟,他坐立不安说要搭车走,保险箱先存在餐馆。直到10时都无人来取箱子,餐馆老板发现箱子很沉,遂向派出所报告,民警打开箱子,发现是十件玉器等文物,遂请荆州博物馆专家开箱检查。发现共有七件明清玉器,卖到境外会价值连城的。派出所联系到"9·18"大案,于7日将箱子"掉包"守候,至傍晚来了四男一女,直奔放物地点,提箱就走,距店外40米花坛处打开箱子,发现是一堆砖头,垂头丧气时又看到了周围黑洞洞的枪口,束手就擒。

翟大任速与沂蒙打电话,同时火速通知各指挥长到位,并拿出被盗文物图谱与电话中所说物品比对。

电话那端,声音清晰传来:"有一个像鱼不是鱼的,说烟灰缸不是烟灰缸的东西,是玉石的……"沂蒙接过听筒,让旁边的翟大任记录,围在一起的警察们立即指着图片插话:"鱼形玉釉瓶!"

"有一个圆的,说蛤蟆不是蛤蟆,带尾巴的,也是玉的!"

"青玉凸雕双螭谷纹璧!"大家齐声对答,顿时无比兴奋。

接下去,又有一二件文物相似吻合,连指挥长们的脸上也绽出了笑容。

"好,我们马上派人到你们那里去!"沂蒙和指挥部的诸位决策者交换了一下目光,迅速记下了对方的联络方式,周围已是一片雀跃欢呼。手舞足蹈中,翟大任连手中的茶杯也被碰落在地上,砰的一下摔得粉碎,青年民警崔民俊跳着脚大喊:"破了,杯子破了,案件破了!"

冷静,越在此时越需慎重,接下去的整个电话打了一个多小时,吸取过去多起疑似线索的教训,沂蒙是想核实得更为准确再发兵。殊不料这次七件文物中有三件竟与所盗物品相似重合,看起来是胜利在望了,并且是四男一女的嫌疑人,又在湖北境内,宁信其有,不可信其无。但口头描述毕竟与实物有差异,未敢轻信的沂蒙继续道,能否将文物照片和几个嫌疑人的头像传给我们,回答是县级公安局还没有这种设备。

事不宜迟,沂蒙马上与省厅庄焰副厅长商定,决定由沂蒙亲自率如山副局及刑侦处杨处长等人前往,省厅人马在中州会齐,一齐南下枝城。临行前带了博物馆的青年文博专家李建,为取证录像,此时遍寻宣传科的同志不见。翟大任说,叫特勤队的王大卫同志去吧,他可以录像,又能当个帮手,机器正好在他手中。

王大卫参加枝城一行纯属偶然,但他之后发挥关键作用却带有必然性。他是外线跟踪侦查员,1米80的个子,反应却机敏灵活,既有北方人的强悍果敢,又有南方人的温润细腻,特别是长期职业练就一双眼睛犀利有神,富有穿透力。他头脑思路清晰,在数起间谍特务案件的侦破中屡立战功。加之工作取证需要,他平时总爱肩扛手提摄录设备,常跟在沂蒙的身后,不想这次竟派上了用场。

　　子夜,市局越野性能最好的马自达面包车引擎轰鸣,席书记、马振邦老局长和出征者紧紧握手,目送车辆驶出大门,还高高地扬起手臂招手,谆谆叮嘱行车安全,大有期待英雄凯旋的气概。一番壮行,汽车西向中州,与杨伟元处长会合,而后驰骋京广国道,南行至南阳武胜关,已是天色将晓,至湖北襄樊,已近正午。于是过荆州,下当阳,从白杨渡口乘轮渡到枝城时已是夜幕四合时分,顾不上片刻休息,沂蒙就与枝城局长冯发明的手紧紧握在了一起。简短谈了案情,一干人等就迫不及待地拥进了赃物保管室。八九件沾着泥土的文物静静地摆在茶几上,个个显得乌眉皂眼,那模样就像趴在烂泥里的癞蛤蟆,奇丑无比。不要说与玲珑剔透的被盗文物相比有天壤之别,就连一般的文物也算不上,原来语言的表达与现实的差距竟有如此之大,大家的心顿时凉到了脚底。

　　为了不负枝城警方的一番苦心,博物馆李建老师在沂蒙的授意下煞有介事做了一番鉴定,沂蒙亦代表梁州警方表示了诚挚的感谢,这种谢意是发自内心的,兄弟单位将梁州的案子如此认真细致当成自己的案件来抓,我们还有什么可说的?况且枝城的冯局长为了慰劳友军一行,不仅盛情款待,还让汽车喝饱了油,天下警察真是一家啊。

　　辞行枝城,车内完全被失望和沮丧的情绪所笼罩,怎么办?跟大家一起哭丧着脸,就此返回故土?指挥员此时的定力和思路至关重要,疲劳和困顿必须扫荡,但关键要给部属注入思维的内生动力。临别枝城,沂蒙曾扫了一眼市局墙壁上的湖北地图,发现这里距武汉市尚远,但沿枝江河进长江三峡,而后顺流而东,可抵武汉。于是和安如山副局长、杨处长议定,决定走三峡,经岳阳,下武汉,与那里的专案力量会合,实地勘验一下武汉的物证分布,研究突破措施。

　　沿江而下,西陵峡的壮观和崔嵬,夹江两岸巨山如蟒,秋叶如燃,头顶碧空鹰飞,迎面险滩不断,百折不挠的滔滔江水奔涌于脚下,使封闭在指挥部的众警察大有脱出牢笼之感,一下子豁然开朗,于是兴奋得迎风高歌,像孩子似的蹦跳大叫,大家一路上拜谒黄帝庙,再登岳阳楼,在飞檐斗拱的岳阳楼前,沂蒙领背了一遍范仲淹的《岳阳楼记》,当吟到

"若夫霪雨霏霏,连月不开;阴风怒号,浊浪排空;日星隐曜,山岳潜形"时,顿生慷慨悲壮之情,当背到"不以物喜,不以己悲""进亦忧,退亦忧"时众人唏嘘,各发议论感怀,古代先贤的胸怀气韵和祖国江河的壮丽秀美,使警察们的内心仿佛像被吹涨了的船帆,士气顿见高昂,鲁沂蒙趁热打铁,在船舱内召开案情分析会,提出一个命题:既然物证定位确认了武汉,为什么江城之水已搅得天翻地覆,为何不见活鱼上漂,莫非是作案人远走高飞,还是蛰伏不动了?沂蒙启发大家换位思考,将自己设想为罪犯,把我方的智力与作案人拉平,"假如我是作案者",此时该怎么想?怎么藏?怎么与我周旋?顿时引起众人又一轮热烈讨论。

有人说,我要是作案人,既然使用了假身份证、假名、假地址、假工作单位作掩护,就不怕你警察来查,就是找到了,也没有直接证据。有人接上说,要是我,现在根本不在武汉和你藏猫猫,作案前我已找好了买主,现在文物已经运出了境外,正和港澳文物走私大佬谈判价格呢。

沂蒙问,中州盗车团伙中为首的叫陈纳德,大家知道陈纳德是谁?登时有几个人举手,有人接答,美国二战援助中国的飞虎队长,夫人叫陈香梅。沂蒙一看,是平日爱看闲书、脑筋灵光且年轻的干员翟大任。便接下去推导,他为何不化名叫陈诚、胡宗南?因为陈纳德属二战中令日军闻风丧胆的传奇人物,说明这个人有正义英雄情结,有自己心目中的偶像,且不甘居人之下,有一种一鸣惊人的野心和做惊天大事的抱负。若从作案的潜意识分析,他选择9月18日作案,取谐音"就要发",自己化名陈纳德,就是要赢得震天动地的轰炸性效果,他甚至不认为自己是在作案,而是向治安当局挑战。从博物馆的出面打探、东京饭店的沉稳应对、金桥饭店盗车的幕后指挥都说明他是首领式的人物。他身材略瘦,身高在1.78到1.80米左右,穿灰色夹克,略有些络腮胡,第一次看文物还戴了眼镜,说明是读过不少书的智能犯罪高手。但有一点还不清楚:他曾向博物馆的人打听梁州有多大,都有什么名胜古迹,似乎在故布疑阵,让人认为他对梁州陌生。那个叫林沙的,语言不多,性格高傲,穿着考究,像是二号军师,搞出谋划策的,为什么起一个洋名号,就要显示与众不同。他年龄比陈纳德略大,身高在1.74米,偏分头、长脸、白净、眼角下斜,声音嘶哑,常穿浅色无领夹克衫。至于李军,从装束打扮像个农民,从目击者反映,他提皮箱,老是第一个露面,每到一地,先出现,后离开,身高1.70米上下,年龄在25岁左右,圆脸,体形较胖,穿大花格短袖衬衣,此人在东京饭店住宿时还找小姐跳舞。这个不土不洋的家伙还有一个细节特征:赤脚穿塑料底布鞋,喜爱蹲在那里,应该是个跑龙套的,大概是郊区的农民,像是本案后勤部长。从足迹分析,他是第二个进入现场的行窃者。最后说这个唐国强,就是本案中那个极有功夫的江洋大盗,他的年龄在30岁左右,操湖南普通话,之所以用"唐国强"这个名字,就在于这是一种心理投射,人总愿意弥补自己的不足,使内心潜意识中营造心仪的幻影。"唐国强"也不例外,一个身处社会底层的大盗,内心也渴望出人头地改变现状。这伙"四人帮"是近年来南北结合、城乡兼有、各具所长、最优组合的高智能新型犯罪团伙。

研究进入佳境,大家各抒己见,拼成了这个犯罪集团更为清晰的行动图景:为要作案,四人南下北上,最终选定在梁州作案。案前反复踩点,制定周密进出路线,案发前一天在梁州周围落脚,利用夜雨防范疏忽之机行窃。整个行动受陈纳德指挥,唐国强与李军两人入馆,陈纳德和林沙墙外接应,作案得手后由林沙驱车逃离梁州,逃回武汉后,汽车应封存不开,文物已偷运出境。

一路研商兴浓,不觉便到了武汉。这天晚上,鲁沂蒙与市局潘老爹的手紧紧握在一起,感谢他对"9·18"案件侦破的鼎力支持,早已在此安营扎寨的刑警支队长张太增汇报了眼下进度:被盗的加挂"K"字头牌照的桑塔纳轿车杳如黄鹤,四名嫌疑人中唐国强、李军填写的身份证最后三位数属洪山区的码段,但深挖细查,尚不见踪迹。由此将洪山区作为重点,同时在武汉铁路局系统8000多名职工中进行了摸排,未发现四人踪迹。外围战再度搁浅。

沂蒙突然想起,在梁州案情分析会上,湖北省厅于处长关于作案人的落脚点有独到的见解。他指出:销售玻璃刀的中南商业大楼就在铁路局对面,与作案人假身份证的编码地同在洪山区,而案犯冒充的另一个单位是武汉某部驻汉留守处,他们打出这些旗号,应当是有原因的。

百闻不如一见,一见不如实地勘验。次日上午,天朗气清,沂蒙要求大家乘车沿物证发现地和作案人自称的单位走上一遍。马自达车先到中南百货商场,沂蒙跟随张太增等人走上熙熙攘攘的二楼,这里是卖玻璃刀的柜台,而后登上三楼,这里是专卖文具的柜台,在卖文具夹的台面上沂蒙和营业员聊了一会儿,而后乘电梯出店门,穿过人流,伫立于中南商业大楼的巨型广场。此时人头攒动,一片熙攘,倚车打开本市地图,发现中南路正处在洪山区与武昌区的交界。登车后再问市局刑侦处的同志,武汉某部留守处和武汉铁路局的位置在何处,随着指引,驱车右拐200米便看到了有哨兵执勤的部队留守处了。从这里向北,拐向八一路,蓦然见到了300米开外的一幢高层建筑,市局同志说,那就是武汉铁路局的办公大楼。没想到与中南商业大楼竟然相对而望。更有意味的是,他们还发现,铁路局的对面,正是省军区的后门,这也曾是"陈纳德"等人冒用的一处单位,竟然与铁路局近在咫尺!接下来众人兴致勃勃地下车行走,观察四周街区,重新登车,按图索骥再找武汉大学。更令人惊讶的是,这座有着旧式石牌坊的著名大学,距铁路局只有1000米。

犹如一道电光劈裂迷雾,长久的记忆积累与现实场景在脑海中快速叠压碰撞——从中南商业大楼到武汉大学五个单位相距不足1700米,在地图上的标识不超过1厘米,这些密集的疑点与一条路线像糖葫芦一样穿了起来,它们之间是何种关系,这其中又隐藏着什么秘密?中南商业大楼是作案人买玻璃刀和文具夹的地方,而武汉铁路局则是作案人在东京大饭店填报的所属单位,武汉大学、军区和某部留守处,正是犯罪团伙分别冒用过的单位名称。这么实地一走,心里豁然开朗,就像隔着帘子博弈的对手,突然发现了对面的下棋人!他在故布疑阵的同时,也在把自己的真实信息不经意地泄露给了对手。

车上沂蒙问大家,谁看过日本松本清张的推理小说《点与线》,不少人举了手,看来,梁州警察爱读书者居多,不能不说是件省口舌的事情。

《点与线》洞若观火：作案人如果不是生活在这一带，就是对这一带十分熟悉或有着某种联系，不然不会无缘无故想起在冒名顶替时使用这些单位名称。那么，如果我们将大武汉缩小为洪山区，再将洪山区这1700米重要的地段作为一个点，集中优势警力进行网过无鱼的排查，是否会出现事半功倍的效果？

武汉专案组的同志听后面露难色，原来，部队留守处岗卡十分严格，进入军区大院查案，连当地警方也犯难。一直随队拍摄录像资料的王大卫此时放下录像机，笑嘻嘻地说，这大院我倒十分熟悉。能不能让我来试试？见大家一时疑惑不解，便来了一番自我介绍，原来王大卫就是这个军区大院长大的孩子，从出生到少年都在这里度过，曾在附近的八一小学上学，闭上眼睛都不会走错了门，后因父亲军职调动才离开了武汉，来到梁州。

事情就是这么巧，于是派王大卫到武汉来查人查车的决断就是这样临时动意拍板的。返回梁州，即让王大卫和在市局治安科工作的爱人李平带孩子一同赴汉。临行前，沂蒙叮嘱他，你的身份就是带妻子儿女度假，运气好了，5万元奖金到手，我为你请功记奖，要是空手而归，莫怪我警令无情。

11月26日，王大卫与妻儿带着老父亲给老战友的信件，乘火车抵达武汉，住进了军区大院一位朋友家。故地重游，而今却别有一股滋味在心头，此后接连三天，王大卫夫妇暗查了五个单位数百辆汽车，走访故友17家，与同窗好友14人座谈，均未发现有价值的线索。

11月30日，王大卫和李平商量，不可死守大院，应速与驻汉专案组联系，开辟新的线索。次日一大早，夫妇俩领着5岁的女儿步行至汉江区南京路，车水马龙中女儿走不动了，嚷着要吃东西，夫妇俩只好轮流背着孩子，可眼睛却直盯着路上滚滚而过的车流。困乏不堪的孩子伏在母亲背上睡熟了，王大卫疾步向路边一个食品摊走近，他的目光猛然被一个什么东西刺了一下，定睛看去：一辆白色的轿车映入眼帘，是桑塔纳！而且挂着空军牌照：K43—1008！

"就是它！"王大卫尚未喊出声来的时候，李平也同时看到了这台车,夫妇俩几乎同时发现了嫌疑车辆,这目光后边是一种潜意识。事实上,连睡梦中都无数次重复出现的号码,怎能在它出现时不发生大脑皮层的反射呢?这是奇迹,但更是中国警察精英的素质,火眼金睛,就在蓦然回首中!

王大卫身上的血在往上涌,快,无论如何要追上去,一家三口拦上出租,王大卫亮出工作证道,我是警察,正在执行任务,请你配合!于是,出租车紧紧咬在桑塔纳后边,前面到了武汉海关大楼,车上下来二男一女三个人,王大卫眼疾手快,按动密拍快门,连车带人摄入相机中,但对方人多,要想不脱不暴,掌握他们的落脚点,就得请求支援。有长期外线跟踪经验的王大卫急命李平到路边打电话向张太增支队长求援布控,留下女儿在出租车上等候,自己去跟踪进入海关的三人。临下车时,机警的王大卫不忘给趴在车窗上呼喊自己的女儿连车带人照了一张照片,这完全是一种下意识的举动,并叮嘱女儿:"不要动,要听话!"

看到父亲一反常态的严肃表情,孩子一时吓愣了,露出了惊恐乞求的目光,但一刻也不能停留,在那一刻,作为侦查员的父亲必须在追踪嫌犯和女儿安全之间做出抉择!但让幼小的女儿暂时脱离自己的视线,独自和陌生的司机待在车流如潮的街头、一个险象环生的境地,对此,他不能不做最坏的预测……

此时,两男一女走出海关,下来的司机为他们开车门,并且四处张望了一下。"林沙!"王大卫脱口叫出声来,那人的面目和体态竟与二号作案人林沙的模拟画像如出一辙。桑塔纳又开始前行,重返车中的王大卫让出租车加速追赶,行至沿江大道的码头时,意外的事情发生,前方出现的交通事故堵塞了道路,此时 K43-1008 已驶过肇事现场,一辆大卡车死死堵在面前动弹不得。心急如火的王大卫命令司机:"从人行道绕过去,出了事我负责!"待出租车突出重围,目标车早已消逝在滚滚车流之中。

接到李平求援电话的张太增等人风风火火地赶到现场,扼腕中的王大卫告知刚才的一幕。心急如焚的一行人急忙赶到武汉市公安局,向潘老爹报告。失之东隅,收之桑榆,车子溜走,但照片仍在。潘老爹在暗室中,亲眼看到了清晰出现的 K43-1008 的车后部照片和驾车人的面貌,与模拟画像上的林沙十分相似。即刻请示岳局长,召集各分局和市局、刑警、交警、治安处负责人紧急会议,下达了在全市所有路段查、截、堵、扣 K43-1008 的指令,组织了 3000 名公安民警及武警,分编为 72 个查控小组,在武汉市街头撒下了天罗地网,为防止信息泄露,打草惊蛇,交代路查民警查扣车辆,未说明案件详情。

此刻,接到这一重大消息的公安部刑侦局国峰局长当即电令湖北省公安厅在全省行动,堵截武汉通向湖南、江西、河南等地所有的出口,"撒下天罗网,专捉飞来将",箭在弦上的武汉警方大睁双眼,只待 K43-1008 的出现。

12月2日下午3时,在武汉市武昌区小东门交通岗附近巡逻的一名年轻交警突然发现了这台车,旋即乘摩托一路尾追,将其逼停在路边。司机下车后,自称是接首长的军用专车,趁交警正在查验驾驶证时,借口给首长打个电话,下车后便逃之夭夭。

煮熟的鸭子竟然飞了,但跑了和尚跑不了庙,经检验车型和发动机底盘号码,认定正是那台在中州金桥宾馆被盗的车辆。于是,渔翁抛下钩和线,单等钓上大鱼来。警方设计了按兵不动、以车找人的方案,等待寻车人自己走进门来。

12月4日,武汉铁路局大桥工程队职工梁昌平托翠微路民警打探车辆被扣原因,于是他被请君入瓮,开始还强作镇静,称是朋友让他修车,修好后又借给了另一个朋友。主审马克新见他眼神飘忽不定,立即揭穿谎言,并厉声问道,十几万的车说开就开,说扔就扔,到底为什么?如果是交通肇事,驾驶员为什么不敢露面,我们是中原警方,为什么千里之外,到这里陪了你两天两夜?!在一连串的炮弹下,梁昌平被打得再也抬不起头,乖乖交代了开车人叫刘进,"9·18"文物被盗案是其妹夫刘农军和刘进,还有叫老三、老四的四个人合伙干的。文物已通过驻汉空军某部一个军官于10月13日空运广州,刘农军等四人现均在羊城。自己前来是接了外逃的刘进打的电话,让他来询问车辆被扣的原因。为稳住对方,警方令梁昌平按照交警调查交通事故的口径回应刘进。

二十二

至此,"9·18"大案真相浮出水面,4名犯罪嫌疑人初露端倪:首犯刘农军和刘进同为武汉人,前者曾冒名陈纳德,后者化名林沙。"老三"就是化名唐国强的人,真名文西山,原籍湖南东安县井头圩镇人,曾因盗窃于1983年判刑9年,出狱后从事流窜犯罪,"老四"叫李军,吉林省永吉县人,也是本案中唯一未使用化名的犯罪嫌疑人。

其中的首犯刘农军,引起了沂蒙的高度关注,早在对四个嫌犯摸排画像时,沂蒙就和他觉得有似曾相识之感,如今拿到了本人真实履历,不禁吃了一惊,出乎意料的是:这个强劲的敌手,竟然是十年前自己在梁州警校教过的学生,那个因盗窃技术室摄像镜头被开除的赵家龙,如今虽然改了姓名,但面目依旧,千真万确就是那个桀骜不驯、胆大妄为的年轻人。

真所谓远在天边,近在眼前。案件搞到现在,就有了另一种意味,犯罪者不仅是攫取文物,同时也是报复和挑战。沂蒙不禁联想起,赵家龙被开除不久,他在省建设银行当行长的父亲也因贪污受贿判刑,赵家龙就回了原籍武汉,没想到十年后隐名换姓又卷土重来,做了这起弥天大案。

思前想后,沂蒙心里越发沉重起来,犹如一只老鹰中了箭伤,蓦然发现箭翎是自己的羽毛——对方曾是预备警察,不仅使警方的排查"灯下黑",漏掉吞舟之鱼,而且对方熟知我方的思路和行事原则,未来的较量绝不能轻敌。沉吟良久,他想起了情报队长翟大任,当年赵家龙的同窗学友,于是唤来面授机宜。

此时武汉市和梁州两地专案人员,乘胜追击,不仅抓获了另外8名参与窝赃、运赃的涉案成员,还根据梁昌平的提供,很快从其父家中收缴到被盗物品中的五件三级文物。当连夜赶到武汉的梁州文博专家看到失而复得的文物时,边淌泪边说:"没错,就是博物馆的文物。俺认它们比自己的儿子都清楚!"

12月8日,另一名同案犯汪玉强向专案组投案,交代了他参与包装、空运文物至广州的罪行。他是见梁昌平被抓,连夜乘车到广州向刘农军通风报信,对方命他只向警方讲车辆状况,不能涉及文物,不想汪玉强看大势已去,遂将所知案情全部交代,并提供了刘农军等人在穗的落脚点。就此,"9·18"大案侦破指挥部经报请公安部批准,对刘农军、刘进、文西山及李军等四名在逃作案嫌疑人实施全国通缉,并将主要警力兵发羊城,在这座毗邻港澳的改革开放前沿城市,迅速展开了"9·18"大案最终的决战。

沂蒙于此间先行一步,随梁州招商团到香港进行文物查访和布控,并深入中环的荷李活道,这里的古玩店鳞次栉比,各类文物古董琳琅满目。这天下午,他同一位商界朋友喝茶,这位朋友姓周,在粤港两地设有两个公司,兼营文物字画,实际上是以此为掩护的警方据点。沂蒙就"9·18"大案的布控给他交代了具体任务之后,于12月7日由港返穗,与来自武汉的安如山会合,就地依靠广东省公安厅刑侦处指挥破案。由于安如山带领的大批援兵尚未赶到,当夜沂蒙与坚守羊城的蔡刚永、高翔研究,时间紧迫,决不能坐等,必须趁凌晨出击,遂与广州市局派出的民警一道,对汪玉强交代刘农军藏身的三寓宾馆进行突击盘查,但晚了一步,刘农军已在四小时前办了离店手续。事后方知与刘农军夫妇擦肩而过,惋惜得蔡刚永双脚直跺。接下去,对其另一处落脚点西坑开展工作,更遇到了始料不及的难度。

据汪玉强提供,刘农军大多时间住在广州西坑一幢米黄色住宅楼内,背倚白云山,到后方知西坑是城郊接合部的一处大片私房租住区,覆盖六个自然村,常住户9000余人,暂住人口上万人,六七层高的住宅楼有100多栋,其中背靠白云山的米黄色建筑就有20多幢,加之人地生疏,无处下手。遂急电指挥部,速遣精干力量带汪玉强本人指认具体地址实施抓捕。利用这短暂的间隙,沂蒙急赴省厅和广州市公安局求援协查。

广东省公安厅负责刑侦工作的是大名鼎鼎的六处处长祝鸣剑,他是著名的刑侦专家,后因力破张子强、东星轮抢劫大案授予全国公安系统一级英模,老爷子低矮个头,宽脑门,身材瘦削,两目矍铄有神,动作干练利索,思路犹如他的言谈和举止。相见之下沂蒙直奔主题:"早闻大名,特请祝处长大显神通。"对方毫不拖泥带水地回答:"我不听案情,那是你们的事,就说叫我怎么办。"真可谓快人快语,一语中的。此时,公安部五局国峰局长亦向广东省厅下达了指令。祝鸣剑胸有成竹,立即将通过粤港澳联络会晤机制协助破案的打算和盘托出。在他看来,文物极大可能已经出境,侦破工作必须跨向境外。接着,他又接通了广州市公安局刑侦处大案二队李梅队长的电话,要求她多管齐下,尽快摸清文物的下落。

告辞祝处长,一行人马不停蹄赶到广州市局,李梅队长是老相识,早在案发之初曾到梁州参加案件研讨会。因此没有过多客套,沂蒙就开门见山提出要求。这位干练的女队长叫来她的助手柳副处长,专门部署了几个"朋友"关系协助摸排线索,她语气干脆,思路清晰,不仅部署得当,还十分讲究谋略,一番运筹帷幄、风轻云淡之中,竟使案件在数日后有了极其重大的进展。

出了市局,再到省厅,与粤港澳联络官阮关伟见面,他高大魁伟,健谈而热情。饭毕,一行人一起走入车海如潮的街区,蓦然听到一阵雄浑遒劲的钟声。原来不远处便是巍峨的广州海关,据联络官介绍,现在国门洞开任来往,每日关口车辆如过江之鲫,海关只看申报单,边防只做重点抽查。广东共七处海关,负责3000里海岸线,每天进出港车、船达十余万,平均30秒过一人,主通道每日过车一万多台,连开车门都来不及。如果全面布控,还需通过广东海关协调。待整个布控通缉工作做完,已是华灯初上,面对奔涌浩荡的珠江口,听着江面传来的汽笛声,沂蒙的心潮也如这滚滚江水翻腾起来。

在局外人看来,"9·18"大案已破,对象明确,文物已追回数件,剩下的便是顺藤摸瓜,抓人取赃了。实地一看,问题并没有那么简单:广东的珠三角,这块改革开放的热土大特区,随着南方谈话的春风,正处在掀天揭地的巨变之中。满目所见是星罗棋布的开发区,雨后春笋般崛起的楼群,鳞次栉比的商店、宾馆,灯红酒绿的酒楼、夜总会,密如蛛网的铁路、公路和水路,快捷如飞的交通车船工具,大哥大、BP机等现代通讯工具使全国乃至境内外连成了一个空前庞大的市场。"东西南北中,发财到广东"成了当时国人时髦的流行语。巨量的人口与财富的流动,犹如江河奔腾挟带大量泥沙一样,犯罪这一社会寄生物也找到了可供其吃、住、行、玩、销、乐的生存空间,昔日世外桃源的乡土社会已不复存在,曾经是"玻璃板、水晶石、游鱼可数"的静态透明社会,在市场经济大潮荡涤下变得浑浊而陌生。要在这沸腾喧嚣的国际大都市中抓获案犯,追缴全部赃物,要的不仅是勇气和决心,更是智慧分析和精确出击。如果说武汉突破意味着艰苦的调查工作结束,那么决战广州则是侦查与反侦查的短兵相接,况且对手曾是内部人员,兼通黑白两道,涉足境内外,警方必须拿出浑身解数,综合运用各方警力资源方有胜算。

接下去的案情进展果然不出所料,待安如山副局长率人马押汪玉强直扑西坑那座米黄色住宅楼时,窝点内已是人去楼空,仅发现了包装文物的纸箱和一堆文物填充物的碎纸片,还有一张案犯在匆忙中丢弃的文物清单。经核对,清单上正是博物馆被盗文物的名称。

一步跟不上,步步随后行。如山副局长即让汪玉强再回忆,刘农军在广州究竟还有无另外的落脚点,汪玉强提供出,他曾与刘农军去过一个叫江仔的人开的商店,位置就在广州市中山路。

再不能盲目行动,急需坐下来研究对策。当日,在广州的流花招待所简陋的房间内,专案组召开战地分析会,大家围坐在几张床铺上,共商对策。听完安如山副局长和大家的意见后,沂蒙说了三条意见:一是案自武汉突破,四名案犯南逃,案件进入关键的决战追捕阶段,形势对我不利的是我在明处,敌在暗处,案件虽破,但刘农军等主犯一个未能到案,文物大部分下落不明,如何扭转劣势,就是不宜再搞猛虎下山式的出击,而要绵里藏针,讲求细密侦查,案犯的几处落脚点,乃是我们逼近案犯巢穴的线索,每一条线索都不可掐断,要像外科医生接毛细血管那样精心设计,不能出现任何破绽;二是将刘农军落脚点的江仔作为攻心为上的争取对象,使用恩威并用的手段迫其忠我背敌,因为刘农军、刘进已成惊弓之鸟,方寸已乱,且刘农军并无逃资,又带着妻子,据掌握带有委内瑞拉护照,我们已对所有边境口岸、民航机场关上了大门,他已成为釜底游魂,对其可采取欲擒故纵、外松内紧之策,制造假象,设饵诱捕为上;三是关于新对象江仔,乃是本案中关键人物,他常年往来于港澳,很可能就是刘农军与境外的引路人,也应是本案我方的穿针引线人,如果文物已过境,此人便是解铃人,因此要采用敲山震虎、逼虎吐食之策,现在是老虎叼了肉,逼之过急,他会一口吞下,玉石俱焚,我方围而不打,将他的关系人导演为信息传递人,释放声威,逼虎吐肉,必要时通过广东警方粤港澳会晤机制,与联络官同去澳门,不战而屈人之兵,方为上策。

就这样,境内侦查、境外警出澳门的擒敌追赃之战,在南国悄然拉开了序幕。

"兵马未动,粮草先行",既然打持久战,就需要增兵加灶,提供交通后勤保障,特别是面对广州这样的国际大都市,没有车辆简直寸步难行。靠广州市局刑侦处的车辆接送亦无法满足实战需要,坐镇梁州指挥部的振邦老局长立即协调当地空军场站,开动军机将两辆警车空运羊城。车轮子有了还需要经费,近30名侦查员在羊城盘火立灶,由于经费紧张,方便面和干馒头成了警察们的家常便饭。为了节省每一分钱,过了饭点,随便买个馒头大饼充饥,刚喝一口开水,那边任务来了,二话不说,啃上干馍就冲上阵去。此时办案已历经两个多月,市局办案经费已经耗尽,局内此时账面上的办公经费不足百元,眼看弹尽粮绝,这一天有一自称"梁州老家人"的登门求见沂蒙,待此人露面,竟是阔别多日的老同学金虎。

他乡遇故交,分外亲切。原来,金虎重回搪瓷厂后,改弦更张,潜心研发搪烧技术,搞出替代新产品,一举使企业扭亏增盈,走出困局。在工厂转制中,已是车间主任的金虎参加竞聘,成为搪瓷集团公司的董事长,如今财大气粗,带着老郑等一干人马,到广州参加商品交易会,见沂蒙正为办案经费犯愁,立即联系市内几家大企业慷慨解囊,捐款20万元,以解无米之炊。市委常委会上孟书记听到后当即表态:"9·18"案件侦破已花费了50万元,尽管市财政困难,我们也要拿出钱来破案,哪怕是花100万,再缺不能缺公安,再穷不能穷办案,因为不破案我们不好向人民交代!

后方的支持,保障的到位,给一线苦战的专案人员以极大鼓舞。于是兵分数路,按照秘密调查和内线经营的方针展开了更为精细的工作。

汪玉强提供的神秘人物江仔,经过查证分析,很像是买主或中间人,再经深入调查,江仔又称老肥,真名叫章大广,原系广州人,1979年移居澳门,1990年其与一个叫魏新的在广州中山路共同承包家电商场,1992年初结识刘农军,有生意上的来往。

按照既定部署,一方面,警方派员到魏新的商店找其询问章大广的情况,据魏新交代:刘农军的确来过此处,当日推了一辆拖行李的小车,装有一大一小两个纸箱。15日章大广曾从澳门打来电话询问有无人找他。同时,侦查员还找到了章大广的妻子,询问章大广在澳门的情况,如此只敲不打,颇起妙用。澳门警方此时也接到粤港澳联络官发去的公函,同样释放了找寻章大广的信息。

不入虎穴,焉得虎子。扫帚不到,灰尘不跑。看来,兵发澳门,事不宜迟,迟则生变。于是经请示上级,同意沂蒙、如山赴澳门与警方直接联系,开展境外工作。

安排了广州专案组的工作之后,沂蒙和如山副局长在广东粤澳治安联络官袁关维和王汉文科长陪同下,取道珠海经拱北口岸过关。这天下午2时,车辆行经红色通道进入澳门,一路畅通无阻,看着这块隔岸相望、尚未收回主权的国土,众人的内心百感交集。

早在指挥部决定南下广州时,专案组已掌握刘农军、刘进可能会持护照出国或偷越边境,11月份,刘农军还从澳门打电话跟关系人称文物"已出手",此后澳门一家赌场的财务代理还专程到深圳与刘农军商谈投资房地产事宜。种种迹象表明,澳门是刘农军盗窃集团的避风港,也是"9·18"大案被盗文物的窝赃点,澳门回归前情况十分复杂,特别是有黑社会组织染指其中,千万不能掉以轻心。

临行前,为加大工作力度,沂蒙他们携带了公安部的通缉令和国际刑警组织的红色通缉令,这种通缉令非但等级高,各成员国和地区必须尽力履行,并且附加驱逐功能。部领导对此解释非常明确:"针对刘农军、刘进的特殊情况,可以办理,备而不用,需要时则可随时出示。"

过关处不远,澳门司法警察司司长助理曼度前来迎接。他身材壮硕,腰别快枪,高大但不笨拙,两眼烁烁有神,始终保持着谦和的微笑。步入司警司灰色的门廊,曼度与警员们用葡萄牙语打着招呼,引导着同仁们径直来到他的上司欧万奴副司长办公室。

欧万奴与一行人握手,他看上去像位学校校长,方额、宽鼻,黑白参半的头发下架一副宽边眼镜,眼光显得深邃且有城府,普通话说得很好,间或夹杂着流利的粤语。不久沂蒙得知,他是中葡混血,母亲是中国人。欧万奴听了袁关维的介绍后,十分干脆道:"我明白,你们就是要求抓人、追赃。"他说着做了个包圆的手势,曼度和沂蒙他们跟着一起笑起来。

沂蒙扼要说明意图,并介绍了文物的价值。最后表示非常认同他做的手势:就是搞清刘农军在澳门的联系人和落脚点,追回珍贵的文物。

欧万奴频频点首,表示会尽力支持,然后要为沂蒙引见司长,当他起身的时候,身躯从桌后全部亮出,啤酒肚形成的S形弯曲使他的威严略微打了些折扣。

斐明达司长就在他的隔壁,是个瘦高个子的葡萄牙人,穿着举止更像位学者。他让秘书送上咖啡,开始讲葡语,欧万奴在一旁翻成粤语,王汉文再翻成普通话,大意是表示欢迎,第一次到澳门来,下榻后多看一看,案子就由欧万奴先生负责。最后,他做了一番相当精彩的表态,可谓不失经典之语:

"文物是属于全人类的,这批文物不仅是中华民族的瑰宝,同时也是世界人民的宝贵财富。况且,世界警察是一家,你们的案子也就是我们的案子,我们一定会竭尽全力,通力合作。"

入夜,欧万奴邀大家到葡京娱乐场,沂蒙等人本能地戒备,袁关维却说,不到葡京怎能了解澳门,这就是工作,也是欧万奴的意思,我们注意把握好分寸即可。于是,沂蒙他们以游客的身份进入了那座鸟笼状的米黄色建筑,眼前富丽堂皇的巨型大厅内,完全被纸醉金迷的场景所充斥,大大小小的赌台前人头攒动,密密麻麻的老虎机流淌着筹码硬币,穿着不同服装的侍应生穿梭来往,稀里哗啦的洗牌声间杂着输赢的叹息声欢呼声此起彼伏,在大厅内那盏硕大的奥克利吊灯的照耀下,众星捧月般分布着贵宾席、豪赌厅,直至五楼的帝王厅,整个销金窟吞吐着金钱、欲望和各种梦想。当然,也包括犯罪的贪念。至此警方已清楚的掌握,刘农军曾在这里一掷千金,凭着他过人的算计能力,曾获得"黑色计算机"的绰号,在当地黑社会圈子里颇有影响,因此也结识了一批赌王和欧美大亨,其中不乏国际文物贩子和收藏巨贾。

在夜总会一边的餐厅内,欧万奴给众人介绍着这座赌场的由来及澳门经济社会的关系。由此看来,他是想让大陆同仁领略一下他们工作的环境,谈笑风生的他诚恳地表示:"我快退休了,从良知上对中国有很深的感情,因为我的血管里也流淌着中国人的血,你们今后都是我最好的朋友。"

接连几日,沂蒙他们携带着文物照片不停地催促澳门警方,曼度也跑得马不停蹄。从他口中得知,常到广州的章大广有涉案嫌疑,其兄章大森在葡京娱乐场卖赌码,有黑道背景。根据情报,章大广经常来往大陆与澳门之间,在澳门居无定所,曾染指过文物。澳警方正在展开工作,一时还难以奏效。于是,沂蒙与安如山再次约见欧万奴,说明公安部正急迫等待涉罪人员及文物的下落,请他关键时刻鼎力相助。

欧万奴告诉沂蒙,他这一段一直在通过中间人做工作,有了一些进展,中间人回话说,知情人担心警方抓人,所以犹豫不决,沂蒙听后紧追不舍,让他再想办法。欧万奴说这样,我有位朋友,愿意从中斡旋,晚上可约到一起吃顿饭,大家见见面聊一聊,可好?

如此正中下怀,沂蒙当即应允,于是这桌饭就定在澳门翠园酒店,所请的要客是唐老板,想必这位颇有来头的人物定是老态龙钟,不料来人竟满头乌发,眉目清秀,戴一副珐琅金丝眼镜,显得文质彬彬,颇有些玉树临风的味道。寒暄入座后,大家杯盏交错,欧万奴主持,曼度插话,一时间谈笑得风生水起。

沂蒙问这位年龄相仿的朋友是否到过大陆,可否看过黄河,他说虽未到过黄河,但知道有两句古话:不到黄河心不死,掉到黄河洗不清。沂蒙然后又介绍古城梁州昔日的繁盛,今日的美景,欢迎他到古城做客。他说,我这人酷爱怡情小赌,不知梁州有无赌场,沂蒙说《东京梦华录》中有记载,东京城富丽甲天下,人口逾百万,当时的樊楼一带,设有世界第一大赌场,比葡京娱乐城早了一千年,众皆大笑。唐先生却由此引出了话题,给众人大讲了一堂赌经。

"到葡京来的多是天下一流的赌客,而葡京的职员可能是末流的职员,为何?品牌使然,就像这座鸟笼式的建筑,天下金钱现钞如鸟飞进,能飞出去的颇少。葡京不怕你来,就怕你来了就走,天下衮衮诸公,赢者不多但时时有,输者一掷千金,只能怪赌运不好,人生何尝不是一场赌博。就说近日东南亚、欧洲经济疲软,来客渐少,唯有大陆客摩肩接踵,说明什么,是经济晴雨表,就像道琼斯指数反映着世界的经济气候一样。"

沂蒙对这番宏论表示极大兴趣,接问道,依唐先生之见,莫非腰缠万贯的赌客也受这经济规律支配?若是这一期间犯了赌瘾又该如何?唐先生笑笑,略微停顿道,他们还会来,只不过此时生意要紧,无暇光顾,就像冬眠的动物,待经济复苏,他们一准儿会来。

"这么说,赌场也有淡季旺季,看来我们来得不是时候。"沂蒙的问话引起了大家不同意味的笑,此时他的脑海里浮现出那些文物的光华,闪动着拎着整箱美钞与欧元的那些手和一双双贪婪的眼睛。于是,他不失时机地拿出了放在口袋里的通缉令。

唐先生扶着眼镜,端详了一下上边刘农军和刘进的照片,摇了摇头。

"大陆的人我认识很多,说不定见了也会忘掉。"

"这人经常往来港澳,也是这里的常客,说不定有朝一日会碰上,还请唐老板代劳,我袋里拿的还有国际刑警组织签署的红色通缉令,世界各成员国的警察都将协助查缉,我和安副局长此程专为此事来澳门,并且横下一条心,准备上穷碧落下黄泉,哪怕查到天涯海角山穷水尽,也要找到他们所盗的文物,烦请唐老板全力相助,代为转告。"

唐先生点头表示认可和理解,他认真擦了一下嘴边的菜渍,似乎深为对方的精神所感动。在他视线所及的窗边,一张葡警的传唤证就放在公文包上。

沂蒙顺势起身,提议再共饮一杯酒,继续微笑着说:"咱们都年轻,今年才四十几岁,至少十七八年后才会去颐养天年,今后来日方长,想必老弟会帮我这个忙。"

唐老板没有推让,起身捧酒响应,于是大家一饮而尽,风轻云淡中间,彼此心照不宣。

三日后,沂蒙再到司警司约见欧万奴副司长,请他千方百计再予推进,欧万奴颔首表示理解,神色凝重地抓起电话,说了一阵子葡语,表情瞬间发生了变化。

"好消息,中间人已经找对方接洽,效果不错,但就是担心将人带走。"

"我已被明确授权,东西交出,不抓人。"沂蒙的态度坚决而果断。

"好,咱们把重点放在阿广身上。"他击掌表示赞同,眼睛在镜框后边会意地闪着光,对方目光中传递的信息沂蒙十分理解,那就是他在警界生涯数十年中对澳门复杂状况的洞察,和由此对大陆警方明智之举的称道。

此前,沂蒙已电告指挥部向公安部汇报:眼下澳门的对象只是嫌疑,尚无确凿证据,且主犯尚未见踪迹,若操之过急,则可能鱼死网破,特别是澳门警方全力配合的态度,不宜采用强制之举。眼下首要的目标是追缴文物,而对方在我攻势下,已明白兵临城下,大势已去,能够弃物保人,已是绝境中的上策。

此时沂蒙紧接着向欧万奴强调,交出文物不抓人,但事情一定要说清楚。欧万奴说:"这是法律原则,毫无疑问。而且我已向对方明确了文物交出的限定期限。"

"多少天呢?影响我们的办案程序那可不行,请欧司长定夺,我也便于复命。"

"5天之内!"欧万奴起身,用一双大手与沂蒙紧握。

汽车急驶,在返回珠海途中,当路过海关,看到那面飘展在蓝空丽日中的国旗,沂蒙的心中顿时涌出一种无比神圣的崇高感,是啊,这是赫赫国威的象征,澳门的主权回归已指日可待,只要文物回归故土,其他账都可以日后再算。我们代表的不仅是梁州警方,而且是国家的主权和法律的尊严。

风乍起,吹皱一江春水,澳门之行形成的两下夹击的效应立时显现。12月21日这天晚上,广州市公安局李梅大队长急找安如山副局长面晤商定,通过"朋友"做阿森的工作,并且承诺:只要能交出全部文物,可以不抓人,但前提是阿广必须讲清楚问题。为搞清全案,从策略上可分两步走,要先见文物,再说其他。

就在12月23日深夜,按照约定时间,海关钟声敲响了11下,阿森在"朋友"的陪同下,从广州市公安局附近不远的昏暗街道上,用托运行李的简易推车将一个大纸箱推了过来,沂蒙心马上抽紧了,这里面难道装的是文物,会不会其中有诈?如果真是文物那可糟透了,那些精美的稀世之宝经过这种粗劣包装,不仅会体无完肤,还可能会挤成碎片的。

在广州市局刑侦处办公室,阿森告诉警方,其弟章大广让其代交文物,如果公安决定不抓他,他很快就到公安局讲清问题。

李梅队长介绍了沂蒙和安如山副局长的身份,沂蒙正言以告,我们代表警方,以法律的名义已做出许诺,你只有让阿广主动配合,不要心存顾虑,更不要执迷不悟。

箱子被小心翼翼地打开,大家一件件将包装物轻轻取出,然后一点点把包装物剥去,并将随身带的被盗文物图册打开在桌子上以便比对。此刻,众人屏住了呼吸,就像母亲亟待看到自己的宁馨儿一般,双手捧着怕太紧,两人托着怕闪失,发自内心的敬畏之情使每个人的手指在颤抖。当看到一件件玲珑剔透、熠熠发光的文物重现真身,大家的兴奋之情无法言表,特别是看到在海绵塑料中包裹的文物毫发无损时,大家激动得淌下了热泪。在摄像灯强光的照射下,琳琅满目的文物成排站立在了警察们面前,大家开始一遍遍擦拭着这些久违了的国宝,从心底发出慨叹:自那个凄雨暗夜中你们落入贼手,遭受劫难,一路经过汽车颠簸、飞机空运、漂泊境外,又从澳门辗转回大陆,你们是不幸的,但你们又是有幸的,经过这番颠沛流离,你们终于回家了。你们可知道,我们找你们找得好苦、好累,你们的音信无时无刻不牵挂着我们的心,因为我们警察的命运已经和你们的安然无恙紧紧地熔铸在一起!

整整55件文物,都是二级品,与武汉起获的5件三级文物相加,共60件,不多不少,还应当有9件,其中还有四件精美瓷器和三件玉器属一级文物,特别是还有那件直径达40余厘米的青玉缠枝莲纹盘!

看来,逼虎吐食,尚不能把最肥的肉吐出来。

再次向阿森交代了国家法律宽严相济的刑事政策,让他正告阿广,只有协助警方找到另外九件文物才是正途。待到阿森走后,又与李梅队长连夜研究,根据阿广的交代,剩余几件最珍贵的文物可能还在澳门,染指文物者的背景可能比我们想象的更为复杂,对方此举可能是幕后操纵人的一种试探。就此,沂蒙拨通了警司老朋友的电话,感谢他助力梁州追回了大批文物,殷切期盼剩余文物都能完璧归赵。欧万奴那边操着粤语一字一顿道,一定完璧归赵,但要有茅台酒喝喽。听他的嘴唇发出的咂咂声,似乎胜券在握,因而信心满满。

此时沂蒙可谓一忧一喜,喜的是文物大部分到手,忧的是四个主犯尚未到案,通缉令已遍发全国,为何还不见动静,莫非全都出逃了境外?

此时,留守广州的增援组长同连根率朱立才、卫凌云、蔡刚永、翟大任、魏振君等专案骨干正悉心研究,如何围绕魏新等关系人继续排查刘农军、刘进的隐蔽潜址。

说到关系人魏新,已成为我方手中的一枚棋子,分析其在全案的地位上,抓之无益,而争取为我所用,则可一石三鸟。因此,朱立才和翟大任二人对其采取了双簧审讯术,一个人唱红脸,一个人唱白脸,一个人要上手铐,一个人偏不给钥匙,讯问中还采取了"间术",称某某早就供了,就剩下你。魏新不由恨得骂出声来,索性把知道的事情和盘托出。最后料定自己难逃牢狱之苦,竟打听梁州的气候冷不冷,回答已经下雪,朱立才说,你只要好好交代,我再向这位不好说话的通融通融。一场政策攻心、打拉结合,使魏新交代了所知的内幕,也使永锐商行成了敌动我知的前哨阵地。

这天下午,一个神秘电话打到了商行座机上,该人自称李斌,受朋友刘先生之托,要到广州来,接头地点在火车站,来人右手无名指戴一枚金钱豹戒指作为接头信物。这天广州车站人头攒动,专案组同连根等人弓上弦、剑出鞘,在站前预伏守候,时间分分秒秒过去,对讲机传出信号:对象出现!只见一个体格微胖、穿黑色夹克的中年人钻进了出租车,摇下车窗,开始向人群四处张望,广东外线的丰田车上去堵了个正着,做过十年外线跟踪科长的同连根将手一挥,混迹于人群的便衣侦查员翟大任、蔡刚永早如饿虎扑食,将李斌塞入预先停驶一旁的面包车内,未等对方醒过神来,审讯便已开始。

在汽车呼啸的行进中,李斌战战兢兢交代刘农军让他来广州的任务是联系魏新,目的是通过章大广讨要定金。其藏匿的地点不在南方和境外,而在北方的青岛市。

此时,当年建成的梁州指挥中心发挥了顺风耳的作用,坐镇指挥的马振邦书记立即接通青岛市公安局长王吉斌,王局长立即调兵遣将,以迅雷不及掩耳之势包围了当地云霄路的一处住宅小区。据街道居委会提供:刘农军就潜伏在这栋楼中603号一个住户家中。王局长要求刑侦处组织精干民警,尽快核准情况后智擒活捉,不到万不得已不许开枪。为确认是否刘农军,沂蒙还专门派翟大任前去辨别,是不是当年警校的那个赵家龙。刑侦李处长等受命后,很快找到一位居委会干部,让她以查电表的名义到住户家中核对情况,另派一路侦查员着便衣策应。

下午 2:30 分,两路人马先后出发,居委会组长敲开了老太太的家门,只见屋内一男一女两个年轻人正在椅子上坐着,男的与通缉令上的照片相貌一致,女组长不露声色,缓步走出了住宅。李处长此时迎上前去,见女组长坚定地点头示意,马上向隐蔽在附近的侦查员们做出了出击的手势,并一马当先,闪电般冲入室内,用枪口对准了刘农军,大喝一声:"不许动!"其他民警一拥而上,将茫然不知所措、来不及反应的刘农军及其妻林雪梅一举抓获。

狡猾的刘农军正是十年前在梁州警校就读的赵家龙,后因盗窃公物被开除学籍。

刘农军自幼生长在武汉,父亲赵英松早年以优异成绩考入中南经贸大学英文系,毕业后分配到中州银行经营部,负责外贸和黄金交易,凭着他的天资颖悟,一举在业务上创造了奇迹,当年的利润额超过了国家银行设在伦敦分行全年的收益,加上他外语娴熟,很快被任命为纽约营业部的总经理,于是又靠着精湛的业务能力再获成功,成了华尔街公认的"天才交易员""国际黄金交易杰出领导人"。归国后出任中州建设银行行长,一颗金融界的新星就这样冉冉升起。这一期间,赵家龙随父母迁来中州,并考入梁州警校学习。

在他的印象中,父亲完全是一派欧美生活方式:一身西服白袜,皮鞋一尘不染,从来不穿化纤衣服,爱吃西餐,品博尔啤酒,抽烟斗装的雪茄,打高尔夫的动作十分潇洒,但他的挚爱还是收藏,嗜好是文物和名表,不消说,风度翩翩的父亲身边,也不乏衣香鬓影,据说还与一个女明星有染。可天有不测风云,处在事业巅峰的父亲,一夜东窗事发,因贪腐被判重刑,母亲离婚而去,赵家龙的命运就此一落千丈,学校的开除处分更使他雪上加霜,心爱的媛媛对他避之唯恐不远,经济上也失去了来源,万般无奈中,他黯然回到武汉,改了名字,随了母姓,开始自谋生路。

大武汉充满勃勃生机,可偏无刘农军一席之地。他自考大学毕业后,先是在汉正街倒卖服装,后做装饰装潢业务,眼见得别人一夜暴富,赚得盆满钵圆,可自己总是赔本失利,不甘人下的他带着仅有的一点积蓄来到澳门,想迈进赌场碰碰运气,不想在一台老虎机前中了大奖,他淘到了第一桶金,于是一发不可收拾,可好运不复再来,当他把赢到手的钱全部输光,颓然离席时,肩头上被人轻轻拍了一下,回转头来发现一个满头银发的老者向他微笑,此人叫艾迪森,是一个著名的文物收藏家和汉学家,这个年逾六旬的商界大亨有收藏世界各国文物的嗜好,对中国文物的酷爱达到了如痴似醉的程度。据说他在美国拥有几家私人博物馆,而中国馆内唯一缺少的就是明清时代的玉器和瓷器,因此当看到刘农军手中的文物照片,便开出巨额价码意欲购买,并不问文物来自何处。在艾迪森家中,据说悬挂着一张中英文对照的藏宝图,上面准确标注着中国盗挖古墓的分布。在他看来,中国有不可胜数的古墓,被盗的文物成千上万被损毁或流落海外,而他的收藏才能使文物善存于世。在他认为,各国政府对文物保护的实际能力有限,与其让文物贩子倒卖损毁,不如让他来收购保管。这种法律虚无的荒诞逻辑对刘农军影响很大。

经他的一场点拨,重新燃起了刘农军骨子里几乎熄灭的熊熊野心。也正是他对明清文物许诺的巨额高价,才为刘农军勾画出了一个商业帝国的梦想——他的一生,注定要为一件大事而来,而通往成功的第一步,便是用文物变现为第一桶金。于是,他与艾迪森签订了交易协议,由这个收藏大佬点货,由他来按图索骥,提供货源。

文物就是金钱,而且和自己仅是一步之遥,他想起了梁州城,那个自己的伤心之地,以及那所有着价值连城宝物的博物馆,他要重返故地一雪前耻,他要在失败之地卷土重来,他要在实施剧烈轰炸后惊爆出特大新闻,一举获得后半生的荣华富贵。他更要和当年的警校、公安一决雌雄,和当年的老师较量高下,想到这里他就兴奋得发抖。

梦中笑醒之后,他就开始行动,首先是要网罗身怀绝技的帮手,于是他找到开得一手好车的发小刘进,刘进被人称作"飞车王",9岁因杀人被少管,做事手辣心细,可当自己的军师参谋。经李军介绍他的好友,号称"江南飞盗"的文西山,当年在广州白天鹅宾馆六层楼惊动室主,他竟沿窗外空调机下坠脱逃,由于轻功在身,居然毫发未伤。李军是他的搭档,在江湖上人称"十三能",精通车钳铣刨,伪造票据、证照并且无师自通无线电,这次梁州博物馆报警器的悉数失灵,就是他的神通。四人各具所长,俨然组成了一个类似加里森别动队那样的犯罪组织,而将这些家伙拧在一起的就是利益,这一点对刘农军来说早有算计,按股份兼贡献大小分红,自己就是董事长,对外称有限公司。筹划停当之后,4人先行在南方试手练兵,先后潜入南方一些博物馆行窃,屡屡得手后,又在九江盗得红色夏利车,中州撬取白色桑塔纳轿车,一路顺风顺水,于8月份来到梁州住下。

艾迪森所点之货均为皇家御用之物,全国只有故宫、避暑山庄和梁州三处才有,而北京、承德戒备森严,唯梁州博物馆有隙可乘,于是根据天气预报18日夜间有雨,刘农军与刘进在馆周围墙处用对讲机遥控指挥,由文西山和李军入馆行窃,得手后由刘进开车,4人连夜将文物运至武汉。此后,他让姐夫梁昌平开丰田面包车运赃,让莫逆之交程飞在家中窝藏赃物,令亲信汪玉强参与运赃,并通过某部业务员冯义国行贿现役军人苏然,将大部分文物蒙混过关,装上军用飞机运抵广州,一举摆脱了地面查缉的风险,把梁州警方远远甩在了万里之遥。在此之后,通过魏新再将文物偷运至澳门,由章大广接货,等待艾迪森兑现付款。

就在葡京娱乐场408那间密室内,刘农军望着琳琅满目的文物,将所有的窗帘密闭,点亮了备好的蜡烛,将一件件文物排列在桌上和地上,烛光映照着镜子,镜子反射着满屋的文物和他狂喜的面孔,幽暗烛光中的文物仿佛古代法老古墓中的珍宝,而他正如恺撒检阅自己的军队,一件件把玩自己用刀锋换来的战利品。他朝镜子里挤眉弄眼,难以掩饰内心巨大的快感。

他自以为是有史以来最成功的巨盗,他将因此一举成名并能载入史册。那一夜,他通宵无眠,直到天将曙,烛燃尽,他方困而卧,伏在文物堆中睡了整整一天。

可就在这时,主顾艾迪森却像人间蒸发突然断了联系。事后他才得知,欧洲经济疲软,一批像艾迪森这样的古玩商和收藏家无暇东顾。加之"9·18"案一发,风声甚紧,香港、澳门原来的神秘买家均不敢染指。刘农军大骂艾迪森失信,无奈只得改换门庭,转而通过黑道寻觅新主顾。这个空当恰为警方的追捕制造了良机,导致他在潜回青岛时束手就擒。

落网的刘农军困兽犹斗,自以为来自梁州的土警察不会掌握自己更多的底细,狂妄叫喊道:"我,就是这样的人,既然被抓,就没有想活命,怎么样?想打吗?搞逼供吗?现在我就撞墙,死给你们看,让你们出现大事故,看你们如何向上司交代!"此时,接替安如山在武汉指挥专案的是副局长王贵生,他曾是老预审,与刑警副支队长马克新面对着刘农军,旁边担任记录的是翟大任。贵生先以法律政策施以教育,不想刘农军又耍起无赖,嬉皮笑脸道:"你们不要费劲了,我什么也不会讲,你们想一想,抓不住我的同伙,你们没有人证,找不到文物,你们没有物证,凭什么定我的罪?这点道理难道你们都不懂吗?"

审讯一时陷入僵局。贵生副局长做了一番冷静分析,面对有一套反审讯对策的刘农军,靠重炮狂轰是难以奏效的,需要利用他能言善辩、虚荣炫耀的性格特征欲擒故纵,从中找出破绽,打开缺口。果然,刚愎自用的刘农军见审讯者态度缓和,似对自己所谈将信将疑,开始了自我吹嘘:"知道我为什么这么做吗?我是为了中华民族的历史遗产免遭人为的破坏,这些国家宝藏被你们拿出来展示,纯粹是为了赚钱,我是为了保护才将这些文物转移保藏的。"贵生副局长就势问文物的去向时,他又自吹自擂道:"你们知道我的背景吗,在国内我有多个联络点,出境出国有十几个国家的护照,港澳黑社会老大与我交往,见我赌技高超,给我起绰号'黑色计算机'。"他转脸对克新副支队长说,"这黑社会你如果了解,你们该清楚,一旦入了黑道,文物的去向就甭想再搞出来。"马克新笑了,铁板终于露出了裂缝,反击的时机已到:"你既是保护文物,为何从博物馆将其深夜盗出?又利用黑社会偷运出境,将文物贩卖牟取暴利,你完全是见利忘义之徒,数典忘祖之辈,警校生的败类,还自诩保护文物,你不觉得自己脸上发烧吗?"一连串的驳斥之后,马克新轻蔑指出:"你所谓澳门黑社会那点背景,我们一清二楚,连你被他们敲诈侮辱我们都了如指掌,充其量你不过是他们眼中鸡鸣狗盗的走卒而已。"

刘农军被击中了要害,还欲狡辩,王贵生副局长一拍桌子喝道:"刘农军,你不要再执迷不悟,自作聪明,截至昨日,被盗文物已回到我们手中,罪证已确凿无疑,审讯你是留给你的最后机会,关键时候你可不能再犯傻!"望着审讯者手中的文物照片,呆默了数分钟之久,刘农军发出一声长长的叹息。

在接下去的两天两夜,刘农军以守为攻,把自己打扮成参与作案的角色,但对几个同案者的逃匿地点却守口如瓶。

如不能迅速打开这个缺口,另几名案犯很可能会闻讯而逃,特别是飞贼文西山,据接头人李斌的提供,他将在每月15日或月底下午5时至6时与刘农军电话联系。不想刘农军对此倒毫不避讳,挑衅似的嘿嘿一笑道:"这件事就是告诉你们,你们也无法抓到他。"马克新故作不解,刘农军便显示出一副玩世不恭的神态,"你们这叫只知其一,不知其二。李斌是案外之人,怎能让他知道其中的奥妙,除非我亲自接电话,文西山才可能相信,否则就会立即转移,怎么样?你们敢让我接电话吗?有这个胆略吗?"

此时距15日只有两天,情况紧急而又棘手:不让刘接电话,文西山定会警觉;让刘接电话,又恐其中有诈,文西山会远走高飞。这个江洋大盗素来行踪诡秘,就连同伙他也百倍提防。这次分手说是去东北,却只买了到北京的票,而后再行转车。如何既能查清文西山的潜址,又能不露声色将他擒获,取决于这场通话的巧妙设计。贵生副局长经与青岛警方周密研究,做出两项决策:一项是在住的金河饭店外围设三道防线,防止文西山突然现身于青岛与刘见面;二是起用刘农军的爱人林雪梅与文西山通话,赚出文西山藏匿之所,智擒要犯。

争取林雪梅的任务交给千秋兰。招待所里看到惊恐万状、浑身颤抖的林雪梅,千秋兰上街专门为她买来全套的日用品、内衣和棉衣,使整天东躲西藏、衣冠不整的林雪梅失声痛哭。千秋兰让对方靠近炉火,并拨旺火堆,用亲人般的口吻晓以大义,说明利害,教育她必须看到刘农军一伙的犯罪行为给国家和人民财产带来的巨大的损失,启发她交代所了解的犯罪情节。林雪梅很快交代了刘农军曾在武汉家中试验用红平绒布包裹报警器和将两箱文物交给澳门人的过程。

千秋兰趁热打铁,引导她走出悲观厌世的阴影,并且打消她的一切幻想,正告其刘农军犯的是重罪,两人不可能再保持夫妻关系了。要想弥补犯罪行为带来的危害和损失,只有争取立功赎过的机会。经过一番苦口婆心的教育,林雪梅终于转变了态度,主动揭发了刘农军准备在青岛整容后,约文西山再大干一场,最终逃往海外的预谋,同时她还表示愿意配合警方工作。

于是,刘农军的接头人李斌被秘密带至青岛,由二人与文西山按密约通话。为防止林雪梅现场紧张失常,千秋兰等人不仅面授机宜,还特意做了一场假戏真做的演习。

一番精心准备之后,15日下午5时,在青岛金河饭店大堂的那部公用电话,便成了胜败攸关的关键。此时,饭店门前人来客往,热闹非凡,而在大堂内用餐喝茶的,几乎全是便衣警察。时间分分秒秒过去,直等到傍晚6时,也没有文西山的来电,莫非他已察觉险情,不肯上钩?林雪梅有些紧张,支队长张太增和千秋兰及时稳定了她的情绪,6时15分,电话的铃声骤然响起,听到的果然是文西山的声音。

"老唐吗?我是老李,小刘有病住院,小林来了,你现在哪里?"

对方避而不答,只催着让林雪梅接话,待辨别了声音,对方问:

"情况怎么样?"

林雪梅答:"情况很好,我们已从广州搞到了钱,准备出国,你和我们一起去吗?"

那边答道:"行啊。"

林雪梅再问:"你现在在哪儿?什么时间来?"

对方脱口说:"我在吉林,7号到青岛。"再问具体在哪,文西山却突然挂了电话。

情况瞬间急转直下,是狡猾的文西山听出了林雪梅话语中的惊慌,还是他警觉到不是刘农军接电话而意识到败露?总之,电话突然挂断,乃是不祥之兆。

幸好,在林雪梅一侧的千秋兰机敏地听到,文西山话筒那边有服务员喊416房间接长途的声音。这倒是个精确的方位,指挥部立即断定文西山应在吉林市有四层楼的旅社或宾馆的房间潜藏。7时许指挥中心电波速传至吉林市公安局,当地于景敏副局长、叶枫科长当夜组织数百名民警行动,查遍了市内所有宾馆招待所,仍无结果,直至凌晨5时,吉林方面才有电话反馈,是否信息有误?经连夜询问已休班的邮电局话务员,再检查长话底单,这才从电话号码查出文西山躲藏在吉林市劳动局招待所。

事不宜迟,16日晨8点10分,叶枫率民警包围了招待所,文西山与姘妇唐某刚好结完账收拾行李欲走,恰与叶枫撞了个面对面,说时迟,那时快,叶枫上前一步,用枪口顶住了文西山的头部,于是兵不血刃,这个江洋大盗终于落网。

两名主犯到案的消息传至公安部,国峰局长立即电告青岛、吉林,定要负责好对要犯刘农军的关押,决不能发生逃跑、自杀、行凶等任何事故;梁州市局派出押解力量将已抓获的刘农军、文西山安全押回当地,途中要警车开道护送。

梁州专案指挥部此时命令交警支队长孙金坦率精干力量赴青岛,时至冰天雪地的隆冬,又值春运高峰,沿途车流如织,集贸市场林立,道路结冰湿滑,为防止意外,前去执行任务的翟大任将自己的手与刘农军的手同扣一铐,一路上与刘农军叙旧聊天,分散其注意力。刘农军开始向翟大任海阔天空地吹牛,明知故问当年的鲁老师今在何处,听了大任的回答,他又装着内疚的模样问,老师知道我干了这一票是何态度?大任说,他起初不相信是真的,特让我来辨认,是不是冒名顶替,若真是你赵家龙,就不要给警校丢人,配合好警方。

"怎么配合?"刘农军紧盯住大任的嘴巴问,"你们是不是把我当成了主犯?我可是没那么蠢,你一定得告诉他,承蒙他的赐教,我的法学成绩名列前茅,盗窃罪的条款背得滚瓜烂熟——对照刑法,我会在监狱里待上一段时间,但有一点可以肯定,当你飞黄腾达的时候,我也该毕业了。到那时,我会为未来的局长同学而自豪,相信你是不会忘记我这个老哥们儿的,那句话怎么说? 对,苟富贵,勿相忘。"

大任当然不会忘记自己的职责,连吃喝拉撒都和他寸步不离,一怕他逃跑,二怕他自杀,青岛至梁州的车整整辗转了 17 个小时,下车之后,孙金坦血压增高,翟大任手脚俱肿,一行人奔波至梁州均未休息,又接到赴吉林押解文西山的指令。至元月 19 日文西山被押回梁州,趁其惊魂未定,马克新他们连夜组织审讯,迫其交代出另一主犯李军躲在吉林市郊区其妹家中。

元月 20 日凌晨 5 时,指挥部将李军的潜址电告吉林市局,一直苦等文西山会面的李军束手归案。押解组再度出征押回李军,已是大年初一的午夜时分。

短短 12 天内,捷报频传,势如破竹。几个犯罪嫌疑人相继落网,新型警务的信息传递迅雷不及掩耳,梁州未发一兵一卒,未费一枪一弹,仅靠快速的信息传递,就使一地警力变为多地警力,使发案地的跟踪追击变为逃向地的架网拦截。由当地公安机关短促出击,兵不血刃,马到功成,举国警务协作机制,实现了警力配置的最优组合,大治安理念在开放动态的环境中初试锋芒。

由于刘农军的落网和 60 件国宝的胜利回归,留守广州的专案组为感谢广东省厅和安全部门的支持,大家这天晚上破例喝了一顿团圆酒。众人情感迸发,亦喜亦忧。喜的是,数月苦战终于有了到手的战果,忧的是所余 9 件文物仍不知其踪,特别是狡诈的刘进,还像飘忽的游魂一样在与我周旋。此时已近春节,民工潮夹着归家的年味扑面而来。是留是战? 沂蒙和安如山商定并请示指挥部,决不能功亏一篑。广州的工作必须留下精干力量继续张网以待,由沂蒙与安如山将缴获的文物安全押回梁州,并召开新闻发布会公布案情,带动对余犯余罪的全面侦缉工作。

这时,案件侦办已达三个月,警察弟兄们劳师远征,无一人口出怨言。蔡刚永母亲年迈,孩子有病,爱人又下岗,打个电话给妻子安慰几句,还挨了局长批评。同连根相濡以沫的妻子患了严重的失忆症,但却无法照顾,翟大任的父母病重,他又是个孝子,只有让妻子请假照应。

　　为稳定军心,沂蒙和如山做出了一个破天荒的决定,让坚守羊城的8名干警的家属携子女到一线过春节,由后勤组购票乘特快列车送往广州助阵。临别时大家说,鲁局长这一招儿真狠,让我们没有任何退路,抓不到案犯,俺们还有何颜面见梁州父老!沂蒙和大家一一握手,拍着同连根的肩头道,有山靠山,无山独担,将在外,君命有所不受,你大胆指挥,大家靠前冲锋,抓住刘进,我为大家请功!

　　于是,一支特殊的队伍走出了火车站台,她们是坚守者们的妻子带着儿女,百余天的日日夜夜里,她们以瘦弱的肩头,撑起了缺乏男子汉做顶梁柱的家,如今,她们和丈夫重逢在春光满眼的南国,领着孩子第一次见到了广州的花市和五羊雕塑,憔悴与担忧顿时被幸福的喜悦所代替。这种战地"劳军"的作用,不久就凸现出来了。

　　刘进可谓是全案中最狡猾者,他能够成功地从设置严密的大网中三次脱逃,得益于他的机警与细腻。在与警方的较量中,他是第一个触网者,但却迟迟未被擒获。

　　刘进成功脱逃的第一次是在武汉,当武昌小东门交警扣车时,他金蝉脱壳,弃车而去;第二次在广州一家木器厂,他托朋友严某帮其筹款,约好在木器厂门口见面,严某比约定时间晚了两个小时,并说觉得有人跟他,刘进示意严某进厂门,自己却从一侧胡同溜走,出门便上了出租,车行至繁华路段他下了车,走走停停,利用系鞋带躬身张望,突然又钻进一家百货店,随即便随人流走出来,快速翻越了街中的隔离带,成功甩掉了当地的外线跟踪。可他哪里知道,马路对面的跟踪员立刻接了梢,可这家伙鬼机灵,搭了一辆出租车掉头反向火车站方向驶去,待被外线咬住后,他命司机停车,从高架桥上逆行跑下,一头扎进了一家建筑工地,等侦查员找到工地的进出口部署上警力时,这小子早从一处矮墙逃掉了。

　　第三次溜掉则是他带着新交女友江红住进宾馆,再次找关系人筹措逃资,两人外出回来,刘进谎称有人追债,先让江红回住处投石问路,而自己却守在暗处观察动静。此时,卫凌云、千秋兰等人早在宾馆布控,抓了江红,发现刘进的衣物还留在房间,他却像人间蒸发一样消失了踪影。原来他已敏锐嗅到了危险,先打电话给房间,见无人接,又打电话给服务台,从中发现了破绽,抽身便逃,让江红成了掩护,而这一切,都是从江红的口供中才得知的。

独立不羁而又任性的都江堰姑娘江红,从家中负气出走,在珠江畔漫无边际地游荡时,与素昧平生的刘进不期而遇。善讨女孩子欢心的刘进一番花言巧语便俘虏了她的心。刘进自称在广州经商,尚无家室,江红信以为真,自以为遇上了心仪的白马王子,对刘进言听计从,钟情款款。刘进告诉她要到湖南谈生意,她一路陪伴,到了湖南冷水滩,遇到了刘进的三个客户,她做梦也不会想到,这四人正是全国通缉的文物要犯。

刘农军背着江红训斥刘进,不该此时还寻花问柳。刘进则反唇相讥跟刘农军叫板,称刘农军在警察学校白吃了几年干饭,两人再次反目。

原来,自从刘进12月2日从武汉潜逃后,次日乘火车赶到广州找到刘农军,刘农军闻听是车惹的祸,劈面扇了他一个耳光,将刘进大骂一通,接着又听到梁昌平、程飞、汪玉强和冯义国相继被抓,就决定找文西山、李军商议,四人相聚冷水滩后,刘农军除斥责刘进花心不褪,紧要关头还拖了累赘,同时命刘进回武汉向公安局自首,称桑塔纳和夏利轿车都是借刘农军的钱,通过西藏一个叫大伟的朋友买的,只有这样才能把事情压住。只要不讲文物的事,公安局大不了罚几个钱就会了事。刘进说你以为公安局只为查车,我可知道当时的阵势,只要一自首,文物的事就会暴露。刘农军又让李军去自首,称汽车是李军托刘进买的,李军更是一口回绝。刘农军看两人拒不从命,便让了一步,让三人分头避风,等来年正月十五在广州会面。四人此后各奔东西,刘农军、文西山、李军相继在北方落网,而唯有刘进,那天从冷水滩乘轮船到江红老家住了几天,两人一片柔情蜜意,又一同到成都、重庆、三峡游玩了半个月。果然正如刘进所料,由于江红的陪伴,旅途一路绿灯。但进入五羊城,刘进预感到不妙,于是将江红抛给了警方,自己再次脱钩而去。

被千秋兰等人控制的江红,此时拒接刘进打来的电话,她说,我就是接了也会叫他跑。看到因痴情而执迷不悟的江红如此顽固,千秋兰向她讲明案情,陈说利害,并告诉她,爱是美好的,但要爱有所值,我理解你对他的感情,若不是他身背重案,你的这种情感无可厚非,但若是你真要爱他,就不能见死不救。江红反问为何,千秋兰说,他现在站在悬崖上,别人正在推他,你却袖手旁观。江红说:"那是你们在抓他呀。"千秋兰摆手:"被抓到的几个人都说刘进是主谋,能向警方说明真相的只有刘进本人!""真的是这样?""是的,现在他们已被全国通缉,刘进落网是早晚的事,但每个人的罪轻罪重还需在弄清整个案情之后。"经过一番开导,江红似乎弄明白了自己的景况,她所钟情的如意郎君,原来是在利用自己做掩人耳目的工具。她逐渐转变了态度,开始用BB机呼叫刘进。可是,鱼儿脱却金钩去,摇头摆尾再不来。

多次入网又脱网,刘进已成惊弓之鸟,此时再抓,恐非易事。临渊羡鱼,不如退而结网。而这张网,则是如山副局长与蔡刚永他们精心编织而成的。网的中枢,就是专案组早就布好的那枚"棋子"——广州一家大酒店的周明老板。

这里,有必要介绍一下周老板的情况。

周明就是杜明,在当年侦破楚伯涛间特案后,杜明受到新的委派,化名周明,以经营装饰装潢生意的名义经常往来于境内外,并在广州开设了一家酒店。几年前曾与刘农军、刘进谋过面,后者还向他借过钱。"9·18"案发后,周明曾受鲁沂蒙指令,到香港秘查文物下落,后返广州。这天,突然接到刘进打来的电话,向他打听刘农军的情况,并开口向自己借钱。

"你觉得他会直接找你借钱吗?"蔡刚永关切地问道。

"我可以试试,因为上次给过他一次钱,他应当信任我。"

果然,蛰伏了几天的刘进,到了元月14日下午,又给周明打来了电话,问,你有没有麻烦?周明回答,我这儿很正常啊。刘进那边说,我这里很困难。周明说,过两天再说吧,有意挂了电话,果然,迫不及待的刘进在两个小时之后又打来了电话,问:"公安局的有没有找你?"听到周的否认,刘进又一次挂了电话。很显然,他此时正在附近监视着周明的一举一动。当晚7时,电话铃声再度响起,狡猾的刘进又换了一处电话,直接说要借钱,周明说,手头的钱不多,明后天再说。这一欲擒故纵的办法很灵。接下来,刘进很快约了地点,在广州南方医院门口,时间,明天下午4时。从声音话语里分析,他大概是身无分文了。

元月17日16时,刘进没有在约定时间出现,是惊觉逃跑了,还是变卦了?周明此时又接到了电话:时间推后到18时,地点改在省中医院门口。

刘进曾因杀人被少管,身上还带有枪支,他并且扬言,过一天是一天,实在不行,拎把快枪和警察拼个你死我活。这些无疑都为抓捕带来巨大的风险,谁去执行一线任务,谁留在指挥部组织协调,关键时刻几个人竟争执起来,谁也不愿留下。瞿大任说我得上,刘进我认得准。刚永说,我必须去,关系人需要我联系。组长同连根犯了难,卫凌云拍了一下头儿的肩膀说,我留下吧,因为和广州外线战友我熟悉,便于呼应。同连根一拍大腿说,小卫真伟大,前方后方一样重要,只要抓住刘进,就是大家的共同功劳!

于是,为防止刘进再次脱逃,同连根、瞿大任、蔡刚永、卫凌云精心设计了"堵笼抓鬼"的方案,与广东省国家安全厅、广州市公安局的10余名侦查员将周围道口全部控制。

风暴的中心往往最为平静,街头仍像往日一样繁华热闹,时针一分一秒地过去,对象仍未露面。到了18时整,车水马龙的广东省中医院门口,没有出现刘进的任何迹象,身着便装的瞿大任和蔡刚永混杂在人流中观察着南来北往的车辆。这两个北方汉子,年龄相仿,气质相当,今日的默契程度达到了惊人的一致,两人都在早上跟妻子吻别,都怕万一自己"光荣"了,什么话都没有留下,于是都叮嘱妻子照顾好父母和孩子。当妻子有所察觉时,又都故作风轻云淡地扯谎骗过了她们。现在他们四目相视,逡巡着在公共汽车站牌附近的周明和过往的行人。面对着逐渐暗淡下来的夜空中闪烁的霓虹灯,他们的心提到了嗓子眼儿:再晚就不易发现目标了!他们不由自主把目光转向了指挥这次行动的同连根,对方神情坚毅,表示要坚持下去。

时光在飞逝,18时4分;18时8分;18点10分,一辆红色出租车由远及近开来,蔡刚永碰了一下翟大任,会不会就是这辆车?"别慌,沉住气!"小声说话的翟大任口袋里摸枪的手早已攥出了汗,待出租车上的人摇下车窗,招呼周明上车,在这刹那间,蔡刚永一眼看了个正着:对方白面皮,长眉毛,细眼睛,通关鼻梁……"就是他!"蔡刚永一挥手,两人早已纵身翻越了交通护栏,箭步飞扑上去。刘进从后视镜里发现了异常,意识到不妙,见蔡刚永伸手从右侧拉车门,便死死抵住,歇斯底里拍打司机后背大喊开车,出租车本未熄火,轰的一声刚要发动,早被持枪的翟大任顶住车头,大吼:"敢开车就打死你,我是警察!"伸手将司机拖出车外。

说时迟,那时快,蔡刚永也嘭的一声拉开了车门,一头扑入车内,双手紧紧掐住了对方的脖颈,刘进一时蒙了,嘶哑喊叫着"干啥?!"几个月来的愤恨集于全身的蔡刚永惊天动地爆了一句粗口,那边翟大任早已手起铐落,锁定了刘进,其他参战人员一拥而上,将刘进从车内拖出。

至此,"9·18"大案主犯悉数落网,消息传到梁州,古城一片沸腾,民警和百姓奔走相告,大家无不深浸在喜悦之中。但是另一场恶战接踵而至。俗语云:除山中贼易,擒心中贼难。四名主犯费尽心机作案,又有数月逃亡奔命的经历,应对审讯的准备早已坚如磐石,特别是首犯刘农军,曾在警察学校受过训练,有一套反预审的对策,如何将犯罪的行径和警方掌握的证据转化为法律证据,绝非易事。此时远在公安部的国峰老爷子不失时机打来电话,对鲁沂蒙一番叮嘱。

"天下第一号的案子,要'审透'了,要抖得他只剩一张皮,审不透则是失误。行百里者半九十——把他们从里到外挖干净才是全胜。审讯时,要从他们的预谋到实施,包括动机、思想变化、心理过程,纠合的来龙去脉,是偶然还是必然,谁是主谋策划,谁在哪个环节起到作用,都要理得明明白白。要研究他们之间的关系,把他们如同X光一样透视。注意,不要吹胡子瞪眼睛,骂骂咧咧,要文明办案,让他们输得服气,让他们意识到:再狡猾也终将落在法网里,死了心里也踏实,不留遗憾。"

二十三

　　梁州警方现在遇到的是一流的对手,四个人中间哪个都不是一般的鸡鸣狗盗之徒,特别是刘农军,不仅对我侦查预审的常规了如指掌,且心理素质良好,在四犯中不仅能够笼络人心,而且自从刘进从武汉脱逃后,相互间早就有了攻守同盟及审讯对策。

　　可以说,四名作案者属于共和国罪案史上罕见的犯罪精英群体,从这些对手口中掏口供,不亚于侦查破案的难度。如果将"9·18"大案分为两个阶段,同样惊心动魄的下半场才刚刚拉开序幕。如果说在侦查阶段,双方都在利用对方的破绽,是一场谋略与意志的博弈,那么,在短兵相接的预审战场上,则是一场不见刀光剑影的心理拼杀——彼此进入了新一回合的智力较量。

　　早在元月10日,赶赴青岛市公安局审讯的副局长王贵生、刑警支队长张太增曾与首犯刘农军第一次交锋。并且利用他的虚荣与狂妄,巧妙套出了他与文西山电话的联络方法,迫使他交代了部分罪行,不料押解到梁州后,刘农军突然改变了态度,或沉默不语,或虚与委蛇,将自己打扮成团伙中的一般犯罪成员,凡到要害处,便轻描淡写,一语带过,当说到作案的表面过程,他滔滔不绝,有问必答。在接下去的审讯中,刘农军又开始眉飞色舞地讲故事。讲自己作为文物爱好者,怎么慕名到博物馆参观,又看中了哪些文物。后来,文西山、李军又怎么盗出文物卖给他。末了,他似乎很伤感地讲道:"别人都说我是老板,他们是我的马仔,其实并不是这样,是他们弄来东西交给我,我卖了给他们钱,我只是经经手而已。"

　　对此,担任新一轮预审任务的马克新和翟大任自有对策。马克新佯装认可且漫不经心地发问：

"刘农军，你们几个，谁对文物的知识懂得最多？鉴赏能力最强？"

刘农军颇为自得地说："当然是我，他们几个可以说是皮毛，或叫一窍不通。"

再问："刘进他们几个不懂文物，怎么也来馆内参观文物呢？"

答："是我约他们来的。"

又问："哪个展厅的文物最好？"

答："明清瓷器、玉器展厅的东西最好，不但有考古观赏价值，经济价值也很高，我还画了一张博物馆文物分布图，把我们需要的12件文物做了标记。"

审讯就这样渐入佳境了。有审讯笔录如下：

问："你们进展厅几次？"

答："我进7次，刘进、李军进去五六次。"

问："你们除了看文物之外，还看了什么？"

答："看了展厅的建筑结构，展厅内的报警器，博物馆内还养了狗，还看了周围的环境。"

问："为何看这么详细？"

答："想让文西山、李军看了后清楚到时候怎么进，怎么出，遇到情况怎么办。"

问："你们回去后商量了吗？"（见对方入彀，有意不提预谋二字。）

答："商量了，文西山提出狗的事好解决，主要是报警器不好办。我说这个问题你不用管，你只管做好准备，报警器我解决。后来，我叫上李军到福建泉州买回一台同型号的红外线报警器，经过多次试验，终于找到了报警器不报警的办法。"

问："你们为何选择9月18日这一天来梁州作案？"

答："那一段时间我天天注意观察中央电视台播放的电视卫星云图和天气预报，预报9月18日前梁州一带要下雨。我一看时机到了，就催刘进、李军、文西山快上路，我们9月16日晚开车，17日上午到梁州……"

"农军,你的脑袋瓜真好使。"深知刘农军个性的翟大任截住了话头道,"咱俩在车上还切磋过'首犯'的概念,你当时还能背下来。"

"那是自然。"刘农军果然上钩,"《刑法》规定的首犯,就是犯罪集团或聚众犯罪中起组织、策划、指挥作用的犯罪分子——是犯罪集团中的核心人物,在全部犯罪活动中起着决定性的作用。"

"赵家龙同学,那就请你对号入座吧。"大任不无揶揄地咧嘴一笑,"没有你,本案或许就不会发生,你说你该是什么角色?"

这就是对刘农军的两次初审,实为双方在"试手":对于警方而言,这仅仅才是攻城战,要将"9·18"大案每个案犯身上的罪行都挤干抖净,把他们全部的犯罪过程分解为一个个犯罪细节,把所有犯罪事实变为法律事实,还有相当大的距离。刘农军等人虽是脚镣手铐锁定的笼中之虎,但真正征服四虎,注定有一场恶仗要打。

"9·18"这起惊天大案之所以得逞,除了博物馆防范疏漏之外,取决于这个犯罪集团内部的最佳组合:刘农军是胆大妄为、工于心计的首脑;刘进则是摇鹅毛扇的军师兼"方向盘";李军负责探路打点后勤保障;文西山则是直接入馆盗窃者。四人的作用互为补充,缺一不可。但随着预审的深入,鲁沂蒙发现:文西山在本案中的地位渐渐凸显——如果说这个盗窃集团的成员是各怀长技的话,但若没有文西山的参与,则本案很难成功——因为只有他才是真正进入现场的施盗者,别人皆是辅助,包括刘农军,也只是场外遥控指挥而已。因为在刘农军的眼里,文西山就是他的手臂,而刘进与李军充其量只是他的腿脚罢了。

文西山的确是一个特例,从现场明清展厅发现的第一枚足迹开始,他就引起了沂蒙极其强烈的兴趣:他的脚印五趾抓地,呈现出超强的平衡能力;现场模拟他在黑暗中蹲、伏、攀、跃十分灵巧,持续三个小时的作案几乎无失手动作,足见其心理素质和自控能力。从照片上看,他一头卷发,面目棱角分明:高耸的颧骨,突起的眉脊,极大的眼窝,特别是两眼的距离与颅相,有些像意大利犯罪学家龙勃罗梭研究的天生犯罪人。通过预审员初审情况的介绍,你会觉得这个对手的确有超乎常人的异禀。

随着预审室门外脚镣拖地的声音,沂蒙听出了他的与众不同:其他带械具的重犯从监舍里出来时,由于长期久坐不动,加之镣重腿软,摩擦声响拖泥带水,间或停顿,而文西山的脚下像是在有力牵动着铁镣,拖曳声缓慢而有节奏,显得不疾不徐,使沂蒙蓦然想起了拳术中的"行势步",那是一种外家拳的下盘基本功:双脚掌抓地,运用踝力,快速行走可将脚下的尘土拔起,像潜行的猛虎随时保持着扑咬的重心。此时,只见这双脚被乌黑的镣环紧箍着,一步一步地划着弧线进入室内,走入了审讯椅,而后不慌不忙立定,稳稳坐下,扣合成内八字状。

也正是这双脚,曾支撑起粗壮的上肢,在博物馆两米以上悬空的顶板上,将8个报警器悉数包上,再将8个展柜的文物如探囊取物般攫走,仅留下一片狼藉。

四目相望,沂蒙看到了那双眼睛里的戒备与对峙,但似乎还不是想象中的那种凶顽。

"你哪个门派的?"沂蒙开门见山,用练家子的行话发问。

"……南少林的。"对方的防范情绪稍有缓解,条件反射似的回答,"还练过一段功力拳。"

"武松脱铐拳练过吗?"这套拳法是沂蒙当年和小喜习练过的,拳谱从戴枷行走到脱枷反击,脚上需有"蹚镣功"。

他有些惊诧,没有答话,因为他知道自己遇到了什么人。

"何时练习轻功?"既然交手就不必兜圈子,便直接用行话打问。

"七岁。"

"练到何种程度?"

"在树上睡觉……"

对方长得虎头虎脑,一笑面颊上出现两个酒窝。

如果不是面对面打着隔板的审讯椅,二人的对话很像是一对武林老友在交流切磋。既然由此入港,便在互动中渐入深水区。

"1983年为什么进去了?"

"拿了公家的东西。"

沂蒙注意他用了"拿"字,而忌讳"偷"字。这大概正是他的边界准则,于是自己也须从这个字入手。

"拿了谁家的东西?"

"我从来不拿老百姓的东西,你们可以查,我要是取过不义之财,名字倒过来写。"

江洋大盗绝不自称为"盗",看来确实有些黑色幽默。原来,支撑他偷天换日的精神支柱就是"义盗"二字,这类作案者往往会恪守一个原则,叫"偷官不偷民",不屑做打家劫舍的蟊贼,而是专吃"官家"的侠盗,并在江湖中引以为傲。这一点,在他的作案中,与两个屋顶上的民工相视而未动灭口之念中得到证实。

接下来,据文西山供称,9年刑满获释后,他混迹于广州火车站一带。平日以倒票为生,偶尔也重操旧业,靠一身功夫专偷大宾馆、大商店。在他的视野中,专门猎取"香车美人"型的达官贵人,偷那些坐着的(的士)、挽着蜜、拿着T(钞票)的阔佬和官员,因为他们被偷后往往不事声张,于是顺风顺水地干了几票大的,日子虽摆脱了拮据,可文西山并不甘心如此单打独斗,他要活得更滋润、更有品位,于是开始寻找能发大财的合伙人。

欲将取之,必先破之,突破口已经找准。

"西山,你上过几年学?"

"小学没毕业。"

"读过历史吗?"

"历史、地理我最喜欢。"

"历史上印象最深的是什么事情?"

他从古至今排列到现代,说到了八国联军、英法联军攻进北京。

"这些洋鬼子、英法联军在北京干了什么?"

"烧了圆明园,抢走了文物。"

"西山呐,看来你是懂得国仇家恨的炎黄子孙,可你知道,你拿到的这批文物送到哪里去了呢?"

"当然知道。刘农军是和香港文物拍卖行说好的,由他们收购啊。"

"知道有句话叫'数典忘祖'吗?"

……

"文西山,我想你一定知道咱们祖宗近代以来挨打受气,就留下来这点家业了,就像你家祖坟被人刨开,棺材里的东西让人挖走是一样的。这批文物已经给人打了包,标明是卖给欧美老毛子们的,八国联军跟英法联军没办到的事儿,你全帮他们干了。"

"你说的是真的?"他的喉结在蠕动,说话也有些嗫嚅。

"要不是欧洲经济疲软,买货的大亨晚来一步,这批文物可不早就上了外国收藏家的多宝格了。"

沂蒙一句一句继续向他的心里敲。

"过去的强盗是明抢,今天的强盗是收买败类,知道什么叫汉奸吗? 拿祖宗家当卖给洋人赚钱的竟然是自己的子孙!"

文西山的眼神里先是迷惘,继而盯住对方的嘴,似乎想让审讯者把话再说一遍,于是两人之间有了很长时间的沉默。

"局长,我有一件事情你一定要帮帮我。"

沂蒙想,大概是明白事理后有关后事的安排,于是点头,不料他说出的却出乎意料。

"就是拜托你找一下我的三弟文泰山,你能不能找他谈一谈,这样就可以救他一命,我要是早知道是这回事儿,剁了手也不会干,你一定答应我,让他别跟我学再去上当。"

原来,文氏兄弟都在 1983 年"严打"时因盗窃罪判刑,出狱后行踪飘忽不定。文西山推己度人,想给兄弟的危险行径刹车,当然可以应允。

突破口已被撕开,紧接着可以进入了他的心理现场,让他跟上审讯者的思路走,印证物证,扩大战果。

接下去,双方说了很多,与其说是审讯,莫不如说是诉说和倾听。

文西山是小学四年级辍学,那年是 1971 年,他 11 岁,不甘在贫瘠山村中了此一生的他,逐渐觉察到身上的绝技能变为资源,于是由小偷小摸沦为大宗盗窃犯罪,20岁那年身陷囹圄,出狱后在广州结识了"十三能"李军,再由李军介绍,与刘农军相识。刘农军此时正为自己物色助手,颇有相见恨晚之意,加之刘进的入伙儿,共同的贪欲使四人勾结为帮,但毕竟是临时纠合在一起,不经训练,就是乌合之众,因此梁州博物馆作案之前,狡诈老成的刘农军先在南方一些小型博物馆下手,意在练兵和热身,同时也是在测试文西山的"道行"。

于是从1992年初开始,由刘农军指挥、刘进驾车、李军接应,文西山先后潜入江西高安、新余、德安以及江苏溧水等地博物馆,盗得大量玉石、瓷器等一般文物,所到之处一路顺风得手,入馆行窃如入无人之境,一连串的成功使得刘农军终于下了决断,决定北上干那票大活。

"欲毕其功,必具其器",1992年7月,刘农军指使刘进、李军去江西九江用安眠药将出租车司机麻醉,趁其昏睡时窃取钥匙,盗窃红色夏利车一台,并在返回途中,用香蕉水涂去车门上"出租"字样以后,将"K43-1008"车牌挂在夏利车上,7月底案犯驾此车窜到中州金桥宾馆,盗取了白色桑塔纳轿车,为"9·18"大案的实施准备了两台交通工具。

1992年8月开始,刘农军令刘进、李军驾车,带文西山先后到故宫、国家历史博物馆、承德避暑山庄等处踩点,由于这些地方馆藏文物安保防范甚严,遂避实击虚,最终确定了他熟悉的梁州博物馆,在一番窥伺计划后,趁雨夜实施了作案。

文西山说:"作案前刘农军从电视卫星云图上看到梁州17、18日有雨。9月16日从武汉出发,17日上午赶到博物馆附近吃了早餐,刘农军自己去踩点,回来后为避免招人耳目,开车去了兰考,晚上8时再返回博物馆,看到一切正常,就决定下手。"

"什么叫正常?"沂蒙打断了他的交代。

"我下了很大功夫,9月初来梁州就开始观察博物馆——它表面壮观,可破绽不少,我搞过基建,墙里不应该有外走廊和平台,不然我轻功再好,也没有落脚之处;再来看武警守卫,实在是做样子的摆设,他们看电视、听收音机,到时候出来一趟,为摸清他们巡逻换岗的规律,我跟门外钓鱼的、捞虾的在湖边坐了一夜,给院内武警的出现掐钟点儿,发现他们平均一个半小时出来一次,每次转三圈就回大门前边的小房子睡觉了。据我分析,如果下雨,他们肯定不出来。为防万一,我把下手的时间控制在一个半小时之内。"

时光回溯到当夜 11 时 30 分,细雨迷蒙之中,刘农军等人将车开至博物馆北墙外。文西山与李军跳入博物馆隔壁的中司木业公司,预先窥测动静。此时,三个民工正在做饭,一直等到他们吃过饭睡了觉,他和李军才跳入博物馆。

两人入馆后沿着花坛攀援而上,直至白日看好的那扇窗户,文西山掏出袋中的老虎钳剪断窗外扁铁,用撬棍撬开窗户,之后立即掏出对讲机,与墙外遥控指挥的刘农军联系。刘农军压低了嗓子指挥,很好,可以进行第二步。

钻入室内的文西山脱去了鞋,眼睛逐步适应了黑暗,开始在逼仄的板壁条上用红布包裹报警器,包到第八个的时候,报警器的显示灯亮了,文西山暗暗叫苦,立刻蜷缩不动,并用对讲机联系刘农军,对方叮嘱:"等一下,先不要动。"待七八分钟后,声音再次传来,告诉他,外边情况正常,接着行动。原来,文西山与李军做过试验,红灯亮五秒钟才报警,蛰伏不动,亮了也不报警,慢速移动 10 分钟,竟也不报警。由于红外线报警器时常发生误报,使得当日值班人员麻痹大意,于是成全了文西山,但也就此给他的命运打了死结。

文西山按原路返回,退至窗口,喊李军进来接应,自己则用玻璃刀刻划展柜玻璃,使用吸盘连吸三块玻璃均无效,刘农军在外面命令撬锁,锁撬开后仍打不开柜门,文西山开始搬动展柜,从柜壁下手。当挪动第三个展柜时,刘农军命令停止,警告说,外边巡逻的人来了。过五六分钟之后,对讲机再度传出指令,现在可以了。于是文西山从壁板处逐一撬开了柜子,盗得了文物,靠李军的策应,将一件件文物简单包裹,装入牛仔包。按照原定计划,刘农军只让他偷图上标注的 12 件,因无任何动静,便越偷越起劲,感到文物件件值钱,直到把三个牛仔包装满才罢手。以致向窗外转包时,窗口太小,包的体积过大,于是又将文物一件件掏出,由李军从窗口接出去。直径40多公分的青花缠枝盘,也是这样斜着从窗口递出去的。

这场暗夜之中发生的偷天大案,整整持续了三个多小时,直到凌晨3点40分,馆内竟丝毫没有察觉,并且连嗅觉、听觉是人类百万倍的几只警犬也成了摆设,文西山将这一切归于天助神佑。

"得手后刘进开车返回武汉,上午10点到了武胜关,进入湖北境内,刘农军让刘进停车,叫我和李军把作案时用的工具、穿的衣服鞋袜统统扔到路边水塘。将去梁州挂的车牌K43-1008换上事先准备好的K43-1302。在清点工具时,我才发现少了那枚玻璃刀……"

文西山陷入回忆中,一时说得眉色飞扬:"回到武汉,刘农军一直夸奖我是高手,神不知,鬼不觉,干净利索,活做得成功,我想这可要发大财了,货到澳门后,我第一笔就拿了45000元。"

文西山从骨子里透出一种得意,他认为,就职业盗贼而言,他是大成功者,而且确信后无来者,即使落入警方之手,也并非他的疏忽,而是同伙的拖累。他的眼神明确无误地告诉沂蒙:若是他一人作案,绝对不是今天这种局面。

沂蒙笑了,告诉他,再高明的盗者也是贼,贼人胆虚,说的是贼记吃不记打,顾前不顾后,只记得手不记失蹄。随着叭的一声,他随手关闭了室内灯光,打开幻灯片让他看。屏幕上,出现了一幅他认不出的图像,像京剧脸谱,又像魔鬼的投影,残缺不全,面目狰狞。

灯光大亮,他一脸的懵然。

"认识它吗?"

他断然地摇头。

"是它供出了你!"

"谁,他是谁?我可不认识他。"

"他是谁,是你自己!"沂蒙一下子站了起来,"文西山,你别自以为是天下第一大盗,太过狂妄浅薄了,别说当年的燕子李三,就说军统飞贼段云鹏连提鞋也都不会要你,只有刘农军才会把你当棍子利用,知道什么叫科学吗?"

他的气势顿敛,不敢正眼直视,但始终保持着极大的困惑。

"从你进入现场那一刻起,你从头到脚,从上到下所有的信息都遗留在现场上,你的这双脚——不,准确说是你的鞋告诉我们你的身高、体态、行走特征;你的气息味道通过你的汗液、毛发传递到你所接触的犯罪工具上,已被我们密闭保存;就连你自己都说不清楚的身体部位都在出卖你,所以,从你下手开始起,就注定了在劫难逃。"文西山的镣铐在抖动,下意识地打量自己的全身,然后抬起头。

"局长,你告诉我,你得让我输得服气,死得明白。"

"是你吃饭的东西,那上边不但有你的血型、DNA,还有你所有的生命遗传信息。"

他用力抿了一下自己的嘴唇,以他有限的知识虽不能理解,但已被震慑和降服,精神支柱随之坍塌,他开始详细交代,并且不问自答,顺便也说起了自己的家庭。

文西山作为土生土长的农民,有他朴实的一面,但内在的冒险欲以及争强好胜的个性,偏偏使他不能安分守己。20世纪90年代,翻天覆地的改革也给穷乡僻壤的凤凰乡的一个小村落带来了希望,毫无任何技术的农民开始拥入城市淘金,像文西山这样靠盗窃谋生的人刚刚走出监狱,立即被光怪陆离的社会搅得眼花缭乱,他从未想过一辈子种田,最后老死桑梓,他随时希望找到一个改变命运的机会,实现一夜暴富的梦想。

文西山初到广州,农忙时还回家干活,待上两三天后再返回广东,妻子冯美琴带着女儿在家种田、养猪、养鸭。文西山每次回家将钱放上二三百元补贴家用,而后又没了踪影。

这个期间,他靠行窃为生,跨越在都市和乡村之间,练就了生存适应能力,常在工棚、建筑工地和无人居住的空屋内呼呼大睡,有了钱就非赌即醉,蹩脚地唱刘德华的《天意》:"烂命一条,为知己者死。"

直到这年的中秋节,文西山突然给家里去了一封信,让一生从未离开过家乡的妻子带着孩子到武汉,一起到桂林游山水。这段时间文西山已预感前途凶险,有意对家人进行补偿……

一天一夜的交谈中,文西山显得很亢奋,他态度诚恳地认输,并且十分认真地提出了一个要求,就是请求允许自己给女儿写封信,沂蒙欣然同意。文西山用民警送来的纸笔,歪歪扭扭地写就如下一段文字:

亲爱的女儿:

你的爸爸十分想念你,可又见不到你。眼看9月1号快到了,你又要开学了,我不能再像往常一样给你买一个花书包,看你蹦蹦跳跳地去上学。你要好好读书,长大做一个有用的人,你的爸爸对不住你,不能再帮你,爸爸没有别的心愿,只希望将来在梦里和你见面。

记住,孝顺你的妈妈。

最后,是他笨拙的签字。

沂蒙告诉他,正在设法找他的弟弟,并一定会转达他的忠告。他则深悔自己对不住列祖列宗,干了不义之事,死了也不能入家族的老坟,并一再提出想把身体器官捐给科研机构的请求。

"我的眼力很好,夜里看东西清楚,要是能打仗多好,死在战场上,也给国家省了一颗子弹。"他苦笑着说,颇有一股"朝闻道,夕死可矣"的劲头。

最后,他让局长关照一下李军,说他本不该陷到这里面来,也是受自己的拖累。

李军像是平日在街上匆匆行走的打工一族,普通到像人海中的一粒沙尘,但就此把他看作本案中可有可无的人物,当属大谬不然。"9·18"案件中若缺少了李军,进入展厅的首要环节就会化为泡影。何谓如此,因为刘农军、文西山不怕巡逻的武警,也不怕凶悍的狼犬,就怕展馆内那个随时鸣叫的报警器,而拿下报警器的技术攻关者正是李军。为此,就连对刘农军都敢叫板的刘进,也尊称他为"教授"。

预审组给沂蒙报来了对李军的初审材料。李军是满族人,生在吉林省永吉县,1983年在县高中毕业,外出做临时工。现实中的李军虽无出众的相貌,却有一套灵巧的手艺,他属于那种在乡间悟性极高、人缘极好、眼力活络的年轻人,不仅扬场放磙一类庄稼活做得有模有样,且木工、泥瓦工样样精通,车钳铣刨更是随手便来。他曾一度酷爱无线电,装过矿石收音机,凡是电器方面的知识他都能触类旁通。但这对李军来说,实在是养家糊口的雕虫小技。心高气傲的他,想靠这双手改变自己的命运,他做梦也没有想到,日后的这双手竟和惊天大案连在了一起。

1989年,四处漂荡谋生的李军被民工潮卷入了广东,在霓虹闪烁的繁华大都市寻找着人生的坐标。那年春节,他因做黄金生意赔了钱,就在车站送行李,以后炒火车票,日子过得很窘迫。百无聊赖的他在打牌时结识了文西山,文西山看他老实可怜,就不时接济他,于是有了交情,同住在广州三元里的出租屋里,李军投桃报李,将刘农军介绍给文西山。

"刘农军很义气,听说我欠了债,当即给了我10万元寄回老家还账,并让我跟上他干。见他经常出入广州最有名的五星级白天鹅宾馆,还领我一块到阿新、阿广开的电器商店,称这些商店都是他筹钱办的。我对他更加佩服,就决心跟着他学做生意,等发现刘农军并不是正经生意人时已经晚了,因为自己和文西山已完全被人套住。刘农军一直包着两人在广州吃喝玩乐的开销,每月还给三五万元的零花钱——人家让你白吃白喝,就叫你干一件事,干不来,这哪成啊,人得讲信用。"

就是这种义气与信用,将这个东北郊县的农民引入了不归之途。

"刘农军有头脑,点子多,我们都服他。这一回,他设计了行动计划,开始要刘进找报警器的资料,结果办砸了。就接着让我搞,让我跟他去泉州买报警器。卖方询问得很细,他对答如流,谎称是工厂保卫部门的,于是未要任何证明,买到了原装产品。"

从泉州经上海,再乘轮船回武汉,途中刘农军和他密议盗窃梁州博物馆之事。李军建议用武力解决值班人员。刘农军说,我到博物馆去过两次,那里的人认识我,这种方法不行。李军说还是我来搞定报警器,这种报警器是热能感应式的,性能简单,很好对付。刘农军听后对他大加赞赏,要他抓紧试验。李军关切地问,货到手能不能出手?刘农军说,先找朋友藏起来,待四五年后再出货。李军又问,每件文物值多少钱。刘农军答,一件至少值200万。李军暗自一算,十件就是2000万。就听刘农军说,这次如能成功,每人分上千八百万,以后就不再干了,这也是最后一次,每人有了一大笔钱,以后就可以去武汉、广州、上海开大商店,一辈子花不完的钱。

"船上的一番对话使俺一宿未睡。一路上,不停地研究说明书、电路图,看出了梁州博物馆这种报警器的缺陷:一是不能双回路;二是移动物以每秒钟0.3米的速度闪过就不会报警,要让它彻底失效就需要有遮蔽的物品。回来后我和文西山在汉口饭店花了整整四天时间做试验,用雨衣、胶靴、床单、防火服都不行,我试着用沙发上的红毛巾蒙上,反应不是那么灵敏了,我就随手抓过窗户上的红帘布再去包,就一点儿也不响了,刘农军为此非常高兴。作案之前,我去武汉中南商业大楼买了3米红平绒布,让附近个体户裁缝按尺寸形状剪好,馆内的报警器就全失灵了。"

审讯中的李军一直处在认罪服法状态,他口无遮拦地告诉沂蒙,作案被抓是迟早之事,因为他知道官窑瓷器的价值,况且这一回是几乎把展厅搬了家。他之所以跑回吉林老家,只是想能过一天是一天,先撑过了春节再说。对目前走到这般田地他也没什么后悔的,他认命,命运使他认识刘农军,他这个人又是知恩图报,虽然当初认识刘农军就看出他走的是偏道,但自己欠了刘农军的情。李军的初衷就是想跟上刘农军做生意,但船到江心方才明白,这是刀尖儿上赌命的买卖。因此,在当初南方几个博物馆作案后,李军就想脱身,便借故独自离开刘农军一个半月,一人到黄山游玩。后来才知道,自他走后,刘农军暗自查了不少监狱看守所,以为李军已被公安密捕,怀疑他已成了密探,此间又问了许多认识李军的人,让他们捎信给他:必须马上回到广州,不然会杀了他。李军吓得魂飞魄散,急忙返回广州,将自己45天内所有的车船票、住宿票按日期排列,一股脑拿给刘农军看,这才勉强恢复了信任。

说到深沉处,李军仰天叹息,称所有的事情都坏在刘进身上,沂蒙问何以见得。他说,刘进是个见利就上、见亏就撂脚的人,为人狡诈,斤斤计较。刘农军当初让刘进将去梁州所带的物品全部销毁,特别是那台车一定烧掉,没想到连车带牌子都被你们发现。

沂蒙淡然一笑问他,你们当初为什么要搞这台车。李军说,完全是临时起意,原想搞出租车,后来看到中州金桥宾馆卖车,又是桑塔纳,比原来修的那台夏利车速度快多了,干这种事情讲远走高飞,快跑为上,我们不想和警察发生正面冲突,看见警察能很快脱身,这都需要一台提速快的汽车。李军说着,话锋一转说,我们还有一个宗旨,不搞私家车,因为十几万一个人担不起。公家的车没了,大不了受个轻处分什么的,单位也不会太当回事。

沂蒙点首,盗亦有道。可谓道可道,非常道,懂吧。

李军说,懂,可惜懂得太晚,当初总觉出门在外,人得交朋友,不能只为钱。其实,要不是自己觉得自己了不起,也不会混成这个样子,要是大字不识一个,也就没有胆量和心性出来挣钱了。有时候想,人懂得越少越好。就像我,若是没上过学,什么也不懂,说不定如今还在家好好种地,哪里会栽到这里来。

此时沂蒙听到的,是来自灵魂深处的忏悔,但再问他,在席卷天下的打工浪潮面前,有更多人过上了好日子,并没有陷入灭顶之灾,又是何道理呢?

"就是钱迷了心窍啊,当初我提出回吉林老家,刘农军又给了我95000元,让我和文西山平分,回到老家,把钱分给了我妈、我爱人和我妹夫,全家人都很高兴,没有一个人问钱是咋来的,这不是让钱给闹的吗!"

沂蒙告诉他,人的头顶有两条线,一条是道德,一条是法律,没了界限就会触电。人更不能靠侥幸。因为人在做,天在看,头上三尺神灵在,对么?他承认,是自己糊涂。

其实,他并不糊涂,只是被刘农军洗了脑,相信了一夜暴富的神话,沂蒙继而问李军,你从东北来到广东,知道广东本地一句民谣吗?

"东西南北中,发财到广东。"

"对,发财与作案都是在追求利益的最大化,可最大的区别在哪里呢?"

"在于守法和违法。"

是啊,对于一个在充满竞争又充满诱惑的大都市中的打工仔,如果没有强有力的道德固守,在欲望的驱动下,距铤而走险只有一步之遥。

"其实,我并不想作案,只想跟着刘农军老老实实做生意,走到了这般田地,也只能认了。"

审讯者已经进入了他的心田,并开始叩开他内心的房门,而且从他房门的缝隙中发现了一个隐蔽的单间,在这个单间里,有"9·18"大案心理现场中警方最需要的东西。

这一点,在接下去对刘进的审讯中,很快得到了印证。

刘进是犯罪集团内屡被诟病的人,因为他的马脚最先露出,属于本案中第一个进入警方视野的人。他是一个集深沉与浅薄于一身的矛盾体,说其深沉,他狡诈、多疑,工于心计,也是团伙中最后一个落网者;说其浅薄,他是一个信奉现实的及时行乐者。生平有两大嗜好:一是女人,二是汽车。他身高1.81米的个头,面带维特式的忧郁,小白脸,说话柔声慢语,是很招女人喜爱的那种男人。可他的履历与他的外表却判若两人,赫然填写着:1966年上小学,初中退学顶替到机械厂工作,因旷工除名,因扒窃劳教2年,因杀人被少管……

你能想象出,这个在读书无用论盛行时上小学的刘进,如何形成了自己的人生观。结论再简单不过:自负、冷酷、不择手段地追逐利益与享乐。

在团伙内,他既是刘农军的高参,又是唯一敢与其叫板的反对党。在文物得手后,他又是在刘农军境外销赃未果,当面与刘农军分庭抗礼的二佬。他与刘农军翻脸后,公然对文西山、李军说,咱仨要抱成团儿,防止他把咱耍了。刘农军说,我没有耍你们的意思,你们的钱我都少不了,可现在我拿不出手。刘进反唇相讥,钱咱不要了,东西得退回来,依我看,这批东西已经运不回广州了,要是能运回来,把我的手剁了!刘农军火冒三丈道,好,要是能运我不运回来,把我的手剁了。

矛盾顿时白热化,刘进很快从武汉叫来七八个彪形大汉助阵,其中二人腰里别着枪,声称要把刘农军阉了。大佬也不示弱,电话一拨,澳门立即飞来了四个黑社会成员,文西山、李军见两人剑拔弩张,火并一触即发,立即居间调停,一番苦劝,这才将危机缓和下来,但是裂痕已无法弥合。以攫取不义之财为纽带纠合起来的团伙,此时利尽而疏,濒临分崩离析。文西山提出因家中违反计划生育政策生了二胎,被罚了一万元,李军也声称老婆要他回家过年,家中连盖房也没了钱。刘农军见状只好从澳门朋友处借出十几万现金,分给每人做预付金,这才算暂时了难。

盗贼的同盟从来不讲信誉,何况此时已是大难临头各分散,当初只想作案得逞春风得意,哪会想到今日的败露与狼狈,见"军师"都抗命不遵,刘农军道,还轮不到鱼死网破的地步,不行就把货交给台湾当局,取得政治庇护,保每人一条命;另一个方案是易容,逃入深山,隐姓埋名,暂避风头。四个人密议到东方发白仍一筹莫展,刘农军便吩咐大家睡一觉分头再想,次日仍是无计可施,只好议定分头逃亡,过了年再到广州相聚。

犯罪本来就是一场胜算率极低的赌博,更何况是一场风险极大的弥天之赌呢。刘农军等人将这场噩运归咎于刘进的疏忽和虚荣,实为有失公允。因为从犯罪对策上分析,刘进是四人中最后被捕获的,不能不说是其警觉和机敏确有过人之处。

刘进现在静静坐在沂蒙的对面,脸上苍白而憔悴,说话的声音和眼神透出底气不足和内心的崩溃。沂蒙知道,这是一个不肯轻易打开心扉的人,但是对死亡的恐惧和求生的渴望还使他抱有侥幸的心理。于是开始从那次中州盗车询问。他承认,盗桑塔纳他参与了,是他开出来半小时试车,实则找了一个配锁门市部,花60块钱配了钥匙,但绝不是他下手偷的车,因为当时怕露出马脚,只留下李军与卖车人周旋,他们均回了武汉。以后刘农军再让他去偷车,他推说屁股疼,不能去。几天后刘农军和李军把车开回来,并装上太阳膜,安上坐垫和地毯,以后这台车大部分时间由刘进开。

"桑塔纳不是我偷的,夏利车是。"刘进大概担心局长认为他是狡辩,补充了一句。

他接下去交代,他们是如何租了台红色夏利车,如何偷配了钥匙,而后自己乘司机服药昏睡将车盗走。

"药不是我下的,是谁我不知道,但肯定是刘农军指挥的。"刘进就是这样一个人,就是下油锅也要找一个干地方站着,干什么都爱锱铢必较,即使到地狱中去,也会为捍卫自己的利益与别人争吵不休。

"我现在很后悔,不管刘农军怎么说,我都相信政府,因为当时不干他就逼我,不干他会杀了我,我是误入贼船,上了他的当啊。"

刘进在武汉属于小康之家,他经营了一个汽车修配厂兼营化妆品批发,妻子知书达理,膝下一个女儿是掌上明珠,应当知足而乐了。但刘进平静的面相后边有一颗浮躁的心,他自视甚高,想赚更多的钱,想坐拥豪宅别墅,想有一个外国国籍,更想有众多衣香鬓影的美丽异性在他身旁。自从他结识了刘农军,这些欲望便随之膨胀起来,从刘农军身上,他似乎看到了滚滚金钱和如云的美女,特别是可以尽兴地玩车——他对轿车有一种天生的嗜爱,豪车的外形,操作时的手感,飙速的快感甚至要超过对女人的喜爱。而刘农军能使他心想事成:一台桑塔纳轻而易举成为自己的坐骑,一笔横财伴随着文物出手唾手可得。就此,尽管他在四人中年龄最大,也屈尊伏就于刘农军之下,甘当马前卒,驾驶着这台没有"刹车系统"的欲望号汽车,一下子驰向了不归之路。

作案得逞后,刘农军的确嘱咐过他,务必将涉案的东西毁掉,以免遭不测,可爱车如命的刘进看着挂着军牌的白桑塔纳,无论如何也不舍得把它扔掉,于是便偷偷把车存入朋友家的车库,而车库就在商业大楼附近。看着风声已过,心痒难耐的他便把车开出来兜风,不料7天后便被侦查员逮了个正着,之后便遭遇武昌小东门警察的查扣。他侥幸脱逃后,先在朋友家住了一夜,通知家人送了4000元钱。次日潜逃广州,见了刘农军通报实情,被痛骂一顿,让他自己去了难。刘进哪敢回武汉自投罗网。于是从那天起,他便成了四处漂荡的行尸走肉,片刻没有了安宁,他睡觉从不敢脱衣服,一见武汉牌号的汽车就紧张,连做梦都是警察和警车的追赶,醒时能从床上跳起来,惊出一身冷汗。

刘进说:"最终还是没有逃掉,不过,这回也心里踏实了。"

刘进的确比在广州抓到时显得面色红润,最初几日,除了吃饭,每日都大睡不醒。

刘进的内心深处,肯定是为自己不听刘农军劝阻将车开出来而懊悔,沂蒙实言以告,破案是早晚的事情,车的开出只是使破案时间提前了。看来让你闭门思过这么长时间,你还是没有想对答案。他听了这句话有些迷惘,沂蒙说你不觉得自己比别人缺少了什么吗?他说不缺,并且提到了妻子、女儿、家庭和钱财等等,说自己对不住自己的家人,对不起老父亲,他比起别人不缺钱花,不缺朋友,也不缺自由,他甚至可以在这个世界上享受到别人享受不到的东西,他拥有不少女朋友,并且个个对他痴情……可为什么导致了如今的结果,他苦苦思索也不知自己究竟缺了什么。

沂蒙在桌子上写了一个正确的"正"字,告诉他,要走正路,需懂得这个"正"字怎么写,那就是止字头顶加一横:人的欲望没有止境,但欲望上边有一把锋利的剑,不超过这个剑的界限,正当的追求就可以成为理想信念,进而获得成功与社会的尊重;而超越了这个界限,欲望不可遏制就会误入歧途,甚至引来祸殃和灾难。聪明人应当知道这个界限,知道何时行、何时止,这把剑就是法律。而你缺乏的就是一个"止"字,你在法律面前没有止步。

是啊,人到事迷,我为什么想不到这个"止"呢?

沂蒙说:"那是你们轻信成功,坚信自己可以侥幸逃脱追捕,躲避法律打击,这种荒谬逻辑使你们无法善后,作案来不及细想,直到现在才有时间思考这个问题。"

"是。"他点头表示赞同。

"那我要问你,作为一个聪明人,究竟是什么原因,使你心甘情愿地受刘农军驱使?"

刹那间,他的眼神有些游移,心灵在躲闪。

"当然是钱,因为钱。"

"什么钱?"沂蒙的声音走高,紧逼一步,"我要告诉你,也是给你一个机会。"

沉默良久,他终于说出了口。

"刘农军说过,他要搞一个跨国公司,是股份制的。"

让镜头重新回到刘农军。

在外围战扫清之后,还须直捣黄龙。一个被国际刑警组织里昂总部确定为年度世界级文物大案的始作俑者,一个幽灵式犯罪集团的首犯,他靠什么把同伙聚合在一起的,究竟有着什么样的深层动机,本案还有没有背后尚未察觉的境外和国际背景。彻查所有这些疑问,都须从刘农军身上找到最终答案。

这一点,双方还真有些心有灵犀,因为此时他也正以强烈的渴望,通过翟大任请求与曾经的老师、如今的局长见面。而鲁沂蒙也在期待这一时刻,倒不全是因为案子,而是同时弄清一个自己曾经教过的弟子,为什么会坐在审讯椅上。就此,相互间的迫切心情,大约不亚于两个下盲棋的棋手。事实上,彼此已经相当熟悉了,只不过已斗过无数回合的老对手,就差捅破这层窗户纸而已。

一年来,两人都没闲着,可谓殚精竭虑,废寝忘食:双方都在从事艰辛的创作——他的杰作是作案得逞,盗得价值连城的国宝,沂蒙的作品是完璧归赵,通过预审收好最后一道关。彼此都在竭力地证实和代表着自我,背后都有一个强有力的价值体系,那便是黑白世间两套泾渭分明的逻辑,这也正是沂蒙要进入他心理现场一探究竟的目的。

阔别十年后的再次会面,不由使沂蒙回忆起那场刑侦课的场景,如今近在咫尺,但对话之间的角色却发生了变化。"农军啊,想必我们之间不用再介绍,今天,我不以公安局长的身份和你说话,而以曾经的警校教官和你聊聊,谈谈咱们师生间的话题,可否?"沂蒙意在拆除他的心理防线,并注意到他的眉心跳了一下,但很快恢复了那种玩世不恭的神态。

"如果不是那年夏天学校技术室里发生的事情,你现在可能是我旁边的这位。"沂蒙的旁边是曾审讯过他的马克新和老同学翟大任。预审有过的典型对话是:"我根本不服——你们有什么本事?""别的没有,就有抓你的本事。"看来,他的内心对警察不仅叛逆和仇视,而且有一种文化上的优越感,而审讯者的入手,则要将他置于交流对话的位置,进而去"磁化"他。

或许是许久没有享受到如此缓和的气氛,刘农军身体的肌肉松弛下来,换了一种较为舒适的姿势。

"据我了解当时你在警校是个颇爱读书的学生,因而深得老师们的赏识,否则,你也不会连化名也叫陈纳德。"

他的脸上开始露出不经意的笑,似乎是意外受到老师表扬后的顽童神色,看来已经触到了他自以为傲的痒点。

"我曾发誓这辈子要读够一亿字的书,当年参加警校的古文背诵会,还得过一等奖,大任可以做证。"

"当时你背的是哪一篇呢?"

"苏轼的《赤壁赋》。"

"你现在还能背下来吗?"

"那是当然。"

态势就是这样发生位移的,本来我在明处,彼在暗处,问题回答与否在他。现在他的思路已被牵引,认真倾听的氛围已经形成,变成了他在明处,我在暗处。随时处在被我方提问的火力点上。

他把头微微扬起,不屑地朝大任瞟了一眼,清咳了嗓子,开始背诵。可遗憾的是,刘农军已不再是当年的赵家龙,背不到一半便卡了壳,被沂蒙教官接过来背下去:"……苟非吾之所有,虽一毫而莫取,唯江上之清风,与山间之明月,耳得之而为声,目遇之而成色,取之无禁,用之不竭。是造物者之无尽藏也……这些经典金句,你怎么都给忘了呢?"

他听出局长的话中有话,顿时尴尬,明显觉得自己的视野受限,他要破题,突破重重围裹来的压力。

"鲁局长,不,鲁老师,我还能以学生的身份向你当面讨教吗?"他终于有了置喙的机会。

沂蒙点点头,他清楚记得,当年赵家龙曾在课堂上提问,为什么警察会有许多案子破不了。

"我离开梁州十年了,你是怎么找到我的?"

"答案其实就在你自己身上,你上过几年警校?"

"两年。"

"我干过20年公安,当过4年教员。遗憾的是,在警校你的学业未完,重要的课程老师还没有讲解到,你就离开了学校,而这些课程又是外面学不到的。纸上得来终觉浅,现在我来告诉你,这一课就叫唯物史观的认识论,具体又分成两大专业课:一是以物找人,二是以人找案。"

"这一点我已经猜到了,恕我冒昧直言,若不是刘进不听我的话,把那台车开出来,你们根本发现不了我,这起案件将会永远石沉大海。"这句话从他嘴里说出来,太天经地义了。于是,师生间授业解惑的义务延伸到了特殊的课堂,沂蒙告诉了他有关刀、夹、布的查证故事,他脸上的神情开始黯淡下来,想抽烟。

让人去找烟的工夫,曾经的警校教官给他讲到了任何犯罪难以逃脱的四个环节:人与人,人与事,人与物,事与物。你作案接触过多少人?遇到些什么事?准备了什么东西?你不说别人会不会知道?你不说别人会不会说?这就是东方侦查的秘笈——群众路线。让他抽烟时,翟大任拿来了他本人的模拟画像,因为惟妙惟肖,他咧开嘴笑了。让他一根烟美美地过了把瘾,沂蒙看渐入佳境,便道:"我对你和盘托出,你也应当敞开大门,说一说,究竟为了什么作案?"

"我已经向你的下属们做了供述——打赌呗,和澳门赌王打赌呀,他说能拿到这批文物,他出1000万;拿不出我输100万。"他仍然沿袭已重复多次的口供,这也在所料之中。

"看来我错估了一个人的信用,知道我一生最讨厌什么吗?我最不屑与素质低劣的对手下棋,最不愿意让对方处在力量悬殊状态中较量。看来我高估了你,原来也是个爱吹牛撒谎的混混儿,充其量也不过是个粗通文化的鸡鸣狗盗之徒。"

遭受了这番抢白,虚荣心使他的脸色红白相间,他想说话,马上被噎了回去。

"知道什么叫强大吗?强大的国家靠强大的法律来支持,而强大的法律靠强有力的执法力量来实现,这种强大体现在哪里,就在于凡是犯罪就能发现,凡是犯罪就难逃法网。你自命不凡,野心勃勃,与国家为敌,又有什么引以为豪的,看起来当初我是看错了人,你根本算不上什么可造之才,做人还不如你的手下文西山!"

"这是真的呀,我一直这样交代的。"他的声音变低,破例有些喏喏。

"你可以向别人耍花招,但我不允许你对我撒谎。"

声严色厉,带着蔑视与愤怒。审讯术有"抱法处势"之说,讲求以凌厉攻势,首先摧毁其抗拒的意识。古人云"有威可畏谓之势,有仪可象谓之态",这态势不仅是法律的尊严,而且是有力的"心之术"。

"你为了什么我一清二楚,男子汉大丈夫顶天立地,做都做了,为何像个娘们儿,这可不是你的行事风格!"沂蒙不紧不慢,但声音里透着威压,"说实在的刘农军,我从第一天发案就在研究你,从抓到你的那一天,我就开始了对你内心的解析,在最后的这盘棋中,你并非无棋可走,你还有很多事情需要我来帮你盘点。因为你还不是无可救药,也并非十恶不赦,我是念你曾是我的学生而为你惋惜,念你身上还保持着男人的血性,念你对雪梅的爱情和对她的保护。为了这一点,你从始至终没有把作案的真相告诉她……"

刘农军的喉结在升降,眼里瞬间流露出哀怜的神色,戴镣铐的手发出了响动。沂蒙能觉察到,这一剑已经刺入了他的心头。他再抬起头时,已经再次算计了与对手之间的利害,因为这一点不仅是他心灵最柔软脆弱的一块,还是与对方周旋交易的筹码,但遇到对方冰冷的目光,他才意识到遇上了绕不过去的巨石阵。

刘农军在沉默,他是一个多重的矛盾混合体。他胆大妄为、敢于冒险,但又多疑、猥琐;他刚愎自用,目空一切,但又极其虚荣,将面子视若生命;他极想成为英雄,有很强的领袖欲,从不甘屈于人下,但心底又有一种深深的自卑；他想成就一番事业成为万人仰慕者，又极易滑向深渊，哪怕冒天下之大不韪，因而表现得时而理性镇定，时而暴戾无常。这样一个极端分裂的人格，却在情爱问题上绝对专一，他可以对任何人不讲感情，纯是利用，唯独对妻子林雪梅一往情深，具有强烈的道义责任感。

林雪梅出身干部家庭，家教很严，父母曾坚决反对她和刘农军的交往，为此她与父母闹僵，离家出走，只身随他走南闯北。在案发逃亡的过程中，林雪梅看出刘农军心事重重，就怪他有事瞒着自己，刘农军始终恪守不让妻子知情的原则，实在逼急了就说，你太幼稚，又天真，你不知道就没有错，都是为你好。出于对刘农军盲目的信赖，直到青岛被拘，林雪梅才如梦方醒。如今又因刘农军身陷囹圄，虽近在咫尺，却如两界相隔，这是使刘农军最放心不下的事情。

此时，沂蒙已击中了他的软肋，但他还在企图负隅顽抗，更不想就此乞求认输，便有意兜圈子，长长吁出一口气，仿佛在自怨自艾："嗨，这是命定，人生归宿都一样，不管你顺风顺水，还是逆流而上，我们都会欠上天一条命。成功呢？是你命好；失败呢？是你命贱，这完全是一场赌博。"

沂蒙冷笑着纠正他："这和命运没有关系，错在你和自己命运的赌博上——你是葡京娱乐场的常客，当然知道博彩之道——赌博是在和自己赌，筹码是钱，或是命。你错在用获胜极低的概率以命赌财。错在一生一世活法的选择上。"

"我在赌场可从来没有输过。"那股虚妄与玩世的神情又冒了出来。

"这不正是必输无疑的原因所在吗？！"

有利的态势已被牢攥在手中，于是紧追不放："你还在遮掩自己愚蠢的抉择，比起同代人，命运对你不薄，你本来驾着向上的车轮，却因偶然而转向。你不是愈挫愈奋，而是急转直下，当不了陈纳德就做江洋大盗，你在用罪恶换取你的补偿，在用冒险赌你的成功，你不惜身背不齿和骂名，也要获得人格的尊重，赢得金钱和社会地位。"

刘农军突然涨红了脸:"你说对了,我非常需要钱,没有钱连入场赌博的筹码都没有。我的老子倒台了,女友跟人跑了,再没有人能给我批条子,那些新贵们却有的是机会,做买卖不费吹灰之力,客户不请自来。都是人,论我的能力,不比任何人差,凭什么他们就能腰缠万贯,为什么我就不能?这里我要问你,为何'窃国者侯,窃钩者诛',我永远不会服气你为之捍卫的这种游戏规则。"

"你完全是一种强盗的逻辑,腐败者有,但多数人不为;挫折者有,但选择犯罪手段者仍是少数,靠非法手段攫取利益者不是毁灭,便是为世人不齿,因为他们违背了做人的基准。你受过良好的法治教育,理应有良知和素质,怎能沦为与盗贼为伍?不仅自己一意孤行,而且把亲属、朋友也带入万劫不复的深渊,你的这些亲友,不乏青年才俊、社会中坚,本应有很好的发展前景,你却像瘟疫一样毒化了他们:司法警程飞是你的莫逆之交,也是他父亲的骄傲和希望;苏然20岁就读军校,刚刚晋升上尉军衔,你的欺骗和诱惑使他们人生的康庄大道就此关闭,你能觉得心安理得吗?"

"只要完成了原始积累,我会加倍回报他们,只要站稳了脚跟,我就会坚决洗手不干。我敢说,当我富有发达之后,不仅致富一方,还会反哺社会。我要做的生意也是光明正大的生意,赢利了包括贫困地区、希望小学,我都会毫不吝啬地捐助,特别是梁州博物馆,我会以另一种身份来赞助博物馆文化事业。"刘农军自有他的理论。

硬壳已经撬开,审讯者已经进入了对方的心理现场,逐渐看到了他心灵深处的东西。人的心理现场一样有痕迹、空间和场景,越是不愿示人的心机,就越要人为设防,但到头来总是欲盖弥彰。对这种高级心理活动轨迹的捕捉,需要对方的倾诉和表演,而预审者的出击则要掌握温度和火候,早了夹生,晚了过火。

"这么说,你的作案只是为了完成原始积累,而动机高尚——是为了社会?"

"可以这样说,也叫资本的置换,就说这些文物吧,它既是全人类的,就不要在乎它放在哪里,我敢说,这些东西出去,肯定会在保管条件最好、科技水平最高的地方保藏,借用外国的经济实力更好地传播中国文化,我只不过当了一次搬运工。"

"知道这叫什么逻辑吗?是并不新鲜的文明强盗理论,亏你还自诩懂得文物,这一点真不如没有文化的文西山。"沂蒙声音里含着极度的轻蔑。

"文物是什么?它是民族的文化信息和密码,是民族赖以存在的文化根基。对它的犯罪绝不是一般意义上的侵财犯罪,因为它损害的是民族的尊严和情感。因此,联合国教科文组织1970年便制定了《关于禁止和防止非法进出口文化财产和非法转让其所有权的方法的公约》,主张把无可替代的遗产归还给它的创造者。由此,国际刑警组织才把它列为与毒品并列的严重犯罪,你才享受了红色通缉令的待遇。"

刘农军一时卡了壳,闭了会儿眼睛,又在进行最后的狡辩。

"我不知道你对社会的这种现象怎么解释,你可以了解一下,现在一些一夜暴富的阔佬,当初有几个是干净的?就说美国黑手党,意大利西西里岛的黑社会,当年杀人越货,现在又有多少人成了亿万富翁、社会慈善家?资本积累时都带有原罪,发展到一定阶段自会转变,有些人还进入政界,当上了议员……依我看,无非有人巧取,有人是豪夺。"

"这完全是一套流氓定义,将个案当普遍,将谬论当真理,你还一点儿也不知害臊。我问你,犯罪是什么?是对他人的侵害。侵害一旦造成就不可挽回,如同你不遵守交通规则将人撞残废了,再付多少医疗费能够补偿,如果你的家里人和你爱的人被车祸撞死,而后给你高额赔偿,你是否能接受?!我还要问你,无论巧取与豪夺,夺得连命都没有了,钱又有什么用处?作案时有没有想到这种结果?"

"早想通了,人活一世,就要风光红火,活得像个人样,这才叫不枉世上走一回。我已经不相信任何信仰,既不信钉在十字架上的耶稣,也不相信虚无缥缈的共产主义,我只信钱,因为只有钱才能买到真正的人生。每日窝窝囊囊,看人眼色活着,这就不叫人,充其量是个奴才,奴才的命有什么值钱?我挤过火车,卖过服装,做过豆腐,谈过生意,勤劳致富了么?你无钱无权,如同鼠状,这样的日子我一天都无法忍受,我要让世人看看，我辈也是顶天立地的人。即使不是一个出英雄的时代，也要做回义盗罗宾汉，自我感觉本人形象还不算太坏，至少不会像贪官污吏那样遭人愤恨。我虽无来世，但世上也再不会有刘农军，再不可能有此大案，我能把一个地方搅得天昏地暗，成了天下头条新闻，我能牵着你们跟着团团转，甚至动用了国际刑警组织，我卷土重来梁州，从哪里跌倒又从哪里爬起来，称得上是虽败犹荣，这也是人活一生价值的证明。1992年9月18日，我刘农军终于一举成名——我成功了。"

沂蒙听出来了，这是多么可怜的自嘲，于是就再逼一步杀招："你永远是一个失败者的标本，既当不了罗宾汉，也当不了梁山好汉，他们是那个时代劫富济贫的英雄，而且光明正大，生不更名，死不改姓。你作案为什么要化名？为什么选在夜间？为什么要避开人们？为什么惧怕报警器？因为你们的良知深处也在受到道义的谴责，是一种地地道道的鼠辈心理。靠取不义之财能够活得堂堂正正吗？鬼才相信！充其量不过像一颗被欲望膨胀的流星，在燃烧之后彻底毁灭了自己。知道吗？你完全没有超出犯罪学家对一般盗窃者的心理分析。"

"是吗？愿闻其详。"

"德国有一项对入室盗窃的调查'在突施犯罪时被抓可能性大小'栏下，超过三分之二的罪犯回答：这类犯罪'几乎没有冒险''冒险极小''冒险较小'，有50%的罪犯根本不考虑法律对盗窃犯罪的惩罚，只有20%的罪犯回答：'有一点考虑'或者'有些考虑'。你究竟属于哪一类呢？"

刘农军苦笑着摇了一下脑袋。

"我从笑声中听出了你的空虚和遗憾，并且百分之百断定你性格中的自卑怯弱。你从不敢面对自己，你越把自己打扮成一个无所畏惧者，越证明你对死亡的恐惧，只不过想为自己天大的丑行裹一块遮羞布，你算不上一个真正的男人，选择你的女人是看瞎了眼。"

刘农军猛地晃动了一下身体，镣铐声中，他陷入了深深的茫然。

"刘农军，我让你听一听一个女性遭受的痛楚。"沂蒙打开录音机，内中传出他妻子林雪梅间或停顿的啜泣声音。

他抬起头认真地问:"我能见她一面吗?"

回答:"你的要求我可以考虑,但你犯了重罪,按照法律规定,与家属见面目前还有困难,但不是不可以变通,这里有一个前提。"

"什么前提?"希望与幻想被重新点燃。

"你原始积累的筹码是多少?"

他愕然,眼色中有一种被击中的感觉。

"4875万!"审讯者几近愤怒地抛出了这个数字,而后紧盯住他的眼睛,从那里看到了顽强抵御的工事正在土崩瓦解,对,绝不能让他将心理防线再度修复,沂蒙不失时机地迅速瞥了一下自己的手表,有起身要走之意。

他露出了乞求的神色,在四面合围中,他抗审的思路全被打乱。接下来,真实的犯罪动机终于浮露出了水面。

据刘农军交代:五年前,还是从他远在西藏的朋友处得知,藏红花是一种生长在高寒地区极具免疫和医效功能的藏药,苏联卫国战争时期曾在军队中广泛服用并有过灵验,目前尚有巨大的研发空间,如能设计成口服液,其价值利润均会超过太阳神口服液。于是,刘农军出资邀请专家,论证办一家合资性质的"诺迪奥有限公司"。经过技术论证,需引进生产流水线,包括建厂共要4875万元。筹集这笔款项,对于刘农军而言,无疑是天文数字,但巨大的利润使他兴奋得彻夜不眠,于是萌生了盗销文物换取资金的预谋,开始策划这起弥天大案。包括对手下的三个主犯,他也是以公司股份为诱饵进行蛊惑,并承诺事成之后,将会有意想不到的天大收获。难怪文西山当初曾说:"我们只希望你把厂办起来,将来好有个养老饭碗,分不分钱都无所谓。"

刘农军说:"如果这次得手,我会命令他们潜伏下来不动,而后销出文物,等风头过去,我将组织起这个跨国公司,申请外国国籍,把事业做大,不再回国。"

接下去,沂蒙和刘农军又进行过若干次深谈。"凭良心说,你们对我做到了仁至义尽,我不应该对你们有任何保留了。"他还是那副似笑非笑的表情,但表现得驯顺多了,包括他个人的隐私以及身后对妻子的安排,都愿意说出来,听取意见。罪犯与预审者之间一旦到了"审透"这个阶段,相互可以推心置腹、无话不谈,甚至当作可托生死的信任者。

他告诉沂蒙:"我承认你是我生命结束前的一个最令我佩服的人,如果你同意的话,我可以继续称你为老师,如让我说一句引以为豪的话,我能让你这样一个对手抓到,不冤不亏,也等于实现了自身的价值。败在你的手下,我口服心服,死而无憾——因为有我,才造就了你。"

沂蒙说:"非也,还是马克思说得对,是犯罪生产了警察。其次,是人性弱点生产了犯罪,又是人性的弱点使犯罪必败。"刘农军问为什么,沂蒙正言以告:"作为曾经的老师,今天要为自己的学生补上一堂课,告诉你最终的答案——犯罪学家边沁说过,人之所以犯罪,是为了追求各种享乐而放纵自己或任性的表现。再来看这个'罪'字怎么写:是四个非法,是违反人伦的盗、奸、杀、忤,为什么会犯罪,是欲望不加限制,将人性降为动物性的本能。"

刘农军此时似乎又回到了十年前警校课堂上的模样,神情十分认真。

"任何邪恶的罪行一旦出现,就会遇到强大的天敌和克星,就像病毒侵入人体会产生强大的抗体,巨量的吞噬细胞会群起响应,聚而歼之。前者如果叫职业犯罪的话,后者就叫职业警察——你本该成为后者,但一念之差,或者叫'活法'的选择,使你成为了前者。所以说,是职业犯罪在造就职业警察,你同意吗?"

对方有些发蒙,直直地瞪着眼睛。

"抓获你们也绝非梁州一地警察之功,靠的是在公安部指挥下的举国警务协作,这四个月里,先后有22个省区和78个县市,投入近两万人次的警力,才有了攻坚于梁州、并案于中州、突破于武汉、擒贼于青岛、追逃于吉林、缴赃于澳门的节节胜利。"

"你更想不到的是,在你们作案的过程中,从博物馆到住宿的宾馆,从运赃、销赃到躲藏的窝点,又被多少双眼睛注视,真的又有多少双耳朵在倾听,更有多少百姓成为破案的参与者和罪证的提供者,我可以告诉你,仅在梁州和中州,就有三十多个目击证人。正是这种警察冲在前、百姓做后援的警务合作共同体,才是你们最后噩运的终结者:一面是警察的千军万马,一面是百姓的千家万户。你纵有天大本事,能逃出这样的天罗地网吗——这一切,都缘于你们夸大了邪恶的作用,低估了正义的力量。"

刘农军听着,沉默了一阵子,哑然笑了。沂蒙问他笑什么。他说:"只可惜全世界没有召开过一次死刑罪犯的经验交流会,因此会不断有人铤而走险。"

"我倒建议你刘农军填补一下这个空白,把体会和感悟写下来。"

"写什么呢?对,题目就叫'利令智昏'吧。"那种狡黠的笑又浮现在他嘴边。

"好吧,过一段时间我会来拜读你的作品。"

二十四

"9·18"案件进入起诉阶段,检察机关需要大量境外涉案人员的调查取证,梁州警方再次由安如山副局长率蔡刚永等人赴香港、澳门开展调查工作,以追缴最后一批文物。并与刘农军等涉案人员的口供进行印证,以揭开案件最后一角的帷幕。

由于上次依托粤港澳三地警方会晤制度的基础,澳门司法警察司给予了一如既往的支持,警察司长斐明达和副司长欧万奴与安如山副局长会面,表明澳警的积极态度,并确定精明强干的司警司助理曼度协办案件。继而很快找到了涉案关键人物章大广。

章大广原是内地人员,和其兄章大森在港谋生,章大森在葡京娱乐场工作,与帮会有联系。根据章大广交代,他和刘农军相识是在1992年初,刘农军曾数次到他在广州开设的永锐商行,磋商买卖微型收录机的生意。以后熟了,每次到广州总要到商行坐坐。1992年10月的一天,刘农军突然来到商行,将章大广叫出门外,拿出了一沓文物照片,称这是一个收藏家和他老师保存的,他已全部买下,托付章帮忙将其卖掉,用卖文物的钱再帮他在澳门办一家公司,余下的钱他要在大陆办一家中外合资公司。

刘农军实则又故技重演,按照对刘进、文西山和李军的笼络手段,描绘了一番未来公司前景,担保章大广可占40%的股份,章当时爽快地答应了。愿为刘农军牵线搭桥,找到主顾。

原来,艾迪森爽约断线后,刘农军决定另辟蹊径,通过章大广兄弟攀上了帮会组织。帮会大佬见有利可图,将刘农军秘密送至一荒僻孤岛,在那开箱验货谈妥了价格。可就在这时,粤港澳治安联络官与梁州警方已兵临城下,澳门警司也故意放出风声,围而不捕。大佬见情势危急,便取断尾求生之术,委托中间人与警方谈判,愿意交物保人。于是就有了唐先生出面与鲁沂蒙等人会面的斡旋,并将55件文物首批交付警方,以示履行诺言,因余下的9件上品文物已经出手,卖给了香港一家古董店,故拖延了时日。

待安如山副局长再抵澳门,司警司依法传唤章大广时,余下的9件文物已从买主处赎回,特别是那件宣德青花缠枝莲纹盘完好如初,光耀夺目,连同前两批追缴的60件文物历经艰险,屡遭磨难,如今失而复得,完璧归赵,不能不说是一个奇迹。其实正是它们自身具备的价值使罪犯与警察均不敢轻慢待之。

随着所有案件嫌疑人的到案和文物的悉数缴获,"9·18"大案很快移送起诉,进入审判环节。

公元1993年8月9日,"9·18"大案一审开庭,地点设在能容纳千人的梁州大礼堂。

来自省内外的新闻记者早早在礼堂架设了摄录设备。公众对大案审判的关注度如同观看一场期盼许久的盛大演出。沂蒙和办案指挥部成员作为旁听者,这天就坐在台下第二排座位上。

时针指向8时,担任审判长的梁州市中级人民法院刑一庭刘庭长宣布开庭,鼎沸的声浪顿时静寂。随着审判长宣布把8名被告带上法庭的声音,旁听席上出现一片骚动,后排的人们像森林一般站立起来,将目光齐刷刷投向审判区的入口处,都想一睹这起惊天大案制造者的面目。

刘农军、刘进、文西山和李军作为本案主犯,被戴白手套的法警押进审判席,汪玉强、冯义国、程飞和梁昌平为本案从犯,分押在另一组审判席上。8时30分,在审判长验明8名被告的身份后,法庭调查开始,梁州市人民检察院副检察长张望亮出庭对被告提起公诉。

公诉书洋洋万言,宣读近四十分钟,历数了刘农军等主犯制造"9·18"大案的整个过程以及四名从犯为刘农军提供藏匿赃物的犯罪事实。法庭在调查和质证后,进入庭辩阶段。

刘农军发表了10分钟的辩词,核心是两句话:"这不是事实","我不是首犯",采取了明显的抗拒态度。

刘进显得很识时务,他承认事实,但不断声称自己不是主犯,在作案中只是一名司机,一切都受刘农军驱使。刘农军立即反驳,遭到法庭制止。法庭内此时议论蜂起,为两人此时的内讧讥笑不已。

文西山认罪态度坦荡,称自己是对祖宗的犯罪,愿接受法庭审判,认罪服法,以诫后人。

李军自知罪责太大,表明无话可说,只是希望尽快把案子了结,相信法庭会公正判决。

在最后陈述阶段,刘农军竟一反常态,声称自己有罪,希望法庭判他死刑,并且只求速死;刘进则声泪俱下,悔恨不已,乞求法律宽容;文西山、李军认为罪责不可饶恕,服从法律判决。从犯程飞说:"我作为一名司法干警,本应比他人更好地遵纪守法,却在'义气'前跌了跤,我只希望人们能以我为戒。"

八名被告除刘农军外,都希望法庭能给自己一次改过自新的机会。

高高的法槌落下时,法庭庄严判决如下:

根据《刑法》第152条之规定,刘农军等四名主犯已构成盗窃罪;根据《刑法》第二十三条、八十六条之规定,可以惯窃罪论处,并适用全国人大常委会《关于严惩严重破坏经济犯罪的决定》第一条第一项之规定;根据《刑法》第一百七十三条规定,主犯还构成盗运珍贵文物出口罪。上述主犯从犯的四罪,按照《刑法》第六十四条之规定,数罪并罚。判处刘农军、刘进、文西山、李军死刑,剥夺政治权利终身。

对汪玉强、冯义国、程飞、梁昌平等从犯,在本案中藏匿、中转、偷运文物,构成盗运珍贵文物出口罪;从犯汪玉强还同时构成窝赃罪,分别被判处有期徒刑。参与运输文物的现役军人苏然交由军事法庭审判。这些人受刘农军的诱惑和胁迫参与作案,除贪图私利外,还因心存侥幸,缺乏法律意识。他们原本都可成为犯罪链条上的刹车器,但在每个齿轮的咬合过程中,都在为罪恶助推和加速,最终将命运交给魔鬼,自毁前程。

押回监所的刘农军的态度发生了骤然变化,他不仅拒绝再写忏悔,而且行为表现极端:他忽而目空一切,想入非非;忽而自卑自怜,向隅而泣。某天他号啕大哭,直到溘然睡去;某日又破口大骂,诅咒抓获他的警察,继而装得神秘兮兮,仿佛掌握着天大的秘密待价而沽,一会儿又对我预审员感激涕零,感恩戴德表示认罪服法。预审员将情况上报后,鲁沂蒙决定再提审一次刘农军。

戴着重铐的刘农军,一见到预审席上的鲁沂蒙,就像久别重逢的亲人,眼中闪出了泪光,看得出来,他对局长的到来盼望已久。沂蒙询问了他近日的写作进展之后,他马上问是不是写到9月18日为止。

沂蒙问他何意,他说,你肯定要在这一天杀我。沂蒙说,你为什么这样想。他掰指头算账说,因为我是9月18日作案,你是1993年元月18日宣布破案,实际上抓我的时间是元月9日,抓到刘进和李军的时间是元月17日和20日,你偏偏选定在元月18日开新闻发布会,就是为"18"这个日期。所以我判断:最终你会以战胜者的名义,选定一年之后的当日,取下我等项上人头。沂蒙反问,你不认为这些都是审判机关的权力吗?他顽黠一笑说,我没别的意思,你放心,我会成全你,配合你,让你再干一个漂亮仗。

你准备怎么配合?沂蒙突然警觉起来。刘农军恭维地一笑说,我是"9·18",你也是"9·18",我是要发未发,你是就是要发,不,就是要"法"嘛。

不能不承认,这个被称为黑色计算机的人,一直在头脑中进行着精准的计算。他甚至坦白,已经设计了若干种自杀方法,宣判执行当日无法让他站立在法庭上。他同时表示,他绝不会这样做,因为自己已经向上帝做了忏悔,争取下辈子重新做人。

他真的忏悔了吗,一个敢冒天下大不韪的罪犯,就这样轻易认罪服法了吗?面对这样一个工于心计的对手,你可以相信他一时的良知未泯,但绝不可以放松警觉,掉以轻心。鲁沂蒙信手翻看刘农军近日所写的书稿《利令智昏》,只见扉页上抄录着一段拿破仑的名言:不可能的字眼只有在愚人的字典里才能找到。

那么,一个等待死亡降临的重刑犯人,他又在找寻着什么。此时,被押回死囚室中的刘农军正在墙角犯困,周围是负责防范他发生意外的犯人。沂蒙通过闭路电视整整观察了他近一个小时。

眼前的刘农军一双眼神并未错乱,沂蒙很快捕捉到了他的一个怪异神态:其目光半闭半睁,面无表情,但却一直扫视着房间的角落,嘴角在咕咕哝哝地抽动,霎时竟挂着一丝轻蔑的笑。

刘农军是镇静的!他是那种自控力极强的人,他一定是在盘算着什么。那么,他用表面的假象在掩盖着什么呢。沂蒙突然想起,李军曾介绍过刘农军的个性:他有很强的心理优势,想干成一件事就必须干成,为此他可以一天到晚在心里默念这件事,连吃饭、睡觉都在念叨,直到将事办成。

但此时的刘农军又能有什么动作呢?作为笼中之虎,即使困兽犹斗,还能有多少施展伎俩的空间?想想据他推算的行刑期,还整整有四十天。这40天960个小时,分分秒秒都存在着风险和较量,时刻会发生难以预料的可能!想到这里,他在内心里打了一个寒战,立即找来负责死囚看守的老范。

范文广属于梁州警队中默默无闻但极有素质的那种人。从押解回来那天起,刘农军就关押在老范管理的监号中,一审判决后,范文广不断开导他。9月10日,他又将刘农军带到办公室,开始了他们之间的帮教谈话。在此前的多个日日夜夜里,老范对刘农军的关照可谓无微不至,在监管规定的许可范围内,刘农军享受到人道主义的待遇,可以吃到他爱吃的大米饭,可以看书、写书、写日记等等。刘农军曾不止一次地对老范表示:"你是我的第二父亲,假如我能活着出来,我一定报答你。"并且一再强调:"你对我不错,这个我今后都会有考虑和安排。"对此,老范淡然一笑,因为他知道对方抱着强烈的求生欲望,只不过处于极端的虚荣心竭力掩饰对死亡的恐惧罢了。刘农军曾多次在号内叫嚷:"只有判我才上诉,因为判我死刑才算对得起我。"

在管教办公室里,老范起身给刘农军倒水后,便开始进入"拉家常"阶段,刘农军照例滔滔不绝讲述自己闯荡广州、港澳的往昔时光,谈自己的学识和抱负。范文广并不插话,随手翻动案头上的台历,像是自言自语在说:"今天都9月10日了,对吧。"刘农军立即停住话头,忙答道:"绝对不错,'9·18'快一周年了,我是绝对活不过'9·18'了。"老范和和气气道:"不一定吧,上星期我去见法院的人,他们说你这事儿还没消息。你还有什么上诉理由赶快写,我帮你递上去,可不要失去机会呀。"刘农军盯着老范狡黠一笑,并没有再说话。

刘农军走后,老范回味刚才刘农军的一番话,长期以来,与监号内各色人等打交道,他练就了一套"察言观色,揣摩推测"的过硬本领,通过对方的言语表情即能揣度对方内心深处的想法。刚才刘农军能准确说出日期并推断自己的末日,说明其内心的恐惧与焦灼,但从神情上和个性特点上看,老范断定他并不会坐以待毙。

不久,老范便获知,刘农军正以金钱和出国为诱饵,拉拢同号四名未决人员,密谋越狱。具体阴谋为:由已刑满释放回家的A负责搞到毒药氰化钾,然后利用已决探视的机会,将毒药交给已调到劳动号的B,再由B寻机将毒药带给刘农军等三人,一旦毒药到手,三犯将利用星期天将毒药投入饮桶内,将本监号其他人员统统毒死,余下三人趁机挖洞逃跑。如果药送不到,刘农军与C、D商量,以谈话名义将老范骗到管教室,伺机将其杀害后反锁上门,再从管教室挖洞逃跑。此前,刘农军已窥视好了管教办公室周围的地形及室内可供作案的工具。

一场惊天阴谋的筹划再次出自曾经制造惊天大案者之手,令人毛骨悚然。A、B、C、D四名未决犯原本是被狱方安排负责照顾刘农军生活,老范每次同刘农军谈话,都是由他们中间的两人负责接送,一段时间来他们做得并无闪失,怎么能突然反水向敌,轻信于一个死刑犯的狂想呢?这足见刘农军对人的影响力和过人的"洗脑"手段,也反映出他内心深处对抗判决、企图绝处逢生的强烈欲念。

面对这只佯装半死的睐眼猛虎,老范却向沂蒙局长提出了一条非同凡响的举措:以不变应万变,麻痹迷惑刘农军,以智斗不战而屈人之兵,确保监区安全。接下来,范文广仍找刘农军谈话,而且依旧让C陪同。室内就他们三人时,刘农军让 C 回去拿他写的东西给老范看,老范不动声色道:"你们先回去吧,我该到前院参加学习了,下回谈话再把材料带来。"巧妙地化险为夷。

9 月 16 日下午,天降小雨,老范一人在办公室,决定再找刘农军谈话,这次陪同刘农军的是 D。两人刚坐定,刘农军就吵着要喝水,D 顺手接壶凉水放在炉子上。老范对此举未置可否,转身问刘农军:"你让我看的材料带了吗?"刘说:"我想想没啥价值把它撕了。""撕了干什么,回去再写一下,明后天交给我看。"老范脸上风轻云淡,说得漫不经心。刘农军阴沉着脸没有答话,两眼直愣愣地对着窗外看。雨哗哗下着,院内时而有巡视的民警出现。水此时开了,水壶的尖叫声把一直眼望窗外的刘农军唤醒了。

他让 D 给自己倒了杯水,然后用恳求的口气对老范说:"给号里送点水吧。"他说着边用脚踢了一下身边的 D,D 会意地点头。老范佯装不知,不假思索地说:"中,你们把水送回去吧,这两天我血压增高,现在要到医院去。"刘农军赶忙说:"雨正大,待会儿再去吧。"老范道:"去晚了医院下班,有什么话明天再说。"刘农军和 D 只好无可奈何地回去了。

9 月 17 日,刘农军吵着要见范干事,值班民警告诉他,范干事今天休病假,明天才上班,刘农军便不再吵了,略显紧张的面部肌肉松弛下来。"休假看病"的信息经刘农军的大脑分析,成了"形势并非紧张"的信号。事后证实,刘农军几次谈话中均让同伙回号,其目的都是让另一个同伙出来行动。然而,这个被警校训练出的学警还是不如富有经验的老警员老辣。原来,老范每次同他正面交锋的背后,都有其他警员警惕的眼睛。

时间一分一秒地向 9 月 18 日靠近,被麻痹的刘农军仍坚信上天会让自己得手,他惋惜地向同伙 C 和 D 抱怨说:"眼看几次机会来了,却又眼睁睁跑了,太难得了。"他进而分析,"看样子他们没有发现这个计划,如果发现,肯定会把我们分开的。再等等,时机会来的。"老范使用的欲擒故纵、若即若离的手段果然奏效,直到 9 月 18 日清晨,中级人民法院法官入号验明正身,并向刘农军宣布死刑判决时,他还睡眼惺忪,因为五分钟前,他还蒙头呼呼大睡。眼前这一切如晴天霹雳,顿时使他手足无措。

事后有人曾问范文广,为什么不揭穿刘农军的罪恶预谋,老范幽幽一笑答,局长专门有交代,需要让他有事干——刘农军性情狂妄,始终不肯就范,曾扬言就是自杀也不会去刑场。但自从密谋越狱后,他把主要心思都用在了这上面,他认为这是他唯一的希望。对于刘农军而言,只要他的计划不暴露,他就不会感到绝望,他出现自杀等情况的可能性就小。反之,如果他的阴谋过早败露,就会使他绝望,对监所安全反而不利。

一场惊天的暴狱狂澜,就是这样在平波秋水中被无声化解了。

9·18日,这是4000余名梁州警察和数百万古城市民刻骨铭心的日子,一年前的这天清晨,警车呼啸,馆藏大案发生;一年后的这天早上,梁州看守所内一片沉寂。7点50分,令人窒息的静寂被数名法警打开监室的开锁声划破。监室内的刘农军还在睡梦之中,似乎已经忘记了自己推算过的死期。

"刘农军起来!"一名法警威严喝道,几乎同时另两名法警早已冲到眼前,架起双臂将刘农军抬出监室。当逼过来的新闻记者问刘农军想说些什么,他神情恍惚竟无言以对。此时他才发现,另外几个监号的刘进、文西山和李军相继被法警们手脚利索地押到院内。

五米高墙,滚刺电网高悬,武警荷枪实弹。

天井内数名法警神情威严,开始验明正身:

"叫啥名字?"

"刘农军。"

"多大年龄?"

"30岁。"

……

随着照相机的咔嚓声与镁光灯的闪烁,刘农军等人一时蒙了,他们逐渐明白,这与一个月前的公审不一样,真是到了面临死亡的时候了。刘进浑身发颤,李军面色苍白毫无血色,文西山逐渐恢复了镇静。唯有刘农军瞬间调整了表情,强装笑脸,甚至还向旁边的警察要来一支烟叼在嘴上,但还是掩饰不住内心的恐惧,香烟不住地随着嘴唇哆嗦,接过法官递来的死刑判决书,他不停地翻看,强装镇定。

记者走过来问:"刘农军,你在想什么?"

"这一切都是命运的安排,现在应走向我该去的世界了。"他苦笑着撇撇嘴,"只可惜秘密全带走了。"

"什么秘密?"麦克风马上递过来。

"数不清的财富,若我活,全部捐献国家;若我死,那就随我而去,留下天大憾事。"直到此时他还不忘与司法机关做最后交易。

"你还有什么愿望?"

"希望射手打准一点,一枪送我上路。"

此时,刘进等人分别被押了过来,记者转身采访道:

"你感到后悔吗?"

已直不起腰的刘进无奈地说:"后悔有什么用?说啥都晚了。"转到李军,他则说:"我后悔,我已经看不到明天的太阳了。希望人们不要像我这样。"说完十分留恋地抬头看天,而后转向周围一切。

文西山的腿部仍硬朗,他甩了一下脚镣,突然脱口而出:"哎,人在江湖,身不由己呀。"这句话像说给自己,又像说给别人。

随后,一切按照法定的程序进行:押赴刑场,验明正身,执行枪决,技术员拍照记录,行刑车装尸运尸、火化入殓,终结了他们的另一种人生。

不知为什么,沂蒙突然想起之前和刘农军的一次对话,他相信灵魂死亡后可以脱离躯体,实现现世与来世的穿越,他就此也可以超脱罪恶的谴责了。现世的他,从作案后的紧张焦虑,到逃亡中的惊恐不安,一直到被抓获后对死亡的恐惧等待,不能不说是极其痛苦的惩罚了,与其经历这场从肉体到灵魂精神的炼狱,为什么不能从一开始就遏制自己的罪念呢?如果能够这样做,"9·18"大案或许根本不会发生,如果能从头开始,刘农军或许不是与数万名警察较量的罪犯,而是与罪犯做斗争的职业警察;刘进或许可以与妻女在武汉过着殷实的小康生活;文西山可能成为出类拔萃的运动员;李军可以成为有成就的农民企业家。他们的命运究竟在什么地方脱离了常规,究竟是一种什么样的病毒侵入了他们本来健康的精神?

尾　声

　　离开了刑场，沂蒙让司机急奔市内人民医院，一件锥心之痛使他片刻不能安宁。就在大案发生前夕，母亲有病在床，全凭晓荣照看。得知儿子破案立了军令状，她打来电话给沂蒙宽慰鼓劲，说自己身体无大碍，家中一应事务和孙子上学她全包圆了，要儿子一心破案，最后谆谆叮嘱说道，搞案子全靠主心骨，全局上下都看着你，你要咬紧牙关挺下来。

　　直到案件破获，沂蒙方才知道，母亲患的是结肠癌，她却一直向家人隐瞒病情，怕的是让儿子分心。直到晓荣陪她到医院做超声检查，才发现包块已经拳头大小，动了手术之后，癌细胞又复发弥散，医生无力回天，母亲已转入病危弥留阶段。

　　病床上的母亲从雪白的被单下伸出手，她知道儿子回来了，沂蒙上前，俯身轻轻攥住那像枯枝一样的手指，再也没有松开。这个晚上她时而清醒，时而昏迷。清醒的时候，她拉他到眼前，让他把耳朵贴过来，沂蒙以为她要嘱咐后事，当贴近她的嘴唇，竟听见她在喉咙里唱歌。仔细听，竟是那首《唱支山歌给党听》。沂蒙知道母亲的憾事，由于旧时当过法官的爷爷的缘故，她一直接受组织的考验而未能入党。她唱得很认真，但时断时续，就像有一把大钝锯在切割着她的声音，直到渐无声息地睡去。是指尖儿的微小颤动，沂蒙知道她又醒来，开始喃喃地说话，她说她全身变得很轻很轻，开始在云彩里飞，飞到很远的天边，下边有一条大河，还有弯弯曲曲的路。

　　母亲这些年还是那么风风火火，忙里忙外，在父亲患病漫长的治疗中，她四处寻药求医，为节约开支，她千里奔波，风餐露宿，常乘无篷大卡车,喝生水、啃干馍,忍饥受寒。她就像一块补天之石撑起了摇摇欲坠的家,可这一次,她却未能挽狂澜于既倒,自己却躺下了。

是啊,母亲已经走累了,她一辈子何尝停过步,争强好胜的她一生都在奔走劳碌,除了自己的工作,就是为了丈夫的事业和儿女们的出息,她何曾有片刻休息:丈夫的康复,儿女的工作、婚事,小到家具的打造,大到房子的搬迁,都放在她的心里。为了筑好家这座巢,她像母鸟衔枝一样无休无止地忙碌。为了一切都做到尽善尽美,她亲力亲为,要求近乎苛刻:她说话办事能力超群,于是老嫌别人碍手碍脚;她一旦行动就快如疾风,立竿见影,容不得子女拖沓慢行;她遇事勇于担当,干脆果断但脾气也大,火力十足。生活中的噩运、事业的挫折和丈夫病情的难以逆转,使她渐失耐心,变得挑剔、急躁和斤斤计较。她操劳着,抱怨着,常为无端小事发火生气,待电闪雷鸣之后,自己也后悔不及,反过来再去弥补。这种刀口豆腐心的做法常使儿女啼笑皆非,但她又是发自内心在为每一个人着想,用另一种亲情维系着风雨飘摇中的家庭……

直到这个时候,攥着这只骨瘦如柴的手时,他全明白了,这片阴影来自她幼时孤儿院的环境:生活的清苦和底层的冷漠,使她多了坚忍和刚毅,少了柔性和温情。但也正是这种严格的家教,才培育起子女们独立意识和刚强的意志,才摔打出锲而不舍、永不言败的个性,才具有事事求真、时时不敢懈怠的立身品行。这种无形的情爱源自血脉相连的骨肉传承,连我们每个人的生命都是她孕育和赐予的,你还不为她的伟大而礼赞和跪拜吗。

那只手还在握着沂蒙不肯松开,那曾是连接生命的脐带,今天成了生离死别的链接,母亲又开始哼唱那首歌,但旋律尽失,唯留嘴唇的翕动,她的口角还挂着浅浅的笑意。是的,你累了,该歇歇了,这个家庭的儿女都长大了,已经不用你操心了,你的脾气也可以更加舒缓和柔和了。可就在你开始享受这点少得可怜的幸福时,上天却要割断这一切,这不是一个巨大悖论的悲剧吗,你或许可以停一停,再看看你身后的坎坷和沧桑,再听一听儿女们的呼唤,再享受一下儿孙绕膝的天伦之乐,可连这一点请求上帝也不愿意眷顾。母亲的呼吸变得细如游丝,她的脉搏已若有若无……沂蒙想拼命用力拽住她,拽着她睁开眼,拽回她的生命,可他明显感觉到,感觉到一个极其微小的颤抖,那只低垂的手开始缓缓变凉,变得毫无生息……

　　母亲遗体告别那天,沂蒙拒绝了单位参与,除家人之外,仅请了金虎、杜明和千秋兰。雪白的被单下,母亲显得苍白而安详,身量变得短小。当焚化师将遗体推入火葬炉时,沂蒙再也无法遏制自己的情感,泪水迷蒙了整个世界。眼前的炉盖彻底隔断了阴阳两界,可以看到炽热的火焰正在熊熊燃烧,并且迅速舔着躯体,似乎要把人抬起来,火苗在四面八方跳跃着,把身上的衣服撕成了碎片,似在飘舞。几乎同时,一道闪亮的白光扩散向整个炉膛,仿佛从中飞起一只大鸟,展着优雅的翅膀,在一片火的海洋上飞舞,它无拘无束,扶摇直上,羽毛缤纷,毫无羁绊。

　　母亲融化了,骨骼变灰、变白,变得玲珑剔透。母亲彻底走了,解脱了病痛,忘却了不幸,带走的是遗愿,她临走没有丝毫的不安,给儿女留下了很多,她不是慈母,而是严母,但正是这种严苛已经化为儿女的坚强,她极具强盛的个性,给予了我们生命之外的坚毅和自强。母亲啊,你飞升得再慢些,再看一看你当户籍警时走过的小巷,再走一遭熟悉的闹市、熙熙攘攘的菜市场,再畅快地呼吸一下包公湖上的氤氲空气,再唱一曲你最爱唱的那首山歌吧。

　　此后不久,沂蒙遵从母愿,把她的骨灰与父亲合葬。

　　一年之后,沂蒙奉调离开故土,到京都任职。

　　在跨行黄河大桥的列车上,他再一次领略到了母亲河的博大雄浑:远远望去,她宛如千军万马滚滚东来,一路夹泥带沙,劈山越岭,以不可抗拒的威严席卷天下;可待大河来到眼前,又变得弯曲平缓,柔肠百转,似乳汁四溢,像慈母丰满的胸脯和臂弯,拥抱着沃野,温润着万物,孕育着城市的繁荣与生机。而万千警察则犹如这大河上的堤坝,他们用血肉之躯筑就了一堵正义之墙,挡住了黑色的浪潮、罪恶的枪口和雪亮的匕首,掩护着身后的老人、妇女和儿童,守卫着壮阔的河脉、万亩良田和都市阡陌的安宁。

再见了,生我养我的故乡之河,沂蒙在心里默念着:在你的面前,我感到了个人的渺小和时光的短暂,但当风险到来,挺身而战,处在浩荡激流之中,又觉生命的壮阔和力量的所在,唯有负重前行奋力拉纤,永无止境,向前,再向前!